Lector:	Proteo, que, al parecer, representante semejas y otra vez fiera pareces, siendo otra vez al hombre semejante, ¿por qué en diversas formas tantas veces trasmudas y conviertes tu semblante?
Proteo:	Soy de la Antigüedad, a quien te ofreces, y del primero siglo suma y cuenta, del cual cualquiera como quiere inventa.

Emblema 182 de Diego López, *Declaración magistral de los Emblemas de Andrés Alciato* (Nájera, Juan de Mongastón, 1615).

La imagen procede de Andreae Alciati, *Tractatus, Orationes, Adnotationes in C. Tacitum & Emblemata Tomi sexti pars unica*, Lugduni, Petrus Fradin, 1560, p. 352, emblema de Proteo: «Antiquissima quaeque commentitia», Biblioteca Marqués de Vallecilla de la Universidad Complutense de Madrid, FOA-1575.

DRAMATURGIA FESTIVA Y CULTURA NOBILIARIA EN EL SIGLO DE ORO

Coordinado por
Bernardo J. García García
María Luisa Lobato

Iberoamericana • Vervuert • 2007

Bibliographic information published by Die Deutsche Nationalbibliothek.
Die Deutsche Nationalbibliothek lists this publication in the Deutsche Nationalbibliografie; detailed bibliographic data are available on the Internet at http://dnb.ddb.de

COLABORAN:

UNIVERSIDAD
DE BURGOS

AYUNTAMIENTO
DE LERMA

Amor de Dios, 1 – E-28014 Madrid
Tel.: +34 91 429 35 22 - Fax: +34 91 429 53 97
info@iberoamericanalibros.com
www.ibero-americana.net

Wielandstr. 40 – D-60318 Frankfurt am Main
Tel.: +49 69 597 46 17 - Fax: +49 69 597 87 43
info@iberoamericanalibros.com
www.ibero-americana.net

ISBN 978-84-8489-294-6 (Iberoamericana)
ISBN 978-3-86527-325-3 (Vervuert)

Depósito Legal:

Cubierta: Carlos Zamora

Impreso en España por

Este libro está impreso íntegramente en papel ecológico sin cloro.

ÍNDICE

INTRODUCCIÓN

Bernardo J. García García
*(Fundación Carlos de Amberes
y Universidad Complutense de Madrid)*

En estas últimas décadas asistimos a una profunda y amplia renovación de los estudios sobre la corte y la sociedad cortesana en la Europa de la Baja Edad Media y la Edad Moderna. Queda aún mucho camino por recorrer, sobre todo dada la creciente necesidad de articular una colaboración mucho más estrecha entre especialistas y metodologías de diferentes áreas.

El progresivo análisis documental de la organización de las casas reales desde sus oficios más influyentes o sus personajes más conspicuos y poderosos hasta sus servidores más insignificantes, ha venido a sumarse a un mejor conocimiento de los espacios áulicos, de las residencias oficiales, de los lugares de recreo y de las fundaciones reales. En este sentido, se estudian últimamente de forma más exhaustiva los ceremoniales ordinarios y extraordinarios de la vida cotidiana de los soberanos y de sus familias tanto en los recorridos urbanos como en las jornadas de viaje, desentrañando el lenguaje visual y simbólico de los rituales de paso. Se valoran las formas de representación ante fenómenos como la concurrencia de distintas naciones al servicio de un mismo príncipe o los mecanismos para llenar el vacío de su ausencia en las cortes provinciales y hacer partícipes de su poder a las elites regnícolas. Es también posible reconstruir las estrategias de patronazgo, medra y privanza desarrolladas por cortesanos y pretendientes para mejorar su estado, para velar por sus intereses patrimoniales y dinásticos, o para alcanzar reconocimiento público y distinciones de privilegio. Al mismo tiempo, se perfecciona una comprensión más global del tipo de educación que recibía el cortesano en todos los ámbitos de su vida y de sus relaciones con el poder, con sus semejantes y con diversas instituciones coetáneas. También se presta cada vez mayor atención a sus formas de entretenimiento, a su insaciable mecenazgo que abarcaba todos los aspectos de la creación artística y artesanal. Una sociedad de vertiginoso consumo como la actual parece muy interesada en ahondar en los gustos y necesidades de la cultura material de otras épocas, pero sabe apreciar también la calidad de los ingenios que brillaron en la España de las primeras décadas del Seiscientos al servicio de príncipes y aristócratas.

Comprometidos con este esfuerzo colectivo que exige aportaciones de las más diversas disciplinas y tras la valiosa experiencia de nuestro precedente volumen sobre *La fiesta cortesana en la época de los Austrias* (2003), quisimos centrar nuestras investigaciones en la cultura de la nobleza y en sus relaciones de atracción, emulación o desengaño con el poder y con la corte real, limitándonos en esta ocasión al ámbito específico de la dramaturgia festiva, pues ofrece manifestaciones más complejas y extraordinariamente significativas de esa cultura aristocrática.

Como puede advertirse por el extenso repertorio bibliográfico publicado entonces, abundan los estudios sobre la fiesta cortesana en la Monarquía Hispánica de los siglos XVI y XVII, pero son ciertamente exiguos nuestros conocimientos sobre las fiestas señoriales, y más aún sobre las representaciones en casas particulares. Además, entre las ediciones críticas del vasto y riquísimo acervo teatral del Siglo de Oro español también escasean los trabajos que profundicen en las relaciones de las obras literarias con los gustos, intenciones y avatares de sus mecenas y, salvo contadas excepciones, faltan estudios más detallados y documentados sobre las relaciones de éstos con poetas y comediantes. Como es evidente, no toda la creación literaria o dramática puede analizarse teniendo en cuenta circunstancias históricas o personales concretas, pero la mayor parte del teatro concebido para el regocijo festivo —especialmente el cortesano— y modelado para atender el encargo de un determinado mecenas exigirá siempre ediciones críticas que tengan en consideración circunstancias coyunturales, decisiones personales, motivaciones particulares y públicos específicos.

Como el lector podrá advertir en los trabajos aquí reunidos y en las fructíferas discusiones que les precedieron, esta colaboración interdisciplinar se ha concentrado en la innovadora producción dramática y festiva que promovió la sociedad cortesana española durante el reinado de Felipe III, prolífico en la aparición de nuevos géneros literarios y en el desarrollo de una cultura nobiliaria en la que el teatro y la fiesta desempeñaban un papel primordial, no sólo para atender a los propósitos propagandísticos de sus anfitriones y mecenas, o para entretener a sus invitados, sino también para educar el cuerpo, el gesto, la voz y el ingenio de cortesanos y príncipes. Vemos a las infantas y a sus damas, a los nobles, a sus bufones y a otros criados convertidos en actores ocasionales en el ámbito privado de jardines, patios y aposentos de sus residencias o en lo reservado de algunos conventos, pero también en rutilantes y fastuosas máscaras representadas en nuevos salones concebidos especialmente para comedias, saraos y bailes. La repercusión portentosa de la comedia nueva en estas décadas iniciales del Barroco se extiende además al ámbito de la lectura personal y/o colectiva de los textos teatrales que empiezan a conocer un mercado potenciado por la fama de Lope de Vega y el éxito adicional de sus estrategias editoriales, pero sobre todo gracias al interés de las propias compañías de comediantes, las cuales obtenían una rentabilidad adicional vendiendo los textos de su repertorio a libreros e impresores.

Los nobles, los privados y la corona se valieron de poetas, músicos, arquitectos, ingenieros y comediantes para dar contenido, variedad y gusto a sus recreaciones, considerándolos parte activa de su patrimonio familiar y personal. La literatura, la palabra y la puesta en escena fueron cada vez más instrumentos eficaces de la confrontación política. La rivalidad por el patronazgo real también afectó al mecenazgo literario y las carreras de muchos poetas corrieron una fortuna pareja a la suerte de sus patronos.

La literatura escénica no fue en esto un género aislado sino que, concebida para el entretenimiento de la nobleza, se sumó junto a muchas otras manifestaciones, a los debates sobre la política cortesana incorporando argumentos como la privanza y el valimiento en tonos moralizantes, aduladores o críticos. También se puso al servicio de los dictados de la propaganda dinástica para proyectar sobre los tablados las historias genealógicas o los méritos de los antepasados de sus mecenas, y se hizo eco de la atmósfera política y de los proyectos que marcaron la agenda de los nobles.

Hay que tener en cuenta que la corte no sólo era un gran mercado donde se negociaban oficios, mercedes, honores y privilegios, un espacio exclusivo en el que resultaba más fácil entrar en contacto con lo más florido de la sociedad o con visitantes llegados de todas partes, y se alcanzaba fama y reconocimiento, o donde, por el contrario, se padecían desengaños y frustraciones, y se dilapidaba en no pocas ocasiones la fortuna propia y ajena en espera de vanas pretensiones. También ofrecía a poetas y escritores un mercado en el que sus creaciones podían convertirse en premios y beneficios, que les sirvieron a menudo para granjearse la amistad o el amparo de nobles y eclesiásticos influyentes, y en el que sus nombres traspasarían las barreras del anonimato para consagrarse en la memoria de su público o en letras de más perdurables moldes.

Para adentrarnos en estos argumentos, empezamos considerando cómo se forjaron las señas de identidad de esta cultura nobiliaria, de qué modo se educaban y entretenían los nobles, y cómo sus hábitos, aficiones e inquietudes se transformaron en materia escénica o parateatral. Partimos de una interesante reflexión de Adolfo Carrasco Martínez (Universidad de Valladolid) sobre la construcción del yo individual del noble como sujeto contradictorio y conflictivo en la cultura del Barroco a través del estudio de diversos casos de la aristocracia castellana del siglo XVII, en los que este estudioso aprecia una clara afirmación de la identidad individual frente a las convenciones, arquetipos e intereses del linaje y de la propia condición social. En este proceso, se advierte la notoria influencia que, desde el último tercio del siglo XVI, estaba teniendo la filosofía neoestoica en la ética política y personal de gran parte de la aristocracia europea.

Para comprender la importancia que se dio a las fiestas en la cultura aristocrática española del Siglo de Oro, Santiago Martínez Hernández (Universidade Nova de Lisboa) nos propone revisar qué función tenían estos festejos en el aprendizaje de la nobleza cortesana, con el fin de que adquirieran las destrezas necesarias en los ejercicios caballerescos, en el baile, en la compostura y en el lucimiento colectivo o personal de la propia «calidad». Pero estos acontecimientos y las circunstancias que los rodeaban también incidían en la trayectoria de los cortesanos, y además se proyectaban en el imaginario nobiliario a través de la memoria y evocación de los propios asistentes, o eran plasmados en relaciones, cartas de avisos, libros, composiciones poéticas e imágenes. Esta contribución se abre, además, a la valoración de aquellas formas de ocio que convirtieron a muchos caballeros en promotores de las más variadas actividades literarias no sólo en el ámbito espectacular de la corte, sino también en el más privado de sus «aldeas» y casas de recreación.

Muchas damas y caballeros de la aristocracia no se limitaron a promover y contemplar las obras de teatro, sino que su gusto por el arte escénico les llevó a participar de forma activa en representaciones teatrales, follas, torneos, bailes y máscaras, en las que se involucraron en no pocas ocasiones sus parientes, deudos y criados. En la trascendencia de esta manera de entretenimiento y en su capacidad formativa, se detiene María Luisa Lobato (Universidad de Burgos), que aporta en este sentido numerosos testimonios de la corte española a lo largo del siglo XVII. El teatro, al igual que la danza, la caza o los juegos caballerescos, se había convertido en una herramienta esencial para educar el cuerpo, los ademanes, el gesto y la agudeza del ingenio. Se abordan aquí cuestiones como el decoro, los reparos morales ante semejantes aficiones o las repercusiones que éstas tuvieron al introducirse en otras cortes europeas en contacto con la española.

Esta primera parte del volumen se cierra con el trabajo de Margaret Rich Greer (Duke University) dedicado en particular a la caza como forma de diversión y educación de la nobleza y de la familia real, la cual representa precisamente todo lo contrario del ritual festivo cortesano. Su ejercicio privilegiado se convierte en una clara manifestación del poder y del dominio señorial en el ejercicio de una violencia a la que da derecho la ley y la tradición. Revisamos desde esta óptica la consideración que se hace de la caza en tiempos de *El Quijote* a través de diversos ejemplos tomados de su propio texto, así como se examinan las prácticas cortesanas de los reinados de Felipe III y Felipe IV, dos soberanos cazadores.

En la significativa trascendencia que adquirieron las fiestas cortesanas y nobiliarias en el cambio de siglo desempeñó un papel determinante el valimiento del V marqués de Denia y I duque de Lerma, Francisco Gómez de Sandoval y Rojas, arropado activamente por algunos de sus parientes más directos como su tío el cardenal arzobispo de Toledo Bernardo de Rojas y Sandoval, mecenas de Góngora; su segundo hijo el conde de Saldaña que favoreció a Luis Vélez de Guevara y a otros miembros de su academia poética; su hermana Catalina de Zúñiga y Sandoval, camarera mayor de la reina Margarita, o el VII conde de Lemos, mecenas de Lope, de Cervantes y de Mira de Amescua, entre otros.

En aquellas décadas, se multiplicaron los tratados, emblemas, sermones y textos dramáticos en los que se analiza la figura del privado, la educación del príncipe y el papel que debían desempeñar sus consejeros y criados en el contexto de una sociedad cortesana marcada por la próspera o adversa fortuna de quienes vivían en ella en estrecha dependencia de su nivel de acceso al favor del rey. Maria Grazia Profeti (Università degli Studi di Firenze) analiza el valimiento y la privanza en numerosas obras teatrales que van desde fines del siglo XVI hasta mediados del XVII, bajo la consideración de la adaptación dramática de diversas tradiciones folclóricas o literarias, y la propia función didáctica que estas obras tenían en el ámbito de la aristocracia cortesana y de la cultura política del Seiscientos.

Sobre la utilización estratégica de la fiesta como medio útil de aproximación al poder, con el objetivo de obtener beneficios propios, dentro de esa carrera para mejorar estado que tiene como escenario la corte y como protagonista al cortesano, nos habla Teresa Ferrer Valls (Universitat de València), escogiendo el caso del propio marqués de Denia en la última década del siglo XVI a través de los testimonios aportados por el ayuda de cámara de origen flamenco Jehan Lhermite, y de la recreación de su virreinato en Valencia (1595-1597) que presenta la obra del noble valenciano Gaspar Mercader. Los antecedentes de Juan del Encina, Torres Naharro o Luis Milán, entre otros, nos hablan, desde la óptica del artista, de esas sutiles relaciones que llegaban a establecerse en la sociedad cortesana entre los señores y los criados-poetas que los servían y entretenían.

Patrick Williams (University of Portsmouth), autor de una reciente y detallada biografía del duque de Lerma, subraya que ya en las jornadas de las bodas reales de 1599 se introdujo en la vida cortesana española «un nuevo estilo de grandeza», que supuso una clara ruptura con la austeridad que había definido la última década del reinado precedente. El valido aprovechó las celebraciones públicas y privadas para presentarse él mismo (con sus familiares y deudos) en el centro del espacio cortesano. Los entretenimientos que organizó para el rey y para la corte durante dos décadas abarcaron todos los aspectos de la cultura cortesana de su época, y dejaron sentir su influencia tanto en el ámbito popular como en el de las elites. Basó su estrategia de poder en el control y en la manipulación de las fiestas que eran expresión de la propia vida cortesana y que tenían notable eco en otras cortes extranjeras. Podemos repasar a través de esta contribución un significativo conjunto de las fiestas promovidas o protagonizadas por el valido, que se presentan debidamente contextualizadas a lo largo de su trayectoria personal y política.

Un caso especial fueron las fiestas celebradas en la villa de Lerma en 1617, que yo mismo abordo a continuación a través del análisis y la comparación de las diversas relaciones publicadas en la época, así como otros nuevos testimonios aportados por algunos criados y correspondientes del archiduque Alberto en la corte española, para comprender las circunstancias y propósitos con que se celebraron. Dedico especial atención a la relación apócrifa atribuida a Lope de Vega, obra en realidad del riojano Francisco López de Zárate, y procuro estudiar la organización y desarrollo de estas fiestas en su conjunto, sin limitarme a los aspectos dramáticos ya sobradamente tratados por otros especialistas.

Siguen después los trabajos dedicados a las relaciones entre mecenas nobles y dramaturgos, así como al estudio de algunas obras de teatro cortesano de principios del siglo XVII. La trayectoria de los duques de Sessa a lo largo de toda la centuria precedente, que traza Elisabeth R. Wright (University of Georgia), nos permite conocer por qué Lope de Vega acabaría aceptando el patronazgo de don Luis Fernández de Córdoba. Sus antepasados habían convertido el amparo de las letras y el cultivo de las artes en un punto esencial de su patrimonio familiar, en un signo de identidad de su linaje y en un instrumento para la conservación de su posición entre la nobleza cortesana. Ante la gravosa situación económica que le había dejado la inesperada muerte de su padre en 1606, el sexto duque, que motivó un jugoso epistolario de mano del Fénix, trató de ganarse el favor del príncipe heredero, al igual que hicieran otros cortesanos pretendientes, con pequeños obsequios y ocupándose de dar gusto a su entretenimiento. Pese a sus reiterados fracasos en la corte, el coleccionismo que Sessa mostraba por la obra de Lope se anticipó al culto moderno por el genio literario y contribuyó a la consagración editorial del dramaturgo.

Podemos profundizar en las relaciones de patronazgo existentes entre el duque de Lerma y Lope de Vega gracias a las reflexiones y textos que revisa Felipe Pedraza Jiménez (Universidad de Castilla-La Mancha). Recurriendo a su epistolario con Sessa y al análisis de comedias como *El premio de la hermosura*, *La burgalesa de Lerma* y *Los ramilletes de Madrid* considera cada una de las veces que Lope trabajó para el valido o su familia, y acudió en persona a la villa de Lerma o al Real Sitio de La Ventosilla para agasajar a distintas visitas regias. Servicios que no llegarían a dar el fruto esperado en la consecución de un oficio de cronista real o de mayores reconocimientos, pues, como es bien sabido, las sonadas y espectaculares fiestas de Lerma de 1617 se celebraron ya sin participación alguna del más famoso de los dramaturgos del momento.

Otro ejemplo de la peculiar situación en la que Lope se encuentra ubicado en los márgenes del sistema de mecenazgo, pues, gracias a los ingresos que le proporcionaban sus éxitos teatrales y editoriales, podía vivir sin una dependencia total de un determinado noble o del mismísimo valido, es el que nos proporciona Juan Antonio Martínez Berbel (Universidad de La Rioja), quien revisa las interpretaciones realizadas hasta el momento de la obra *El villano en su rincón*. Para ello, tiene muy en cuenta el contexto político concreto de aquella segunda década del reinado de Felipe III en la que la figura del valido y sus hechuras fueron objeto de un nivel de contestación y crítica crecientes. Parecía, por tanto, conveniente considerar el modelo didáctico que, frente a una aristocracia corrompida, podía presentar a cristianos viejos, honestos, fieles y ricos como el *villano* protagonista, Juan Labrador. Las élites urbanas, los propietarios rurales, los letrados y, en general, la medianía social, a la que se refieren los tratados de reformación de aquella década, reclama un mayor peso específico en el gobierno local y en la administración real. Su modelo también parece influir en esta propuesta de una nueva clase de sociedad cortesana.

Otro de los dramaturgos más relevantes bajo el mecenazgo de influyentes cortesanos fue Luis Vélez de Guevara, cuya producción es analizada por Germán Vega García-Luengos (Universidad de Valladolid), quien sigue los pasos de este autor al servicio del conde de Saldaña y del marqués de Peñafiel (hijo del III duque de Osuna y de una hija del duque de Uceda) hasta obtener el oficio de ujier de cámara en tiempos de Felipe IV. Destaca su interés por las comedias de temática o ambientación histórica, entre las que merecen particular análisis las comedias escanderbecas, las basadas en temas romanceriles o en una novela de caballerías, como *El caballero del sol*, ofrecida con gran aparato en las representaciones de la villa de Lerma de 1617. Se trata de un dramaturgo cortesano que realiza buen parte de sus dieciséis comedias para encargos concretos en la huerta del duque de Lerma en Madrid, en el parque de la villa de Lerma o en La Ventosilla, y que después adaptará para su representación en los corrales de comedias.

Los argumentos de naturaleza caballeresca seguían resultando muy atractivos para una cultura aristocrática europea que todavía a principios del siglo XVII disfrutaba con los torneos, las máscaras simbólicas, los retablos de títeres y las novelas de caballerías, a pesar del éxito de la genial réplica que ofrecieron las dos partes de *El Quijote*. Estos argumentos caballerescos se incorporaron a menudo a las comedias y fiestas cortesanas de aquel período reforzando su proyección con los nuevos recursos escénicos llegados de Italia. La especialista en historia de la escenografía teatral y festiva, María Teresa Chaves Montoya, nos ofrece una valoración comparativa sobre el desarrollo que experimentó el teatro cortesano español a raíz de la progresiva introducción de aparatos y espectáculos «a la italiana» entre 1612 y 1622. Parte de las intervenciones del arquitecto e ingeniero Giulio Cesare Fontana en la corte de Nápoles durante el virreinato del VII conde de Lemos, y revisa la puesta en escena de las comedias de *El premio de la hermosura* y *El caballero del sol* representadas en Lerma en 1614 y 1617, respectivamente, para cerrar este ciclo con referencias a *La gloria de Niquea* ofrecida en Aranjuez en 1622 con motivo del cumpleaños del joven rey Felipe IV. Precisamente esta obra de Villamediana y *Querer por solo querer*, de Antonio Hurtado de Mendoza, que fue representada para festejar el cumpleaños de la reina Isabel de Borbón en el invierno de aquel año en ese mismo lugar, son analizadas en detalle por Esther Borrego Gutiérrez (Universidad Complutense de Madrid), subrayando sus similitudes y diferencias. Los motivos caballerescos se tratan en tono exaltatorio, pero intercalando escenas bufas, y todos los elementos propios del género se convierten en materia escénica y acción dramática (milagrerías y encantamientos, talismanes, conjuros, sueños, hechizos y poderes mágicos, apariciones de enanos, gigantes y de seres maravillosos como dragones voladores y sierpes que exhalan fuego por la boca).

Nuestro volumen concluye con el estudio que Judith Farré Vidal (Tecnológico de Monterrey) nos ofrece sobre la presencia de *El Quijote* y sus historias en las celebraciones festivas de los virreinatos americanos entre 1607 y 1656. Estas mascaradas se celebraron con motivo de diversos aniversarios de la familia real española, beatificaciones y fiestas en honor del dogma de la Inmaculada Concepción, y se establece una curiosa dilogía con este ya célebre caballero «sin mancha» entre las elites virreinales más conectadas con las noticias y gustos de la metrópoli. A este análisis, la autora añade dos nuevos ejemplos de vejámenes universitarios de contenido quijotesco de los siglos XVII y XVIII, así como el comentario de un curioso biombo con motivos quijotescos de autor desconocido, que se conserva en la colección del Banco Nacional de México.

El libro que ahora se presenta ha surgido como resultado más duradero del congreso internacional celebrado en el magnífico Palacio Ducal de la villa de Lerma entre los días 26 y 29 de septiembre de 2005 con motivo de la coincidencia de dos importantes centenarios, el dedicado a la aparición de la primera edición de *El Quijote* y el del nacimiento del futuro rey Felipe IV. Esta iniciativa se enmarca entre los objetivos de un proyecto de investigación financiado por la Junta de Castilla y León (BU04/04), adscrito a la Universidad de Burgos bajo la dirección de María Luisa Lobato, y hubiera sido imposible llevarla a cabo sin la colaboración y el patrocinio del Vicerrectorado de Investigación y Relaciones Internacionales de dicha Universidad, del Ministerio de Educación y Ciencia (Dirección General de Investigación), del Ayuntamiento de Lerma, que nos brindó una muy grata acogida, de la dirección de su Parador Nacional, en el que nos sentimos muy a gusto, y del apoyo de Caja Círculo (Burgos). Por su parte, la Fundación Carlos de Amberes también ha intervenido de forma activa en la organización de aquella reunión y en la coedición de este libro, que ha sido aceptado con gran interés por parte de la editorial Iberoamericana-Vervuert, por lo que nos sentimos muy honrados.

Queremos expresar también nuestro agradecimiento a todos los especialistas que han colaborado en esta obra y a quienes compartieron con nosotros aquellos magníficos días de septiembre. Visitamos los lugares donde se celebraron las comedias, máscaras y demás fiestas de 1614 y 1617, y resultó una experiencia inolvidable hablar de aquella época en un contexto tan propicio y estimulante. Pudimos además disfrutar de la representación de la obra *El Quijote entre nosotros*, ofrecida por la célebre compañía lermeña de La Hormiga bajo la dirección de su «autor» Ernesto Pérez Calvo. También con motivo de nuestra estancia el mismo grupo supo improvisar con breve tiempo de ensayos la puesta en escena de varios entremeses calderonianos en el montaje *Risas aquí, y después... ¡ganancia!*, que dirigió Norberto Vázquez Freijo, del Departamento de Artes del Movimiento perteneciente al Instituto Universitario Nacional del Arte (Buenos Aires). Dejemos ahora a la benevolencia del público el juicio de esta obra.

1.

LA CULTURA DE LA NOBLEZA: EDUCACIÓN, FORMAS DE OCIO Y SEÑAS DE IDENTIDAD

LA CONSTRUCCIÓN PROBLEMÁTICA DEL YO NOBILIARIO EN EL SIGLO XVII UNA APROXIMACIÓN

Adolfo Carrasco Martínez
(Universidad de Valladolid)

Entre los practicantes de disciplinas humanas y sociales está sólidamente asentada la idea de que el nacimiento de la conciencia de individualidad está determinada por el surgimiento de principios democráticos políticos y sociales, tras la abolición del viejo mundo de relaciones jerárquicas y heterónomas. Por tanto, sólo sería posible aceptar una genealogía del individualismo moderno a partir de la época revolucionaria o, como mucho, de determinadas posturas de sectores ilustrados muy avanzados. Según ello, aun aceptando que en cualquier tipo de sociedad podemos detectar síntomas de singularización de los individuos, únicamente la afirmación de los principios igualitarios, aunque fuera de manera formal, dio paso a la plena conciencia de individuo. Así, en el Antiguo Régimen, es decir, en el mundo aristocrático-absolutista, lo subjetivo, el yo, se encontraba generalmente oculto, porque cada uno estaba definido por referencias estrictas a su estamento —u otros modos de agregación como el gremio o la vecindad—, referencias que eran tenidas por naturales y conformadas con la razón —una razón de raíz sagrada—. Entonces lo verdaderamente humano —la singularidad— habría estado irremisiblemente tapado sin que pudiera revelarse en su plenitud[1].

[1] Un buen resumen de esta postura en Legros, 2005, pp. 121-200, y, particularmente, pp. 121-162.

Antes, por ejemplo en el siglo XVII, sólo cabría admitir, a tenor de este discurso, manifestaciones de una individualidad limitada por la conciencia estamental, que los sociólogos, a la hora de hacer historia, han denominado individualismo aristocrático o noble, entendido como un antecedente remoto del verdadero individualismo, que cobró sentido en las sociedades postrevolucionarias[2] y que, en ningún caso, significó una verdadera toma de conciencia de la singularidad del ser humano. Ciertamente, si se contemplan las cosas desde una perspectiva progresiva y se desbroza de cualquier adherencia incómoda el surgimiento del individuo en el seno de los sistemas formalmente liberales, esto puede ser así. Sin embargo, para que este hilo explicativo no se rompa, deben obviarse demasiadas discontinuidades y demasiadas anomalías en las prácticas. Tras contemplar los resultados reales del supuesto camino ininterrumpido hacia las sociedades conformadas por ciudadanos libres conscientes de su propia singularidad, resulta muy difícil revalidar su vigencia. Si en la Revolución francesa y las posteriores nacieron las condiciones para el desarrollo de la conciencia individual moderna, no es menos real que el proceso revolucionario proporcionó terreno para que arraigasen las semillas de totalitarismos negadores del individuo. Y ello nos debe invitar a mirar con ojos distintos épocas anteriores a la Revolución y a la Ilustración, en las que es posible rastrear rasgos o manifestaciones del yo individual que ni quedaron estériles ni condujeron a vías muertas. Porque el anhelo de definirse ante —o contra— el mundo, la voluntad de afirmación de sí, no es tributario de modelos sociales ni menos aún de sistemas políticos. Cuando Michel de Montaigne afrontaba una reflexión en torno a la soledad, lo primero que hacía era preguntarse «¿hay algo de lo que huya más que de la sociedad? ¿Hay algo que busque tanto como tener campo libre?»; y pronto se recomendaba «secuestrarse y recuperarse de uno mismo», porque hemos de «reservarnos una trastienda libre, en la que establezcamos nuestra verdadera libertad y nuestro principal retiro y soledad»[3].

Este trabajo pretende explorar la maduración problemática del individuo en una fase del pasado —el siglo XVII— en la que muchos estudiosos habitualmente no toman en consideración tal proceso, a

[2] Iglesias, 1991.

[3] Montaigne, *Ensayos*, pp. 300-301, 303-305.

partir de la hipótesis de que es posible constatar la aparición de la conciencia del yo individual como sujeto contradictorio y conflictivo en el Barroco —entendido como cultura de época—. Se ha elegido para esta indagación a la aristocracia castellana, pero no creemos que la búsqueda se agote en la elite por antonomasia del estamento privilegiado. Según otros trabajos ya han puesto de manifiesto, la afirmación de la personalidad, con todas las angustias y los problemas derivados de ello, se puede rastrear en otros grupos del Antiguo Régimen[4]. Así, debajo de la dura corteza de su estatismo, esta sociedad va permitiendo vislumbrar facetas diversas de la construcción del yo individual.

A la búsqueda del individuo (noble) en el Barroco

Es sabido que Jacob Burckhardt señaló que una de las características del Renacimiento residía en la aparición de una conciencia individualista o, según sus palabras, de *personalidades libres*, algo que él detectaba en Italia y singularmente en Florencia. Para Burckhardt, en la Edad Media el hombre sólo había sido consciente de sí mismo en relación con un estamento, una raza, una comunidad, una corporación o una familia. Con el Renacimiento cambió todo, porque el hombre —algunos— toma conciencia de sí, de su «subjetividad espiritual» frente a una objetividad exterior. En toda Italia, sean repúblicas o regímenes principescos, surgen entonces seres con deseo de reconocimiento, de sobresalir por su excelencia en diversos campos: el intelectual, el militar, el político o los negocios. Y junto con ello, se desarrolla un énfasis paralelo por potenciar los valores de la vida privada, un descubrimiento, o mejor dicho, redescubrimiento, de lo privado y lo íntimo, como espacio exclusivo de uno mismo[5].

Son muchas las críticas que se han hecho al esquema burckhardtiano, relativas a la cronología precisa de ese cambio, o en torno a quiénes se vieron afectados por esta revolución de la personalidad, o la relación de este proceso con las nuevas tendencias estéticas. En cuanto a lo que nos toca aquí, seguramente las manifestaciones de lo individual no se li-

[4] Ver el trabajo de Amelang, 2003.

[5] Burckhardt, 1983, en especial, las partes cuarta y quinta.

mitaron a lo dicho por Burckhardt en torno a espíritus preclaros. Porque los rasgos de lo individual no se pueden reducir a la ambición de una minoría por sobresalir, por lograr el reconocimiento y la admiración de los demás, ni tampoco se circunscriben a una espiritual búsqueda de la perfección interior. Se trata de algo mucho más complejo y también menos brillante, relativo a la toma de decisiones personales, que por lo general no está relacionado con lo heroico, ni lo creativo o ni lo grandioso, sino que simplemente (o nada menos) compromete de forma constante a la persona. Estas decisiones podían ser o no ser contrarias a los esquemas sociales, familiares o religiosos, dependiendo de muchos factores, pero en cualquier caso resultan, por su propia naturaleza selectiva, actos conflictivos. Y en el caso que aquí nos interesa, que es el de la nobleza, la carga problemática de esta construcción de la identidad mediante la adopción de decisiones es mayor, porque la justificación de la superioridad nobiliaria recaía en su vinculación a la herencia de los antepasados y a los patrones de conducta dados por el linaje, marcos de referencia que podían suponer restricciones al desarrollo de lo individual, como veremos en páginas siguientes.

La aproximación a la evolución de la cultura occidental en términos conflictivos entre lo colectivo y lo individual, otorgando un protagonismo destacado en este proceso a la nobleza, ya fue planteada hace sesenta años por Otto Brunner. El historiador y filósofo austriaco, en su seminal ensayo sobre el universo nobiliario y la cultura europea, contextualizó la cosmovisión aristocrática en el marco de la evolución de los grandes referentes intelectuales occidentales, y señaló la existencia de un evidente encadenamiento entre los sucesivos arquetipos de la excelencia social e individual, desde los tiempos homéricos hasta la nobleza del siglo XVII —que era el objetivo final de su estudio—. Brunner sostuvo que el Barroco constituyó un caldo de cultivo apropiado para que la cultura nobiliaria alcanzara un alto grado de complejidad y sofisticación. Según él, durante el siglo XVII cuajó, en su forma más elaborada y más rica, el imaginario y la conciencia aristocráticas de las elites nobiliarias europeas. Y ello fue consecuencia, entre otros ingredientes, de un proceso específico de maduración del yo nobiliario, de una exaltación de lo individual —y privilegiado— que aflora en toda su conflictividad en el terreno abonado del Barroco. Junto a ello y como contrapunto, fue entonces cuando el culto al linaje, a una manera particular de construcción de la memoria familiar, alcanza un apogeo que es visible en todos los territorios continentales. La lucha entre *razón* y *sentimiento*, la pugna entre las pasiones y la virtud, a decir de Brunner, son algunos de los frentes donde se produjo la eclosión de la personalidad como rompimiento del techo impuesto por lo colectivo, frente a lo externo —la omnipresencia de monarcas y ministros— e, incluso, frente a lo interno —el peso del linaje—. Éstos son los términos del conflicto. De ahí que conceptos como el de *virtud*, que en la óptica nobiliaria siempre había aludido al desempeño de las responsabilidades del padre de familia, a la gestión señorial y a la actividad pública, ahora derivara, sin olvidar estas cuestiones tan entrañadas en la visión nobiliaria de la vida, hacia la introspección de quien aspiraba, primordialmente, a ser *señor de sí mismo*[6].

Más recientemente, Jean Rohou ha profundizado en la cuestión problemática de la construcción de las identidades nobiliarias en el Barroco, aunque ése no fuera el interés prioritario de su investigación. Pero en su análisis sobre las novedades culturales que aportó el siglo XVII, tenía que toparse inevitablemente con el protagonismo del universo mental de la nobleza, cuya evolución en el Seiscientos consiste, en su opinión, en la adopción de formas de escrutinio de lo individual y también en el ensayo de fórmulas específicas de afirmación que habían sido poco frecuentadas por los nobles hasta el momento. Como indica Rohou, estos instrumentos de la (su) razón y estos modos de comprender el mundo son, en gran parte, muros que los nobles elevan contra la desilusión, tácticas de repliegue vencidos por el escepticismo, descubrimiento de vías de escape de la insatisfacción y, en suma, modos de canalizar la resistencia y la oposición ante un mundo que a muchos nobles les parece más incómodo y más hostil que antaño[7].

Las aportaciones de la investigación basadas en la literatura, los tratados y otras fuentes impresas, que han sido las manejadas por Rohou, encuentran confirmación y riqueza de matices en registros documentales más personales. Según Jonathan Dewald, los nobles franceses, a partir de fines del XVI y principios del XVII, experimentaron una serie de tensiones derivadas de la construcción de su personalidad en contraste con unos valores sociales en plena transformación. Y en este sentido, Dewald habla de *modernidad*, al aludir al proceso de interioriza-

[6] Brunner, 1982.

[7] Rohou, 2002, capítulos 3, 4 y 5.

ción de valores por parte del individuo noble, proceso que podía estar eventualmente acompañado por el rechazo de pautas heredadas u otras formas de ruptura declarada con el pasado familiar[8]. O, dicho con las palabras de Suzanne Langer, el noble del Barroco sería un prototipo de individuo moderno, en tanto que en él anida la disyuntiva entre la *experiencia interior* y la *verdad pública*[9]. De esta manera, las transformaciones políticas en el seno del Estado absoluto o la exaltación de los valores de la sangre y el linaje, además de determinar la identidad noble, provocaron en ella variadas reacciones que en ningún caso se prestan a ser agrupadas dócilmente. De hecho, algunas de las respuestas más características de esa época tendieron a la contraposición y, más aún, a la ruptura con los valores suministrados a la colectividad. Es el caso de la relación de la nobleza con lo cortesano, que en mi opinión no debe ser entendida únicamente como un proceso de adaptación o rechazo a los hábitos del escenario regio como nos propuso Elias[10]; más allá de estos mecanismos obvios, deberíamos tener en cuenta las implicaciones de su aceptación/rechazo, como por ejemplo, la ruptura de la tradicional idea aristocrática de pasado, de memoria familiar. En definitiva, como ha escrito Dewald, la nobleza del Barroco —él se remite al caso francés, pero creo que pueden extenderse sus conclusiones a otros ámbitos geográficos continentales— vive inmersa en grandes paradojas, derivadas de un desarrollo de la percepción personal, de la creciente importancia de las vivencias propias en la formación del criterio, y que son, estas paradojas, el resultado de algo inédito, como es el examen personal de las ventajas y de los perjuicios del estatus[11].

El peso de los arquetipos individuales y los modelos familiares nobiliarios

Como decía Antonio de Castro en 1678, «la fisonomía exterior da señas de lo interior para discernir las facciones de la virtud y del vicio»[12].

[8] Dewald, 1993.

[9] Langer, 1942, p. 12, citado por Dewald, 1993, p. 6.

[10] Elias, 1982.

[11] Dewald, 1993, pp. 8-9.

[12] Castro, *Fisonomía de la virtud y del vicio al natural, sin colores ni artificio. Segunda parte*, p. 272.

El convencimiento de que existía un vínculo estrecho entre lo físico y las cualidades espirituales seguía ostentando valor general al comenzar el siglo XVII. Tal certidumbre estaba alojada en el núcleo de la tradición del pensamiento occidental, que veía en la corporeidad de los individuos manifestaciones de los caracteres al considerar alma y cuerpo sustancias distintas, pero complementarias, o al menos relacionadas. De esta matriz conceptual se habían derivado diversas proposiciones, entre ellas la que dio lugar al desarrollo de un arte o una ciencia que trataba de adivinar el carácter de las personas a través de sus rasgos físicos. Desde tiempos remotos, la *fisonomía*, *fisiognomía* o *fisiognómica* había sido «cierta arte conjetural por la cual señalamos las condiciones y calidades del hombre, considerando su cuerpo y talle y particularmente por las señales del rostro y cabeza, como parte principal y la torre del homenaje donde residen los sentidos del alma, suelen dar indicios de sus pasiones»[13]. En este campo, bien definido por Covarrubias en su *Tesoro*, el siglo XVII se abrió bajo la influencia del tratado publicado en 1586 por Giovanni Battista della Porta[14], detallado compendio de los conocimientos fisiognómicos apoyado en un nutrido elenco de imágenes, que fijó por mucho tiempo la disciplina[15]. Su difusión, acreditada por numerosas ediciones, nos remite al interés de los círculos más cultos por la correspondencia entre lo visible —el cuerpo y en particular el rostro— y lo invisible —el alma y el carácter—. Aunque el libro de Porta, como apuntó Julio Caro Baroja, es en realidad un texto erudito sobre caracterología y psicología[16], su amplia resonancia certifica el sólido arraigo de la creencia de que las caras permitían desentrañar el interior de los individuos. Y no sólo como una mera asimilación superficial propia de vulgares opiniones o de entretenimiento del ocio, sino como parte de un conocimiento profundo del ser humano, una metodología hija de la razón capaz de esclarecer verdades ocultas; de ahí que los círculos nobiliarios estuviesen entre los más interesados por su cultivo[17].

Por otra parte, el mismo diccionario de Covarrubias refiere que los *gentiles hombres* son «los de buen talle y bien proporcionados de miembros y facciones; y dijéronse así porque, cerca de los antiguos, los que

[13] Covarrubias Orozco, *Tesoro de la lengua castellana o española.*

[14] Porta, *De humana physiognomia, libri IIII* .

[15] Caro Baroja, 1988, pp. 107-134.

[16] Caro Baroja, 1988, p. 127.

[17] Carrasco Martínez, 2001a, pp. 26-37.

descendían de una familia conocida se llamaban gentiles, y por la mayor parte los hombres principales y de noble casta se les echa de ver en el talle y en el semblante»[18]. El cuerpo y la gestualidad que lo anima es imagen del interior, expresión que refleja algo tan profundo como el alma y, en el caso de los nobles, es expresión de su excelencia. Se ratificaba la correspondencia de lo externo con la calidad interior de la persona, por lo cual la perfección visible de los gentilhombres revelaba su alta cuna. Y como en otros aspectos relacionados con la concepción estamental de la sociedad, la relación causal entre interior y exterior terminó por convertirse en categoría identificativa *per se*, es decir, se invirtió el sentido de la conexión, al dar carta de validez a la persona únicamente por los rasgos visibles de ésta. Valga como ejemplo la descripción del atuendo de un noble en una de tantas relaciones de acontecimientos festivos: «El conde [de Saldaña] salió de encarnado y negro, de cuya gala y bizarría se pudiera llenar esta relación, a no ser tan conocida por el mundo», así se refiere el anónimo relator del bautizo de un nieto del duque de Lerma cuando explica la recepción que el padre del niño, conde de Saldaña, hizo al rey Felipe III, padrino de la ceremonia[19]. Bastaba echar una ojeada al aspecto del conde para reconocerle su categoría.

Estos planteamientos remitían a un arquetipo físico del noble, del gentilhombre, que, si bien experimentó una evolución estética a lo largo del tiempo, como pone de manifiesto la retratística[20], se atuvo siempre a una serie de principios conceptuales propicios a la exaltación de determinados valores. Así, las descripciones escritas del noble, en paralelo con los retratos pintados, fijaron un tipo presidido por la excelencia física, síntoma inequívoco de la excelencia moral. Es la expresión de la virtud nobiliaria, tema recurrente en la literatura y el pensamiento pronobiliarios[21], lo que aparece en estas descripciones:

[18] Covarrubias Orozco, *Tesoro de la lengua castellana o española* (la cursiva es mía).

[19] «Verdadera relación en que se da cuenta del nacimiento y bautismo del conde del Cid, de quien Su Magestad el Rey nuestro señor, y reyna de Francia fueron padrinos. Trátase los grandes aparatos y máscaras, dádivas y demás cosas con que se celebró en Madrid, Sevilla, 1614», p. 90.

[20] Serrera, 1990, pp. 37-63; y Argullol y otros, 2004.

[21] Carrasco Martínez, 1998, pp. 231-271, en especial, pp. 242-251.

> Así nos lo prometen y asseguran las [virtudes] que se descubren oy en V.E. en tan tierna edad, que apenas llega a tres lustros, en que muestra con el desenfado del talle, la gentileza de su persona, lo ayroso del movimiento, el luzimiento de la gala, la gravedad apazible del rostro, suavidad de condición, docilidad de natural y generosa inclinación, prendas todas que se notan en V.E. y con que se lleva con los ojos los afectos de los que la reparan y asseguran a los que de más de cerca miran a V.E., que unidas estas a las ínfulas del alma, de agudeza de ingenio, viveza de entendimiento y habilidad, es V.E. erario riquísimo donde se atesoran todas las virtudes que deben concurrir en la persona de tan gran príncipe, y haze más cierta la esperanza de verlas resplandecer en V.E. la frequencia que pone en cultivarlas con el estudio de las sciencias y exercicio de las artes, [entre ellas las] del bien hablar[22].

Ésta es la descripción que incluye José de la Gasca y Espinosa en la dedicatoria al joven marqués de los Balbases de su *Manual de avisos del perfecto cortesano*. Podrían sumarse otros muchos retratos ideales que insisten en señalar que el cuerpo y, en especial, la cara son indicios del alma, en este caso de almas superiores.

Ahora bien, durante el Seiscientos, cuando tan frecuentes se hicieron los recursos de acción psicológica[23], la intuición de que el aspecto físico era reflejo de la personalidad y que, en consecuencia, era posible conocer el interior humano a través de los datos que manifestaban el rostro y el cuerpo, se encontró en medio de una concepción agónica del hombre, extremosa y pesimista. Antonio Castro, autor de una *Fisonomía de la virtud y del vicio*, reflejaba esta situación con palabras desesperanzadas:

> Si el hombre fuera no más que uno en lo que es de dentro y en lo que parece fuera; si el hombre fuera semejante a sí mismo, aun no fuera tanta circunspección necessaria para averle de entender. Hásele de mirar con la discreción de advertir de que no es siempre el hombre semejante

[22] Gasca y Espinosa, *Manual de avisos para el perfecto cortesano, reduzido a un político secretario de príncipes, embaxadores u* (sic) *de grandes ministros, a cuyo cargo es el despacho de las cartas missivas y dilatación de sus decretos. Y también la formalidad de cómo se deben estender los de las consultas que se hazen a Su Magestad para presentarse en sus magistrados. Y assimismo la modestia con que se deben formar los memoriales o relaciones de servicios que inmediatamente se le dan al rey*, dedicatoria, sin paginar.

[23] Maravall, 1996, pp. 419 y ss.; y Rodríguez de la Flor, 2002.

> a lo mismo que presenta en su imagen: hásele de entender con la reflexa de que puede ser imagen de perspectiva, que puede ser imagen sin ser semejança; que puede ser monstruo de contrarios semblantes mirando diferentes aspectos[24].

Años antes, en la misma línea de recelo hacia las manifestaciones visibles del alma humana, había escrito Cureau de la Chambre su obra *L'art de connoistre les hommes*, un texto que mezclaba la fisionomía, la psicología, el estudio de las costumbres y otros elementos diversos en un intento más de aportar claves para determinar el fondo de los caracteres de las personas a través de los rasgos del rostro, los gestos y demás manifestaciones externas. La versión castellana del libro, debida a Sebastián de Ucedo, insistía en el estudio pormenorizado de las *pasiones* que, en su opinión, eran las que, anidando en el alma, regían el rostro, los gestos y el comportamiento. Por *pasiones* o *apetitos*, en castellano, no sólo entendía el odio, la concupiscencia, la cólera o la desesperación, sino también el amor, la esperanza, la piedad, el arrepentimiento o la admiración; todas ellas conviven, afirma, en el interior de los hombres y se proyectan hacia fuera, en una tensión de opuestos cuyos vestigios se reconocen en el semblante y los gestos: «el alma lleva los espíritus afuera y los vierte sobre las partes executivas, sea para acoger el bien o para oponerse al mal»[25].

Según un lugar común muy extendido, entre todos los individuos quienes habitaban la corte eran más proclives a ser «monstruos de contrarios semblantes», como opinaba Mateo Zubiaur, pues «la más alta discreción que en palacio se usa y de lo que en la corte se tiene más cuidado es de fingir alegre cara teniendo triste el corazón, siendo las más vezes muy al revés lo que el rostro muestra de fuera de lo que dentro [d]el pecho encubre»[26]. Así pues, aun aceptando la estrecha relación entre el alma y el rostro, un pesimismo nacido del recelo hacia la misma naturaleza humana enturbiaba la idílica identificación de

[24] Castro, *Fisonomía de la virtud y del vicio al natural, sin colores ni artificio. Segunda parte*, p. 6.

[25] Ucedo, *Caracteres de las pasiones humanas y arte de conocer al hombre, de Mons. de la Chambre. Puesto en idioma castellano por don...*, p. 8.

[26] Zubiaur, *Peso y fiel contraste de la vida y de la muerte. Avisos y desengaños exemplares, morales y políticos, con un tratado intitulado* Observaciones de palacio y corte. *Y un breve apuntamiento de la Reyna nuestra señora a esta corte*, fol. 89r.

la donosura con la bondad. Ello provocó que, concretamente en el ámbito cortesano y en los círculos nobiliarios, se insistiese en cuestiones más sutiles, capaces de verificar la correspondencia entre la imagen y el carácter, como era, por ejemplo, el movimiento del cuerpo, es decir, el gesto. He aquí un factor de inquietud susceptible de quebrar el blindaje del estatus. Pero no sólo factores exteriores podían corroer la situación de privilegio. También desde dentro del recinto protegido, quienes disfrutaban de las ventajas del sistema de ideas dominante sobre la desigualdad y la excelencia experimentaron síntomas de desasosiego y hasta disconformidad con el estado de cosas, porque, como veremos en seguida, los elementos que les brindaban seguridad podían llegar a transformar su espacio de privilegio en una cárcel, o al menos algunos así lo concluyeron.

¿Los muertos contra los vivos?

«En tratando de los muertos ánseme olvidado los vivos»[27]. Es curioso que en un sermón fúnebre aparezca esta reflexión, pues ¿dónde resulta más oportuno hablar de muertos que en un sermón fúnebre?

La frase aparece en el elogio póstumo dedicado en 1606 por el franciscano Luis de Rebolledo al fallecido conde de Chinchón y, más allá de incluirse entre los juegos de palabras a los que eran tan aficionados los escritores de este género con objeto de sorprender, remite a una realidad profunda y contradictoria, como es la influencia de la memoria de los antepasados, la convivencia constante entre muertos y vivos, cuestión que si para cualquier cristiano de la época era primordial, resultaba esencial en el caso de la nobleza. Para los nobles, la referencia a los muertos del linaje era parte de su definición como tales nobles, pues era la sangre familiar la que acreditaba las virtudes y la superioridad. El culto a los muertos, revestidos del halo de la gloria de sus actos, expresión de los valores del clan, era asimilable a la devoción de los santos y se alojaba en la base del imaginario colectivo, más aún en la mentalidad del estamento privilegiado. Y quizá pue-

[27] Rebolledo, *Sermón fúnebre que predicó el padre fray... en el capítulo general de su orden celebrado en San Juan de los Reyes de Toledo, este año de 1606. A las exequias que celebró [por] el conde de Chinchón, patrón de la orden, por sus difuntos*, fol. 6r.

da considerarse que el franciscano Rebolledo, al elaborar el panegírico de este protector de la Orden Seráfica que había sido Chinchón, apuntaba con su reivindicación de los vivos al problema en que podía llegar a convertirse la preponderancia de la sangre para los de noble cuna. Porque si bien el linaje justificaba la nobleza, su dominante presencia era capaz de borrar a los individuos.

Extrañas paradojas de la posición de los privilegiados, si los factores de prestigio y preeminencia se convertían en fatigosa carga que lastraba la personalidad. En el marco de la cultura del Barroco —en sentido amplio— estas reflexiones empezaron a surgir de forma más o menos explícita, lo que suponía una nueva fase en la mentalidad nobiliario-aristocrática que, lejos de permanecer estática y complacida por su hegemonía, evidenciaba dudas o incomodidades. En algunos casos, ya no resultaba tan claro que fuese tan confortable convivir con las certezas de la excelencia, si anulaban los rasgos de lo individual. El sermón de Rebolledo ponía sobre la mesa la cuestión de la complementariedad o el antagonismo entre linaje e individuo. De hecho, podría decirse que el género del sermón fúnebre constituye uno de los espacios más aptos para este tipo de debate intelectual, porque el elogio del fallecido y su recuerdo se movía entre ambos conceptos: la pertenencia a una genealogía de ilustres, por un lado, y la exaltación de los méritos individuales, por otro.

Complementariedad o antagonismo, confirmación de las virtudes perpetuas del linaje frente a los rasgos del individuo. Sin embargo, no esperemos demasiado del centón de sermones funerarios impresos y manuscritos, porque por sí solos no elucidan la naturaleza compleja de la condición nobiliaria. Si volvemos a Rebolledo y su evocación de la figura del conde de Chinchón, se comprueban las limitaciones de este discurso para aclarar la cuestión que nos ocupa, que estaba alojada en lo más profundo de la cultura occidental y que no se había resuelto satisfactoriamente con la incorporación del cristianismo. En efecto, el franciscano Rebolledo, después de reivindicar a los vivos y a los muertos recientes frente a los muertos del pasado remoto, pasaba a elogiar, como aparece en tantas otras ocasiones similares, la historia del linaje de los condes de Chinchón y marqueses de Moya, a los Cabrera y los Bovadilla, y lo hacía, además, de la manera más frecuente y podemos decir más estereotipada, como es alabando sus méritos al servicio de la corona, en particular el amor que los Reyes

Católicos tuvieron a Andrés de Cabrera y a Beatriz de Bovadilla, para enlazar finalmente con los cuarenta años de servicios prestados por el último conde a Felipe II. Es decir, la individualización de la personalidad y la trayectoria del conde de Chinchón no adoptan aquí otro perfil que el del servicio al rey, precisamente lo que le asimilaba al comportamiento de sus antepasados. No hay otro rasgo distintivo que aparezca[28].

Tampoco, en apariencia, la tratadística centrada en la definición del concepto de nobleza parece una fuente fiable para rastrear la construcción del yo individual. Ello es así porque, en buena medida, la preeminencia aristocrática estaba sustentada por principios relacionados con la herencia, la transmisión de las cualidades de generación en generación y, en definitiva, sobre la supuesta preservación de la virtud originaria mediante mecanismos que la reproducían sin deteriorarla. Sin embargo, no es menos cierto que, como contrafigura del valor otorgado a la sangre heredada, el debate en torno a la noción de nobleza estuvo animado por la idea de que el mérito personal era el más legítimo modo que habilitaba para el reconocimiento social. Entre la sangre y el mérito se estableció la discusión acerca del ser nobiliario y, lógicamente, en el territorio de la polémica intelectual y social, tuvo cabida una amplia gama de posiciones que, de una manera u otra, tocaban el asunto de la personalidad individual frente al grupo y frente al linaje[29].

En toda Europa, a partir de los años de transición del Quinientos al Seiscientos, la cuestión de definir la nobleza cobró un notable interés, a juzgar por el número de textos publicados y manuscritos que circularon[30]. Y entre los argumentos que se ponían en juego, se encontraban aquellos que trataban de explicar la superioridad de los miembros de la nobleza. En este sentido, resulta de interés la visión que Giulio Cortese exponía en *La vera nobiltà*, texto manuscrito que no llegó a ver la imprenta, pero que circuló ampliamente desde finales del siglo XVI. En la obra, dedicada a Juan Fernández de Velasco y Guzmán, conde de Haro y virrey de Nápoles, Cortese presentaba matices que

[28] Rebolledo, *Sermón fúnebre que predicó el padre fray... en el capítulo general de su orden celebrado en San Juan de los Reyes de Toledo, este año de 1606. A las exequias que celebró [por] el conde de Chinchón, patrón de la orden, por sus difuntos*, fols. 9r-10r.

[29] Carrasco Martínez, 2000.

[30] Donati, 1988.

le separaban de las corrientes de pensamiento nobiliario dominantes. Así, señalaba en su «Proemio» que la diferencia primordial entre el hombre y el resto de criaturas residía en que, dentro del género humano, unos individuos mandaban y otros obedecían. Esta distinción dentro de la especie gozaba de la autorización divina, pero —y aquí está el matiz interesante que introducía Cortese— la división entre dominadores y dominados provenía, antes que de cualquier otra circunstancia, de la voluntad de cada uno, pues «*chi vuol servire, servirà; chi dominare, dominarà. Così della propria spetie signore diventa et servo rimane, consintendo il tutto nella propria volontà*». Los nobles son, pues, los que ejercen la voluntad de serlo y se levantan desde la condición pecadora originaria para recuperar el honor; en sus propias palabras: «*Ha dunque origine la nobiltà in recuperare i perduti honori*»[31].

Quizá podría aventurarse como conclusión provisional que la condición de privilegiado por herencia familiar no eliminaba la capacidad de crítica personal, de contraponer el yo frente al mundo, de, en definitiva, sufrir las angustias de ejercer la voluntad, como decía Cortese. En este ambiente cultural se entiende el entusiasmo con el cual las noblezas europeas giraron sus ojos hacia el estoicismo, porque aportaba, al menos, tres cosas valiosas a los aristócratas en esa hora. En primer lugar, un conjunto de recetas éticas aplicables a la conducta personal en todas las esferas de relación, con los parientes, con los servidores y clientes, con otros nobles, con la sociedad en general. En segundo lugar, proveía de un método para la comprensión de los acontecimientos públicos en tiempos de mudanza, determinados por la consolidación de la corte del rey y de su aparato estatal, junto con el surgimiento de ministros privados que se colocaron entre el soberano y la nobleza, con todas las frustraciones y reubicaciones políticas que estos fenómenos produjeron a las grandes familias europeas. Y, en tercer lugar, pero no menos importante, suministraba una cosmovisión, la estoica, que convenientemente manipulada, resultaba bastante compatible con lo cristiano sin que perdiese su profundo aroma elitista. Todas estas prestaciones convirtieron al estoicismo en el gran referente ético de la Europa aristocrática que abandonaba el siglo XVI e

[31] Giulio Cortese, *La vera nobiltà descritta dal dottor... Dove si mostra como si generi, si conservi et s'estingue l'huomo nobile*, copia del siglo XVII, BNE, Ms. 12595; las citas textuales, en fols. 4v y 8r.

ingresaba en el XVII, y de ello dan cuenta los éxitos editoriales de Lipsio, de Charron, de Quevedo, y de otros muchos difusores, vulgarizadores y adulteradores de las viejas doctrinas de la *Stoa*[32].

«Y SI TAL ES LO QUE PARECE, ¿QUÉ SERÁ LO QUE ES?» CASOS DE AFIRMACIÓN DE LA IDENTIDAD INDIVIDUAL NOBILIARIA

Como en otras partes de Europa, en el caso hispánico, las primeras décadas del XVII albergaron la búsqueda de fórmulas de expresión de esta individualidad nobiliaria que hemos explicado, consistente, reitero, en un diálogo conflictivo entre elementos identificativos del linaje y rasgos específicos del individuo; una conversación de antagonismos que, cosidos entre sí, buscaban proyectar el yo. Los ensayos se saldaron con resultado diverso. En cualquier caso, es precisamente esta variedad de planteamientos lo característico de este tipo de operaciones, como también lo es que se combinaran materiales preexistentes con intención de singularizar. Lo que interesa es el análisis de los casos concretos, no tanto por su capacidad para definir el arquetipo noble —que comparten en diverso grado—, cuanto por su carácter de propuestas originales orientadas a eso mismo, es decir, a declarar públicamente las peculiaridades de la identidad.

Tal intención se percibe en el *Elogio al retrato del excelentíssimo duque de Medina Sidonia*, debido a la pluma de Pedro Espinosa. La obra es una exaltación de la persona del VIII duque de Medina Sidonia. Pero lo que convierte al libro en interesante para el objeto que nos ocupa es que se distancia del género de las historias familiares al uso y de la literatura de tipo genealógico, que eran las formas más habituales para el elogio en el seno de la aristocracia castellana. Es, sin duda, un texto con pleno significado coyuntural, en el comienzo del gobierno de Olivares e inmediatamente después de la jornada real de Andalucía de 1624, uno de cuyos episodios más notables fue la estancia de la corte durante tres días en el Bosque de Doñana, ocasión en la que Medina Sidonia actuó como anfitrión. Y todo ello con el telón de fondo de la rivalidad familiar entre los Guzmán de Sanlúcar de Barrameda, cabeza del linaje como duques de Medina Sidonia, y

[32] Carrasco Martínez, 2001b, vol. I, pp. 305-330.

la casa condal de Olivares, que no aceptaba tal situación y que ahora se había visto fortalecida desde el acceso al trono de Felipe IV y el inicio de la privanza de don Gaspar de Guzmán. En este contexto de antagonismo de dos ramas de una misma estirpe, entrelazado con la hostilidad de un grande hacia el poder de un privado a quien consideraba de inferior categoría, el *Elogio* de Espinosa puede ser considerado un instrumento de afirmación del VIII duque tanto en el panorama político castellano como en el ámbito nobiliario y en el más reducido ámbito del linaje de los Guzmán.

Lo que más nos interesa aquí es que en el libro se eligiera, como forma de proyectar la imagen del individuo noble, una peculiar organización de contenidos. Comienza el volumen con una viñeta en blanco, una orla vacía, que debería haber albergado el retrato del duque de Medina Sidonia, y debajo reza el siguiente texto:

> Éste, que en el real semblante (sin ser antes visto) es luego conocido por gran señor (cuyos hermosos lineamientos i simetría corresponden a la grandeza que justamente tiene i merece), es el 8 duque de Medina Sidonia, don Manuel Alonso Pérez de Guzmán, último en tiempo i primero en valor. Pues el glorioso título de Bueno eredó i el de Mejor se ganó, que el primero fue gracia a su fortuna i el segundo de su virtud. Y si tal es lo que parece, ¿qué será lo que es?[33]

Aquí es notoria la insistencia en que la excelencia del VIII Medina Sidonia no proviene tanto de su sangre como de sus propios méritos, expresión de su virtud personal. Y también la manera de exponerlo, sin olvidar la mención obligada a Guzmán el Bueno, desembocando en el VIII Medina Sidonia, que es el objeto central del libro. Más aún refuerza la intención de poner lo individual delante de lo familiar el hecho de que Espinosa ponga la historia del linaje como un mero prólogo dirigido al «Lector», en donde, en pocas páginas, se traza un sumario recorrido sobre los antepasados del VIII duque.

Es evidente que lo genealógico aquí ocupa un papel secundario, a modo de introducción. Pasa luego a las partes del libro que se centran en el biografiado. Primero, Espinosa se vuelca en desgranar los rasgos de la personalidad del duque. Entre ellos se mezclan habituales

[33] Espinosa, *Elogio al retrato del excelentíssimo señor don Manuel Alonso Pérez de Guzmán, el Bueno, duque de Medina Sidonia*, dedicatoria, sin paginar.

caracteres con capacidades y costumbres que con menos frecuencia eran atribuidos a los de alta cuna. Podemos agrupar en varios bloques lo que el autor descubre en el Medina Sidonia: cualidades políticas, militares, personales, cortesanas y el gusto artístico. Así, después de haber aquilatado calidades, el autor concluye esta relación con entusiasmo desbordado: «¡O en todo excelentíssimo! Flor de la gala, custodia de la verdad, destierro de la afectación, escuela de las Musas, i templo de las Gracias». Entre la cascada de adjetivos, destacan algunos peculiares que apuntan hacia una renovación del arquetipo nobiliario y, además, están dirigidos por Espinosa a subrayar la singularidad del elogiado. Aparte de su encomiable capacidad de gestión de los asuntos familiares y patrimoniales, de impartir justicia con rectitud, acreditar dotes de mando militar y responder a las buenas cualidades del hombre *prudente*, afirma que «avita su alma en un alvergue hermoso y alindado de forma elegante [...] brioso, cortés, vizarro, sosegado, airoso, liberal, discreto, afable, grave i comedido, original del cortesano que soñó el conde de Castellón». Sin desmayar en su tarea elogiosa, Espinosa pasa luego a señalar, y en eso se percibe novedad, no tanto en los contenidos cuanto en la manera de exponerlos, una serie de rasgos intelectuales que no son meros ornamentos del noble, sino que en este caso aparecen como señas de identidad individuales. El VIII Medina Sidonia habla «como Homero», escribe con elegancia ciceroniana, es amigo íntimo de los libros, tiene conocimientos de geografía y literatura, ama la música y disfruta de un «discreto gusto en pintura» —testimoniado en los pintores cuyos cuadros posee en su colección particular, citados por Espinosa[34].

Ciertamente, no hay novedades importantes en las atribuciones físicas e intelectuales, es decir, no se separa el dibujo que se hace del duque de la manera arquetípica de representar la excelencia según la tradición fisiognómica. Pero sí hay una evidente intención de superar el tipo genérico en la manera de describir, o dicho con otras palabras siguiendo el símil pictórico, el trazo de la mano de Espinosa está cargado de voluntad de reseñar lo excepcional, lo personal, lo propio. Este modo en que el autor dispone el texto se ve reforzado cuando dedica varias páginas a reflejar frases sentenciosas, aforismos, pensamientos, que atribuye explícitamente al duque como cosas dichas por él:

[34] «Basano, Carducho, Ticiano, Rafael, Tintoreto, Parmesano, Zúcaro, Barosio.»

> Toda la filosofía moral i política i ética i económica *se halla en la voca deste señor*, que las palabras son imagen del ánimo, i la virtud sin doctrina cal sin arena. *Suele dezir que* [...]. Assí, que oimos deste prudentíssimo señor más sentencias que palabras. Esto nace de la amistad que tiene a los libros, pues ni aún de caça sale sin ellos.

Espinosa «transcribe» las frases que ha oído de la boca del duque. Aquéllas predican no sólo su sabiduría, sino que son retazos que describen un talante personal y una manera de ser. Los aforismos, por otra parte, no son particularmente originales, y remiten a esa ética estoica, arte de la prudencia aristocrática tan de moda en los círculos elitistas: desprecio de las pasiones, la prudencia como norte de la conducta, equilibrio interior, y otros elementos que circulaban en los ambientes nobiliarios europeos. Junto con ello, no es casual tampoco que Pedro Espinosa espigue aforismos supuestamente dichos por su señor en los que se insiste en que la excelencia —*su* excelencia— no proviene de la herencia familiar ni de los méritos de sus antepasados, sino de sus virtudes personales.

A partir de aquí, dado que «más persuaden exemplos que palabras», como dice Espinosa, el libro cambia de registro, abandonando lo descriptivo y lo valorativo para entrar en lo narrativo. Adopta entonces la línea biográfica, o mejor dicho, hagiográfica, al relatar acontecimientos escogidos de la vida —corta aún— de Juan Manuel Pérez de Guzmán. Pues bien, siguiendo con el estilo ya marcado en cuanto a poner el foco menos en lo genealógico-familiar y más en lo individual, es muy revelador que el único vínculo con el pasado al que se dedica espacio sea el entierro y los funerales del VII duque de Medina Sidonia, padre del biografiado, ceremonia a la que se consagran no pocas páginas. Pero incluso en este acontecimiento, el autor enfoca la narración para mayor gloria no del duque muerto, sino la de su heredero, que se convierte en el verdadero protagonista en las exequias del padre. En otro orden de cosas, es reseñable que sólo este hecho, el entierro del padre y luego algunas referencias a las devociones personales y el respeto que el VIII duque mostraba por los sacerdotes, sean las únicas alusiones a la piedad del protagonista. Tales referencias corresponden al cumplimiento con el decoro exigible, pero sin embargo no subrayan la vertiente de caballero cristiano en la misma medida en que Espinosa se preocupa por poner de manifiesto las facetas del político, el militar y el cortesano. Corrobora esta lectura el profundo detalle con el que da cuenta de la estancia de Felipe IV, su privado y la corte en el Bosque de Doñana, en 1624. Con ello se transmite el mensaje del duque como hombre público, «cortesano que soñó el conde de Castellón»; en definitiva, con la manera de reflejar en el texto el comportamiento del duque se certificaban esas virtudes singulares descritas anteriormente por Espinosa.

Orientación distinta a la hora de presentar los rasgos particulares de los miembros de un linaje noble es la que eligió Alonso Núñez de Castro para describir la personalidad y narrar las biografías de los Mendoza. Una parte sustantiva de su *Historia eclesiástica y seglar* (1653) está dedicada a componer, como si de una galería de pinturas se tratase, una serie de retratos escritos de los duques del Infantado y sus antecesores medievales. Aparte de otras consideraciones que pueden hacerse en torno a la obra, en este estudio nos interesa poner de relieve la intención del autor por individualizar a cada uno de los representados, objetivo que se manifiesta en la manera particular de describir la fisonomía moral y física de todos ellos, y que también se expresa en el énfasis que pone en destacar determinados hechos de sus biografías, o dicho más exactamente, de aquellos hechos en los que se revelan rasgos específicos de su comportamiento y de su ética[35].

Entre la colección de retratos, por sus particulares características, merece la pena detenerse en el que se ofrece de Ana de Mendoza, VI duquesa del Infantado (1554-1633). Núñez de Castro presenta primero un perfil de la biografiada ligado al tipo ideal de dama noble:

> Enriqueció Dios a doña Ana de todos los bienes que reparte naturaleza, de hermosura, talle, discreción, donaire, apacibilidad, agrado, semblante alegre, mirar suave, hablar dulce, gallardo brío; su gravedad convertía en respeto los cariños que su belleza la negociava[36].

Para hacer más vívida la narración y como ingrediente dramático, Núñez de Castro pone énfasis en la profunda piedad, en la vocación religiosa, de Ana de Mendoza, una clave argumental de la narración que, desde la misma muerte de la duquesa, se había convertido en su sello identificativo. Así lo fijó el jesuita Hernando de Pecha, confesor de la VI

[35] Núñez de Castro, *Historia eclesiástica y seglar de la Muy Noble y Muy Leal Ciudad de Guadalaxara*.

[36] Núñez de Castro, *Historia eclesiástica y seglar de la Muy Noble y Muy Leal Ciudad de Guadalaxara*, p. 193.

duquesa que, recién desaparecida ésta, construyó el primer discurso laudatorio de su señora, la «duquesa santa», como pasó al panteón de la memoria familiar. Pecha, en una historia manuscrita del linaje fechada el mismo año de la desaparición de Ana de Mendoza, detallaba su vocación religiosa ya desde niña, su comportamiento piadoso, luego su escrupuloso comportamiento de perfecta casada cristiana, posteriormente la aceptación obediente de su viudedad, atenta a los hijos y los nietos y, por fin, una serie de rasgos que la recubrían del nimbo de la beatitud[37].

Pero lo interesente es que Núñez de Castro no se limitó a repetir o perfeccionar el modelo de Pecha, sino que introdujo modificaciones decisivas en él. Los primeros relatos de la vida y el carácter de la duquesa insistían en la humildad de perfecta mujer y perfecta cristiana, por lo cual había aceptado pacíficamente las decisiones de su padre en la elección de marido y había consagrado su vida a los deberes tanto familiares como cristianos, sin que hubiese quejas por su parte. La novedad en la presentación que hace Núñez de Castro es notable porque plantea una biografía en la que predomina el conflicto abierto entre la profunda vocación religiosa de Ana de Mendoza y los intereses del linaje según los interpretaba su padre. Como veremos a continuación según el relato, en la parte inicial de su vida ella se resistió y vivió de forma dramática la tensión entre su vocación vital y los deberes que debía satisfacer en la política familiar, conflicto que se saldó con el abandono de su deseo de hacerse monja.

Ana de Mendoza era la hija mayor del V duque del Infantado y, habiendo muerto sus dos hermanos varones, a los 27 años de edad, se vio abocada al matrimonio, destino necesario para la continuidad de la estirpe, pero contrario a su deseo. Convertida en heredera de la casa del Infantado, en 1583 fue entregada en matrimonio a su tío, Rodrigo de Mendoza, de modo que, dice Núñez de Castro:

> cumplió con esta obligación doña Ana, poniendo su coraçón en Dios en primer lugar, atendiendo a su salvación y a las obligaciones de christiana, y en segundo, en agradar a su esposo. No se contentó con ser perfecta casada, sino que hizo a su marido perfecto.[38]

[37] Pecha, *Historia de Guadalaxara, y cómo la religión de San Gerónymo en España fue fundada y restaurada por sus ciudadanos.*

[38] Núñez de Castro, *Historia eclesiástica y seglar de la Muy Noble y Muy Leal Ciudad de Guadalaxara*, p. 194.

La pareja tuvo un hijo y dos hijas, pero las desgracias se cebaron en ellos. En 1587 murió su marido y poco después el hijo varón, con lo que otra vez quedaba en entredicho el futuro de la varonía del linaje. Esta situación es subrayada por Núñez de Castro para aumentar el efecto dramático de su relato: «començada en tiempo inmemorial y proseguida por el discurso de más de 300 años continuados, que no se avía interrumpido sino en la condesa doña Ana [...], [quien] no por ello perdió la paz de su alma, ni la paciençia en su coraçón»[39].

Sin embargo —y en ello emerge en parte la oposición entre el deber familiar y la vocación personal—, apunta Núñez de Castro que la viudedad permitió a la heredera del Infantado dedicarse con mayor intensidad a su verdadera vocación, la religiosa, al quedar «más desembaraçada para dedicarse a la virtud, sin tratar de otra cosa... que no salía del oratorio noche y día en oración perpetua». Vestía, comía y dormía más como una monja que como «señora poderosa»[40]. Pero el problema de la sucesión seguía constituyendo el centro de la política ducal, y seis años después de la muerte de Rodrigo de Mendoza, el V duque formalizó un nuevo enlace para su heredera, esta vez con el séptimo hijo del marqués de Mondéjar. El proyecto era plenamente coherente con el objetivo de mantener en el seno de la estirpe mendocina la continuidad de la casa del Infantado, dado que el elegido, Juan Hurtado de Mendoza, reunía, al menos, dos condiciones propicias: poseía el apellido y, además, su situación en el orden sucesorio del marquesado de Mondéjar hacía improbable que en el futuro esa casa lateral, la de Mondéjar, pudiese hacerse con el patrimonio del Infantado, casa principal de los Mendoza.

Y, según dice Núñez de Castro, Ana se resistió a casarse otra vez, por su firme propósito de entrar en religión. Estalló entonces la disputa entre padre e hija, «enojándose [el duque] con ella porque no condescendía con lo que tan bien estava a su casa». Al fin «con imperio de padre la mandó que se casase; [y ella] respondió que obedecería», aunque intentó un postrero y desesperado arrebato de resistencia:

[39] Núñez de Castro, *Historia eclesiástica y seglar de la Muy Noble y Muy Leal Ciudad de Guadalaxara*, p. 194.

[40] Núñez de Castro, *Historia eclesiástica y seglar de la Muy Noble y Muy Leal Ciudad de Guadalaxara*, p. 194.

> ... y entrándose en su oratorio con lágrimas en los ojos, llamó a una criada que traxesse unas tixeras, y destocándose la cabeça, la mandó que la cortasse el cabello. Assí lo executó, dando después quenta al duque del sucesso, que mostró gran sentimiento de la acción, y bolviendo a su hija con último empeño, la dixo [que] avía de obedecer a sus órdenes, que la falta de cabello tenía segura medicina en el tiempo. Huvo de ceder la condesa [de Saldaña[41]] y violentar a tantos ruegos un sí[42].

He aquí expresado un conflicto entre el deber y la voluntad, entre los intereses de linaje y la vocación personal, que adquiere la forma extrema del enfrentamiento entre padre e hija. Las palabras de Núñez de Castro, que, insisto, constituyen una rareza en las diversas crónicas familiares de los Mendoza anteriores y posteriores, dejan clara la acritud e incluso la violencia del enfrentamiento entre padre e hija, entre el proyecto paterno guiado por las estrategias políticas de la casa ducal, por un lado, y por otro, la vocación religiosa, que es la forma que en este caso adquiere la realización de la identidad personal. Será vencida la segunda, ciertamente, pero lo más interesante es que hay una tozuda resistencia y una evidente frustración, manifestadas en las discusiones entre padre e hija y, sobre todo, en la respuesta extremada y trágica por parte de la hija de raparse la cabeza, expresión máxima de rebeldía, de renuncia al mundo, de duelo, de rabia y, sobre todo, de voluntad.

Bibliografía citada

Amelang, James A., *El vuelo de Ícaro. La autobiografía popular en la Europa Moderna*, Madrid, Siglo XXI, 2003 (1.ª edición, en inglés, en 1998).

Argullol, Rafael y otros, *El retrato*, Barcelona, Galaxia Gutenberg, 2004.

Brunner, Otto, *Vita nobiliare e cultura europea*, Bolonia, 1982 (1.ª ed. en alemán, 1949).

Burckhardt, Jacob, *La cultura del Renacimiento en Italia*, Barcelona, Iberia, 1983 (1.ª ed. en Basilea, 1860).

[41] El heredero o heredera de la casa ducal del Infantado ostentaba, tradicionalmente, el título de conde de Saldaña.

[42] Núñez de Castro, *Historia eclesiástica y seglar de la Muy Noble y Muy Leal Ciudad de Guadalaxara*, p. 195.

CARO BAROJA, Julio, *Historia de la fisiognómica. El rostro y el carácter*, Madrid, Istmo, 1988.

CARRASCO MARTÍNEZ, Adolfo, «Herencia y virtud. Representaciones e imágenes de lo nobiliario en la segunda mitad del siglo XVI», en *Las sociedades ibéricas y el mar a finales del siglo XVI*, t. IV, *La corona de Castilla*, Madrid, Sociedad Estatal Lisboa '98, 1998, pp. 231-271.

— *Sangre, honor y privilegio. La nobleza española bajo los Austrias*, Barcelona, Ariel, 2000.

— «Fisonomía de la virtud. Gestos, movimientos y palabras en la cultura cortesano-aristocrática del siglo XVI», *Reales Sitios*, 147, 2001a, pp. 26-37.

— «El estoicismo, una ética para la aristocracia del Barroco», en *Calderón de la Barca y la España del Barroco*, ed. J. Alcalá-Zamora y E. Belenguer, Madrid, Sociedad Estatal España Nuevo Milenio y Centro de Estudios Políticos y Constitucionales, 2001b, vol. I, pp. 305-330.

CASTRO, Antonio de, *Fisonomía de la virtud y del vicio al natural, sin colores ni artificio. Segunda parte*, Burgos, 1678.

COVARRUBIAS OROZCO, Sebastián de, *Tesoro de la lengua castellana o española*, ed. de F. C. R. Maldonado, revisada por M. Camarero, Madrid, Castalia, 1995.

DEWALD, Jonathan, *Aristocratic experience and the origins of modern culture. France, 1570-1715*, Berkeley-Los Angeles-Oxford, 1993.

DONATI, Claudio, *L'idea di nobiltà in Italia, secoli XIV-XVIII*, Roma-Bari, Laterza, 1988.

ELIAS, Norbert, *La sociedad cortesana*, México D.F., FCE, 1982.

ESPINOSA, Pedro de, *Elogio al retrato del excelentíssimo señor don Manuel Alonso Pérez de Guzmán, el Bueno, duque de Medina Sidonia*, Málaga, 1625.

GASCA Y ESPINOSA, José de la, *Manual de avisos para el perfecto cortesano, reduzido a un político secretario de príncipes, embaxadores u* (sic) *de grandes ministros, a cuyo cargo es el despacho de las cartas missivas y dilatación de sus decretos. Y también la formalidad de cómo se deben estender los de las consultas que se hazen a Su Magestad para presentarse en sus magistrados. Y assimismo la modestia con que se deben formar los memoriales o relaciones de servicios que inmediatamente se le dan al rey*, Madrid, 1681.

IGLESIAS, Carmen, *Individualismo noble, individualismo burgués*, Madrid, Real Academia de la Historia, 1991.

LANGER, S., *Philosophy in a new key: a study in the symbolism of reason rite and art*, Cambridge MA, Harvard University Press, 1942.

LEGROS, Robert, «La naissance de l'individu moderne», en *La naissance de l'individu dans l'art*, ed. B. Foccroulle, R. Legros y T. Todorov, Paris, Grasset, 2005, pp. 121-200.

MARAVALL, José Antonio, *La cultura del Barroco. Análisis de una estructura histórica*. Barcelona, Ariel, 1996 (1975).

MONTAIGNE, Michel de, «De la soledad», en *Ensayos*, vol. I, XXXIX, ed. D. Picazo y A. Montojo, Madrid, Cátedra, 1996, pp. 300-305.

NÚÑEZ DE CASTRO, Alonso, *Historia eclesiástica y seglar de la Muy Noble y Muy Leal Ciudad de Guadalaxara*, Guadalajara, 2003, facsímil de la ed. de Madrid, 1653.

PECHA, Hernando de, *Historia de Guadalaxara, y cómo la religión de San Gerónymo en España fue fundada y restaurada por sus ciudadanos*, ed. A. Herrera Casado, Guadalajara, Institución Provincial de Cultura «Marqués de Santillana», 1977, según el manuscrito inédito fechado en 1633.

PORTA, Giovanni Battista della, *De humana physiognomia, libri IIII*, Sorrento, 1586.

REBOLLEDO, Luis de, *Sermón fúnebre que predicó el padre fray... en el capítulo general de su orden celebrado en San Juan de los Reyes de Toledo, este año de 1606. A las exequias que celebró [por] el conde de Chinchón, patrón de la orden, por sus difuntos*, Toledo, 1606.

Relaciones breves de actos públicos celebrados en Madrid de 1541 a 1650, ed. J. Simón Díaz, Madrid, Instituto de Estudios Madrileños,1982.

RODRÍGUEZ DE LA FLOR, Fernando, *Barroco: representación e ideología en el mundo hispánico (1580-1680)*, Madrid, Cátedra, 2002.

ROHOU, Jean, *Le XVIIe siècle, une révolution de la condition humaine*, Paris, Seuil, 2002.

SERRERA, Juan Miguel, «Alonso Sánchez Coello y la mecánica del retrato de corte», en *Alonso Sánchez Coello y el retrato en la corte de Felipe II*, Madrid, El Viso, 1990, pp. 37-63.

UCEDO, Sebastián de, *Caracteres de las pasiones humanas y arte de conocer al hombre, de Mons. de la Chambre. Puesto en idioma castellano por don...*, Milán, 1669 (versión española de Marin Cureau de la Chambre, *L'art de connoistre les hommes*, Amsterdam, 1660).

«Verdadera relación en que se da cuenta del nacimiento y bautismo del conde del Cid, de quien Su Magestad el Rey nuestro señor, y reyna de Francia fueron padrinos. Trátase los grandes aparatos y máscaras, dádivas y demás cosas con que se celebró en Madrid, Sevilla, 1614», en *Relaciones breves de actos públicos celebrados en Madrid de 1541 a 1650*, ed. J. Simón Díaz, Madrid, Instituto de Estudios Madrileños, 1982, p. 90.

ZUBIAUR, Mateo de, *Peso y fiel contraste de la vida y de la muerte. Avisos y desengaños exemplares, morales y políticos, con un tratado intitulado* Observaciones de palacio y corte. *Y un breve apuntamiento de la Reyna nuestra señora a esta corte*, Madrid, 1650.

FRAGMENTOS DEL OCIO NOBILIARIO FESTEJAR EN LA CULTURA CORTESANA

Santiago Martínez Hernández*
(Universidade Nova de Lisboa)

El objetivo de las siguientes páginas es proponer un acercamiento a la significación alcanzada por las manifestaciones festivas en la cultura aristocrática del Siglo de Oro. Nuestra sugerencia conlleva abordar el fenómeno festivo como esencia de la cultura cortesana a través de tres aproximaciones diferentes y, a la vez, complementarias. Una primera en la que se destaca la fiesta dentro del aprendizaje cortesano en competencia directa con otros entretenimientos y en donde los ejercicios caballerescos son su representación más elocuente. Una segunda analiza la importancia concedida a la fiesta dentro del itinerario cortesano, en definitiva, su papel en la configuración del *cursus honorum* nobiliario. Y la tercera y última refiere brevemente la proyección de la fiesta sobre el imaginario nobiliario, la difusión de relaciones, libros, grabados y estampas relacionados con el fenómeno festivo como evocación y memoria de la experiencia caballeresca. Sin embargo, y como no todo el ocio nobiliario se redujo a festejar, resulta obligado anotar, aunque resulte evidente, que otros muchos fueron los entretenimientos vinculados a la cultura aristocrática, y más aún los generados tras la consolidación de la corte. Aunque fiestas, ceremonias y espectáculos representaban en buena parte lo que podría definirse como su *habitus* cultural, otras actividades, mudadas en aficiones, concitaron el interés de los nobles hasta el punto de ocupar buena parte de su tiempo ocioso. El hecho de que muchos caballeros eruditos promo-

* Becario postdoctoral de la Fundação para a Ciência e a Tecnologia (Portugal), adscrito al Departamento de História (Universidade Nova de Lisboa).

vieran la actividad literaria mediante la fundación de academias, la asistencia a vejámenes y comedias, se distrajeran haciendo vida de aldea o ejercieran como verdaderos artífices en la elaboración de trazas arquitectónicas y de jardines e incluso pintando, es una muestra evidente de la naturaleza proteica del gusto nobiliario. Entretener el tiempo ocioso en asuntos de manera placentera y despreocupada fue una costumbre a la que muy pocos lograron escapar, convirtiéndose en virtud lo que para otros no era sino afición templada.

Durante las jornadas festivas que tuvieron lugar con ocasión de la celebración del día de San Juan del año 1595, ufano el marqués de Velada, ayo y mayordomo mayor del príncipe, confesaba al marqués de Villafranca su henchida satisfacción al ver ejercitarse a don Felipe junto a casi un centenar y medio de caballeros «vestidos de juego de cañas». Don Gómez Dávila hacía partícipe a don Pedro de Toledo de lo que aquella ocasión significaba para muchos de los nobles que como él, desde su madurez, contemplaban y asistían a los «ejercicios de armas» pues, a su juicio, «todos los viejos nos hazemos moços aquella mañana»[1]. Había hecho las parejas el rey, y salió en primer lugar su caballerizo mayor, don Diego de Córdoba, y a continuación el príncipe y su ayo. Sin duda, jerarquizada, como todos los actos de corte, la fiesta caballeresca poseía una singular relevancia tanto por su mérito más evidente, que era el de la diversión, como por las implicaciones políticas y cortesanas que se derivaban de una participación señalada. La elocuencia del mensaje del marqués evoca la importancia de presenciar y participar de tales ocasiones por cuanto eran la oportunidad para merecer la atención del soberano, toda vez que para los más veteranos era una evocación de tiempos quizás no tan lejanos pero sí de mayor esplendor caballeresco. Bien parece desprenderse de la opinión de aquel experimentado cortesano que buena parte del protagonismo de semejantes espectáculos recaía sobre los caballeros más jóvenes y diestros. No menos cierto es que en su formación los ejercicios de armas y caballos ocupaban un lugar preferente por cuanto eran símbolos de su condición nobiliaria. Siempre presentes en la cultura aristocrática, fomentada su práctica como exhibición y divertimento, continuaron manteniendo su importancia incluso cuando la caballería cedió su preeminencia a la cortesanía. En el *Tratado practicable de la enseñanza del buen príncipe* que escribió don Francisco Gurrea de Aragón, du-

[1] Madrid, 17 de junio de 1595, Archivo de los Duques de Medina Sidonia (ADMS), Fondo Marqueses de Villafranca, Leg. 4.392, sin foliar.

que de Villahermosa, para la educación del príncipe Felipe IV en torno a 1610, el magnate aragonés insistía en que el «exercicio de yr a cauallo en la silla de brida» era indispensable para adquirir «la gracia y compostura en los actos y passeos públicos y ordinarios y en las entradas de las ciudades». Resultaba igualmente necesario, a su juicio, «que el Príncipe se ensaye y hauilite en los torneos de a pie para que no se le haga de nuevo el vestirse el arnés, en las veras y para hauilitar el cuerpo y darle ánimo mayormente»[2]. Si en un caballero, fuera cual fuese su estatus, era distinción su capacidad y habilidad para desenvolverse con soltura en los ejercicios propios de su estado cuánto más en un príncipe destinado a reinar y a festejar. La fiesta cortesana significada en todas sus manifestaciones representaba la oportunidad más certera para que el monarca y su nobleza dieran muestra de sus habilidades caballerescas, exhibiendo con orgullo los símbolos de su condición y origen.

Adueñándonos sin mesura de buena parte del título del libro que confió a la imprenta el almirante de Castilla don Juan Gaspar Enríquez de Cabrera, duque de Medina de Rioseco, a finales del siglo XVII, podríamos definir de esta guisa, *Fragmentos del ocio*, lo que su «templada afición» permitió rescatar del olvido al reunir en aquellas páginas el fruto de su empeño ocioso. Junto a un curioso poemario, el conspicuo aristócrata castellano se permitió incluir en aquella suerte de miscelánea varios papeles políticos y unas «reglas para torear»[3]. Bien es cierto que para la nobleza las máscaras, las sortijas, los juegos de cañas, las corridas de toros y otros pasatiempos se habían convertido en una suerte de remedo o evocación de las antiguas y espléndidas fiestas caballerescas que alcanzaron su cenit a comienzos del Quinientos y que representaban en gran medida su propia naturaleza guerrera[4], sin embargo el ocio nobiliario parece haber transcurrido igualmente por otros cauces, no tan conocidos, a tenor de lo expresado por tan preclaro discurso aristocrático. Don Juan Gaspar asumía al componer una obra en la que daba prioridad a asuntos de gobierno, lírica y tauromaquia que tales materias habían merecido su atención y que in-

[2] Cito por la copia manuscrita de la Real Biblioteca (RB), II/587, ca. 1610, fols. 6v-7r., trasladada del original que se conserva en el Archivo de los Duques de Alba (ADA). De ambos ejemplares se ocupa Bouza Álvarez, 2000, p. 167.

[3] Enríquez de Cabrera, 1683. Sobre la obra, ver Bouza Álvarez, 1998, p. 208.

[4] Remitimos a los trabajos de Cátedra, 2000, pp. 93-117 y Cátedra, 2001, vol. I, pp. 81-104.

cluso se habían convertido en inclinaciones que satisfacían su gusto. Pero el almirante no fue una excepción notable por su sensibilidad y refinamiento, antes al contrario entre un destacado segmento de la nobleza del Seiscientos cundió, por emulación o placer, el deleite por aquellos entretenimientos que consideraron dignos de distraer su tiempo y a los que dedicaron amplios recursos económicos y buena parte de sus esfuerzos. Los siglos áureos fueron fecundos para aquella *nobleza virtuosa*, como la definiera la condesa de Aranda doña Luisa de Padilla[5], de tal forma que en aquel tiempo los marqueses de Velada y de Poza y los condes de Chinchón y de los Arcos gozaron de cierta fama por su inteligencia arquitectónica, mientras el almirante de Castilla, los marqueses del Carpio y de Leganés y el conde de Monterrey lo fueron por su elevado criterio artístico. Otros como el duque de Villahermosa, el conde de Guimerá y el marqués de Estepa destacaron por su afición anticuaria al igual que el duque de Sessa, los condes de Gondomar y Olivares y los marqueses de Astorga y Heliche fueron alabados por su bibliofilia. En un vistazo apresurado a la pléyade de caballeros poetas que poblaron la corte durante los reinados de Felipe III y Felipe IV y que frecuentaban las más celebradas academias de corte podríamos referir, olvidando a otros muchos, a los condes de Salinas, Rebolledo, Cantillana, Olivares, Saldaña y Villamediana, a los marqueses de Velada, Povar, Peñafiel, Almazán, Oraní y Alcañices, a los duques de Cea y Pastrana y al príncipe de Esquilache. La razón de aquella nobleza áulica, selecta y minoritaria, bien puede medirse al analizar las razones de la «templada afición» que hizo del almirante de Castilla un caballero virtuoso, entendido y acaso sabio.

Como en el caso de don Gaspar, otros nobles que como él se ocupaban en asuntos de gobierno conseguían arrebatar a su tiempo fragmentos con los que satisfacer sus inquietudes, sin duda más reservadas y menos notorias que las diversiones festivas más públicas y lucidas. Cuando don Baltasar de Zúñiga se refería a la obligación contraída con el duque de Sessa de informarle y remitirle algunas de las novedades editoriales que sobre náutica y cartografía habían aparecido en los Países Bajos, se refería expresamente a «las cosas de gusto»[6]. Pero

[5] Padilla Manrique y Acuña, *Nobleza virtuosa*.

[6] Carta de Baltasar de Zúñiga al duque de Sessa, Bruselas, 30 de marzo de 1600, Instituto Valencia de Don Juan (IVDJ), Envío 82, caja 112, doc. 85.

otros preferían atender su ocio dedicados a recrearse con pinturas y trazas. Don Hernando de Mexía aconsejaba en el verano de 1599 a un marqués de Villafranca ciertamente ajeno a este tipo de prácticas, tan alejadas por otra parte de su sobria condición militar, entretener su tiempo entregándose a «pintar, leer y cazar» que «son la mejor ocupación para los que saben entender», instándole a que además «trat[as]e de algún jardín que sea cosa començada por V.S. que siempre se avrá más»[7]. En esto como en todo el gusto nobiliario era tan variado que podía marcar diferencias entre dos caballeros amigos y pertenecientes a la misma generación cortesana. El conde de Portalegre y el marqués de Velada coincidían en que determinadas coyunturas eran más propicias que otras para ocuparse en tales o cuales actividades. Velada había permanecido más de una década retirado en sus estados tras una primera y dilatada experiencia cortesana harto desafortunada. El marqués, «verdadero aldeano», había manifestado «quan gran plaçer» era estar ocioso, entregado a «obras», lecturas y «andar al campo». Para alguien como el marqués de Poza, presidente del Consejo de Hacienda, que tenía su tiempo embargado de visitas y audiencias don Juan de Silva encontraba más adecuado distraerse en las «comodidades» que concedían «cassas, fábricas y pleytos»[8]. Fuera cual fuese lo que alcanzase a entretener el singular gusto nobiliario no cabe duda de que muchos encontraron en semejantes pasatiempos una fórmula virtuosa para satisfacer sus inquietudes y un refugio en el que hallar descanso lejos del trasiego cortesano.

La cultura nobiliaria, sin embargo, abarcaba todos los ámbitos de la vida de sus miembros, todas aquellas cuestiones que suscitaban su atención e interés, y si bien las que admitía el ocio eran infinitas, resulta evidente que también había otras muchas que como las referidas al decoro y a la imagen interesaban al caballero tanto o más que las estrictamente festivas. Su casa, su familia, su linaje, sus relaciones sociales, son igualmente parte esencial de su cultura puesto que el noble vive a diario dando muestras de su condición y calidad y se esfuerza por preservar sin mácula su honor y dignidad. El caballero en corte —título o grande—, en mayor o en menor medida, atendía al cuidado de su apariencia formal tanto de la que afectaba a su propia

[7] Álvarez de Toledo, 1994, p. 22.
[8] Martínez Hernández, 2003, pp. 59-77.

apariencia personal como la que tocaba a su casa y linaje, representada por familiares, servidores y criados y visible a través de la presencia de sus armas en coches, aderezos, libreas, reposteros, blasones y monturas, en definitiva todo aquello que el caballero portugués Francisco Manuel de Melo llamaba «cultura de la persona, de sus partes y de sus costumbres»[9]. En este sentido, tales «partes» estaban muy presentes en todas las actividades que el noble acometía y las fiestas solían ser las ocasiones más señaladas para su exhibición. Es bien cierto que la aristocracia gozaba de amplios recursos económicos que podía desviar a cultivar aquellas aficiones que eran de su agrado. Aficiones y entretenimientos, que por su valor simbólico, fueron demostraciones indiscutibles de su poder y de su riqueza y que contribuyeron a propagar los valores estamentales haciendo de su promoción pública un signo inequívoco del proselitismo nobiliario[10].

Una de las épocas de mayor esplendor cortesano, sin lugar a dudas, coincidió con la entronización de Felipe III y con las primeras décadas del reinado de su hijo Felipe IV, en pleno Siglo de Oro[11]. Un monarca joven como el cuarto Austria, de apenas veinte años de edad cuando accedió al trono, era el mejor reclamo para la instauración de una nueva corte en la que el protagonismo recayera de nuevo en los caballeros noveles. Atemperado y veterano en lides cortesanas, don Cristóbal de Moura reconocía desde su particular exilio lisboeta, no sin cierta añoranza, el valor alcanzado por la fiesta en la nueva Mantua Carpetana, ajena a los viejos y en manos de «mancebos». Confesaba el flamante marqués de Castelo Rodrigo, virrey de Portugal, a su amigo el marqués de Velada su inquietud al ser informado de que los reyes andaban frecuentemente «envueltos en fiestas y buxigangas». En cierto modo, el caballero portugués admitía que su desazón era «propia condiçión de viejos», mientras «lo demás de mancebos, como lo son todos los que aora andan en la corte»[12]. En tales circunstancias las fiestas fueron ocasión para el lucimiento, pero también para la disputa y la rivalidad cortesanas. Ver y ser visto, participar con aparato y al-

[9] Bouza Álvarez, 1998, p. 198.

[10] Bouza Álvarez, 2003, p. 155.

[11] La génesis del teatro cortesano, concebido como espectáculo global, se produjo en este reinado, ver al respecto Sanz Ayán, 2002, pp. 28-43.

[12] Lisboa, 29 de noviembre de 1609, IVDJ, Envío 114, caja 163, doc. 225.

canzar el aplauso, eran cuestiones en las que descansaban las ocasiones de lograr el favor regio y un lugar de privilegio en la corte. El gusto del monarca por tales diversiones ampliaba las oportunidades de quienes porfiaban a diario por alcanzar su gracia y consideración.

La masiva afluencia de nobles a Madrid fue una de las más destacadas consecuencias de la muerte de Felipe II y de los primeros pasos del valimiento del primer duque de Lerma. El flamante valido, que había llegado a la privanza del entonces príncipe en buena medida gracias a su habilidad para fomentar prudentemente los entretenimientos festivos de que tanto gustaba el futuro monarca, continuó haciendo uso de tan valioso recurso político para conservar el favor del rey, sostener su prestigio y ganarse el respeto de sus colegas de estamento. Asimismo, los cambios efectuados en el ejercicio del gobierno y la generosa política de mercedes emprendida por el rey y su valido merecieron la confianza de los aristócratas castellanos que comenzaron a instalarse en la corte para hacerse valedores del privilegio de cercanía al monarca y recuperar tanto su derecho a ser los beneficiarios del patronazgo regio como a ocupar su tradicional espacio político, antaño reservado a los hombres de letras, privilegiados por Felipe II. La aristocracia cortesana, tanto la que ocupaba asiento en los diferentes consejos como la que consiguió oficio en el servicio palatino, o simultaneaba ambos, e igualmente la que permanecía en Madrid ociosa, a la espera de conseguir el favor regio o negociando asuntos propios, era la principal consumidora de diversiones. Los nobles necesitaban ocupar el tiempo que lograban sustraer a sus responsabilidades de gobierno o en sus haciendas en entretenimientos de su gusto. Consecuencia de ello fue la proliferación de lugares de recreo en la corte, tanto en Madrid como en Valladolid, que alcanzaron la condición de refugios en los que sanar de decepciones y sinsabores, deleitarse en el descanso y convocar sus fiestas y espectáculos[13]. El conde de Fernán Núñez, en 1680, alabaría la existencia de tales recreaciones, así como que los príncipes y grandes señores las tomasen «virtuosamente como descanso y recreación de sus más graves y útiles operaciones»[14]. Bien pocos, los más afortunados, disfrutaron de huerta, quintas o casas de placer en la corte. El marqués de Poza, el du-

[13] Arata, 2004, vol. I, pp. 33-52.

[14] Gutiérrez de los Ríos y Córdoba, 2000, p. 220.

que Lerma o don Juan de Borja, poseían huertas trazadas a su gusto o que habían adquirido y mejorado para su solaz y el de sus ilustres invitados. Otros, sin embargo, con menos pretensiones y quizá menor fortuna mantenían sus quintas en las proximidades de la corte, como el embajador imperial Hans Khevenhüller que disponía de una en Arganda o el conde de Arcos en Batres. En ellas tenían lugar todo tipo de regocijos, al amparo de su reserva, entre ellos comedias, máscaras, banquetes y bailes, patrocinados por sus anfitriones. Pero también eran espacios para el sosiego, el placer descansado y ocioso, ejerciendo con frecuencia como refugios para sus propietarios frente a los calores del estío o como eremitorios para contrarrestar el trasiego cortesano. Aunque en ocasiones aquel ocio, quizá no pretendido, sino obligado, escondiera cierta soledad. Así lo entendía quien como el conde de Luna aseguraba que estaba «verdadero aldeano, sin acordarme de más que hacer una vida muy de aldea». Confesaba don Antonio Alonso Pimentel al conde de Gondomar en 1619 cómo transcurrían sus jornadas, «iendo a caça y, tal bez por haçer compañía a los muchachos, tomar pala y jugar a la pelota y correr con caballo y haçer otros exerçiçios ocassionados a esta soledad en que passa la vida quieta deseando los días de ordinario por saber las nuebas de la corte»[15]. Sea cual fuere su causa, «la vida de aldea» se había convertido entonces en una costumbre entre nobles y eclesiásticos, aunque en ocasiones fuera causa de un retiro forzado. No es de extrañar que don Alonso, el *cauallero perfecto* de Alonso Jerónimo de Salas Barbadillo, hallase en su quinta un lugar «libre de las fatigas cortesanas», quietud para el gozo del que solía disfrutar empeñado en dar forma y color a sus flores y plantas, su «lícito deleyte»[16].

En esto no diferían los gustos nobiliarios del pensamiento de quien hizo de la corte el reverso sombrío de la loada aldea. Antonio de Guevara en su *Menosprecio de corte y alabanza de aldea*, se había enfrentado a la ociosidad enumerando las inconveniencias que se derivaban de la artificiosidad cortesana. Para el obispo de Mondoñedo «el hombre ocioso siempre anda malo, floxo, tibio, triste, enfermo y pensativo, sospechoso y desengañado», mientras el «ocupado y laborioso

[15] Portillo, 30 de noviembre de 1619, RB, II/2159, doc. 73. Testimonio recogido por Simal López, 2005, p. 48, n.

[16] Salas Barbadillo, *El cauallero perfecto, en cuyos hechos y dichos se propone a los ojos vn exemplo moral y político*, fol. 109.

siempre anda sano, gordo, regocijado, colorado, alegre y contento, de manera que el honesto exercicio es causa de buena complexión y de sana condición». Aconsejaba al «hombre retraído» que procurase «leer en algunos libros buenos, así historiales, como doctrinales» para ocupar «con ellos muy bien el tiempo». Para compensar el ocio convenía al cortesano «retraído», «frequentar los monasterios, ver muchas missas, oír los sermones y a no cexar las vísperas por que los ejercicios virtuosos aunque a los principios cansan andando el tiempo deleytan». Acertaba el prelado a ponderar las virtudes de la aldea respecto del lento transcurrir del tiempo y de su buena administración de tal manera que podía gastarse «para leer un libro, para rezar en unas horas, para oír missa en la iglesia, irse a caza a los campos, para holgarse con los amigos, para passear por las heras, para jugar a la ballesta»[17]. No es de extrañar que los consejos de aquel tratado cundieran en el ánimo de los cortesanos que solían buscar en quintas, casas de campo y otras recreaciones una suerte de bálsamo para sobreponerse de sus decepciones y trabajos.

Pedagogía de la fiesta: los ejercicios caballerescos

El ocio aristocrático, el más notorio, conoció inusitado desarrollo con los entretenimientos y diversiones que generaba la corte allí donde residiera el rey y su valido. La fiesta en todas sus modalidades siempre había sido de especial relevancia para la aristocracia, pues trascendía su mera significación festiva para convertirse en objeto de seria competencia entre quienes rivalizaban por obtener el favor del monarca. Igualmente, festejar era una extraordinaria ocasión, nunca desechada, para una exhibición de la magnificencia y del poder del estamento dirigente, promotor de buena parte de los espectáculos. Como diversión era siempre adecuada para entretener buena parte del tiempo que generaban las jornadas itinerantes de la corte. Cualquier lugar y ocasión parecía propicia para satisfacer el gusto de los cortesanos pese a que con frecuencia no se convocara con la magnificencia merecida. Recordaba Agustín Villanueva a Jerónimo Gassol, protonotario de Aragón, que llegado Felipe III y su corte a Valladolid la encontra-

[17] Cito por Guevara, *Menosprecio de corte y alabanza de aldea*, pp. 27-30.

ron «muy sola de gente y la que hay poco lucida», aunque tal contingencia no fue óbice para emplazar a todos a una fiesta de toros y cañas que, por haber «falta grande de cavallos» hubo de ser «de pocas cuadrillas y pocos cavalleros en cada una»[18]. La participación, siempre disputada, en todos los espectáculos de corte se consideró un signo inequívoco de la condición nobiliaria. Además, la asistencia, normalmente voluntaria, dependía en buena medida de la fortuna económica del caballero debido a que su intervención exigía vestimentas, aderezos y monturas de calidad y riqueza, ajenas a gentes de menguada hacienda[19]. Todas estas modalidades de la fiesta cortesana son en esencia manifestaciones de la cultura nobiliaria, «entretenimientos y fiestas ordinarias» propias en las que los caballeros «ejercitan las armas y fuerzas», de tal guisa las ponderaba fray Juan de Salazar en su *Política española* publicada en 1619[20]. Propagar los valores nobiliarios presentes en los festejos que hacían del noble un caballero atrevido, determinado, aguerrido y esforzado, como definitorios de su condición estamental era una cuestión de singular relevancia de modo que la convocatoria de tales espectáculos solía ser pública y su exhibición fomentada. Buen ejemplo es el anuncio de la celebración de una sortija en la corredera de San Pablo de Valladolid —espacio habitual de la villa en el que solían tener lugar los juegos y festejos nobiliarios— para principios de septiembre de 1590, cuyo cartel reflejaba con harta elocuencia el mensaje que quería hacer llegar su patrocinador. En él se podía leer que «el marqués de Camarasa dice que es tan propio de su inclinación y gusto el ejercicio de las armas y servicio de las damas, como de las que lo son favorecer este buen deseo», que emplazaba a los caballeros de la ciudad para participar de ella «por ser fiesta que en parte invita a las veras y agradable para burlas»[21].

Esencia del ocio aristocrático más lúdico y lucido, la fiesta convocaba, en la mayoría de las ocasiones, a una nobleza entregada que exhibía con placer y orgullo su grandeza y riqueza. Todo caballero que esperaba hallar en la corte oportunidad para obtener favores y mercedes confiaba buena parte de su fortuna política a su participación

[18] Valladolid, 23 de junio de 1607, IVDJ, Envío 114, caja 163, doc. 249.

[19] Bouza Álvarez, 2000a, p. 169.

[20] Cámara Muñoz, 1998, p. 79.

[21] Recogido por Alenda y Mira, 1903, p. 100.

en fiestas y espectáculos con la habilidad y mesura que exigía la prudencia. En los escasos fragmentos conservados de una biografía anónima manuscrita sobre el séptimo duque de Sessa se encomiaba la extraordinaria formación caballeresca del protagonista, habilidad que le hizo valedor de ser celebrado como uno de los más conspicuos «señores de su tiempo». El cronista refería al principiar su larga semblanza que don Francisco Fernández de Córdoba Cardona y Aragón, duque de Sessa y de Baena y conde de Cabra, «fue uno de los más excelentes cavalleros que en ningún tiempo produxo su casa». Destacado por «los dotes del cuerpo i del ánimo», por su «valeroso i piadoso corazón» y por su «afavilidad i grandeza». De natural apostura, era «robusto i [...] ávil para todos los exerzizios de cavallero que aprendió i exercitó perfectamente». Se distinguió «en el exerciçio de la caza» y «en el de los cavallos en que salió tan diestro que hizo conocida bentaja en su manejo a todos los cavalleros y señores de su tiempo de que dio luzidas i aplaudidas muestras»[22]. La de Sessa no es, desde luego, la única semblanza aristocrática que elogia las virtudes que debía reunir todo buen caballero. En la que se hizo del duque Vespasiano Gonzaga, una centuria atrás, se insistía en su «natural condiçión» de caballero virtuoso y grave, ponderándose que «jamás jugó ni saue conoçer naypes ni dados», y que era «amigo de fábricas [...], fiestas, juegos de cañas, toros y torneos, seraos y otros regozijos»[23].

El contrapunto teórico a estos retratos singulares se halla en los innumerables tratados compuestos para el aprendizaje y formación de señores. Pese a su naturaleza artificiosa merecen ser traídos aquí los consejos que Antonio López de Vega se permitió hacer llegar en *El perfecto señor* a don Francisco Fernández de la Cueva, duque de Alburquerque. Sin despojar de mérito la atención y el cuidado que el autor puso en aconsejar a su ilustre dedicatario, no debe olvidarse que quien escribió semejante aviso de nobles no era un caballero, sino tal vez un servidor, y que, pese a la prudencia y mesura con la que se expresa, su discurso siempre se asentaba sobre criterios estrictamente teóricos nacidos del interés por codificar una cultura que como la aristocrática se expresaba, en la mayoría de las ocasiones, por cauces bien

[22] *Capítulos de la vida de Francisco Fernández de Córdoba Cardona y Aragón, VII duque de Sessa, VI duque de Baena, VII duque de Soma, X conde de Cabra...*, BFZ, Altamira, carpeta 441, doc. 65.

[23] Bouza Álvarez, 1998, pp. 216-218.

alejados de argumentaciones similares[24]. Teniendo en cuenta esta premisa previa podemos aproximarnos a las advertencias que el tratadista dedicaba al cuidado de la persona y a la participación festiva. Insistía López de Vega en que un señor debía prestar gran cuidado a «lo ordinario de su mesa», a «lo entretenido de su caza» y a «lo lustroso de su Cavalleriza», en estas cuestiones no cabe ver sino coincidencias con la definición que don Francisco Manuel de Melo hizo al sublimar lo que denominaba la «cultura de la persona». Asimismo el caballero debía «abstenerse» de realizar cualquier «dispendio extraordinario», aunque «la asistencia en la Corte» fuera la razón de «no poco frequentes ocasiones i motivos». Era de la opinión López de Vega que un señor debía «retirarse de las fiestas, i solemnidades públicas, de generosidades privadas» y «aún de todo lo que en los entretenimientos más lícitos pueda, en alguna forma, parecer excesso». Razón esta que pese a su aparente sensatez no era compartida por una mayoría aristocrática que veía en las fiestas y ceremonias ocasión propicia para la diversión y para la promoción de su fortuna y reputación, aun a riesgo de empeñar su hacienda. Cuando asistiera, continuaba sin embargo López de Vega, en «ocasiones públicas, pompas i fiestas» había de procurarse «luzir con tal gobierno, que ni la cordura sea vencida de la magnanimidad i de la gala, ni las dos se acobarden en alguna superstición de la cordura». Respecto de su participación ésta había de ser bien medida de tal manera que proporcionase «a su persona, sobre lo conveniente, lo grande», no obstante huyendo «de los excessos inimitables» que no era «lucimiento, sino ignorante desperdicio, derramar la propia sangre». El señor había de procurar «parecer grande pero no mayor» y «sólo en las elecciones de la gala o la invención aspire a exceder», pues llevándose «los ojos i el agrado de todos, vendrá a ofender menos a los competidores el excesso». Siempre galante y mesurado nunca debía pretender «conservarse en aplauso i gracia común», ni «fundar su gloria en la vergüenza o en el pesar ageno».

En cuanto a los «exercicios del entendimiento», el noble no debía olvidarse de «adquirir destreza en los del cuerpo, procurando eminencia en las acciones que llaman de Caballero». Resultaba obligado aprender y ejercitarse en «todas las que con decoro de su persona le puedan hazer ágil, i robusto». Los juegos de pelota, la caza y otros ejer-

[24] Ver al respecto Simón Díaz, 1989, pp. 169-177.

cicios semejantes merecían similar atención por ser «imagen i ensayos de la guerra», aunque usándose «con tal templança, que ni le ocupen todo, ni le cuesten dispendio excesivo de sus rentas o divertirse de la aplicación de lo más útil». El caballero tenía que ser «diestro i frequente en las armas, i en ambas sillas», mediante un aprendizaje practicable y ajeno a embarazarse «en teóricas inútiles, ciencia de nombres i fantasmas de términos, que sirven solo para blasonar vanamente i aturdir la turba de la ignorancia». Debía, asimismo, ejercitarse con esmero para acostumbrar y acrecentar «sus fuerzas, porque en las ocasiones importantes que en la guerra o en la paz pueden ofrecerse, no dexen frustrado el esfuerço de su ánimo». Esta «cultura de las acciones del cuerpo», como la definía López de Vega, concedía al caballero «el común aplauso», mientras la cultura «del ingenio le daba suficiencia para acertar en el gobierno de sus Estados i familia»[25].

La exhibición, lucida pero mesurada, sin excesos gratuitos, no era desde luego un asunto trivial en la cultura nobiliaria, por el contrario estuvo siempre encaminada a propagar los valores propios de su estado. La ostentación necesitaba de un espacio y de una oportunidad, que a su vez debía ser pública y desarrollarse bajo una liturgia convenientemente estructurada y jerarquizada y que requería la participación de los nobles y la concurrencia de todo un aparato parateatral en el que lacayos y servidores, coches, reposteros, atavíos y vestimentas, monturas y luminarias contribuían a configurar tan singular tramoya. La nobleza, aficionada a consumir todo tipo de espectáculos festivos y entretenimientos, halló en el control del ocio un recurso indispensable de su crédito cortesano. Pretender alcanzar o conservar el favor regio era promover y patrocinar fiestas, cuando no procurarse un emplazamiento adecuado en todas ellas[26]. Resultaba vital para el noble ver y ser visto por sus iguales y atraer sobre sí la atención del soberano, de tal manera que el lugar ocupado en ceremonias y fiestas a menudo se disputaba a empellones. Como piezas de un tablero de ajedrez los cortesanos pugnaban por hacerse con las mejores posiciones con el fin de afrontar la partida en las condiciones más ventajosas[27]. El ceremonial imperante en todos los actos festivos desarrollados en la corte era es-

[25] Madrid, Imprenta Real, 1653.

[26] Río Barredo, 2000, pp. 136-137.

[27] La significación del espacio festivo y su control ha sido recientemente estudiado por Barbeito, 2005, pp. 36-51.

tricto y riguroso y jerarquizaba la intervención de los actores en función de su calidad y de su posición política. En la fiesta era posible leer el estado de la corte, la gracia de unos y el infortunio de otros, las pretensiones de muchos y las decepciones de otros tantos. En ella como en todas cuantas actuaciones tuvieran lugar en la corte el caballero prudente y avisado administraba con mesura gestos, movimientos y comentarios para no dar lugar a exageraciones y artificios[28]. En este sentido, la etiqueta palatina imponía su severa disciplina sobre espacios y acciones de tal manera que el noble experimentado podía interpretar, sin temor a equivocarse, la gestualidad que unos y otros mostraban en ceremonias y espectáculos. En buena medida la imagen y la reputación nobiliarias descansaban sobre la apariencia y la retórica caballerescas y en las manifestaciones festivas se daba oportunidad para conseguir mediante el riesgo y la destreza el aplauso del monarca y, acaso, su favor. Escribía el joven conde de Añover, don Luis Lasso de la Vega, a su padre el mayordomo del rey don Pedro, conde de los Arcos, durante la jornada que llevó a Felipe IV a los reinos de la Corona de Aragón en 1628, que «el torneo a sido oy i sin duda mui gran fiesta y se an acercado los torneantes más de lo que V.S. vio». El rey quedó «mui contento y a todos a pareçido mui bien»[29].

Durante buena parte del reinado de Felipe III y los primeros lustros del de su hijo y sucesor Felipe IV la fiesta retomó su antigua preeminencia para protagonizar nuevamente la vida cortesana. El principal maestro de ceremonias fue, qué duda cabe, el duque de Lerma, aunque sus posteriores herederos en el valimiento, el conde-duque de Olivares y don Luis de Haro, aprendieron a utilizar hábilmente este recurso cortesano para conservar e incrementar el favor del rey y para mostrar su capacidad y su grandeza a los ojos del reino[30]. Sublimada como casi no se recordaba, la fiesta de corte alcanzó un singular valor en la configuración del *cursus honorum* nobilario[31]. En el peculiar escenario que simbolizaba la corte todos quienes en ella andaban porfiando mercedes, honores y cargos ambicionaban un papel y la fiesta se presentaba como la mejor ocasión para pugnar por un lugar en aquella representación del

[28] Carrasco Martínez, 2001, pp. 26-37.
[29] Zaragoza, 12 de enero de 1629, IVDJ, Ad. 167, doc. 108.
[30] García García, 1998, pp. 63-103.
[31] Bouza Álvarez, 1995, pp. 185-203.

universo de la monarquía en el que el actor principal era el propio soberano. En este sentido, podemos asegurar que aún mantenía su vigor la sentencia que hizo célebre Furio Ceriol en *El Concejo i consejeros del Príncipe* (1559) cuando afirmaba que en la corte «quando el príncipe es poeta, todos hazemos coplas; quando es músico, todos cantamos y tañemos; quando es guerrero, todos tratamos con armas»[32]. Si en la corte de Felipe III el monarca acudía a fiestas y saraos, participando en ellos con harta complacencia y entusiasmo, en definitiva si el rey era el primer caballero festejante, los cortesanos festejaban porque en su intervención y asistencia se sustentaba la consecución de sus pretensiones y ambiciones futuras. Compartir el gusto del soberano era una inversión; fomentar y organizar sus diversiones garantizaba su favor.

Si hubiéramos de escoger entre aquella brillante generación de cortesanos festejantes un modelo en el que retratar al aristócrata avisado, galante, ingenioso, erudito, temerario, de clara vocación por «el exercicio de las armas y servicio de las damas», pero al tiempo prevenido y versado, ése bien pudiera ser el que fue tercer marqués de Velada y primero de San Román, gentilhombre de la cámara de Felipe III y Felipe IV. Era don Antonio Sancho Dávila Toledo y Colonna «grande honrador de ingenios», como le definió su protegido el poeta madrileño Anastasio Pantaleón de Ribera, y reputado justador[33] a quien disputaban la fama de mejor rejoneador de la corte los condes de Villamediana y Cantillana y el caballerizo del rey don Gaspar de Bonifaz. Durante las celebraciones que en la primavera de 1623 tuvieron lugar en Madrid para agasajar al príncipe de Gales, Velada valoró sus posibilidades de éxito acordando finalmente intervenir en algunas de ellas para aventurar su suerte futura. El espacio, la Plaza Mayor de Madrid; la oportunidad, una corrida de toros; la habilidad, su destreza como rejoneador. Tras una gesta digna de alabanza, en la que a punto estuvo de perder la vida, se granjeó el aplauso general y el reconocimiento pretendido por parte del rey, quien le ordenó retirarse para ser atendido de una herida. Su buen amigo Quevedo, al igual que hiciera Góngora, le dedicó ajustado soneto: «A Velada generoso / el día por un desmán, / concediólo lo galán, / recatóle lo dichoso, / por valiente y animoso / la invi-

[32] Referencia tomada de Cátedra, 2002, p. 59.

[33] Ribera, 1944, t. IV, pp. 73-74 y 81. Para situar al caballero remitimos a nuestra breve semblanza en Martínez Hernández, 2004, pp. 155-167.

dia le encaminó / golpe que le acreditó; / pues fue en mayor apretura / dichoso en la desventura / que esclarecido ilustró».

Confiando al éxito de sus afamadas habilidades caballerescas y como premio a su arriesgada jugada el marqués obtuvo lo que quizás ansiaba desde hacía algún tiempo. Tal vez fuera el coraje, demostrado con arrojo en presencia del monarca, del valido y de sus ilustres huéspedes, su mejor arma para negociar un destino que le había negado la corte tras la muerte de su padre, su mejor baza para fortalecer su débil posición cortesana. Lo que resulta incuestionable es que después de haber padecido destierro durante el régimen ucedista y cierto olvido al principiar el valimiento de los Guzmanes, encontró ocasión para promocionarse y no la desperdició. El coste, los 25.000 ducados de censo sobre sus estados que arrancó al rey para poder asistir a las fiestas con la grandeza debida. No es casualidad que meses más tarde Felipe IV le confiara el gobierno de las plazas de Orán, Mazalquivir y Tremecén, un destino sin duda belicoso, pero en definitiva su primera responsabilidad de gobierno.

Invertir o derrochar recursos, según se mire, «en el gusto y servicio del monarca» constituía una base sólida, aunque no siempre fuese una garantía, para «la conservación del favor real»[34]. En este sentido, quienes tenían a su alcance mayores posibilidades para la ostentación porfiaban por obtener el reconocimiento del soberano. Mientras los nobles más veteranos renunciaban a tomar parte activa en espectáculos arriesgados poniendo el énfasis en otras cuestiones como, por ejemplo, su presencia y acompañamiento, los más jóvenes solían acudir asiduamente a todos, especialmente a aquellos que implicaran una demostración patente de su destreza y valentía. Otros nobles, sin embargo, ignorando lo que la prudencia aconsejaba fiaron en demasía su destino a su buena fortuna y acabaron por encontrar la desgracia e incluso la muerte en un escenario festivo sólo para ser tenidos en consideración. En este sentido, hasta los nobles que por su edad no podían aventurarse en entretenimientos arriesgados como eran algunos ejercicios caballerescos, manifestaban su añoranza por los tiempos en los que ser y ejercer como caballero era un placentero y expuesto oficio cortesano.

El ya cincuentón conde de Portalegre confesaba a su buen amigo don Cristóbal de Moura el «gran efeto» que sus cartas tenían sobre su

[34] García García, 2003, p. 52.

ánimo al traerle «a la memoria el tiempo en que era cavallero», aunque considerase que «el bolver los ojos y el gusto a las acciones de la juventud» era «obra de la vejez»[35].

FESTEJAR Y NEGOCIAR. LA FIESTA EN EL *CURSUS HONORUM* CORTESANO

La nobleza hispana del Siglo de Oro, en especial la que se había avecindado en la corte madrileña durante los reinados de los primeros Austrias, se retrató al natural en su conducta diaria. Su sociabilidad codificaba sus modelos de entretenimiento como lo hacía con sus modelos de relación, de tal modo que su ocio no era más que una demostración elocuente de su capacidad para preservar el control que sobre el tiempo siempre había ejercido como estamento privilegiado. La aristocracia cortesana regía su trasiego vital dedicando parte de sus recursos al estímulo de cuantas actividades y prácticas considerase dignas de merecer su atención. En este sentido, la abundante correspondencia nobiliaria arroja testimonios de extraordinario valor sobre la significación del ocio y de la experiencia caballeresca en la cultura de corte. La documentación epistolar nos descubre sus preferencias, desvela aficiones y juegos y nos acerca a sus desvelos, gustos y placeres. El discurso epistolar conjuga a la perfección la esencia del pensamiento nobiliario, su juicio más severo y natural sobre su propia existencia —a menudo desvirtuado en la literatura cortesana nacida al calor de su favor y de sus halagos—, con sus prácticas culturales. Como en tantas otras cuestiones relativas a la cultura nobiliaria, las cartas son una fuente inagotable de referencias, opiniones y valoraciones sobre el discurso aristocrático relativo al ocio y a su proyección política que mostraba aquella nobleza que no había abandonado del todo su tradición estrictamente caballeresca pese a ser casi en exclusiva cortesana.

De la liturgia festiva ha quedado memoria escrita tanto en la correspondencia como en relaciones manuscritas y libros impresos. Los nobles escribieron para dar cuenta de sí mismos y de los demás y en ese retrato esencialmente epistolar no omitieron referencias en extremo elocuentes sobre el valor concedido a la fiesta. Ciertamente la no-

[35] [Lisboa], diciembre de 1594, Biblioteca Nacional de España (BNE), Ms. 10.259, fol. 213.

bleza, como los demás estamentos sociales, era en buena medida lo que escribía y su escritura abundaba con harta frecuencia sobre el ocio y el entretenimiento lúdico. En este sentido las noticias que aporta el excepcional testimonio del marqués de Osera permiten ahondar en la valoración que el pensamiento nobiliario reservó a sus propias celebraciones. El discurso cortesano del caballero aragonés don Francisco Jacinto Funes de Villalpando, franco y espontáneo, se refleja en el generoso *Diario* que compuso, durante los apenas dos años vividos en la corte de Felipe IV, para informar a su hermano, cautivo en Barcelona, acerca de los progresos realizados para resolver su situación judicial tras ser encausado por violación. La importancia de las observaciones de Osera trasciende el mero juicio de un observador privilegiado de los acontecimientos, es mucho más que eso por cuanto su autor anduvo en la corte para negociar asuntos propios y necesitaba el amparo de los principales patronos cortesanos para colmar sus pretensiones[36].

La experiencia demostraba la presencia de tres variables en cualquier actuación cortesana: la ocasión, el espacio y la fuerza o destreza[37]. Y en la fiesta se conjugaban a la perfección. La ocasión discriminaba la oportunidad más propicia, el espacio distinguía el lugar más adecuado para ejercerla, y finalmente la fuerza o la destreza eran las habilidades requeridas para merecer el elogio o para garantizarse una merced. Las observaciones del marqués de Osera abundaban sobre estas y otras cuestiones, siempre presentes cuando se pretendía sobrevivir en la vorágine cortesana. El ingenioso caballero aragonés parece desenvolverse con cierta soltura, a pesar de sus limitaciones, en un mundo que aunque le resultaba desconocido no le era del todo hostil merced a su mesura y buen juicio. Con el amparo de don Luis de Haro, valido de Felipe IV, Osera, al que adornaba además un destacado currículum militar, consiguió la llave dorada de gentilhombre de la cámara que le permitía moverse por el Alcázar con toda libertad y un acceso ilimitado al rey.

No obstante, la modestia de medios que conllevaba vivir en la corte a un noble sin residencia estable y de pequeña hacienda, Osera porfiaba a diario por mostrarse en público con la calidad y la apariencia

[36] Un primer tratamiento de las observaciones de Osera puede verse en Malcolm, 2001, pp. 38-48.

[37] Bouza Álvarez, 1998, p. 155.

adecuadas, tomando parte en cuantos espectáculos y festejos le fueran de utilidad para alcanzar sus ambiciones. La ostentación festiva, pese al endeudamiento que provocaba, era una inversión a la que se confiaba el éxito de los negocios personales, aunque esto, en cierto modo, resultase una vulgaridad. En cierta medida, la presencia de Osera en Madrid permite dilucidar el estado de la corte y sus progresos o retrocesos en su empresa negociadora. La filosofía cortesana enseñaba a negociar con mesura y prudencia, virtudes que también intervenían en todo lo referido a la dialéctica del ocio y de la fiesta. A lo largo de las páginas de su amplio *Diario* puede comprobarse cómo el marqués trata de sus asuntos festejando, pues, al fin y al cabo, el cortesano era una suerte de caballero festejante y la corte del maduro Felipe IV aún era espectáculo y ceremonia[38]. La experiencia de Osera, que tuvo lugar a finales de la década de 1650, merece el propósito de ser glosada por su notable interés, nos aproximaremos así a algunas de sus observaciones sobre el complejo mundo lúdico de la corte, sus matices y claroscuros.

Con ocasión de la boda entre la nieta del duque de Alba y el príncipe de Astigliano, el marqués de Osera solicitó a don Luis de Haro una montura para poder acudir «con gran ostentación» a las celebraciones posteriores. No habiéndose «olvidado del todo de andar a caballo» consiguió, afirmaba muy ufano, «del pueblo más aplauso de los creíbles y que los que no me conocían preguntasen quién era, de que se valieron entre dientes para su veneno, como si un forastero en Madrid fuera maravilla no ser conocido de todo un vulgo». Aquella fue ocasión de mérito para el magnate aragonés, pues logró con ella cierta notoriedad en la corte pese a su aparente anonimato.

Para las jornadas más lucidas, como la anterior, resultaba obligado acudir, cuando la necesidad no era imprudencia, a préstamos con los que satisfacer una participación conforme a la calidad exigida o incluso más allá de ella. De este modo Osera, que no había podido trasladar toda su casa a Madrid y vivía con escasos recursos, cuando no de prestado, se vio en la obligación de adquirir un par de monturas excelentes, según él «las mejores que tenía el Conde de Chinchón y pocos como ellos en la corte, por valor de seis mil reales de plata». Los pudo comprar «porque un mercader, acreedor del Conde, había

[38] Sobre éstos y otros aspectos de la cultura cortesana se ocupa ampliamente Bouza Álvarez, 1995, pp. 185-203.

admitido la consignación de [su] Encomienda». Parece que se animó a realizar semejante inversión «con esperanza de servirme de ellos aquí y venderlos en Aragón, donde sacaré lo que me cuestan». La descripción de ambas monturas evidencia su buen gusto y su inteligencia: «Uno es rucio, harto oscuro, aunque se va haciendo blanco como todos, y ya es cerrado, pero excelente; y el otro es morcillo, hermosísimo, potro de cinco años y por no haber tenido ninguna escuela está muy detenido y bobo». El hecho de mostrarse en público con esplendidez era una forma de negociar, de administrar su propia imagen y en esta empresa no se escatimaban recursos. Osera bien lo sabía y por ello no ocultaba su complacencia tras una provechosa cabalgada por la ribera del Manzanares. De tal manera escribía a su hermano cuando le confesaba que bajó «al río y anduve en él en el famoso caballo que tengo, que, cierto, me ha quitado una cana el andar en él, que había un mes que estaba cojo. Bien me le codician, y como dependo de tantos por tus cosas, no hay quien no crea que el alarbarme es lo mismo que pedirle y tomarle».

El préstamo de caballerías no era un deshonor para quien se veía en la necesidad de solicitarlas y siempre una muestra de generosidad de quien las entregaba, aunque muchos caballeros que estimaban en demasía sus caballerizas salían en monturas menos valiosas para evitar riesgos o pérdidas irreparables. Don Juan de Vega, señor de Grajal, en sus *Instrucciones* había aconsejado a su hijo, a quien iban dirigidas, que «los cavallos y otra qualquiera cosa que vinieren a pedir prestados para burla o para veras daréis de buena gana, en especial a los amigos y aún offrecerlo de manera que en esta parte no se muestre estrecheza, porque es baxeza y escuzaos todo lo posible de pedir prestado a nadie ninguna coza»[39]. Osera tuvo que prestar al marqués de Almazán «un jaez con que sale en el primer caballo», aun temiendo que se lo maltratara, «estando sujeto a varios accidentes», o que incluso no se lo devolviera. Con tal motivo aseguraba a su hermano con severa elocuencia la pesadumbre que conllevaban las obligaciones de la vida de corte. «Ya ves cuánto hemos menester obligar», sentenciaba.

Aun siendo un despropósito exagerar el gasto, qué duda cabe que se trataba de una inversión en la que descansaban la reputación y honra nobiliarias. Cualquier empeño en conservar ambas sin mácula ni

[39] Bouza Álvarez, 1998, p. 223.

menoscabo siempre merecía una deuda. En ese sentido, Osera no podía permitirse, por lo que sufriría su imagen y con ello su capacidad para negociar, entrar por vez primera en plaza con caballos prestados, aunque le fueran ofrecidos con generosidad por el conde de Chinchón. Deseaba comprarlos, pero carecía de fondos, por ello prefirió excusarse de participar. Lo mismo le aconteció al ser convocado a un festejo que ofrecía don Luis de Haro en el palacio del Buen Retiro y para el que era necesario vestir a medio centenar de lacayos con ricas libreas. Apesadumbrado por sus limitaciones se lamentaba en su *Diario* de que de su «casa vienen gritos de censualistas y aflicciones de mi mujer de no tener con qué acudir a tantas cosas».

Don Francisco gozaba de merecida reputación y de la simpatía y de la protección de algunos de los más conspicuos aristócratas. Uno de los más brillantes, el marqués de Heliche, solía agasajarle con esplendidez cuidándose mucho de no ofenderle. Con ocasión de la celebración de una máscara, conociendo don Gaspar de Haro y Guzmán su «falta de medios», no insistió en forzar la invitación para no obligarle a mayor gasto. En otro momento relataba Osera una muy lucida corrida de toros que contó con numerosa concurrencia nobiliaria y cuyo desarrollo enconó la rivalidad que enfrentaba a don Luis de Haro con su hijo Heliche. Don Gaspar puso a disposición de Osera sus propios caballos para facilitar su participación. El marqués aceptó gustoso el ofrecimiento sin saber entonces que ambos se disputaban con fiereza complacer los deseos de su común amigo. Heliche estorbó a su padre el préstamo de cierto ejemplar con destino a Osera, «el mejor para el caso», al entregarlo al conde de Puertollano. Ofendido Haro «mandó no se diese a nadie, pues no se me daba a mí, con que Puerto Llano burlado, no quiere torear». Prudente el aragonés, viendo que la montura pudiera ser «manzana de discordia entre padre e hijo» excusó su presencia en la corrida pese a haber cifrado en ella una extraordinaria oportunidad para lograr el favor del valido. Sin caballos, escribía, y para evitar enemistarse con Heliche y «muchos de sus adláteres» «ya no toreo, y eso que lo deseaba, por ser fiesta en que se ha de lisonjear mucho a don Luis [de Haro], que deseaba saliese yo».

Como observador privilegiado de la corte madrileña el marqués de Osera llenaba su *Diario* de juicios certeros acerca de la trascendencia alcanzada por la fiesta en el *cursus honorum* nobiliario. Anotaba nuevamente en sus páginas cómo obstinado se había decidido a «hallar medio para torear en el Retiro», incluso ajustándose «a entrar en caballos prestados». Sin embargo, la imposibilidad de «sacar cien lacayos, que [son los que] sacan estos señores», le obligó a renunciar. No era honorable solicitar dispensa en esto siendo «voluntario el entrar» y preciso hacerlo «con el lucimiento que los otros», y mucho más siendo su primera vez. Decepcionado, reconocía amargamente a su hermano haber quedado su deseo «rendido a [la] imposibilidad»[40].

La memoria de su experiencia cortesana fue para el marqués de Osera una suerte de travesía festiva, no obstante escasamente placentera y sí agotadora y harto onerosa. La fiesta y el ocio cortesanos están muy presentes en los escritos del caballero aragonés mostrando en su tratamiento un profundo conocimiento de los mecanismos de negociación presentes en palacio. En la corte de Felipe IV, como había ocurrido anteriormente en la de su padre, ocio y entretenimiento eran recursos muy valiosos para negociar y obtener el favor del rey y de sus favoritos. La insistencia en el coste económico permite suponer cierta preocupación sobre las consecuencias que una participación continuada tenía sobre las haciendas nobiliarias, sin embargo, y como puede observarse en el caso referido, el crédito cortesano era el fin y para ello todos los medios eran a propósito, incluido el endeudamiento. La fiesta continuó siendo, superado el ecuador del siglo XVII, un recurso político de indudable valor para quienes confiaban a su lucimiento, su credibilidad y reputación cortesanas.

La fiesta en la memoria aristocrática

La cultura cortesana, como venimos insistiendo, no puede entenderse en toda su complejidad y magnitud si se obvia la importancia que fiestas, espectáculos y ceremonias ejercieron sobre el pensamiento nobiliario como elementos propios de su particular *habitus* cultural. Cartas, avisos, nuevas y relaciones de corte, tan abundantes en el Siglo de Oro, aludían con frecuencia a las actividades festivas, en es-

[40] La referencia al *Diario* y varias noticias extractadas de él aparecen recogidas en Berwick y de Alba, 1915, pp. 264-294. El original en ADA, Montijo, caja 17, sin foliar. Preparamos una edición crítica del diario.

pecial las regias y nobiliarias, espectáculos que por su atractivo y grandiosidad concitaban la fascinación de los lectores, mayoritariamente nobiliarios, por ser muestras de grandeza y de su tradición secular del estamento privilegiado. El lenguaje que incorporaba la fiesta, presente a través de una terminología específica que se encargaba de enunciar, con enorme riqueza de matices, las vestimentas, los atavíos, las galas, los movimientos, las acciones y sus circunstancias, quedó retratado en aquella literatura festiva surgida de la enorme capacidad de la corte para desarrollar nuevos géneros.

Si en su correspondencia diaria los nobles esbozaron su propia experiencia cortesana en relación con la fiesta, en las relaciones y en los repertorios sobre fiestas y ceremonias quedó recogida la memoria de los espacios que albergaron tales acontecimientos y de las ocasiones en que tuvieron lugar. La abundancia de este tipo de textos permite evocar la demanda que hizo de ellos un auténtico género literario al gusto de la nobleza, tal y como había sucedido con los libros de caballerías. Aquellas «fiestas para leer», como las ha denominado con gran acierto el profesor Fernando Bouza, o para contemplar, alcanzaron gran difusión y fueron dignas de interés tanto para los cronistas de corte como para el público al que iban destinadas[41]. En esas fiestas de papel, grabadas o pintadas, se podía perfilar el itinerario cortesano de los grandes nobles, de los caballeros más señalados. En cierto modo sus hazañas, sus gestas, su destreza, su lucida y brillante participación habían quedado preservadas del olvido conformando buena parte de su memoria escrita y visual.

También los espacios cortesanos, capturada su imagen en grabados, planos, lienzos y tapices, mantuvieron su poder evocador en la memoria caballeresca como reflejo de los emplazamientos en donde se habían desarrollado las fiestas más afamadas. La importancia de estos elementos iconográficos y su proyección sobre el imaginario aristocrático puede descubrirse cuando se consulta el contenido de las colecciones nobiliarias. Si analizamos la que el conde de los Arcos albergaba en su fortaleza de Batres, en ella había lugar para un «quadro de Madrid», «un mapa de la plaza de Madrid», «dos cuadros de las dos plaças de Beneçia», «un quadro muy grande del Escorial» y «los palacios del du-

[41] Sobre la difusión de la literatura de corte relacionada con las fiestas, ver Bouza Álvarez, 1995, pp. 188-194.

que de Ferrara», entre otros. En la del almirante don Juan Alfonso Enríquez de Cabrera, por ejemplo, había «dos cuadros pequeños con marcos dorados con la descripción y nota de fiestas de Nápoles» y «un quadro de tres que están jugando a los naipes [...] este quadro es de fulleros», entre otras pinturas. Otras galerías nobiliarias evidencian el interés de muchos caballeros por conservar escenas relacionadas con el ocio como un «convite de dioses», «un lienço que es una boda con muchas figuras» y «otro grande que es las Carnestolendas de Flandes», que se encontraban entre los bienes del marqués de Velada[42].

Como ya ocurriera con el gran éxito alcanzado por la llamada literatura de caballerías entre el público nobiliario, a quien en su mayoría fueron dedicadas las obras de este género, no es una casualidad que la literatura festiva consiguiera si no semejante fortuna, sí al menos eco entre una audiencia entregada a consumir lo que le era tan propio[43]. Presentes en las librerías y galerías nobiliarias, los títulos y objetos relacionados con el género festivo fueron elocuente testimonio del poder evocador que aquellas reuniones y regocijos alcanzaron en la cultura cortesana. Así en el citado inventario de bienes del almirante de Castilla, don Juan Alfonso Enríquez de Cabrera, realizado en Madrid, el 19 de junio de 1647, un vistazo detenido permite localizar algunos ejemplares de la literatura y la dramaturgia festivas. Entre los cientos de volúmenes podía encontrarse, en una caja, «las Tablas del torneo», tasado en 22 reales. En la «librería de las casas de Su Excelencia a los Mostenses», en el primer nicho había un «libro de sonetos manuscritos», mientras en el quinto unos «versos de Juan de la Vega» y una obra titulada *El favor de la corte*. En el nicho seis se guardaban unas «Comedias de Jorge Pereira» y en el séptimo las «Comedias del Salvaje», la «Comedia de Florençia», unas «Comedias de portugués» y unas «Fiestas de San Ignacio de Loyola»[44].

La lectura, al igual que la contemplación del fenómeno festivo en la cultura nobiliaria de corte, fue tanto entretenimiento como una

[42] Testamento del marqués de Velada, Madrid, 27 de julio de 1616, BFZ, Altamira, carpeta 198, doc. 1, sin foliar.

[43] Sobre la importancia de la iconografía festiva en la cultura caballeresca, ver Llompart, 2000, pp. 159-169. También López Poza, 1999, pp. 213-222 y Ettinghausen, 1999, pp. 95-105.

[44] Archivo de los Duques de Arión (ADAR), M, Leg. 1, estante 14, sin foliar.

suerte de pedagogía de la experiencia cortesana[45]. Los libros, como los lienzos, los tapices, las estampas y los grabados, fueron los espacios a los que fueron confiadas y confinadas las fiestas y las ceremonias caballerescas con el fin de que pervivieran en la memoria aristocrática y trascendieran su propia naturaleza temporal y efímera. El poder evocador de las imágenes y de los textos permitió conciliar los aspectos ocioso y pedagógico vinculados a la fiesta, haciendo de su lectura y de su observación un valioso recurso para la formación de los futuros caballeros. Sin embargo, y por ello, proliferaron en mayor número, la fiesta quedó relegada a los textos más que a las imágenes, pues era mucho mayor la capacidad sugestiva de la letra que la más perfecta de las imágenes realizada, ya que carecían éstas de la posibilidad de desarrollar una acción continuada. Además, las obras que incluían grabados encarecían el coste final de las ediciones. De cualquier modo, para quienes confiaban en la capacidad de la escritura para generar matices mucho más precisos que la pintura o el dibujo podían afirmar lo que sugiere aquella aguda sentencia surgida del ingenio de don Juan de Borja y gratamente celebrada por el secretario don Francisco de Eraso, uno de sus habituales corresponsales, quien, como confesaba al hijo de aquél, suspiraba «mil veçes al día con aquello de quien viese la escritura ya que no puede verse la pintura»[46].

De las prensas madrileñas y vallisoletanas salieron miles de ejemplares de literatura festiva con destino a las librerías nobiliarias. En buena medida la fiesta había quedado confinada al texto impreso, sin embargo las nuevas más singulares y de mayor frescura por la inmediatez de los sucesos narrados fueron las relaciones manuscritas y los relatos breves que con frecuencia solían acompañar la correspondencia. La cercanía de su redacción facilitaba su intercambio y permitía que aquellos textos fueran innumerablemente trasladados de forma manuscrita. En la mayoría de las ocasiones la misiva daba cuenta del hecho resumiéndolo en varios renglones y remitiendo el relato a una relación más amplia y pormenorizada de mano de secretario que se adjuntaba con ella. De esta forma apuntaba don Juan de Silva al marqués de Poza, que confiaba en que «apuraría el marqués de Velada la rrelaçión

[45] Bouza Álvarez, 2000a, pp. 155-173.

[46] Carta de Francisco de Eraso a Fernando de Borja, Madrid, 14 de enero de 1606, IVDJ, Envío 19-20, t. II, doc. 2.

de la fiesta»[47]. Éste, años más tarde, ejerciendo cual cronista improvisado, relataba un lucido festejo, tomándolo al dictado su secretario, en una larga carta remitida a su primo el conde de Fuentes. El suceso era la relación de una máscara celebrada en la «sala de seraos» del Alcázar de Madrid y en ella se daba pormenorizada cuenta de los participantes, de las diferentes actuaciones, decorados, colgaduras y de los espectadores privilegiados que asistieron. De cualquier modo para no faltar a los detalles se excusaba el autor por ser lo escrito tan sólo «la sustancia de lo que hubo», remitiendo a que «otros ternán más tiempo lo escrivirán más particularmente»[48].

Qué duda cabe que el relato manuscrito superó en su momento al impreso debido en buena medida a que podía incluirse en las relaciones epistolares de manera rápida y económica, sin embargo este último acabaría sobreviviendo al primero, permitiendo la conservación de aquella memoria festiva y su preservación futura. Esta literatura o «escritura de lo efímero»[49] alcanzó notable éxito siendo la nobleza su habitual consumidora aun cuando su presencia en sus inventarios de sus libros era significativamente escasa. Bien es cierto que con la salvedad de obras de referencia como *El felicísimo viaje* de Calvete de Estrella, la *Entrada* de la reina Ana de Austria en Madrid en 1570 relatada por López de Hoyos o la célebre *Fastiginia* del cronista portugués Pinheiro de Veiga, la mayoría de las relaciones festivas fueron textos de lectura circunstancial que se prestaban y se regalaban. Como tantos otros impresos y manuscritos breves de la literatura de entretenimiento aquellas relaciones fueron objeto de una lectura fugaz y de una despreocupada conservación. Entre los libros que se inventariaron a la muerte del marqués de Velada, por ejemplo, se mencionaban la obra de Juan Cristóbal Calvete de Estrella *El felicíssimo viage del Principe don Phelipe* (1552) y la *Relacion de la fiesta que en la beatificación del B. P. Ignacio, fundador de la Compañía de Jesús, hizo su Collegio de la Ciudad de Granada* (1610). El Calvete fue largo tiempo referente de la peda-

[47] El conde de Portalegre al marqués de Poza, Lisboa, diciembre de 1593, BNE, Ms. 10.259, fol. 98r.

[48] Madrid, 30 de diciembre de 1600, Biblioteca Francisco de Zabálburu (BFZ), Altamira, carpeta 229, doc. 81. Idéntica relación remitía el marqués al príncipe Juan Andrea Doria, Madrid, 30 de diciembre de 1600, IVDJ, Envío 86, caja 121, doc. 546.

[49] Rodríguez de la Flor, 2002, pp. 170.

gogía festiva nobiliaria por cuanto relataba el trascendental «felicísimo viaje» que llevó al futuro Felipe II a Italia, el Imperio y Flandes. En aquellas agotadoras jornadas los caballeros españoles que formaban parte del séquito del príncipe pudieron contemplar y asistir a innumerables festejos y ceremonias, espectáculos magníficos que dejaron su impronta sobre el imaginario aristocrático hispánico, superado por la grandeza centroeuropea[50]. Presente en numerosas librerías nobiliarias, el Calvete fue destacado exponente de la literatura festiva para la corte española durante más de una centuria.

Innumerables son los testimonios recogidos en la abundante correspondencia particular nobiliaria sobre su peculiar gusto por este tipo de género literario, pero uno podría servirnos de elocuente muestra. En una carta remitida por don Alonso de la Cueva y Benavides, señor de Bedmar, al comendador mayor de Montesa, don Fernando de Borja, el entonces flamante embajador en Venecia se ofrecía generoso a enviarle el «libro de las fiestas de Florencia». Suponemos que se trataba de la descripción de las celebraciones que tuvieron lugar en la capital toscana con ocasión de la boda entre el gran duque Cosme de Médici y la archiduquesa María Magdalena de Austria y que llevaba por título *Descrizione delle feste fatte nelle reali nozze de Serenissimi principi di Toscana D. Cosimo de Medici e Maria Maddalena, Archiduchessa d'Austria*, impreso en Florencia en las prensas de los Giunti en 1608. Bedmar informaba a su interesado amigo que como el libro era «tan grande que no puede yr con correo», le enviaba solamente «las estampas de todo». Reconocía el embajador que siendo los italianos «tan grandes noveleros hanse vendido de manera que apenas e hallado unas que embío a Palaçio». Las estampas remitidas a Madrid, «por ser para allá», para el rey, eran «más limpias que las otras» que enviaba a Borja. Se asombraba don Alonso que aquello «que pasó en tres o quatro días» hubiera alcanzado semejante trascendencia[51].

El fenómeno festivo admitió en la cultura nobiliaria del largo Siglo de Oro, como hemos podido comprobar, todo tipo de matices, inter-

[50] Sobre los avatares del viaje así como su contexto y la figura de Calvete ver la ed. realizada por la Sociedad Estatal para los Centenarios de Felipe II y Carlos V en Calvete de Estrella, 2001, y los estudios introductorios a cargo de J. L. Gonzalo Sánchez-Molero, J. Martínez Millán y S. Fernández Conti, A. Álvarez-Ossorio Alvariño y Fernando Checa.

[51] Venecia, 7 de febrero de 1609, IVDJ, Envío 19, caja 28, t. II, doc. 32.

pretaciones y formatos pues igualmente variado era el discurso festejante que exhibía aquella suerte de nueva caballería cortesana, plenamente consagrada en el Seiscientos. Festejar fue paradigma de la vida de corte, un sendero por el que muchos trazaron su carrera hacia la consecución del favor y la merced regios. A finales del siglo XVII, cuando monarquía y corte languidecían al tiempo que lo hacía su soberano Carlos II, uno de los más conspicuos aristócratas castellanos, el conde de Fernán Núñez, autor de *El hombre práctico*, aún reconocía en el juego, en la fiesta y otras diversiones un signo de distinción nobiliaria por su papel trascendental para «el cortejo y agrado del príncipe», enfatizando su valor como «divertimento de personas graves de respeto»[52].

Bibliografía citada

I Jornadas de Historia de la villa de Lerma y valle del Arlanza. Homenaje al Excmo. Sr. D. Luis Cervera Vera, Burgos, Diputación Provincial-Ayuntamiento de Lerma, 1998.

Alenda y Mira, Jenaro, *Relaciones de solemnidades y fiestas públicas de España*, Madrid, Sucesores de Rivadeneyra,1903.

Álvarez de Toledo, Luisa Isabel, duquesa de Medina Sidonia, *Alonso Pérez de Guzmán, general de la Invencible*, Cádiz, Servicio de Publicaciones de la Universidad de Cádiz, 1994.

Arata, Stefano, «Proyección escenográfica de la Huerta del Duque de Lerma en Madrid», en *Siglos Dorados. Homenaje a Agustín Redondo*, coord. P. Civil, Madrid, Editorial Castalia, 2004.

Barbeito, José Manuel, «El manuscrito sobre Protocolo y Disposición en los Actos Públicos, de la Biblioteca de Palacio», *Reales Sitios*, 163, 2005, pp. 36-51.

Berwick y de Alba, Duque de, *Noticias históricas y genealógicas de los estados de Montijo y Teba según los documentos de sus archivos*, Madrid, Imprenta Alemana, 1915.

Bouza Álvarez, Fernando, «Cortes festejantes. Fiesta y ocio en el *cursus honorum* cortesano», *Manuscrits*, 13, 1995, pp. 185-203.

— *Imagen y propaganda. Capítulos de historia cultural del reinado de Felipe II*, Madrid, Akal, 1998.

[52] Gutiérrez de los Ríos y Córdoba, 2000, p. 284.

— «El espacio en las fiestas y en las ceremonias de corte. Lo cortesano como dimensión», en *La fiesta en la Europa de Carlos V*, Madrid, Sociedad Estatal para la Conmemoración de los Centenarios de Felipe II y Carlos V, 2000a, pp. 155-173.

— «Servidumbres de la soberana grandeza. Criticar al rey en la corte de Felipe II», en *Imágenes históricas de Felipe II*, coord. A. Alvar Ezquerra, Madrid, Centro de Estudios Cervantinos, 2000b, pp. 141-179.

— *Palabra e imagen en la corte. Cultura oral y visual de la nobleza en el Siglo de Oro*, Madrid, Abada Editores, 2003.

Cabrera de Córdoba, Luis, *Relaciones de las cosas sucedidas en la corte de España desde 1599 hasta 1614*, prólogo de R. García Cárcel, Salamanca, Junta de Castilla y León, 1997.

Calvete de Estrella, Juan Cristóbal, *El felicísimo viaje del muy alto y muy poderoso Príncipe Don Felipe* (Amberes, 1552), ed. y estudios introductorios de P. Cuenca y otros, Madrid, Madrid, Sociedad Estatal para la Conmemoración de los Centenarios de Felipe II y Carlos V, 2001.

Cámara Muñoz, Alicia, «La fiesta de corte y el arte efímero de la Monarquía entre Felipe II y Felipe III», en *Las sociedades ibéricas y el mar a finales del siglo xvi*, vol. 1, *La corte. Centro e imagen del poder*, Madrid, Sociedad Estatal para la Conmemoración de los Centenarios de Felipe II y Carlos V, 1998, pp. 67-89.

Carlos V. Europeísmo y universalidad, Madrid, Sociedad Estatal para la Conmemoración de los Centenarios de Felipe II y Carlos V, 2001.

Carrasco Martínez, Adolfo, «Fisonomía de la virtud. Gestos, movimientos y palabras en la cultura aristocrática del siglo xvii», *Reales Sitios*, 147, 2001, pp. 26-37.

Cátedra, Pedro M.ª, «Fiestas caballerescas en tiempos de Carlos V», en *La fiesta en la Europa de Carlos V*, Madrid, Sociedad Estatal para la Conmemoración de los Centenarios de Felipe II y Carlos V, 2000, pp. 93-117.

— «Fiesta caballeresca: ideología y literatura en tiempos de Carlos V», en *Carlos V. Europeísmo y universalidad*, Madrid, Sociedad Estatal para la Conmemoración de los Centenarios de Felipe II y Carlos V, 2001, vol. I, pp. 81-104.

— *Nobleza y lectura en tiempos de Felipe II. La biblioteca de don Alonso Osorio, marqués de Astorga*, Valladolid, Junta dc Castilla y León, 2002.

La Declinación de la Monarquía Hispánica en el Siglo xvii, Actas de la VIIª Reunión Científica de la Fundación Española de Historia Moderna, coord. F. J. Aranda Pérez, Cuenca, Ediciones de la Universidad de Castilla-La Mancha, 2004.

Enríquez de Cabrera, Gaspar, almirante de Castilla, *Fragmentos del ocio que recogió una templada afición, sin más fin que apartar estos escritos del desaliño porque no los empeorasse el descuido ordinario de la pluma en los traslados*, s.l., s.i., 1683.

ETTINGHAUSEN, Henry, «Fasto festivo: las relaciones de fiestas madrileñas de Almansa y Mendoza», en *La fiesta. Actas del II Seminario de Relaciones de Sucesos (A Coruña, 13-15 de julio de 1998)*, eds. S. López Poza y N. Pena Sueiro, Ferrol, Sociedad de Cultura Valle Inclán, 1999, pp. 95-105.

La fiesta. Actas del II Seminario de Relaciones de Sucesos (A Coruña, 13-15 de julio de 1998), eds. S. López Poza y N. Pena Sueiro, Ferrol, Sociedad de Cultura Valle Inclán, 1999.

La fiesta cortesana en la época de los Austrias, coords. M. L. Lobato y B. J. García García, Salamanca, Junta de Castilla y León, 2003.

La fiesta en la Europa de Carlos V, Madrid, Sociedad Estatal para la Conmemoración de los Centenarios de Felipe II y Carlos V, 2000.

GARCÍA GARCÍA, Bernardo J., «Política e imagen de un valido. El duque de Lerma (1598-1625)», en *I Jornadas de Historia de la villa de Lerma y valle del Arlanza. Homenaje al Excmo. Sr. D. Luis Cervera Vera*, Burgos, Diputación Provincial-Ayuntamiento de Lerma, 1998, pp. 63-103.

— «Las fiestas de corte en los espacios del valido: la privanza del duque de Lerma», en *La fiesta cortesana en la época de los Austrias*, coords. M. L. Lobato y B. J. García García, Salamanca, Junta de Castilla y León, 2003, p. 33-77.

GUEVARA, Antonio de, obispo de Mondoñedo, *Menosprecio de corte y alabanza de aldea*, Madrid, viuda de Melchor Alegre, 1673.

GUTIÉRREZ DE LOS RÍOS Y CÓRDOBA, Francisco, conde de Fernán Núñez, *El hombre práctico o discursos varios sobre su conocimiento y enseñanza*, introd., ed. y notas de J. Pérez Magallón y R. P. Sebold, Córdoba, Publicaciones Caja Sur, 2000.

Imágenes históricas de Felipe II, coord. A. Alvar Ezquerra, Madrid, Centro de Estudios Cervantinos, 2000.

El linaje del Emperador, Madrid, Sociedad Estatal para la conmemoración de los centenarios de Felipe II y Carlos V, 2000.

LLOMPART, Gabriel, «Imágenes de una cultura caballeresca (a propósito de un ciclo de pinturas de fiestas nobiliarias en Palma de Mallorca)», en *El linaje del Emperador*, Madrid, Sociedad Estatal para la conmemoración de los centenarios de Felipe II y Carlos V, 2000, pp. 159-169.

LÓPEZ POZA, Sagrario, «Peculiaridades de las relaciones festivas en forma de libro», en *La fiesta. Actas del II Seminario de Relaciones de Sucesos (A Coruña, 13-15 de julio de 1998)*, eds. S. López Poza y N. Pena Sueiro, Ferrol, Sociedad de Cultura Valle Inclán, 1999, pp. 213-222.

MALCOLM, Alistair, «La práctica informal del poder. La política de la corte y el acceso a la Familia real durante la segunda mitad del reinado de Felipe IV», *Reales Sitios*, 147, 2001, pp. 38-48.

MARTÍNEZ HERNÁNDEZ, Santiago, «*Obras... que hazer para entretenerse.* La arquitectura en la cultura nobiliario-cortesana del Siglo de Oro: a propósito del marqués de Velada y Francisco de Mora», *Anuario del Departamento de Historia y Teoría del Arte*, XV, 2003, pp. 59-77.

— «Aristocracia y gobierno. Aproximación al *cursus honorum* del Marqués de Velada, 1590-1666», en *La Declinación de la Monarquía Hispánica en el Siglo XVII*, Actas de la VII[a] Reunión Científica de la Fundación Española de Historia Moderna, coord. F. J. Aranda Pérez, Cuenca, Ediciones de la Universidad de Castilla-La Mancha, 2004, pp. 155-167.

PADILLA MANRIQUE Y ACUÑA, Luisa de, condesa de Aranda, *Nobleza virtuosa*, Zaragoza, 1637.

RIBERA, Anastasio Pantaleón de, *Obras*, ed. R. Balbín Lucas, Madrid, CSIC, 1944.

RÍO BARREDO, María José del, *Urbs Regia. La capital ceremonial de la Monarquía Católica*, Madrid, Marcial Pons, 2000.

RODRÍGUEZ DE LA FLOR, Fernando, *Barroco. Representación e ideología en el mundo hispánico (1580-1680)*, Madrid, Cátedra, 2002.

SALAS BARBADILLO, Alonso Jerónimo de, *El cauallero perfecto, en cuyos hechos y dichos se propone a los ojos vn exemplo moral y político*, Madrid, Juan de la Cuesta, 1620.

SANZ AYÁN, Carmen, «Representar en Palacio: Teatro y fiesta teatral en la Corte de los Austrias», *Reales Sitios*, 153, 2002, pp. 28-43.

Siglos Dorados. Homenaje a Agustín Redondo, coord. P. Civil, Madrid, Castalia, 2004.

SIMAL LÓPEZ, Mercedes, «Don Juan Alfonso Pimentel, VIII Conde-Duque de Benavente, y el coleccionismo de antigüedades: inquietudes de un Virrey de Nápoles (1603-1610)», *Reales Sitios*, 164, 2005, pp. 30-49.

SIMÓN DÍAZ, José, «Los escritores-criados en la época de los Austrias», *Revista de la Universidad Complutense*, 1, 1989, pp. 169-177.

Las sociedades ibéricas y el mar a finales del siglo XVI, vol.1, *La corte. Centro e imagen del poder*, Madrid, Sociedad Estatal para la conmemoración de los centenarios de Felipe II y Carlos V, 1998.

APÉNDICE DOCUMENTAL

Es este fragmento un notable ejemplo de relación festiva trasladada de forma manuscrita. La máscara se celebró en Valladolid, en presencia de Felipe III y Margarita de Austria, para honrar a sus sobrinos los príncipes de Saboya, Filippo Emanuele (1586-1605), príncipe de Piamonte, y sus hermanos Vittorio Amadeo (1587-1637) y Emanuele Filiberto (1588-1624). El espectáculo tuvo lugar en la Huerta del palacio de la Ribera, propiedad del duque de Lerma, escenario habitual de fiestas y espectáculos durante el lustro en el que Valladolid fue capital y corte, el domingo 18 de julio de 1604. Esta relación anónima del evento nos ha llegado parcialmente mutilada en su inicio y en su final. Desconocemos si se trata de la que corrió manuscrita antes de la aparición de la impresa o si se trata de una versión más completa y ajena a la editada a finales de julio. Sin embargo se sabe que a los pocos días de haber tenido lugar el espectáculo de las prensas de los herederos de Juan Íñiguez salió una edición en folio de 6 hojas bajo el título *Relación de las fiestas que delante de S.M. y de la Reyna nuestra señora hizo y mantuvo el Príncipe del Piamonte, en Valladolid, Domingo diez y ocho de julio de mil y seiscientos y quatro*[53]. Aunque el cronista Luis Cabrera de Córdoba mencionase en sus *Relaciones* una versión impresa en Valladolid a cargo del licenciado Várez, de 1604[54].

El mal estado de conservación del manuscrito no ha permitido reconstruir el texto de las partes perdidas a causa de roturas o humedad.

MÁSCARA QUE SE HIZO DELANTE DE S. M.[55]

[///] cintura a los pies.

Seguían seys trompetas vestidos ellos y los caballos como los atavaleros

Tras dellos yban doze pajes armados a lo antiguo con petos y murriones con sus penachos, con unos mascarones en los hombros de donde colgava una manga de velo leonado y plata y las mangas jus-

[53] Alenda y Mira, 1903, pp. 139-140.

[54] Cabrera de Córdoba, 1997, p. 587.

[55] BFZ, Altamira, carpeta 230, doc. 159. La relación está mutilada parcialmente y en algunos de sus folios se ha perdido buena parte del texto.

tas de velillo de plata y blanco y votillas de cuero argentado con sus mascarones y espadas plateadas y lanzas en las manos, los gireles [gualdrapas ricas de caballos] de tela de plata con flores leonadas con unos golpes por donde salían unos escaques de velillo leonado y plata. Los caballos aderezados con guarniciones blancas de que pendían muchas chias a lo antiguo que casi cubrían el caballo.

Tras estos yban seys chirimías vestidos ellos y los caballos como los trompetas

Seguía luego una hidra echando fuego por las siete vocas y sobre ella un Hércules con la claua en la mano.

Tras la ydra un enano vestido de velillo leonado con pasamanos de plata, el cauallo con girel de lo mismo, en la mano derecha una lanza en que yba puesto el cartel que es del tenor siguiente:

Desafío del cauallero constante

«Verdad es manifiesta que ningún bien, paz o contento ay en esta vida que no tenga algún intervalo, dificultad o impedimento por traer los hombres desde su principio cierta pasión que llaman envidia, la qual se apodera tanto de sus coraçones que sustentándose de agenos gustos se consume en ellos. Creÿa pues el cauallero constante que de quantos viven en estos tiempos ninguno havía que le igualase en gozar todo el bien que puede dar la naturaleza y adquirir el valor humano por tener empleado su pensamiento en tan alto sujeto que no rescive competencia. Pero quando entendió tener mayor seguridad en medio de sus glorias, no faltó quien movido deste cruel veneno procuró sembrar una falsa opinión contra su verdad y firmeza, diçiendo que estaba de otro nuebo fuego enzendido y que la primera llama, su fuerça, hauía perdido de lo qual sintiéndose grauemente ofendido como da manifiesto agrauio o por mejor dezir m[///] indigna de admitirse a determinado no sabiendo de quién prozeda tan ynjusta ofensa buscar algún modo de venganza y por esto quiere manifestar al mundo con las armas que no sólo está firme y constante en su primer yntento pero que es ympusible cauer mudanza en una verdadera y perfecta afición y que quantos mayores contrarios se le oponen tanto más se adelanta y fortaleze. Saldrá pues al campo este cauallero a treynta del mes de mayo para sustentar con tres golpes de lanza a qualquier cauallero la perfección y firmeza de sus fiables deseos y que ningunos a hauido más firmes ni más altamente empleados.»

Condiçiones del desafío

1. Será obligado cada caualllero a correr tres lanzas
2. Se mirará quien corriere mejor y lleuare mejor la lanza
3. Quien rompiere en el escudo se contará con un golpe
4. Quien rompiere en la gola se contará por dos golpes
5. Quien rompiere en la vista se contará por tres golpes
6. Quien rompiere en el tablado perderá del todo y no podrá correr más
7. Quien perdiere el estribo o otra qualquier cosa perderá la carrera
8. Quien perdiere la lanza o la atravesare aunque rompa, pierde la carrera
9. El que no recobre la lanza pasado el estafermo perderá la carrera

Preçios

1. Al mejor hombre de armas
2. Al de la lanza de las damas
3. Al de la folla
4. Al de más galán
5. Al de la mejor ymbençión

Y en la mano izquierda un escudo en que yba la empresa que era un fuego muy ardiente en el agua con la letra que dezía: «*A mayor resistençia mayor fuerça*».

Al enano seguían los padrinos que eran el Conde de Nieba y el Conde don Luys Enríquez, mayordomos de Su Majestad y don Enrique de Guzmán y el Conde de Orgaz [///] gentileshombres de su cámara, vestidos del [///] con bandas leonadas y plata [///] más colorea.

A los padrinos seguían dos [///] con mascarones [///] gireles de tafetán leonado y plata [///] que fingían carne, botillas, espadas plateadas y unas alabardas en las manos.

Yba luego el Príncipe en un gran cauallo castaño del Reyno haçiendo corbetas, con gireles de belillo leonado y plata bordados de perlas con sus mascarones de trecho a trecho y relieves de lazos y haçían mucha obra. Yba Su Alteça con máscara, armado con peto y espaldar plateado el murrión que fingía la caueza de un león con un gran penacho leonado y blanco, toneles y braones de velillo leonado y plata, bordado de perlas, mangas y cañones que fingían carne, mascarones y un muy largo y ancho manto de velillo leonado y plata prensado que cubría todas las ancas del cauallo, en la mano con un bastón argentado como le usaron los capitanes generales romanos, que ellos llamaron emperadores y casi todo el vestido y armadura repressentaua lo mismo y al llegar delante de las ventanas de Sus Majestades y Señora Infanta hizo la cortesía deuida y saludó a los juezes y consejos y llegando a la tienda entró en ella a esperar la entrada de los Aventureros.

Y luego los maeses de campo ymbiaron a poner el faquín en su lugar acompañando de las trompetas y con otras tantas al enano que presentaua el cartel y ympresa a los juezes

QUADRILLA DE LOS PRÍNCIPES VITORIO [AMADEO] Y [EMANUELE] FILIBERTO

[///] delante atabaleros y seys trompetas [///] tafetán de nácar con flores de plata [///] trenzados de los propios.

[///] con sus petos y espaldares y [///] argentados que fingían amazonas [///] de tela de plata con unos mascarones de trecho a trecho y en los campos unas flores nacaradas con sus franjas de nácar y plata, mangas y cañones que fingían carne y otras mangas de punta a la griega de tafetán leonado con flores de plata con sus mascarones en los hombros, sus espadas y botillas plateadas con sendos lazos nacarados y plata. Los caballos aderezados con medios caparazones de tela de plata y flores de nácar que haçían medias lunas.

Tras los pajes seguía un carro ricamente ad[e]rezado, en lo alto dél assentada la Diosa Belona, armada con una media asta en la mano derecha y en ella yba en una targeta la respuesta del cartel ques del tenor siguiente:

Respuesta al desafío del cauallero más temerario que constante

«En la más remota parte de la grande Assia, en la ribera del profundo Tremedonte la fama que con sus ligeras alas es de todo mensajera a manifestado a nos Marpesia y Lampedo, Reynas de las ymbencibles

Amazonas, que en la más sublime parte de la Yberia un atreuido cauallero usurpador de nuestra propia calidad se a preciado mucho de constante y firme anteponiéndose a todos quantos aman perfectamente, lo qual aunque es digno de risa que de vengança nos obliga por nuestra propia inclinación y por lo que profesamos a castigar tan gran soberuia y jactancia, por tanto con estas compañeras nuestras al tiempo aplazado en este campo venimos confiadas con el fauor de la poderosa Belona y con la fuerça destas flechas y lanzas aremos de manera que este cauallero antes que el sol sus rayos encubra llebe el pago que merece su çiega temeridad y loco desuarío.»

Y en la izquierda un escudo en que yba la empresa de las Amazonas que era una fénix en las llamas con los rayos de sol enzima y una letra que dezía: «*Abrasadas primero que rendidas*».

Y dos gradas más abajo de los pies de Belona estaba assentado el furor encadenado y en los dos encuentros del carro yban puestas dos harpías. Tiraban el carro doze lindísimos cauallos vayos con sus uocados y en lugar de riendas cordones de seda y los tirantes plateados. Luego seguían los padrinos que fueron don Antonio de Toledo, cazador mayor de Su Majestad y gentilhombre de su cámara, y Francisco de Valencia, del consejo de Guerra de Su Majestad, y baylio de Lora, y el conde de Barajas, mayordomo de Su Majestad, don Martín de Alagón, gentilhombre de su cámara, vestidos de nácar y blanco.

Seguían luego los doze caualleros que repressentaban las Amazonas de dos en dos, con máscaras.

El Príncipe Vittorio, *Marpesia*; el príncipe Filiberto, *Lampedo*; el comendador mayor de Montesa, *Menalipe*; el marqués d'Este, *Febe*; don Gerónimo Muñoz, de la cámara de Sus Alteças, *Euribia*; don Viçente Zapata, de la cámara, *Artemi*; don Juan de Heredia, de la cámara, *Deyanira*; don Francisco de Córdoua, de la cámara, *Panthalisea*; don Diego de las Mariñas, mayordomo, *Partos*; don Pedro de Lezama, de la boca, *Edippe*; frey Muçio, *Pasalagua*; cauallerizo, *Marpe*; [y] don Juan de Tamayo, cauallerizo, *Termissa*.

Yban bestidos con petos y espaldares recamados con los pechos descubiertos y la teta derecha cortada por el estorvo del flechar, los morriones con grandes penachos a cresta de gallo, los toneletes como medias sayas de belillo nácar y plata uordados de perlas, mangas justas que fingen carne con medias mangas de velillo blanco de plata, sus mascarones en los hombros y botillas argentadas con mascarones, los mantos largos de diferente echura que el del mantenedor de velillo de nácar y plata prensado que cubrían las ancas de los cauallos, alfanjes plateados al lado y arcos en las manos con flechas yban ad[e]rezados los cauallos con caparazones grandes de tela de plata con sus mascarones de trecho a trecho y reliebes de lazos con sus franjas de nácar y plata, llebaban doze lacayos con armas escamadas a la antigua, argentadas con mascarones en los hombros, gireles de tafetán de nácar y plata, sus cañones de braços y piernas que fingían carne. Botillas argentadas con mascarones y unas visarmas antiguas en las manos y dando la vuelta a la plaza los maeses de campo llebaron el carro de los juezes a los quales *Belona* dio el cartel y empresa.

QUADRILLA DEL CONDE DE MAYALDE, GENTILHOMBRE DE LA CÁMARA DE SU MAJESTAD

Entraron delante quatro atabales y doze trompetas con ropas y cubiertas de cauallos de leonado y blanco.

Seguía don Antonio, el enano de Su Majestad, en un cauallo vestido a la veneziana de azul y plata, una gorra chata de las colores de la quadrilla, con una lança y en ella la targeta que dio a los juezes. Era la empresa un hércules con una gran peña en los hombros y la maja a sus pies, y dize la letra:

Bien se pierde
Quien se atreue
Que de tan alta porfía
Es el premio la osadía

Seguían luego veynte y quatro lacayos vestidos de las mismas colores y tras ellos seys Padrinos que eran el conde de Saldaña, gentilhombre de la cámara de Su Magestad, y el marqués de la Bañeza, don Pedro de Guzmán, gentilhombre de la cámara de Su Majestad, y don Pedro de Castro, gentilhombre de la cámara de Su Majestad, y don Francisco de Silva y don Francisco de Ybarra, meninos de la Reyna nuestra señora.

Y tras estos el conde de Mayalde, don Juan de Tassis, gentilhombre de la uoca de Su Majestad, conde de Gelves, gentilhombre de la cámara de Su Majestad, don Carlos de Borja, gentilhombre de la voca de Su Magestad, don Diego de Ybarra, del Consejo de Guerra de Su

Magestad, y don Francisco de Velasco, gentilhombre de la voca de Su Magestad, yban bestidos con casacas de raso leonado, uordadas de unos troncos embutidos de belo de plata que haçían a manera de lisonjas y dentro dellos unas rosas de ojuela de plata, mantos de velillo de plata prensado guarnecidos de raso leonado, sembrados de argenterías, los tocados de plumas blancas en forma de zeladas y los remates de martinetes. Los gireles y cubiertas de los cauallos sembrados como las casacas.

Entrada de Juan Luys Zifola, cauallerizo de Su Majestad

Tras esta quadrilla entró un paje vestido de azul leonado y pagizo y luego un castillo con una Maga que se asomaba por una ventana dél, el qual se deshizo y consumió a dos passos saliendo dél un gran dragón del qual salió don Juan Luis Zifola en un gran cauallo del Reyno saltados vestido de las colores del paje a modo de arnés caperuza, labrados los gireles del cauallo de las mismas colores, pasó toda la carrera redoblando y haciendo corbetas muy altas que paresçió bien.

La empresa significa que esta Maga venía a estorbar la fiesta y que con la vista de Su Majestad se deshizo el encantamiento y dize la letra que dio los juezes:

Pensa esta Maga turbar
Inbicto Rey poderosso
Del nuevo Éctor famosso
Su fiesta y biene a cobrar
Mi ser y a ser uenturosso

Entrada de la quadrilla de los zelosos

Entró delante un doctoramiento de çien dueñas en mulas de alquiler, repartidas en esta manera: las veynte dellas yban tocando unos atabales y otras veynte con unos sombreros muy grandes, haçiendo muchos visajes, llevando en las manos diferentes cossas como rosarios, abanos, oras y antojos. Otras veynte yban con ferreruelos, espadas y sombreros significando los caualleros seglares que suelen yr en semejantes acompañamientos, entre las quarenta que quedan yban repartidas las insignias de las facultades como son los capirotes y vecas y los bonetes con las borlas de las colores dellas. Y *Rabelo* un truán de Su

Magestad salió en medio dellas con traje y borla de Doctor y médico. Daban letras cuya copia es la que sigue:

A las dueñas justamente
por el amor disfrazado
se les da el supremo grado.

Las passiones de las dueñas
muertas no, aunque amortajadas,
oy se verán graduadas.

Los enjertos de las dueñas,
aunque parezca ymbençión,
verdades sauidas son.

Estos doctos zelestinos
las ciencias que tienen son
fundadas en ynvençión.

Para los actos de Amor
en esta unibersidad
nunca faltó facultad.

Las artistas
Maestras somos en Artes
las primeras en licencias,
doctoras de impertinencias.

De golosinas y enredos
saben muy bien los rincones
que son nuestras conclusiones.

Las Legistas
Vivimos de informaciones,
del golfo hazemos estrecho
y arrimámosle el derecho.

Nuestro derecho es ziuil
y por leyes de digesto
se ynduze código y sesto.

Las médicas
Rezetamos lamedores,
purgamos melancolías
y aconsejamos sangrías,
los dolientes restrinidos
que mueren entre sus dudas
sanan con nuestras ayudas.

Estos doctores ançianos
para todo ofrecen medios
a los enfermos remedios,
leyes y artes a los sanos.

Seguían tras estas dueñas vn carro triumphal que le traían seys ermosas pías con dos dueñas por cocheros y en medio dél el Dios del amor que daua el grado a una dueña que tenía a sus pies. Dezía la letra:

Solían ser bachilleras
pero ya no ay dueña agora
que no quiera ser Doctora

Después doze atabales y veynte y quatro trompetas y doze cherimías vestidos con ropas largas de azul y blanco y sombreros de lo mismo. Seguían luego treynta lacayos vestidos de las mismas colores con cauallos de respeto ad[e]rezados con gireles de las mismas colores.

Tras de todo lo dicho entraron los quatro Aventureros que fueron el Duque de Alua, gentilhombre de la cámara de Su Magestad, el Conde de Lemos, Presidente del Consejo de Indias y gentilhombre de la cámara de Su Magestad, el Conde de Salinas, el Conde de Gelves, vestidos con vaqueros de raso azul con mangas largas, gireles de los cauallos del mismo raso quaxado el uno y el otro de chapería de plata de varios despojos de guerra y mantos de velillo de plata prensada con franjas de plata a la redonda. Los tocados hechos de plumas azules y blancas que llebaban entretejidos unas coronas de plata y aljófar. La empresa del Duque de Alba era un *malmequieres* y la letra:

Estimo tanto un desprecio
Que no pretendo otro precio

La empresa del conde de Salinas fue un fénix abrasándose y renobándose en sus llamas, dezía la letra:

Lo mismo mi Amor haze
pues de las causas del morir renaze

Y con esto se dio fin a las entradas y comenzáronse a correr al faquín en la forma siguiente:

LANZAS CORRIDAS AL FAQUÍN

- Corría el Príncipe Vitorio con el Príncipe mantenedor un precio de diez escudos, diéronlos los juezes por buenos.
- Corrió el Príncipe Filiberto con el mantenedor, no corrieron precio.
- Corrió el Marqués d'Este con el Príncipe mantenedor, no corrieron precio y quedó por su ayudante.
- Corrió el Comendador mayor de Montesa con el marqués d'Este, no corrieron precio.
- Corrió don Gerónimo Muñoz con el Prínçipe mantenedor, no corrieron precio.
- Corrió don Vizente Zapata con el Marqués d'Este, no corrieron precio.

- Corrió don Juan de Heredia con el Marqués d'Este un precio de diez escudos. Ganóle el Marqués y ymbióle a la señora doña Luysa Manrique, dama de la Reyna nuestra señora.
- Corrió don Francisco de Córdoua con el Prínçipe mantenedor, no corrió precio.
- Corrió don Diego de las Mariñas con el Marqués d'Este un precio de diez escudos. Ganóle el Marqués.
- Corrió don Pedro de Lezama con el Prínçipe mantenedor, no corrieron precio y ganó el mantenedor.
- Corrió Muçio Pasalagua con el Prínçipe mantenedor, no corrieron precio.
- Corrió don Juan de Tamayo con el Marqués d'Este un precio de diez escudos. Ganóle el Marqués.
- Corrió el Conde de Mayalde con el Prínçipe mantenedor un precio de veynte escudos. Ganóle el mantenedor y embióle a la señora doña Catalina de la Zerda, dama de la Reyna nuestra señora.
- Corrió don Juan de Tassis con el Prínçipe Filiberto un precio de diez escudos. Ganóle don Juan de Tassis y diole a la señora doña Catalina de la Zerda.
- Corrió don Carlos de Borga con el Prínçipe mantenedor un precio de veynte escudos. Ganóle el Prínçipe y diole a la señora doña Luysa Manrique.
- Corrió don Francisco de Belasco con el Prínçipe Bittorio un precio de veynte escudos. Ganóle don Francisco y diole a la señora doña Gerónima de Ýjar.
- Corrió don Diego de Ybarra con el Marqués d'Este un precio de diez escudos. Ganóle el Marqués.
- Corrió Vizente Zapata con Juan Luys Zifola, no corrieron precio.
- Corrió el Conde de Gelues con el Prínçipe mantenedor un precio de veynte escudos. Ganóle el conde y diole a la señora doña Victoria Colona, dama de la Reyna nuestra señora.
- Corrió el Conde de Lemos con el Prínçipe mantenedor un precio de veynte y cinco escudos. Ganóle el conde y diole a la señora doña Catalina de la Zerda.
- Corrió el Conde de Salinas con Marqués d'Este un precio de diez escudos. Ganóle el Marqués.

- Corrió el Duque de Alua con el Prínçipe mantenedor un precio de veynte escudos. Ganóle el Duque y diole a la señora doña Catalina de la Zerda.
- Corrieron con el Prínçipe mantenedor y los Prínçipes y demás abentureros la folla y rompieron muchas lanças entre las quales mandaron los juezes notar por buenas la del Prínçipe Filiberto y conde de Gelbes y don Francisco de Córdoua y don Diego de Ybarra y la noche despartió la fiesta.

Después de lo qual a las onze della salieron Sus Majestades a la sala del quarto de la Reyna nuestra señora que estaba ad[e]rezada con solenne ponpa y aparato a donde hubo sarao con la grandeça que suele. Tenían lugares con las damas algunos grandes señores y gentileshombres de la voca. Començáronla el Duque de Zea, gentilhombre de la cámara de Su Magestad, y la señora doña Catalina de la Zerda danzaron baxa y alta muy bien.

Entrada de la Máscara de los Príncipes

Entraron luego en la Real sala seys violones vestidos con ropas largas de tafetán encarnado. A los violones siguieron doze pajes de los Prínçipes vestidos de sayas asta la rodilla, de tafetán de nácar sembrado de muescas de plata, mangas de velillo de plata, monteras de tafetán blanco y nácar con pasamanos de plata, máscaras leonadas y votillas argentadas. Llebaba cada paje una acha blanca enzendida en cada mano. Hizieron su baylete y acabado se retiraron y entraron dos caualleros a los quales los primeros dos pajes dieron sendas achas de las dos que tenían cada uno. Y acabando estos caualleros su parte entraron otros dos con diferentes mudanças y se les dieron otros dos pajes las achas como los primeros y así se fueron entrando todos, doze, y los pajes en dando las achas se salieron y estando juntos fueron siguiendo su danza en común.

El bestido que llebaron los caualleros de la máscara eran calças blancas con pasamanos de oro y plata, sayo antiguo a la romana que llegaba casi a cubrir la calça de belillo encarnado y blanco sembrado de rossas de plata y seda encarnada y flores de lo mismo, mangas de tela de plata y sus mascarones dorados en los hombros de los quales yban asidos los mantos de velillo de plata prensado. Lleuaban unas gorras hechas a tajadas de melón, de belillo de plata y oro, el penacho encarnado y blanco en medio de la gorra, con espadas doradas y zapatos blancos.

Acabada la primera danza hizieron quatro de la máscara la pabana de las ninphas y fueron el Prínçipe de Piamonte, el marqués d'Este, don Juan de Heredia y don Francisco de Córdoua.

Tras esta pauana hizieron otros seys de la máscara el Bran Gentil y fueron el Prínçipe de Piamonte, y el Prínçipe Bitorio y el Prínçipe Filiberto, el Marqués d'Este, don Francisco de Córdoua y don Juan de Heredia y acauado esto sus Alteças y los demás caualleros se fueron a sus lugares, que eran todos los de la máscara, los siguientes:

El Prínçipe del Piamonte [Filippo Emanuele, 1586-1605] y conde de Niebla
El Prínçipe Vitorio [Amadeo I, 1587-1637] y el conde de Saldaña
El Prínçipe Prior [Emanuele Filiberto, 1588-1624] y el conde de Gelues
Don Diego de las Mariñas y don Vizente Zapata
El Marqués d'Este y don Carlos de Borja
Don Francisco de Córdoua y don Juan de Heredia

Después entraron el Duque del Ynfantado y duque de [///].

NOBLES COMO ACTORES
EL PAPEL ACTIVO DE LAS GENTES DE PALACIO EN LAS REPRESENTACIONES CORTESANAS DE LA ÉPOCA DE LOS AUSTRIAS[1]

María Luisa Lobato
(Universidad de Burgos)

No dejó de sorprender al embajador de Florencia en Madrid, Orso d'Elci, la representación de la comedia que él tituló *El juicio de Paris*, de la que da noticia que pudo ver en Lerma el 22 de octubre de 1614, y en la que los diversos personajes fueron representados por sus altezas la infanta Ana, el príncipe Felipe, el infante Fernando, Diego, María y las damas de palacio. Así lo narra el embajador en su correspondencia al secretario italiano Curzio Picchena en un testimonio de gran interés, porque no es fácil encontrar en la correspondencia epistolar este tipo de noticias en las que se menciona el título de la comedia que se representó[2]. Sin embargo, aun en este caso, parece que los espectadores no prestaban gran atención a los títulos, pues la comedia que pudo verse parece que fue la titulada *El premio de la hermosura*, a la que luego se hará referencia[3]. Aun aceptando que ambas referen-

[1] Este trabajo se enmarca en el proyecto de investigación *Dramaturgia festiva y poder político en la corte de Felipe IV*, financiado por la Consejería de Educación y Cultura de la Junta de Castilla y León (BU04/04).

[2] Archivio di Stato. Firenze (GAS) F. 4.944. No hemos podido dar, de momento, con una obra de ese título en fechas tan tempranas. Sí se representó en otoño de 1686 una fiesta grande para los años del rey con el título *El juicio de Paris*, que se repitió varios días más en el coliseo del Buen Retiro a cargo de las compañías de Manuel de Mosquera y Rosendo López, a la que Varey y Shergold llaman «comedia desconocida»» (Varey y Shergold, 1989, p. 140).

[3] Noticia que nos ha transmitido Maria Grazia Profeti.

cias sean a la misma obra, hay que anotar que extraña el cambio de fechas, pues *El premio* se representó el 22 de octubre de 1614, mientras que la carta del embajador no deja lugar a dudas de que la comedia a la que él se refiere se vio el 3 de noviembre de aquel año, si bien pudo tratarse de una segunda representación de aquella comedia.

Tal como se ha podido ver en el ejemplo anterior, no resulta excepcional encontrar personajes de la nobleza y aun de la misma familia real involucrados en las representaciones dramáticas que ocupaban buena parte del ocio de la corte. Tanto su papel de organizadores y receptores de este tipo de fiestas como, y aún más, su participación activa en ellas suscitó a lo largo del siglo XVII numerosas condenas por parte de los moralistas y aun de los críticos al gobierno[4].

Conservamos testimonios de la afición de las personas de la familia real y de la nobleza por las representaciones teatrales desde antiguo. Era una más de las diversiones en el tiempo de ocio, a la que se sumaban otras como juegos de cañas, toros, bailes, mascaradas, follas y luminarias. Buena parte de estas actividades tuvieron como protagonistas activos a los miembros de la casa real, de forma especial aquellas que no tenían una parte importante de textualidad, y se pudo ver al mismo rey, a la reina, a las infantas y meninas, así como a personajes bien conocidos de la nobleza del momento como comediantes en estas fiestas.

El género parateatral llamado *folla*

Entre las representaciones cortesano-caballerescas que abundan en las primeras décadas del siglo XVII, cabe referirnos al género de las follas, que Luis Estepa relacionó con el teatro y sobre el que todavía se puede decir mucho[5]. La folla, término que parece derivado de la danza portuguesa llamada «folía», da carácter a piezas que combinan una importante carga musical con un argumento dramatizado, el cual se presenta en escena a través de una serie de cuadros más o menos inconexos, provenientes de fragmentos célebres de comedias y de pie-

[4] Puede leerse a este respecto el libro de Etreros, 1983.
[5] Estepa, 1993.

zas teatrales breves, tal como se expone en el fragmento de una de estas obras:

> Hágase una folla real
> de varias cosas compuestas;
> ya la seria relación,
> ya la relación burlesca,
> ya el baile, ya el entremés
> y otras cosas que diviertan[6].

La folla asienta su género entre la relación de fiestas, la disputa simbólica y el relato caballeresco, con la lucha de las virtudes entre sí por lograr su prevalencia. En este sentido, podemos hablar de un cierto didactismo sobre el arte de gobernar que se combina en ocasiones con el mero entretenimiento y resulta común a muchas de estas obras representadas ante la familia real. Existió, además, un género específico como la "folla real", representada en palacio para festejar diversos acontecimientos[7] y vinculada con fiestas como las de San Juan, al menos desde 1637[8].

Si bien se suele considerar que este género se configura como tal de forma definitiva en 1735 con una obra de Marcos de Castro[9], receptor de los Reales Consejos, sus antecedentes se rastrean al menos más de un siglo antes con representaciones de follas en palacio los años 1623, 1634, 1636 y 1637[10]. Relacionada con las diversiones domésticas del ámbito cortesano, debió de ser una forma de entretenimiento que se practicó en ámbitos aristocráticos de diversos lugares de Europa, a medio camino entre varias artes, pero siempre con un

[6] *Loa para la folla que se dispuso para la Pascua de Resurrección del año 1723 para el Pardillo*, en Cotarelo y Mori, 1911, t. 17, pp. CCCXIVb y CCCXVa.

[7] Sabemos, por ejemplo, de la existencia de la *Folla Real en celebridad de los años de Felipe V que mandó ejecutar el príncipe de Campoflorido, capitán general del reyno de Valencia, en el salón de Palacio, día 19 de diciembre de 1727*, Valencia, por Antonio de Bordazar. Texto perdido, por el momento.

[8] El 25 de junio de aquel año Alonso de Olmedo y Pedro de la Rosa representaron «otra folla de bailes y entremeses» en un real sitio. Ver Shergold y Varey, 1963, p. 242.

[9] *Folla burlesca y entretenida cuyo título es: Disparates concertados dicen bien en todo tiempo*. Editó el texto Estepa, 1994, pp. 419-503.

[10] Shergold y Varey, 1963, p. 242.

fuerte protagonismo de la oralidad y de la imagen, lo cual ha provocado que sean muy escasos los testimonios conservados, especialmente los del siglo XVII. Pero interesa destacar que en su origen, Estepa plantea como hipótesis su vinculación con fiestas italianas a partir de obras como *El Cortesano* de Luis Milán (1561), en la que se describe la corte del duque de Calabria y algunas farsas que se celebraron en ella en los años treinta, en las que una parte de la obra fue representada por los bufones Juan de Sevilla y Gilot[11].

Si nos interesa hoy recordar su existencia es porque una de las primeras noticias que conservamos del protagonismo de nobles en representaciones teatrales o parateatrales en el siglo XVII es precisamente la folla mitológico-alegórica titulada *Aventura de la roca de la competencia de Marte y Minerva*, representada en algún lugar de Aragón o Cataluña, en la que se enfrentan de forma dialéctica las virtudes de la fortaleza del hombre de guerra (Marte) con la prudencia que debe también acompañarle (Minerva). Se conserva en la Fernán Núñez Collection de la Bancroft Library, en la Universidad de California, Berkeley (vol. 170 de *Varios*), con una descripción pormenorizada de los movimientos de los actores en el espacio escénico. Esta folla se hizo ante los reyes Felipe III y Margarita de Austria, y quienes la representaron fueron el duque de Híjar —don Rodrigo de Silva y Sarmiento (1600-1664)—, encargado en aquella ocasión del orden del festejo, don Jorge de Heredia y don Francisco de Palafox[12]. Si bien su cronología no ha podido datarse con seguridad, sí cabe establecer una zona de fechas que, aunque Antonio y Adelaida Cortijo sitúan entre 1598 y 1621[13], habría que llevar al final de ese período, si tenemos en cuenta que quien puso orden en el festejo —don Rodrigo de Silva— nació en 1600.

En cuanto a don Rodrigo, duque de Híjar y vástago del conde de Salinas, conocido poeta, mantuvo contactos con Vélez de Guevara, Gracián y Pellicer, por citar algunas de sus relaciones, y a él se dedicaron algunas obras literarias como la novela cortesana y de aventuras *El castigo merecido y amistad pagada*, escrita en 1655 por Juan de Mongastón —hijo del impresor—; esta obra permanece todavía inédita y parece

[11] Estepa, 1994, p. 403.
[12] Cortijo Ocaña y Cortijo Ocaña, 1998.
[13] Cortijo Ocaña y Cortijo Ocaña, 1998.

que se hizo para distraer al duque en la prisión leonesa que sufría por orden del rey Felipe IV, tras ser acusado de participar en la conspiración de 1648 contra el rey[14]. Don Rodrigo fue aficionado a la poesía, como prueba el que se conserve algún poema suyo[15] y el que haya llegado hasta nosotros la noticia de que participó en academias poéticas madrileñas[16].

No era extraño que algunos nobles tuvieran afición a componer literatura, bien fuera como puro entretenimiento, como una forma de lucimiento personal o bien se tratase de una estrategia de propaganda política, aspectos estos que a menudo se combinaban entre sí. En todo caso, las ocasiones para que algunos cortesanos pudieran lucir sus habilidades poéticas fueron múltiples. Nos fijaremos hoy en el papel activo de nobles y gentes de la casa real en el mundo literario, con especial atención a los géneros teatrales y parateatrales, como este de la *folla* al que se acaba de hacer referencia.

Reyes y nobles en máscaras, danzas y comedias

Los mismos reyes y sus familias no despreciaban involucrarse en estas diversiones. Tenemos testimonios de su gusto por disfrazarse y participar en mascaradas y danzas de fiestas varias. En Carnaval de 1599, por ejemplo, con motivo de las prebodas entre Felipe III e Isabel Clara Eugenia en Denia (Valencia), el rey, después de merendar en casa del virrey conde de Benavente, volvió a palacio para disfrazarse y dar un paseo a caballo, y por la noche, en una sala grande adornada con paños de seda y oro de la Conquista de Túnez, se hizo una comedia en la que estuvo presente la infanta bajo el baldaquino, y el rey se enmascaró y bailó, lo mismo que el marqués de Denia y su hijo. Todo esto ocurría cuando la peste hacía estragos en Lisboa, se despoblaba la ciudad y «muriendo la mayor parte por el poco gobierno y casi de hambre»[17].

[14] Díez Fernández, 2003, pp. 179-225.

[15] Puede leerse en la cuarta parte del amplio cancionero titulado *Poesías recopiladas por Francisco Carenas* en la primera mitad del s. XVII, con dedicatoria de 1622. Ver Randolph, 1998.

[16] Ezquerra Abadía, 1934, pp. 135-147.

[17] Díaz de Escovar, 1925, pp. 156-159.

La observación del calendario de sucesos vinculados con la Monarquía permite ver cómo los acuerdos, paces, matrimonios, nacimientos y otros acontecimientos felices se celebraban con fiestas muy variadas, algunas de las cuales contaron con la participación activa de varios miembros de la familia real. Muy poco después del suceso al que nos hemos referido, se concluyeron y firmaron las paces entre España e Inglaterra en el mes de agosto de 1604. Tuvo lugar entonces un sarao en palacio y se conserva la noticia del baile que se hizo en la corte:

> Dende a poco rato mandaron al príncipe [*sic*] sus padres que danzase una gallarda, señalándole la dama que había de sacar. Como lo hizo con mucho donaire y continencia, y algunas cabriolas. Luego sacó a la reina el conde de Suthanpton, y otros tres caballeros diferentes damas, que todos juntos danzaron un brando. En otro salió después la reina con el duque de Lenox. Comenzaron tras esto una gallarda que llaman en Italia plantón. Y en él sacó el príncipe una dama, y después otra que también le señalaron. Dándose tras esto un brando y acabado salió el príncipe a danzar una correnta, que lo hizo con mucha gracia. Volvió a salir con la reina el conde de Suthanpton y danzaron también la correnta[18].

Entre los bailes citados: gallarda, brando y correnta se encuentran algunas de las danzas cortesanas más difundidas de la época.

Mayor carga teatral tuvieron las fiestas por el cumpleaños de la reina el 21 de diciembre de 1649 cuando en el Salón Dorado del palacio del Retiro la infanta hizo el papel de la Mente de Júpiter que presidía la comedia titulada *El Nuevo Olimpo* de Gabriel Bocángel y Unzueta, en la que también actuaron sus damas: doña Iusepa de Isasi, doña Ana Dávila, doña Francisca Enríquez, doña Catalina Portocarrero, doña Isabel Manrique, doña María Antonia de Vera, doña Andrea de Velasco, doña Luisa María, doña Francisca Mascareñas, doña Luisa Osorio, doña Antonia de Borja, doña Ana María de Velasco y doña Magdalena de Moncada. Por cierto que las dos últimas protagoniza-

[18] *Londres. Relación de la jornada del Excmo. Condestable de Castilla [Juan Fernández de Velasco, Duque de Frías, Conde de Haro], a las paces entre España y Inglaterra, que se concluyeron y juraron en Londres por el mes de agosto.* Año 1604. En Valladolid, por los herederos de Iuan Yñiguez, 1604, fol. 15. Biblioteca Nacional de España (BME). Madrid. Sign.: C/Cª 248-11.

ron además la loa que introdujo la comedia, la primera en el papel de Astrea y la segunda en el de ninfa Dorida[19].

Si la fiesta citada en el párrafo anterior reviste especial interés es porque en sus preliminares tenemos una declaración explícita de lo que se esperaba de este tipo de fiestas y, por tanto, de cuál era su concepción, al mismo tiempo que, por oposición, se indican las características esperables en una comedia al uso. Resulta también de gran interés la declaración de que la representación tuvo como novedad el hecho de introducir coros de música, si bien tenía ya precedentes en *La gloria de Niquea* y en obras de Lope y Calderón, y los fines que con ello se trataban de conseguir, al mismo tiempo que nos informa de la intervención de la Real Capilla y nos proporciona datos tan curiosos como el del mes que Bocángel tardó en escribir la obra. El texto pertenece a la Dedicatoria en la que la Excma. Sra. Condesa de Medellín, camarera mayor de la nueva reina, se dirige al rey y puntualiza:

> Ésta no es comedia ni composición de aquel género, antes le huye en todas sus señas. No se divide en jornadas, no tiene argumento de humanidades, que el teatro admite; no graciosidad, que solicite risa o vulgar deleite, sino continuada admiración y respeto; pues a vista del decoro real y decencias[20] de las señoras que en esta interlocución majestuosa representaron, aun la soberanía de imaginados dioses se confesaba humilde. Espero que tendrá algún mérito en nuestra lengua la novedad de introducir coros de música, que varían la representación y la engrandecen.
>
> El lenguaje también creo que sigue la autoridad pretendida, templándose entre lírico y heroico, siendo el segundo fin del argumento (que tiende a celebrar los Augustísimos Años) dejar introducida con alguna viveza de misterio, la máscara.
>
> En la composición de ésta se notará también la novedad de haberla conseguido cantada a todos los coros y voces que la Real Capilla consiente, habiendo trabajado en ajustar cláusulas poéticas a todos sus tañidos, que muchas no son versos ni caben en ellos [...] Y si la brevedad sue-

[19] Hemos manejado la edición de *El Nuevo Olimpo* que se encuentra en la BNE. Sign.: R 711, pero existe ya una buena edición de las obras de Bocángel y Unzueta realizada por Dadson, 2001, vol. II, pp. 931-1.017.

[20] Llama la atención que también el anónimo relator que da cuenta de la representación de *El premio de la hermosura* en 1614 destaca estas dos mismas virtudes, allí aplicadas a los versos y aquí a las actrices-damas.

le conseguir alguna venia de los yerros, representa el autor de este volumen que todo él se compuso en menos de un mes, deseando un siglo para aciertos de su Majestad.

El interés viene no sólo por lo que se manifiesta, que es mucho, sino también por la persona en cuya boca se pone: la camarera mayor de la reina, que parece tomar de forma personal la actuación de las damas que intervinieron en ella con «decoro» y «decencias», y es que quizá fuese precisamente esta figura en la corte la encargada de ayudar a las damas y a las meninas de la reina a preparar este tipo de festejos, como parte de la ocupación de su tiempo libre y método de adquirir habilidades memorísticas y de interpretación que las preparaban para la vida social de su entorno. El editor moderno de la obra, Dadson, indica que no se trataba precisamente de una obra de métrica fácil, sino muy elaborada[21].

Parece que el teatro cumplía un papel pedagógico en la sociedad de la época, y no sólo en la española. Prueba de ello es otro testimonio que nos llega a través de una carta escrita el 14 de julio de 1627 desde Mónaco por Michelangelo Galilei a su hermano el matemático Galileo Galilei, mientras éste trabajaba en Florencia para el gran duque de Toscana. En ella hablaba con orgullo de su hija, que había aprendido y representado con gran propiedad un texto teatral compuesto por las monjas que la enseñaban en la escuela:

Pochi giorni orsono recitò in commedia composta dalle sue monache dove va a scuola, e imparò tanti versi a mente in poco tempo, e recitò si sicuramente, presenti anche queste AA. Serme., che dette non poco gusto alla sua maestra, la quale con l' altre superiori monache ebbero a dire che se lei sapesse sonar di liuto tanto quanto Albertino, l' avrebbero voluta monaca senz' altra dote; e sarebbe ancora cosa facile a riuscire[22].

Con motivo de las estancias en esta villa de Lerma, el ambiente lúdico de aquellos días facilitó la participación de todos en las fiestas que tuvieron lugar. De nuevo un príncipe, pero esta vez el futuro

[21] Se cita esa edición en la nota 17. La afirmación de Dadson y su estudio de la métrica se encuentran en las pp. 1.003-1.005.

[22] Biblioteca Nazionale di Firenze. Mss. Gal., P.I.T. IX, car. 69-70.- Autógrafa. Agradezco al Dr. Marco Pannarale su lectura de este texto y las propuestas de modernización gráfica y morfológica.

Felipe IV, a los nueve años hizo la loa y el papel de Cupido en la comedia ya citada *El premio de la hermosura*, de Lope de Vega, representada el 3 de noviembre de 1614, en la que también actuaron sus hermanos y miembros de la corte y la realeza, Andrés de Alcocer entre ellos, así como catorce damas y meninas de la reina. La *Relación* de esta representación indica que la comedia la habían estudiado los «cuatro serenísimos hermanos y algunas señoras damas». Se hizo un tablado de 42 m. de profundidad por 22 m. de anchura, situado en el sitio llano que había entre la bajada del castillo y palacio, y el primer brazo del río Arlanza que fertilizaba el parque. Actuaron, además del príncipe como Cupido, la reina de Francia en el papel de Aurora; el infante don Carlos como el Agradecimiento; la infanta María haciendo de Correspondencia; doña Isabel de Aragón, de Liriodoro, rey de Grecia; doña Catalina de Acuña de Leuridemo, rey de Numidia; doña Catalina de la Cerda como Rolando, rey de Hungría; doña Mariana de Córdoba de Alizarán, rey de Catay; doña Ana María de Acuña de Rosélida y de Cardiloro, rey de Tánger; doña Juana de Aragón como Linda Bella, reina de Tartaria; doña Estefanía de Mendoza fue Mitilene, reina de Argenes; doña Luisa Osorio hizo de Tisbe, reina de Epiro; doña Juana de Noroña actuó como Gonforrosto, emperador salvaje; doña María Jordán y doña Leonor de Quirós hicieron de Solamrían y Bramarante, capitanes salvajes y dos jueces de Oriente; doña María Marañón actuó como Mandricardo, visión y Circea, maga; doña Vicenta de Catro multiplicó sus papeles como Ninfa Doris, Fabio, jardinero y un ciudadano; doña Francisca de Páramo actuó como figura de Diana sobre un altar y Andrés de Alcocer hizo de capitán Cintio[23]. La mayoría de estos personajes intervinieron de nuevo en las danzas que se bailaron en los intermedios de la comedia y en la máscara que la dio fin, que estuvo dirigida por la misma reina.

También en Lerma y con participación de personas de la nobleza, como Mateo Montero, se hizo en octubre de 1617 la comedia *El caballero del Sol*, de Luis Vélez de Guevara, a la que luego se hará referencia. Este personaje, Mateo Montero, además de actuar colaboró también en la composición de obras como la que el marqués de Heliche y de Toral, yerno del conde-duque, encargó en 1625 a Quevedo con motivo del cumpleaños de la reina; también escribió

[23] Ferrer Valls, 1993, pp. 245-256.

una de las jornadas Antonio Hurtado de Mendoza, dentro de la moda de la época de escribir comedias entre varios autores, asunto sobre el que investigamos en la actualidad. Estaba previsto que representaran esta pieza los ayudas de cámara[24].

Lerma, como otros sitios de recreación del rey, fue espacio privilegiado para ver a nobles y a reyes como actores. También el jardín de la isla del palacio de Aranjuez, lugar de descanso de la corte, fue el escenario para ver *La gloria de Niquea*, de Juan de Tassis, conde de Villamediana, obra en la que la misma reina Isabel de Borbón hizo el papel mudo de Reina de la Hermosura. Actuaron junto a ella varias mujeres nobles y el enano de la corte llamado Soplillo. Se celebraban en esta fiesta del 15 de mayo de 1622 los diecisiete años del rey Felipe IV, y para esta ocasión se estrenó también la comedia *El vellocino de oro*, aunque ésta se representó en otro jardín de ese palacio, el llamado de los Negros. Ambas se ganaron la admiración del público, como dejaron constancia los *Anales de Madrid* de aquellos días: «Por el cumpleaños del rey se dan dos grandes comedias de majestuosa ostentación»[25]. Sólo unos meses más tarde, en noviembre, se representó también en ámbito cortesano *Querer por solo querer* de Antonio Hurtado de Mendoza, autor tanto de la loa como de la comedia, en la que esta vez las actrices eran las meninas, que hicieron los papeles masculinos y los femeninos.

Algunas damas de la corte se repitieron en diversas actuaciones, lo que prueba su afición al teatro y quizá también su preparación para representar. Valga destacar entre ellas a doña Margarita y a doña Francisca de Tabara, quienes en *La gloria de Niquea* fueron, respectivamente, la corriente del Tajo y el mes de abril, mientras en *Querer por solo querer* actuaron como los príncipes Florianteo y Felisbravo. También repitió actuación doña María de Guzmán que en *La gloria* fue la ninfa Aretusa y en *Querer por solo querer* actuó como la princesa Celidaura. En algunos casos una misma dama alternaba dos papeles, como ocurrió con doña Francisca de Tabara que en *La gloria de Niquea* actuó, además de como el mes de abril, ya citado, en el papel de Laureano.

Si se examinan con atención los roles de cada una de las mujeres es posible observar que algunos de los personajes de criadas, graciosos y

[24] Pedraza Jiménez, 1998, p. 80.

[25] *Anales de Madrid*, p. 241. Cit. por Maravall, 2000, p. 471.

gigantes los representaron damas de menor nivel social, como por ejemplo, mujeres que pertenecían a la cámara de la reina: doña María de Salier como Florinda y doña Inés de Zamora que hizo de gigante en *La gloria de Niquea*. El mismo papel en *Querer por solo querer* lo desempeñó doña Lucía de Prada, también de la cámara de la reina. Junto a ella el gigante segundo era doña Francisca de Quirós, del Retrete. La conexión entre estas dos fiestas parece que se extiende, además de a diversos aspectos en los que aquí no es posible entrar, a las damas que acompañaban a la reina, de las cuales varias actuaron en ambos festejos.

La costumbre de que participaran personas cercanas a la nobleza en representaciones de círculo cerrado, esto es, cuyos espectadores eran del mismo entorno, se mantuvo a lo largo de todo el siglo XVII, incluso en territorios que, habiendo formado parte de la corona, no lo eran ya, como es el caso de Portugal. En los últimos años de ese siglo se hizo una loa antes de la comedia *El alcázar del secreto*, escrita por Antonio de Solís. Representaron la pieza introductoria damas de la reina María Sofía Isabel de Neoburgo, para celebrar el cumpleaños de su esposo el rey Pedro II. La obra tiene personajes alegóricos, lo cual refuerza nuestra hipótesis de que quizá otras piezas muy semejantes fueron también representadas por este tipo de actrices-nobles, aunque la noticia no se conserve. Su editora, Mercedes de los Reyes, supone que la comedia que la siguió, de mucha mayor dificultad, fue seguramente representada por comediantes profesionales[26], si bien esto no siempre fue necesario, como se dirá más adelante.

También hasta Viena se trasladó la costumbre de representar las damas y con motivo del cuarto aniversario de la archiduquesa María Antonia, se hizo allí el 18 de enero de 1673 la comedia de Moreto *Primero es la honra*, en la que actuaron doña Catalina de Villaquirán en papel de Torrezno y, por tanto, de hombre, y en la loa, compuesta para la ocasión, salió doña Leocadia con barba, en papel del Almirante. Se repitió allí la escena que se cuenta en otros lugares sobre *Juan Rana*. En esta ocasión doña Catalina, que hacía el papel de *gracioso*, se dirigió a los reales espectadores diciendo: «¿No los veis callando allí / los cuatro, como unos santos?»[27].

[26] Reyes Peña, 1992, pp. 113-130.

[27] La fiesta teatral completa se imprimió en la imprenta de Mateo Cosmerovio, impresor de su majestad cesárea. Un ejemplar está en la Gesellschaft der Musikfreunde en Viena, sign. 22/5, n. 2.

Las representaciones de textos españoles en varias cortes europeas no fue, sin embargo, una excepción. Maria Grazia Profeti nos recuerda la puesta en escena de *La reina de las flores*, de Jacinto de Herrera y Sotomayor, representada en el palacio de Bruselas el día de Reyes de 1643, para celebrar la onomástica del príncipe Baltasar Carlos y el cumpleaños del valido, el conde-duque de Olivares. Actuaron en esta comedia doña Beatriz, doña Mencía y doña María de Melo, hijas del marqués de Tordelaguna, don Francisco de Melo, junto a sus damas. Las dos primeras protagonizaron también la loa junto a Eufrasia de Herrera y Sotomayor, que también había actuado en la comedia, y que sería el gracioso Chilindrón en el entremés. Su hermana María participó también como actriz en la comedia. A ésta siguió el entremés alegórico *El fuego* donde actuaron de nuevo las tres hijas del marqués, a las que acompañaron doña Antonia de Mosquera, doña Margarita de Mendoza, doña Francisca de Chaves y doña Madalena Cacha[28]. La fiesta fue alegórica y anticipó piezas de la segunda mitad del siglo XVII, entre las que no podemos dejar de recordar la *Loa para los años del emperador de Alemania* [Fernando III] que Moreto escribió para esa fiesta del año 1655, en la que tres actrices se identifican con el jazmín, el clavel y el azahar.

La costumbre de que las damas representasen en fiestas de la corte viene desde antiguo. En la década de los noventa del siglo XVI lo habían hecho ya damas y «meninos» en la *Fábula de Dafne*[29] y parece que también ocurrió, según hipótesis de Ferrer, en *Adonis y Venus*, impresa en la *Parte XVI* de Lope a continuación de *El premio de la hermosura*[30]. La misma investigadora retrotrae la costumbre de que las damas actuaran hasta 1573 en que el inventario de bienes de la princesa Juana, hermana de Felipe II, incluye vestuario para máscaras y representaciones teatrales[31].

En otras ocasiones las representaciones en la corte y especialmente las que se hicieron en las habitaciones de la reina, contaron con actores bien desusados. La graciosa favorita de la familia de Felipe IV, Catalina

[28] Ver ahora la edición realizada por Profeti [2001]. En ella indica que no se ha estudiado todavía de forma sistemática la presencia de actrices-damas en las fiestas de corte dramatizadas (p. 17).

[29] Manuscrito que se conserva en la Biblioteca Nacional de París.

[30] Ferrer Valls, 1991, pp. 144-147.

[31] Ferrer Valls, 2000, pp. 70-71.

del Viso, que estuvo durante tres décadas en su corte, escribió a Joaquín de Cobos tras el Carnaval de 1645 y le informó de los regocijos que hubo en el cuarto de la señora Infanta los tres días de Carnestolendas, organizados por don Diego López de Haro. Entre otras diversiones se hizo la comedia *Entre bobos anda el juego* de Rojas Zorrilla, terminada por Rojas años antes, a fines de 1638, pero Catalina del Viso —a la que se llamaba *sabandija de palacio*— dice que fue muy *fría* actuación —muy sosa, con poco acierto dramático—, hecha por huérfanos: las niñas de Nuestra Señora de Loreto y niños de la Doctrina del Colegio de San Ildefonso. Se cita, en contraste, el buen hacer del gracioso *Juan Rana*. Además, sin que se precise el día, hubo un espectáculo musical en que «Orfeo, recién venido del infierno con tres o cuatro aves de su cortejo» cantó y las aves bailaron. El artificio empleado en esa ocasión era creación de Cosme Lotti, escenógrafo de la corte, quien lo legó a los hospitales a su muerte en 1643, para ayuda de costa de las comedias que no se representaban por ser época de lutos[32].

Junto a esas sesiones teatrales que podríamos llamar convencionales, Lerma y otros lugares fueron también escenarios de parodias y de representaciones burlescas. En ellas se realizaban imitaciones de nobles y aun de miembros de la familia del rey, incluso en su presencia y a menudo protagonizadas por gentes de palacio, buena prueba del ambiente que impregnaba el tiempo de ocio de la corte. Pero de este aspecto hemos escrito ya en fechas recientes, por lo que remitimos a esas páginas al lector interesado[33].

Recepción y conservación de los textos de literatura festiva

Felipe III escribía a su hija Ana, reina de Francia, el 23 de octubre de 1617 desde el sitio burgalés de La Ventosilla, que el duque de Lerma había creado para su descanso: «A nos festejado vuestro compadre [el duque de Lerma] alli bravamente y en acabandose la relacion de todas las fiestas que hubo, os la enviaré»[34]. Manifestaba así el

[32] No existen noticias de estas representaciones en la documentación ni en la crítica literaria (Bouza, 2001, pp. 197-199).

[33] Lobato, 2005, pp. 2-18.

[34] Martorell, 1929, p. 38.

interés no sólo por el hecho mismo de la representación, sino también la costumbre de conservar este tipo de literatura de circunstancias, llamada a guardar memoria de un hecho destacado, servir de información y reforzar el poder que toda organización y desarrollo de una fiesta manifestaba. No extraña, por tanto, que las relaciones de aquellas celebraciones conserven noticias llamadas a prolongar en el tiempo estos sucesos. Por otra parte, la documentación que ha llegado hasta nosotros permite también saber que, además de información sobre el modo en que se llevaron a cabo las fiestas, nos han llegado noticias de que las comedias representadas se encuadernaban y enviaban fuera de nuestras fronteras, a lugares vinculados con la familia real. A fines de marzo de 1673, por ejemplo, don Andrés de Montoya firmó una nómina que incluía, entre otros gastos, pagar doce reales al librero Juan de Calatayud por encuadernar cada una de las «quatro comedias que se ymbiaron a Alemania»[35], y que se habían representado en el Alcázar Real de Madrid desde el 20 de febrero hasta aquel mismo día. En otros casos las noticias nos enseñan que la misma reina solicitaba copia de comedias que había tenido ocasión de presenciar, como hizo en 1680 con la que fue la última comedia de Calderón, *Hado y divisa de Leonido y Marfisa*[36].

El rey deseaba la llegada de aquellos días. Volviendo a las cartas de Felipe III a su hija, le decía en septiembre de 1617: «Vuestro compadre [el duque] vino de Lerma, y fue muy bien recibido y quedamos aliviando para ir presto alla, donde dicen nos tienen muchas fiestas, harto quisiera lo pasarais alli, para que nos holgaramos de verlas juntos»[37]. Conocemos bien cuáles fueron aquellas representaciones que Felipe III esperaba con impaciencia, a través de diversas relaciones como la atribuida a Pedro de Herrera, que se hizo por encargo del duque de Lerma, don Francisco Gómez de Sandoval[38]. Ese escrito te-

[35] Varey y Shergold, 1982, p. 62.

[36] La copió don Joseph Guerra, al que se le pagaron 600 reales por ello (Varey y Shergold, 1982, p. 137).

[37] Martorell, 1929. Carta del 9 de septiembre de 1617, p. 36.

[38] *Traslación del Santissimo Sacramento a la Iglesia Colegial de San Pedro de la villa de Lerma; con la Solenidad y Fiestas, que tuuo para celebrarla el Excellentissimo Señor don Francisco Gomez de Sandoual, y Roxas [...] dirigida por sv Excelencia al [...] Señor Don Bernardo de Sandoual y Roxas [...] escrito por el licenciado Pedro de Herrera.* En Madrid. Por Juan de la Cuesta. Año MDCXVIII.

nía por fin dejar testimonio de las fiestas que acompañaron a la Traslación del Santísimo Sacramento a la iglesia colegial de San Pedro de Lerma. Se hizo primero una «copia de mano» que estaba terminada a los veinte días de finalizada la fiesta, y que aportó noticias a las otras escritas con el mismo motivo: la de Miguel Ribeiro titulada *De Ludis Lermensibus Epistola*, publicada en Madrid y fechada el 8 de noviembre de 1617, y la sevillana impresa por Francisco de Lyra con el título *Relación de las costosas fiestas y grandiosos torneos que se hicieron en la Villa de Lerma*. Al año siguiente, además de la de Pedro de Herrera citada, que se reimprimiría en Lerma en 1898, salió otra sin expresión de año ni lugar de impresión, que debió de ser Madrid, escrita por Francisco Fernández Caso y titulada *Discurso en que se refieren las solemnidades y fiestas, con que el excelentísimo Duque celebró en su Villa de Lerma la Dedicación de la Iglesia Colegial y traslaciones de los Conventos que ha edificado allí*. Por último, en 1619, al publicarse las *Varias Poesías* de Francisco López de Zárate, quien por cierto también estuvo en la fiesta, se divulgó un poema que les había dedicado[39], y que años más tarde se imprimió separadamente atribuido a Lope de Vega, según Alenda, cuyo nombre debía ser más comercial, titulado *Fiestas en la traslación del Santísimo Sacramento a la Iglesia Mayor de Lerma*.

A pesar de no ser el único que escribió sobre estos días y de que salieron impresas otras relaciones de aquellos días, sin embargo en marzo de 1618 su excelencia [el duque de Lerma] quiso que fuese la de Pedro de Herrera la única que se enviase a los serenísimos archiduques de Flandes, que se la pedían; otro ejemplo más de la difusión fuera de nuestras fronteras de los festejos que afectaron a la familia real.

La relación da noticia de la representación aquellos días de la comedia *El caballero del Sol* de Luis Vélez de Guevara. Como se sabe, Vélez de Guevara era «ordinario familiar del Conde, favorecido y estimado por sus buenas partes», razones por las que el relacionador da como seguro que el dramaturgo se esmeraría especialmente en esta comedia[40]

[39] Publicado por González de Garay, 1988.

[40] *Traslación del Santissimo Sacramento a la Iglesia Colegial de San Pedro de la villa de Lerma; con la Solenidad y Fiestas, que tuuo para celebrarla el Excellentissimo Señor don Francisco Gomez de Sandoual, y Roxas [...] dirigida por sv Excelencia al [...] Señor Don Bernardo de Sandoual y Roxas [...] escrito por el licenciado Pedro de Herrera*. En Madrid. Por Juan de la Cuesta. Año MDCXVIII., fol. 33.

que se hizo en el corral el 30 de enero de 1618[41]. Conservamos de ella un buen estudio de Teresa Ferrer, en que señala sus analogías con otra comedia representada en Lerma años antes, el 3 de noviembre de 1614, ya citada, *El premio de la hermosura*, cuyo autor fue Lope de Vega[42], por lo que excusamos entrar ahora en el análisis de esas obras. Sólo cabe recordar que esa representación la hicieron criados principales de la casa del conde, de los que no sabemos los nombres si exceptuamos el de Mateo Montero, de quien Herrera dice que representó: «con tan extremada gracia, que se tuvo por el primer hombre della, cosa más estimable, por ser un hidalgo principal cortesano, conocido por sus buenas calidades»[43]. Algo sabemos de su apariencia física, como su enorme panza y su buen humor, porque se recoge en una anécdota que narra Quevedo desde Andújar el 17 de febrero de 1624, poco antes de que compusiera en colaboración con Montero y con Hurtado de Mendoza una comedia para festejar a la reina Isabel, esposa de Felipe IV, por su cumpleaños. El pago, como correspondía a actores no profesionales, se hizo con el reparto entre ellos de joyas ricas, según nos dice Herrera[44].

La representación tuvo lugar por la tarde en el parque, después de que el duque bajase aquella mañana para ver los lugares donde se haría. Se celebró en la falda de la cuesta, en la esquina oriental, entre los primeros árboles, a una y otra parte del agua, y se hizo en dos tablados situados a ambas riberas, que se introducían en el agua a manera de muelle, dejando transcurrir entre ellos el agua del río. La comedia se representó en el tablado de la parte de oriente, que era triangular, cercado de barandas y balaustres en tonos blancos, rojos y verdes, de 80 pies de largo por 50 de ancho. La fachada en la que se inscribían las puertas que daban al vestuario estaba formada por algunas torres y castillos almenados, que hacían la vez de una populosa ciudad fortificada. A ambos lados había dos montañas iguales, con veredas, todo imitando lo natural, con ayuda del paraje en que se inscribía esta esceno-

[41] Pérez Pastor, 1901, pp. 164-165.

[42] Ferrer Valls, 1991, pp. 178-196.

[43] *Traslación del Santissimo Sacramento a la Iglesia Colegial de San Pedro de la villa de Lerma; con la Solenidad y Fiestas, que tuuo para celebrarla el Excellentissimo Señor don Francisco Gomez de Sandoual, y Roxas [...] dirigida por sv Excelencia al [...] Señor Don Bernardo de Sandoual y Roxas [...] escrito por el licenciado Pedro de Herrera*. En Madrid. Por Juan de la Cuesta. Año MDCXVIII., fol. 32v.

[44] Ibídem, fol. 33v.

grafía. Los hacheros con la luz preparada por si oscurecía antes de que terminase la comedia, se situaron en los corredores del tablado.

El segundo tablado de miradores se situó en la otra parte del río, con un balcón para las personas reales y a ambos lados, apartados, estancias para las señoras y damas, el príncipe Filiberto y otros personajes. A la espalda, hacia el palacio, se levantaron quince gradas al largo del tablado, también para espectadores. Ambos tablados estuvieron entoldados. A todo ello, se añadieron algunos puentes de madera y muelles fabricados sobre el río para uso de la nave que aparecería en la comedia, la cual mientras no fue necesaria estuvo cubierta con enramadas.

La comedia imitaba, según nos dice Herrera, la acción de un libro de caballerías, en la que ahora no entraremos. Sólo quisiéramos notar que en el momento en el que la acción estaba en uno de los clímax de tensión, ésta fue interrumpida por la aparición de un caballero español que hacía el papel de gracioso por deseo del autor. No deja de sorprender la intromisión de un papel de graciosidad precisamente en un momento tan tenso de la acción, pero se trata de una de las constantes poéticas del Siglo de Oro español que tenía como fin precisamente la catarsis, la ruptura de la tensión creada hasta el momento y la diversión del espectador. La comicidad estaba servida ante el desconcierto del caballero en medio de la confusión reinante, que le hacía cambiar de estado anímico y expresarlo en escena, por medio del talento de Mateo Montero, el hidalgo-actor que desempeñó este papel y que hizo a todos reír con su desconcierto y cambios de estado de ánimo.

La *Relación* de lo sucedido detalla incluso los gestos de los personajes y aporta así un material documental de primera mano, que puede ayudar a cubrir los vacíos informativos que aún tenemos respecto a la técnica del actor barroco, muy mejorados en los últimos tiempos por libros como el de Evangelina Rodríguez[45]. Del Caballero del Sol, que entra en escena en su nave enlutada, se nos dice que venía sentado en la popa y que se mostraba «imaginativo y lastimado, con acciones de afectos penosos», como correspondía a quien acababa de perder a su esposa amada[46]. Más adelante se nos dirá que entra en la

[45] Rodríguez Cuadros, 1998.

[46] *Traslación del Santissimo Sacramento a la Iglesia Colegial de San Pedro de la villa de Lerma; con la Solenidad y Fiestas, que tuuo para celebrarla el Excellentissimo Señor*

escena encantada «andando cuidadoso por la montaña errante», como corresponde al ambiente de incertidumbre en que se sitúa su entrada en escena tras la desaparición de otros caballeros[47]. Por otra parte, el gracioso Mateo Montero salió a escena al filo de una de las escenas de más tensión en la obra, haciendo parte de la graciosidad, por medio de su desconcierto, que supo muy bien transmitir en escena. Primero se mostraba confuso y afligido en medio de la oscuridad y ceguera con que la niebla invadió el tablado, y en la revolución surgida tras la desaparición dramática de otros caballeros tragados por grutas y peñas, para de pronto pasar a estar atento a las voces que se oían lejanas, como si las pudiera reconocer, y mostrar afectos tan distintos como temor, valentía y desesperación, en los que su ánimo oscilaba de salir de aquella situación de encantamiento en que parecía sumido el tablado[48].

El buen hacer de los actores-criados y el texto de Vélez de Guevara fueron sin duda dos de los factores de atracción hacia el teatro, que volvió a repetirse el jueves 12 de octubre, tres días por tanto después de la representación de *El caballero del Sol*. Sabemos poco de esta segunda comedia, que tuvo lugar después de un día intenso en que hubo fiesta de toros y cañas, y se hizo en el parque, a cargo del conde de Saldaña para festejar a su padre el duque de Lerma, del que era segundo hijo, con la asistencia de invitados como el embajador extraordinario de Inglaterra, que había llegado aquella mañana y almorzado con el duque[49].

El domingo 15 de octubre por la noche el conde de Saldaña quiso que se representase en el convento de San Blas, con el fin de festejar a las religiosas, su comedia pasada, es decir, la que había tenido lugar tres días antes ante la familia real y sus invitados. Al día siguiente continuaron las fiestas, esta vez a cargo del conde de Lemos, don Pedro Fernández de Castro, yerno del duque de Lerma, quien organizó cerca del anochecer en la iglesia de San Blas, a la que ya nos hemos referido, la representación de otra comedia, la tercera que se vería du-

don Francisco Gomez de Sandoual, y Roxas [...] dirigida por sv Excelencia al [...] Señor Don Bernardo de Sandoual y Roxas [...] escrito por el licenciado Pedro de Herrera. En Madrid. Por Juan de la Cuesta. Año MDCXVIII., fol. 31v.

[47] Ibídem, fol. 32v.

[48] Ibídem, fol. 32v.

[49] Ibídem, fol. 40v.

rante aquellos días, titulada *La casa confusa*, a la que siguió una máscara con ocho criados del conde de Saldaña[50]. El conde organizó en la iglesia un teatro con celosías, cortinas, gradas y separaciones, con buena disposición y traza, pero no pudo evitar la estrechura y el calor del público, tal como detalla Herrera al hablar de que al día siguiente se trataron de reparar estas circunstancias[51]. El relacionador detalla respecto a la escenografía y a la disposición del público que «fingíase de edificios, puertas y ventanaje, coronado de luces, bujías y hachetas, con mucho adorno y composición, acomodado de asientos y divisiones decentes y capaces para todas las personas de cuenta y no menos para mucho concurso de gente»[52].

La entrada en el lugar de su majestad y altezas estuvo acompañada por música de voces e instrumentos, que cantaron dentro del vestuario. Una vez situada la familia real, dio comienzo la representación con un prólogo en forma de coloquio entre dos personajes, en el que se trató sobre los preceptos de la poesía cómica, tomando como base los escritos de los autores antiguos. La comedia estuvo representada por la compañía de Pinedo, aunque colaboraron en la empresa representantes de otras, excelentes todos en su profesión, según apreciación de Herrera. De ellos sólo se nos dan los nombres de Baltasar Osorio y Mari Flores, y se dice que el vestuario se lo dio el conde.

A la comedia le acompañaron dos entremeses «de mucha agudeza y entretenimiento»[53], de los que únicamente sabemos que el último terminaba en bodas burlescas, con un festejo bailado por ocho danzarines de máscaras, vestidos en hábito de vejetes, con sayos y gorras milanesas de terciopelo negro y calzas justas de raso carmesí a lo antiguo, escarcelas y un antojo largo pendiente del cuello. Por cierto que este baile aparece descrito con todo lujo de detalles y se nos indica hasta el gesto de los danzantes: con movimientos de cansancio y vejez que se transmitían a las mudanzas y vueltas de artificial decrepitud, como correspondía a los tipos que representaban, y que se cambiaron rápidamente al son del turdión en airoso desenfado, con cruzados, floretas y cabriolas, ejecutadas con mucho concierto en los

[50] Ibídem, fol. 42v. Se trata de *El palacio confuso*, de Mira de Amescua, que fue quien se encargó también de los versos de la máscara de aquella noche.

[51] Ibídem, fol. 45

[52] Ibídem, fol. 43.

[53] Ibídem, fol. 43.

movimientos de los ocho danzantes, para pasar finalmente a bailar al son de la zarabanda con movimientos de vejetes, tal como empezaron, con lo que entraron de dos a dos, «dando muy regocijado término a la comedia»[54].

Aunque incómodo el público, el espectáculo debió de gustar y el conde de Lemos quedó satisfecho, pero puso solución al día siguiente cuando previno que aquella noche del martes 17 de octubre la representación de la fiesta tuviese lugar en el patio del palacio, por ser más espacioso y con mejor disposición para el auditorio[55], y da cuenta exacta de sus dimensiones en la *Relación*, si bien por escapar del ámbito puramente literario no nos detendremos excesivamente en él ni en los festejos que tuvieron lugar aquel día, aunque sí cabe puntualizar que se hizo ex profeso para la ocasión un tablado en la zona septentrional del mismo, para su majestad y altezas, del que partían dos miradores donde se situaron las señoras, damas, príncipe, prior, cardenal, embajadores, señores, caballeros, confesores, religiosos y criados de la casa real, lo que da cuenta del abigarrado grupo de espectadores con que contó la fiesta.

Ante aquellas miradas se hizo la máscara de la expulsión de los moriscos que si bien no destacó en cuanto al texto, sí lo hizo en lo que se refiere a su dimensión escenográfica, trabajada y costosa, y de una complejidad extraordinaria. Sobre ella escribió ya Bernardo García en el volumen *La fiesta cortesana en la época de los Austrias* publicado en 2003[56].

Acabadas estas y otras fiestas, el sábado 21 por la mañana partieron de Lerma sus altezas, deteniéndose en La Ventosilla donde se quedaron hasta el jueves 26 de octubre para cazar. Fue precisamente en aquel lugar, el día 23 de octubre, cuando el rey escribió a su hija Ana y le dio cuenta de lo vivido en Lerma, tal como se indicó al comienzo de este apartado.

[54] Ibídem, fol. 44.
[55] Ibídem, fol. 45.
[56] García García, 2003, pp. 35-77.

Críticas estéticas y éticas a las representaciones festivas en la corte

La recepción de este tipo de fiestas suscitó muchos debates ya entre sus contemporáneos. Vamos a referirnos de forma somera a dos tipos de ellos. En primer lugar a las opiniones que despertaron determinadas obras entre los nobles presentes como espectadores. Conservamos una interesante noticia de la recepción de la comedia genealógica de los Sarmientos por parte de Miguel Sánchez Requejo, quien escribe desde Valladolid a Diego Sarmiento de Acuña, conde de Gondomar, el 13 de diciembre de 1606, dándole su parecer acerca de la obra a la que acaba de asistir:

> Vi la comedia de los Sarmientos y cumpliendo con lo que V.m. me mandó, diré mi parecer con la verdad que debo. De la Historia tengo poca noticia y así no juzgaré de ella, sólo digo que si el socorro que hizo aquel Gonzalo a aquella Señora de Sanabria fue verdadero, era ocasión capaz para buenos sucesos y discursos, sin sacarla por los ejércitos en hábito de hombre, que aquello bien se ve que es fingido, y en persona tan grave y conocida pudiérase excusar, de manera que la traza se debió hermosear con más apacibles y cuerdas fictiones [*sic*]. El lenguje y hábito antiguo, si bien o mal guardado, que en eso no me meto, aunque para el pueblo es motivo de risa, para la autoridad y gravedad de la historia es muy dañoso, pues donde se requerían afectos trágicos y que movieran a admiración, se ven muy cómicos y ridículos, y el vulgo que ve hoy la grandeza de los señores, desestima aquella llaneza antigua, esto tuvo la culpa de que haya lucido poco aquesta representación, con todo eso se debe agradecer la voluntad de quien la trabajó, harto quisiera yo haber hecho tal servicio a V.m. aunque hubiera acertado menos, pues con el deseo hubiera vencido a todos. Éste durará en mí toda la vida, ojalá halle ocasión en que se ejercite, y sin duda merezco que V.m. me favorezca con mandarme en ellas, Dios guarde a V.m. muchos y felices años. Valladolid, 13 de Diciembre de 1606. Miguel Sánchez Requejo[57].

A través de esas líneas podemos saber que el conde de Gondomar pide desde Madrid información a un personaje que todavía está en la corte de Valladolid, acerca de una de las comedias a las que acaba de

[57] Real Academia de la Historia (RAH). Madrid. Colección Salazar y Castro, n.° 12.515, A-79, fol. 55.

asistir. Las críticas del informante se centran especialmente en aspectos estéticos de la obra que encubren cuestiones éticas de mayor calado. Así la mujer vestida de hombre —aun para transformar su identidad en un ejército— no es de su agrado, como tampoco lo era de los moralistas de la época. A ello se suma la condición noble de la dama, que hace más grave esa cuestión, ya que deteriora la dignidad de la imagen que la nobleza debía proyectar, tal como lo plantea Sánchez Requejo. Tampoco gusta el escribiente del lenguaje que se pone en boca de los personajes, el cual no se ajusta a la gravedad de la historia y rompe el decoro tergiversando los afectos trágicos en cómicos y aun ridículos. Su crítica, en fin, se dirige a buscar en lo representado una relación con el ideal de la clase nobiliaria que se quiere mantener sin fisuras.

Pero las críticas a medida que avanza el siglo y la situación económica se deteriora, se centran especialmente en los enormes gastos que estas obras representaban y en las distracciones que ocasionaban a quienes deberían estar más pendientes del buen gobierno que de su ocio. Buena prueba de lo que decimos es que a raíz del estreno en enero de 1672 de la comedia de Calderón *Fieras afemina el amor*, en la que se parodiaban algunos recursos de obras tan célebres como *La vida es sueño*[58], se produjo una fuerte crítica del dispendio de tiempo y de medios en esta celebración, en la que estuvieron presentes como espectadores la propia reina Mariana y el rey Carlos. Entre los pasquines surgidos de aquellos días, como el titulado *A la fiesta que hizo en el Retiro a los Reyes el Príncipe de Astillano en 29 de enero de 1672*, se aconseja al rey elegir mejor a su privado: «que le yncline a onestos fines, / y aficione a los papeles, / le olbide los cascabeles, / y le acuerde los clarines», y se cita a *Juan Rana*, que tuvo en esa fiesta una de sus últimas intervenciones, no precisamente con el agrado de los más críticos: «La milicia castellana, / para bencer en la lid, /solia sacar al Zid, / y ahora sale Juan Rana, / que después de sepulta-

[58] La fecha de la representación de esta comedia mitológica de Calderón ha sido objeto de controversias, pero la documentación conservada no deja lugar a dudas de que se hizo el día que se recoge aquí. Ver Rich Greer y Varey, 1997, pp. 34-38. Actuaron con él Bernarda Manuela, Mariana de Borja, Manuela de Bustamante, Manuela de Escamilla, Micaela Fernández, Sebastiana Fernández, Jacinta, Josefa López, Antonia del Pozo, María de Quiñones, Mariana Romero, Antonio de Escamilla, Agustín Manuel, Alonso de Olmedo.

do / a las cosas del onor, / como al buen Cid Campeador / le tienen empapelado»[59]. El pasquín tuvo su respuesta y en ella se puede leer una defensa de este tipo de fiestas, alegando que es justo divertir a un rey que todavía es niño: «El festejar con sainetes / a su Rey un gran señor, / no es mucho, que es niño amor / y se vale de juguetes», para defender que se trata de diversiones en tiempo de ocio y que su efecto es positivo: «Mucho su ignorancia admiro / y murmuración sin fe; / que si el Rey comedias ve / es cuando está en el Retiro. / Dellas la moralidad / es provechosa a los Reyes, / que allí se adornan las leyes / el poder y majestad»[60]. En este sentido, los defensores de las representaciones teatrales durante este tiempo de controversias, emplearon también argumentos parecidos a favor del provecho moral que podía sacarse de ellas.

Pero nada detuvo las fiestas de la corte en la España de los Austrias, que sirvieron en muchos momentos como propaganda de un poder que se resistía a aceptar su fragilidad creciente. Basta examinar un período como el del último de los Austrias, Carlos II, para percatarse de que mojigangas parateatrales y teatrales tuvieron al rey y a su corte como objeto preferente[61]. Pero aquí hemos preferido centrarnos en las primeras décadas del siglo, la época de Felipe III, que preparó el camino para las grandes fiestas de la corte que tendrían lugar durante el reinado de Felipe IV, en cuya corte los bufones Esopo y Menipo merecieron el pincel de Velázquez.

Bibliografía citada

Bocángel y Unzueta, Gabriel, *Obras completas*, ed. T. Dadson, Madrid-Frankfurt, Iberoamericana-Vervuert, 2001, 2 vols.

Borrego Gutiérrez, Esther, «Poetas para la Corte: una fiesta teatral en el Sitio Real de Aranjuez (1622)», en *Memoria de la palabra. Actas del VI Congreso de la Asociación Internacional Siglo de Oro*, Burgos-La Rioja, 15-19

[59] British Library of London, Ms. Eg. 567, fols. 98r-99r. Otra versión proveniente de la RAH la reproduce Maura Gamazo, 1911-1915, t. II, p. 503. Cit. por Rich Greer y Varey, 1997, p. 63.

[60] Maura Gamazo, 1911-1915, t. II, p. 504. Cit. por Rich Greer y Varey, 1997, p. 65.

[61] Lobato, 1989.

de julio de 2002, eds. M. L. Lobato y F. Domínguez Matito, Madrid-Frankfurt, Iberoamericana-Vervuert, 2004, t. I, pp. 337-352.

BOUZA, Fernando, *Corre manuscrito. Una historia cultural del Siglo de Oro*, Madrid, Marcial Pons, 2001.

CORTIJO OCAÑA, Antonio y CORTIJO OCAÑA, Adelaida, «*La ventura de la roca de la competencia de Marte y Minerva*. Una folla cortesana desconocida del siglo XVII», *Bulletin of the Comediantes*, 50, 1, 1998, pp. 79-91.

COTARELO Y MORI, Emilio, *Colección de entremeses, loas, bailes, jácaras y mojigangas desde fines del siglo XVI a mediados del XVIII*, Madrid, Bailly-Bailliére, 1911, t. 17.

DÍAZ DE ESCOVAR, Narciso, *Añoranzas histriónicas*, Madrid, Librería y Editorial, 1925.

DÍEZ FERNÁNDEZ, José Ignacio, «El castigo merecido y amistad pagada (Discurso náutico)», en *Viendo yo esta desorden del mundo: Textos literarios españoles de los Siglos de Oro en la Colección Fernán Núñez*, Burgos, Instituto de la Lengua, 2003, pp. 179-225.

ESTEPA, Luis, «Un género dramático desconocido: la folla», *Revista de Literatura*, 55, 1993, pp. 523-535.

ETREROS, Mercedes, *La sátira política en el siglo XVII*, Madrid, FUE, 1983.

EZQUERRA ABADÍA, Ramón, *La conspiración del Duque de Híjar (1648)*, Madrid, Imp. M. Borondo, 1934.

FERRER VALLS, Teresa, *La práctica escénica cortesana: De la época del Emperador a la de Felipe III*, London, Tamesis Books Limited, 1991.

— *Nobleza y espectáculo teatral: estudio y documentos (1535-1621)*, Valencia, Universidad de Valencia-Universidad de Sevilla-UNED de Madrid, 1993.

— «Vestuario teatral y espectáculo cortesano en el Siglo de Oro», en *El vestuario en el teatro español del Siglo de Oro. Cuadernos de la Compañía Nacional de Teatro Clásico*, 13-14, 2000, pp. 63-83.

Folla Real en celebridad de los años de Felipe V que mandó ejecutar el príncipe de Campoflorido, capitán general del reyno de Valencia, en el salón de Palacio, día 19 de diciembre de 1727, Valencia, por Antonio de Bordazar.

Folla burlesca y entretenida cuyo título es: Disparates concertados dicen bien en todo tiempo, en *Teatro breve y de Carnaval en el Madrid de los siglos XVII y XVIII*, Luis Estepa, Madrid, Comunidad de Madrid, 1994, pp. 419-503.

GARCÍA GARCÍA, Bernardo J., «Las fiestas de corte en los espacios del valido: la privanza del duque de Lerma», en *La fiesta cortesana en la época de los Austrias*, coords. M. L. Lobato y B. J. García García, Valladolid, Junta de Castilla y León. Consejería de Cultura y Turismo, 2003, pp. 35-77.

HERRERA Y SOTOMAYOR, Jacinto de, *La reina de las flores*, edizione critica, studio introduttivo e commento a cura di M. G. Profeti, Viareggio, Lucca, Italy, M. Baroni, 2001.

Loa para la folla que se dispuso para la Pascua de Resurrección del año 1723 para el Pardillo, en *Colección de entremeses, loas, bailes, jácaras y mojigangas desde fi-*

nes del siglo XVI a mediados del XVIII, Emilio Cotarelo y Mori, Madrid, Bailly-Bailliére, 1911, t. 17, pp. CCCXIVb y CCCXVa.

LOBATO, María Luisa, «Mojigangas parateatrales y teatrales en la Corte de Carlos II (1681-1700)», *Diálogos Hispánicos* (Amsterdam), 8, 1989, pp. 83-97.

— «Crónica de un nacimiento esperado: Teatro y fiestas en Valladolid para el futuro Felipe IV (1605)», *Reales Sitios* (Revista del Patrimonio Nacional), Año XLII, 166, 4.º trimestre de 2005, pp. 2-18.

Londres. Relación de la jornada del Excmo. Condestable de Castilla [Juan Fernández de Velasco, Duque de Frías, Conde de Haro], a las paces entre España y Inglaterra, que se concluyeron y juraron en Londres por el mes de agosto. Año 1604. En Valladolid, por los herederos de Iuan Yñiguez, 1604, fol. 15, Biblioteca Nacional de España, Madrid, Sign.: C/Cª 248-11.

LÓPEZ DE ZÁRATE, Francisco, *Edición crítica de las poesías completas de Francisco López de Zárate, con un estudio de su lengua poética [microforma]*, ed. M. T. González de Garay, Zaragoza, Universidad, 1988.

MARAVALL, José Antonio, *La cultura del Barroco*, Barcelona, Ariel, 2000, 8.ª ed.

MARTORELL TÉLLEZ-GIRÓN, Ricardo, *Cartas de Felipe III a su hija Ana, Reina de Francia (1616-1618)*, Madrid, Imprenta Helénica, 1929.

MAURA GAMAZO, Gabriel, *Carlos II y su corte. Ensayo de reconstrucción biográfica*, Madrid, Librería de F. Beltrán, 1911-1915, 2 vols.

PEDRAZA JIMÉNEZ, Felipe B., «El teatro cortesano en el reinado de Felipe IV», en *Teatro cortesano en la España de los Austrias*, Madrid, Compañía Nacional de Teatro Clásico, 1998, Cuadernos de Teatro Clásico, n.º 10.

PÉREZ PASTOR, Cristóbal, *Nuevos datos acerca del histrionismo español en los siglos XVI y XVII*, Madrid, Imprenta de la Revista Española, 1901.

RANDOLPH, Julian F., «Francisco Carenas. *Poesías recopiladas.* Un manuscrito poético del s. XVII», *Boletín de la Biblioteca Menéndez Pelayo*, LXXIV, 1998, pp. 65-154.

REYES PEÑA, Mercedes de los, «Una nueva muestra de la presencia del teatro castellano en Portugal: Loa para el cumpleaños del rey», en *Mosaico de varia lección literaria. Homenaje a José Mª Capote Benot*, Sevilla, Universidad, 1992, pp. 113-130.

RICH GREER, Margaret y John E. Varey, *El teatro palaciego en Madrid: 1586-1707. Estudio y documentos*, Madrid, Támesis, 1997. *Fuentes*, XXIX.

RODRÍGUEZ CUADROS, Evangelina, *La técnica del actor español en el Barroco. Hipótesis y documentos*, Madrid, Castalia, 1998.

SHERGOLD, Norman David y John E. Varey, «Some palace performances of seventeenth century plays», *Bulletin of Hispanic Studies*, XI, 1, 1963, pp. 212-244.

Traslación del Santissimo Sacramento a la Iglesia Colegial de San Pedro de la villa de Lerma; con la Solenidad y Fiestas, que tuuo para celebrarla el Excellentissimo

Señor don Francisco Gomez de Sandoual, y Roxas [...] dirigida por sv Excelencia al [...] Señor Don Bernardo de Sandoual y Roxas [...] escrito por el licenciado Pedro de Herrera. En Madrid. Por Juan de la Cuesta. Año MDCXVIII.

VAREY, John E. y Shergold, N. D., *Representaciones palaciegas. Estudio y documentos*, London, Tamesis Books Limited, 1982.

VAREY, John E., Shergold, N. D. y Davis, C., *Comedias en Madrid: 1603-1709. Repertorio y estudio bibliográfico*, London, Tamesis Books Limited, 1989.

LA CAZA DEL PODER Y LA CULTURA NOBILIARIA EN TIEMPOS DE *EL QUIJOTE*

Margaret Rich Greer
(Duke University, North Carolina)

El título escogido para este ensayo, «La caza del poder», recoge en su sentido literal y metafórico mi propósito de examinar el papel que cumplía la caza en el cultivo del poder por parte de la aristocracia en la época de la privanza del duque de Lerma y de la publicación de las dos partes de *El Quijote*.

Solemos pensar en la caza como una actividad en que el ser humano se enfrenta al mundo animal, un ejercicio en el cual el hombre mide sus fuerzas con la naturaleza en su estado salvaje. Pero la caza es a la vez un terreno en el cual el hombre se compara con sus semejantes, con las estructuras de poder que le permiten o vedan el privilegio de ejercer cómo, cuándo y dónde desee esa vocación de cazador. La palabra «caza» en sí indica a la vez un lugar de contienda y un demarcador de jerarquía, de autoridad cultural y política. En cuanto a su etimología, Covarrubias sugiere diversas posibilidades, de origen francés, italiano o hebreo[1]; para Juan de Mariana, sin embargo, era una «voz que nos ha quedado de los Godos» y, de acuerdo con el tratado del siglo XVII, *Arte de ballestería*, escrito por Martínez de Espinar, el verbo «cazar» encuentra su origen en un vocablo árabe, cuya traducción en castellano significaría «sujetar»[2]. Ortega y Gasset, en sus meditaciones sobre la caza, la define de manera similar, en términos de dominio y jerarquía: «Caza es lo que un animal hace para apode-

[1] Covarrubias Orozco, 1979, pp. 257-258.
[2] Real Academia Espanola, 1979, t. I, p. 245

rarse, vivo o muerto, de otro que pertenece a una especie vitalmente inferior a la suya»[3].

La primera limitación impuesta sobre la caza seguramente fue territorial. Ya incluso en el Paleolítico, supone Ortega y Gasset que las primeras hordas habrían limitado el privilegio de cazar en su territorio a miembros de su propio grupo[4]. Más adelante, cuando en la Edad Neolítica el cultivo de la tierra y la crianza de animales domésticos desplazaron la importancia económica de la caza, ésta se transformó en una actividad de valor socio-simbólico que denotaría un privilegio restringido a los poderosos. En la Europa de la Alta Edad Media, conforme se multiplicaban los poblados y disminuían las regiones selváticas, se comenzaron a reservar grandes áreas destinadas a la caza real y aristocrática.

A finales del siglo XV, el bosque en España, como en gran parte de Europa, comienza a sufrir una deforestación implacable y constante que lo llevará a la ruina. El incremento de población de las ciudades, con el consiguiente crecimiento del consumo de madera para edificaciones y hogares; el aumento de las industrias necesitadas de grandes cantidades de leña y, sobre todo, la construcción naval, fueron los grandes enemigos de las florestas. La construcción de un gran galeón o de una fragata de cuarenta cañones requería la tala de alrededor de dos mil árboles y la de un navío de tres puentes necesitaba la tala de más de tres mil[5].

> La disminución de los bosques trajo la de la caza, sobre todo la de los animales corpulentos como el oso, que quedó reducido a las montañas cantábricas y pirenaicas y sus estribaciones. También [...] el ciervo, fuera de los cotos, disminuyó grandemente. En cambio, el aumento de sembrados, de la pequeña ganadería aldeana y de las bestias de carga, favoreció a jabalíes, lobos, raposas y pequeñas alimañas[6].

Ya en la época medieval, se desarrollaron una serie de tabúes y ritos que conformaron toda una ceremonia cortesana de la caza en la que se subrayaba el estatus social de los cazadores[7] y su posición relativa dentro de la nobleza.

[3] Ortega y Gasset, 1983, t. 7, p. 438.
[4] Ortega y Gaset, 1983, t. 7, pp. 426-452.
[5] Casariego, 1982, p. 154.
[6] Casariego, 1982.
[7] Cartmill, 1993, pp. 59-66.

Cervantes emplea referencias a la caza con este motivo hasta tres veces dentro de *El Quijote*. En la primera de ellas, caracteriza al famoso hidalgo en el primer párrafo de *El Quijote* como uno de «los de lanza en astillero, adarga antigua, rocín flaco y *galgo corredor*» y «de complexión recia, seco de carnes, enjuto de rostro, gran madrugador y *amigo de la caza*». La referencia al «galgo corredor» no es gratuita, pues ya incluso en representaciones egipcias del año 3000 a. C. simbolizaban el elevado estatus de sus dueños. En el siguiente párrafo, nos dice que la caza fue la primera actividad desplazada por la inmersión de nuestro protagonista en la lectura de novelas de caballería: «los ratos que estaba ocioso —que eran los más del año— se daba a leer libros de caballerías con tanta afición y gusto, que *olvidó casi de todo punto el ejercicio de la caza*, y aun la administración de su hacienda»[8]. El «galgo corredor» le marca como miembro de una clase social inestable, los antiguos hidalgos que antes «servían en las guerras feudales y sostenían las jerarquías del medioevo» y que ya habían sustituido la caza por la guerra, para lo cual, el galgo era imprescindible[9]. Así, las lecturas de Don Quijote son una doble sustitución compensatoria.

La segunda mención dentro de *El Quijote* la encontramos en el episodio del Caballero del Verde Gabán, cuyo hogar de paz y abundancia tanto aprecia Sancho Panza. Le dice a Don Quijote: «mis ejercicios son el de la caza y la pesca», pero a la vez evidencia su estado mediano y su moderación al continuar: «pero no mantengo ni halcón ni galgos, sino algún perdigón manso, o algún hurón atrevido»[10].

El tercer momento, y el más significativo para nuestro propósito, se recoge en el encuentro de Don Quijote con la bella cazadora. Por «loco» que sea nuestro hidalgo, la reconoce instantáneamente como gran señora, no sólo por la riqueza de su atavío, sino por el hecho de que goza del derecho de llevar en su mano el azor:

> Tendió Don Quijote la vista por un verde prado, y en lo último dél vio gente, y llegándose cerca, conoció que eran cazadores de altanería. Llegóse más, y entre ellos vio una gallarda señora sobre un palafrén o hacanea blanquísima, adornada de guarniciones verdes y con un sillón de plata. Venía la señora asimismo vestida de verde, tan bizarra y ricamente,

[8] Cervantes Saavedra, 1978, t. 1, pp. 69 y 71.
[9] Rodríguez, 2003, pp. 75-76.
[10] Cervantes Saavedra, 1978, t. 2, cap. 16, p. 153.

> que la misma bizarría venía transformada en ella. En la mano izquierda traía un azor, señal que dio a entender a Don Quijote ser aquélla alguna gran señora, que debía serlo de todos aquellos cazadores, como era la verdad[11].

En las sociedades jerárquicas de la primera modernidad en Europa, el rey podía cazar en todo el reino, el noble en tierra propia, y el villano, a menos que fuera terrateniente, sólo dónde y cuándo el rey y sus propietarios —sobre todo nobles— lo permitieran. Además, la caza mayor y la cetrería eran diversiones muy costosas, por lo que su práctica estaba limitada casi exclusivamente a la elite más adinerada. En la España de los siglos XVI y XVII, las escenas de caza eran frecuentes en los tapices que adornaban las paredes de las residencias de la nobleza y de la familia real. Cuadros del rey y los príncipes y escenas de la caza decorarían las paredes de los reales sitios más utilizados para esa actividad, como la Torre de la Parada y el palacio de la Zarzuela durante la época de Felipe IV.

Desconozco la existencia de retrato alguno de Felipe III con atavíos de cazador, como los de Felipe IV y el cardenal infante, con arcabuz. De hecho, la introducción de las armas de fuego supuso una nueva amenaza de extinción de la caza en general y, sobre todo, de la caza menor y la volatería, por lo cual se publicaron una serie de pragmáticas desde la de 1527 de Carlos I contra el uso de tales armas en la caza, hasta una prohibición reiterada casi un siglo después por Felipe III en una ley de 1611:

> ma[n]damos, que ninguna persona, de qualquier estado, y calidad, y condición que sea, sea osada de caçar ningún género de caça con arcabuz, ni escopeta, ni con otro tiro de pólvora, ni con vala, ni con perdigones de plomo, ni de otra cosa, ni al buelo, so pena de diez mil marauedís, y perdido el arcabuz, o escopeta, u otro tiro de póluora con que se tirare, por la primera vez, y por la segunda la pena doblada, y por la tercera la misma pena, y más dos años de destierro de los lugares donde cometiere el dicho delito: la qual dicha pena pecuniaria, y del arcabuz, o escopeta, u otro tiro de poluora con que se tirare[12].

[11] Cervantes Saavedra, 1978, t. 2, cap. 30, p. 268.

[12] *Premática en que se prohibe cazar con poluora...*, 1611, fol. 2. Casariego, 1982, p. 154.

En la montería de los duques con Don Quijote y Sancho en la *Segunda parte* publicada en 1615, no se cuestiona esta prohibición, porque Don Quijote, creyéndose finalmente aceptado como caballero andante, pone mano a su espada mientras la duquesa y el duque se enfrentan al jabalí con venablos, el arma destinada a la caza de tales animales.

Esta prohibición sobre el uso de armas de fuego fue derogada más tarde mediante una nueva pragmática de 1617 al ver que no se lograban los efectos deseados y la caza no aumentaba porque se practicaban otras formas más silenciosas y difíciles de detectar —como lazos y armadijos—, mientras que otros animales dañinos para el ganado se multiplicaban. Otra consecuencia negativa de la prohibición, según se explicaba en la introducción del edicto, había sido la pérdida de destreza en el uso de las armas, con la consecuencia de que

> la mayor parte de la gente deste nuestro Reyno se halla ya tan desarmada deste género de armas, que se podrá temer el daño, que la falta desto harán en los casos ocurrentes de nuestro servicio, y en otros de necesaria defensa de las personas propias, llevándolos de camino, o usando dellos para su ejercicio y entretenimiento[13].

Junto a las razones argüidas en el escrito real, también parece posible que haya jugado un papel en su derogación el temor a los resultados de la deficiente expulsión de los moriscos —nunca del todo lograda como se va descubriendo actualmente—[14], el temor persistente de «moros en la costa» y la posibilidad de una alianza entre los moriscos expulsados y los hugonotes franceses. A los pocos años, se restableció la prohibición en ciertas zonas, siendo una de las más importantes la que rodea Madrid en un radio de veinte leguas, «por los daños que resultan a la República de que se tire al vuelo, por andar ocupados en este oficio muchos hombres que pudieran servir en la cultivación de los campos»[15], pero citando la utilidad de permitir el uso de armas en zonas de la costa y las montañas[16].

[13] *Permiso para cazar con tiro de pólvora...*, 1617, Ley 20, tít. 8, libro 7R.

[14] Ver Dadson, 2006.

[15] *Capitvlos generales de las cortes...*, 1619, cap. 57.

[16] *Prematica por la qval se manda...*, 1622.

Casariego alaba esta parcial admisión de la caza con armas de fuego que, en una clara exageración del carácter democrático de la legislación venatoria, considera que salvó a España de las tropas invasoras francesas de comienzos del XIX, pues «hasta el más humilde jornalero podía tener escopeta y cazar libremente, cosa que no ocurría en ninguna nación de Europa. Así España era un país de gente armada y pudo crearse espontáneamente la guerrilla contra el invasor Napoleón»[17]. Seguir estos vaivenes legislativos en cuanto a la caza de armas de fuego es ilustrativo por declarar claramente las restricciones existentes en la época de Cervantes y Felipe III. En esta época no sólo siguen en vigor las restricciones temporales —de los meses de cría—, sino también las que limitaban quiénes podían cazar, y dónde se podía hacerlo. Quedaba la prohibición

> en su fuerça y vigor, en quanto a los que tiraren a la caça con arcabuz, o se hallaren con él en los nuestros bosques de Aranjuez, y el Pardo, Balsain, y S. Lorenço... y quedándose así mismo en su fuerça y vigor contra los que tiraren con arcabuz o escopeta en la forma dicha, a la caça de otros nuestros bosques o montes, o foros en qualquiera parte destos nuestros Reynos, que estuuieren, y contra los que tiraren, como dicho es, a la caça de los bosques, sotos, o montes vedados, *y guardados de particulares, que tuuieren derecho, o estuuieren en posesion de los vedar y guardar*[18].

Así quedaban protegidos no sólo los bosques reales, sino las tierras particulares. Y no sólo contra la caza con armas de fuego, sino con cualquier instrumento:

> Y así mismo mandamos, que se guarden las leyes que prohíben caçar con qualquiera generos de lazos o armadijos, o otros qualesquiera instrumentos o con perdigones o reclamos o bueyes o perros nocharniegos y que la pena de seis mil marauedis, y vn año de destierro, que por las dichas leyes se impone a los que así caçaren sea de doze mil marauedis, y dos años de destierro por la primera vez, y doblada en todo por la segunda...[19]

La caza real, entonces, era parte del espectáculo y la celebración festiva del poder en un entretenimiento regulado por una liturgia que

[17] Casariego, 1982, p. 154.

[18] *Permiso para cazar con tiro de pólvora...*, 1617. El énfasis de la cursiva es mío.

[19] *Permiso para cazar con tiro de pólvora...*, 1617.

manifestaba el poder del rey al demostrar no sólo su derecho supremo al ejercicio de la caza, sino también a dominar a seres inferiores, tanto humanos como animales, y su capacidad de gestionar los recursos para hacerlo a gran escala.

En *El Quijote,* ante la crítica de la caza de Sancho, asustado por un jabalí, el duque la defiende con la clásica apología de la caza como actividad idónea para nobles y reyes:

> El ejercicio de la caza de monte es el más conveniente y necesario para los reyes y príncipes que otro alguno. La caza es una imagen de la guerra: hay en ella estratagemas, astucias, insidias para vencer a su salvo al enemigo; padécense en ella fríos grandísimos y calores intolerables; menoscábase el ocio y el sueño, corrobóranse las fuerzas, agilítanse los miembros del que la usa, y en resolución, es el ejercicio que se puede hacer sin perjuicio de nadie y con gusto de muchos; y lo mejor que él tiene es que no es para todos, como lo es el de otros géneros de caza, excepto el de la volatería, que también es sólo para reyes y grandes señores[20].

Martínez de Espinar, quien sirvió de montero y ayuda de cámara durante cuarenta y tres años a Felipe III y Felipe IV, en su *Arte de ballestería y montería* (1644) dedicado al príncipe Baltasar Carlos, alaba en el prólogo la importancia de la caza en términos similares:

> La principal columna que sustenta, defiende y aumenta la Monarquía es las armas; conocido este útil, para que los hombres se hagan capaces, hay mucho escrito en esta profesión; más porque en el ocio y la paz sólo pueden servir los documentos para la teórica, habiendo reconocido [*sic*] que para la práctica es el más útil ejercicio el de la caza. Escuela perfecta de milicia, viva imitación de la dureza de las armas y de la guerra, pues en su uso se hacen vigilantes los sentidos, se agilitan las fuerzas, se endurecen los miembros, se alientan los espíritus, se engrandecen los corazones, se pierde el horror de la sangre y escándalo de la muerte[21].

Este objetivo de hacer que los nobles y reyes perdieran el «horror de la sangre» y de la muerte puede haber contribuido a la popularidad de violentas escenas de caza en el arte de la época en las que con gran crudeza se mostraba el enfrentamiento entre los cazadores y sus

[20] Cervantes Saavedra, 1978, t. 2, cap. 34, p. 307.

[21] Martínez de Espinar, 1976, p. 7.

perros con un jabalí, como las que pintó Frans Snyders para la Torre de la Parada[22]. Además, mostrar así la fuerza de la fiera hacía más digna la victoria de cazador noble o real sobre tal enemigo. Tal clase de caza, como dice el duque cervantino, «no era para todos»[23].

Análogas apreciaciones del valor de la caza venían repitiéndose al menos desde *Las Partidas* de Alfonso X el Sabio, quien registra tanto su aprecio del valor de la cacería real como sus límites, diciendo:

> los antiguos tuuieron, que conuiene esto mucho a los Reyes, mas que a otros omes. E esto por tres razones. La primera, por alongar su vida, e su salud, e acrescentar su entendimiento, e redrar de si los cuydados e los pesares, que son cosas que embargan mucho el seso. [...] La segunda, porque la caça es arte, a sabiduría, de guerrear, e de vencer de lo que deuen los Reyes ser mucho sabidores. La tercera, porque mas abondadamente la pueden mantener los Reyes que los otros omes. Pero con todo esto, non deuen y meter tanta costa, porque menguen en lo que han de cumplir. Nin otrosi non deuen tanto vsar della, que les embargue los otros fechos, que han de fazer[24].

Si los reyes excedieran tales límites, escribía el rey Alfonso, les podría traer enfermedades en vez de salud, y aun el castigo de Dios, por no usar como debían las cosas que Él hizo en este mundo.

Felipe III claramente concordaba con el Rey Sabio en cuanto al placer de la caza, como demuestra Cabrera de Córdoba en decenas de entradas en sus *Relaciones de las cosas sucedidas en la Corte de España desde 1599 hasta 1614*, que incluyen estancias de caza del rey en sus sitios favoritos: Aranjuez, El Pardo, San Lorenzo, La Ventosilla y Lerma. La cifra de los animales cazados por Felipe III no llegaba a la de Luis XV de Francia, de quien se cuenta que mató a más de 10.000 venados, pero Cabrera de Córdoba dice que en febrero de 1600, a pesar del mucho frío y la nieve, que causaron la muerte de más de treinta personas, el rey fue a El Pardo diversas veces, «y hubo día que hizo de setenta tiros y mató otras tantas aves y conejos, venados y otros

[22] Ver, por ejemplo, Frans Snyders, *Caza del jabalí*, 1649, Florencia, Gallería degli Uffizi.

[23] Cervantes Saavedra, 1978.

[24] *Las siete partidas*, 1555, Partida 2, tít. 5, ley 20 [ed. facsímil en 3 tt., sin fecha, ni lugar de publicación, t. 1, Partida 2, p. 16].

animales, y estuvo cuatro y cinco horas esperando para tirar a un jabalí»[25]. Al término de ese mismo año, el 6 de diciembre volvió a El Pardo y de allí a Aranjuez, de donde envió «cuatro o cinco acémilas con jabalís y venados a la Reina, de los que había muerto en la montería»[26].

La afición de Felipe por la caza fue alimentada por Lerma, en su propio beneficio. Pinheiro da Veiga en su *Fastiginia* comenta de la huerta del duque más abajo del Puente Mayor en Valladolid: «En esta huerta hay campo para todo género de caza», y añade: «Esta huerta la vendió el duque al rey por 70.000 cruzados, mas Su Majestad le dio la administración de ella con 3.000 ducados de salario, de modo que es suya, como antes, y le da producto»[27]. Antonio Feros analiza en detalle la táctica de Lerma en conservar su privanza por medio del aislamiento del monarca en espacios privados que o bien Lerma o el rey podían controlar, pasando mucho tiempo con él en El Pardo, Aranjuez, El Escorial, en Lerma, «ostentosamente reconstruida después de 1606, y en La Ventosilla, un lugar de caza situado muy cerca de Valladolid»[28].

La caza real no era en absoluto una actividad solitaria sino, muy al contrario, un espectáculo como el teatro de corte, en el cual el rey representaba el héroe capaz de dominar no sólo a las bestias, sino, sobre todo, a decenas de hombres. Cabrera de Córdoba, en su relato del viaje del rey para recibir a su esposa en Valencia en 1599, describe una volatería en la Albufera, en una laguna repleta de gran cantidad de aves diversas, para la cual «se recogieron más de trescientos barcos, con más de dos mil tiradores de arcos, los cuales se pusieron en forma de media luna y fueron cercando la caza: la cual como se ve cercada se levanta y los tiradores disparan bodoques al vuelo, más espesos que granizo, en que son diestros en estremo, y es caza mucho para ver»[29].

El rey Felipe —probablemente con Lerma— también visitaba los bosques pertenecientes a nobles como el de San Miguel, del conde

[25] Cabrera de Córdoba, *Relaciones de las cosas sucedidas en la Corte de España desde 1599 hasta 1614*, p. 57.

[26] Cabrera de Córdoba, *Relaciones de las cosas sucedidas en la Corte de España desde 1599 hasta 1614*, p. 54.

[27] Pinheiro da Vega, 1989, p. 69.

[28] Feros, 2002, p. 173.

[29] Cabrera de Córdoba, *Relaciones de las cosas sucedidas en la Corte de España desde 1599 hasta 1614*, p. 8.

de Villalonso, el de Carvajales, del conde de Alba, donde incluso llegó a matar tres jabalíes y muchos conejos en tres días[30], y otros muchos. Además de la caza, los nobles que les hospedaban les ofrecían otras diversiones dramáticas. Por ejemplo, la entrada de Cabrera de Córdoba del 23 de septiembre 1600 relata que el rey había ordenado al cardenal arzobispo de Toledo que fuese a traer a la reina de Valladolid, con el conde de Casarrubio, el mayordomo de la reina, y sus criados, para acompañarla luego hasta San Lorenzo o el bosque de Segovia, donde estaría él; de allí «han de ir a Buitrago a la brama de los venados; que el duque del Infantado (cuya es aquella tierra) les tiene aparejadas muchas fiestas y regocijos»[31]. En enero del año siguiente, cuando a causa de algunas nevadas fue pospuesto un viaje a Buitrago, se hizo para el aniversario del nacimiento de la reina una máscara entre caballeros y damas de la reina, en que entraron el rey, veinticuatro caballeros e igual número de damas. Como si fuera compensación de la cacería postergada, parte de la máscara consistió en una entrada de seis damas, con la duquesa de Lerma, «todas en hábito de cazadoras»[32].

Pero si Felipe III compartía con el Rey Sabio la afición cinegética, no parece que le importaran en demasía los límites que para la salud del cazador sugerían *Las Partidas*. Registra la crónica de Cabrera de Córdoba, que en diciembre de 1599 «el Rey ha estado con cierta indisposición de vómitos y calenturas atribuida a haber madrugado un día para ir al Pardo a montería, y haber estado en el campo con solo almorzar, sin comer hasta las cinco de la tarde, y haber cenado luego que volvió». Además nota el cronista las quejas que ocasionaban las largas estancias reales en sitios de caza y recreo durante las cuales se vedaba la entrada de cualquier otra persona con negocios. Por ejemplo, en la estancia de caza de abril y mayo de 1603 en Aranjuez; o, en San Lorenzo, en julio y agosto de 1606: «dicen que se entretiene S. M. con salir a caza muy de mañana los más días, y no se permite llegar ninguno que no sea criado de la Casa Real, sin que

[30] Cabrera de Córdoba, *Relaciones de las cosas sucedidas en la Corte de España desde 1599 hasta 1614*, pp. 95-96.

[31] Cabrera de Córdoba, *Relaciones de las cosas sucedidas en la Corte de España desde 1599 hasta 1614*, p. 82.

[32] Cabrera de Córdoba, *Relaciones de las cosas sucedidas en la Corte de España desde 1599 hasta 1614*, p. 90.

preceda licencia para ello, la cual ahora no se ha dado a nadie»[33]. Incluso se especificó azotar y desterrar a cualquier residente de El Escorial que recogiera a nadie que buscaba acceso al rey para hablar de negocios, diciendo

> que se han ido allí sus Majestades para holgarse, y no para tratar de negocios, y que los que los tuvieran acudan a los Consejos ...Siéntese mucho el rigor que se usa en esto, que aunque el Rey pasado a los postreros años mandaba que nadie fuese a los bosques donde estaba, pero no se ponía pena ni se ejecutaba la orden pasados ocho días, sino que todos iban a tratar de sus negocios; pero ahora vemos que se lleva con más severidad y rigor[34].

Los oficios relacionados con la caza fueron deseados por los nobles cortesanos, por la proximidad que ofrecían a este rey al que Feros califica de «invisible». Cabrera de Córdoba transmite la especulación en noviembre de 1599 sobre dos puestos: «Dicen que darán presidencia de Ordenes a don Juan de Idiaquez, y el de caballerizo mayor que tiene a don Antonio de Toledo, cazador mayor, y el de cazador mayor, al conde de Niebla». En otra entrada lo confirma, relatando que «el conde de Niebla ha sido hecho cazador mayor, y dado llave de gentilhombre de la Cámara, aunque sin obligación de servir en ella»[35]. El cronista no señala la actuación de Lerma en esta elección, pero la explica Antonio Feros, quien lo cita como un ejemplo de cómo utilizó Lerma los oficios de palacio, sobre todo los de gentilhombres de cámara, para ganar el apoyo de los grandes de Castilla. El privado de Felipe III le dio este puesto al conde de Niebla, Juan Pérez de Guzmán, heredero de la casa de Medina Sidonia, después de casarse con Juana de Sandoval, hija de Lerma[36]. Cabrera de Córdoba relata nuevas especulaciones en enero de 1611: «Hase encomendado el oficio de cazador mayor que tenía el conde de Alba a don Pedro de Zúñiga, primer caballerizo de S.M., entretanto que se provee en pro-

[33] Cabrera de Córdoba, *Relaciones de las cosas sucedidas en la Corte de España desde 1599 hasta 1614*, pp. 284-285.

[34] Cabrera de Córdoba, *Relaciones de las cosas sucedidas en la Corte de España desde 1599 hasta 1614*, p. 285.

[35] Cabrera de Córdoba, *Relaciones de las cosas sucedidas en la Corte de España desde 1599 hasta 1614*, p. 52.

[36] Feros, 2002, p. 186.

piedad a quien se hubiere de hacer merced; dicen que lo pretenden muchos señores, y entre otros el duque de Béjar, y el de Peñaranda y Pastrana». Y en el otoño de 1612 apunta:

> Han dado los papeles de la negociación de los bosques al secretario Tomás de Angulo, con cualidad de consultar a boca con S. M., el cual también es secretario de la Cámara, pero deseaban todos mucho servir estos papeles de los bosques, por ser muy regalados y tener particular comunicación con S. M. más que otros secretarios[37].

Estos oficiales eran los más distinguidos de entre el personal dedicado a preparar las cacerías del rey. Los cuadros pintados por Peeter Snyders[38] y por Velázquez[39] de la caza con telas, una práctica que trajo de Alemania Carlos I, nos dan al menos una idea de la cantidad total de sirvientes necesarios, así como del tamaño de la operación.

Martínez de Espinar explica en detalle por qué sólo el rey puede cazar con telas, «por ser de mucha costa y trabajo»[40]. Empleando unos treinta y seis monteros, cercaban una legua en redondo —un espacio cuya extensión capta bien el cuadro de Snyders—. El cerco se creaba con telas gruesas y altas, traídas días antes en muchos vagones, para coger dentro todo género de animales: jabalíes, venados, gamos, lobos, zorros y otros. Poco a poco los monteros iban acorralando los animales hasta la plaza, donde los esperaba el rey y, según queda reflejado en el cuadro de Velázquez, también la reina y otras damas dentro de sus carrozas. Martínez de Espinar nos detalla la escena al llegar a la plaza:

> Aguarda allí el Rey a caballo a la jineta, vestido de gala, a uso de montería, que este día es muy célebre y de grande festejo. Están asimismo con el Rey los caballeros a quienes les toca aquel lugar por sus oficios, que vienen a ser el montero mayor y los gentileshombres de la Cámara, el mayordomo y caballerizo mayor de la Reina nuestra Señora, el alcaide de aquel bosque y su teniente o guarda mayor, los ballesteros[41].

[37] Cabrera de Córdoba, *Relaciones de las cosas sucedidas en la Corte de España desde 1599 hasta 1614*, p. 495.

[38] Peeter Snayers, *Felipe IV y sus hermanos de caza,* Madrid, Museo del Prado.

[39] Diego Velázquez, *La tela real*, Londres, National Gallery.

[40] Martínez de Espinar, 1976, p. 57.

[41] Martínez de Espinar, 1976, p. 57.

A veces, algún príncipe extranjero invitado por el rey también estaba presente, más el capellán que decía la misa aquel día.

Según Deleito y Piñuela, en tiempos de Felipe IV, el gremio de montería incluía unos setenta y cuatro individuos, entre numerarios y suplentes. Los treinta y seis numerarios se aposentaban cerca de la corte, en Fuencarral, «y se quejaban de continuo de que el pueblo no respetase sus preeminencias»[42]. El personal que se encargaban de la caza de volátiles se aposentaba en Carabanchel. Ambos grupos estaban exentos de toda carga o gabela, y se abastecían de carne a precios especiales. «En ambos pueblos», escribe Deleito y Piñuela, «acarrearon constantes choques con el vecindario, y reclamaciones por parte de éste»[43]. Gozaban de iguales privilegios no sólo en la corte, sino por dondequiera que pasaran, según Juan Mateos, quien sirvió de ballestero a Felipe III y Felipe IV:

> Las preeminencias y franquezas de que gozan en Castilla los monteros del rey, como consta por las leyes del reino, que sobre esto disponen, son todas aquellas de que gozan en España los hijosdalgo, y así mismo que por todo el reino por doquiera que pasaren con sus lebreles puedan correr y visitar todos los montes sin que nadie les ponga impedimento: y los Corregidores de las ciudades, villas y lugares por donde pasaren están obligados a darles aposento, sin les llevar por ello cosa alguna, y bastimentos a precios justos y moderados y les sea hecho buen tratamiento como a criados de la Casa Real[44].

Si el cuadro de Snyders enseña el espacio que controlaban los monteros del rey en la caza de tela, el cuadro de Velázquez nos hace ver otras cosas, como ha explicado muy bien Richard Leppert. En su lectura, el cuadro representa el poder del soberano simbolizado a través de un proceso que culmina en la matanza al final de una larga ceremonia escenificada dentro del espacio ritualizado en que se convierte la plaza. La caza en sí no es el objeto de la pintura, dice Leppert, ni tampoco lo es la matanza, sino el signo supremo del poder poseído por el víctor inevitable, el rey. Lo que más importa es

[42] Deleito y Piñuela, 1964, p. 265.
[43] Deleito y Piñuela, 1964, p. 265.
[44] Mateos, 1928, p. 14.

> la demostración ritualizada de su poder de dominar y aniquilar el enemigo animal en un ejercicio que recuerda las justas medievales de caballeros montados con lanzas. El impacto retórico de la caza se vincula directamente a la calidad predecible y controlada del ritual de este evento sumamente costoso y espectacular...

un ritual del cual todos los detalles atestiguan los enormes recursos bajo el control del rey. Uno de los detalles impresionantes del cuadro, dice Leppert, es que el combate del rey con el jabalí en sí no es más que un pequeño elemento de un cuadro grande que incluye muchas más figuras. Sugiere Leppert que el verdadero tema del cuadro es lo que ocupa a este gran número de espectadores: *mirar* el acontecimiento central. En definitiva, Velázquez hace que el espectáculo y el ritual sean los verdaderos tropos. Mucho más importante para la autoridad del monarca que la muerte final del jabalí es el hecho de que la nobleza y los grandes se encuentren presentes para observar su actuación[45].

Jacques Derrida, en su artículo «Force of Law: The "Mystical Foundation of Authority"», discute el intento de Walter Benjamin de separar la violencia que funde la ley de la que sustenta la justicia. Deconstruye la distinción esperanzada de Benjamin entre tipos de *Gewalt*, la violencia, pero además el poder legítimo del estado como *Gesetzgebende Gewalt*, o *Staatsgewalt*, y el poder legítimo de la Iglesia, *geistliche Gewalt*. A nivel lógico y en la práctica, tal distinción no existe, sustenta Derrida, porque la ley es siempre un uso autorizado de la fuerza, y su eficacia depende de la paradoja de la reconocida reiterabilidad de la violencia fundadora[46]. Observa Derrida que mientras esa fuerza, esa violencia siempre subyacente, es explícita en la expresión en inglés «*to* enforce *the law*», permanece invisible en la expresión francesa «*appliquer la loi*», como lo es en español «hacer valer la ley»[47]. La caza es, entonces, el envés del ritual festivo cuyo haz se pone sobre los tablados cortesanos. En otras fiestas del poder, esa violencia fundadora queda subyacente, aunque sublimada en la riqueza del atavío, el control ceremonial, y el distanciamiento de la violencia por medio

[45] Leppert, 1996, pp. 80-82. La traducción es mía.

[46] Derrida, 1992, p. 43.

[47] Derrida, 1992, p. 5. Aunque Derrida no lo comenta, sin embargo, otra expresión corriente en francés sí lo hace visible, cuando se habla de algo que tiene «*la force de la loi*».

de espacios ficticios. Pero la caza es una diversión nobiliaria-real que es una demostración en primer plano, debidamente ritualizada, de la concentración en manos del rey y su corte de su dominio de la violencia que subyace la ley y sustenta el poder.

Bibliografía citada

Cabrera de Córdoba, Luis, *Relaciones de las cosas sucedidas en la Corte de España desde 1599 hasta 1614*, Madrid, J. Martín Alegría, 1857.

Capitvlos generales de las cortes, qve se començaron en la villa de Madrid, el año passado de seiscientos y siete, publicadas en la dicha villa en veinte y dos dias del mes de Agosto de mil y seiscientos y diez y nueve, Madrid, Juan de la Cuesta, 1619.

Cartmill, Matt, *A View to Death in the Morning: Hunting and Nature through History,* Cambridge, Mass., Harvard University Press, 1993.

Casariego, J. Evaristo, *La caza en el arte español,* Madrid, El Viso, 1982.

Cervantes Saavedra, Miguel de, *El ingenioso hidalgo don Quijote de la Mancha*, ed. Luis Andrés Murillo, Madrid, Castalia, 1978.

Covarrubias Orozco, Sebastián de, *Tesoro de la Lengua Castellana o Española*, Madrid, Ediciones Turner, 1979.

Dadson, Trevor, «Official rethoric versus local reality: propaganda and the expulsion of the moriscos», en *Rhetoric and Reality in Early Modern Spain*, ed. Richard Pym, Woodbridge, Tamesis Books, 2006, pp. 1-24.

Deleito y Piñuela, José, *El rey se divierte. (Recuerdos de hace tres siglos)*, Madrid, Espasa-Calpe, 1964.

Derrida, Jaques, «Force of Law. The "Mystical Foundation of Authority"», en *Deconstruction and the Possibility of Justice*, eds. David Gray Carlson y otros, New York, Routledge, 1992, pp. 3-67.

Feros, Antonio, *El Duque de Lerma. Realeza y privanza en la España de Felipe III*, Madrid, Marcial Pons, 2002.

Leppert, Richard D., *Art and the Committed Eyes: The Cultural Functions of Imagery,* Boulder, Colo., Westview Press, 1996.

Martínez de Espinar, Alonso, *Arte de ballestería y montería*, Madrid, Ediciones Velázquez, 1976.

Mateos, Juan, *Origen y dignidad de la caza*, Madrid, Sociedad de Bibliófilos Españoles, 1928.

Ortega y Gasset, José, «Prólogo a *Veinte años de caza mayor* del conde de Yepes», en *Obras completas*, Madrid, Alianza, 1983, pp. 419-491.

Pinheiro da Vega, Tome, *Fastiginia. vida cotidiana en la corte de Valladolid*, trad. y notas de Narciso Alonso Cortés, Valladolid, Ámbito, 1989.

Permiso para cazar con tiro de pólvora, no siendo en tiempos o sitios vedados; y observancia de las leyes prohibitivas de lazos, armadijos y otros instrumentos, Madrid, 7 de noviembre de 1617.

Premática en que se prohibe cazar con poluora, perdigones, y al buelo, y da la forma como se puede usar de los arcabuces, Madrid, Juan de la Cuesta, 1611.

Prematica por la qval se manda que no se pueda tirar a ningun género de caça con perdigones de plomo, ni de otra cosa en esta Corte, y veinte leguas en contorno, so las penas en ella contenidas, Madrid, Juan de la Cuesta, 1622.

REAL ACADEMIA ESPAÑOLA, *Diccionario de Autoridades*, Madrid, Gredos, 1979, 3 vols.

Rhetoric and Reality in Early Modern Spain, ed. Richard Pym, Woodbridge, Tamesis Books, 2006.

RODRÍGUEZ, Juan Carlos, *El escritor que compró su propio libro. Para leer el Quixote*, Barcelona, Debate, 2003.

Las siete partidas del sabio rey don Alonso el nono, nueuamente glosados por el licenciado Gregorio Lopez del Consejo Real de Indias de su Magestad, Salamanca, Andrea de Portonaris, 1555.

2.

EL DUQUE DE LERMA Y LA UTILIZACIÓN POLÍTICA DE LA FIESTA CORTESANA

FUNCIONES TEATRALES Y LITERARIAS DEL PERSONAJE DEL PRIVADO[1]

Maria Grazia Profeti
(Università degli Studi di Firenze)

0. Serie histórica y serie literaria

En 1605 se celebra en Toledo el nacimiento del futuro Felipe IV, un reflejo toledano de las ceremonias de Lerma; la acostumbrada «relación» de los festejos nos permite reconstruir las ceremonias y la justa poética, en la que se lucieron varios ingenios de la ciudad. La *Relación de las fiestas* se inicia con dos sonetos, compuestos por el Corregidor de Toledo:

A la Magestad del Rey don Felipe N. S. don Alonso de Cárcamo, corregidor de Toledo

> Después de haber con Júpiter partido
> el imperio, Felipe soberano,
> pues sólo en vos se ha visto el orbe hispano
> a un cetro, a una corona reducido;
> después de ver a vuestros pies rendido
> el Indio, el Scita, el Belga, el Africano,
> y puesto al griego, al Persa y al Romano,
> con tantas glorias, en eterno olvido;
> después que el español César segundo,
> único al mundo permitió dejaros,
> fénix quedaste en valor profundo;

[1] Este trabajo mantiene sus propias normas de presentación por deseo expreso de la autora.

mas hoy, con atreveros a imitaros,
dándonos otro vos, mostráis al mundo
que sólo vos pudistes igualaros.

Al Excelentísimo Señor, el duque de Lerma, don Alonso de Cárcamo

Si Scévola, por ser en generosa
virtud y sangre a todos preferido,
en voz común de Roma fue elegido
para llevar la imagen de una diosa,
con más razón de España venturosa,
señor excelentísimo, habéis sido
electo para el sol recién nacido,
que sale en vuestra esfera luminosa.
Huya la embidia al más profundo abismo
si os mira cielo del mayor lucero,
centro del sol y igual con el sol mismo;
pues para que el tusón del Rey Tercero
honrase vuestro pecho, en su bautismo
Felipe cuarto os sirve de cordero[2].

Como se ve, el primer soneto pone de relieve la «unicidad» del Rey, al cual sólo Dios es superior («de haber con Júpiter partido el imperio»), y se apoya en una comparación victoriosa con los grandes reyes de la antigüedad clásica: el soberano es «fénix», y en cuanto tal da al mundo «otro vos», el príncipe heredero. En el primer soneto, que funda y atestigua la grandeza del monarca, sólo se puede proponer la «duplicidad» de la misma sucesión dinástica («el español César segundo / único al mundo permitió dejaros»).

Pero ya en el segundo soneto se dibujan las «razones» de la presencia del valido en el momento ritual del bautizo del príncipe. «Virtud y sangre» le hacen digno de «llevar la imagen» del monarca, con una

[2] RELACION DE LAS / FIESTAS QVE LA IMPE-/ rial ciudad de Toledo hizo al nacimento / del Principe N.S. Felipe IIII. / deste nombre. / [scudo] / *Salue magne puer, charo* [sic] *spes grata parenti, / Consilio victurus Auum, virtute potenti / Magnum Atauum, Salue toti decus addite mundo.* [*Colophon*: a f. 86*r*:] En Madrid, por Luis Sanchez. / Año del Señor M.DC.V., f. +2*r*-*v*. Descripción y ejemplares en Maria Grazia PROFETI, *Per una bibliografia di Lope de Vega. I. Opere non drammatiche a stampa*, Kassel, Reichenberger, 2002, pp. 426-427. Aquí y en las citas siguientes transcribo modernizando la grafía.

comparación que se apoya otra vez en el recuerdo de la antigüedad clásica[3]; él así llega a ser «cielo» donde luce el sol-rey: «centro del sol, y igual con el sol mismo». *Igual*: la palabra ha sido pronunciada, y contra ella nada puede la «invidia»; como explica una última comparación, el príncipe recién nacido es una insignia (tusón) que honra el pecho del privado, y como en el toisón de oro está representado el vellocino, el niño real, inocente cordero, es la imagen que da gloria al que le lleva en sus brazos.

Los dos sonetos paralelos y especulares, que presentan un acontecimiento tan significativo como es el nacimiento del heredero, nos dicen mucho del modo en que el instrumento «literatura» reelabora las dinámicas políticas Rey/Valido, por cierto bien estudiadas y conocidas[4]. Una serie de metáforas, de mecanismos literarios (referencias a la antigüedad clásica, comparaciones, etc.), constituyen el entramado que hace posible la expresión ideológica, y su traducción en términos «literarios».

1. Forma del mundo y forma dramática

Son las mismas dinámicas que se destacan en una amplia serie de comedias áureas donde aparece la figura del valido, que se podrá estudiar —obviamente— en su aspecto histórico: el valido luce en el escenario las marcas exteriores de su alto cargo («llave dorada») y tal nos lo presenta, por ejemplo, Vélez de Guevara en *El conde don Pero Vélez*; pero al mismo tiempo su poder podrá resultar ambiguo y ten-

[3] La comparación del valido con Escévola había aparecido ya en L. de Vega, *Fiestas de Denia,* Introducción y texto crítico de Maria Grazia Profeti; Apostillas históricas de Bernardo García García, Firenze, Alinea, 2004, p. 155.

[4] La bibliografía sobre el argumento es abundante. Me limitaré a mencionar en el coté histórico a John H. Elliot, *Richelieu and Olivares,* Cambridge, Cambridge University Press, 1990; John H. Elliot, *The Count-Duke of Olivares. The Statesman in an Age of decline,* New Haven and London, Yale University Press, 1986; *El mundo de los validos*, bajo la dirección de John Elliott y Laurence Brockliss, Madrid, Taurus, 1999; Francisco Tomás y Valiente, *Los validos en la monarquía española del siglo xvii,* Madrid, Instituto de Estudios Fiscales, 1963; Francesco Benigno, *L'ombra de re,* Venezia, Marsilio, 1992; Antonio Feros, *El duque de Lerma. Realeza y privanza en la España de Felipe III,* Madrid, Marcial Pons, 2002.

drá que ceder frente al Rey[5]. Ninguna novedad, pues, desde un punto de vista ideológico; sin embargo son las funciones *literarias* del personaje las que permiten los mecanismos de proyección-identificación del espectador en el personaje, y por lo tanto la asimilación o el rechazo de su figura.

Empecemos por las presencias más secundarias: a veces el valido es sólo la segunda voz de un diálogo que se inserta en dinámicas textuales de vario tipo; y como ejemplo propongo el pasaje de *El Caballero de Olmedo*, una especie de intermedio, que se coloca en el centro de la segunda jornada, aparentemente alejado de la acción, donde actúan el rey don Juan y el Condestable don Alvaro de Luna[6].

Al examinar el fragmento nos daremos cuenta de la interesante relación que se establece entre los dos personajes: el Condestable que prepara y despacha los informes, el Rey que los «firma»: es evidente que Lope proyecta en el período de Juan II la realidad de su tiempo. Pero la escena se conecta también con el argumento de la comedia, a través de la mención de la indumentaria en su función de identificación social; y poniendo en escena a don Alvaro de Luna, prototipo de la «adversa fortuna», nos advierte que un halo negativo rodea también al protagonista un tanto exaltado. O sea, incluso en este primer tipo de intervención, que parecería poco significativa, resulta evidente el carácter simbólico de la figura del valido, en un doble nivel: en la estructuración interior de la pieza y en relación al fondo histórico contemporáneo.

Dichas presencias episódicas, como una mirada de soslayo, son muy sugerentes, y nos explican desde otro punto de vista la importancia de un entero *corpus* dramático centrado en la figura del valido: el ciclo que propone al privado como protagonista, destinado a caer desde su alta condición al abismo de la desgracia y de la muerte. Un corpus francamente impresionante; recuerdo que Jesús Gutiérrez reseña 79 títulos, centrando después su examen en 30 piezas. El estudioso concluye:

[5] Cfr. Odile LASSERRE-DEMPURE, «La representación escenográfica del rey y del valido en *El conde don Pero Vélez* de Luis Vélez de Guevara», en *Représentation, écriture et pouvoir en Espagne à l'époque de Philippe III,* Paris-Firenze, Alinea, 1999, pp. 107-119.

[6] Lope DE VEGA, *El caballero de Olmedo*, ed. Maria Grazia PROFETI, Madrid, Biblioteca Nueva, 2002, pp. 358-361, vv. 1554-1609.

> El hecho de que varios dramaturgos españoles del siglo XVII hayan reiterado, en un período de tiempo de unos 25 años, la presentación esquematizada, casi paradigmática, de los sucesos buenos y malos que acaecen a ciertos personajes históricos, tiene forzosamente que encubrir un propósito; pero es, además, un ejemplo de esa frecuente confluencia entre una tradición o tópico literario y una realidad histórica concreta e inmediata[7].

Naturalmente el ciclo se relaciona con el tema de la fortuna mudable[8], que recorre la literatura española, a partir del *De Consolatio Philosophiae* de Boecio, y a través de unos textos fundamentales como *De remediis utriusque Fortunae* de Petrarca. Fortuna *bifrons,* próspera y adversa, naturalmente, cuya vigorosa síntesis traza Soledad Carrasco Urgoiti, hasta llegar a la figuración que aparece en el *Criticón*[9].

El tema constituye el eje de muchas obras teatrales, desde las «trágicas» del siglo XVI[10] hasta las comedias áureas; y enraizados en él resultan una serie de símbolos, que llegaban a los literatos del siglo XVII a través de varios *specula*, *florilegia*, *compendia*[11], como el *Tesaurus* de

[7] Jesús GUTIÉRREZ, *La «fortuna bifrons» en el teatro del Siglo de Oro,* Santander, Sociedad Menéndez y Pelayo, 1975, p. 8.

[8] Sobre la definición del campo de «tema», «motivo», *cliché*, «paradigma», *topos*, etc. (y la bibliografía crítica relativa) cfr. A.V., *La metamorfosi e il testo,* Milano, F. Angeli, 1990; especialmente mi artículo «Il paradigma e lo scarto», pp. 7-16.

[9] Soledad CARRASCO URGOITI, «Fortuna reivindicada: recreación de un motivo alegórico en *El criticón*», en *El Crotalón*, I, 1984, p. 161. En la página 160, nota 3, se reúne una bibliografía esencial sobre el tema, a la cual me remito. Ver también la que figura en J. GUTIÉRREZ, *La «fortuna bifrons»*, cit.

[10] Alfredo HERMENEGILDO, *Los trágicos españoles del siglo XVI,* Madrid, Publicaciones de la Fundación Universitaria Española, 1961, pp. 542-549.

[11] Son presencias que hoy se conocen cada vez más; y una intervención de Víctor Infantes reseña los textos con un número impresionante de ediciones, que atestiguan su difusión y presencia en las bibliotecas de los intelectuales españoles: cfr. Víctor INFANTES, «De *Officinas* y *Polyantheas*: los diccionarios secretos del Siglo de Oro», en *Homenaje a Eugenio Asensio,* Madrid, Gredos, 1988, pp. 243-257. Para las deudas de los comediógrafos áureos a dichos regestos cfr. los artículos de Jameson, Truebold, María Cruz García de Enterría, Vosters, reseñados por Infantes; más referencias a artículos de Morby pueden verse en Víctor DIXON, «Beatus...Nemo: *El villano en su rincón*, las *Polianteas* y la literatura de emblemas», en *Cuadernos de filología,* III, 1981, pp. 279-300. Recientemente Aurora Egido aclara una deuda de Lope a Ravisio Textor: Aurora EGIDO, «Lope de Vega, Ravisio Textor y la creación del mundo como obra de arte», en *Homenaje a Eugenio Asensio,* cit., pp. 171-184.

Ravisius Textor, o los *Emblemas* de Sebastián de Covarrubias[12]. Por ejemplo Pérez de Moya en su *Philosophia secreta* (1585), así representa a la diosa:

> Otros la pintaban en figura de mujer furiosa, y sin seso, y puesta de pies sobre una piedra redonda, significando su poca firmeza; otros la hacían de vidrio, para denotar que era quebradiza. Pintábanla otros moviendo una rueda, por la cual unos iban subiendo a la cumbre, y otros que estaban en ella, otros que van cayendo... Pintábanla ciega, como cosa que da sus riquezas sin examinación de méritos[13].

Sobre la iconografía originada por las diversas interpretaciones del mito de la Fortuna se entretiene Soledad Carrasco[14]: los emblemas de Alciato, las alegorías didácticas, adquieren gran interés, ya que constituyen la forma a través de la cual pasan y se transmiten los conceptos, y la sensación angustiosa de la crisis llega a adquirir aspecto literario[15].

Ahora bien, el momento clave, donde la inestabilidad de la Fortuna aparece en toda su fuerza, es justo en la caída de reyes y privados, y entre los validos que experimentan la fugacidad de la dicha destaca, por reiteración e importancia literaria, la figura de don Alvaro de Luna[16]. Analizando las repetidas propuestas cancioneriles, romanceri-

[12] J. Gutiérrez, *La «fortuna bifrons»*, cit., pp. 29-32, 45-52.

[13] Juan Pérez de Moya, *Philosophia secreta,* Madrid 1585, ff. 176*r*-177*v*; apud J. Gutiérrez, *La «fortuna bifrons»*, cit., p. 48.

[14] S. Carrasco Urgoiti, «Fortuna reivindicada...», cit., pp. 163-165.

[15] Ibíd., p. 162.

[16] Cfr. Teresa Cirillo, «Notizia bibliografica su don Alvaro de Luna», en *Annali dell'Istituto Orientale di Napoli*, Sezione Romanza, 1963, pp. 277-291. Juan de Mena presenta en el *Laberinto de fortuna* una amplia tratación de los casos del Condestable (Juan de Mena, *Laberinto de Fortuna,* ed. de José Manuel Blecua, Madrid, Clásicos Castellanos n. 119, 1951, pp. 122-137, coplas 235-267); el Marqués de Santillana exulta con feroz alegría en ocasión de la caída del potente privado; una serie de romances divulga sus momentos de gloria y su trágico fin. Y respondiendo a esta fama, Damián Salustio del Poyo, Lope de Vega, Vélez de Guevara, Antonio Mira de Amescua le dedican comedias (para este último cfr. María Concepción García Sánchez, «Teatralización de don Alvaro de Luna en la bilogía de Mira de Amescua», en *La teatralización de la historia en el siglo de oro español, Actas del III coloquio del Aula-Biblioteca Mira de Amescua*, eds. Roberto Castilla Pérez y Miguel González Dengra, Granada, Universidad, 2001, pp. 209-225).

les, teatrales, centradas en sus acontecimientos, nos daremos cuenta de que, una vez más, no sólo el tema, sino también el fondo emblemático-simbólico constituye un patrimonio común al comediógrafo y a sus espectadores. Las *Coplas* atribuidas al Marqués de Santillana, por ejemplo, podían utilizar el símbolo de la rueda y jugar entre el apellido Luna y el cambiar del planeta[17]; imágenes que se repiten en los romances sobre don Alvaro[18]. Y a este patrimonio de figuras acudirán repetidamente los escritores áureos.

Como se ve, dentro de este marco «teórico» de la fugacidad de la dicha se evidencia un trasfondo simbólico: y de hecho a la relación entre rey y privado se alude frecuentemente a través de la imagen del sol y de la luna, que irá a parar a la más tardía tratación didáctica de Saavedra y Fajardo: el sol aparece como emblema del príncipe en las empresas 12 y 101, por ejemplo; mientras que la empresa 49 se dedica a la definición de la luna-valido. La empresa inicia con consideraciones generales:

> Muchas razones me obligan a dudar si la suerte de nacer tiene alguna parte en la gracia y aborrecimiento de los príncipes, o si nuestro consejo y prudencia podrá hallar camino seguro sin ambición ni peligro entre una precipitada contumacia y una abatida servidumbre [...] No dejará de poder mucho la inclinación, a quien ordinariamente se rinde la razón, principalmente cuando el arte y la prudencia saben valerse del natural del príncipe y obrar en consonancia dél [...] Ni la afrenta y trabajos en el rey don Juan el Segundo por el valimiento de don Alvaro de Luna, ni en éste los peligros evidentes de su caída fueron bastantes para que se descompusiese aquella gracia con que estaban unidas ambas voluntades [...] El celo y la prudencia del valido pueden, con la licencia que concede la gracia, corregir los defectos del gobierno y las inclinaciones del príncipe...[19]

Para llegar a comentar así el grabado de la luna y las estrellas que constituye la «empresa» misma:

[17] *Cancionero castellano del siglo* XV, ed. de Raymond FOULCHÉ DELBOSC, Tomo I, NBAE, XIX, Madrid 1912, pp. 497-500.

[18] *Romancero de don Alvaro de Luna (1540-188)*, ed. de Antonio PÉREZ GÓMEZ, Valencia, La fuente que mana y corre, 1953, pp. 78-79, 82.

[19] Diego DE SAAVEDRA FAJARDO, *Empresas políticas,* ed. de Sagrario LÓPEZ POZA, Madrid, Cátedra, 1999, pp. 579-582.

> Un sol da luz al mundo, y cuando tramonta deja por presidente de la noche no a muchos, sino solamente a la luna, y con mayor grandeza de resplandores que los demás astros, los cuales como ministros inferiores la asisten. Pero ni en ellas ni en ellos es propia, sino prestada la luz, la cual reconoce la tierra del sol. Este valimiento no desacredita a la magestad cuando el príncipe entrega parte del peso de los negocios al valido, reservando a sí el arbitrio y la autoridad; porque tal privanza no es solamente gracia, sino oficio, no es favor, sino sustitución del trabajo [...]. Obre el valido como sombra, no como cuerpo [...]. Todo el punto del valimiento consiste en que el príncipe sepa medir cúanto debe favorecer al valido, y el valido cúanto debe dejarse favorecer del príncipe. Lo que excede desta medida causa [...] celos, invidias y peligros[20].

El rey es también *espejo*, como se ilustra en la empresa 33:

> Lo que representa el espejo en todo su espacio, representa también después de quebrado en cada una de sus partes. Así se ve el león en los dos pedazos del espejo desta empresa, significando la fortaleza y generosa constancia que en todos tiempos ha de conservar el príncipe. Espejo es público en quien se mira el mundo. Así lo dijo el rey don Alonso el Sabio, tratando de las acciones de los reyes y encargando el cuidado en ellas: «Porque los omes tomen exemplo dellos de lo que les ven facer, y sobre esto dijeron por ellos que son como espejo, en que los omes ven su semejanza de apostura, o enatieza». Por tanto, o ya sea que le mantenga entero la fortuna próspera, o ya que le rompa la adversa, siempre en él se ha de ver el mismo semblante[21].

De esta forma en el rey se refleja la sociedad del Siglo de Oro, de su dignidad y entereza en la próspera o adversa fortuna toma ejemplo y consuelo; delante de sus ojos impasibles, como en un espejo privilegiado, se desarrolla el espectáculo de corte[22].

[20] Ibid., pp. 583, 586.

[21] Ibid., pp. 450-451. *Espejo* en Saavedra Fajardo llega a ser su mismo libro, donde «puede verse reflejada la imagen de un Príncipe ideal»: Mariano BAQUERO GOYANES, *Visualidad y perspectivismo en las «Empresas» de Saavedra Fajardo*, Murcia, Academia Alfonso X El Sabio, 1970, p. 26. Lo que no puede maravillar, dada la costumbre de titular «Espejo...» los manuales de etiqueta o heráldicos (cfr. el *Espejo de verdadera nobleza* de Diego DE VALERA), o los de regimiento de príncipes.

[22] Sebastián NEUMEISTER, «Escenografía cortesana y orden estético-político del mundo», en *La escenografía del teatro barroco,* Salamanca, UIMP, 1989, pp. 152, 157;

La simbolización nos revela así un «modelo del mundo» que dará forma a las comedias de privanza:

> La letteratura crea dei modelli del mondo. L'attività è esattamente speculare alla presa di conoscenza del mondo attraverso stereotipi di ordine conoscitivo. La cultura offre dunque, ordinati.... attorno alla lingua, tutti gli stereotipi necessari per «parlare» la realtà. Lo scrittore viceversa mette in forma una realtà intera, un mondo, conferendogli una struttura omologa a quella del mondo da lui esperito. Questo modello viene assimilato alla cultura, e perfeziona o arricchisce il suo patrimonio di stereotipi[23].

Es necesario subrayar cómo se desarrolla y llega a constituirse esta simbolización, peculiar de los textos literarios, ya que muy pocas veces los que se han dedicado al análisis de la «materia» histórica en el teatro áureo se han preocupado por este aspecto; y casi todas las intervenciones se limitan al nivel descriptivo[24].

2. Forma escénica y forma literaria

Si es obvio que la descripción de la estructura del poder legítimo seguirá «una serie de rasgos tópicos, basados en la visión cristiana del rey como vicario de Dios en la tierra»[25], lo que es interesante es observar cómo cada autor organiza el contenido político-moral y el repertorio simbólico común de su tiempo dentro de una forma escénica y de una forma literaria.

Recuerdo los resultados a los cuales llegué examinando *El espejo del mundo* de Vélez de Guevara[26]. Vélez divide cada jornada en tres par-

Evangelina Rodríguez y Antonio Tordera, *La escritura como espejo de palacio,* Kassel, Edition Reichenberger, 1985, p. 54.

[23] Cesare Segre, «Temi dell'attività letteraria. Premessa. Esperienza, cultura, testo», en *Avviamento all'analisi del testo letterario*, Torino, Einaudi, 1985, p. 168.

[24] Este objetivo metodológico no se ha tenido muy en cuenta en *La teatralización de la historia en el siglo de oro español,* cit.

[25] Ignacio Arellano, «El poder y la privanza en el teatro de Mira de Amescua», en *Mira de Amescua en candelero,* Actas del Congreso Internacional sobre Mira de Amescua y el teatro español del siglo xvii, Granada, Universidad, 1996, p. 44.

[26] Maria Grazia Profeti, Estudio introductorio a L. Vélez de Guevara, *El espejo del mundo*, ed. de George Peale, California, University of Fullerton Press, 1997. Las citas que aparecen *infra* se refieren al texto establecido por G. Peale.

tes; división más bien constante en las piezas del tiempo[27]; pero que en nuestro caso llega a una estructuración simétrica: el núcleo central de cada jornada está constituido justo por los acontecimientos que se refieren al rey de Castilla don Juan II y a su privado «ejemplar» don Alvaro de Luna[28]. No sólo la tripartición, sino la «centralidad» misma del tema de don Álvaro convierten la comedia en una especie de retablo, en el cual la parte central ilumina y aclara el sentido de los cuadros laterales. El público castellano conoce ya la historia de don Alvaro, y esta pre-notoriedad del personaje da relieve a la figura *especular*, inventada por Vélez, de un privado portugués, destinado a experimentar los vaivenes de la fortuna, pero sin llegar a la desgracia última, a la catástrofe de la muerte, y limitándose al escarmiento del desengaño[29].

De dicha naturaleza de «retablo», de *exemplum*, derivan una serie de características de la comedia, representante de un tipo de teatro en que sólo se *muestra*, se dice y se amonesta, y donde la acción es reducida al mínimo. La riqueza de los trajes, cuajados de piedras preciosas, que los versos pintan y exaltan, contribuye a crear este clima de retablo; mientras por otro lado la descripción nos recuerda las de las *relaciones* de actos públicos que circulaban y se leían apasionadamente por los mismos años:

> ...el rey... llegó ...
> por un pasadizo, dando
> con diamantes y con oro
> sobre un vestido bordado,
> en gorra y en cabestrillo,
> oro al sol y al cielo rayos... (vv. 1134-39)

Los movimientos aparecen también estáticos e hieráticos:

[27] Maria Grazia PROFETI, «Attanti e coppie oppositive negli *Hijos de la Barbuda*», en *Quaderni di lingue e Letterature,* 1, 1976, pp. 161-189; ahora en *La vil quimera de este monstruo cómico*, Kassel, Reichenberger, 1992, pp. 196-226.

[28] Los dos personajes, además, intervienen de forma resolutiva en el momento en que la adversa fortuna del protagonista don Basco se transforma otra vez en fortuna próspera.

[29] Se comprende, por lo tanto, que sólo una perspectiva desarraigada de los valores escénicos y de las reacciones del público contemporáneo pueda llegar a considerar la de don Alvaro como «intriga secundaria que sirve para dar color histórico a la pieza»: J. GUTIÉRREZ, *La «fortuna bifrons»*, cit., p. 275.

—¡A vuestra Magestad beso las plantas!
—Conde de Vimioso, alzad (vv. 893-94)

—Beso a Vuestra Magestad
los pies por él.
— Levantad. (vv. 1195-96)

—Beso a Vuestra Magestad
los pies.
— Duque, levantad. (vv. 1238-39)

Y adquieren, naturalmente, un valor ampliamente simbólico.

Dentro de este marco de retablo, los nobles de la corte tienen una función fundamental: son las figuras de los desfiles regios que otorgan majestad al cuerpo del Rey, su dignidad procesional está subrayada constantemente por las acotaciones, donde se mencionan también los *objetos* sacrales. Puede ser muy interesante comparar las acotaciones de Vélez con los manuales de etiqueta y del ceremonial de la corte, reunidos y comentados por Sergio Bertelli; las fuentes, los aguamaniles, el salero de la corte portuguesa, la espada y la venera de Santiago de la castellana, recuerdan las *regalia* exhibidas durante los desfiles, o la pompa de los banquetes[30]. De modo especial la pareja Duque de Avero-Duque de Berganza constituye el «fondo» donde se proyecta la regalidad, donde el rito toma relieve, actuando siempre de forma paralela y especular.

Los momentos escénicos en que se efectúa el ascenso y la caída del privado (y subrayaré que se realiza bajo los ojos de los espectadores), están constituidos por las consultas de los memoriales, que adquieren, naturalmente, gran valor paradigmático[31]. Así no sólo imágenes simbólicas, motivos, figuras históricas, sino también enteros nucleos escénicos constituyen verdaderos clichés del género «comedia de privanza».

[30] Sergio BERTELLI, *Il corpo de re,* Firenze, Ponte alle Grazie, 1990; Sergio BERTELLI, «Il dramma della monarchia medioevale, ovvero: il pranzo del signore», en *Codici del gusto,* Milano, F. Angeli, 1992, pp. 22-41.

[31] Recordaré una comedia tardía de Lope, donde igualmente la consulta de memoriales adquiere una importancia fundamental, permitiendo que el Duque descubra la infidelidad de su mujer: Lope DE VEGA, *El castigo sin venganza,* en *Teatro,* Milano, Garzanti, 1989, p. 298.

Distintas dinámicas teatrales utilizadas por Mira de Amescua en *El ejemplo mayor de la desdicha*[32]

Ya en la primera jornada dos veces se repite, en el primer núcleo y en el último, la amenaza a la vida de Belisario; Teodora arma la mano de Leoncio y de Narces, pero la generosidad de Belisario, y en el segundo caso el azar, vencen las amenazas. Esta duplicación tiene un evidente intento de refuerzo dramático, mientras desde el punto de vista escénico, particular eficacia tiene el sueño de Belisario, recurso bastante frecuente en el teatro de los Siglos de Oro. El tema de la desgracia, una desgracia ilógica, derivada de las fuerzas de las circunstancias, del azar tan presente en la pieza, ya aparece en la figura de Leoncio, el general caído, que Belisario, general en su apogeo, encuentra en su entrada triunfal. Es decir, los elementos temáticos de la comedia, la lealtad del privado en lucha con la envidia, la desdicha en acecho, toman un aspecto escénico y plástico en su misma primera escena. La dinámica escénica central de la jornada se cifra en el engaño, que cambia la verdad en mentira[33]. No sólo el amor fiel y tierno de Antonia a través del engaño (falsedad) va a parecer desamor; sino que el engaño pasa de los personajes altos a los bajos: Floro engaña al Emperador, presentándole unos «servicios» falsos, que hurta a Fabricio ante los ojos mismos del espectador.

El ascenso de Belisario, a pesar de los enredos y las conspiraciones de Teodora, continúa a través de la segunda jornada, que termina con una apoteosis: el mismo Emperador ensalza a su capitán, recordando en un largo fragmento sus empresas (pp. 271-272, vv. 1727-1786). Se le tributan honores reales, que Belisario asustado rechaza, mientras ha llegado felizmente a comprobar el amor de Antonia. La jornada termina con las palabras paradigmáticas de Belisario, palabras que recordarían a todos los espectadores lecturas, conceptos, lugares comunes, es decir la «forma del mundo» dentro de la cual la comedia se enmarca:

[32] Maria Grazia Profeti, *«El ejemplo mayor de la desdicha» y la comedia heroica*, en *Mira de Amescua en candelero*, cit., pp. 65-91. Las citas del *Ejemplo* que van a aparecer *infra* se refieren a Antonio Mira de Amescua, *Teatro completo*, coordinado por Agustín de la Granja, vol. I, ed. Maria Grazia Profeti, Granada, Universidad, 2001.

[33] Joseph Courtés, *Introduction à la semiotique narrative et discursive*, Préface de Algirdas Julien Greimas, Paris , Hachette, 1976, p. 78.

Fortuna, tente; Fortuna,
pon en esta rueda un clavo (p. 275, vv. 1887-88).

Belisario consigue esta serie de triunfos (que repite por tercera vez el esquema amenaza/salvación), a través de su generosidad y del azar en el caso de Filipo, pero también utilizando el engaño, como en la primera jornada habían hecho sus enemigos, y ahora hacen sus amigos: en efecto Narces y Leoncio se enteran de que Filipo matará a Belisario, escuchando «a la puerta» (p. 253), y Belisario habla con Antonia aprovechando el ensayo de la comedia, delante de Teodora, dudosa e impotente. Lo mismo se verifica en el momento del sueño, que duplica la escena de la primera jornada; pero ahora el sueño es fingido y permite que Belisario revele al Emperador el nombre de su enemiga. El Emperador mismo utiliza la ficción: falsa es la noticia de la muerte de Belisario, y en el último núcleo el monarca se pondrá al paño (p. 269) y será así testigo del cuarto intento de Teodora de matar al capitán.

La verdad, el nombre de Teodora, se abre paso a través de la negación, del secreto (de Narces y Filipo) y a través del engaño del sueño. Y la verdad del amor se revela a través del engaño de la comedia fingida: una especie de *mise en abyme* vertiginosa[34], ya que no sólo presenciamos una comedia (ficción) dentro de la comedia (verdad fingida), sino una simulación dentro de la ficción.

La tercera jornada, después de tantos juegos escénicos, es el lugar dedicado a lo patético de la caída; el último invento teatral es el juego banda-guante-carta (con el carácter anfibológico de la carta, que el Emperador puede interpretar como dirigida a Teodora) y el engaño del desmayo fingido. Ahora «lo trágico» y lo «heroico» se confían a la palabra y a la profesionalidad del actor que encarnaría a Belisario: su relación «Monarca de dos imperios» (pp. 290-294, vv. 2383-2569) se desarrolla a lo largo de 200 versos, terminando paradigmáticamente «ya será mi vida / el ejemplo mayor de la desdicha»; una *summa* de lugares comunes acerca del tema de la fortuna (por ejemplo: «en los palacios más ricos / anda la envidia embozada / con máscara y artificio», p. 293, vv. 2518-2520).

[34] Sobre el teatro en el teatro, que el estudioso define «scena en abyme», cfr. Cesare SEGRE, *Teatro e romanzo*, Torino, Einaudi, 1984, pp. 51-60. Romana RUTELLI, «La *Never Ending Story* della scena infrascenica», en *Modi del raccontare*, Palermo, Sellerio, 1987, propone en cambio la definición «scena infrascenica».

La comedia ha llegado a una cumbre tan alta de *pathos*, que la intervencion bufa de Floro la tendrá que reequilibrar: después de que se le ha quitado su premio, el *gracioso* exclama: «y yo seré sin villa / el ejemplo menor de la desdicha» (p. 295, vv. 2603-2604)». Pero ya «Sale Belisario, corriendo sangre de los ojos, con una sotanilla vieja y sin valona, y sin capa ni sombrero, cayendo y levantando» (pp. 295-296). El coloquio lastimoso con los cortesanos y con Antonia, sus declaraciones paralelas a las del Emperador, que se reiteran durante 20 versos (pp. 300-302, vv. 2792-2816), recurso por supuesto muy calderoniano, cierra majestuosamente este ejemplo de grandeza «romana» perfectamente anacrónica, no tanto y no sólo en los trajes (sotanilla, valona, capa, sombrero; «calzas atacadas», como decía Lope en el *Arte nuevo*), sino, sobre todo, en la visión del mundo que nos transmite, que es la típica barroca.

En Mira, historiador de privados caídos, el esquema «el rey sustenta/hunde al privado» supone una «constante que venía a constituirse en el tema básico de una composición sinfónica: la mutabilidad de la fortuna era la célula originaria de su producción»[35]. Aplicación, por lo tanto, de una «fórmula» que prevé la presencia del Rey, del Privado, de los Oponentes del privado, los adyuvantes del Privado; los cómplices de los enemigos del Privado[36].

Pero no hay que olvidar que cuando se habla de creaciones literarias (y no de materiales folklóricos), quizás más interesante es observar *cómo* los esquemas se «hacen» texto. Y aquí el tema de la fortuna mudable se encarna en una estructura teatral que constantemente juega entre apariencia y realidad, entre verdad y mentira[37], y se trata de un juego matemático de todas las posibilidades de la ilusoria realidad de la escena: una perfección estructural casi angustiosa, dominada por un repetirse obsesivo del número tres: tres las campañas victoriosas de Belisario, tres los intentos frustrados de matarle; tres las condenas finales del Emperador; etc. La tragedia de Belisario se cumple porque el azar monta sus lances en un engranaje de alta precisión; ya que bastaría un mínimo cambio para mudar radicalmente el destino de los personajes.

[35] Juan Manuel VILLANUEVA, «El teatro de Mira de Amescua», en *Un teatro en la penumbra,* Rilce, 7, 2, 1991, número monográfico, p. 367.

[36] Ibid., pp. 367-368.

[37] Maria Grazia PROFETI, «*Essere* vs *Apparire* nel teatro barocco», en *Dialogo. Studi in onore di Lore Terracini*, Roma, Bulzoni, 1990, II, pp. 543-555; después en *La vil quimera...*, cit., pp. 32-42.

3. La función didáctica: tratado en forma de comedia

Sólo dos ejemplos, pues, que nos confirman cómo, utilizando idénticos materiales literarios e ideológicos, y dentro de un mismo tema, la posibilidad de estructuración dramática cambia el producto último, la comedia. En Mira la dinámica trágica se centrará en el oscuro *fatum* escénico; en Vélez compondrá un fresco ceremonial y ejemplar; pero una tensión dramática oscura tiene que latir detrás del retablo: fuerzas negativas como la envidia, o la incoherencia del mundo, aseguran la forma dramática del texto.

La renuncia a esta dicotomía implica la pérdida de un importante motor teatral. Es lo que puede destacar la lectura de *Cómo ha de ser el privado*[38], donde Quevedo quema en aras de una función didáctica total cualquier intento de establecer dinámicas dialógicas[39]. Lo que vemos en el texto son las preocupaciones políticas (o encomiásticas) del autor, reflejadas en el perfil del perfecto privado (y sus relaciones con el Rey); con un «retrato» estático del Conde-duque de Olivares, Valisero según el transparente anagrama[40].

Vuelven a aparecer las imágenes como la del Sol-Rey:

> ... un privado,
> que es un átomo pequeño
> junto al rey, no ha de ser dueño
> de la luz que el sol le ha dado (p. 66, vv. 249-252.).

Y naturalmente se reitera el tema de la fortuna, sea en el registro bufo o en el trágico:

[38] Francisco de Quevedo, *Cómo ha de ser el privado,* edición de Luciana Gentilli, Viareggio, Baroni, 2004, donde se podrá ver una lectura que conecta el texto con los acontecimientos históricos. A este texto se refieren las citas que aparecen *infra.*

[39] Luciana Gentilli define el texto «comedia relación», ivi, p. 14, definición que explica bien su estructura exterior.

[40] L. Gentilli se deja arrastrar por una especie de pasión hacia el objeto de su estudio, intentando «dimostrare la costruzione armonica e compatta del testo, valorizzandone gli aspetti prettamente teatrali» (p. 39), contra la unánime evaluación negativa de la crítica anterior. Sin embargo tiene que reconocer que «Il personaggio [de Valisero] imbrigliato dal carnale modello di cui è specchio, si muove lungo un percorso tracciato»(p. 43).

No hay cosa firme en la vida,
porque en la común mudanza
hasta a bufones alcanza
el riesgo de la caída (p. 68, vv. 305-308).

Fortuna, expuesto me dejas
en el teatro del mundo
a ser blanco sin segundo
de sus invidias y quejas (p. 67, vv. 269-272).

¿Para qué, Fortuna escasa,
me diste dichosa suerte,
si me ha quitado la muerte
la sucesión de mi casa?
Si esto lloro, si esto pasa,
¿dónde subir, pensamientos?
¿Por qué trepáis en los vientos
al cóncavo de la luna?
¿De qué sirve mi fortuna?
¿Para quién son mis augmentos?
(pp. 102-103, vv. 1264-1273).

Las imágenes literarias son las consuetas: la del valido y de los Consejos de la corona como «espejo» de la imagen real, o la del «clavo» que para la inarrestable rueda de la fortuna:

Y si hubiese en mis consejos,
que son mis luces y espejos,
quien vendiere su favor,
de oficio se ha de privar... (p. 62, vv. 118-121).

y así será este favor
clavo insigne de la rueda
de mi próspera fortuna... (p. 76, vv. 540-542).

No se trata aquí sólo del fenómeno de la reescritura quevedesca[41]: obviamente existen referencias a los *specula principum*, a los *Fragmentos históricos de la vida de D. Gaspar de Guzmán* de Juan Antonio de Vera

[41] Santiago FERNÁNDEZ MOSQUERA, «La hora de la reescritura en Quevedo», en *Criticón*, 79, 2000, pp. 65-86.

y Figueroa; como interesantísimo es el episodio de la «cita» de las *Octavas al Príncipe de Gales* de Mira de Amescua[42].

Desde un punto de vista literario lo que choca es la formulación paradigmática de algunos pasajes, que le dan el aspecto de versículos de un manual; así como las figuras aparecen inalterables y el conflicto no pasa a través de las acciones, sino a través de las palabras. Y no las pronuncian los personajes de forma dialógica; sino es siempre Quevedo mismo (si la comedia es suya) quien habla a través de unos «portavoces» estáticos y sin relieve, un Quevedo que ahora renuncia también a su humor. Estamos frente no a una pieza teatral, sino a una serie de «sentencias morales», cuya tensión no es dramática, sino intelectual: su propia ambigüedad. Ninguna «caída» es posible en las páginas de Quevedo, ni en función de escarmiento, y ningún enredo ata con sus líneas a los personajes. Un desfile, pues, de estatuas en posturas ejemplares, ajenas a toda verdad teatral, que no sirven como ejemplos trágicos ni como nudos de acciones. Y véase como ejemplo la escena en la cual el privado puede dar audiencia y despachar a varios pretendientes en el momento mismo del insufrible dolor por la pérdida de su único hijo (pp. 98-103): la «escena del despacho», motivo común a varias comedias, ahora sirve únicamente para subrayar el ánimo inquebrantable del valido; pero una intrepidez tan feroz no tiene valor didáctico y pinta sólo su vacío. Como en los cuadros de Velázquez, el Rey y el Privado miran hacia el espectador desde su lejanía astral; y el espectador no tiene ninguna posibilidad de identificación. Pero si la comedia fue pensada para una representación de palacio[43], funcionaría perfectamente como «espejo» inalterable, en el cual se proyectarían los deseos de los cortesanos[44].

[42] Cfr. la *Introduzione* de L. GENTILLI a la ed. cit., pp. 31-37.

[43] Recuerdo que una comedia titulada *Cómo ha de ser el privado* se representaba en 1624, ya que figura en una lista de comedias del «autor» Roque de Figueroa y Mariana de Olivares, redactada el día 1 de marzo de 1624. Si la comedia mencionada en el repertorio era la de Quevedo, el autor la reelaboraría entre 1628 y 1629, añadiendo sucesos de aquellos años: cfr. la Introducción de Miguel ARTIGAS en Francisco DE QUEVEDO, *Teatro inédito*, Madrid, Revista de Archivos, 1927, pp. XVII-XXIII. Yo atribuyo bastante interés a los repertorios de comediantes, aunque Gentilli, en la citada introducción juzgue la información, p. 10, una «notiziola».

[44] Como se sabe gran éxito tuvo la representación palaciega de *Quien más miente medra más*, redactada por Quevedo junto a Antonio de Mendoza para la fiesta que se celebró en la noche de San Juan en los jardines del conde de Monterrey, como atestigua una «relación» reproducida por Cansiano PELLICER,

Tratado «especular» en forma de comedia pues, ya que la comedia ha llegado a ser una forma flexible, un «contenedor» que se puede prestar a transmitir contenidos muy distintos. Es lo que resulta de un curioso panfleto que arremete contra Luis Méndez de Haro y su cobardía en el lance de Elvas, un panfleto que juega con la forma de comedia, imitando la división en «jornadas», la presencia de entremeses y del baile final. No le falta ni un título muy teatral: *El engaño en la victoria.* Y sabemos que la sátira tuvo gran éxito, ya que nos ha sido transmitida en un número impresionante de manuscritos. Así la «serie histórica» se apodera de la «serie literaria», entablando en un escenario virtual una representación, en la que «Don Luis de Haro hace el bobo»[45]. Y que concluye con esta denuncia, toda sustanciada por juegos de palabras y dobles sentidos, como la entera sátira:

Sale el Señor don Luis de Badajoz a Madrid; recívele en un coro la Plebe y en otro la Lisonja a la puerta de Palacio; cantan de suerte que no se oigan los ecos adentro, porque no se inquiete su Majestad

PLEBE Falso, opulento y huido,
engañado, engañador,
sin valor siendo valido,
corredor y no corrido,
buelve privado y señor.
LISONJA Del valido la intención
nadie puede condenar,
que es precisa obligación
del que se quiere salvar
el huir de la ocasión[46].

Del tratado en forma de comedia de Quevedo hemos llegado al panfleto y a la sátira que finge ser una comedia, desviación posible ya que las repetidas obras teatrales centradas en el personaje del privado habían difundido un caudal de imágenes, de símbolos, una forma interior; habían permitido expresar en términos literarios y escénicos un fondo ideológico «fuerte».

Tratado histórico sobre el origen y progresos de la comedia y del histrionismo en España, I, Madrid 1804, pp. 177-178.

[45] *El engaño en la victoria*, ed. Paola ELIA y José Luis OCASAR, Madrid, Actas, 1996, p. 38.

[46] Ivi, p. 60.

DE LOS MEDIOS PARA MEJORAR ESTADO FIESTA, LITERATURA Y SOCIEDAD CORTESANA EN TIEMPOS DE *EL QUIJOTE*★

Teresa Ferrer Valls
(Universitat de València)

En las páginas que siguen voy a reflexionar sobre algunos aspectos que de manera parcial he abordado en otros lugares, a través de tres figuras cuyas vidas se cruzan en el tránsito del siglo XVI al XVII y que, desde diferentes posiciones sociales, sirven para ilustrar las relaciones que pueden llegar a establecerse entre fiesta, literatura y afán de promoción social en el marco de una sociedad y una cultura cortesanas. Se trata de Jean Lhermite, caballero gentilhombre de Felipe II y Felipe III, autor de unas memorias tituladas *Le passetemps*, de Francisco Gómez de Sandoval y Rojas, marqués de Denia y después duque de Lerma, a quien Lhermite conoció en la corte, y de Gaspar Mercader, noble valenciano, a quien Felipe III nombró conde de Buñol, y que fue autor de una novela pastoril, *El prado de Valencia*, que recrea el ambiente festivo que propició la estancia como virrey en Valencia de Francisco de Sandoval. La figura de Francisco de Sandoval aparece como pieza relevante en relación con las otras dos y sirve para poner de manifiesto la utilización estratégica de la fiesta como medio útil de aproximación al poder, con el objetivo de obtener beneficios propios, dentro de esa carrera para mejorar estado que tiene como escenario la corte y como protagonista al cortesano[1].

★ Mi trabajo se beneficia de mi vinculación a los proyectos financiados por el Ministerio de Educación y Cultura, con fondos FEDER, con referencias BFF 2003-06390 y HUM2005-00560/Filo.

[1] Ver sobre este aspecto Bouza, 1995, pp. 185-203. También pueden verse, en relación con diferentes aspectos de la cultura cortesana, Bouza, 1998; Bouza, 2003; y Chartier, 2000.

Hoy ya no se pone en duda que la corte de Felipe II, a través de diferentes figuras, protegió y promocionó la fiesta y el espectáculo teatral. La reina Isabel de Valois, la princesa Juana, hermana de Carlos V, o la emperatriz María, hermana de Felipe II, o la hija del monarca, la infanta Isabel Clara Eugenia, son personajes de la corte que aparecen en un momento u otro vinculados a este tipo de celebraciones. Ya hace años puse de relieve la importancia que la práctica escénica cortesana, promovida desde la corte y para un público esencialmente cortesano, tuvo durante el reinado de Felipe II, una importancia que, a diferencia de lo que ocurre en el XVII, no siempre se puede medir por el número de textos teatrales vinculados a eventos cortesanos que se han conservado, o por el número de relaciones que dan cuenta de estos acontecimientos festivos, celebrados a puerta cerrada, ya que estas relaciones son bastante más escasas en el XVI que en el XVII. A pesar de ello, las relaciones de fiestas que han pervivido, o los testimonios de pagos por representaciones o máscaras celebradas en la corte, o por parte de la nobleza, y otras menciones a este tipo de festejos contenidas en documentos de diferente índole, ponen de relieve que la fiesta y los espectáculos de carácter más o menos teatral, como podían ser torneos y naumaquias, formaban parte de las actividades que servían para entretener los largos ratos de ocio, y jalonaban el calendario festivo de la nobleza española ya en la época de Felipe II[2].

Algunos textos literarios sirven también a veces para testimoniar indirectamente la importancia de la fiesta en algunos círculos cortesanos. Es cierto que no contamos para la corte de Felipe II con una obra similar a *El Cortesano* de Luis Milán (1561), una obra excepcional que constituye una suerte de relación a gran escala de los modos de vida y de diversión de la nobleza reunida en Valencia alrededor de los virreyes Germana de Foix, viuda de Fernando el Católico, y su tercer marido, Fernando de Aragón, duque de Calabria, una obra que se manifiesta como una especie de crónica social de una nobleza que se convierte a sí misma en espectáculo, a la vez que se sirve del es-

[2] Ver Ferrer Valls, 1991, y Ferrer Valls, 1993, en donde figura una selección de documentos. De vez en cuando siguen apareciendo en los archivos relaciones de fiestas como la del interesante torneo dramático que tuvo lugar en Zamora en 1573, publicada por Cátedra, 2005. Ver también *La fiesta cortesana en la época de los Austrias*, 2003.

pectáculo para su propio solaz[3]. Se trata de una corte en cierto modo insólita, cuyo brillo como centro productor de cultura cortesana desde la periferia se explica probablemente por la presencia en Valencia desde fines del XVI, ocupando el puesto de virrey, de destacados miembros relacionados con la realeza o con la nobleza cercana a la casa real, circunstancia que ayuda a comprender el protagonismo que adquiere la cultura cortesana en Valencia durante este período[4], un protagonismo que después pasaría a monopolizar la corte real, centro promotor por antonomasia de celebraciones de carácter cortesano en el siglo XVII.

Aunque no contemos con un libro similar a *El cortesano* de Milán, que nos ayude a comprender y a calibrar de una manera tan precisa cómo entretenían sus ratos de ocio los nobles reunidos en torno a la familia real en la época de Felipe II, algunas novelas pastoriles, especialmente de la primera época, constituyen un testimonio literario del gusto por la fiesta y la teatralidad en un ámbito, el cortesano, en donde la ficción pastoril contaba, desde tiempos de Juan del Encina y Garcilaso, con un público que se zambullía con facilidad en la utopía bucólica, un ideal que permitía al cortesano identificarse con la máscara del pastor sofisticado, entregándose con él a la aventura de los sentimientos amorosos, en un mundo de ficción supuestamente alejado de los condicionamientos sociales de la corte. Eugenia Fosalba ha llamado la atención sobre la vinculación entre *La Diana* (1559) de Jorge de Montemayor y las damas del círculo de la princesa Juana[5]. En su obra Montemayor se hace eco del ambiente galante que conoció de primera mano al amparo de sus protectoras en la corte, primero María de Austria, y después la princesa Juana, hijas ambas de Carlos V. Sabemos también de la afición de la reina Isabel de Valois, la segunda esposa de Felipe II, por las fiestas y las representaciones, y ya hace tiempo destaqué la importancia documental de una máscara de

[3] Romeu, 1951, pp. 313-339, llamó la atención sobre el hecho de que la obra, dedicada a Felipe II y publicada en 1561, se debió de redactar antes, y sitúa la cadena de festejos en ella descritos entre abril y mayo de 1535, aunque la obra pudiese sufrir retoques posteriores antes de la publicación.

[4] Ver los diferentes trabajos que integran el volumen *Teatro y prácticas escénicas I*, 1984.

[5] Ver las interesantes consideraciones sobre la pervivencia de la égloga dramática que ofrece Fosalba 2002a, pp. 121-182, y especialmente p. 131, n. 27.

gran complejidad teatral, organizada por la reina y la princesa Juana con participación de diferentes damas de la corte y de la cámara de ambas, máscara que tuvo lugar en 1564 en el Palacio Real de Madrid. La emperatriz María de Austria forma parte también de esa galería de mujeres de la familia real que durante la segunda mitad del siglo XVI consumieron y promovieron espectáculos como un modo de entretener el tiempo de ocio en la corte: una de las comedias cortesanas más antiguas que se conservan, la *Fábula de Dafne*, fue representada bajo su patrocinio en el convento de las Descalzas Reales de Madrid, en donde María de Austria se había instalado al regresar a España, ya viuda, con su hija Margarita[6]. La novela pastoril de Luis Gálvez de Montalvo *El pastor de Fílida* (1582) se hace eco asimismo del ambiente festivo y literario que rodeó a las infantas Isabel Clara Eugenia y Catalina Micaela, e incluye una égloga dramática representable. Estos testimonios contribuyen a fundamentar la idea de que en la segunda mitad del siglo XVI los entretenimientos nobiliarios y fiestas palaciegas ocuparon un lugar más destacado de lo que tradicionalmente se había pensado, y resulta interesante destacar el protagonismo que cobran determinadas figuras femeninas de la familia real en la promoción y recepción de algunos de ellos[7].

Aunque no se trate de una obra comparable a *El cortesano* de Milán, a finales de siglo XVI las memorias de Jean Lhermite nos ayudan a captar la importancia del entretenimiento y de la diversión en la corte como juego social y como juego de poder, que permite hacerse visible a los ojos de los demás y a los del monarca y de sus allegados. A diferencia de Milán, Lhermite no formaba parte de ese núcleo de es-

[6] Ya destaqué la importancia de esta obra en mi libro Ferrer Valls, 1991, pp. 144-167. Allí analicé esta obra y discutí la fecha adjudicada a ella por Shergold, 1967, pp. 250-251, quien la relacionaba con las fiestas que tuvieron lugar en Valencia en 1599 durante las bodas de Felipe III y de su hermana Isabel Clara Eugenia. Entonces pensé que la obra podía haber sido representada a comienzos de la década de 1590. Más tarde Ramos, 1995, pp. 23-45, volvió sobre esta obra proponiendo una fecha de representación entre 1585 y 1593 y una lectura en clave según la cual la comedia tendría el propósito de convencer a la infanta Isabel Clara Eugenia, reacia como la ninfa Dafne al matrimonio, a elegir marido. Más recientemente Fosalba, 2002b, pp. 81-120, ha vuelto de nuevo sobre esta obra para acercar la fecha a 1585 e insistir en la supuesta lectura en clave, proponiendo la atribución de la obra a Juan Sánchez Coello.

[7] Sobre este aspecto traté en Ferrer Valls, 1999, pp. 3-18.

cogidos que participaba de manera más o menos regular en las diversiones palaciegas. De hecho, el centro de atención de sus memorias no son prioritariamente las diversiones de corte, sino que abarca un amplio espectro de intereses, atento a todo aquello que despierta su curiosidad durante el trayecto de sus viajes o durante su estancia en la corte, como los paisajes, las costumbres o los edificios. Pero también en ciertos momentos las memorias de Lhermite nos ayudan a entrever a través del tiempo las razones que podían llegar a convertir a un entretenedor de palacio en alguien cercano al poder. En realidad Lhermite no llegaría nunca a disfrutar de tal oficio, pero en su carrera por situarse en la corte, cuando se presentó la ocasión, supo utilizar hábilmente la fiesta como un recurso más de acercamiento al poder[8]. Hay que añadir que si hay un hilo conductor que se revela como un móvil constante en sus memorias es el de su pretensión de mejorar estado. Fue esa pretensión la que guió los pasos de Lhermite hacia la corte española, en donde encontró la protección de Pierre Van Ranst, ayuda de gentilhombre de la cámara de Felipe II, con la finalidad de «*par son moyen de parvenir à quelque degrè d'honneur en son Royal service*», convirtiendo éste en su primordial objetivo: «*Je prins ce blanc pour mon sol but, et à icelluy en dirigeois toutes mes flesches*»[9].

Lhermite pertenecía a un linaje noble. Precisamente a la genealogía de su casa dedicó su amigo Nicolás de Campis (o des Champs), que fue rey de armas de Felipe II y Felipe III, una obra titulada *Généalogie ou descente de la noble et anchiene maison de Lhermite*[10]. Las memorias de Lhermite, escritas tras el regreso a su ciudad natal, Amberes, en 1602, se presentan como la experiencia de un hombre que muestra con orgullo su habilidad para moverse en la corte y los beneficios conseguidos para el aumento del patrimonio familiar. Lhermite llegó a España en 1587 y en su carrera por mejorar estado su primer golpe

[8] Sobre la figura de Lhermite y su relación con el príncipe Felipe y el marqués de Denia, después duque de Lerma, trato también en Ferrer Valls, 2006, pp. 283-295.

[9] Citaré por la edición antigua (Lhermite, *Le passetemps*) de este curioso manuscrito. La cita procede del t. I, pp. 11-12. Ya redactadas estas páginas, sale a la luz una traducción moderna del original conservado en la Biblioteca Real de Bruselas, a cargo de Sáenz de Miera (Lhermite, 2005).

[10] De esta obra genealógica manuscrita da cuenta Ruelens, en su introducción al t. I de Lhermite, *Le passetemps*, pp. VIII-XXI, en donde se ofrecen detalles sobre el origen del linaje y sobre la familia de Jean Lhermite.

de suerte le llegó en el invierno de ese mismo año, pues una gran nevada le permitió exhibirse sobre sus «*patins d'Hollande*», junto con otros compatriotas, deslizándose sobre el hielo de un estanque en la Casa de Campo, ante la curiosa mirada de Felipe II, sus altezas y el resto de la corte: «*beaucoup de gens sortoient à veoir ceste feste, qui leur sembloit a tous très admirable*». La admiración de la familia real hizo posible su primer contacto con el rey, que Lhermite consigna puntualmente en sus memorias, conocedor de la trascendencia de este encuentro de cara a sus pretensiones: «*Et s'enquesta Sa Majesté fort curieusement de moi, qui j'estois, d'où je venois, et combien qu'il avoit que j'estois en Espaigne [...] et no contant de ce, me feist l'honneur de me faire approcher son coche, veuillant veoir un de mes patins, lequel luy monstray, et aussi à ses Altèzes*». Su majestad y altezas regresaron una vez más a la Casa de Campo durante este invierno, y el rey hizo llamar expresamente a Lhermite, que vio incrementadas así sus esperanzas en relación con el monarca: «*qui me donna au coeur ne sçay que sursault et arrière pensée, que par ceste nouvelle souvenance, il en pourroit demeurer en la mémoire de Sadicte Majesté plus grande impression de moy, par ou, à temps et lieu, je pourroys parvenir à ce miens premiers desseings, qui tousiours avoient esté de me mestre quelque jour en son Royal service*»[11]. Unos años más tarde, en el invierno de 1593, Lhermite organizaría, a petición del monarca y de sus altezas, una fiesta de patinaje en la misma Casa de Campo, que le valió las alabanzas del propio monarca por su valor, al haber salvado de perecer ahogada a una dama holandesa participante en la fiesta.

Lhermite acompañó a la comitiva real en algunos de sus viajes, como el de la jornada de Tarazona en 1592, durante la cual fue nombrado por el rey maestro de francés del príncipe Felipe, o como el viaje a Valencia para las bodas de 1599. En sus memorias da cuenta de diferentes festejos públicos a los que pudo asistir acompañando a la comitiva real, con motivo de su entrada en diferentes ciudades. Lhermite se detiene en las descripciones de las fiestas de toros, que no parecen haberle complacido mucho, y en los juegos de cañas, que consideraba excepcionalmente bellos, así como en los desfiles de máscaras y encamisadas con los que los caballeros de algunas ciudades festejaban el paso de la comitiva real. Así, por ejemplo, se deleita en la descripción de la máscara con la que algunos caballeros, disfrazados y acompañados de

[11] Lhermite, 1890, t. I, pp. 83-84.

carros y música, agasajaron a Felipe II y sus altezas en la noche del 30 de junio de 1592 en Valladolid, o en la descripción de las corridas de toros, de los fuegos de artificio, de los juegos de cañas, o de la naumaquia a orillas del Pisuerga, festejos que tuvieron lugar en los días posteriores[12]. En alguna ocasión da cuenta detalladísima en sus memorias de algún espectáculo que llama poderosamente su atención, como el de unos equilibristas que asombraron a los madrileños ejecutando sus acrobacias ante el Palacio Real, observados con curiosidad por el rey y sus altezas, durante las fiestas de Carnaval de 1596[13].

Lhermite se refiere pocas veces, sin embargo, a los festejos privados de palacio. En este sentido, el interés de la obra de Lhermite no reside tanto en el número de los festejos cortesanos que describe, ciertamente pocos para un hombre que pasó más de diez años en la corte española, sino en la importancia que adquieren en su recuerdo aquellos en los que participa o idea como medio para entretener al príncipe e ir mejorando su posición en palacio. Desde este punto de vista ocupa lugar privilegiado en su recuerdo una máscara que tuvo lugar en 1593 con motivo de la boda entre un sargento de la guardia alemana de palacio y la viuda de un guarda de armas del rey, máscara de la que Lhermite fue organizador. Lhermite invitó al príncipe a disfrutar de la máscara desde las ventanas de palacio, sabedor como era del gusto de Felipe por este tipo de entretenimientos: «*Ce prince estoit de condition fort doux et voluntaire, et se plasoyt grandement de ces semblables entretenements, quoy considéré, taschay par tous moyens et inventions de l'entretenir et me conserver en sa bonne grâce*»[14].

Es probable que el joven príncipe se hubiese adiestrado en el gusto por el espectáculo teatral durante su etapa de educación en palacio junto a su hermana Isabel Clara Eugenia y las damas de la corte. El propio Lhermite, en 1590, recordaba esa primera etapa de formación del príncipe: «*Et estoit mon dict seigneur le prince en eage de douze ans, n'aguères sorty du gouvernement de sa governante Doña Juana de Mendoça, s'ayant nourry parmi les femmes en compagnie de sa soeur la Serme. Infante Donna Yzabel Clara Eugenia, que seroit eagée de vingt et quatre ans, le prennant alors en charge le Marquis de Velada comme son gouverneur*»[15].

[12] Lhermite, *Le passetemps*, t. I, pp. 150-158.
[13] Lhermite, *Le passetemps*, t. I, pp. 289-291.
[14] Lhermite, *Le passetemps*, t. I, p. 217.
[15] Lhermite, *Le passetemps*, t. I, pp. 96-97.

La evocación por parte de Lhermite de la mencionada máscara da cuenta no sólo del interés del príncipe por este tipo de festejos, sino también del interés de la nobleza por participar en ellos, ya que, inmediatamente después de conocerse en la corte que la fiesta había sido autorizada por Felipe II y que sería contemplada por el monarca y sus hijos desde las ventanas de palacio, muchos nobles, ávidos de hacer visible su presencia en la corte ante el rey, se apresuraron a formar parte de ella: «*pour entendre que Sa Majesté et Son Altèze goustoient de ceste feste [...] vouloit un chascun des grandes seigneurs estre de la compaignie*»[16]. Uno de los primeros en presentarse para participar en el desfile de enmascarados fue el marqués de Denia, junto a otros señores y a su hijo el conde de Lerma, que era entonces menino del príncipe, y dos meninos más de su cámara, disfrazados los muchachos de mujeres a la moda alemana. Es ésta una de las primeras ocasiones en que la figura de Francisco de Sandoval aparece evocada en relación con la organización o participación en los festejos de la corte, un recurso que supo manejar hábilmente en beneficio propio tras el ascenso al trono de Felipe III, y que dio lugar, como es bien sabido, a fastuosas fiestas durante la etapa de su privanza en la corte[17]. En este sentido, las memorias de Lhermite son testimonio de los intentos del marqués de Denia durante los años anteriores al valimiento por ubicarse cerca del príncipe y también son muestra del interés que ya en la etapa anterior a su privanza concedía a la fiesta como una pieza más dentro de su estrategia de acercamiento al príncipe[18]. Ese interés se puso de manifiesto ese mismo año de 1593 durante las fiestas de Carnaval que tuvieron lugar en el palacio de El Pardo, y para las cuales el príncipe Felipe encomendó a Lhermite organizar una máscara, que fue autorizada por el rey, y que se celebró en la sala grande del aposento de la infanta Isabel Clara Eugenia el penúltimo día de Carnaval. Lhermite relata la incorporación a la misma en el último momento como participante de Francisco de Sandoval, quien, ausente de El Pardo durante los preparativos del festejo, e inquieto por ha-

[16] Lhermite, *Le passetemps*, t. I, pp. 217-218.

[17] Es un aspecto bien conocido de la figura del duque de Lerma. Entre las contribuciones recientes, pueden verse las de García García, 1998a, pp. 144-172 y García García, 2003, pp. 33-77.

[18] Sobre la trayectoria política de la familia y el ascenso de Francisco de Sandoval en la corte, ver ahora García García, 1998b, t. II, pp. 305-331, y Feros, 2002.

ber quedado al margen de la celebración, sorprendió a Lhermite en el momento de iniciar el desfile «*et me fist grande instance que je l'eusse à accommoder quelque part, afin qu'il y puist entrer et donner ce petit goust à son Altèze (de qui il estoit grand favorit)*»[19].

Las memorias de Lhermite dejan entrever el interés de Francisco de Sandoval por encontrarse cerca del príncipe y halagarlo, su angustia al verse alejado de la corte en 1595 tras ser nombrado por Felipe II virrey de Valencia, y también su regreso dos años después y su ascenso fulgurante tras la muerte del viejo monarca. Lhermite exhibe con orgullo en sus memorias su relación con Francisco de Sandoval, quien de hecho influyó en los inicios de su valimiento en su nombramiento como caballero, y en la concesión de la pensión y rentas que Lhermite recibió del monarca Felipe III, cuando decidió regresar a su tierra, en 1601, en reconocimiento a los servicios prestados, y en particular por la enseñanza de la lengua francesa. Lhermite incluye en sus memorias anécdotas de palacio, y transcribe algunas cartas a él dirigidas por Francisco de Sandoval, fundamentalmente de recomendaciones y mercedes, y evoca los regalos recibidos de su mano, como un retrato suyo y 1.500 ducados entregados en el momento de su regreso a Amberes[20]. Era la culminación de un proceso de mejora social en el que Lhermite había invertido todos sus años de estancia en la corte. A través de sus recuerdos se percibe la angustia sentida durante esos años ante la incertidumbre sobre la consecución de sus pretensiones. También se deja sentir la tensa espera a la que se vio sometido tras tomar la decisión de regresar a su patria, manifestada el 30 de octubre de 1599 al valido a través de un «*billet [...] fardé et industrié de fort beau langaige por luy en captiver la benevolence*», en el que le solicitaba su intercesión ante el rey para que le concediese la licencia para regresar a Amberes «*affin qu'icelle obtenue, je puisse avec fondement et commodité traicter de ma total recompense qui estoit le seul but à quoy j'aspirois [...] car je craingnois que sans sa faveur et intervention me seroit imposible d'en porvenir à bout*». A pesar de la respuesta favorable del valido, Lhermite muestra sus temores: «*me dict que desja il en avoit parlé au roy, mais Sa Majesté n'avoit encores prinse aulcune resolution, et en cecy m'alloit ainsi en-*

[19] Lhermite, *Le passetemps*, t. I, p. 225.

[20] Sobre este aspecto de la figura de Lerma en relación con Lhermite, trato más ampliamente en mi artículo, Ferrer Valls, 2006.

tretenant quelque bonn' espace, tant que (ne sachant que penser) il me falloit insister plus chaudement»[21]. Lhermite desgrana ante el lector los pasos que va dando y muestra su ansiedad ante la penosa espera hasta conseguir sus fines. En cierto modo, *Le Passetemps* constituye una suerte de memorial de servicios prestados, al que Lhermite añade, como orgullosa coda que exhibir ante sus descendientes, el logro de haber conseguido mejorar el patrimonio familiar y la posición social.

Es cierto que, aparte de las dos máscaras evocadas en sus memorias, Lhermite no da cuenta más que someramente de otros festejos de los que tuvieron lugar en el interior de palacio durante su estancia en la corte. Hay que tener en cuenta, como antes apuntaba, que Lhermite no formaba parte de la gran nobleza y aunque tuviese noticia de los entretenimientos de la corte, probablemente no se encontraba entre los invitados que componían el grupo selecto de asistentes a estas fiestas y representaciones[22]. Sin embargo, de cara a la historia de la fiesta en la corte española de fines del reinado de Felipe II y comienzos del reinado de Felipe III, de sus implicaciones sociales, de su valor como arma estratégica de poder, su testimonio resulta excepcional. Los juicios de valor de Lhermite sobre la afición del príncipe a las fiestas o al interés de Francisco de Sandoval por participar en ellas, nos trasladan a una sociedad cortesana en la que las horas de ocio podían hacerse interminables y las habilidades para entretener a los señores podían convertirse en un valor en alza, socialmente útil para quienes, cercanos al poder, sabían servirse de ellas para alcanzar una mejor posición social.

Los antecedentes de Juan del Encina, Torres Naharro o Luis Milán, entre otros, nos hablan, desde una óptica distinta, la del artista, de esas sutiles relaciones que llegaban a establecerse en el marco de la sociedad cortesana entre los señores y los criados-poetas que los servían y entretenían. Casi cien años antes de que Lhermite manifestara sus temores ante la idea de no verse recompensado como creía merecer,

[21] Lhermite, *Le passetemps*, t. II, p. 269.

[22] Así durante los Carnavales de 1593, se refiere a representaciones habidas en palacio, aunque no da cuenta pormenorizada de ellas: «*Les jours de caremeaulx, je dis les trois ou quatre derniers, y avoit grand passetemps de danses, comédies e tout autres jeux de pas et pas. Les dames du palays y représentaoient un jour une très belle comédie au quartier de l'Infante, qui ne fust venue que de Sa Majesté, son Altèze du Prince et alcuns des gentilshommes les plus privilégiez*». También hubo otra representación a cargo de comediantes españoles, ver Lhermite, *Le passetemps*, t. I, p. 220.

Torres Naharro expresaba por boca de los pastores de sus introitos y de los criados de algunas de sus comedias esa misma angustia, entreverada en su caso de protesta, del que sirve esperando beneficios, no mensurables en términos modernos de salarios regulares, y que por esa misma circunstancia generaban en quien servía la desazón ante el temor de no ver colmadas sus pretensiones. Así en *La Himenea*, tomando la voz del pastor del introito, Torres Naharro reclama ante su auditorio nobiliario el valor de su obra y de su trabajo, sopesado en términos materiales, de «haber»: «Cuando ninguno dijere / que me trae acá la sed / del gran haber que codicio, / pesemos lo que sirviere; / que no quiero más merced / de cuanto pesa el servicio». Reivindicación sobre el valor material del propio trabajo que en nada se ve minimizada por la alusión tópica a la fama imperecedera que persigue el artista en sus escritos, que se apresura a verbalizar de inmediato: «Y aun si veo solamente / que agradecéis el cuidado, / desde ahora, muy de grado, / vos hago d'él un presente; / que más es / la gloria que el interés». En esta misma comedia Torres Naharro plantea por boca de los criados un revelador debate en el que el criado Boreas reprocha a su compañero Eliso el haber rechazado ciertos regalos ofrecidos por su amo, acusándolo de necio: «pues perdiste / lo que en diez años serviste». La compasión que Eliso siente por su amo Himeneo tiene respuesta en el argumento reivindicativo de Boreas: «debrías considerar / que no nos puede dar tanto / como le habemos servido». Eliso acaba aceptando los argumentos de Boreas, y criticando la arbitrariedad de los señores a la hora de dispensar mercedes: «Todos hacen padecer / los servidores leales / y van a ser liberales / con quien no lo ha menester». Boreas irá un paso más allá en la denuncia que expresa su compañero Eliso, acusando a los señores de tiranos y reivindicando la justicia del pago, sobre todo ante la perspectiva de un futuro incierto y un horizonte de penuria: «Y aun porque son tan tiranos / que de nuestro largo afán / se retienen la moneda, / debemos con dambas manos / recebir lo que nos dan / y aun pedir lo que les queda. / Lo que somos obligados / es servir cuanto podemos, / y también que trabajemos / en que seamos pagados. / De otra suerte / nuestra vida es nuestra muerte/ [...] Vivamos sobre el aviso, / que sin duda el hospital / a la vejez nos espera»[23].

[23] Cito por Torres Naharro, 1973, pp. 187 y 211-213.

El debate entre ambos criados expresa la angustia y la incertidumbre del que sirve, al albur de los caprichos y decisiones de los señores de quien depende, un sentimiento que, en una sociedad cortesana, organizada a partir de un modelo de estructura vertical, en el que la autoridad del rey es la máxima dispensadora de mercedes, podía ser compartido por el grande y el pequeño, por el artista y por el noble que sirven en la corte.

Desde otra perspectiva, *El prado de Valencia* de Gaspar Mercader no se entiende cabalmente sin tener en cuenta el marco de la cultura y la sociedad cortesanas en las que surge. La obra del noble valenciano, publicada en 1600, cuando resonaban todavía los ecos de los fastos por las bodas reales celebradas en Valencia en 1599, sirve para ilustrar las aspiraciones sociales de Mercader, y su instrumentalización de la literatura como medio para agasajar a quien ya en el momento de la publicación del libro era poderoso valido de Felipe III, ostentando su recién estrenado título de duque de Lerma. La obra se asienta sobre una firme tradición en la que se entrecruzan el éxito de la ficción pastoril y el gusto por convertir en crónica la vida cortesana[24]. Gaspar Mercader pertenecía a una conocida familia de la aristocracia valenciana. Tanto sus aficiones poéticas como su gusto por la fiesta están bien documentados. Formó parte de la academia literaria de los Nocturnos, reunida bajo la protección del noble valenciano Bernardo Catalán de Valeriola, y participó en los principales festejos organizados por aquellos años en la ciudad, entre ellos los de las bodas reales de 1599, formando parte del séquito que se desplazó a Denia junto con Francisco de Sandoval para recibir a Felipe III y a su hermana, siendo uno de los caballeros participantes en el torneo que se celebró en dicho lugar, en el marco de los festejos organizados por el favorito.

El Prado de Valencia es una ficción pastoril en clave que se hace eco del ambiente poético y festivo que debió de reinar en el palacio virreinal durante el mandato de Francisco de Sandoval, entre 1595 y 1597. La novela comparte con otras obras del género que la habían precedido (como la *Diana* de Montemayor, la de Gil Polo, el *Pastor de Fílida* de Gálvez de Montalvo o *La Arcadia* de Lope de Vega), el mis-

[24] De esta obra y de su autor he tratado más ampliamente en Ferrer Valls, 2000, pp. 257-271.

mo gusto por integrar descripciones de festejos o convertirse en muestrario de composiciones poéticas, a veces como evocación ficcionalizada de fiestas realmente acontecidas o de ambientes sociales y literarios reales. La acción comienza con el anuncio de la llegada de los pastores de Denia (el nuevo virrey y su esposa) para gobernar los prados del Turia, por orden del mayoral de España (Felipe II), y finaliza al anunciarse la orden del nuevo mayoral de España (Felipe III) que reclama «cabe sí los que tantos servicios le havían hecho»[25]. De entre los festejos que congrega en torno suyo la presencia del pastor de Denia en el prado, merece especial atención, desde la perspectiva que me interesa destacar ahora, la descripción de una máscara, celebrada con motivo de las bodas de unos pastores, que culmina con la aparición de un astrólogo que realiza un pronóstico sobre el porvenir de los pastores de Denia. El canto en octavas del mágico comienza con la exaltación del nuevo valido, y elabora una idea que visualiza el sistema de dependencia que sustenta la sociedad cortesana, refiriéndose a Francisco de Sandoval como estrella que sigue a otra estrella (Apolo, el rey), pero que a su vez se convierte en su guía: «O tu que ilustras de la quarta Esfera / el camino revuelto en llamas de oro / y, de Apolo siguiendo la carrera, / muestras al mundo el resplandor que adoro, / pues es tu luz tan clara y verdadera / de todos los planetas el tesoro, / que eres estrella confessar podrías, / y aun del Oriente, pues los Reyes guías»[26].

La idea enlaza con la expresada en el grabado que encabeza la obra de Mercader, y que es una síntesis visual de esa ley que regía la sociedad cortesana, bien analizada en su día por N. Elias, y según la cual el prestigio del cortesano como aristócrata, su existencia social, su identidad personal y, en relación directa con ello, su capacidad para obtener mercedes y aumentar el patrimonio familiar, dependían de su proximidad al monarca[27]. El grabado muestra un sol al que sigue una estrella, y debajo el lema: «La que cerca de su dueño resplandece mucho alcanza y más merece». Idea similar a la sustentada en el lema que, durante los festejos que tuvieron lugar en Denia en 1599, relatados por Lope de Vega, exhibió don Francisco de Sandoval, todavía como

[25] Cito por Mercader, 1907, p. 212.
[26] Mercader, 1907, p. 213.
[27] Elias, 1993, y ver Chartier, 2000, pp. 169-178.

marqués de Denia, en clara alusión a su propia posición respecto al monarca: «Debajo de la sombra de tus alas»[28].

El prado de Valencia, bajo el disfraz pastoril, se convierte en cifra de una sociedad cortesana cuya estructura tiene su traslado en la ficción. Así, si ante la noticia del regreso del pastor de Denia junto al mayoral de España el prado se sume en la tristeza, al mismo tiempo, la nueva situación abre esperanzadoras expectativas para todos aquellos pastores que, cercanos al de Denia, esperan obtener sus favores: «no quedara en el Prado cosa que no vistiera luto, si no alboroçara los coraçones, leuantara los ánimos y alegrara las pretensiones de todos el esperar tener tan cerca del Mayoral personas tan apassionadas por los pastores del Prado, y tan hechas a enriquecellos con auentajadas mercedes»[29].

La esperanza de la obtención de mercedes que despierta entre los pastores del prado valenciano la nueva situación es pronosticada asimismo en el canto del mágico: «No aurá en esta ocasión grande, ni chico, / que no quede por ti con premio honroso; / quien lleuará un gauán, quien un pellico, / quien un çurrón, quien un cayado hermoso: / ninguno podrá hauer dichoso y rico / que no quede por ti rico y dichoso»[30].

Gaspar Mercader utilizó su obra para ensalzar al poderoso valido de Felipe III, sumando su pluma a la de muchos otros, pero también esperando obtener por ello sus propios beneficios, convertido él mismo en estrella en pos de otra estrella. Al menos en el caso del noble valenciano, las expectativas debieron de verse cumplidas poco tiempo después de la publicación del libro, cuando Felipe III y su valido regresaron a Valencia, en 1604, para celebrar Cortes, no sin antes desplazarse a Denia con su séquito «para dar contento al duque de Lerma»[31]. Es posible que Mercader se encontrase entre los caballeros que acompañaron a Felipe III a Denia. En cualquier caso, parece que

[28] Vega, 2004, p. 93, alude a una galeota del marqués, que fue utilizada en juegos navales y paseos marítimos, y que exhibía sus armas debajo de las armas reales y un verso en latín, que Lope traduce como «Debajo de la sombra de tus alas» (vv. 537-544).

[29] Mercader, 1907, p. 212.

[30] Mercader, 1907, p. 215.

[31] Ver Jerónimo Pradas, *Libro de Memorias de algunas cosas pertenecientes al convento de predicadores que han sucedido desde el año 1603 hasta el de 1628*, Biblioteca General e Histórica de la Universidad de Valencia, Ms. 529, especialmente fols. 16r-17v, que relata estos acontecimientos, de los que no da cuenta Merimée.

su influencia y la de otros señores fue decisiva en la destitución fulminante del patriarca Juan de Ribera como virrey y en el nombramiento inmediato de Juan de Sandoval, hermano del de Lerma, como su sustituto[32]. Durante esta segunda estancia de Felipe III en la ciudad, Gaspar Mercader permaneció de nuevo muy cerca del rey y de su valido, y este viaje le proporcionó una inmediata compensación, al obtener del monarca el título de conde de Buñol[33]. Según recoge el dietario de Mosén Porcar, se decía que el rey, al partir de la ciudad en febrero de 1604, en la primera parada de su camino de regreso a la corte, pernoctó en Buñol, en las tierras de Gaspar Mercader[34].

La frase dirigida en *El prado de Valencia* al pastor de Denia por el mágico en su canto premonitorio, «Razón es que tu ingenio y tu cordura / procuren siempre mejorar tu estado»[35], expresa una idea que guiaba los propios pasos de Mercader, y que hubiese sido suscrita también por Lhermite, pues constituía para la mentalidad cortesana de la época casi una obligación: mejorar la propia casa, el propio *status* social, en definitiva aumentar el patrimonio familiar. Lograr este objetivo en una sociedad cortesana, cuyos miembros gravitaban en torno al monarca, fuente dispensadora de favores y mercedes, dependía en buena medida de la cercanía al rey o a sus allegados y favoritos. Tanto *Le passetemps* de Lhermite como *El Prado de Valencia* de Mercader ilustran el afán del cortesano por alcanzar esa beneficiosa cercanía, y sirven también para poner de relieve la instrumentalización de la literatura, del arte, o del espectáculo y de la fiesta, como un medio que puede resultar útil para mejorar estado, en tiempos de *El Quijote*.

Bibliografía citada

Bouza, Fernando, «Cortes festejantes. Fiesta y ocio en el *cursus honorum* cortesano», *Manuscrits*, 13, enero de 1995, pp. 185-203.

— *Imagen y propaganda. Capítulos de historia cultural del reinado de Felipe II*, Madrid, Akal, 1998.

[32] Mateu Ivars, 1963, p. 204.
[33] Mercader, 1907, p. LIX.
[34] Porcar, 1934, t. I, p. 68.
[35] Mercader, 1907, p. 214.

— *Palabra e imagen en la Corte. Cultura oral y visual de la nobleza en el Siglo de Oro*, Madrid, Abada Editores, 2003.

CÁTEDRA, Pedro M., *«Jardín de amor» torneo de invención del siglo XVI,* Salamanca, Publicaciones del SEMYR, 2005.

CHARTIER, Rogier, *Entre poder y placer. Cultura escrita y literatura en la Edad Moderna*, Madrid, Cátedra, 2000.

ELIAS, Norbert, *La sociedad cortesana*, Madrid, Fondo de Cultura Económica, 1993, (1ª ed. en alemán, 1969).

FEROS, Antonio, *El duque de Lerma. Realeza y privanza en la España de Felipe III*, Madrid, Marcial Pons, 2002.

FERRER VALLS, Teresa, *La práctica escénica cortesana: de la época del Emperador a la de Felipe III*, Londres, Tamesis Books, 1991.

— *Nobleza y espectáculo teatral: estudio y documentos (1535-1621)*, Valencia, Universidad de Valencia-Universidad de Sevilla-UNED de Madrid, 1993.

— «Bucolismo y teatralidad cortesana en la época de Felipe II», *Voz y letra. Revista de Literatura,* X, 2, 1999, pp. 3-18.

— «El Duque de Lerma y la corte virreinal en Valencia: fiestas, literatura y promoción social. *El Prado de Valencia*, de Gaspar Mercader», en *Homenatge a César Simón, Quaderns de Filologia. Estudis literaris V*, eds. A. Cabanilles y otros, València, Facultat de Filología-Universitat de València, 2000, pp. 257-271.

— «El Duque de Lerma, el príncipe Felipe y su maestro de francés», en *El Siglo de Oro en escena. Homenaje a Marc Vitse*, ed. O. Gorsse y F. Serralta, Anejos de *Criticón*, 17, Toulousse, P. U. de Toulousse-Le Mirail y Consejería de Educación de la Embajada de España en Francia, 2006, pp. 283-295.

La fiesta cortesana en la época de los Austrias, coords. M. Lobato y B. J. García García, Valladolid, Junta de Castilla y León, 2003.

FOSALBA, Eugenia, «Égloga mixta y égloga dramática en la creación de la novela pastoril», en *La égloga. VI Encuentro Internacional sobre poesía del Siglo de Oro (Universidades de Sevilla y Córdoba, 20-23 de noviembre de 2003)*, ed. B. López Bueno, Sevilla, Universidad de Sevilla, 2002a, pp. 121-82.

— «Impronta italiana en varias églogas dramáticas del Siglo de Oro: Juan del Encina, Juan Sánchez Coello (?), y Lope de Vega», *Anuario de Lope de Vega,* VIII, 2002b, pp. 81-120.

GARCÍA GARCÍA, Bernardo J., «Coloquios, máscaras y toros en las fiestas señoriales de un valido. El significado político y patrimonial de las representaciones al Duque de Lerma», en *Teatro y poder. VI y VII jornadas de teatro de la Universidad de Burgos*, coords. J. I. Blanco y otros, Burgos, Universidad de Burgos, 1998a, pp. 144-172.

— «Los marqueses de Denia en la corte de Felipe II. Linaje, servicio y virtud», en *Felipe II (1527-1598). Europa y la Monarquía Católica*, dir. J. Martínez Millán, Madrid, Editorial Parteluz, 1998b, t. II, pp. 305-331.

— «Las fiestas de corte en los espacios del valido: la privanza del Duque de Lerma», en *La fiesta cortesana en la época de los Austrias,* coords. M. L. Lobato y B. J. García García, Valladolid, Junta de Castilla y León, 2003, pp. 33-77.

LHERMITE, Jean, *Le passetemps,* t. I, ed. Ch. Ruelens, Anvers, Busschmann, 1890, y t. II, ed. E. Ouverleaux et J. Petit, Anvers, Busschmann, 1896.

LHERMITE, Jean, *El pasatiempos de Jehan Lhermite. Memorias de un Gentilhombre flamenco en la corte de Felipe II y Felipe III,* ed. J. Sáenz de Miera, Madrid, Ediciones Doce Calles, 2005.

MATEU IVARS, J., *Los virreyes de Valencia. Fuentes para su estudio*, Valencia, Ayuntamiento, 1963.

MERCADER, Gaspar, *El Prado de Valencia*, ed. H. Merimée, Toulouse, Edouard Privat, 1907.

PORCAR, Mosén Juan, *Coses avengudes en la ciutat y regne de València*, transcripción y prólogo V. Castañeda Alcocer, Madrid, Imprenta Góngora, 1934.

RAMOS, P., «Dafne, una fábula en la corte de Felipe II», *Anuario musical*, 50, 1995, pp. 23-45.

ROMEU, J., «Literatura valenciana en *El Cortesano* de Luis Milán», *Revista valenciana de Filología*, 1, 1951, pp. 313-339.

SHERGOLD, N. D., *A History of the Spanish Stage from Medieval Times until the End of the Seventeenth Century*, Oxford, Clarendon Press, 1967.

Teatro y prácticas escénicas I. El Quinientos valenciano, ed. J. Oleza, Valencia, Institució Alfons el Magnànim, 1984.

TORRES NAHARRO, Bartolomé de, *Comedias*, ed. D. W. McPheeters, Madrid, Castalia, 1973.

VEGA, Lope de, *Fiestas de Denia*, introducción y texto crítico de M. G. Profeti y «Apostillas históricas» de B. J. García García, Firenze, Alinea Editrice, 2004.

«UN ESTILO NUEVO DE GRANDEZA» EL DUQUE DE LERMA Y LA VIDA CORTESANA EN EL REINADO DE FELIPE III (1598-1621)*

Patrick Williams
(University of Porstmouth)

A lo largo de cinco días, mediado el mes de febrero de 1599, don Francisco Gómez de Sandoval y Rojas, V marqués de Denia, entretuvo a Felipe III y a su corte en su villa de Denia, situada a unos cien kilómetros al sur de la ciudad de Valencia. El rey había sucedido recientemente a su padre Felipe II —fallecido el 13 de septiembre de 1598—, y junto a su hermana, la infanta Isabel Clara Eugenia, había emprendido jornada hacia la ciudad de Valencia el 21 de enero de 1599, con el propósito de ratificar los compromisos matrimoniales firmados con sus primos Habsburgo. Felipe se había desposado con Margarita de Austria, hija del archiduque Carlos de Estiria, mientras Isabel había hecho lo propio con el archiduque Alberto, hermano del emperador Rodolfo II. La nueva soberana partió hacia España en septiembre, coincidiendo en Ferrara con Alberto, lugar en el que sus matrimonios fueron celebrados con gran suntuosidad por el papa Clemente VIII. Ambos reiniciaron juntos después su viaje hasta que finalmente se encontraron con sus respectivos esposos. En el caso de Margarita fue por vez primera[1]. Habíase establecido que después de efectuadas las ratificaciones los monarcas retornarían a Madrid para iniciar su vida marital, mientras Isabel y Alberto viajarían a los Países

* Traducción de Santiago Martínez Hernández.

[1] «Relación de lo que ha passado en Ferrara en el recivimiento de la Reyna Margarita», Madrid, 1599, British Library (BL), Additional Manuscripts (Add.) 24.441, ff. 4r-25v. Ver Mitchell, 1990.

Bajos para asumir su nueva responsabilidad como gobernadores generales de aquellas divididas provincias (parte de las cuales permanecían sublevadas contra la autoridad de la Corona española desde hacía más de treinta años). Felipe II, antes de su muerte, había planificado ambos matrimonios con el fin de reafirmar y consolidar los vínculos entre las ramas española y austriaca de la Casa de Habsburgo, así como para retomar las hostilidades en la interminable Guerra de Flandes. La jornada real a Valencia era, pues, de trascendental importancia para la continuidad de la dinastía reinante y para la consecución de su proyecto político. No obstante, el marqués de Denia tenía para aquel viaje otros objetivos, más cercanos a su propio beneficio personal: las celebraciones que había organizado en Denia representaban un primer intento de imponer sus propios intereses y prioridades en la corte de un rey joven e impresionable.

El cronista real Luis Cabrera de Córdoba describía así la diversidad de festejos ofrecidos en Denia:

> ...pasó á Denia, que fue a los 11, donde le festejaron mucho entrándole una legua en la mar, para lo cual habían hecho venir los bajeles de Alicante y de aquella costa, que divididos en dos escuadras, hicieron una batalla naval disparando mucha artillería; hecho esto, sacaron a S. M. y a la Serenísima Infanta a tierra donde se les dio una grande merienda, y el domingo a los 14, se les hizo un torneo por los caballeros de Valencia, el cual mantuvo el vizconde de Chelva; con esta occasión se ha dicho que S. M. incorporará a Denia y aquel Puerto en la Corona Real, y que dará al Marqués en recompensa, a Arévalo o a Tordesillas, con título de duque, porque de esto se trató en tiempo del Rey difunto, y según S. M. desea hacer merced al Marqués, quizá se facilitará agora más[2].

Cabrera de Córdoba fue uno de los observadores mejor informados de la corte y la relación que estableció entre la generosa hospitalidad demostrada por el marqués de Denia y la posibilidad de obtener gracias a ella un ducado en Castilla resultó ser un vaticinio harto acertado. El 11 de noviembre de 1599, apenas dos semanas después de la conclusión de las jornadas reales, Denia obtuvo del rey el preciado título ducal sobre la villa de Lerma.

[2] Cabrera de Córdoba, 1997, pp. 7-8.

Otro historiador coetáneo, Gil González Dávila, anotó una conclusión semejante sobre la naturaleza de aquellas celebraciones, yendo incluso más lejos que Córdoba al describirlas como el punto de partida de un nuevo estilo de corte impuesto por el marqués: «Llegó a Denia, y el Marqués, como señor de tan generoso ánimo, festejó a su Rey en mar y en tierra con un estilo nuevo de grandeza»[3]. El mismo Denia habría coincidido con el juicio de González Dávila, pues con orgullo proclamó que las fiestas habían marcado un hito. El 15 de febrero escribió que había sido el promotor de «el mejor hospedaje que ha hecho vasallo a su Rey»[4]. El comentario era particularmente revelador del profundo conocimiento que Denia tenía de las fiestas cortesanas, demostrando implícitamente que con su singular maestría en el manejo de este tipo de recursos el marqués quería emular los logros de cuantos cortesanos le habían precedido en el servicio de los reyes de España, siendo consciente de haber creado un nuevo modelo de cortesano.

Los cinco días de estancia en la villa de Denia, en febrero de 1599, marcaron el comienzo de un período de ocho meses de incesante actividad festiva en la corte. Tanta intensidad conmemorativa contradecía el propósito manifestado por el rey en el momento de acceder al trono de mantener un año entero de luto en consideración a la memoria de su difunto padre. El hecho de que la ratificación de su matrimonio tuviera lugar en Valencia no había respetado tampoco la voluntad de Felipe II, quien había escogido Barcelona como lugar para tan magna celebración. El marqués de Denia había sido el inductor de este cambio de planes al influir sobre Felipe III para que el escenario de las bodas fuera Valencia y para que el luto se alzase antes de tiempo, con el fin de poder disfrutar de las fiestas organizadas en Denia[5]. Desde el principio del reinado, el marqués mantuvo su determinación de controlar tanto al rey y a su corte, como a las fiestas que ofrecían una notoria expresión de la autoridad y del poder del monarca.

[3] González Dávila, «Monarquía de España» en *Historia de la vida y hechos del inclito monarca santo D. Phelipe 3°*, pp. 64-65.

[4] Carta del marqués de Denia al marqués de Poza, Denia, 15 de febrero de 1599, Real Biblioteca (RB), Madrid, II/2132, doc. 285. Ver Williams, 2006, p. 27.

[5] BL, Add. 24.441, fol. 22v.

Gracias a la decisión del valido, la ciudad de Valencia tuvo la fortuna de poder dar digno recibimiento a su rey agasajándole con espléndidas fiestas. Dado que la llegada de Felipe III coincidió con el Carnaval, antes del comienzo de la Cuaresma, el 19 de febrero, la ciudad tuvo la excusa perfecta para justificar las jubilosas celebraciones promovidas por el marqués. El desembarco de la reina en Vinaroz el 28 de marzo marcó, como era natural, el punto álgido de las fiestas y fue el propio Denia quien dio la bienvenida a Margarita:

> Cumplió el Marqués como quien era con la grandeza de la Embaxada. Partió por la posta con sesenta Caballeros y mas de ochenta criados vestidos de carmesí, con pasamanos y recamados de oro, todos en cuerpo, con sus ferreruelos de grana en sus portamentos, y el Marqués a la postre, vestido con un bohemio bordado de oro y plata, y lo mismo el chapeo ricamente aderezado[6].

El rey y la corte celebraron los oficios de la Semana Santa con el esplendor requerido entre el 3 y el 10 de abril. Las fiestas cortesanas se retomaron nuevamente cuando la reina hizo su solemne entrada en la ciudad del Turia el día 18, antes de acudir a la ceremonia de ratificación que tuvo lugar en la catedral. Fue tan espléndida la ocasión que el cronista León Pinelo escribió que «la ostentación y grandeza fue la mayor que ha visto España»[7]. Cabrera de Córdoba describió la triunfal escena más profusamente, pero en similares términos:

> El dicho domingo fue la feliz y pomposa entrada de la Reina, la cual entró sola con palio, cuyas varas traían los jurados de la ciudad, en una hacanea, y seguían la Archiduquesa madre a la mano derecha del archiduque Alberto, después doce damas tudescas y españolas que son las que sirvieron á la Infanta doña Catalina en Saboya que han venido con la Reina; entraron a caballo con sillones de plata, y cada dama iba acompañada de un caballero mozo, y detrás venía el coche de la Reina, y después otro con damas de la Archiduquesa. La camarera mayor iba inmediata después de sus Altezas. Fue la vista muy buena que hinchía los ojos. Iban en el acompañamiento como ducientos caballeros, todos vestidos ricamente y con joyas que se han estimado en más de un millón, y con ri-

[6] González Dávila, «Monarquía de España» en *Historia de la vida y hechos del inclito monarca santo D. Phelipe 3°*, pp. 63-64.

[7] León Pinelo, 1931, p. 46.

cas y lucidas libreas de muchos pajes y lacayos. Halláronse en el acompañamiento diez y seis grandes...[8]

Las bodas del rey de España fueron tanto una fiesta popular como una celebración cortesana, y las ofrecidas por la ciudad de Valencia obedecieron al carácter habitual de semejantes festejos matrimoniales, mezcla de cultura cortesana y popular, de sofisticación y algarabía:

> A este tiempo estaban los muros, terrados y ventanas y torres llenos de luminarias, y las plazas y calles con muchas hogueras, que desterraban la obscuridad de la noche, y el ruido de la artillería, y los cohetes voladores alegraban la región del ayre; y fue día tan señalado y celebrado en España, por la multitud de gente, por los muchos Grandes y Señores de Título, por la riqueza y hermosura de vestidos, por la belleza y gallardía de caballos, por la composición de calles y ventanage, y por otras muchas cosas, que hicieron memorable la Gloria de tan señalado triunfo. Valencia, agradecida de tan singular merced como havía recebido de sus Reyes, la celebró con variedad de fiestas por espacio de ocho días con procesiones solemnes, juegos de Alcancías, Torneos, Saraos, Justas Reales, Toros, y Juegos de Cañas[9].

El rey emprendió después viaje a Cataluña para celebrar Cortes, haciendo su entrada oficial en la ciudad condal el 20 de mayo. Allí se despidió de su hermana Isabel y de su cuñado Alberto, que marcharon rumbo a los Países Bajos. Felipe III permaneció en Barcelona hasta el 13 de julio, fecha en la que retornó nuevamente a Valencia.

Su regreso no obedeció, sin embargo, a ningún compromiso político con el reino, pues había rehusado convocar las Cortes valencianas alegando tener que atender con urgencia otros compromisos más acuciantes. En cambio, no evitó detenerse un mes, entre el 24 de julio y el 24 de agosto, en Denia. Una vez más, los intereses del marqués determinaron los movimientos del monarca y de su séquito. El valido seleccionó a unos pocos servidores y ministros afines para consolidar su autoridad e influencia sobre Felipe III. Estas semanas fueron vitales para la instauración de su valimiento. Cabrera de Córdoba

[8] Cabrera de Córdoba, 1997, p. 18.

[9] González Dávila, «Monarquía de España» en *Historia de la vida y hechos del inclito monarca santo D. Phelipe 3°*, pp. 68-69.

anotaba que «todos escriben de Denia quejándose de la descomodidad con que allí lo pasan de todas las cosas; pero la afición que el Rey tiene al Marqués debe de suplirlo todo»[10].

Durante este tiempo el marqués organizó nuevos espectáculos, tanto en tierra como en el mar, procesiones, batallas simuladas, certámenes literarios e incluso juegos florales y fuegos de artificio. Lope de Vega, que ya había escrito con ocasión de los festejos valencianos *Las Bodas del Alma con el Amor divino*, puso nuevamente su ingenio al servicio de las celebraciones dando a la imprenta su obra *Fiestas de Denia* para conmemorar las festividades promovidas por el marqués[11]. Igualmente, Gaspar de Aguilar escribió un grandioso poema en el que se refería abiertamente el triunfo alcanzado por el privado del rey. El dramaturgo valenciano anotó que Denia se había exhibido como un refinado caballero —«noble discreto, liberal y prudente»—, observando, con elocuencia, que «y assí de Sandoval se formó el nombre que para todo el mundo fue importante»[12]. El marqués nunca dudó de la autoridad que había alcanzado. El 26 de julio escribió que «no ay tal fiesta en el mundo»[13]. Una vez más el valido reclamó el éxito de las fiestas de Denia como expresión de su influencia sobre el monarca y su corte, como manifestación de una nueva forma de poder cortesano. Su juicio ha sido aceptado por historiadores de la literatura como Elizabeth Wright, que ha definido las fiestas de 1599 en Valencia y en Denia como un «*epoch making*» (definitorias de una época), pues eran claras demostraciones de su poder cortesano. Por su parte, Norman Shergold sostuvo que señalaron «el comienzo de un nuevo interés regio por el drama que permitió la creación del teatro de corte en el siglo XVII»[14].

Felipe III abandonó Denia y se dirigió a Zaragoza, ciudad en la que hizo su entrada el 12 de septiembre. Permaneció en la capital aragonesa únicamente una semana antes de volver a Madrid. La jornada de regreso alcanzó su clímax triunfalista con la recepción ofrecida a

[10] Cabrera de Córdoba, 1997, p. 34.

[11] Rennert, 1968, pp. 141-142. Para una ed. crítica de esta obra, ver Vega Carpio, 2004.

[12] Aguilar, 1975, p. 9.

[13] Carta a Juan de Borja, Denia, 26 de julio de 1599, BL, Add. 28.422, f. 80r.

[14] Wright, 2001, pp. 52-56; y Shergold, 1967, p. 245. Más recientemente se han ocupado Sanz Ayán y García García, 2000, pp. 79-86.

la pareja real por la ciudad de Madrid el 24 de octubre. La villa deseaba honrar a Felipe y Margarita con el esplendor que correspondía a la capital de la monarquía superando incluso a las fiestas organizadas por las otras ciudades anfitrionas, Valencia, Barcelona y Zaragoza. Además, las autoridades municipales eran plenamente conscientes de que se había cuestionado la conveniencia de mantener la capitalidad en esta villa. Para ello se encargó a los artistas más afamados de entonces que decorasen sus calles y creasen los arcos triunfales bajo los cuales pasaría la real pareja en su gloriosa entrada. León Pinelo posteriormente escribió que la de la reina «en efecto fue la entrada más ostentosa que ha hecho esta Villa, que gastó en ella más de cien mil ducados»[15]. Madrid había pujado muy fuerte por conservar su estatus de corte regia.

Para el marqués de Denia la jornada también alcanzó un espléndido clímax cuando en el palacio de El Pardo el 11 de noviembre de 1599, el rey le concedió el ducado de Lerma[16]. Muchas cosas seguían sin resolverse —sobre todo la cuestión de la capitalidad—, pero no cabía ninguna duda de que un nuevo estilo de vida cortesana había venido a reemplazar al de Felipe II y que quizás también empezaba a vislumbrarse una nueva forma de gobierno dirigida a través del valido del rey.

«El estilo nuevo de grandeza» surgió, por tanto, del frenesí festivo que había cautivado a la corte durante las jornadas reales de 1599. Supuso también una ruptura severa con respecto a la austeridad que había definido la asfixiante última década del reinado del viejo monarca. Presidiendo todas las celebraciones se halló presente el marqués de Denia, que hizo uso de las fiestas cortesanas y cívicas como recurso para situarse él mismo (con sus familiares y deudos) en el centro de la corte. La influencia que había gozado en 1599 se convirtió en un instrumento de autoridad sin precedentes que marcó un hito en el desarrollo político de la Monarquía Hispánica. El valimiento coinci-

[15] León Pinelo, 1931, p. 48. «Relación de la entrada de sus magestades en Madrid, el Domingo 24 de octubre de 1599», en *Relaciones breves*, 1982, pp. 40-42.

[16] «Título de Duque de Lerma, y mayorazgo fundado del, y de otros bienes, por el señor Rey D[on] Felipe Tercero, en 11 de Noviembre del año de 1599», en *Fundación del Mayorazgo de la villa de Lerma...*, Archivo del Duque de Lerma (ADL), Toledo, 12, sin foliar.

dió con el nacimiento de la corte barroca y fue la más alta expresión del control que Denia mantuvo sobre las más importantes ceremonias regias y las fiestas de corte.

El marqués tenía un talento innato para la tarea que él mismo había emprendido, albergaba un profundo conocimiento de los mecanismos de la corte al tiempo que mantenía una amplia afición por las artes. En efecto, Denia se convirtió en el mayor patrono para los artífices de su generación merced a su gusto por la arquitectura, los jardines, la pintura, la música litúrgica e incluso por expresiones de la cultura popular como las corridas de toros. Los entretenimientos que organizó para el rey y para la corte durante estos años abarcaron ampliamente múltiples aspectos de la cultura cortesana de su época, tanto secular como eclesiástica, así como de la cultura popular y de las elites. María José del Río Barredo ha escrito, acertadamente, que las ceremonias de corte durante su valimiento supusieron una «extraordinaria revitalización de la vida cortesana»[17]. Parece, por tanto, un juicio atinado concluir que Denia dominó la corte durante dos décadas basando su estrategia de poder en el control y manipulación de las fiestas que eran expresión de la propia vida cortesana.

En 1600, Felipe III se quedó por espacio de un mes en Toledo en primavera y viajó después por algunas de las principales ciudades de Castilla La Vieja durante el verano. En cada una de sus entradas públicas, el duque de Lerma, como caballerizo mayor del rey, portaba el estoque mientras el monarca tomaba posesión simbólica de sus ciudades (Segovia, Ávila y Salamanca). Sin embargo, Felipe permanecía escaso tiempo en ellas, acaso unos pocos días. Cuando llegó a Valladolid y se alojó en la ciudad durante seis semanas, entre el 19 de julio y el 31 de agosto, observadores privilegiados comenzaron a especular sobre su intención de trasladar la corte a aquella ciudad.

El duque de Lerma había decidido que la corte se trasladara a Valladolid y trazó sus planes con su característica precisión. En julio de 1601 invitó al consistorio pucelano a hacerle el honor de ser investido como regidor y el 6 de diciembre él y su esposa, Catalina de la Cerda, adquirieron la iglesia y el convento de San Pablo, con el fin de que sirviera en el futuro como panteón familiar. El 29 de ese mes compró el duque el palacio del marqués de Camarasa, frontero a San

[17] Río Barredo, 2000, p. 125.

Pablo y abierto a la magnífica plaza del mismo nombre. Al adquirir el convento y el palacio, el duque se dotó de un espacio urbano de enorme significación que podría usar como escenario de sus propios espectáculos[18]. El 10 de enero de 1601 se anunció que la corte se mudaría a Valladolid.

La ciudad había sido en dos ocasiones, muy recientes, capital de la Corona de Castilla, pero aunque ofrecía innumerables facilidades, que eran muy apropiadas para el recién adquirido estatus de sede de la corte, no disponía de un palacio real. Lerma pronto reconoció que sería imposible que la corte permaneciese en Valladolid mientras el rey careciese de una residencia adecuada. Así que el duque acudió galantemente al rescate de su señor. El 11 de diciembre de 1601 el duque vendió su propio palacio al rey Felipe III por 186.393 ducados, obteniendo de este modo un extraordinario beneficio, puesto que el monto total de su adquisición el año anterior no había superado los 80.000. El rey quedó profundamente agradecido por la generosidad de Lerma y le permitió conservar unos espléndidos aposentos en palacio[19].

Lerma compró entonces una quinta de recreo, llamada Casa de la Ribera, por 3.000 ducados, y situada a dos kilómetros de la plaza de San Pablo, sobre una de las orillas del Pisuerga. Estaba en un pésimo estado y algunas partes en ruina. Sin embargo, desde que la adquirió y hasta 1606, el duque invirtió en su reconstrucción y mejora 80.708 ducados, transformando la Casa en un refinado y célebre lugar de recreo para él y para el rey[20]. Aunque Lerma nunca había viajado fuera de España, debía de estar al corriente de cómo eran las villas de recreo que se construían en Italia, y en la Casa de la Ribera consiguió crear un bellísimo y moderno palacio de ribera, de estilo renacentista, al mismo tiempo cercano a la ciudad, pero separado de ella. Disponía de amplios jardines sobre los que pasear y una plaza adecuada para or-

[18] Archivo Municipal de Valladolid (AMV), *Libros de Actas* 23, ff. 112r, 119r; Williams, 2006, p. 69.

[19] «Estado de Lerma: Bienes en Valladolid. Alcaydía del Palacio real de Valladolid», Valladolid, 11 y 29 de diciembre de 1601, ADL, 8, sin foliar.

[20] «Relación de las cédulas, escrituras, ynbentarios y otros recados q[ue] el Duq[ue] de Lerma presenta en el Cons[ej]o de haz[ien]da de su Mag[esta]d...», Madrid, 4 de septiembre de 1607, Archivo General de Simancas (AGS), Inv. 24, Leg. 1288, sin foliar. Un importante estudio sobre esta residencia puede verse en Pérez Gil, 2002.

ganizar fiestas y espectáculos de toros. Además, el río que discurría junto a la propiedad era un espacio ideal para la escenificación de espectáculos teatrales y dramas que se hicieron célebres. El nuevo palacio de Lerma le permitía ofrecer asimismo una amplia variedad de entretenimientos para solaz del monarca y de la corte, poniendo de manifiesto no sólo su propia devoción por satisfacer los gustos de su señor, sino también la modernidad y el refinamiento cultural con que le servía.

La Casa de la Ribera también proporcionó al duque un lugar privilegiado de soledad al que poder retirarse cuando le resultaba necesario sustraerse de las obligaciones de la corte. Fue el primero de tantos lugares de recreo que Lerma adquirió o construyó bajo su patrocinio. Ordenó edificar una pequeña residencia de caza en La Ventosilla y creó cazaderos o palacios similares en Lerma y, tras el regreso de la corte a Madrid en 1606, en sus villas de Arganda y Valdemoro. El duque hizo uso de estas residencias para aislar al rey de sus propios adversarios políticos, pero también como refugio para disfrutar de su propio descanso. Padecía frecuentes ataques de melancolía, especialmente en situaciones de gran tensión o cuando sufría alguna depresión, y le resultaba reparador acudir a estos lugares retirados en donde podía recuperarse. El cronista afín Matías de Novoa aludiría posteriormente al inmenso placer que a Lerma le proporcionaba pasear en solitario por el gran parque que había ordenado plantar en su villa ducal:

> muchas veces, cuando iba a ella solo con sus criados o con el Rey, se rejuvenecía en sus rincones y en sus campiñas; bendecía la soledad; adoraba aquel silencio, sosiego y quietud, entretenido en sus fuentes, en sus parques, en sus huertas, vegas y sotos, sacando desto algunas consideraciones del Cielo, de lo cual percibía el conocimiento de la inconstancia humana...[21]

Lerma dominó la corte durante casi veinte años, pero necesitaba periódicamente alejarse de ella para retornar con renovadas fuerzas. Sus casas de recreación sirvieron muy bien a este propósito.

[21] Novoa, *Historia de Felipe III, Rey de España*, en *Colección de Documentos Inéditos para la Historia de España*; ver LXI, pp. 133-134.

Como parte de las condiciones estipuladas para la venta del palacio de Lerma al rey, Felipe le concedió la alcaidía de la nueva residencia real. Este oficio le garantizaba en la práctica el control sobre todo cuanto tenía lugar en su interior. Una vez asentada la corte en Valladolid, Lerma dispuso de dos grandes complejos palaciegos, el palacio real y la plaza de San Pablo, y la Casa de la Ribera.

El más importante de todos los proyectos constructivos desarrollados por Lerma en este tiempo fue la remodelación de la iglesia de San Pablo, que reedificó completamente para que se convirtiese en su panteón personal y familiar. En la obra de la iglesia gastó 138.575 ducados, duplicando su altura e incorporando al conjunto una tribuna, una cripta y un coro. Asimismo decoró los muros con una gran colección de pinturas. Su propósito de adquirir y reconstruir esta iglesia-monasterio quedó perpetuado en sendas inscripciones en castellano y latín que hizo colocar en las dos torres que flanqueaban la fachada. Fueron datadas escrupulosamente el 6 de diciembre de 1600, dejando constancia para la posterioridad de la significación que para él tenía la fecha de su adquisición. Estas inscripciones aclaraban el porqué del traslado de la corte a Valladolid:

> Don Francisco Gómez de Sandoval y Rojas duque de Lerma y Marqués de Denia y de Zea del Consejo de Estado del Rei Católico Don Phelipe III Nuestro Señor su Cavallerizo Mayor y Sumiller de Corps, Comendador Mayor de Castilla y la Duquesa Doña Catalina de la Cerda su muger considerando con devido agradeçimiento los grandes bienes que de la divina mano an recivido y acordándose en vida de la muerte a honrra y Gloria de dios y del Apostolo San Pablo dotaron este monasterio de grandes rentas y le adornaron de joyas y le edificaron y en él por estar sin patrón adquirieron derecho de patronazgo perpetuo para sí y los suçesores de su casa y mayorazgo y le eligieron por entierro principal suyo y de sus descendientes. A VI de Diziembre MDC Años.

En contraste con esta determinación, el duque no se interesó durante estos años por incrementar sus propiedades en Lerma. Por entonces tan sólo gastaba unos 20.000 ducados anuales en ella. Se ha sugerido a veces que el valido diseñó su villa ducal para acomodar allí al rey y mantenerle entretenido y que esa había sido la razón para trasladar la corte a Valladolid, lo cual resulta totalmente falso, pues durante el lustro en que la corte permaneció en dicha ciudad, Felipe III residió 1.061 días en ella o en sus proximidades, y tan sólo dedicó 160 a alojarse en propiedades de su valido: 62 días en Lerma y 98 en Ventosilla y Ampudia. Parece claro que el duque estaba decidido a mantener un férreo control sobre los movimientos del rey, pero no estaba en condiciones de poder entretenerle a sus expensas[22]. De hecho, Lerma no fue un anfitrión generoso con su soberano en estos primeros años del reinado. Por lo que concierne a sus prioridades constructivas, sus principales ambiciones iban encaminadas a las obras realizadas en la iglesia de San Pablo, la Casa de la Ribera y el cazadero de La Ventosilla. Por entonces se contentaba con los entretenimientos que otros dispensaban al rey:

> Habiendo estado seis días allí el Rey, se partió para el bosque de San Miguel, que es del conde de Villalonso, cerca de Toro, á caza de montería, y de allí pasó por Zamora a Carvajales, que es del conde de Alba, donde hay montes de mucha caza y recreación, y mató tres jabalíes y muchos conejos en tres días que se detuvo; el cual está veinte leguas de Valladolid. De allí dio la vuelta por Villalpando, lugar del Condestable, y fue a Ampudia, que es del duque de Lerma, y a [primero] de éste volvió a Valladolid para tener las Carnestollendas[23].

> Su Magestad se partió dos días después que se hizo el cristianismo, a los montes de Castrocalvón, que son del conde de Alba, veinte leguas de aquí, donde mató muchos venados, corzos y conejos; de allí pasó a otros montes del dicho Conde, llamados Carvajales, donde ha estado ya otra vez, y hay la mesma caza, pero son muy bravos los venados, y como no se dejan acercar se les ha de tirar con mosquete; fue después al bosque de San Miguel, cabe Toro, que es del conde de Villalonso, don Juan de Ulloa[24].

[22] El único viaje de Estado que realizó el rey mientras la corte estuvo en Valladolid fue su jornada a Valencia entre 1603 y 1604. En 1599 Felipe III había renunciado a convocar las Cortes en Valencia pero regresó a la ciudad en 1603 para hacerlo. En aquella ocasión el monarca lo hizo para que las Cortes ratificaran todas las mercedes que habían sido concedidas a los Sandovales en el reino de Valencia desde 1431. Lerma prologó el viaje disponiendo una fiesta para los reyes en su palacio madrileño e hizo gala de su poder al conseguir que la reina no acompañase a su esposo en la jornada. De nuevo el rey se detuvo en Denia y aunque en esta ocasión las celebraciones tuvieron lugar en la costa, y en menor medida en tierra, apenas alcanzaron el esplendor de antaño. Ver Williams, 2006, pp. 93-95.

[23] Cabrera de Córdoba, 1997, pp. 95-96.

[24] Cabrera de Córdoba, 1997, p. 122.

El rey pudo comenzar a habitar su propia residencia vallisoletana a comienzos de 1602. Su estilo de vida en aquel palacio lo describe así el viajero francés Bartolomé Joly:

> Es delicado de cuerpo, a causa, dicen de una grave viruela que tuvo en otro tiempo su nodriza. Se levanta tarde, oye la misa de mediodía, su comida la hace casi siempre en privado, comiendo a las dos o las tres de la tarde, tomando algo y haciendo colación a menudo con la reina, servidos de rodillas y en ceremonia como divina. Comen los dos mucho, no beben vino, sino de una agua ligera que procede de una fuente próxima a Madrid, en Alcalá de Henares, y que llevan siempre a donde van. Cenan a eso de la medianoche, sin orden regular. Su ejercicio por la mañana es el oír misa y pasarse en devoción cerca de tres horas todos los días; da audiencia a los que tienen que tratar algo con él, juega a primeras, canta la música que compone, va a cazar, únicamente en parque cerrado. Es amable, complaciente y hombre de gran conciencia...; para sus asuntos, los remite por entero al duque de Lerma; sus súbditos le llaman *gran cristiano, santo ángel del cielo.* En su tiempo, corría un proverbio: *Papa inclemente, rey inocente; confessor absolvente, duque insolente...*[25]

Lerma supervisaba personalmente todas las fiestas a las que asistían el rey y su familia incluso cuando tenían lugar dentro de palacio. El valido ofreció su primera gran fiesta en palacio en enero de 1602 y fue célebre por el torneo y una farsa en la que actuaron sus pajes «que dio mucho gusto a sus Majestades»[26]. También se aseguró de que los principales acontecimientos de su familia tuvieran lugar en palacio, como sucedió con los desposorios de su sobrina, la hija de los marqueses de la Laguna (julio de 1601), los de su nieto el marqués de La Bañeza (diciembre de 1601), y los de su segundo hijo, Diego Gómez, conde de Saldaña (septiembre de 1603). Además, Lerma organizó grandes festejos cuando le nació una hija a su primogénito Cristóbal, duque de Cea. Frente al palacio se representó una máscara y en su interior se ofreció un sarao el 8 de diciembre de 1604[27].

La primera fiesta importante celebrada por la familia real aconteció en octubre de 1601, con ocasión del bautismo de la infanta Ana

[25] Joly, 1952, t. II, pp. 94-95.
[26] Cabrera de Córdoba, 1997, pp. 130-131.
[27] Cabrera de Córdoba, 1997, pp. 108, 129, 188, 193, 233.

Mauricia. Sin embargo, el nacimiento de una niña fue acogido con notoria decepción: «S. M. y toda esta Corte están muy contentos, si bien fuera mejor el regocijo siendo Príncipe; pero Nuestro Señor lo dará cuando sea servido», escribía Cabrera de Córdoba[28]. Ciertamente pocos podían malinterpretar el significado de la elección de la iglesia de San Pablo para la ceremonia de bautismo, en lugar de la propia catedral o de alguna otra de las venerables iglesias de la ciudad. Con este gesto Lerma instrumentalizaba a su favor el bautismo de la primogénita de los reyes, mostrando el poder que gozaba sobre el rey y la corte. Un pasadizo de madera fue construido en tal ocasión para comunicar la residencia real con la iglesia de San Pablo, que fue decorada con la rica tapicería de Carlos V que conmemoraba la conquista de Túnez en 1535. El duque llevó en brazos a la Infanta, «envuelta en una banda grande de tela blanca», mientras su esposa, Catalina de la Cerda, y el duque de Parma actuaron como padrinos. Aquella noche hubo luminarias en las calles de la ciudad como broche final a las celebraciones[29].

Margarita de Austria dio a luz a un segundo vástago en 1603, que fue acogido en palacio con un clamoroso silencio al saberse que había vuelto a fracasar en su intento de proporcionar al rey un varón[30]. Tanta expectación hizo que se desbordara el entusiasmo cuando el Viernes Santo de 1605 la reina parió un niño. Cabrera de Córdoba recordaba que «ha sido increíble la alegría que causó el nacimiento del Príncipe». Ciertamente el alumbramiento del futuro Felipe IV aquel sagrado día era causa de mayor celebración, pues contribuía a enfatizar los vínculos profundamente sacros que la familia real tenía con la Iglesia Católica.

Dichoso por el nacimiento de su hijo, Felipe III ordenó construir un nuevo salón para que pudieran celebrarse mejor los festejos que ocasión tan señalada merecían. En la práctica, esta medida supuso que el bautizo se demorase unas semanas mientras los trabajos concluían. Lerma también tenía razones para retrasar la ceremonia, pues había contratado a seiscientos operarios, que trabajaban día y noche para

[28] Cabrera de Córdoba, 1997, pp. 113-114.

[29] Cabrera de Córdoba, 1997, pp. 119-20. Ver también la *Relación de la orden*, 1602.

[30] Cabrera de Córdoba, 1997, pp. 166, 169. La niña fue bautizada con el nombre de María, pero, dada su frágil constitución, apenas sobrevivió un mes.

construir el pasadizo que atravesaría la plaza de San Pablo. Se elevaba dos metros sobre el nivel de la calle y tenía ventanas para que el público congregado abajo pudiera ver la procesión que recorrería el espacio entre el palacio y la iglesia de San Pablo[31].

Un nuevo retraso se sumó a los anteriores cuando llegaron nuevas que anunciaban la venida de una nutrida embajada inglesa, integrada por unas seiscientas cincuenta personas, que acudía para ratificar la Paz de Londres de 1604[32]. Su presencia obligaba a ofrecer una serie de espléndidas celebraciones. Y semejante necesidad era aún mayor porque al frente de estos ingleses se hallaba el conde de Nottingham, Charles Howard, que era paradójicamente quien había comandado la flota inglesa que derrotó a la Armada española en 1588. La presencia de Nottingham brindaba la oportunidad de demostrar el poder, la grandeza y la riqueza de la Monarquía Hispánica. En consecuencia, en la naturaleza —y el elevado coste— de los grandes festejos organizados para este bautizo se cifraron las esperanzas de dicha exhibición.

Los ingleses llegaron a la corte el 26 de mayo y permanecieron en ella hasta el 18 de junio. Estas casi cuatro semanas de celebraciones empequeñecieron todas las demás fiestas cortesanas celebradas hasta entonces en el reino[33]. Se centraron en torno a dos ceremonias clave: la del bautizo del príncipe, el Domingo de Pentecostés (29 de mayo), y la de la ratificación del Tratado de Hampton Court el día del Corpus Christi (9 de junio). La elección de ambas festividades católicas no fue casual, pues el día de Pentecostés conmemoraba la fundación de la Iglesia, y el Corpus celebraba el Santísimo Sacramento, elemento esencial de la misa que era objeto de las mayores disputas teológicas con los protestantes. Debió de haber resultado tremendamente satisfactorio para Felipe III, que era tan religioso como beligerante, escoger ese día sagrado para la ratificación de las paces con los herejes ingleses.

[31] Pinheiro da Veiga, 1989, p. 94.

[32] Sobre el bautizo ver Cabrera de Córdoba, 1997, pp. 238-258; y Pinheiro da Veiga, 1989, pp. 43-171; *Relación de lo sucedido*, 1916; Treswell, «A Relation of such Things as were observed to happen in the Journey of the Right Honourable Charles, Earl of Nottingham, Lord High Admiral of England» en *Harleian Miscellany*, II, pp. 535-566.

[33] A éstas se sumaron en grandeza las celebraciones que se ofrecieron con ocasión de la elección de León XI el 27 de abril y las que tuvieron lugar en el vigésimo séptimo aniversario del nacimiento del rey el 14 de abril.

El bautizo vino precedido en la mañana de Pentecostés por la apertura en San Pablo del Capítulo General de la Orden de Santo Domingo en la provincia de Castilla. Lerma era el patrono de dicha provincia y los reyes le acompañaron en la ceremonia celebrada en su gran iglesia poniendo de manifiesto que su papel en la corte tenía una relevancia tanto religiosa como seglar.

Los oficios del bautismo real comenzaron a las cinco. Este acto demostró ser un hito en el desarrollo de la corte barroca, así como del propio valimiento de Lerma. Llevaba en sus brazos al heredero de la Corona, mientras caminaba por el pasadizo que le conducía a su propia iglesia. Hizo este recorrido muy pausadamente pues se detenía frente a las ventanas para mostrar al príncipe a las gentes congregadas en la plaza. El pueblo aclamaba entusiasmado, llegando a identificar al valido con la perpetuación de la dinastía.

La familia del duque desempeñó un papel protagonista en las ceremonias y durante las celebraciones que le siguieron. Sus dos hermanas supervisaron a los oficiales de la casa del príncipe. Mientras Leonor, condesa de Altamira, aya de don Felipe, le vistió para la ceremonia, Catalina, condesa viuda de Lemos, camarera mayor de la reina, le escoltó hasta la pila bautismal. La ceremonia fue oficiada por el cardenal Bernardo de Sandoval y Rojas, arzobispo de Toledo, tío del valido, asistido por el inquisidor general y obispo de Valladolid, Juan Bautista de Acevedo, que había sido tutor de los hijos del duque. Las fiestas profanas fueron organizadas por Juan de Zúñiga, VI conde de Miranda, cuyo hijo y heredero, Diego de Zúñiga, había casado con una hija de Lerma, Francisca de Sandoval, en 1601. Diego Gómez, conde de Saldaña, prestó servicio como corregidor de Valladolid y fue el principal responsable de los festejos organizados por el ayuntamiento. Como tributo a la influencia del valido, el príncipe recibió los nombres de Felipe Víctor Domingo, en honor a su padre (y a su abuelo), a su padrino —el príncipe Víctor Amadeo de Saboya—, y a la iglesia de los dominicos bajo patronazgo de Lerma, respectivamente. ¿Podía un súbdito del rey de España aspirar a llegar tan alto? Ciertamente Lerma desempeñó un papel predominante durante todas las celebraciones que se sucedieron las semanas posteriores al bautizo, tanto bailes y banquetes como justas, juegos de cañas y corridas de toros. Entretuvo a los ingleses con espléndidas comidas y paseó montando su magnífico ejemplar de semental italiano blanco en todas las procesiones y celebraciones ecuestres.

Tras la marcha de la delegación inglesa, Lerma llevó a Felipe III y a Margarita a descansar a La Ventosilla y a Lerma. El cazadero y la casa de campo de Ventosilla habían formado parte del mayorazgo de los Sandovales pero fueron confiscados por la Corona en el siglo XIV. Al recuperarlo en 1601, Lerma rindió un sentido homenaje a sus antepasados y puso de relieve la nueva preeminencia de su familia en la corte. Gastó en su reconstrucción y decoración 184.347 ducados, una inversión que entre los proyectos arquitectónicos de aquellos años se situaba inmediatamente por debajo de la que había costado la obra de remodelación de San Pablo. Hacia 1604 ya era conocido como uno de los más afamados cazaderos de Castilla[34]. Las fiestas de Valladolid se recrearon «a lo pícaro» en La Ventosilla y el duque organizó un sarao en el que un eunuco llamado Sevillano remedaba al almirante de Inglaterra como un bufón. Es dudoso que el almirante hubiera encontrado divertida semejante burla de su persona en público. No obstante, la representación tuvo lugar en privado. Sólo unos pocos y veteranos ministros tuvieron el privilegio de entrar en el cazadero. Los alcaldes de casa y corte —jueces que mantenían el orden en la corte y sus alrededores— impedían la presencia de visitantes no deseados.

El 27 de junio la casa del rey se trasladó hasta Lerma, después de un viaje de más de setenta kilómetros. El monarca permaneció allí durante un mes, entre el 27 de junio y el 31 de julio, siendo la visita más larga que había realizado nunca a la villa ducal. Sin embargo, el duque se aseguró de que los gastos ocasionados con la estancia fueran cargados en las cuentas de la tesorería real; ni siquiera entonces quiso pagar el oneroso privilegio de entretener a su rey[35]. El valido no había dado comienzo aún a ninguna obra significativa en la villa y el castillo apenas servía como residencia digna para la real pareja.

[34] «...se vinieron a la Ventosilla, de donde despidieron luego al carruaje por gozar S. M. de la casa que allí ha hecho el Duque, que dicen es de las mejores y más bien labradas de campo que hay en el reino, porque sin tener patio ni vista al cielo, tiene muy claros los aposentos, con muy lindas salas y cuadras y hermosas galerías, todo colgado con muy ricos aderezos, y camas y todo lo necesario con grande cumplimiento, y en el campo muy hermosas calles de árboles y huertas de frutales, y el monte muy proveído de todo género de caza», en Cabrera de Córdoba, 1997, p. 228; ver también p. 101.

[35] Pedro Ramírez, «Cargo de los m[a]r[aved]ís que r[ecivi]ó [para]... los gastos de la xornada que su m[agest]ad hizo a Burgos y Lerma el año de 605», AGS, Contaduría Mayor de Cuentas, 3ª Época, leg. 3.532, n.º 5.

Sin embargo, en la gran plaza que se abría a los pies de la fortaleza se corrieron toros y se celebró un juego de cañas. El propio Felipe III montó a caballo con Lerma a su lado en calidad de caballerizo mayor.

De nuevo, el rey había impedido la presencia de los rivales de su valido. Sólo se permitió a un selecto grupo de consejeros disfrutar de la ocasión[36], negándosele incluso la entrada a los mismísimos príncipes de Saboya, sobrinos del rey, que fueron acomodados en un hospedaje situado a un kilómetro de la villa[37]. El rey se había traído consigo a un grupo de actores que representaron varias comedias para su solaz y el de su reducido séquito[38]. Honró al duque y a su familia con su presencia durante la ceremonia de casamiento de su pariente, el conde de Aguilar. Después asistió a una corrida de toros y participó en unos juegos de cañas. La villa de Lerma se alzaba unos cuarenta

[36] «El Lunes adelante, 27 del mismo, pasaron a Lerma y despidieron el carruage, con fin de detenerse allí este mes y parte del que viene, mandando que no dejasen llegar a negociantes sino que del camino los despidiesen, si no fuesen llamados con espresa orden, porque se quieren holgar allí con libertad»; «...Hanse entretenido Sus Magestades en Lerma, desde los 27 de Junio que fueron de la Ventosilla, sin dar lugar que nadie pudiese entrar á tratar de negocios ni otra cosa, aunque fuese ministro ni criado de la Casa Real, sin tener para ello espresa orden; lo cual se ha ejecutado con todos tan precisamente, que en llegando quien quiera que fuese, el alcaide de los bosques los sacaba de la villa, poniéndolos pena que no volviesen a ella. Con esto se han podido divertir y holgar Sus Magestades con libertad hasta que han enviado orden para que fuesen don Juan de Idiáquez, y después el conde de Villalonga y Esteban de Ibarra, como secretario de Guerra, y el licenciado Alonso Ramírez de Prado, como consejero de Hacienda, el cual llevó consigo 150.000 ducados en dinero, que es señal que Sus Magestades no volverán tan presto aquí [Valladolid], pues les llevó que gastar....», Cabrera de Córdoba, 1997, pp. 253 y 255-256.

[37] «Por estar muy estrecho el aposento en Lerma, y estar muy desacomodados los criados y aún los caballeros, y se dice que en aquella comarca hay mucha falta de bastimentos», Cabrera de Córdoba, 1997, p. 254.

[38] «*The King and Queen as yet remaine at Lerma, whether they removed presently after the Departure of my Lord Admirall. A very straight Order is taken that no Man not sent for, or especially licensed, shall enter into the Towne, but must send their Papers and Dispatches by some that are appointed for that purpose. His Majestie here attendeth his Sports, and hath with him a Company of Commedians, to whom he alloweth forty Ducketts the Day for their Entertainment...*», carta de Cornwallis a los Lores del Consejo, Valladolid, 9 de julio de 1605, en Winwood, *Memorials of Affairs of State in the Reigns of Queen Elizabeth and King James I*, vol. II, pp. 85-86.

metros sobre el curso del río Arlanza, por lo que resultaba ideal para hacer correr algunos toros en la plaza ducal y conducirlos después hasta hacerlos caer por la pendiente, de manera que al despeñarse caían al río, donde aprendían a nadar o se ahogaban a la vista de los concurrentes. Felipe III disfrutaba particularmente con este espectáculo[39].

El regreso de los reyes a Valladolid se alteró drásticamente debido a que una repentina enfermedad de la reina obligó a buscar alojamiento en la humilde villa de Olmedo, en la que permanecieron cerca de un mes. Cuando el rey finalmente llegó a la capital resultaba evidente que la ciudad padecía una fuerte presión demográfica. La población se había duplicado desde 1601 hasta alcanzar los 60.000 habitantes, y parecía claro que la corte no permanecería mucho más tiempo en la ciudad[40].

En enero de 1606 Lerma llevó a Felipe III a Ampudia para celebrar la consagración de su iglesia como colegiata, mientras en el seno de la casa del rey se discutía sobre el retorno de la capitalidad a Madrid. En realidad, el duque había comenzado a preparar este nuevo cambio casi al tiempo que la corte se estaba asentando en Valladolid[41]. El propio Lerma anunció la decisión, un gesto que no dejó lugar a dudas sobre quién había sido el principal promotor de la idea y quién había persuadido al monarca para que se procediera al traslado:

> Por las cartas que el alcalde Silva de Torres me ha ido escribiendo, he entendido las necesidades y trabajos que esa Villa tenía, y doliéndome, como es razón, en general y particular por lo que toca a cada uno de Vuestra Señoría, lo representé al Rey nuestro Señor y le supliqué que fuese servido de mandarse informar lo que en esto pasaría y de otros inconvenientes que la experiencia ha ido mostrando de que la corte no volviese a Madrid; y Su Majestad, Dios le guarde, hallándose con el mismo celo del bien universal de sus Reinos que tuvo en la venida de Valladolid, ha resuelto la vuelta a Madrid, y con lo que ha oído a los embajadores de la Villa, espero en Dios que la mandará abreviar todo lo que fuere posible, de que yo quedo contentísimo, y lo que deseo servir a Vuestra Señoría y todo le vaya bien de esa Villa, y a darles esto quisiera

[39] Williams, 2006, p. 256.

[40] Cabrera de Córdoba, 1997, pp. 259 y 261.

[41] Por ejemplo, el 2 de junio de 1602, Felipe III concedió a Lerma un regimiento en la ciudad. Él conservó el oficio cuando la corte se marchó de Valladolid en 1606.

ir en persona luego; pero remítome a la licencia de Silva de Torres y a los Regidores que han venido con él, que dirán lo demás. Dios guarde a Vuestra Señoría. De Ampudia, 23 de enero de 1606. El duque de Lerma, marqués de Denia[42].

El regreso de la corte tuvo un efecto inmediato y asombroso sobre la ciudad de Madrid, pues al poco llegaron decenas de miles de personas triplicando su población hasta alcanzar las 150.000 almas hacia 1617. Se puso en marcha un ambicioso programa urbanístico para dar cabida a los nuevos habitantes. Hacia 1613 la fiebre constructiva se apreciaba por doquier en sus calles[43]. Una década después del reasentamiento de la corte, Madrid se había convertido, rápida y drásticamente, en una de las más grandes urbes de Europa. Incluso durante los últimos años del reinado de Felipe II, la villa había seguido siendo una ciudad apenas desarrollada, y no fue hasta la década posterior a 1606 cuando se la pudo considerar como una auténtica capital[44].

Los monarcas desempeñaron un papel protagonista en esta transformación de la ciudad capital. Para ello, una de las obras más notables fue la construcción del convento de carmelitas descalzas de La Encarnación. La reina era patrona de esta nueva obra y cuando Felipe III puso la piedra fundacional en 1611 tácitamente evidenció su compromiso de mantener Madrid como sede de la capital. La villa carecía de catedral, pero disponía de una Plaza Mayor que aunque bastante destartalada era apropiada para festejos cortesanos y públicos. Entre los años 1617 y 1619 fue reedificada bajo una nueva traza y se convirtió, a juicio del exagerado León Pinelo, en una «de las mayores obras que en su género tiene Europa»[45].

En cuanto la aristocracia y el clero, tanto regular como secular, percibieron que la corte iba a permanecer en Madrid, patrocinaron acti-

[42] Recogida en León Pinelo, 1931, p. 237.

[43] «Hallo a Madrid de manera que no le conozco con tantos edificios y tan buenos y no beo calle donde no se comienzen de nuevo», carta de Alonso de Velasco, conde de la Revilla, a Diego Sarmiento de Acuña, Madrid, 13 de diciembre de 1613, RB, II/2173, doc. 19.

[44] Domínguez Ortiz, 1963-1970, p. 140; *El Madrid de Velázquez y Calderón*, 2000.

[45] León Pinelo, 1931, p. 128.

vamente la construcción y desarrollo de sus residencias, iglesias y conventos. El asentamiento masivo de la nobleza en la corte tuvo consecuencias políticas muy profundas. Sus palacios y casas fueron redecorados o construidos de nuevo para celebrar su regreso a Madrid[46]. La Iglesia emprendió, asimismo, un ambicioso programa constructivo hasta el punto de que no menos de quince fundaciones religiosas se establecieron en Madrid entre 1606 y 1619[47].

La primera celebración regia importante en la restaurada corte tuvo lugar en octubre de 1607 cuando nació el segundo hijo varón del rey, el infante don Carlos. La sucesión al trono quedó entonces asegurada en su línea masculina. El vástago fue bautizado en la capilla real del Alcázar de Madrid por el cardenal-arzobispo de Toledo. Nuevamente Lerma condujo al infante hasta la pila bautismal[48].

Mucho más relevante fue, sin embargo, el juramento de fidelidad al príncipe realizado por las Cortes de Castilla en el monasterio de San Jerónimo el Real el 13 de enero de 1608. Puesto que no existía un rito de coronación como soberano de España, el juramento del heredero era la más importante de todas las ceremonias de Estado y, por ello, todos los brazos del reino (cortesanos y religiosos, nobles y villanos) se hallaban presentes. En aquella ocasión, Lerma estaba sumido en una profunda crisis, ya que en el transcurso de 1607 el rey había tenido que aceptar el cese de hostilidades en los Países Bajos en marzo y la suspensión de pagos a sus banqueros en noviembre. Sin embargo, Felipe se empeñó en reconocer los leales servicios prestados por parte del duque, pues cuando el valido se acercó a jurar fidelidad al príncipe, el rey le abrazó de tal manera que le distinguió incluso respecto a los demás grandes presentes: «al cual se pareció que se había levantado el Rey más de la silla y con más alegre rostro que á los demas»[49].

Felipe III estaba especialmente contento con su regreso a Madrid porque la villa disponía en sus alrededores de varios cazaderos y pa-

[46] Mesonero Romanos, 1995, pp. 59, 72, 170.

[47] *Madrid: Atlas*, 1995, p. 40.

[48] Cabrera de Córdoba, 1997, pp. 314 y 317.

[49] «Relación verdadera, en que se contiene todas las ceremonias y demás actos que passaron en la jura que se hizo al Sereníssimo Príncipe nuestro señor don Phelipe quarto», en *Relaciones breves*, 1982, p. 55. Ver también Cabrera de Córdoba, 1997, pp. 322 y 325-330.

lacios reales en los que poder gozar a su antojo de los grandes placeres que le dispensaban aquellos privilegiados sitios. El rey acostumbraba a ir a Aranjuez en primavera y en verano para disfrutar del frescor de sus jardines, a El Bosque de Segovia, en Valsaín, para escapar de los calores estivales, y a El Pardo en noviembre para disfrutar de la caza menor. Aun así, lo que más satisfacía al rey del regreso de la corte a Madrid eran sus estancias en el monasterio-palacio de El Escorial. Entre 1601 y 1605, Felipe III tan sólo había acudido al Real Sitio ochenta y ocho días, mientras que en 1606, después de su vuelta a la sede madrileña, permaneció cerca de tres meses seguidos, entre el 18 de julio y el 8 de octubre. Durante los siguientes cinco años acudió a El Escorial una quinta parte del total de su tiempo a lo largo de este período, es decir, 347 días. Esta predilección se explica por la amplia gama de placeres que le ofrecía el Real Sitio: sus facilidades para la caza, un refugio que le mantenía alejado del sofocante corazón de la capital y al margen de casi todos cuantos deseaban criticar a su amado valido. Pero se hallaba lo bastante cerca de Madrid como para estar en contacto permanente con sus consejeros y servidores. Asimismo también pudo influir el hecho de que la reina gozaba mucho pasando varias semanas allí, especialmente por el frescor de su clima. Sumido en una crisis política, Lerma tenía razones de peso para valorar la privacidad que le concedía este Real Sitio. Necesitaba aislar al rey y tranquilizarle respecto a su propio compromiso de fidelidad hacia él, y El Escorial parecía el lugar más adecuado para conseguirlo.

El duque reforzó aún más su control sobre Felipe III asegurándose de que cada año, entre 1607 y 1611, el rey recorriera las tierras de Castilla La Vieja durante semanas o meses, períodos de tiempo en los que podría disponer su aislamiento a su antojo con la colaboración de un escogido grupo de colaboradores. Luis Cabrera de Córdoba recordaba cómo Lerma había agasajado con esplendidez a los reyes durante una de aquellas jornadas, en 1608:

> Por divertirse sus Magestades, se fueron de Lerma mediado el mes pasado, a visitar los monasterios de San Pedro de Arlanza y Santo Domingo de Silos, y a Caleruega, patria de Santo Domingo, que son en tierra de Burgos; y sin entrar en la dicha ciudad, se volvieron a Lerma de donde tambien salieron a cierta caza de lobos, y el Duque les hizo otra fiesta en el río, de gansos que pelearon con perros, de que gustaron mucho sus

> Magestades; y el Duque les dio en el campo una suntuosa merienda que se sirvió con bajilla de oro, y todo con grande aparato y magestad[50].

La más relevante de cuantas jornadas reales tuvieron lugar durante estos años, y en muchos aspectos la de mayor simbolismo, aconteció en 1610 cuando la pareja real permaneció ausente de Madrid entre el 27 de febrero y la primera semana de diciembre. Felizmente, Margarita de Austria había decidido reconciliarse con Lerma, y para deleite del duque, ella hizo saber que quería dar a luz en la villa ducal. La generosa decisión de la reina proporcionó una adecuada excusa para alejar al rey de Madrid, pues tanto Felipe III como su corte viajarían por Castilla La Vieja durante dos o tres meses antes de que la soberana estuviese a punto de parir. Margarita sería llevada a Lerma con tiempo de sobra para que pudiese dar a luz allí[51].

La corte permaneció en Valladolid cerca de siete semanas, entre el 4 de marzo y el 16 de abril, tiempo durante el cual Lerma entretuvo al rey en la Casa de la Ribera como si aún fuera de su propiedad. Posteriormente se trasladaron a la villa ducal, a la que arribaron el 24 de abril. Mientras la reina sufría sus primeras contracciones el 24 de mayo llegaron terribles nuevas desde Francia que anunciaban el asesinato de Enrique IV en París[52]. A medianoche, Margarita alumbró una niña que fue llamada Margarita Francisca en recuerdo de su madre y del duque en cuya villa había venido al mundo.

La coincidencia del nacimiento de la infanta con el magnicidio del rey de Francia dio ocasión a una nueva temporada de festividades en los palacios e iglesias de Lerma. Ciertamente, las fiestas no podían compararse con las que se organizaron con motivo del bautizo del príncipe en 1605, pero fueron muy notables. El duque se empeñó en gastos para decorar su villa —«y el duque tuvo colgadas las calles y plazas por donde pasó, muy ricamente»—, mientras desde Madrid viajaron los cantores de la Capilla Real para dar mayor solemnidad a los oficios. Antes del bautismo de la infanta se organizaron dos festejos, la festividad del Domingo de Resurrección, el 30 de mayo, en la que Lerma tuvo ocasión de mostrar orgulloso su iglesia de San Pedro, y el

[50] Cabrera de Córdoba, 1997, p. 343.

[51] Cabrera de Córdoba, 1997, pp. 401-402.

[52] «Viaje del rey Felipe III a Lerma en abril de 1610», Real Academia de Historia (RAH), G-31, fols. 1r-155r.

nacimiento de un hijo de su nuera, la duquesa de Uceda. Ambas celebraciones sirvieron para que el rey demostrara una vez más su confianza en su valido, hecho que quedó sustanciado con su participación como padrino de bautismo del nieto de Lerma. El 8 y 9 de junio de 1610 tuvieron lugar las exequias de Enrique IV y el 10, festividad del Corpus Christi, Margarita Francisca fue bautizada[53]. Ocurrió que el príncipe Felipe se encontraba enfermo, por lo que Lerma, para su contento, asumió la responsabilidad de padrino de la infanta mientras su tío, el cardenal-arzobispo de Toledo, oficiaba la ceremonia. De nuevo, una celebración íntima de la familia real era conducida por el valido y sus parientes[54].

A lo largo de 1611 los reyes permanecieron juntos disfrutando en compañía de todo tipo de eventos, públicos y privados. El 22 de septiembre Margarita dio a luz en El Escorial a su cuarto hijo, aunque las complicaciones del parto minaron su débil salud hasta el punto de alcanzarle la muerte el 3 de octubre. Como escribió León Pinelo, «las fiestas y regocijos se volvieron en lágrimas y rogativas»[55]. El infante fue bautizado con el nombre de Alonso al día siguiente, 4 de octubre, onomástica del duque de Lerma, hecho que hacía evidente que el rey había elegido aquel día para reafirmar nuevamente su confianza en el valido. Estaba profundamente abatido por la pérdida de su amada esposa, y en un primer momento, se culpaba de su muerte, creyendo que los guantes perfumados que él llevaba cuando fue a visitarla le habían provocado la crisis que había desencadenado su muerte[56]. En realidad, la reina había fallecido de sobreparto en su octavo embarazo en diez años.

La desaparición de Margarita modificó profundamente el estilo de la corte de Felipe III porque el rey jamás volvió a recuperar su ánimo. A partir de 1611, Felipe se volvió taciturno y poco partidario de festejos. En contraste con su señor, el valido vio reforzada su posición

[53] Cabrera de Córdoba, 1997, pp. 406-409.

[54] Desafortunadamente las celebraciones se suspendieron debido a la enfermedad del príncipe. Hasta finales de agosto Felipe no recobró su salud, ver Cabrera de Córdoba, 1997, pp. 408-409 y 411-414.

[55] León Pinelo, 1931, p. 97.

[56] Carta de sir John Digby al conde de Salisbury, Madrid, 26 de septiembre-6 de octubre de 1611, National Archives (NA), Londres, State Papers (SP) 94/18, fols. 194r-v.

con esta pérdida. Consiguió que el rey se marchase a Castilla La Vieja durante cinco semanas. Aprovechó además para estrechar su control sobre los infantes consiguiendo que su cuñado Sancho de la Cerda, primer marqués de la Laguna, renunciase en su favor al oficio de mayordomo de la infanta Ana Mauricia. Lerma se aseguraba así el control sobre la nueva generación de la familia real del mismo modo que había hecho con el joven Felipe III[57].

Para el rey no fue menor la tristeza de ver partir a su amada hija mayor, la infanta Ana Mauricia. Tras el asesinato de Enrique IV, un acercamiento entre las coronas de España y Francia se había sellado con un doble acuerdo matrimonial. Luis XIII casaría con la infanta Ana, y la hermana de aquél, la princesa Isabel de Borbón, lo haría con el príncipe Felipe. Lerma tuvo un papel destacado en las negociaciones y consiguió finalmente un compromiso firme que se materializó en 1612, cuando se intercambiaron embajadas extraordinarias para negociar y ratificar después los detalles finales de estos tratados. El duque de Pastrana viajó a París mientras su homólogo Enrique de Lorena, duque de Mayenne, marchó a Madrid.

Las celebraciones por la llegada de Mayenne a Madrid, que se prolongaron unas seis semanas, entre el 17 de julio y el 30 de agosto, fueron las mayores que la villa había conocido durante el reinado. Pretendían demostrar la grandeza de la Corona española. El valido dio muestras de su habilidad al asumir el protagonismo en el agasajo del ilustre anfitrión. Lerma le hospedó en su palacio y le acompañó prácticamente durante toda su estancia. Permitió a su hijo Cristóbal, duque de Uceda, que escoltase a Mayenne hasta el Alcázar el 21 de julio para asistir a su primera audiencia con el rey, pero fue él quien firmó los acuerdos ante el rey Luis XIII de Francia[58].

Cuando finalmente partió el embajador francés, Lerma de nuevo alejó al rey de la corte llevándoselo a una nueva jornada de recreación. Viajaron hasta San Lorenzo de El Escorial y continuaron después a Segovia y Valsaín, y finalmente a Valladolid y Burgos. El duque consiguió satisfacer sus intereses, pues el rey se halló presente en la toma de posesión de la villa de Fernamental, al este de la ciudad de Burgos. Tras

[57] Cabrera de Córdoba, 1997, p. 453.

[58] Cabrera de Córdoba, 1997, pp. 480-488; ver también Perrens, *Les marriages espagnols sous le règne de Henri IV et la régence de Marie de Médicis (1602-1615)*, pp. 363-425.

esto ambos se dirigieron a La Ventosilla. Allí, el 23 de octubre de 1612, Felipe III expidió la cédula que ordenaba a todos los Consejos obedecer los mandatos de Lerma como si fueran los suyos propios. Fue el documento que definió su reinado, puesto que en él se reafirmaba de modo oficial que su valido gozaba de su máxima confianza[59].

La renovación del favor real al duque sobrevino poco después del regreso del rey a Madrid, cuando por entonces se hallaba ultimando los pormenores de las dobles bodas entre los Sandoval y los Enríquez, acuerdo matrimonial que representaba el apogeo de la política dinástica desarrollada por él. El 28 de noviembre Luisa de Sandoval casó con Juan Alfonso Enríquez de Cabrera, noveno almirante de Castilla y quinto duque de Medina de Rioseco. Al día siguiente Francisco Gómez de Sandoval II, duque de Cea, desposó a Feliche Enríquez, hermana del primero. Los casamientos fueron oficiados, como no podía ser de otro modo, por el cardenal-arzobispo de Toledo en la Real Capilla, actuando como padrinos Felipe III y su hija Ana[60]. Por enésima vez, el rey permitió que una celebración de corte hiciera evidente a los ojos de todos que Lerma continuaba gozando por entero de su favor.

El duque estaba preparado ya para iniciar la cuenta atrás de su retiro. Asumió con gran escrúpulo que su programa constructivo iba a ser el mayor hasta entonces realizado por un solo individuo en España. Convenció al rey para que su villa ducal obtuviese el reconocimiento de ciudad y en 1613 emprendió un proyecto arquitectónico que la transformaría en el mayor complejo palacial nobiliario de España. En el centro de su programa figuraba la reedificación del palacio ducal y de su plaza, así como la de la gran colegiata de San Pedro y los con-

[59] «Desde que conozco al duque de Lerma le he visto servir al rey mi señor y padre, que aya Gloria, y a mí con tanta satisfacción de entrambos que cada día me hallo más satisfecho de la buena quenta que me da de todo lo que le encomiendo y mejor servido dél; y por esto, y lo que me ayuda a llevar el peso de los negocios, os mando que cumpláis todo lo que el duque os dixere o ordenare, y que se haga lo mismo en ese Consejo, y podrásele también dezir todo lo que quisiere saber dél, que aunque esto se ha entendido assí desde que yo subcedí en estos Reynos, os lo he querido encargar y mandar agora», en Tomás y Valiente, 1963, p. 161. Ver también, Williams, 2006, pp. 175-178.

[60] «Memoria de las bodas del Almirante de Castilla y del duque de Sea nieto del de Lerma», Biblioteca Nacional de España (BNE), Ms. 18.722. Ver también Cabrera de Córdoba, 1997, pp. 500-503.

ventos de Santo Domingo y San Blas, ambos de la Orden Dominica, de hombres y mujeres, respectivamente. Los contratos para cada una de estas obras se firmaron en 1613 y estipulaban que debían ser concluidos en el verano de 1617, de modo que para entonces se dispondrían magníficas fiestas con las que Lerma procuraría dar a conocer su salida de la corte[61].

Tal y como había dispuesto en los contratos de obra para su villa ducal, Lerma comenzó a avanzar en la conclusión del palacio que se estaba construyendo en el Prado de San Jerónimo de Madrid. La residencia sería la más grande de toda la ciudad[62]. Cuando finalmente concluyeron las obras en el verano de 1617 su superficie se extendía desde el paseo del Prado a la calle de San Agustín y desde el Prado de San Jerónimo a la calle de las Huertas. El palacio y las dos plazas podían ser utilizadas para torneos y corridas de toros, mientras sus magníficos jardines eran ideales para las representaciones teatrales o para un descanso placentero. La casa también albergaba varias galerías de pinturas y disponía de pasadizos. Era el marco perfecto para las ocasiones que exigía la vida cortesana y nobiliaria, y además ofrecía un seguro refugio para el valido en el mismo centro bullicioso de la ciudad. Junto a él había tres pequeñas fundaciones religiosas, lo que dotaba a todo el complejo palacial de las características adicionales de un centro eclesiástico[63].

Lerma ofreció dos grandes fiestas en Madrid durante el año 1614. En el mes de abril, el nacimiento de un hijo de los condes de Saldaña —el primer varón nacido a un heredero de la Casa del Infantado en treinta años—, dio ocasión para organizar grandes celebraciones[64]. Durante la festividad de San Juan, en junio, el duque agasajó al cardenal d'Este con un espléndido banquete. El purpurado era el nuncio del Papa en Madrid, circunstancia que aprovechó Lerma para iniciar la negociación de su cardenalato. Organizó un exótico entretenimiento para

[61] Sobre los edificios de Lerma en su villa ducal ver el magnífico estudio de Cervera Vera, 1967 (reed. en 1996). La obra documenta todos nuestros conocimientos sobre la construcción de la villa palacial. Recientemente ha sido complementada con dos nuevas publicaciones, *Lerma,* 2004; y *El Palacio Ducal de Lerma,* 2003.

[62] Cabrera de Córdoba, 1997, pp. 528 y 535-537.

[63] Williams, 2006, p. 103.

[64] Cabrera de Córdoba, 1997, pp. 553-554.

su ilustre invitado que desgraciadamente concluyó en sonoro fracaso. Un tigre, un oso y un caballo fueron llevados a la plaza ducal con el propósito de que se enfrentaran, pero los animales no ofrecieron ninguna muestra de hostilidad entre ellos. Lerma y el cardenal se consolaron intercambiándose magníficos regalos[65].

En el otoño de 1614, el valido llevó al rey y a su séquito a Lerma, donde tuvieron lugar como bienvenida unas vistosas fiestas. La ciudad fue engalanada con los diseños arquitectónicos que formaban parte del gran programa constructivo impulsado por el duque. Estas celebraciones fueron el preludio de las que pensaba ofrecer en el verano de 1617. La comedia *El premio de la hermosura* de Lope de Vega fue representada por damas de la corte y miembros de la familia real al modo, tal como se ha advertido, de «un entretenimiento exclusivamente nobiliario»[66].

Hacia 1615 ya no era posible demorar más la partida de la infanta Ana Mauricia hacia la frontera con Francia. Se había anunciado que el rey saldría de Madrid en unas pocas semanas, pero la delicada situación política del vecino reino, que hizo imposible que el séquito de la reina madre abandonara París, conllevó que la ausencia de Felipe III se prolongara desde el 30 de mayo hasta el 15 de diciembre. Estuvo en Valladolid tres meses, entre el 3 de junio y el 9 de septiembre, mientras aguardaba confirmación de que la comitiva francesa había podido dejar París. Las nuevas de su partida llegaron finalmente, por lo que el rey y Lerma se encaminaron hacia Burgos. Allí, el 16 de octubre, se celebraron los esponsales en la catedral. El valido, postrado por una

[65] Cabrera de Córdoba, 1997, pp. 557-558 y 561-562.

[66] «*As spectacle the piece was certainly impressive, conjuring up mountains, caves, an enchanted castle, and a magnificent riverscape dominated by a boat large enough for thirty people, which would be wrecked during the action. With its combination of the chivalresque and the exotic, the play was deemed to bring alive all the fantasies of the books of chivalry. Lope had furthermore sought to furnish an entertainment in keeping with the custom, propriety and intention [propósito] of the ladies in the cast. Furthermore the verse itself, we are told, possessed an eminence, a decency, and a decorum which declared them to be Lope's, the only man who could adequately write for players such as these. Lope's text certainly attests a straining after appropriate decorum, but the result is an extraordinary stiffening of the verse. The important thing then, as later, was the concept of a specifically noble entertainment in which decorum ruled over setting, subject, spectacle, case, mode of performance, as well as form of expression*», Davies, 1971, pp. 223-224. Ver también Shergold, 1967, pp. 252-255.

enfermedad en una espléndida silla de manos, tomó juramento ante el enviado del rey de Francia, en una ceremonia que fue de las más brillantes de toda su carrera cortesana. Además, cuando la reina Ana salió de la catedral pasó por debajo de los reposteros de España y de Francia, pero también bajo la enseña de los Sandovales. Resulta improbable que Felipe III se complaciera con esta muestra de arrogancia por parte de su valido, al equiparar el linaje de su propia familia con los de las dos grandes monarquías católicas.

Parece que Lerma no tenía intención de acompañar a la reina de Francia hasta la frontera. Su edad ya no daba tregua a tantos esfuerzos y sus dificultades económicas impedían mayores gastos, por lo que procuró convencer al rey de que le relevase de la responsabilidad de escoltar a su hija en su viaje al norte. Felipe III accedió finalmente a su ruego encargando la tarea al duque de Uceda[67]. Éste asumió debidamente las funciones de su padre y el 9 de noviembre supervisó el intercambio de los novios en el río Bidasoa, frontera natural que delimitaba ambos reinos. Las ceremonias no fueron menos espléndidas, pese a su carácter tradicional, pues los esposos fueron simultáneamente remolcados en barcazas ricamente aderezadas para la ocasión. Quizás se trate de las fiestas más excepcionales de todo el reinado[68].

Uceda escoltó a la princesa Isabel de regreso a Burgos, donde Lerma de nuevo asumió el control sobre las casas reales. Acompañó a los príncipes hasta la villa ducal, donde los agasajó con esplendidez. La real pareja hizo su entrada en Madrid pasando bajo los arcos ubicados junto al palacio del valido el 19 de diciembre[69]. Dos días después el rey recibió a Isabel en palacio y le ofreció un banquete previo a la recepción oficial que le ofrendaría la ciudad. El día de Año

[67] «...y no pudiendo el Duque por vnas tercianas con que se halla poner en execución esta jornada sin notable riesgo de su vida y siendo nezesario para que ella no se dilate y la salud del Duque se conserue como lo han menester los negocios de mi seruicio...», en «Instrucción del Rey al duque de Uzeda para que por enfermedad de su padre execute el viage y las entregas», Miranda de Ebro, 28 de octubre de 1615, RAH, G-29, ff. 39v-40r.

[68] El relato más completo en Mantuano, *Casamientos de España y Francia*.

[69] «El día de San Andrés entró aquí la Recamara del s[eno]r duque de Lerma que fueron mas de 300 Azemilas que las 60 dellas fueron de Reposteros Ricos bordados con las Armas de Su Excelencia... y también entró el coche, littera y silla q[ue] hera mascua de oro», Pedro García Dovalle, Madrid, 19 de diciembre de 1615, BNE, Ms. 18.419, fol. 172r.

Nuevo de 1616 Felipe III y sus hijos gozaron de otra fiesta que tuvo lugar en el Alcázar[70].

Fue entonces, entre finales de 1615 y principios de 1616, cuando Lerma anunció su deseo de retirarse y su propósito de entregar el poder a Uceda con el fin de que su hijo comenzase a construir su influencia sobre los hijos del rey[71]. El anuncio fue un gravísimo error de apreciación, pues a todos pareció que su propósito era abandonar la corte, y supuso mucho más de lo que sus adversarios podían haber nunca imaginado para desalojarle del poder. Los cortesanos le habían temido y respetado hasta ese día, desde entonces la oposición contra él incrementó considerablemente sus filas[72].

Lerma concentró entonces sus energías en la conclusión del extraordinario programa constructivo iniciado en su villa ducal años atrás, de modo que su palacio, las iglesias y los conventos estuvieran listos para las grandes fiestas que pensaba dar en 1617. El duque estimaba que había gastado en estas obras 487.305 ducados, la mayoría desembolsados a partir de 1613. Las celebraciones en Lerma habían sido planificadas coincidiendo con el apogeo de su valimiento, pero sin embargo llegaron con su declive. Fueron las mayores de cuantas fiestas había organizado, aunque para entonces ya no le dignificaban como valido y principal cortesano, sino como protector de la Iglesia Católica[73].

El duque llegó a Lerma el 1 de octubre mientras el rey lo hizo dos días después. Allí permanecieron hasta el 20. La colegiata de San Pedro fue inaugurada el 7 y el resto de las fundaciones religiosas menores lo hicieron en las jornadas siguientes. La música litúrgica compuesta para la ocasión fue brillante, destacó muy especialmente la actuación de los coros de San Pedro y de San Blas. Las celebraciones

[70] León Pinelo, 1931, pp. 111-112.

[71] «El señor Duque de Lerma se a querido alibiar de tanto trauajo como tenía y assí El s[eño]r Duque de Uzeda da todas las Audiencias a los pretendientes, las consultas rresuelbe el s[eno]r duque de Lerma y g[uard]e Dios a Su Magestad muchos años que es Gran dicha tener vassallos y criados de tanto cuydado y confiança que le ayudan a llebar el peso de tan Gran Monarchía», P. García Dovalle, Madrid, 23 de febrero 1616, BNE, Ms. 18.419, fol. 190. Ver Williams, 1989, pp. 307-332.

[72] Williams, 2006, pp. 215-221.

[73] Son analizadas en este volumen por Bernardo J. García García. Ver también a este respecto García García, 2003, pp. 33-77.

profanas fueron asimismo espléndidas, sobresalió entre todas la comedia de Luis Vélez de Guevara *El caballero del sol*, que requirió de un escenario dotado de una maquinaria adecuada para la representación. En la máscara celebrada en el palacio hubo un combate entre pigmeos y grullas (reales y fingidas), que a un observador crítico le recordaron las fantasías del Bosco[74].

Felipe III abandonó Lerma el 20 de octubre para trasladarse a La Ventosilla donde Lerma entretuvo nuevamente a su señor por última vez en Castilla La Vieja. El rey, encantado con los agasajos, escribía a su hija, la reina de Francia:

> A nos festejado vuestro compadre allí bravamente y en acabándose la relación de todas las fiestas que hubo, os la enviaré, y ya hemos dado la vuelta hacia Madrid, y entre tanto que viene el carruage nos hemos detenido aquí, donde yo he muerto algunos venados, y esta tarde he muerto dos, y está harto lindo este sitio, y también vuestros hermanos se huelgan bien en él[75].

Cuando regresó a Madrid, Lerma ofreció dos nuevas fiestas para subrayar su poder y el de su familia. El 11 de diciembre la boda de la hija del duque de Uceda, Isabel, con Juan Téllez Girón, marqués de Peñafiel, heredero de la Casa de Osuna, tuvo lugar en la capilla del Alcázar. De nuevo, el rey sirvió como padrino en la ceremonia. El 17, el cuerpo de San Francisco de Borja fue entregado a Lerma tras su largo periplo desde Roma. Fue sepultado en la Casa Profesa de la Compañía de Jesús que el duque había mandado construir en su honor. Felipe III y sus hijos asistieron y disfrutaron del banquete ofrecido con tal motivo. La iglesia fue llamada Nuestra Señora del Prado. Lerma ya estaba preparado para dejar la corte que había dominado durante veinte años.

A lo largo de los meses siguientes el duque halló una nueva excusa para retrasar su marcha. En junio de 1618 Felipe III realizó su última visita a Arganda y pudo gozar grandemente de la caza en compañía de Lerma, quien en todo momento vistió como príncipe de la Iglesia:

[74] Davies, 1971, p. 224.

[75] Ventosilla, 23 de octubre de 1617, en *Cartas de Felipe III a su hija Ana*, 1929, p. 38.

> A la vuelta volvimos por Arganda y vuestro compadre nos festejó muy bien un día que nos detuvimos allí, con toros y otras fiestas; y a él le está muy bien el hábito nuevo, que yo creo, si le viérades no le conociérades vestido de colorado, él ha tomado esta resolución con muy buenos deseos y así creo que Dios le ayudará[76].

Lerma ofreció su última fiesta, ya como purpurado, en su palacio el 4 de junio de 1618 antes de que entre lágrimas abandonase la corte el 4 de octubre siguiente. Fue ordenado sacerdote en la iglesia de San Pablo de Valladolid en marzo de 1622 y pasó sus últimos años entre esta ciudad y Lerma. Avejentado y abatido a causa de su salida de la corte, se consoló participando de los oficios divinos. Murió el 17 de mayo de 1625.

En el momento de su muerte, Lerma era ya una figura del pasado. El gobierno encabezado por el conde-duque de Olivares hizo cuanto pudo por borrar toda huella de su memoria y de la de su valimiento. Pero, en realidad, él había aprendido una gran lección del cardenal-duque. No fue casualidad que Olivares asumiese el oficio de caballerizo mayor del rey, pues conocía bien cómo a través de él Lerma había podido controlar la corte. Tampoco era una novedad que el conde-duque utilizase del mismo modo el arte de la fiesta para impresionar a Felipe IV y a su corte con su propia autoridad e influencia. También esto lo había tomado del ejemplo de Lerma.

Bibliografía citada

Aguilar, Gaspar, *Fiestas Nupciales que la ciudad y reino de Valencia han hecho al casamiento del rey Don Felipe III con Doña Margarita de Austria*, Valencia, 1599, reimp. en Cieza, 1975.

Cabrera de Córdoba, Luis, *Relaciones de las cosas sucedidas en la corte de España desde 1599 hasta 1614*, ed. R. García Cárcel, Salamanca, Junta de Castilla y León, 1997.

Cartas de Felipe III a su hija Ana, reina de Francia, 1616-1618, ed. Ricardo Martorell Téllez-Girón, Madrid, 1929.

Cervera Vera, Luis, *El Conjunto Palacial de la Villa de Lerma*, Valencia 1967, reimpreso en 2 vols., Burgos, Asociación de Amigos del Palacio Ducal, 1996.

[76] Madrid, 6 de junio de 1618, en *Cartas de Felipe III a su hija Ana*, 1929, p. 47.

DAVIES, Gareth A., *A poet at court. Antonio Hurtado de Mendoza (1586-1644)*, Oxford, The Dolphin Book Co. Ltd., 1971.

DOMÍNGUEZ ORTIZ, Antonio, *La sociedad española en el siglo XVII*, 2 vols., Madrid, Consejo Superior de Investigaciones Científicas, Instituto «Balmes» de Sociología, Departamento de Historia Social, 1963-1970.

GARCÍA GARCÍA, Bernardo J., «Las fiestas de corte en los espacios del valido: la privanza del duque de Lerma», en *La fiesta cortesana en la época de los Austrias*, coords. M.ª L. Lobato y B. J. García García, Valladolid, Junta de Castilla y León, 2003, pp. 33-77.

GONZÁLEZ DÁVILA, Gil, «Monarquía de España», en Salazar de Mendoza, Pedro, *Historia de la vida y hechos del inclito monarca santo D. Phelipe 3º*, Madrid, 1770-1771.

JOLY, Bartolomé, «Viaje por España», en *Viajes de extranjeros por España y Portugal*, ed. J. García Mercadal, 3 vols., Madrid, 1952.

LEÓN PINELO, Antonio de, *Anales de Madrid de León Pinelo. Reinado de Felipe III. Años 1598 a 1621*, ed. R. Martorell Téllez-Girón, Madrid, Imprenta Estanislao Maestre, 1931.

Lerma, ed. R. J. Payo Hernanz, Lerma, Editur, 2004.

Madrid: Atlas histórico de la ciudad, siglos IX-XIX, ed. V. Pinto Crespo y S. Madrazo Madrazo, Madrid-Barcelona, Fundación Caja Madrid-Lunwerg, 1995.

El Madrid de Velázquez y Calderón: villa y corte en el siglo XVII, eds. M. Morán y B. J. García García, Madrid, Fundación Caja Madrid, 2000.

MANTUANO, Pedro, *Casamientos de España y Francia*, Madrid, Tomás Iunti, 1618.

MESONERO ROMANOS, Ramón de, *El antiguo Madrid: paseos históricos por las calles y casas de esta villa*, San Fernando de Henares, 1995.

MITCHELL, Bonner, *1598. A year of pageantry in Late Renaissance Ferrara*, Binghamton, N.Y., Medieval & Renaissance Texts & Studies, 1990.

NOVOA, Matías de, *Historia de Felipe III, Rey de España*, en *Colección de Documentos Inéditos para la Historia de España*, vols. LX y LXI, Madrid, 1875-1876.

El Palacio Ducal de Lerma de ayer a hoy, ed. E. González Pablos, Valladolid, Junta de Castilla y León, 2003.

PÉREZ GIL, Javier, *El Palacio de la Ribera. Recreo y boato en el Valladolid cortesano*, Valladolid, Ayuntamiento de Valladolid, 2002.

PERRENS, F.-T., *Les marriages espagnols sous le règne de Henri IV et la régence de Marie de Médicis (1602-1615)*, Paris, 1869.

PINHEIRO DA VEIGA, Tomé, *Fastiginia: vida cotidiana en la corte de Valladolid*, Valladolid, Ambito, 1989.

Relación de la orde[n] que se tuuo en el bautismo de la... primogénita del... Rey don Felipe III, Valladolid, 1602.

Relación de lo sucedido en la ciudad de Valladolid desde el punto del felicísimo nacimiento del príncipe Don Felipe Dominico Víctor nuestro señor hasta que se acabaron las demostraciones de alegría que por él se hicieron, ed. Narciso Alonso Cortés, Valladolid, 1916.

Relaciones breves de actos públicos celebrados en Madrid de 1541 a 1650, ed. J. Simón Díaz, Madrid, Instituto de Estudios Madrileños, 1982.

RENNERT, Hugo A., *The Life of Lope de Vega*, New York, B. Blom, 1968.

RÍO BARREDO, María José del, *Madrid, Urbs Regia. Una capital ceremonial de la Monarquía Católica*, Madrid, Marcial Pons, 2000.

SALAZAR DE MENDOZA, Pedro, «Historia de la vida y hechos del ínclito monarca, amado y santo D. Felipe III», en *Monarquía de España*, Madrid, 1770-1771.

SANZ AYÁN, Carmen y GARCÍA GARCÍA, Bernardo J., *Teatro y comediantes en el Madrid de Felipe II*, Madrid, Editorial Complutense, 2000.

SHERGOLD, N. D., *A History of the Spanish Stage. From Medieval Times until the End of the Seventeenth Century*, Oxford, 1967.

TOMÁS Y VALIENTE, Francisco, *Los validos en la monarquía española del siglo XVII*, Madrid, Siglo XXI, 1963.

TRESWELL, Robert, «A Relation of such Things as were observed to happen in the Journey of the Right Honourable Charles, Earl of Nottingham, Lord High Admiral of England», *Harleian Miscellany*, II, London, 1809, pp. 535-566.

VEGA CARPIO, Lope de, *Fiestas de Denia*, ed. M.ª G. Profeti y B. J. García García, Firenze, Alinea Editrice, 2004.

WILLIAMS, Patrick, «Lerma, 1618: Dismissal or Retirement», *European History Quarterly*, 19, 1989, pp. 307-332.

— *The great favourite. The Duke of Lerma and the court and government of Philip III of Spain, 1598-1621*, Manchester, Manchester University Press, 2006.

WINWOOD, Sir Ralph, *Memorials of Affairs of State in the Reigns of Queen Elizabeth and King James I*, 3 vols., London, 1725.

WRIGHT, Elizabeth. R., *Pilgrimage to Patronage. Lope de Vega and the Court of Philip III, 1598-1621*, Lewisburg y London, Bucknell University Press y Associated University Press, 2001.

LAS FIESTAS DE LERMA DE 1617 UNA RELACIÓN APÓCRIFA Y OTROS TESTIMONIOS*

Bernardo J. García García
(Fundación Carlos de Amberes y Universidad Complutense de Madrid)

En el declinar del valimiento de Francisco Gómez de Sandoval y Rojas tendrá lugar en la villa ducal de Lerma una de las fiestas más importantes del reinado de Felipe III desde el punto de vista cortesano, nobiliario y escénico. Se celebraron en octubre de 1617 para la inauguración de las nuevas obras realizadas en el conjunto palacial y conventual de la cabeza de sus estados.

Aunque, sin duda, la relación más completa y detallada de estos festejos fue la encargada por el anfitrión al licenciado Pedro de Herrera[1], que se publicó en Madrid en 1618 en la misma imprenta de Juan de la Cuesta donde aparecieron las dos partes de *El Quijote* (1605 y 1615), las más inmediatas fueron una breve *suelta* del impresor sevillano

* Esta aportación se adscribe a los proyectos de investigación que dirijo para el Ministerio de Educación y Ciencia (ref.ª BHA2003-05835, 2003-2006, y ref.ª HUM2006-09833, 2006-2009), y forma parte de la labor que realizo como investigador del programa Ramón y Cajal de dicho ministerio adscrito a la Fundación Carlos de Amberes (2004-2008). También se nutre de mi colaboración en el proyecto financiado por la Junta de Castilla y León sobre *Dramaturgia festiva y poder político en la corte de Felipe IV* (ref.ª BU04/04), bajo la dirección de la Dra. María Luisa Lobato.

[1] Sobre este encargo y la vinculación que tenía con la relación que el mismo licenciado Pedro de Herrera hizo en 1616 de las fiestas de consagración de la nueva capilla de Nuestra Señora del Sagrario en la catedral de Toledo para el tío del duque de Lerma, Bernardo de Rojas y Sandoval, cardenal arzobispo de Toledo, ver García García, 2004, pp. 69-74.

Francisco de Lyra, la crónica latina *De ludis Lermensibus epistola* de Miguel Riberio —médico de cámara de Felipe III y de la princesa Isabel de Borbón (editada en Madrid por el impresor real Luis Sánchez en 1617)—, y el discurso compuesto por Francisco Fernández de Caso, que al año siguiente también escribió su elogiosa *Oración gratulatoria al capelo del Illmo. y Excmo. Señor Cardenal Duque*. A ellas habría que añadir la posterior corografía que Joseph Varona, maestrescuela de la iglesia colegial lermeña, titulada *Lerma Profano Sacra*[2], y que dedica a Juan de Dios Silva Sandoval y Mendoza, X duque del Infantado, tras ganar el pleito sucesorio que siguió a la muerte del III duque de Lerma. No obstante, quisiera dedicar esta contribución a analizar con más detenimiento diversos aspectos de estas fiestas prestando mayor atención a la relación poética compuesta por el poeta riojano Francisco López de Zárate (1619), y a otros testimonios de la recepción de estos acontecimientos en las cortes de Bruselas y Florencia.

La relación apócrifa

El I conde de la Saceda, Francisco Miguel de Goyeneche Balanza, publicó a mediados del siglo XVIII un falso titulado *Fiestas en la translación del Santísimo Sacramento a la Iglesia mayor de Lerma*, cuya autoría se presentaba en portada como obra de Lope de Vega Carpio con un pie de imprenta inventado: «Valencia, en casa de Joseph Gasch, 1612»[3]. Si bien es cierto que este impresor había vivido y trabajado en Valencia

[2] Esta obra se conserva manuscrita con el título: *Lerma Profano Sacra. Notiçias de la antigüedad, y fundacion de esta villa, y descripçion de las nuevas fabricas, i templos, que erigio en ella el Excmo. Sr. Cardenal Duque, con relaçion de las fiestas reales en la colocaçion de el Augustissimo Sacramento en la Yglesia Collegial*, en Biblioteca Nacional de España (BNE), Ms. 10.609. La descripción de las fiestas de 1617 está tomada casi literalmente de la relación de Pedro de Herrera, pero añade diversos detalles del estado de los edificios, jardines y huerta del conjunto palacial y conventual de Lerma a mediados del siglo XVII. Además incluye una curiosa loa compuesta por el propio autor para celebración del resultado favorable de este pleito sucesorio en la sala de Mil y Quinientas de la Chancillería de Valladolid, en la que intervienen: El Dios Litigio, Genitivo (gracioso), Lerma, La Justicia, La Concordia, Demorgogon, y Música.

[3] Profeti, 2002, p. 432, ofrece las características formales de esta obra dudosa, pero no aclara la autoría de Francisco López de Zárate. El conde de la Saceda

y se conocen otras obras lopescas editadas en la ciudad del Turia, la producción de Gasch abarca las décadas de 1630-1660, y la fecha de impresión de 1612 no puede ser anterior a la de los hechos descritos sobre las fiestas celebradas en Lerma en octubre de 1617. Además, sabemos que el propio Lope de Vega no acudió a estos festejos, pese a los requerimientos que le habían hecho tanto el duque de Lerma como su hijo el conde de Saldaña[4].

¿Quién era por tanto el autor de este texto que parecía estar escrito por alguien cercano a los acontecimientos?, ¿por qué al comienzo se insistía en ensalzar los méritos de Guzmanes, Toledos, Silvas y Colonnas en el contexto de una fiesta concebida para memoria de los Sandovales, y pese a la rivalidad manifiesta que existía hacia ellos entre buena parte de estas familias?[5] El estudio de la obra del poeta riojano y amigo de Lope, Francisco López de Zárate[6], ha permitido resolver la autoría de este falso, que no es más que una copia casi literal de la relación poética de dichas fiestas publicada en sus *Varias poesías* (Madrid, 1619) por la viuda de Alonso Martín de Balboa. Este equívoco ya había sido apuntado por Jenaro Alenda y Mira en su compilación de relaciones de fiestas (1903)[7] y por Juan Millé y Giménez[8] al analizar las falsas atribuciones a Lope de Vega de varios poemas de López de Zárate, y su revisión se completó con los estudios aportados por José María Lope de Toledo en 1950 y por María Teresa González de Garay en 1981.

López de Zárate nació en Logroño hacia 1580, pero la fecha no se ha podido documentar en los archivos parroquiales conservados. Era hijo de un proveedor de cueros para zapateros y de otras mercancías

también editó en 1744 una versión apócrifa de las *Fiestas de Denia* de Lope de Vega, ver Vega Carpio, 2004, pp. 67-69.

[4] Ver al respecto la contribución de F. Pedraza en este volumen, y las cartas que abordan esta cuestión en el epistolario del Fénix, en Vega Carpio, 1935-1943, vol. III, pp. 321-322 y 341.

[5] Martínez Hernández, 2004, pp. 392-559.

[6] Sobre su producción literaria y trayectoria personal, ver Lope Toledo, 1954, y González de Garay, 1981. Para una edición de su obra, puede consultarse la realizada por Simón Díaz, en López de Zárate, 1947.

[7] Esta autoría aparece ya identificada por Alenda y Mira: «El autor de este poema, escrito en 233 octavas, es Francisco López de Zárate, natural de Logroño...», en Alenda y Mira, 1903, vol. I, p. 188.

[8] Millé y Giménez, 1925, pp. 145-149.

al por mayor, llamado Rodrigo López de Zárate, y de doña María Romero. Su hermana Graciosa contrajo matrimonio con don Jerónimo Callejo, secretario del tribunal de la Inquisición de Logroño, y sus hermanas Ana María, Úrsula y Josefa profesaron en los conventos de San Agustín de Logroño (las dos primeras) y en el monasterio de Nuestra Señora la Real de Barría (Álava)[9]. En una información iniciada el 12 de agosto de 1648 aparece entre los testigos Francisco López de Zárate, quien afirma ser vecino «desta Corte [Madrid] de más de cincuenta años a esta parte y vive en la calle del Osso frontero de la Virgen del Fabar en casas propias y natural y originario de la ciudad de Logroño»[10]. Ximénez de Enciso incide en este origen logroñés en el elogio que le dedica en 1645: «Este de Francisco López de Zárate, de cuya pluma no está menos ufano nuestro cántabro Logroño, que puede estarlo de su Lucano, la bética Córdoba; porque en mí su paisano y deudo, perdiera su alabança, la remito a la que le han merecido en España Lerma y Juliobriga»[11], aludiendo así a la relación poética que dedicó a las fiestas celebradas en Lerma en 1617 y a su famosa *Silva a la ciudad de Logroño*[12]. Formado inicialmente con los jesuitas, cursó leyes en la Universidad de Salamanca entre 1598-1599 y 1603, pero no se sabe con certeza porque faltan los libros de matrícula correspondientes a los años 1601-1603. Se dedicó después a la carrera militar, recorriendo Génova, Florencia, Nápoles, Roma y Alemania. Entró al servicio de la secretaría de despacho de don Rodrigo Calderón, que ejercía como secretario de cámara y eventual secretario personal del valido, y llegó a trabajar como oficial de la secretaría de Estado[13].

Como se aprecia por la fecha de edición de sus *Varias poesías* (1619), López de Zárate dedica esta antología poética al VIII duque de Medina Sidonia, Juan Manuel Pérez de Guzmán el Bueno, porque se hallaba bajo su amparo cuando el marqués de Siete Iglesias ya estaba siendo procesado:

[9] Para este perfil biográfico de López de Zárate me baso en los esenciales trabajos de Lope de Toledo, 1954, y González de Garay, 1981.

[10] Simón Díaz, 1947, pp. 308-309, cfr. González de Garay, 1981, pp. 45-47.

[11] Ximénez de Enciso, *Relación de la memoria funeral... en la muerte de Isabel de Borbón*, fol. 68.

[12] Ambas obras aparecen publicadas por primera vez en López de Zárate, *Varias poesías*, fols. 31r.-70v. y 11r.-30r., respectivamente.

[13] González de Garay, 1981, pp. 51-63.

> Quando devo a V. Excelencia reconocimiento de grandes obligaciones, las hago mayores, siendo esta obra tan limitada que necessita por esto, y sus imperfecciones de nueva merced. En ella prometo a V. Excelencia las demas, que he de sacar a luz: y las dedico, y me dedico todo a servirle. Pequeña victima haze sacrificio: Suplico a V. Excelencia la mejore con admitirla, y ampararla, que yo ofrezco que las demas lo han de merecer, acompañandose de la grandeza de su casa, y virtudes de su persona, que guarde nuestro señor como desseo[14].

Este duque de Medina Sidonia había contraído matrimonio en noviembre de 1598 con una de las hijas del duque de Lerma, Juana de Sandoval y Rojas, y como se puso de manifiesto poco antes de las Jornadas reales a Denia y Valencia en 1599, las relaciones entre ambas familias no estuvieron exentas de tensiones[15]. La obra estaba dedicada a un mecenas ausente, como sucediera con Lope de Vega, que ofrecía su relación poética de las *Fiestas de Denia* a la condesa de Lemos, Catalina de Zúñiga y Sandoval, hermana del valido y madre del que era por entonces su benefactor, el marqués de Sarria, Pedro Fernández de Castro, o con el propio duque de Lerma, ausente de las fiestas de consagración de la capilla del Sagrario de la catedral de Toledo, organizadas en el otoño de 1616 por su tío el cardenal arzobispo Bernardo de Rojas y Sandoval. Gracias a estas ausencias y a precisos encargos para su memoria contamos con tres obras de notable extensión y calidad descriptiva, verdaderamente excepcionales entre las relaciones de fiestas nobiliarias publicadas en el Seiscientos.

López de Zárate daba cabida en sus versos a la fama de estos linajes emparentados con los Sandovales para resaltar los lazos dinásticos que ligaban a su mecenas con el poderoso anfitrión de estas fiestas. Al parecer, Medina Sidonia recompensó al poeta regalándole tantas coronas (escudos de oro) como versos contenía su extenso poema, y el autor correspondió a la generosidad del duque componiendo la comedia de *La galeota reforzada*[16], en la que el motivo principal era ensalzar el valor del duque en una acción naval librada contra una ga-

[14] López de Zárate, *Varias poesías*, dedicatoria.

[15] Vega Carpio, 2004, pp. 141-142.

[16] El manuscrito autógrafo de esta comedia se conserva en BNE, Ms. 16.624, y procede de la colección del duque de Osuna; para una ed. crítica ver López de Zárate, 1951.

leota turquesca cuando todavía era conde de Niebla[17] y se hallaba al mando de la escuadra de galeras de España.

En su relación poética de aquellos días de octubre de 1617 en que la villa de Lerma estuvo en fiestas con motivo de la consagración de su iglesia mayor, la colegiata de San Pedro, y la venida a España del cuerpo del jesuita Francisco de Borja[18], López de Zárate recurre a la octava real (habitualmente con rima ABABABCC), como hiciera Lope de Vega en sus *Fiestas de Denia* (Valencia, 1599), divididas en dos cantos, 218 octavas y 1.584 versos, frente a las 233 octavas y los 1.862 versos compuestos por el riojano para describir las de Lerma. La narración está ordenada por estrofas, en las que cada una conforma cierta unidad temática de pensamiento, siguiendo los cánones de la preceptiva poética y a semejanza del *Polifemo* de Góngora o de su propio poema épico de *La Invención de la Cruz*.

Da comienzo en la ficción, pues imagina al propio poeta visitando al amanecer el Templo de la Fama para alabar en él los retratos de héroes clásicos y bíblicos que lo adornan en forma de esculturas de bulto y relieves. Sitúa en este contexto una alabanza que alude a antepasados célebres de ciertos linajes de la grandeza española (como el gran capitán Gonzalo Fernández de Córdoba, el III duque de Alba, Fernando Álvarez de Toledo, Próspero y Fabrizio Colonna, el duque de Alburquerque, los Pacheco, y Guzmán el Bueno, origen de los duques de Medina Sidonia), hasta llegar a las efigies de Pelayo y Sando, legendario fundador de la estirpe de Sandoval: «Y en méritos de dos me hallé admirado, / y agradecime en ellos mi cuydado. / Eran Pelayo, y Sando: o afortunada / Patria en que yo naci, pues en tu seno, / a costa de tu sangre, con la espada / defendiste a los dos del Sarraceno! / Por ti la libertad fue restaurada, / sacudio el yugo España, rompio el freno; / justamente, pues diste a entrambos cuna, / de famosas ciudades eras una» (octs. 18-19, vv. 145-154)[19]. Termina su recorrido con la mención a sendas estatuas en bronce de Felipe II y Carlos V para presentar el elogio del rey Felipe III y su valido el duque de Lerma (octs. 23-36). Sus éxitos han sido fruto de la negociación y la pru-

[17] Para un relato de esta captura de la galeota turca, ver Espinosa, 1909.

[18] Sobre la trayectoria personal de este abuelo del duque de Lerma y el interés del valido en su proceso de canonización, ver García Hernán, 1999.

[19] López de Zárate, 1947, t. I, p. 80.

dencia, sin recurrir apenas al uso de las armas: «Con los dos solamente se dispensa, / que vivan sin morir, porque reynando / Felipe en reynos superiores piensa, / beneficios con victimas pagando; / y hecho de las virtudes recompensa, / dos mundos rije con imperio blando, / y común alabança de las tierras, / adquiere triunfos, impidiendo guerras» (oct. 28, vv. 220-227)[20]. Esos triunfos, logrados con el concurso e influencia de su privado, parecían más excelentes y loables que los de otros héroes guerreros: «Superior obscurece los trofeos, / y las inclitas glorias de batallas, / que estimularon debiles deseos / en laminas preciosas, a imitallas. / Mira quantos blasones quedan feos, / y victorias, que admiran, con mirallas, / quanto pierden, de lustre, otros despojos, / quando a imagenes suyas das los ojos» (oct. 30, vv. 236-243)[21].

La respuesta que ofrece a continuación la Fama viene a subrayar este elogio contrastando los horrores y terribles efectos que iban ligados a la memoria de otros insignes personajes, con la prudencia, la piedad y la política cristiana que hacía aún más ilustres los triunfos de Felipe III y su privado: «Estos dos, con politica Christiana, / siempre piadosos, quando mas severos, / corrigen, y destruyen la profana, / que da los triunfos a los mas guerreros, / y regidos de lumbre soberana, / el bien comun suspende sus azeros: / O nuevo modo de triunfar, que admira / al que lo considera, y no lo mira!» (oct. 42, vv. 332-339)[22]. Repasaba estos logros exaltando la pacificación de Flandes («Abonenlo las Belgicas llanuras / [...] bolviendo a ser campaña, la campaña, / y los pueblos aislados, o los mares / restituyen al cielo sus altares», [oct. 43. vv. 340-347]), el dominio de los mares («Que el poder de Felipe es soberano, / pues fixa viento, y mar con frente, o mano», oct. 45, vv. 362-363), los nuevos lazos dinásticos con Francia que contribuían a su propia salvaguarda («porque España le da segura prenda, / que civiles iras la defienda» oct. 46, vv. 370-371) y las nuevas paces con Gran Bretaña («Di la opresión en que te tuvo Marte, / y al templo de la Paz ofrece dones», oct. 47, vv. 375-376)[23].

Aludía asimismo a las recientes incorporaciones de las plazas de Larache (1610) y La Mamora (1614) en la costa norteafricana («Tu

[20] López de Zárate, 1947, t. I, p. 84.
[21] López de Zárate, 1947, t. I, p. 85.
[22] López de Zárate, 1947, t. I, pp. 89-90.
[23] López de Zárate, 1947, t. I, pp. 90-92.

sola gimes, Africa, tu sola / no tienes libertad, porque oprimida / con yugo, es ya tu margen española», oct. 49, vv. 389-391), a la protección que la monarquía católica prestaba a la Santa Sede, como se había puesto de manifiesto en la crisis del *Interdetto* con la república de Venecia en 1606-1607 («Roma, del mundo espiritual cabeça, / cuyo Tridente es la piadosa espada / de Felipe, sus reynos, tu grandeza/ [...] postrando a la Tiara su Corona, / en cesarea humildad de ti blasona», oct. 50, vv. 398-404), al cese de las hostilidades alcanzado en 1617 en sendos conflictos con Venecia y Saboya («Testimonio mejor es el presente, / victorias en Italia suspendidas, / alcançadas con termino prudente, / alcançadas, mas nunca pretendidas, / donde Marte español vencio clemente, / [...] viendo la ofensa suspender la mano!», oct. 52, vv. 413-420), y concluía con la masiva expulsión de los moriscos aplicada en los años 1609-1610 y «perfeccionada» en 1614 («los Arabes lo digan desterrados, / y Europa redimida de cuidados. // Como pastor astuto, que separa / del ganado lucido el sospechoso; / o medico prudente, que repara / la mejor parte, con rigor piadoso; / o próvido piloto, que se ampara / contra la indignacion de golfo undoso, / vertiendo en él riquezas, no pesares, / sobornos, que aun mitigan a los mares. // El uno, y consejero poderoso, / el otro, de catolicos rebaños / desterraron el daño, al Moro fiero, / profanador de España, tantos años; / y cortando con filos no de azero, / por bienes propios, atajaron daños, / fue echar al mar el Idolo, que estorva, / que arribe el leño a la ribera corva», oct. 54-56, vv. 435-452)[24].

El principal promotor de esta política de pacificación[25] había sido el valido y su intención era hacer coincidir esta nueva exaltación festiva en Lerma con un éxito político en el conflicto que desde 1613 libraba la monarquía con el duque de Saboya a raíz de la sucesión del marquesado de Monferrato, y la Casa de Austria con la república de Venecia por la denominada Guerra del Friuli y el control del Adriático ante la presencia de la piratería uscoque. La imagen del duque como ministro de la paz[26], que había forjado durante la mayor parte de su privanza podía encontrar un nuevo y brillante broche atribuyéndose la pacificación de Italia en un momento decisivo para lograr un retiro dorado de la política o una última oportunidad a su permanencia en el poder, pues desde aquel mis-

[24] López de Zárate, 1947, t. I, pp. 92-95.

[25] García García, 1996.

[26] García García, 2001, pp. 45-54.

mo verano de 1617 se había implicado personalmente en los preparativos de una nueva empresa a gran escala cuyo objetivo era la toma de Argel. Para ello se empeñó en invitar a sus fiestas a todos los principales legados diplomáticos extranjeros residentes en la corte española.

La crónica de Herrera explica estas circunstancias subrayando los méritos del valido en la negociación de estas paces y en la reciente concesión del servicio de Millones por parte de las Cortes de Castilla:

> Passó por San Lorenço a besar la mano y consultar a Su Magestad sobre todo. Llegó a Madrid, y en pocos días, con su buena traza y medios se tomó acuerdo en dos particulares, que davan cuydado universal. Fue uno servir la Corona de Castilla con deziocho millones (en nueve años) para los gastos reales; el segundo, la composición de diferencias entre el Rey de Boemia y Venecianos; y las que tenían los Duques de Saboya y Mantua, a que estavan interpuestas armas de Su Magestad, por zelo de la paz pública. Ahora a instancia de Su Santidad y del Rey Christianíssimo, ha tenido por bien, se acomodase todo en ciertos Tratados, y Capitulaciones de conformidad, que ya se han publicado. En estos dos tan importantes servicios, intervino el Duque valeroso y plático, y dévese la mayor parte dellos a su buena disposición[27].

Sin embargo, como informaba el contador Luis de Alarcón, un agente del archiduque Alberto que servía a su hermana la infanta sor Margarita de la Cruz, estos éxitos atribuidos al valido no parecían verdaderamente significativos y resultaban sin duda excesivamente costosos en una coyuntura que no era en absoluto halagüeña, aunque apreciemos notables exageraciones en las cifras que aporta:

> ...se tiene aviso de que tiene salud Su Magd. y sus hijos, y oy a de entrar en Lerma a las fiestas que allí se hazen por el cuerpo del Padre Francisco de Borja.
>
> Bien seguro que de todos gastos no se haze con 300.000 ducados, mill y quinientos ducados questa cada día el carruage de Su Magd., dizen que no le an de despedir hasta bolverse, que costará más de 45.000 ducados solo esto. Las fiestas son muy grandes. Su Magd. dexó en el Escurial a los infantes. El Reyno conçedio 18 millones en nueve años con hartas condiçiones que no

[27] Herrera, *Translacion del Santissimo Sacramento a la Iglesia Colegial de San Pedro de la villa de Lerma, con la solenidad y fiestas que tuvo para celebrarla el excelentissimo señor don Francisco Gómez de Sandoval y Roxas...*, «Introducción», fols. 3v.-4r.

sera possible cumplirlas. Las Pazes se firmaron sin quitar ni añadir letra de las que hizo en Asti el marqués de Sant Germán y según andan las cosas se an tenido por buenas, ochenta mill personas dizen son las muertas y heridas de ambas partes y como anda tanta gente perdida por este lugar ay quien dize que no las a de querer firmar el duque [de Saboya]. Está todo tan acabado que no se puede creer ni escribir al tiempo que emos llegado[28].

Las fiestas de Lerma ofrecían además una nueva ocasión para gozar, pese a sus disensiones internas[29], de un especial reconocimiento público del favor real y de los logros dinásticos de la Casa de Sandoval, que había conseguido restaurar definitivamente su papel entre la grandeza castellana después de un largo proceso de reivindicación desde su caída en desgracia en tiempos de Juan II y las guerras civiles que le costaron el exilio al adelantado Diego Gómez hasta el protagonismo excepcional y la riqueza alcanzada durante el valimiento de Francisco Gómez de Sandoval[30]:

Assi se advierta, que la causa porque en éste, y los demás discursos, se nombra Lerma como cabeça de Estado de la Casa de Sandoval, no es por ser el pueblo mayor, ni el más antiguo, que han tenido, y tienen los deste linage, sino porque el Duque, en consideración de particulares respectos, ha gustado titularle assi... Bien ha experimentado este revés la fortuna la Ilustrissima Casa de Sandoval, pues no tiene oy la quarta parte de lo que posseyeron sus passados, si bien goza tantos Estados, y Títulos, que en ambas cosas, pocas la ygualan en España: siendo esto digno de particular ponderación, por no aversele acrecido pueblos, ni hazienda considerable por casamiento... de que consta ser todo heredado, y propietario de los Sandovales por su varonía. De lo que le ha quedado ay muchos vassallos de villas, y aldeas en la comarca de Lerma, y considerado esto, y ser en Castilla la vieja, cerca de Burgos, Cabeça de los Reynos de España, ha querido lo sea de sus Estados aquella villa...[31]

[28] Carta del contador Luis de Alarcón al secretario Antonio Suárez de Arguello, para el archiduque Alberto, Madrid, 30 de septiembre de 1617, en Archives Générales du Royaume de Belgique (AGRB), Sécrétarie d'État et Guerre (SEG), reg. 484, fol. 39r.-v.

[29] García García, 1997, pp. 686-690.

[30] Ver al respecto el nuevo estudio de Williams, 2006.

[31] Herrera, *Translacion del Santissimo Sacramento a la Iglesia Colegial de San Pedro de la villa de Lerma, con la solenidad y fiestas que tuvo para celebrarla el excelentissimo señor don Francisco Gómez de Sandoval y Roxas...*, «Prólogo al lector» (sin foliar).

Con estas fiestas se inauguraban dos nuevos conventos dominicos, su colegiata y su remodelado palacio, que en conjunto habían sido concebidos más como un nuevo real sitio al servicio del monarca, su familia y su séquito que como una villa señorial cabeza de los estados del duque, al menos así era como quería presentarse en la relación oficial de aquellas excepcionales fiestas de 1617:

> Y como este generoso Principe, ya por la piedad, con que siempre ha procurado la exaltacion del culto divino, y ya por el amor de servir a su Rey, Catolico Monarca, y a los serenissimos hijos suyos, en todos tiempos antepone tan estimables respetos a los demas interesses, llevado de la misma consideracion piadosa y reconocida, en las quatro nuevas fabricas ha dedicado a Dios una rica y hermosa Yglesia Colegial, y dos Monasterios de Religiosos, y Monjas de Santo Domingo. Cerca del segundo es el quarto edificio un celebre palacio, no tanto para assiento, y titular cabeça a los Estados de la Casa de Sandoval, como para tener en ella comodo recibimiento, y habitacion de las personas reales, con aposento suficiente para la nobleza, y criados que las siguen, juzgando en su animo por devida esta prevencion, supuesto, que del gusto, con que algunos tiempos del año assiten en Lerma, ha conocido el mundo la aficion con que la tratan, y quanto se dan en ella por servidos, y festejados... Señaladamente por los meses de Setiembre, y Otubre, goza tan abierto y saludable cielo, que por concurrir con las demas comodidades para recreaciones en los Otoños, su Magestad y Altezas, han passado alli algunos felizemente, seguros de enfermedades, que frequentes, y peligrosas afligen en todas partes por mal tiempo...[32]

Fernández de Caso publicaba en su discurso que el fin primordial de estas construcciones era el retiro a la vida contemplativa y al estado religioso al que aspiraba finalmente el duque de Lerma después de haber dedicado su vida al servicio del rey, al descanso de la monarquía y a la satisfacción de los pretendientes:

> De todas estas obras, y sitio, ha hecho su Excelencia un sagrado, cuya cumbre se levante superior a las cosas de la tierra, libre de los vientos, y tempestades de las acciones civiles, en que gozar la vida contemplativa,

[32] Herrera, *Translacion del Santissimo Sacramento a la Iglesia Colegial de San Pedro de la villa de Lerma, con la solenidad y fiestas que tuvo para celebrarla el excelentissimo señor don Francisco Gómez de Sandoval y Roxas...*, «Introducción», fols. 1r.-2r.

> un estado quieto, y seguro, que de qualquier parte se le viene huyendo el alma aqui naturalmente, como a su centro, si no se lo impidiessen fuerças invencibles, para que las suyas muestren en su valor, alcançando quietud en las inquietudes, firmeza en las mudanças, humanidad en las grandezas, dando un no se que de sazon a todas las cosas, de pesar por tales entrañas, que dexa satisfecha la sed de los pretendienets, con ser insaciable. Aquí vienen bien, a mi parecer, las alabanças, y lo que dize Seneca de Augusto, a este proposito, con estas palabras: *El divino Augusto, con quien anduvieron mas liberales los dioses, que con nadie, no cessó de pedir para si quietud, y descanso a la Republica. A esto se encaminavan todas sus razones, a esperar para si ocio, estos eran sus trabajos, con este consuelo se deleytava, si bien falso, pero gustoso, que algun dia se avia de vencer a si mesmo*[33].

En el poema de López de Zárate, la voz de la Fama concluía su intervención encargando al poeta que guardase memoria escrita de la *Traslación* celebrada en la villa de Lerma convertida eventualmente en sede de la corte: «Escribe a Lerma corte, y a Castilla, / a España, a Italia, al Orbe reducido/ a ciudad, en grandeza, en nombre, villa, / que tanta accion te librara de olvido: / tu verso, de los siglos maravilla, / sera con voz de bronce repetido,/ pues en sus fastos lo pondra la Fama, / donde no llega senectud, ni llama» (oct. 62, vv. 493-500)[34].

El ambiente de enfrentamiento existente entre los propios Sandovales, y sobre todo debido a la notoria influencia que ejercía el confesor real fray Luis de Aliaga, no parecía el más propicio para asegurar el éxito de estas celebraciones, en las que debemos advertir no sólo los últimos proyectos del anciano valido, sino también las expectativas que tenían sus hijos y sobrinos en la sucesión de la privanza. La transición hacia una nueva situación en el reparto de influencia en la corte con la progresiva retirada del valido y la división en parcialidades entre la alta nobleza cortesana propició que algunos pretendientes al favor del rey tratasen de rivalizar con la posición privilegiada del duque de Uceda, mientras Lerma accedía a la dignidad cardenalicia y especulaba sobre su posible retiro. Entre los medios empleados para medrar en esta confusa situación, se volvió a recurrir a

[33] Fernández de Caso, *Discurso en que se refieren las solenidades y fiestas con que el excelentissimo Duque celebró en su villa de Lerma la dedicacion de la Iglesia Colegial y translaciones de los conventos que ha edificado alli*, fol. 6v.

[34] López de Zárate, 1947, t. I, p. 98.

la organización de fiestas y entretenimientos como medio para ganarse el afecto y la privanza del soberano y de su joven heredero. Así el VII conde de Lemos, hijo de la camarera mayor y sobrino del duque de Lerma, que había preparado el espectáculo más importante de las fiestas de 1617, trató de conseguir la amistad del príncipe Felipe atendiendo personalmente su entretenimiento y fomentando la enorme afición por el teatro que mostraban tanto él como su esposa, Isabel de Borbón:

> *Si è notato che esso Lemos s'industria a ponersi in gratia del Principe facendo con Sua Alteza giochi, et scherzi da fanciulli del che Uzeda se ne ride, come speranza assai disautorizata et molto lontana, et in effetto fin hora in cose grandi esso Lemos può assai poco*[35].

Pero esta evidente maniobra para alcanzar la privanza del rey a través de su hijo y sucesor[36], que había practicado con tanto éxito el duque de Lerma veinte años antes, no presentaba las prometedoras perspectivas de entonces y le reportaría por el contrario, no sólo nuevos obstáculos con Uceda, sino también con el conde de Saldaña, que era caballerizo mayor del príncipe[37]:

> *Il Conte [de Lemos] si è dato ad un'altra liggerezza, perche non trovando entrata con el Re si è dato a servire il Principe, co'l quale fà scherzi et giuochi puerili, et è giunto fin a dargli danari con tanta inconvenienza, che Uzeda è venuto a sapere ogni cosa, et l'ha communicato co'l Re. Pare al Conte per questa via poter giungere alla sublimità del commando come vi giunse il Duca di Lerma, guadagnandosi l'animo di questo Re quando era Principe non considerando la disuguaglianza del caso, havendo questo Principe il Re padre giovane, et quell'altro decrepito, donde da quello si aspettava presta successione, da questo piùtosto si po-*

[35] Carta del nuncio Camillo Caetani al cardenal Borghese, Madrid, 16 de noviembre de 1616; Archivio Segreto Vaticano (ASV), Fondo Borghese, II-261, fol. 189r.

[36] Como nos recuerda E. Wright en este mismo volumen, en 1611 se había ordenado temporalmente el exilio de la corte del joven duque de Sessa por las «niñerías» que proporcionaba al príncipe Felipe (de apenas seis años de edad) para ganarse su voluntad, aunque el castigo se hubiese atribuido al desacato a un alguacil de corte.

[37] Carta del nuncio Camillo Caetani al cardenal Borghese, Madrid, 18 de enero de 1617, ASV, Fondo Borghese, II-260, fols. 5r.-v.

tria temere di devisione [...] Per questa occasione similmente del Principe i dì passati hebbero parole il medessimo Conte col Conte di Saldagna, l'altro figlio di Lerma, et fratello di Uzeda...

Sin embargo, el principal inconveniente de esta práctica fue el resentimiento que suscitó en el propio Felipe III, como se puso de manifiesto en las soberbias celebraciones organizadas por el conde de Lemos en la plaza de la Iglesia de Santiago junto a su palacio en Madrid para las fiestas del Corpus de 1617, a las que el soberano se negó a asistir[38]. Lemos había costeado una suntuosa decoración de la plaza y de la iglesia con brocados y tapices distribuidos entre cuatro grandes altares diferentes de diseño cuadrado, octogonal, triangular y ovalado, respectivamente, con escalinatas en forma piramidal donde se exponían todos los ornatos y accesorios de su capilla, decorados con: estatuas, relicarios, cruces de plata y oro; vasos con bajorrelieves con cuernos de ébano e incrustaciones; vasos de cristal y plata con reliquias y candelabros que daban gran luminosidad; y crucifijos de distinta factura y variedad de expresiones y figuras acompañantes. Toda la plaza estaba cubierta con telas blancas para resguardar a la gente del sol y se había construido un estrado para las mujeres de la nobleza bajo las ventanas del palacio del conde.

Frente a estos fracasos, la relación personal entre Lerma y el heredero era muy estrecha y afectiva. Así lo atestigua esta carta escrita de puño y letra por el adolescente príncipe a su ayo, y remitida a finales de agosto con una respuesta del rey, que el soberano firmaba como «vuestro amigo» y en cuya posdata añadía «esta carta me ha dado el prinçipe para que os embie»:

> Ayo mio, no he querido dejar de escriviros porque a mucho que no os escrivo y deciros como aca se pasa bien el verano, el otro dia fuimos mi padre y yo al Tejar a matar liebres y cierto que esta tan bueno que a mandado mi padre que lo guarden, mi primo Filiberto bino ayer y lo salimos a recibir a los jardines. Daos prisa a venir porque no podemos su-

[38] Relación del embajador florentino conde Orso d'Elci al gran duque de Toscana, Madrid, 31 de mayo de 1617; Archivio di Stato di Firenze (ASF), Mediceo del Principato, Spagna, filza 4.945, fols. 556r.-v. Para los detalles de lo acontecido en esta fiesta del Corpus, ver las noticias que aporta Gascón de Torquemada, 1991, pp. 41-42.

frir el estar tanto tienpo aqui sin vos, no allo mas que deciros sino que Dios os guarde de Sant Lorenzo a 27 de agosto 1617. Yo El Principe (rúbrica)[39].

La jornada real a Lerma y su programa festivo

Si bien en un principio se pensó que el rey y los príncipes de Asturias pasarían en Lerma parte del verano de 1617 para asistir personalmente a la dedicación de los nuevos conventos fundados por el duque, éste se vio obligado a adelantarse el 13 de julio dejando a la familia real en El Escorial, para agilizar y completar los preparativos de las celebraciones festivas y el hospedaje necesario.

El contador Alarcón avisaba al archiduque Alberto en carta de mediados de aquel mismo mes que los reyes habían partido a El Escorial el 11 de julio y que «hasta aora no tiene resolución de passar a Lerma y las fiestas que allí tenían apercibidas el conde de Lemos y el de Saldaña an cessado, con que pareze estamos seguros de que no passará allá»[40], y añadía en otra de la misma data: «Su Magd. y sus hijos se fueron al Escorial y con ellos el duque de Uzeda, el de Lerma se fue dos días a a Lerma y quando se despidió de Su Magd. le dixo que no avia de yr alla hasta que él bolviese por él, a llevado toda su hazienda en más de ochenta carros y no dexó sino sola la cama en que duerme»[41]. En Madrid, ya había causado notorio escándalo a mediados de junio la procesión de 27 carros organizada por el guardarropa del duque para su salida hacia Lerma pasando por delante del Alcázar a toque de trompetas:

> *L'istesso giorno [12 giugno] il Sr. Duca di Lerma fece caricare di sue robe 27 carri per inviarli á Lerma, e perche il Guardaroba pensando di far piacere al Duca, passò con questo cariaggio avanti al Palazzo toccando trompette, S. E. n'entrò in tanta*

[39] Carta del príncipe Felipe [futuro Felipe IV, que tenía entonces doce años de edad] a su ayo el duque de Lerma, San Lorenzo de El Escorial, 27 de agosto de 1617, en BL, Add. 28.425, fol. 485r., remitida con la respuesta autógrafa de Felipe III a una carta de su privado, el 29 de agosto de 1617, fols. 481r.-484r.

[40] Carta del contador Luis de Alarcón al secretario Diego Suárez para el archiduque Alberto, Madrid, 16 de julio de 1617, en AGRB, SEG, reg. 481, fol. 9r.-v.

[41] Carta del contador Alarcón al secretario Diego Suárez, Madrid, 16 de julio de 1617, AGRB, SEG, reg. 484, fol. 11r.-v.

colera che subito licenziò dal suo servizio il sudetto Guardaroba, il quale se ne presse tanto dispiacere che accuratosi si messe à letto con gran pericolo di perder la vita...[42]

Para la salida del duque en julio, fue necesario cargar otros treinta carros con el resto del ajuar y mobiliario del valido para la decoración de su palacio, el pasadizo, la colegiata y los conventos de la villa de Lerma: «*Il Duca di Lerma fece caricar di nuovo trenta carri di varij arazzi e supellettili, inviandoli à Lerma, dove egli medesimo disegna d'andare per sollecitare i lavori e le fabriche che vi si fanno...*»[43].

El 22 de julio el duque procedió a la inauguración del convento de dominicas de San Blas y de la remodelación del convento masculino de Santo Domingo, «festejandose todo con musica, danças, processiones, regozijos de toros, y otras fiestas»[44]. Gracias a dos cartas autógrafas enviadas por el duque al rey, a 5 y 27 de agosto de 1617, y respondidas al margen por éste de su propia mano a 11 y 29, respectivamente, podemos apreciar cómo proseguía el despacho de algunos de los principales asuntos de gobierno de aquel decisivo verano. La nueva de la toma de Vercelli (26 de julio) permitiría al marqués de

[42] Relación de avisos de Madrid a 29 de junio de 1617, enviada por el embajador Orso d'Elci al Gran Duque de Toscana, en ASF, Mediceo del Principato, Spagna, filza 4945, fol. 608r. El diario de noticias compilado por el platero madrileño Antonio de León Soto y su hijo (años 1588-1622) refleja así este acontecimiento: «En 12 de junio de 1617, salieron de esta Corte para Lerma treinta carros cargados de la guardajoyas del Duque de Lerma para la fiesta que prevenían para mudar unas señoras monjas a un convento nuevo que su excelencia del Duque de Lerma había hecho edificar. Salieron con un clarito (*sic*) y llevólos a su cargos Duarte Coronel, a cuyo cargo estaba la guardarropa», en *Noticias de Madrid*, BNE, Ms. 2395. Y el embajador inglés Francis Cottington también informaba a Sir Richard Winwood de este portentoso despliegue del guardarropa del duque, en carta fechada en Madrid, 13 de junio de 1617, National Archives (NA), State Papers, Spain, 94/22, fol. 51r., cit. en Williams, 2006, p. 226, n. 44 (p. 237). Como señala Williams, el duque de Lerma hizo su testamento a 12 de junio de aquel mismo año, y quizás deba considerarse como un paso más hacia su previsible retirada de la corte, pp. 221-227.

[43] Relación de avisos de Madrid a 20 de julio de 1617 enviada por el embajador Orso d'Elci al Gran Duque de Toscana, en ASF, Mediceo del Principato, Spagna, filza 4.945, fol. 623v.

[44] Herrera, *Translacion del Santissimo Sacramento a la Iglesia Colegial de San Pedro de la villa de Lerma, con la solenidad y fiestas que tuvo para celebrarla el excelentissimo señor don Francisco Gómez de Sandoval y Roxas...*, fol. 3r.

Villafranca negociar con ventaja la aplicación de las paces acordadas en Asti: «que con esto espero se harán buenas pazes y se abra acabado esta guerra que tanto questa de todo... yo no puedo dudar de que con este suzeso abra hecho la paz don Pedro de Toledo, por amor de Dios que se le escriba que la haga que sea con mucha reputazion aora, y no ay que esperar mas a mi entender y antes de ynbernar esquse V. Mg. tan gran exerzito y costoso»[45]. Parecía ya imposible acometer la jornada secreta contra Argel en el otoño contando con efectivos terrestres y navales que estaban empeñados en los conflictos con Saboya y Venecia, como señalaba el propio Felipe III: «todos emos deseado ver executada esta Jornada y nada se ha dejado de prevenir»[46], por ello habría que retrasar los preparativos a la primavera siguiente[47] pese a las instancias que Lerma hacía para intentar acometer este ataque el 20 de septiembre o a fines de aquel mismo mes, es decir, en vísperas de la esperada visita real a la villa de Lerma.

El valido añadía su parecer a las consultas del Consejo de Estado remitidas con otra carta del rey de 24 de agosto antes de volver a consultarlas con los miembros del consejo. El soberano no quería prescindir de sus recomendaciones pese a la distancia. Aquél le advertía del embarazo que causaría en semejante coyuntura (preparativos contra Argel y guerra en Italia) la visita del príncipe Filiberto, a quien correspondía, como general de la Mar, el mando conjunto de las escuadras de galeras de la monarquía en el Mediterráneo, y le instaba a despacharle lo antes posible para que regresase a Italia. Felipe respondía dando detalles de la llegada de su sobrino a El Escorial: «el cual llego el sabado y nos topo a todos en los Jardines, y alli hizo su besamano y luego dimos una buelta por ellos con que nos venimos a nuestro aposento y él se fue al suyo, despues ha venido a mis comidas, y fue un dia con nosotros y asta agora no me ha ablado en negoçios»[48].

[45] Carta autógrafa del duque de Lerma a Felipe III, Lerma, 5 de agosto de 1617, en British Library (BL), Additional Manuscrits (Add.), 28.425, vol. IV de la correspondencia del duque de Lerma con D. Juan de Boja (años 1603-1617), fols. 478r.-479r.

[46] Respuesta marginal autógrafa de Felipe III a carta del duque de Lerma, San Lorenzo de El Escorial, 11 de agosto de 1617, en BL, Add. 28.425, fol. 478v.

[47] Carta del duque de Lerma a Felipe III, Lerma, 27 de agosto de 1617, en BL, Add. 28.425, fol. 484r.

[48] Respuesta marginal autógrafa de Felipe III, San Lorenzo de El Escorial, 29 de agosto de 1617, en BL, Add. 28.425, fols. 481r.-v.

Lerma no había podido quedarse a atender al hospedaje del cardenal Antonio de Zapata y de su hermano el conde de Barajas, que acudían a la villa ducal para la entrega del cuerpo de Francisco de Borja: «yo me holgara harto de aguardalle, aunque fuera envarazo, por rezibir a un buen aguelo y depositalle aqui aora, pero deseo ynfinito ver a V. Mg. y servirle y assi dejare escrito al cardenal y a su ermano que no he podido esperar mas»[49].

En esas últimas semanas de agosto, había llovido mucho y tanto La Ventosilla como el parque y el soto de la villa ducal disponían de buena caza y abundante vegetación. El rey respondía con gusto a estas informaciones: «por aca ha llobido como os tengo escrito, y avia rrefrescado pero ayer y oy ha buelto calor, querria que por alla no obiese buelto para que traygais mejor camino, y quedo muy alvorozado para veros con lo que me deçis que partiriades otro dia, no dudo sino que lo de Ventosilla debe de estar muy bueno, y ha hecho bien Juan Matteo en que lo registreis»[50]. El duque mostraba más adelante su satisfacción por la obra del palacio ya concluida, que llegaba a calificar como un nuevo modelo de aposento para el monarca: «espaziosa y alegre y acomodada esta la casa y pienso que he azertado a hazer un modelo de aposento para V. Mg.», y éste respondía con aprecio: «a buen seguro que este bien traçada la cassa, todo lo figuro bonissimo»[51].

El 27 de agosto partió para Madrid para hallarse a la aprobación del servicio de Millones y a la conclusión de los tratados de paz que ponían fin a los conflictos italianos. A mediados de aquel mes, el contador Alarcón informaba que los preparativos de la jornada real a Lerma volvían a tomar aliento: «dizese an de yr a Lerma, que se avia resfriado un poco esta Jornada, y a tornado a rebivir y las fiestas que los condes de Lemos, y Saldaña, duques de Peñaranda y Pastrana hazian se van aparejando y el duque de Pastrana a embiado unos Gigantes que an costado seys mill ducados»[52]. Felipe III quería esperar en El

[49] Carta del duque de Lerma a Felipe III, Lerma, 27 de agosto de 1617, en BL, Add. 28.425, fol. 483r.

[50] Respuesta marginal autógrafa de Felipe III, San Lorenzo de El Escorial, 29 de agosto de 1617, en BL, Add. 28.425, fols. 481v.

[51] Carta del duque de Lerma a Felipe III, Lerma, 27 de agosto de 1617, en BL, Add. 28.425, fol. 483r.-v., y respuesta marginal autógrafa de Felipe III, San Lorenzo de El Escorial, 29 de agosto de 1617, en BL, Add. 28.425, fols. 483r.

[52] Carta del contador Alarcón al secretario Diego Suárez para el archiduque Alberto, Madrid, 17 de agosto de 1617, en AGRB, SEG, reg. 484, fol. 21r.-v.

Escorial para poder ganar un jubileo que le había concedido el papa Paulo V, y se mostraba reacio a viajar a la villa ducal, pero el príncipe insistía en acudir a las fiestas organizadas por su ayo:

> Su Magd. se esta todavia aqui y no se sabe si se deterna hasta ganar un gran jubileo que Su Sd. a embiado que se publicara a los 17 deste con tres dias de ayuno y oraçiones, ase hallado en un Consejo de Estado dizen se yra al Escurial a las honrras de la Reyna y de alli a Lerma a las fiestas que estan publicadas aunque el a dicho a la Serma. Infante [sor Margarita de la Cruz] mi Sra. que no tiene resoluzion de yr, pero dizen que el Prinçipe nro. Sr. aprieta en que vaya, a el Prínçipe Filiberto aposentaron en Palaçio, haze el Rey con él mucha demostraçion y le lleva consigo en su coche.[53]

Felipe III comunicaba a su hija Ana, reina de Francia, que su padrino, el duque de Lerma, había sido muy bien recibido en la corte a su regreso de la villa ducal, que deseaban encaminarse rápidamente allí para presenciar las «muchas fiestas» que les tenían preparadas, y que le hubiese gustado pasarlas con ella[54]. La comitiva real partió finalmente hacia Lerma el 25 de septiembre incluyendo a los príncipes Felipe e Isabel, a la infanta María y al príncipe Filiberto de Saboya, y dejando en El Escorial a los infantes Carlos y Fernando con la mayor parte de las casas reales «para yr más a la ligera». Al día siguiente, salió desde Madrid el duque de Lerma con su nuera la condesa de Saldaña, doña Luisa de Mendoza, y por Buitrago llegó a su villa el domingo primero de octubre, coincidiendo con la venida del cardenal arzobispo de Toledo, en cuyo séquito se hallaba Luis de Góngora, y el general de los franciscanos descalzos. La comitiva regia siguió camino por la llamada Casa de la Nieve hasta Valsaín, de allí a Turégano y se vio obligada a detenerse en Fuentidueña por la indisposición de la princesa Isabel:

> *Il martedì a 26 il Re con il Principe a cavallo e con la Principessa e l'Infanta in lettiga sali la Montagna che ha tre leghe di erta, et altrettante di scesa. Si fermò a rinfrescarsi alla Casa della neve, posta nella sommità del monte dove sono*

[53] Carta del contador Alarcón al secretario Diego Suárez para el archiduque Alberto, Madrid, 10 de septiembre de 1617, en AGRB, SEG, reg. 484, fol. 33r.

[54] Carta de Felipe III a su hija Ana de Austria, Madrid, 9 de septiembre de 1617, en Felipe III, 1929, p. 36.

le conserve di essa, e la notte à Balzain villa rreale situata alle radici del poggio in Castiglia la vecchia dentro à boschi per commodità della caccia. Quivi sopraggiunsero alla Sra. Principessa alcuni dolori et alterationi di stomaco procedute dal moto della lettiga, che cagionarono all'A. S. alcuna febriciattole per le quali S. Mtà. fù costretto fermarsi, e condursi di poi à corte giornate.[55]

Esta parada imprevista fue acogida por el rumor cortesano como mal presagio de una jornada, en la que también enfermó el propio duque de Uceda:

> ...anoche se tuvo nueva de que en el camino de la Jornada de Lerma avia caydo mala la princessa que les obligo a parar en Fuentidueña que es un ruyn lugar, y que quedava purgada, como ay tantos vagamundos en este lugar dizen que an levantado figura de que a de haver ruyn subçesso en la jornada, solo Dios sabe lo que a de ser. Tambien cayo malo el Duque de Uzeda con calentura y desconçierto destomago de que ay algunas enfermedades...[56]

Mientras tanto, acudían a la villa ducal el confesor del rey, que hizo su entrada el 30 de septiembre, seguido por el conde de Lemos y al día siguiente por el valido, al que acompañaba Rodrigo Calderón, y «*subito incominciò a andare in volta, dar ordini, apprestare le feste e quel più che era necessario per il rricevimento di S. Mtà. e per l'alloggio della Corte, et sollecitare le sue fabbriche, che sono molte, e magnifiche, nelle quali fina d'hoggi solamente in murare ha speso 450.000 scudi*»[57]. El itinerario real prosiguió por La Ventosilla hasta llegar a Lerma el 3 de octubre al anochecer para visitar el convento de San Blas: «cantaronse algunos motetes, y otras letras devotas en romance, con metaforas ingeniosas, y alegres a la venida». El día siguiente, festividad de San Francisco y onomástica del duque de Lerma, coincidía con la celebración de las honras fúnebres de la reina Margarita. Felipe III no salió fuera, oyó misa rezada desde la

[55] Relación de avisos de Lerma a 7 de octubre de 1617 enviada por el embajador Orso d'Elci al Gran Duque de Toscana, en ASF, Mediceo del Principato, Spagna, filza 4.945, fol. 751v.

[56] Carta del contador Alarcón al secretario Diego Suárez para el archiduque Alberto, Madrid, 1 de octubre de 1617, en AGRB, SEG, reg. 484, fol. 41r.

[57] Relación de avisos de Lerma a 7 de octubre de 1617 enviada por el embajador Orso d'Elci al Gran Duque de Toscana, en ASF, Mediceo del Principato, Spagna, filza 4.945, fol. 751v.-752r.

tribuna del monasterio de Santa Clara, fundado por los duques de Uceda, y asistió, junto con sus hijos en la tribuna con celosías frontera al altar mayor, al solemne oficio que celebró el patriarca de Indias Diego de Guzmán en el convento de San Blas[58]:

> *Il mercoledì a 4, giorno di S. Francesco, il re non esci fuori, ma assisti per la mattina alla messa dalle gelosie in San Blas, convento vicino à Palazzo... a vespro s'incominciarono gli uffitij de morti per l'essequie della regina Margherita con l'intervento di S. Mtà., de' figliuoli, e di tutta la corte. Con la quale occasione le monache fecero sentir la lor musica, che per monache è eccellentissima, havendo il Duca cavato di tutta Spagna quelle che tenevano fama di cantar meglio, e condottevele, senza perdonare à spesa...*[59]

El jueves 5 de octubre en la misma iglesia se ofició la misa solemne del aniversario en memoria de la reina, en cuyo sermón predicó el dominico fray Domingo Daza, adscrito al convento de Lerma. Por la tarde el rey visitó el convento de carmelitas descalzas de la Encarnación para asistir al oficio de vísperas y allí se celebró al día siguiente la festividad de su santa fundadora, Santa Teresa de Jesús, oficiada por el arzobispo de Messina y electo obispo de Orense Pedro Ruiz de Valdivieso con un sermón del predicador carmelita fray Hernando de San Antonio. Aquella noche del viernes 6 de octubre, que precedía a la solemne fiesta de consagración de la colegiata, el marqués de la Hinojosa, primo del valido, ofreció el primer espectáculo de fuegos artificiales. Paradójicamente, el marqués, que había sido general de la artillería en España, era quien había fracasado en dar una solución satisfactoria a la guerra de Monferrato aceptando los deshonrosos términos de la paz de Asti de 1615 mientras desempeñaba el cargo de gobernador general del Estado de Milán, y ahora había organizado esta fiesta en honor del duque cuando ya se sabían concluidos los acuerdos con Saboya y Venecia en la reciente Paz de Madrid.

[58] Para una descripción más detallada de la decoración de esta iglesia durante la celebración de estas honras fúnebres, ver Herrera, *Translacion del Santissimo Sacramento a la Iglesia Colegial de San Pedro de la villa de Lerma, con la solenidad y fiestas que tuvo para celebrarla el excelentissimo señor don Francisco Gómez de Sandoval y Roxas...*, fol. 13r.-v.

[59] Relación de avisos de Lerma a 7 de octubre de 1617 enviada por el embajador Orso d'Elci al Gran Duque de Toscana, en ASF, Mediceo del Principato, Spagna, filza 4.945, fol. 753r.

En una villa encendida por las luminarias, la fiesta nocturna se desarrolló en la plaza de palacio, que estaba adornada semejando una huerta sembrada de árboles y cohetes disimulados alrededor de una noria que al rodar despedía toda clase de fuegos de artificio: «Juzgaras, que los huecos arcaduzes / del abismo infernal fuego sacaban, / si no lo desmintieran claras luzes, / y horrores, que con serlo deleytaban; / y al ver en lineas luminosas, cruzes, / que ser del cielo fiestas aprobaban, / tremolando en el ayre mas cometas, /que al romper los exercitos, saetas» (oct. 80, vv. 635-642)[60]. Esta noria ardiente era también una alegoría de la rueda de la Fortuna, pues ya aparecía así en los *Emblemas morales* dedicados al duque de Lerma por Sebastián de Covarrubias y Horozco: «Con grande propiedad se comparan a los alcaduzes de la noria los estados desta vida, porque unos van subiendo llenos de agua a lo más alto de su rueda, y de allí es fuerça baxar, descargándose, y baxando vacíos. Los que están en gran prosperidad no se desvanezcan, que en vida, o en muerte han de ser despojados de sus riquezas y prosperidades»[61].

Pasada una media hora hizo su entrada un carro triunfal decorado con trofeos del duque y engalanado con su escudo de armas en cada una de las cuatro banderolas de sus esquinas, en los nichos de su pedestal aparecían figuras de bulto de Marte, Neptuno, Júpiter y la Fortuna con sus respectivos atributos. El significado de este *Carro de Cupido o del Triunfo del Amor* queda reflejado en la crónica de Herrera: «era en simbolo, de que el amor, que el Duque tiene a Su Magestad es mas poderoso, que las otras cosas del mundo, significadas en estas quatro Deydades, a quien fingidamente la credula Gentilidad atribuía la mayor parte de sucessos del»[62]. Así era descrito por López de Zárate: «Vese el amor en Neptuno retratado, / y la Fortuna maquinar ruyna, / y junta la verdad con lo pintado. / Marte se enciende, Júpiter fulmina: / el carro, de las llamas gobernado, / a todas partes el timón inclina, / como nave, si en líquido camino, / encuentra embarazoso remolino. // Arrojaba el amor contra los cielos / en fuego, lluvia, tempestad de flechas; / y alguno dijo: amores son y celos, / viéndo-

[60] López de Zárate, 1947, t. I, p. 105.

[61] Covarrubias y Horozco, *Emblemas morales*, cent. 3, emb. 55, fol. 255.

[62] Herrera, *Translacion del Santissimo Sacramento a la Iglesia Colegial de San Pedro de la villa de Lerma, con la solenidad y fiestas que tuvo para celebrarla el excelentissimo señor don Francisco Gómez de Sandoval y Roxas...*, fol. 15r.-v.

las tan fogosas y deshechas. / Y todos imitando a los desvelos, / y a las siempre fantásticas sospechas, / cenizas fueron, quando más tronaron, / en esto triunfos del amor pararon» (oct. 83, vv. 659-674)[63].

A continuación surgió en la plaza una *Galera* con una dotación de doce remeros de tamaño natural que traía un gran fanal en la popa y que parecía surcar un mar con olas imitadas gracias al movimiento de unos grandes lienzos. Se colocó en el suelo sobre un lago de fuego, y desde una pequeña cuesta que se había levantado cerca del monasterio de San Blas se disparaban salvas con ocho esmeriles y morteretes que eran contestadas desde la galera, hasta que ésta terminó ardiendo por completo[64]. Aunque las relaciones de Herrera y López de Zárate no hagan alusión a la tercera escena de esta fiesta pirotécnica, sabemos que apareció después otro carro que la breve *suelta* de Francisco de Lyra describe así: «Heredó su lugar un carro tirado de dos delfines, obedientes al tridente Dios [Neptuno], trayan en quatro concavidades de una torre, que formava, quatro Diosas de vistosa disposición, y un Cupido en la punta del chapitel; mariposa de aquel incendio, por ilustrarle con la imitación del Troyano»[65]. Concluyó la fiesta con la salida del *Carro del Triunfo de Plutón y Proserpina*, con las figuras de Sísifo, Ixión, Ticio y Tántalo, y las tres Furias, que era arrastrado por dos dragones que echaban llamaradas de sus bocas, en él se podía apreciar también la representación del Averno y sus condenados: «Vese irrevocable, y espantoso, / Averno: cuya gruta consumiera, / con largo aliento, el Gange caudaloso; / si el pincel, o la llama no exagera; / es todo lo temido, temeroso / delante de su Rey; a ser tan fiera / su presencia, al infierno assegurara; / que Alcides el semblante le negara» (oct. 91, vv. 722-729)[66]. La descripción de esta fiesta pirotécni-

[63] López de Zárate, 1947, t. I, p. 106.

[64] Herrera, *Translacion del Santissimo Sacramento a la Iglesia Colegial de San Pedro de la villa de Lerma, con la solenidad y fiestas que tuvo para celebrarla el excelentissimo señor don Francisco Gómez de Sandoval y Roxas...*, fols. 15v.-16r., y López de Zárate, 1947, t. I, pp. 107-108, octs. 85-88, vv. 675-705.

[65] Lyra, *Relacion verdadera de las costosas fiestas y grandiosos torneos que se hizieron en la villa de Lerma, assistiendo a ellas la Catolica Magestad del Rey don Felipe tercero, despues de aver celebrado las honras de la Reyna nuestra señora, que está en el Cielo en el monasterio de San Blas, que edifició el Duque de Lerma, reclusión de Monjas Dominicas a 3. de Otubre deste año de 1617.*

[66] López de Zárate, 1947, t. I, p. 109, y para la descripción de este carro, octs. 89-99, vv. 706-792.

ca organizada por Hinojosa puede seguirse con otros detalles más precisos sobre su puesta en escena a través de la relación que nos proporciona el embajador florentino:

> *La note fecero la gazzarra che era preparata per l'arrivo di S. Mta. e dopo incominciarono i fuochi artifiziali, festa del Marchese della Inojosa, che da marzo in quà ha tenuto i maestri à lavorarli, e son riusciti ottimamente con applauso universale. L'inventione è stata di quattro machine à gusto del Maestro senz'altro fine, che d'accommodarsi alla facilità dell'opera. La prima fù d'una Noria, instrumento da cavar acqua, che era posta in mezzo della Piazza fra quattro alberi. La seconda una Galera, la terza una Torre con un Gigante, la quarta l'Inferno. La prima e l'ultima furono le migliori più copiose di varietà e bizzarre di fuochi, i quali consistevano in razzi di mille sorti, per aria, per terra, con lumi, con scoppi, e senza, con una infinità di saltarelli e di girandole, che mettevano in uno stesso tempo con fracasso tutta la piazza à sogguadro, e la riempivano di una confusa luce. Fra lo spazio che ponevano in condur queste machine, per certe freni che attraversavano da un tetto all'altro, mandavano hor incontrandosi insieme, hor fermandosi, facendo mille scherzi. Durò la festa un'hora e mezzo, all'ultimo per licenziare il popolo gittarono alcune palle e pentole, che con i razzi che n'uscirono serpendo per la piazza, la nettarono prestissimo dalla gente. Per fine abbrucciarono tutte le ossature delle machine, con che ogni cosa si risolvette in fumo e in rumore*[67].

Como concluía la crónica sevillana de Lyra: «Fue este particularismo entre los quatro carros, que con variedad de hombres, novedad de cohetes batallaron con la noche, vencieron las tinieblas, desestimaron las estrellas, y hizieron apellidar a su dueño el valeroso Marqués de la Hinojosa, que aun en los festejos de la paz no se halló sin los ecos de la guerra»[68].

El sábado 7 de octubre tuvo lugar la procesión solemne del traslado del Santísimo Sacramento desde el monasterio de Santa Clara hasta la nueva colegiata de San Pedro Apóstol (dignidad otorgada en 1607

[67] Relación de avisos de Lerma a 7 de octubre de 1617 enviada por el embajador Orso d'Elci al Gran Duque de Toscana, en ASF, Mediceo del Principato, Spagna, filza 4.945, fols. 753r.-v.

[68] Lyra, *Relacion verdadera de las costosas fiestas y grandiosos torneos que se hizieron en la villa de Lerma, assistiendo a ellas la Catolica Magestad del Rey don Felipe tercero, despues de aver celebrado las honras de la Reyna nuestra señora, que está en el Cielo en el monasterio de San Blas, que edifició el Duque de Lerma, reclusión de Monjas Dominicas a 3. de Otubre deste año de 1617.*

por el papa Paulo V)[69], cuya fábrica había sido iniciada por el arzobispo de Sevilla y tío del duque de Lerma, Cristóbal de Rojas y Sandoval. Aunque el cardenal arzobispo de Toledo, Bernardo de Rojas y Sandoval, había dedicado la nueva capilla del Sagrario de la catedral toledana (1616) a enterramiento de sus antepasados, el valido hizo traer a Lerma, desde el monasterio de Trianos, el cuerpo de su tío para enterrarlo en la colegiata de la villa ducal al lado de la Epístola. Reconocía así el valioso apoyo que este influyente antepasado le había prestado[70] y reforzaba la importancia de este lugar para la dinastía.

La iglesia y su fachada, el pórtico del torno y la plaza nueva estaban decorados con varios altares, alfombras, pinturas, blandones, relicarios e imágenes, y en las calles por donde debía pasar la procesión había colgaduras y telas. El rey, acompañado del príncipe Felipe y del prior de San Juan Filiberto de Saboya, llegó por el pasadizo que discurría entre el palacio ducal y la colegiata. Encabezaban la marcha solemne los prelados y dignidades eclesiásticas, seguidos de los capellanes reales y prebendados con los ornamentos y telas necesarios para el Octavario. Tras los capitanes de la guardia española y alemana, venían los mayordomos de sus altezas y del rey, y los grandes, y por este orden, el príncipe Filiberto, el príncipe Felipe, el rey con el cardenal Bernardo de Sandoval y justo detrás el duque de Lerma, el embajador de Francia y otros miembros destacados del servicio real. Había en la procesión ocho danzas diferentes aportadas por las distintas villas del duque de Lerma «y una de doze Gigantones, y quatro pequeños, que llevó el Duque de Pastrana [su sobrino], adereçados costossamente de seda de colores, y passamanos de oro, y todas muy regozijadas»[71], que iban vestidos con la indumentaria propia de diversas naciones (italianos, alemanes, africanos, indios y españoles)[72]. La

[69] Las condiciones solicitadas para la erección de esta colegiata en Lerma pueden consultarse en Archivo Histórico Nacional (AHN), Consejos, Cámara de Castilla, Libros de Iglesia, L-6, fols. 406r.-409v. Esta relación fue enviada al embajador de España en Roma con una carta de 8 de marzo de 1607.

[70] García García, 1998b, pp. 305-331.

[71] Herrera, *Translacion del Santissimo Sacramento a la Iglesia Colegial de San Pedro de la villa de Lerma, con la solenidad y fiestas que tuvo para celebrarla el excelentissimo señor don Francisco Gómez de Sandoval y Roxas...*, fol. 26r.

[72] Este detalle lo aporta la relación de Riberio, que describe estas danzas como una *Gigantomachia*, en Riberio, *De ludis Lermensibus epistola*, fols. 4v.-5r. Tanto en

princesa Isabel y la infanta María presenciaron el paso del cortejo desde los balcones de palacio y acudieron después por el pasadizo hasta la tribuna de la colegiata para ver el ingreso del rey y del Santísimo en la iglesia: «*La Principessa e l'Infanta stavano à vedere dal poggiuolo della Porta, e quando il Re vi passò fece lor riverenza, et esse corrispossero con un nobilissimo inclino. In tanto che la Processione caminava SS. AA. per il Corridoro arrivarono al Duomo, dove à S. Mtà. era preparato il suo strato sotto la cortina*». Como advertía el embajador florentino, una vez acabados los oficios, el rey salió de detrás de la cortina hacia el duque, éste se arrodilló, y el rey sacándose su guante le ofreció su mano para que la besase, el anfitrión hizo lo propio con el príncipe, quien correspondió al gesto de su ayo abrazándole afectuosamente[73]. También señalaba que en esta fiesta se había exhibido la riqueza y variedad del guardarropa del duque, pues había adornado las calles con colgaduras y alfombras suyas sin tocar las que adornaban el palacio y la casa donde residía del anfitrión.

El domingo 8 de octubre dio comienzo el Octavario con el sermón que predicó en la misa mayor otro sobrino del duque, el maestro Melchor de Moscoso, hijo de la condesa de Altamira, quien exaltó las nuevas obras levantadas en Lerma y la figura de Francisco de Borja. Por la tarde acudieron a visitar la Huerta del duque, junto al monasterio de San Francisco y a la ribera del Arlanza, para tomar una copiosa colación en su cenador, y por la noche disfrutaron de una comedia que representaba la compañía de Pinedo. Se sumaron a la fiesta en aquella jornada el nuncio con un nutrido acompañamiento, y el adelantado mayor de Castilla, Eugenio de Padilla Manrique. Al día siguiente, el sermón fue pronunciado por el célebre trinitario fray Hortensio Félix Paravicino, y al atardecer volvieron a brillar las luminarias que precedían a la segunda fiesta de fuegos artificiales preparada por Hinojosa en la plaza ducal. Había dos filas de árboles con troncos sin ramas que lanzaban cohetes entrelazándose como una enramada, y en el centro destacaba una pirámide que proyectó «más de seys mill cohetes» cuyos haces se multiplicaban en cuatro y seis co-

la versión de López de Zárate como en la de Fernández de Caso, la alusión a estas danzas no se corresponde con el desarrollo cronológico del programa festivo.

[73] Relación de avisos de Lerma a 7 de octubre de 1617 enviada por el embajador Orso d'Elci al Gran Duque de Toscana, en ASF, Mediceo del Principato, Spagna, filza 4.945, fol. 754r.

hetes cada uno[74]. Había también ruedas de movimientos contrarios que representaban soles y flores. Muchos otros cohetes volaban desde dos cuerdas que iban de un tejado a otro de la plaza. Concluyó la fiesta con la salida de dos toros de fuego «que lo alborotaron todo»[75], y después de correr por la plaza, salieron por un corredor bajo la galería para acabar despeñándose hacia el foso que había en el parque: «*Fra questo splendore comparsero due tori, uno doppo l'altro, pieni di razzi e fuochi artifiziali, che dilettarono il popolo, et infine furono fatti passare sotto la Galleria al ponte che sporta sopra il dirupato, dove per un trabocchetto precipitarono rotolando fin'al fosso con gusto de Principi, che à forza di quantità di torce vedevano tutto fin'al basso*»[76]. En el transcurso de esta segunda fiesta del marqués de la Hinojosa, el confesor del rey fray Luis de Aliaga resultó herido en la cara por el impacto de un cohete: «Dizen que en la fiesta de los fuegos que hizo el marques de la Hinojosa llego un cohete al rostro del padre Confesor y le trato mal»[77].

En la mañana del martes 10 de octubre, predicó el sermón el dominico fray Baltasar Navarrete, prior del convento de Santo Tomás de Madrid, discurriendo sobre algunas acciones del duque de Lerma dignas de imitación y alabanza. El anfitrión almorzó con el nuncio, el embajador florentino y varios eclesiásticos junto con los duques de Uceda y Cea y el marqués de Peñafiel. Después el rey, con el resto de la corte, descendió al parque para presenciar la comedia, que había patrocinado el conde de Saldaña, de *El caballero del Sol*, obra de Luis Vélez de Guevara, puesta en escena con un entremés de Antonio Hurtado de Mendoza. El lugar queda perfectamente descrito por Herrera:

[74] Para una descripción de esta segunda fiesta pirotécnica, ver Herrera, *Translacion del Santissimo Sacramento a la Iglesia Colegial de San Pedro de la villa de Lerma, con la solenidad y fiestas que tuvo para celebrarla el excelentissimo señor don Francisco Gómez de Sandoval y Roxas...*, fols. 27v.-29r. [cita en fol. 28r.], y especialmente en octs. 102-118, vv. 809-943, de López de Zárate, 1947, t. I, pp. 114-120.

[75] Herrera, *Translacion del Santissimo Sacramento a la Iglesia Colegial de San Pedro de la villa de Lerma, con la solenidad y fiestas que tuvo para celebrarla el excelentissimo señor don Francisco Gómez de Sandoval y Roxas...*, fol. 28v.

[76] Relación de avisos de Lerma a 14 de octubre de 1617 enviada por el embajador Orso d'Elci al Gran Duque de Toscana, en ASF, Mediceo del Principato, Spagna, filza 4.945, fol. 763r.

[77] Carta del contador Luis de Alarcón al archiduque Alberto, Madrid, 18 de octubre de 1617, en AGRB, SEG, Reg. 484, fol. 50v.

Fue el sitio del teatro a la falda de la cuesta, o descension del Palacio, en paraje de su esquina oriental, entre las primeras carreras de arboles a una, y otra parte del agua. Fundaronse dos tablados, margenandola por ambas riberas, llegavan a estar dentro della, en que (a manera de muelle) entravan algo superiores, cogiendo medio el braço del rio, que en quieta corriente imperceptible, passava entre los dos con desembaraço, dexando tabla espaciosa, y acomodada para las apariencias, que sobre el avian de hazerse. En el tablado de la parte de Oriente se representó la Comedia... De la otra parte del rio quedava el segundo tablado de miradores, en que huvo un balcón para las personas Reales, y derivados del a ambos lados, apartados, y estancias, para las Señoras, y Damas, Principe Filiberto, Cardenal, Nuncio, Embaxadores, Patriarca, Confessores, y Ministros, acomodado con transitos, y disposicion desocupada. A las espaldas, hazia la parte del palacio, se levantavan quinze gradas al largo del tablado, en que estuvieron Cavalleros, criados del rey, y otras personas de buen habito. Vianse los dos teatros entoldados por lo superior, representando junto aparato grandioso para el acto que se esperava. Avia también algunas puentes de madera, y muelles fabricados sobre el rio para uso de la embarcacion, que se hizo en algunos pasos[78].

La valoración más extensa sobre esta representación[79], además de los numerosos detalles que proporcionan las relaciones de Herrera y López de Zárate[80], procede del embajador florentino Orso d'Elci; en ella apreciamos comentarios sobre su horario nocturno «*all'uso d'Italia*», sobre el impacto que causó su montaje, la calidad de los versos de Vélez, la riqueza del vestuario, o la habilidad con que los criados del conde de Saldaña supieron actuar:

[78] Herrera, *Translacion del Santissimo Sacramento a la Iglesia Colegial de San Pedro de la villa de Lerma, con la solenidad y fiestas que tuvo para celebrarla el excelentissimo señor don Francisco Gómez de Sandoval y Roxas...*, fols. 29v.-30v.

[79] Para un análisis de su puesta en escena ver los trabajos de Teresa Chaves y María Luisa Lobato en este mismo volumen, y lo aportado ya por Ferrer Valls, 1991, pp. 178-196, y Ferrer Valls, 1993, pp. 265-269. George Peale prepara una completa edición crítica de esta comedia de Luis Vélez de Guevara que aparecerá en la colección «Juan de la Cuesta – Hispanic Monographs» de la Universidad de Delaware, y le agradezco que me haya facilitado una versión preliminar del texto revisado.

[80] Herrera, *Translacion del Santissimo Sacramento a la Iglesia Colegial de San Pedro de la villa de Lerma, con la solenidad y fiestas que tuvo para celebrarla el excelentissimo señor don Francisco Gómez de Sandoval y Roxas...*, fols. 29r.-33v., y López de Zárate, 1947, t. I, pp. 121-135, octs. 121-154, vv. 960-1232.

...il Conte di Saldagna haveva fatto drizzare un ponte e sopra esso una scena rappresentante la costa di Napoli, fingendosi che il fosso fusse la marina. Di rimpetto sopra un capace tavolato stette S. Mtà. col rimanente della Corte; l'altra brigata si pose lungo l'una e l'altra riva di sotto e di sopra per quanto potevano vedere e sentire, e molti salirono sopra gli alberi, che con i loro strane gruppi con che si reggevano, rendevano il luogo più bello, e la vista più curiosa. Incominciò la Comedia sule hore 20 all'uso d'Italia, el primo personaggio che doppo un concerto di chitarre esci, fù un marinaro in abito ricco e bizzarro, il quale esplicò la cagion della festa, e l'argumeto della favola, il qual era, che la Signora di Napoli chiamata Diana, alla quale per la sua bellezza, servivano quattro Gran Principi, non s'inclinando all'amor di alcuno di essi, restò poi innamorata d'un Cavaliere Inglese, che fuggendo il paese nativo per esserli morta la sua sposa, con animo di andar sempre ramingo per il Mondo, comparve per fortuna in quella costa, e con esso doppo alcuni travagli, si casò. La Comedia così comunemente chiamata, ancorche tal nome giuridicamente non se le convenisse, per non v'esser osservato ne il verisimile, ne l'unità, piacque estremamente perche la nave apparente sopra la quale venne il Cavaliere Inglese, tutta vera, attrasse da principio l'animo di tutti, che furono sempre pasciuti con inaspettate novità, che con l'aiuto delle locuzione, e della sentenza che erano esquisitissime, e con l'abbellimento degli abiti ricchissimi, e con la variazione della scena a dogn'atto, rapirono in modo gli ascoltatori che ciascuno si parti con infinito desiderio, non si saziando di celebrare la manificenza del Conte, la destrezza dell'autore, e la grazia de' rappresentanti, che recarono tanto maggior meraviglia quanto che erano tutti novizij e servitori del medessimo Conte, fra quali portò il vento un Don Rocco, che faceva la parte d'uno Spagnolo, ripiena d'infiniti ridicoli cavati dalla natura e iattanza della natione con tanto garbo che gli Spagnuoli medesimi ridevano de lor difetti, come fanno i veneziani sentendo i Pantaloni[81].

Aludía incluso a la interpretación que *Don Roque* (embajador español en la corte de Londres en la ficción) había hecho del talante tópico de los propios españoles, y lo comparaba con personajes habituales de la *commedia dell'arte*. En realidad, este personaje remedaba las circunstancias en las que se encontraba el conde Gondomar en aquella misma legación diplomática en el contexto de las negociaciones de un matrimonio hispano-inglés que sólo se podría realizar si con él se lograba la

[81] Relación de avisos de Lerma a 14 de octubre de 1617 enviada por el embajador Orso d'Elci al Gran Duque de Toscana, en ASF, Mediceo del Principato, Spagna, filza 4.945, fol. 763v. Otra copia de esta relación puede consultarse en ASF, Mediceo del Principato, filza 5.083, c. 68, cit. parcialmente en Castelli, 1999, pp. 62-65.

vuelta al catolicismo de la corona británica[82]. De hecho, pese al borrador de acuerdo que se había debatido precisamente aquel año de 1617 en la corte inglesa, esta alianza, que reforzaría la línea de entendimiento abierta con el tratado de Londres de 1604, ya no parecía tan viable en octubre. Fue preciso entretener en Villalmanzo a la delegación del nuevo embajador inglés Sir John Digby que esa misma noche había acudido hacia Lerma para ver a Felipe III y retomar las negociaciones de este proyecto dinástico. La comedia de Vélez iba mucho más allá que una mera imitación de los libros de caballerías, pues se hallaba directamente vinculada a este contexto internacional que ironizaba sobre las pretensiones inglesas respecto a esta alianza, pero proseguía la política de dilación y expectativa mantenida por la diplomacia española.

El miércoles 11 de octubre, que amaneció cubierto, el rey y los príncipes, en compañía de damas, meninos y caballeros de su servicio, pasaron la mañana en el parque cazando conejos y disfrutando de los jardines: «Vieronse dos milagros aquel dia, / jardin en viento, en tierra Parayso, / breve espacio, mas tal que parecia, / que dividirse de la tierra quiso: / el marmol vivo, en Ninfas se veia, / que a Pigmaleon disculpan, y a Narciso, / pues la belleza natural mejoran, / y cielos con cristales enamoran» (oct. 119, vv. 944-951). Acudieron a la misa del Octavario a las once y al sermón predicado por el jesuita Francisco Labata, que exhortó la fundación de los templos. Almorzaron después en las enramadas del parque regocijándose con la noticia de la arribada de la flota de Nueva España. El resto de aquella jornada la pasaron en el campo visitando los alrededores de la villa de Lerma (la ermita de Nuestra Señora de Mansires, Fuente Imán y la huerta del Duque junto al convento de San Francisco, donde merendaron). A la noche se sumó a las legaciones extranjeras presentes en las fiestas la del embajador del emperador convocado por el propio duque de Lerma, y se corrieron dos toros con varas largas a caballo.

El jueves 12 por la mañana el rey dio audiencia a la embajada inglesa con la que desayunó después en el aposento del duque de Lerma. El sermón de aquel día fue obra del carmelita fray Francisco de Jesús, y la jornada se dedicó a la fiesta de toros y cañas que había organizado el conde de Saldaña[83]. Dio comienzo corriéndose los primeros

[82] Valbuena Briones, 1983, pp. 45-51.

[83] Herrera, *Translacion del Santissimo Sacramento a la Iglesia Colegial de San Pedro de la villa de Lerma, con la solenidad y fiestas que tuvo para celebrarla el excelentissimo*

toros en tropa y con rejones. Los caballeros participantes mataron algunos toros a cuchilladas y otros terminaron saliendo de la plaza por el despeñadero a vista de la gente que podía asomarse a las ventanas y balcones de la galería que daban al foso del parque. Después, el organizador pidió a los caballeros que fuesen a vestirse para el juego de cañas, y mientras lo hacían, en la plaza toreaba gente de a pie y se despeñaron otros tres toros. El conde proporcionó todas las libreas de verde, blanco y plata a los caballeros invitados, así como marlotas y capellares de raso, tocados de plumas, y cuatro lacayos para cada uno. El padrino de la fiesta fue don Juan de Guzmán y el encargado de preparar la plaza, el capitán don Juan de Vidaurri. El cortejo vino precedido de treinta músicos con atabales, trompetas y chirimías, a los que seguían 48 caballeros con jaeces turquescos de diversos colores, y cuatro acémilas con reposteros y escudos de armas del conde de Saldaña:

> *I cavalli in tutto erano 49, il fior della Corte, et il meglio di Spagna con suntuosissime selle alla ginetta. Li conducevano à mano staffieri vestiti a livrea con calza intera spezzata guarnita d'argento, i primi 25 andavano semplicemente, gli ultimi 24 havevano alla sella una gran targa, armatura del cavaliere, dietro venivano quattro muli con freni d'argento et sovracoverte di velluto verde con ricami bianchi, carichi d'armi e zagagli, et in ultimo luogo il Cavallerizzo del Conte di Saldagna, à spese di chi è passato questo giuoco... che ha voluto egli far tutte le spese, che con quello della Comedia passeranno molte e molte migliaia, perche nessun cavaliero v'ha messo di suo altroche il travaglio del correre*[84].

Después de correr por parejas, cruzaron la plaza de esquina a esquina desde la puerta que daba a San Blas, y al volver a entrar en la plaza se inició la escaramuza (divididos en dos puestos jugaban sus cañas cuatro contra cuatro), en ese momento salió un toro que murió acuchillado por el duque de Cea y a manos de las espadas de otros caballeros. El siguiente fue despeñado, y se corrieron otros dos más que acabaron de igual modo. Aquella noche el príncipe padeció una ligera indisposición por haberse excedido comiendo. A la mañana si-

señor don Francisco Gómez de Sandoval y Roxas..., fols. 37v.-40v., y López de Zárate, 1947, t. I, pp. 135-143, octs. 155-175, vv. 1233-1400.

[84] Relación de avisos de Lerma a 14 de octubre de 1617 enviada por el embajador Orso d'Elci al Gran Duque de Toscana, en ASF, Mediceo del Principato, Spagna, filza 4.945, fols. 764r.-765r.

guiente el embajador inglés se retiró a Burgos para alojarse allí con más comodidad hasta el regreso del rey a la corte. Se expidió un correo a Flandes que pasaría también por Inglaterra para comunicar la firma de las paces en Italia, y se enviaron despachos al conde de Oñate, embajador en la corte imperial, para que hiciera lo propio con el emperador, pero sin dejar partir al correo del legado imperial presente en Lerma para que no llegase la nueva antes por esta otra vía. Ese viernes 13 de octubre ofició la misa del Octavario el patriarca de Indias, y predicó el sermón el agustino fray Juan Márquez, catedrático de vísperas de la Universidad de Salamanca. El duque almorzó con todos los caballeros y señores que habían intervenido en el juego de cañas.

El sábado 14 dio la misa el nuncio apostólico Antonio Caetani, arzobispo de Capua, y predicó el jerónimo fray Gregorio de Pedrosa. El almuerzo se ofreció en la Huerta junto al convento de San Francisco y estuvo acompañado por los confesores, predicadores y demás religiosos relevantes que acudieron a estas fiestas, y se remató la jornada con una comedia que representó la compañía de Baltasar de Pinedo, que fue recitada «*a porte aperte*»[85].

Concluyó el Octavario el domingo 15 de octubre con la misa oficiada por el cardenal Bernardo de Rojas y Sandoval y el sermón predicado por el vicario general de los franciscanos fray Antonio de Trejo. Como nos aclara la relación de Herrera, el cardenal había invitado a comer a cada uno de los predicadores y oficiantes de los distintos días del Octavario, y cerró la fiesta con un gran banquete para los eclesiásticos y religiosas, enviando también comida y regalos a cada convento de la villa ducal. Por la tarde bajó el rey a la iglesia colegial para participar en el oficio de vísperas y en la procesión que se hizo en su interior para el encierro en el altar mayor del Santísimo Sacramento. Aquella noche el conde de Saldaña ofreció una representación de la comedia de *El caballero del Sol* en el monasterio de San Blas para regocijo de sus religiosas: «*la quale, ancorche defettiva de più importanti ornamenti, è piaciuta non meno che la prima volta*»[86]. Terminó la jornada con el canto de las completas y otros motetes para disfrutar de la calidad

[85] Relación de avisos de Lerma a 14 de octubre de 1617 enviada por el embajador Orso d'Elci al Gran Duque de Toscana, en ASF, Mediceo del Principato, Spagna, filza 4.945, fol. 765v.

[86] Ibíd.

de sus voces e instrumentistas en presencia del duque, el nuncio y de otros embajadores y caballeros.

El lunes 16 se celebró en el monasterio de San Francisco, fundado por los condes de Altamira, la festividad de su santo patrono que no había podido atenderse por el Octavario y los demás oficios religiosos desarrollados hasta entonces. La misa fue oficiada por el vicario general de la orden y predicó el sermón el obispo de Osma, Francisco de Sosa. Por la tarde la familia real acudió a visitar el remodelado convento de Santo Domingo, y a la noche tuvo lugar la representación de la comedia de *La casa confusa*, ofrecida en la iglesia del convento de San Blas por el conde de Lemos:

> *...nella Chiesa di San Blas in un palco che stava in mezzo d'un teatro si recitò la Comedia del Sr. Conte di Lemos, il quale discorbandosi dall'uso corrotto di Spagna, anzi riprendendolo nel principio ha seguito lo stile e le regole comuni, tessendo la favola in verso, ripieno di molti soli che la resero gustosa à gli ascoltanti. Vi furono alcuni intermedij di dialogi al quanto satirici contro i servitori bassi di Corte che fecero ridere tutto il Popolo, et in ultimo un balletto di vecchi che con certe mutanze fantastiche da sciancati nel primo ingresso lo terminarono poi con lindissime salti e capriole. L'habito di essi era un saion nero con beretta in capo stiacciata, giubbone di raso rosso, e calze à brache rosse*[87].

Como señala la crónica del embajador florentino, la obra, a diferencia de la comedia nueva española, trata de mantener la unidad de tiempo, pues centra la acción en las peripecias de la reina Matilde, que debe elegir marido, y del galán Carlos, y la unidad de lugar, porque la trama se desarrolla principalmente en el palacio real con algunas escenas en la plaza de Palermo y en la calle. Esta comedia fue representada también por la compañía de Pinedo, pero reforzada con otros grandes actores y actrices del momento como Baltasar Ossorio y Mari Flores, y concluyó con un baile de ocho botargas en hábito de vejetes que empezaron con movimientos propios de su avanzada edad para

[87] Relación de avisos de Lerma a 21 de octubre de 1617 enviada por el embajador Orso d'Elci al Gran Duque de Toscana, en ASF, Mediceo del Principato, Spagna, filza 4.945, fol. 780r. Para una descripción más amplia de esta representación, ver Herrera, *Translacion del Santissimo Sacramento a la Iglesia Colegial de San Pedro de la villa de Lerma, con la solenidad y fiestas que tuvo para celebrarla el excelentissimo señor don Francisco Gómez de Sandoval y Roxas...*, fols. 42v.-44r., y López de Zárate, 1947, t. I, pp. 143-146, octs. 176-182, vv. 1401-1455.

ir adoptando un ritmo más acelerado como el del turdión o la zarabanda. La obra es atribuida al propio conde de Lemos en las relaciones de estas fiestas de Lerma, pero ninguno de los biógrafos y especialistas de este noble mecenas ha podido localizarla. Creo que se trata sin duda de la comedia de *El palacio confuso* de Mira de Amescua, con quien preparó la puesta en escena de la comedia y las máscaras que el conde ofrecía en Lerma en 1617. Es una comedia palatina de asunto caballeresco ambientada en la corte siciliana, cuyo argumento requiere la participación de dos actores casi gemelos. Sabemos que la compañía de los *Valencianos*, dirigida por dos hermanos, Juan Bautista y Juan Jerónimo Almella, y formada en 1620, poseía en su repertorio esta comedia:

> Este y otro hermano heran de Morella y los llamavan los hermanos valencianos. Heran tan parezidos en extremo que no los podían distinguir y se hiço una comedia, cuio titulo hera *El palacio confuso*, en que salían hambos haziendo un mismo papel y no hera facil distinguirlos por la grande semejanza que tenían.[88]

La habían adquirido del propio Mira de Amescua, seguramente tras la retirada de la corte del conde de Lemos y la siguieron teniendo en su repertorio a lo largo de aquella década, pues la representarán en Murcia con la compañía de Francisco Mudarra, a la que se había asociado Juan Jerónimo Valenciano tras la muerte de su hermano en 1624[89]. Si la obra presentada por el conde de Saldaña podía vincularse con el contexto político internacional de los proyectados matrimonios hispano-ingleses, la patrocinada por Lemos bien podría relacionarse con la confusión que reinaba en la propia corte española entre las distintas facciones que dividían a los Sandovales y ante el inminente retiro del valido. No en vano, como ya hemos aludido anteriormente, el nuncio describía este momento como un «mar de confusiones», y la comedia de *El palacio confuso* presentaba en escena a dos reyes iguales con decisiones contradictorias en el gobierno y en la distribución de la gracia.

El martes 17 llegaron a Lerma las 29 monjas procedentes del monasterio cisterciense de Villamayor, que era filiación del Real Monasterio

[88] Shergold y Varey, 1985, p. 278.

[89] Sobre esta compañía, ver Ferrer Valls, 2002.

de las Huelgas de Burgos. Fueron traídas en coches y alojadas en el palacio y el monasterio de San Blas en tanto que se concluía la construcción de un nuevo convento para ellas en la villa ducal.

Aquella noche tuvo lugar uno de los espectáculos más importantes de todo el programa festivo desarrollado en Lerma. Fue la compleja serie de máscaras organizadas por el conde de Lemos sobre un proyecto del dramaturgo Mira de Amescua. Se había elegido el patio del palacio ducal para evitar la estrechura y el calor excesivo que se había padecido en la representación ofrecida en la Iglesia de San Blas. La manera en que se habilitó este espacio para el público y el espectáculo fue la siguiente:

> En el intercolumnio medio del corredor baxo, que toca al Septentrion, se hizo un tablado para Su Magestad y Altezas, y del corrian a ambos lados (cogiendo toda aquella acera) otros miradores para las Señoras y Damas, Principe Prior, Cardenal, Embaxadaores, y criados de la Casa Real. Estava enfrente el vestuario, bien compuesto de cortinas, pinturas, y enramadas. Los demas claros de los mismos corredores baxos se cercaron de celosias verdes, y tras dellas huvo algunos assientos, y vancos, quedando bastante lugar desocupado para cantidad de gente por tocas partes. Pusieronse desde el tablado real al vestuario dos ordenes de a doze blandones con achas, que formavan calle, y espacio competente para la representacion de todo: sobre el capitel de cada coluna huvo dos achetas. Con estas luzes, en ygualdad correspondientes, poblado el patio de gravedad, concurso, silencio, adonando la frescura de la fabrica, se espero la fiesta...[90]

Siguiendo una estructura propia de las fiestas señoriales, sobre una nube a un lado del patio una mujer vestida de la Fama abría la representación, cuyo propósito era mostrar «*l'allegrezza que haveva preso Castiglia la Vecchia della venuta di Sua Maestà di qua di Monti, e perche più da vicino tocava a Lerma et alle terre di essa, ciascuna veniva à darne segno con qualche dimostrazione secondo l'uso del paese*»[91]. En sus palabras expo-

[90] Herrera, *Translacion del Santissimo Sacramento a la Iglesia Colegial de San Pedro de la villa de Lerma, con la solenidad y fiestas que tuvo para celebrarla el excelentissimo señor don Francisco Gómez de Sandoval y Roxas...*, fols. 45v.-46r.

[91] Relación de avisos de Lerma a 21 de octubre de 1617 enviada por el embajador Orso d'Elci al Gran Duque de Toscana, en ASF, Mediceo del Principato, Spagna, filza 4.945, fols. 780r.-782r.

nía la razón de su venida: «*era per assistere alle feste di Lerma, le quali sicome havevano nome d'esser le migliori che si siano mai viste in Ispagna, così havevano ad esser divulgate da lei per tutto il mondo*»[92]. Las principales villas del duque vecinas a Lerma aparecían en escena introduciendo cada una de ellas una parte del espectáculo. Tudela de Duero precedía a la *Máscara de la Expulsión de los moriscos*, en la que se presentaba la antigua expulsión iniciada con la Reconquista por el rey Don Pelayo con la ayuda de un Sandoval y la última decretada en 1609 con la asistencia de otro Sandoval, para terminar con una batalla de moros y cristianos. Gumiel de Mercado acompañaba la *Máscara de la Noche*, donde aparecían animales nocturnos, sueños y fantasmas precedidos por el carro de la Noche, al que seguía el de la Aurora en forma de caracol, ahuyentando las tinieblas. Santa María del Campo traía consigo la *Máscara del Arca de Noé* y la representación del Diluvio Universal. La villa de Boceguillas, de camino a Lerma, pero fuera de la jurisdicción ducal, también salía personificada en escena para mostrar un *baile de monstruos* en el que aparecían dos dueñas enanas y un hombre con dos cuerpos y cabezas, y cuatro brazos y piernas. Quintanilla de la Mata presentó la *mojiganga* de una *Comedia ridícula del Adulterio de Marte y Venus* y unos bailes aldeanos. La villa de Melgar de Fernamental ofrecía una *Batalla de grullas y pigmeos*, ataviados con hábitos de distintas naciones (alemán, turco, francés, húngaro, castellano antiguo, villano, portugués). Y, por último, la Fama en los campos de Lerma cerraba la fiesta con la *Máscara de un torneo caballeresco danzado*. Estas máscaras fueron verdaderamente excepcionales por la magnífica combinación de elementos de representación, vestuario, puesta en escena, efectos sonoros, música y baile que ofrecieron[93].

Con este espectáculo concluye la relación poética de López de Zárate presentando en sus últimas nueve octavas un largo parlamento con que la Fama da término a la fiesta elogiando al rey Felipe III y a su valido: «Felipe, como en ser agradecido, / alabate a ti mesmo en

[92] Ibíd.

[93] Para una descripción detallada de las mismas, ver Herrera, *Translacion del Santissimo Sacramento a la Iglesia Colegial de San Pedro de la villa de Lerma, con la solenidad y fiestas que tuvo para celebrarla el excelentissimo señor don Francisco Gómez de Sandoval y Roxas...*, fols. 44v.-62r. (que incluye abundante información sobre los bailes y efectos sonoros empleados en estas máscaras), y López de Zárate, 1947, t. I, pp. 147-166, octs. 186-233, vv. 1480-1862.

tus vassallos, / pues uno, que sin reynos ha nacido, / como otro Alcides sabe, y puede dallos; / y agradecerte España aver tenido / quien merece, y acierta a governallos, / y superior, y subdito a las leyes, / por favor de su Rey, iguala Reyes. // Poco aliento es mi voz en alabanza / de tanto, tanto Rey, de Duque tanto, / bien que a fixar estatuas de oro alcanza / en el lóbrego Reyno del espanto, / bien que limite soy de la esperanza, / pues de estrellas pirámides levanto; / vuestro ha sido el honor de merecellas, / y a mi se me ha de dar el de ponellas» (octs. 231-232, vv. 1839-1854)[94].

El miércoles 18 por la mañana salió la procesión que llevó a las monjas de Villamayor desde el convento de Santa Clara al que sería su futuro emplazamiento, el convento de Nuestra Señora de San Vicente, en las casas «que ay en la plaça, entre la esquina de la galeria, y calle nueva», que conectaban mediante un pasadizo con «otro tercio de casas, que quedan aisladas, con ventanas también a la plaça, y a dos calles»[95]. Sabemos, sin embargo, que estas monjas acabaron volviendo a su institución de origen, a dos leguas de Lerma, dos décadas después porque no llegó a completarse el conjunto de la obra proyectada[96]. Por la tarde la familia real y sus acompañantes disfrutaron de una merienda en el parque, y a la noche de una comedia en el palacio.

Mientras el rey con un pequeño acompañamiento de caballeros se fue después de comer a La Ventosilla para disfrutar de la brama de los ciervos y de la caza, los príncipes y la infanta se quedaron en Lerma. El jueves 19 se ofreció para su entretenimiento en la plaza ducal una nueva fiesta de toros y cañas, pero saliendo los caballeros a torear vestidos de camino (con capa y gorra). Hubo las acostumbradas suertes de rejones, garrochones, cuchilladas, varillas y despeño de toros. Se ofreció después un banquete para todas las legaciones extranjeras presentes en la villa. El viernes 20 llovió y las celebraciones se limitaron a los tres toros encohetados que se corrieron por la noche. El sábado 21 el duque y los príncipes partieron para La Ventosilla para reunirse con el rey y pasar unos días de campo cazando. Ésta es la crónica que Herrera

[94] López de Zárate, 1947, t. I, pp. 165-166.

[95] Herrera, *Translacion del Santissimo Sacramento a la Iglesia Colegial de San Pedro de la villa de Lerma, con la solenidad y fiestas que tuvo para celebrarla el excelentissimo señor don Francisco Gómez de Sandoval y Roxas...*, fol. 62v.

[96] Varona, J., *Lerma Profano Sacra*, en BNE, Ms. 10.609, fols. 328r.-330r.

nos ofrece de aquella estancia: «[el Rey] mató diez venados, y dos el Principe nuestro señor, que tambien campeo, tan caçador, y diestro en tirar, que en sus tiernos años [12] no tiene que aprender deste exercicio, por lo que en la punteria singularmente le conocen todos aventajado, dando en ello, y en las demas cosas, de que trata, muestras de lo que puede esperarse de su entendimiento, y maña para todo»[97].

El lunes 23 volvió a Lerma el duque para fundar el convento de carmelitas descalzos de Santa Teresa, celebración que tuvo lugar el miércoles 25. Al día siguiente, el rey, los príncipes y su séquito partieron de La Ventosilla a Fuentidueña, donde se reencontraron con el duque y su nuera la condesa de Saldaña, para continuar camino por Turégano, Valsaín y Guadarrama hasta San Lorenzo el Real de El Escorial adonde llegaron a las vísperas de la festividad de Todos los Santos. Gracias a las informaciones aportadas por el embajador florentino, sabemos que la comedia de *El caballero del Sol*, ofrecida por el conde de Saldaña en Lerma, y el torneo caballeresco danzado que patrocinó el conde de Lemos, fueron representados de nuevo en la Huerta del Duque de Lerma en Madrid el 16 de enero de 1618: «*La mattina de 16 S. Mtà. con tutti li signori Principi et Infanti fù a desinare al Giardino del Duca di Lerma, dove la sera si fecero la Comedia di Saldagna, et torneo di Lemmos, che riuscirono in Madrid non meno belli per la seconda volta, di quelche parvero in Lerma per la prima...*»[98].

Con fecha 23 de octubre, escribía desde La Ventosilla Felipe III una carta a su hija mayor Ana, la reina de Francia, comunicándole muy brevemente cómo habían disfrutado de estas fiestas y de sus últimos días de caza, y prometía enviarle la relación oficial que se estaba preparando: «A nos festejado vuestro compadre alli bravamente y en acabandose la relacion de todas las fiestas que hubo, os la enbiare, y ya hemos dado la vuelta hacia Madrid, y entre tanto que viene el carruage nos hemos detenido aquí, donde yo he muerto algunos venados, y esta tarde he muerto dos, y está harto lindo este sitio»[99].

[97] Herrera, *Translacion del Santissimo Sacramento a la Iglesia Colegial de San Pedro de la villa de Lerma, con la solenidad y fiestas que tuvo para celebrarla el excelentissimo señor don Francisco Gómez de Sandoval y Roxas...*, fols. 67v.-68r.

[98] Relación de avisos de Lerma a 23 de enero de 1618 enviada por el embajador Orso d'Elci al Gran Duque de Toscana, en ASF, Mediceo del Principato, Spagna, filza 4.945, fol. 949r.

[99] Felipe III, 1929, p. 38.

Aunque de estas fiestas de 1617 se imprimieron las relaciones mencionadas al comienzo de este trabajo, el duque de Lerma escogió la de Herrera para enviarla a principios de marzo de 1618 a los archiduques de Flandes, Isabel Clara Eugenia y Alberto de Austria, que le pedían una relación detallada de los regocijos que había organizado en su villa. Hemos podido comprobar además que el contador Alarcón envió al archiduque Alberto una copia de la breve relación publicada en Sevilla por Francisco de Lyra: «Despues de aver scripto al Archiduque mi Sr. se a sabido que sangraron al principe porque con el desconçierto destomago le dieron unas calenturas, que quedava ya mejor, an enviado por carrujae para traerle aqui porque Su Magd. va a Ventosilla. La Relazion que va con esta ha venido de Sevilla, embiose al Consejo, no la puedo dar mas fee de lo que dize»[100]; y algunas semanas después prometía enviar también copia de las relaciones que se preparaban por extenso: «Su Magd. y sus hijos... vinieron buenos de Lerma, dizen que las fiestas fueron muy buenas y se holgaron mucho, estanse scriviendo las Relaziones della, en saliendo las embiare y aqui embio una de que an hecho en Alcala por el despacho que vino de Roma sobre la Limpia concepcion de Nuestra Señora de que en toda España se hazen grandes fiestas particularmente en Sevilla»[101]. Finalmente, con una carta fechada el 15 de febrero de 1618, Alarcón mandó a la corte de Bruselas otra relación de las fiestas de Lerma que creemos debe de tratarse de la editada por Fernández de Caso, dada su breve dimensión en formato y número de páginas, frente a la más relevante del licenciado Pedro de Herrera: «Ay embio a V. m. ese librillo de las fiestas de Lerma»[102].

[100] Posdata a la carta del contador Luis de Alarcón al secretario Diego Suárez de Argüello para informar al archiduque Alberto en Bruselas, Madrid, 18 de octubre de 1617, en AGRB, SEG, reg. 484, fol. 50r.

[101] Carta del contador Luis de Alarcón al secretario Diego Suárez de Argüello para informar al archiduque Alberto en Bruselas, Madrid, 8 de noviembre de 1617, en AGRB, SEG, reg. 484, fol. 54r.-v. Seguramente Alarcón alude en este fragmento a la *Relación de las famosas fiestas*, 1617. Sobre las fiestas concepcionistas celebradas en Andalucía y sobre todo en Sevilla, en este período 1616-1618, ver García Bernal, 2006.

[102] Carta del contador Luis de Alarcón al secretario Diego Suárez de Arguello para informar al archiduque Alberto en Bruselas, Madrid, 15 de febrero de 1617, en AGRB, SEG, reg. 484, fol. 98r.

Estas fiestas de 1617 muestran claramente la instrumentalización política, cortesana y nobiliaria de la dramaturgia, los espectáculos y los oficios religiosos, tanto en el plano de las relaciones de poder y favor de la corte de Felipe III, como en sus repercusiones internacionales, y nos presentan al duque de Lerma y a su círculo familiar como patronos privilegiados, capaces de fomentar la creación de los modelos literarios[103], musicales y espectaculares que estaban surgiendo en aquellas primeras décadas del Seiscientos. Quizás debamos interpretarlas también como un sentido homenaje que Felipe III y los príncipes quisieron tributar al ya anciano valido antes de su inminente retirada a la condición eclesiástica.

Bibliografía citada

Alenda y Mira, Jenaro (ed.), *Relaciones de solemnidades y fiestas públicas de España*, Madrid, Sucesores de Rivadeneyra, 1903, 2 vols.

Cacho, Teresa, «El duque de Lerma: La estrategia de poder como instrumento de cambio literario», en *Actas del XV Congreso de las Asociación Internacional de Hispanistas (Monterrey, 19-24 de julio de 2004)*, en prensa: publicación prevista para 2007.

Covarrubias y Horozco, Sebastián, *Emblemas morales*, Madrid, Luis Sánchez, 1610, ed. facsímil de C. Bravo-Villasante, Madrid, Fundación Universitaria Española, 1978.

Espinosa, Pedro de, *Obras de Pedro de Espinosa. Elogio al retrato del Excelentísimo Señor don Manuel Alonso Pérez de Guzmán el Bueno...*, ed. F. Rodríguez Marín, Madrid, Tip. de la Revista de Archivos, 1909.

Felipe III, *Cartas de Felipe III a su hija Ana, reina de Francia, 1616-1618*, ed. de R. Martorell Téllez-Girón, Madrid, Imprenta helénica, 1929.

Fernández de Caso, Francisco, *Discurso en que se refieren las solenidades y fiestas con que el excelentissimo Duque celebró en su villa de Lerma la dedicacion de la Iglesia Colegial y translaciones de los conventos que ha edificado alli*, S. l., s. n., s.a., 1617.

— *Oración gratulatoria al capelo del Illmo. y Excmo. Señor Cardenal Duque*, S.l., s.n., s.a., 1618.

[103] Agradezco a este respecto a la profesora María Teresa Cacho que me facilitase la consulta del trabajo que publicará en las actas del XV Congreso de las Asociación Internacional de Hispanistas (Monterrey, 19-24 de julio de 2004).

FERRER VALLS, Teresa, *La práctica escénica cortesana: de la época del emperador a la de Felipe III*, Londres, Tamesis Books e Institució Valenciana d'Estudis i Investigació, 1991.

— *Nobleza y espectáculo teatral (1535-1622)*, Valencia, Universidad de Valencia, 1993.

— «Actores del siglo XVII: los hermanos Valenciano y Juan Jerónimo Almella», *Scriptura*, 17, 2002, pp. 133-160.

GARCÍA BERNAL, José Jaime, «Imagen y palabra: El misterio de la Inmaculada y las solemnidades festivas en Andalucía (siglo XVII)», en *Poder y cultura festiva en la Andalucía moderna*, ed. coord. por R. Molina Recio y M. Peña Díaz, Córdoba, Universidad de Córdoba, 2006, pp. 79-113.

GARCÍA GARCÍA, Bernardo J., *La Pax Hispanica. Política exterior del duque de Lerma*, Leuven, Leuven University Press, 1996.

— «Honra, desengaño y condena de una privanza. La retirada de la corte del Cardenal Duque de Lerma», en *Monarquía, imperio y pueblos en la España moderna. IV reunión científica de la Asociación Española de Historia Moderna (Alicante, 27-30 de mayo de 1996)*, ed. de P. Fernández Albaladejo, Alicante, Universidad de Alicante y AEHM, 1997, pp. 679-695.

— «Política e imagen de un valido. El duque de Lerma (1598-1625)», en *I Jornadas de Historia de la villa de Lerma y valle del Arlanza. Homenaje al Ecmo. Sr. D. Luis Cervera Vera*, Burgos, Diputación Provincial y Ayuntamiento de Lerma, 1998a, pp. 63-103.

— «Los marqueses de Denia en la corte de Felipe II. Linaje, servicio y virtud», en *Felipe II (1527-1598). Europa y la Monarquía Católica*, dir. J. Martínez Millán, Madrid, Ed. Parteluz, 1998b, 2 tt., t. II, pp. 305-331.

— «El período de la Pax Hispanica en el reinado de Felipe III. La retórica de la paz en la imagen del valido», en *Calderón de la Barca y la España del Barroco*, ed. J. Alcalá-Zamora y E. Berenguer, Madrid, Sociedad Estatal España Nuevo Milenio y Centro de Estudios Constitucionales, 2001, 2 vols., vol. II, pp. 57-95.

— «Las fiestas de corte en los espacios del valido: la privanza del duque de Lerma», en *La fiesta cortesana en la época de los Austrias*, ed. M.ª L. Lobato y B. J. García García, Valladolid, Junta de Castilla y León, 2003, pp. 35-77.

GARCÍA HERNÁN, Enrique, *Francisco de Borja, grande de España*, València, Diputació Provincial e Institució Alfons el Magnànim, 1999.

GASCÓN DE TORQUEMADA, Gerónimo, *Gaçeta y nuevas de la corte de España desde el año 1600 en adelante*, ed. A. de Ceballos-Escalera, Madrid, Real Academia Matritense de Heráldica y Genealogía, 1991.

GONZÁLEZ DE GARAY, María Teresa, *Introducción a la obra poética de Francisco López de Zárate*, Logroño, Instituto de Estudios Riojanos, 1981.

HERRERA, Pedro de, *Translacion del Santissimo Sacramento a la Iglesia Colegial de San Pedro de la villa de Lerma, con la solenidad y fiestas que tuvo para cele-*

brarla el excelentissimo señor don Francisco Gómez de Sandoval y Roxas..., Madrid, Juan de la Cuesta, 1618.

LOPE DE TOLEDO, José María, *El poeta Francisco López de Zárate*, Logroño, Instituto de Estudios Riojanos, 1954.

LÓPEZ DE ZÁRATE, Francisco, *Varias poesías*, Madrid, viuda de Alonso Martín de Balboa, 1619.

— *Obras varias*, Alcalá, Tomas Alfay, 1651.

— *Obras varias*, ed. J. Simón Díaz, Madrid, Consejo Superior de Investigaciones Científicas, 1947, 2 tt.

— *La galeota reforzada*, estudio, ed. y notas de J. M.ª Lope Toledo, Logroño, Instituto de Estudios Riojanos, 1951.

MARTÍNEZ HERNÁNDEZ, Santiago, *El marqués de Velada y la corte en los reinados de Felipe II y Felipe III. Nobleza cortesana y cultura política en la España del Siglo de Oro*, Salamanca, Junta de Castilla y León, 2004.

MILLÉ Y GIMÉNEZ, Juan, «Poesías de López de Zárate atribuidas a Lope de Vega», *Revue Hispanique*, LXV, 1925, pp. 145-149.

MIRA DE AMESCUA, Antonio, «El palacio confuso», ed. E. Hernández González, en *Teatro completo*, ed. coord. por A. de la Granja, Granada, Diputación Provincial y Universidad de Granada, 2002, vol. II, pp. 563-667.

OJEDA CALVO, María del Valle, «*El palacio confuso*, de Mira de Amescua, a la luz de otras comedias palatinas», en *Mira de Amescua en candelero. Actas del Congreso Internacional sobre Mira de Amescua y el teatro español del Siglo XVII (1994)*, Granada, Universidad de Granada, 1996, 2 vols., vol. I, pp. 473-483.

PAVESI, Anna, «Feste teatrali e politica. Un matrimonio spagnolo per il futuro Re d'Inghilterra», en *La scena e la storia.Studi sul teatro spagnolo*, ed. de M. T. Cattaneo, Bologna, Cisalpino, Istituto Editoriale Universitario – Monduzzi Editore, 1997, pp. 9-57.

PROFETI, Maria Grazia, *Por una bibliografia di Lope de Vega. Opere non drammatiche e stampa*, Kassel, Edition Reichenberger, 2002.

Relacion de las famosas fiestas que se hizieron en la Uniuersidad de Alcala de Henares, despues de auer hecho voto de guardar y tener en ella el... misterio de la Inmaculada Concepcion...: lleua al fin tres cartas, la una del... Obispo de Osma... Francisco de Sosa al padre fray Antonio de Trejo, General de toda la orden de San Francisco, donde da cuenta de su viage a Roma... al negocio del Inmaculado misterio de nuestra Señora, y otras dos cartas, la una de un Secretario del Rey... y respuesta a ella, Alcalá de Henares, en casa de la viuda de Juan Gracián, 1617.

Relacion verdadera de las costosas fiestas y grandiosos torneos que se hizieron en la villa de Lerma, assistiendo a ellas la Catolica Magestad del Rey don Felipe tercero, despues de aver celebrado las honras de la Reyna nuestra señora, que está en el Cielo en el monasterio de San Blas, que edifició el Duque de Lerma, reclusión de Monjas Dominicas a 3. de Otubre deste año de 1617, Sevilla, Francisco de Lyra, 1617.

REYES PEÑA, Mercedes de los, «Venta de un repertorio de comedias (Sevilla, 1620)», en *Hispanic Essays in Honor of Frank P. Casa*, eds. R. Lauer y H. W. Sullivan, Washington D. C., Peter Lang, 1997, pp. 460-473 [*Ibérica*, vol. 21].

RIBERIO, Miguel, *De ludis Lermensibus epistola*, Madrid, Luis Sánchez, 1617.

SHERGOLD, N. D. y Varey, John E. (eds.), *Genealogía, origen y noticias de los comediantes de España*, Londres, Tamesis Books, 1985.

SIMÓN DÍAZ, José, «Nobiliario Riojano», *Berceo*, 3, 1947, pp. 308-309.

TESTAVERDE, Anna Maria y CASTELLI, Silvia, «Le feste di Lerma nelle lettere degli ambasciatori fiorentini», en *Répésentation, écriture et pouvoir en Espagne à l'époque de Philippe III (1598-1621)*, dirs. M. G. Profeti y A. Redondo, Firenze, Alinea Editrice y Paris, Publications de la Sorbonne, 1999, pp. 49-68.

VEGA CARPIO, Félix Lope de [apócrifo], *Fiestas en la traslacion del Santissmo Sacramento, a la Iglesia Mayor de Lerma, por Lope de Vega Carpio*, Valencia, Joseph Gasch, 1612.

— *Epistolario*, ed. A. González de Amezúa, Madrid, Real Academia Española, 1935-1943, 4 vols.

— *Fiestas de Denia* (1599), introducción y texto crítico de M. G. Profeti, y apostillas históricas de B. J. García García, Firenze, Alinea Editrice, 2004.

XIMÉNEZ DE ENCISO PORRAS, José Esteban, *Relación de la memoria funeral... en la muerte de Isabel de Borbón*, Logroño, Juan Díez de Valderrama y Bastida, 1645.

VALBUENA BRIONES, Ángel, «Una incursión en las comedias novelescas de Luis Vélez de Guevara y su relación con Calderón», en *Antigüedad y actualidad en Luis Vélez de Guevara*, ed. C. G. Peale, New York, John Benjamin, 1983, pp. 39-51.

WILLIAMS, Patrick, *The great favourite. The Duke of Lerma and the court and government of Philip III of Spain, 1598-1621*, Manchester, Manchester University Press, 2006.

3.

DRAMATURGOS Y ESCENARIOS AL SERVICIO DE PODEROSOS Y PRETENDIENTES

LOS DUQUES DE SESSA, SUS DEUDAS Y DISPUTAS EL MECENAZGO COMO PATRIMONIO FAMILIAR

Elizabeth R. Wright
(University of Georgia, Athens)

Al contemplar la última fase de los «tiempos del Quijote» —o más concretamente de los tiempos de Lerma— llama la atención hasta qué punto la boyante cultura teatral servía como telón de fondo para la rivalidad cortesana. Esta competencia, amén de enfrentar a diferentes facciones, también involucró a personas de una misma familia, sobre todo en la época marcada por el proceso político que Bernardo García ha denominado como la retirada negociada de Lerma (h. 1611-1618)[1]. Por supuesto, el caso más conocido de una familia teatrera y conflictiva fue la del mismo privado, sin embargo, no fue el único. Otra familia tan conflictiva como comprometida con la comedia nueva fue la de los duques de Sessa. De hecho, la pasión por el teatro llegó a ser un arma de combate en un conflicto entre el titular de esta familia y su segundo hermano. Así, desde Valladolid, a principios de 1617, don Fernando Fernández de Córdoba le escribió a su hermano mayor una carta en la que una sintaxis enmarañada y un rencor mal disimulado atestiguan media década de tensiones en el seno de esta familia. Tras bosquejar las dificultades de un segundón sujeto a lo que percibe como los caprichos de su hermano mayor, don Fernando evoca la famosa alianza literaria del titular para reprochar a Sessa su falta de generosidad con su propia familia:

[1] García García, 1996, pp. 692-695.

> ...estoi mui contento con aver nacido hijo segundo de tales padres en cuyo ser confieso a vuestra excelencia tuve lo que conforme a mis obligaciones e menester, gracias a Dios y a mis padres que me lo dieron [...]. Aun quando no me hiciere ninguna merced acudiere a servirle en lo que a ermano mayor y señor de la casa devo que, no es en ninguna manera amenaça ni yo tan grosero que las haga a vuestra excelencia pues de lo que no puede serle mal ni falta a otro no la puede aver ni yo hacer falta en nada a vuestra excelencia que aconpañado de si mesmo y su grandeca no la admite aunque a mi tan poco me hara falta ni la hiço en la ocasion de la jornada que vuestra excelencia dice, pues subi con mi ermana a quien devo mas voluntad (*pues como en la comedia de Lope cuyo titulo a vuestra excelencia atribuyen, obras son amores que no buenas raciones*) y esto es lo que e querido decir a vuestra excelencia y dijera a mis proprios padres...[2]

Efectivamente, este lamento del segundón es la culminación de una serie de disgustos dignos de escenificarse en un corral de comedias. Ya habían intercambiado acusaciones de malos tratos en relación a las acciones de unos sirvientes del duque don Luis, que se enfrentaron con don Fernando en Baena. Por otra parte, hay indicios de que don Fernando intentaba aliarse con el duque de Feria, cuñado y posible rival del de Sessa. Más allá de estos roces, había una incompatibilidad cultural entre el hermano menor de Sessa, que vigilaba las tierras cordobesas de la familia desde Rute, y el duque, que estaba tan comprometido con ser una figura en la corte. En momentos estratégicos, don Fernando se había descrito como un «aldeano» poco diestro en los «afeites» cortesanos del hermano mayor. Al definirse así como un ser inhabilitado para la vida de la corte, intentó sustraerse de la obligación de formar parte del séquito que montó su hermano para lucirse en las celebraciones de la boda real de 1615[3].

[2] Biblioteca Francisco de Zabálburu (BFZ), Colección Altamira, carpeta 43, doc. 87, carta fechada el 14 de enero de 1617. Se reproduce la ortografía original, salvo que las abreviaturas se desarrollan y se introduce la cursiva para enfatizar esa parte del texto. Los hermanos son don Luis Fernández de Córdoba Cardona y Aragona, sexto duque de Sessa y su hermano segundo don Fernando, que fue el Abad de Rute aproximadamente hasta 1619. Posteriormente, este puesto fue ocupado por un primo, Francisco Fernández de Córdoba, cuya crónica se citará más adelante. Al nombrar a los miembros de la familia, me limitaré a usar sus nombres de pila.

[3] Ver, por ejemplo, BFZ, Col. Altamira, carpeta 43, doc. 85, carta fechada el 24 de julio de 1615.

A pesar de que el segundón manifestara una resistencia al entorno cortesano de su hermano el duque, es de notar que citara un secreto a voces de la corte, al alegar que Sessa le dio a Lope el título de una comedia. Sea verdad o un rumor sin fundamento, el cotilleo literario que cita el segundón para recriminar al duque por su propia falta de «obras amorosas» nos ofrece una prueba de que la alianza entre el duque don Luis y Lope de Vega se contemplaba a estas alturas como un bien intangible de la casa de Sessa. Esta noción de la alianza literaria como capital cultural nos recuerda que, como ha comentado Antonio Álvarez-Ossorio, la alta nobleza concebía a la corte como «un mercado donde se intercambiaban bienes materiales e intangibles»[4]. Por su parte, los escritores recurrían a este mercado en espera de cambiar sus obras por premios, fuesen tan intangibles como las amistades con nobles poderosos o tan concretos como beneficios rentables. Si esta dinámica ya tenía años de práctica —tal y como nos señala Álvarez-Ossorio en su estudio del tercer duque de Sessa, tío abuelo del que fue mecenas de Lope—, se había intensificado notablemente en la década y media que había transcurrido del reinado de Felipe III y su privado. Para muchos escritores, según Harry Sieber, la corte llegó a considerarse una «fuente magnífica» en la que esperaban saciar su sed de premios y prestigios[5].

En cuanto al caso concreto de la alianza de Lope y el duque de Sessa, la noción de que el mecenazgo literario formaba parte del patrimonio del duque nos es más conocida por el epistolario del dramaturgo. Ahí, son de especial interés los momentos en los que Lope firma sus cartas como un «nuevo Juan Latino», recordando así la fama que obtuvo el tercer duque por su relación con el poeta africano. Hay múltiples ejemplos de esta identificación, como la carta en la que el dramaturgo se despide como «esclavo y Juan Latino del duque de Sessa». En otro momento, expresa el deseo de que la fama pública de su alianza con el duque «honre el techo deste pobre apossento y le enriquezca del valor de tales aguelos y padres, a cuya sombra vivo, como Juan Latino en la del Duque que Dios tiene»[6]. No conviene descartar la vena có-

[4] Álvarez-Ossorio, 2001, p. 78.

[5] Sieber, 1998, pp. 85-116.

[6] Ver Vega, 1935, vol. 3: primera cita de junio de 1615, p. 195; segunda hacia abril de 1616, p. 242.

mica y racista de estas citas, puesto que ya en esta época el poeta de Lepanto estaba en vías de una recanonización por caricaturización, al recordarse en anécdotas pintorescas basadas en tópicos racistas. Fueron decisivos en este proceso la historia granadina de Bermúdez de Pedraza publicada en 1608 y la gramática castellana de Ambrosio Salazar que salió de la imprenta en 1615[7]. Por otra parte, hay que matizar la noción de esclavitud que emplea Lope con una conciencia de la retórica de servilismo que causó tanta consternación en la primera mitad del siglo XX cuando sus cartas empezaron a tener mayor divulgación entre los especialistas. En años más recientes, valiosos estudios sobre la práctica del mecenazgo literario en las cortes del Antiguo Régimen nos han ayudado a leer más allá de la superficie retórica para ver las admoniciones e incluso las decepciones subyacentes en muchas comunicaciones dirigidas a nobles por sus dependientes[8]. De hecho, es preciso tener en cuenta la alta codificación retórica del lenguaje con la que se negociaban las relaciones entre los escritores y sus mecenas ante la alegación ya citada del hermano de Sessa. Es decir, la idea de que el duque colaboró en la composición de una comedia al proveer el título bien podría ser el resultado de una lisonja cortesana. Al ser así, nos ofrecería un ejemplo paradigmático de lo que Alain Viala ha definido como un «mito del mecenazgo», tras el que los escritores ocultaban los fines prácticos que los impulsaban a buscar alianzas con nobles poderosos. De esta manera, alegaban que una sensibilidad artística compartida por el protector y el poeta nutría una amistad que los impulsaba a intercambiar dedicatorias literarias por favores.

Aunque tengamos en cuenta las estrategias retóricas empleadas por Lope y don Fernando cuando se dirigen al duque de Sessa con la necesaria reverencia, no podemos ignorar la noción compartida por ambos de que la alianza entre el poeta y el grande formaba un bien de la casa ducal. Ante esta idea del mecenazgo como capital cultural, es de sumo interés otro texto de la época, *La historia de la Casa de Córdoba*, compuesto por el Abad de Rute hacia 1620, en consulta con Sessa o alguien de su entorno. El manuscrito original de esta crónica oficial de la familia ofrece abundantes testimonios de que la familia estaba

[7] Bermúdez de Pedraza, *Antiguedad y excelencias de Granada*, fol. 138v., y Salazar, *Espejo general de Gramatica en dialogos para saber perfectamente lengua castellana*, pp. 482-487.

[8] Ver, por ejemplo Viala, 1985, pp. 55-69; Biagioli, 1993, y Feros, 2000.

tejiendo una historia de grandeza basada en el concepto de una abundante riqueza en bienes culturales, una noción especialmente importante a la vista de los empeños materiales de la casa de Sessa. Hay indicios de un primer borrador que describía al duque don Luis como «heredero en todo de su padre si con los de *no grande* fortuna se consideran los bienes del animo...» [texto en cursiva tachado en el manuscrito][9]. Tras un repaso se tachó la frase adjetival «no grande», eliminando así el reconocimiento explícito de problemas económicos. La descripción retocada ahora enfatiza la herencia intelectual: «heredero en todo de su padre si con los de fortuna se consideran los bienes del animo»[10]. ¿En qué consistía exactamente la herencia de esos «bienes del ánimo»? En vista de que esta crónica de la familia, al igual que el epistolario del mismo Lope, contempla la casa de Sessa en función de un linaje doblemente exaltado por su ilustre sangre y por su excelencia en el campo de las Letras, conviene marcar un paréntesis para perfilar este patrimonio ducal. Esta indagación nos ayudará a entender por qué el Fénix se alió con esta familia en particular, ya que nos revela una larga y conocida tradición de compromiso familiar con innovaciones en el campo de las comunicaciones.

De manera muy apta para un título que nació con la Edad Moderna, los duques de Sessa se destacaron desde un principio como protagonistas en el proceso de la modernización de las comunicaciones que tuvo lugar en coincidencia con la expansión del imperio. Desde el séquito del Gran Capitán surgió el documento que Frank Norton ha calificado como el primer caso conocido de un libro de noticias divulgado con la imprenta: *La conquista del reyno de Nápoles* (Zaragoza, hacia 1504). Este relato anticipa las estrategias retóricas de las cartas de relación de Hernán Cortés, a medida que un testigo de vista narra en primera persona las hazañas del Gran Capitán en sendas batallas[11]. No se sabe, sin embargo, hasta qué punto la divulgación de esta relación anónima implicó directamente al que fue el primer duque de Sessa.

[9] Fernando Fernández de Córdoba (Abad de Rute), h. 1620, Biblioteca Nacional de España (BNE), Ms. 3.271, fol. 219v.

[10] La situación de la herencia parece haber sido problemática, a juzgar por una versión posterior en BNE, Ms. 11.596, en la que se elimina esta declaración explícita de pobreza material (fol. 104v).

[11] Norton, 1966, p. 75.

El primer caso comprobable de un titular de la casa que se destacó como protector de escritores nos llega en una anécdota pintoresca que protagonizó el yerno del Gran Capitán, el segundo duque (consorte) de Sessa, don Luis Fernández de Córdoba. Un recuerdo de sus acciones como embajador romano durante el papado de Adriano de Utrecht nos viene del historiador Paulo Giovio:

> Tenia Adriano determinado, como hombre enemigo de poetas, de deshazer y echar en el Tyber la estatua del Pasquin. Pero don Luys de Cordoua Duque de Sesa lo impidio con un dicho cortesano, y gracioso, diziendole, Vuessa sanctidad no debe mandar tal cosa, porque Pasquin en lo hondo del rio no callaria como hazen las ranas. Pues quemenlo dixo el Papa hasta hazerlo ceniza, para que no quede rastro ni memoria del: Señor, dixo el Duque, bien esta esso. Pero si lo queman con tanta crueldad, no faltaran poetas amigos suyos, que con versos maledicos venguen las cenizas de su patron, y que señalandole un dia de fiesta celebren siempre el lugar de su suplicio[12].

En primer plano, la cita de un dicho «cortesano y gracioso» nos ofrece un testimonio del culto de la *sprezzatura* que fomentó el manual de Baldassar Castiglione. Pero a la vez, la anécdota pone de manifiesto una conciencia de que, en una época marcada por el cisma religioso y el creciente protagonismo de la imprenta, las comunicaciones se estaban liberando cada vez más del control de las autoridades.

Bajo el segundo duque también se inició la práctica de mecenazgo en la familia, al encargarle al mismo Giovio una biografía del Gran Capitán. El proyecto se interrumpió, primero por el Saco de Roma y un año más tarde, por la muerte del duque. Cabe señalar que cuando falleció este segundo titular, la casa de Sessa figuraba entre los ducados más ricos de España[13]. Pero en los años venideros, el patrimonio material iba a verse perjudicado debido a los avatares de la mortalidad en la época, a los considerables requisitos materiales de servicio a la monarquía en su etapa de expansión, y a la expectativa de vivir noblemente.

[12] Giovio, *Communidades de España... escripto por el doctissimo Paulo Iouio Obispo de Nochera en la vida del Papa Adriano sexto, maestro del inuictissimo Emperador Don Carlos, cuya vida y costumbres se contienen en este libro*, fol. 96v-97r.

[13] Son de especial interés las investigaciones de Liang, 2005, apéndice B. En 1533, los ducados más ricos eran los de Sessa y Frías.

Tras la muerte del embajador «gracioso y cortesano», la casa quedó en manos del tercer duque de Sessa, don Gonzalo, cuando tenía tan sólo siete años. Más tarde, este titular le encargó a Giovio que terminase la biografía del Gran Capitán, a la vez que patrocinó la traducción al italiano para que tuviera mayor difusión[14]. Según la historia del Abad de Rute, este servicio se remuneró «bien a medida de las esperanzas de su autor, o por mejor deçir de su liberalidad natural»[15]. De hecho, como muestra Álvarez-Ossorio, el tercer duque (don Gonzalo) mantuvo el mecenazgo literario y artístico como una «señal de identidad» durante toda su vida. Entre la larga lista de sus beneficiarios encontramos a Tiziano, Leoni, la Academia de los *Affidati* de Pavía, Alfonso de Ulloa y Gutierre de Cetina[16].

Sin embargo, la alianza del tercer duque de Sessa que lograría mayor resonancia en tiempos de Lope fue la que tuvo con Juan Latino. Cuando este profesor y poeta especializado en el latín describió esta relación en las páginas preliminares de su libro de epigramas latinos, recordó al duque como hermano de leche y compañero de estudios[17]. La historia del Abad de Rute omite mención de esta intimidad tan característica de la esclavitud doméstica, pero sí recuerda la educación compartida, al contar que el esclavo acompañaba al joven duque en sus estudios contra la voluntad de sus tutores. Cabe señalar que esta educación humanista del joven titular en la tercera década del siglo XVI sitúa a la familia en la vanguardia de la reorientación de la alta nobleza hacia un compromiso con las Letras. A estas alturas las Letras en general y el latín en particular no se consideraban imprescindibles en la formación de un noble. Hasta en 1548, cuando el virrey de Sicilia (Juan de Vega) redactó instrucciones para el hijo que se iba a la corte, no incluyó el latín ni mencionó un solo libro[18].

[14] Para la historia del encargo, ver la carta de Giovio, firmada desde Roma en 1547, que se publicó en la edición italiana de la obra, Giovio, *La vita di Consalvo Ferrando di Cordova detto il Gran Capitano*.

[15] BNE, Ms. 3.271, fol. 174v.

[16] Álvarez-Ossorio, 2001, pp. 75-84.

[17] *De Augusta et Catholica Regalium Corporum Translatione per Catholicum Phillipum*, Granada, h. 1576, prólogo, s.n.

[18] La famosa «Instrucción de Juan de Vega a su hijo adicionada por el conde de Portalegre (1592)» se publica en Bouza, 1998, pp. 219-234. Para un ejemplo de las numerosas copias que se redactaron en el siglo XVII, ver BNE, Ms. 1.104,

La convivencia del duque don Gonzalo y Juan Latino terminó cuando el duque se marchó de Baena hacia la corte[19]. A continuación, don Gonzalo sirvió a la corona en la Alpujarra, Milán, Lepanto y Nápoles. En cada paso, según las crónicas de la familia, las obligaciones de un militar de alto rango y la obligación de vivir noblemente le causaron apuros económicos. Al considerar esta conocida historia de endeudamiento, se puede perfilar la dinámica que marcó la expansión imperial del siglo XVI, que obligaba a los agentes de la monarquía a gastar su propio dinero con la espera de ser premiados eventualmente. La casa de Sessa nos ofrece quizá el caso paradigmático de una familia que sufrió económicamente debido a esta apuesta, puesto que el duque se vio forzado a vender las tierras napolitanas que fueron el botín del Gran Capitán hasta deshacerse del estado de Sessa.

Cuando murió don Gonzalo en 1578, el ducado pasó a su hermana, doña Francisca. Es de notar que en las crónicas de la casa se la recuerda haciendo referencia a estas dos características: la afición a los libros sobre las antigüedades de España y de su familia, por un lado, y una liberalidad extrema, por el otro. Según cuenta la historia del Abad de Rute, cuando Felipe II reprehendió al duque don Gonzalo por sus gastos exorbitantes, él le respondió que su hermana doña Francisca lo excedía en cuanto a la liberalidad[20]. Al heredar el ducado tras la muerte de don Gonzalo, doña Francisca se vio implicada en un largo y costoso pleito impulsado por un pariente cordobés que alegaba que los fundadores del mayorazgo tenían la intención de favorecer incluso a «los varones mas remotos a las hembras mas propinquas»[21]. Este litigio requirió elaboradas reconstrucciones de los arraigadísimos árboles genealógicos de la familia Fernández de Córdoba. Y por supuesto, la cosecha fue una deuda todavía más imponente para su sobrino y heredero, don Antonio, el quinto titular de la casa y padre del mecenas de Lope.

Para mejorar la situación financiera de la casa, don Antonio intentó ser nombrado virrey de Sicilia, un destino suficientemente renta-

fol. 63-79. En cuanto al análisis y contextualización de este documento, son imprescindibles otros estudios de Bouza: 1992, pp. 72-74, y 2001, p. 57.

[19] BNE, Ms. 3.271, fol. 174v.

[20] BNE, Ms. 3.271, fol. 202v-203r; la anécdota citada es del fol. 202v.

[21] Real Biblioteca (RB), Ms. II/2365, fols. 51r-92v, cita de 53r.

ble como para haberle permitido subsanar las finanzas de la familia[22]. Tras el fracaso de este intento, fue nombrado embajador a Roma en 1590, cargo que iba a ser tan rico culturalmente como materialmente empobrecedor. Según nos muestra el luminoso estudio de Jean Vilar, un auténtico «*brain trust*» se formó alrededor del duque con el objetivo de establecer una ciencia apta para formar a estadistas modernos. Así, por ejemplo, le pidió a fray Luis de León que escribiera un libro sobre las «obligaciones de los estados», proyecto que llevó a cabo fray Marco Antonio de Camos. Más tarde, su relación con Giovanni Botero dio lugar a un opúsculo que se presentó como un suplemento a su famoso tratado sobre la razón de estado[23]. El hilo conductor que unía a todos estos proyectos fue la búsqueda por parte del duque de una manera de encontrar algún tratado político de calidad suficiente como para ofrecerles a los lectores castellanos un sustituto a los tratados prohibidos de Maquiavelo. Este deseo llegó al extremo de que Sessa le propuso a la Inquisición que permitiese una traducción anónima del florentino[24].

La búsqueda de los mejores textos para enseñar la ciencia política no fue el único deber del grande que servía como embajador del rey más poderoso de la época. Había que vivir ricamente. Los extremos de ostentación a los que conducía esta expectativa quedan claros en un memorial que le encargó el duque de Lerma, en el que el duque don Antonio ofrece una larga lista de los sirvientes que tuvo a sueldo en su casa en Roma. Clasifica estos gastos como «cosas de ostentaçion que no se pueden escusar». Como consecuencia, don Antonio acumuló una deuda que excedía los 88.000 ducados cuando la familia dejó la embajada romana en 1602[25]. Claro está, la apuesta que había detrás de este endeudamiento era que la corona remunerase los servicios en Roma con un puesto rentable, como el virreinato de Nápoles o Sicilia.

Pero don Antonio tuvo la mala suerte de iniciar su campaña para obtener un premio digno de su experiencia y adecuado para sus deu-

[22] Se comenta el intento de lograr un nombramiento como virrey de Sicilia en las cartas de Rafael de Negro a Pedro de Acuña, escritas entre septiembre y octubre de 1584. Ver RB, Ms. II/2207, docs. 14 y 15.

[23] Botero, 1598.

[24] Vilar, 1968, pp. 7-28, y especialmente, pp. 16-22.

[25] BFZ, Col. Altamira, carpeta 124, docs. 156-157.

das en el momento que el duque de Lerma tejía una red clientelar en función del parentesco con los Sandovales. Entre las noticias más destacadas de la corte de Valladolid, encontramos las deudas del duque de Sessa y sus malogrados intentos de reducirla sustancialmente con mercedes del rey y hasta con una almoneda. Aunque consiguió un puesto de considerable acceso, al ser nombrado mayordomo mayor en la casa de la reina Margarita de Austria, no obtuvo un puesto rentable. Cuando murió en 1606, se adujo una melancolía profunda causada por apuros económicos. La crónica del Abad de Rute cuenta que el duque estaba en el lecho de muerte cuando llegó Pedro Franqueza para decirle que el rey le había concedido diez mil ducados de renta en reconocimiento de su servicio y sus dificultades[26]. Este relato de su muerte ofrece una clara estampa de la corte en el apogeo de Lerma. Hasta un grande dependía de una jerarquía de hechuras del privado.

En este momento tan problemático para la familia, heredó el mayorazgo don Luis, el mecenas de Lope. La historia del Abad de Rute describe hasta qué punto su formación se vio marcada por el entorno romano del padre. Así, cuenta que tuvo una educación en «humanidad» en Roma, y después viajó por toda Italia «dissimulado para que justamente entre otras se le pudiesse aplicar la prerogatiua de saber que dio al Ulysses Homero de que avia visto muchas çiudades, y costumbres de hombres»[27]. Mas esta formación, tan a la medida del humanismo del siglo XVI y la corte de Felipe II, no iba a ser la más indicada para prosperar bajo el hijo del rey prudente. Es decir, a finales del siglo XVI, mientras el Ulises de la casa de Córdoba viajaba por Italia, Lerma medraba en la casa del joven príncipe.

Curiosamente, el primer documento que hace constatar a don Luis como figura en la corte dominada por Lerma le da un perfil uliseano. No es, sin embargo, un testimonio de una agudeza fomentada por peregrinaciones en diversas tierras, la faceta del héroe homérico que los humanistas del XVI tanto apreciaban. Más bien recuerda al viajero homérico cuando vuelve a casa desprovisto de bienes materiales. Así, en 1604 le escribió una nota al conde de Gondomar en la que le pe-

[26] BNE, Ms. 3.271, fols. 217v-218r. Se narran las circunstancias de la muerte también en Cabrera de Córdoba, *Relaciones de las cosas sucedidas en la corte de España desde 1599 hasta 1614*, pp. 268-269.

[27] BNE, Ms. 3.271, fol. 219v.

día un caballo prestado, para que pudiera asistir a una máscara que iba a celebrar el nacimiento de un nieto del duque de Lerma. Escrita de su propia mano desde una posada, la carta comenta «la causa tan justa que me ha determinado a obedecer y que sin caballos no ser ya possible llevar adelante este buen proposito. Suplico a vuestra merced mande prestarme el castaño que el otro dya me mostro»[28]. Quizá la educación de Ulises sí cundió, en el sentido de que esta nota muestra la conciencia de que en esa nueva corte el acceso al poder se iba a barajar en contextos lúdicos.

De hecho, el compromiso del mecenas de Lope con la faceta lúdica de la vida cortesana dio lugar a algunas situaciones comprometedoras. Así relata Luis Cabrera de Córdoba cómo una serenata nocturna que montó Sessa en el verano de 1609 suscitó una confusión de identidades, gritos de pajes y finalmente, una riña callejera que enfrentó al de Sessa con el duque de Maqueda. Dicho conflicto necesitó la mediación de nada menos que el cardenal de Toledo y el duque de Infantado. Vemos, pues, un episodio que dista poco de una trama de capa y espada del propio Fénix, con la única diferencia de que las reyertas escenificadas no solían dejar heridas permanentes, mientras que la serenata veraniega del duque lo dejó con la cara cicatrizada[29].

La dificultad que nos presenta este acontecimiento pintoresco de la vida del duque de Sessa —al igual que casi cualquier otro ejemplo de la fusión cortesana del ocio con el negocio[30]— es que ha ocultado el lado serio de toda una serie de acciones que buscaban protagonismo en la corte. Recordemos que aunque llegase a la corte de Lerma con un caballo prestado y acabase con la cara marcada, el be-

[28] Carta fechada el 8 de diciembre de 1604, en RB, II/2178 (1604), doc. 209.

[29] Ver la crónica de Cabrera de Córdoba, *Relaciones de las cosas sucedidas en la corte de España desde 1599 hasta 1614*, p. 381. Gracias a las investigaciones exhaustivas y la acostumbrada generosidad de Bernardo García García, hemos podido suplementar la versión de Cabrera con un documento poco conocido que nos ofrece una prueba fehaciente del alcance y la resonancia de esta noticia, puesto que llegó a los ojos del archiduque Alberto, por medio de una carta de Luis Alarcón, el contador mayor de Madrid; carta fechada el 1 de agosto de 1609, en Archives Générales du Royaume de Belgique, Sécrétarie d'État et Guerre, Reg. 481 (Correspondance de l'Archiduc Albert avec Luis Alarcón, contador mayor à Madrid, tome II).

[30] Para una discusión teórica del lado serio de acciones lúdicas de cortesanos, es especialmente valioso el estudio de Whigham.

nefactor mecenas de Lope sí llegó a considerarse un aspirante para el puesto que llegó a ocupar Olivares bajo Felipe IV. Cuando Sessa fue exiliado de la corte en 1611, supuestamente por haber insultado a un alguacil, el cronista Cabrera de Córdoba adujo un motivo político: «no gustaban de la merced que el príncipe le hacía, que se aficionaba mucho y holgaba le viese de ordinario, y le pedía algunas niñerías de que se gusta en aquella edad, y se le mandó que no entrase en el aposento de su Alteza»[31]. Estas «niñerías» —junto con las comunicaciones íntimas en las cartas de Lope— han fomentado juicios negativos entre destacados lopistas. No obstante, las niñerías cortesanas de Sessa distan poco de los gestos tras los cuales Olivares se ganó la confianza del príncipe. Recordemos la famosa anécdota que recoge John Elliott sobre un momento en que el príncipe desdeñosamente lo mandó salir de su cámara; al marcharse, Olivares besó el orinal del heredero que llevaba en las manos[32].

Aun después de su exilio, Sessa figuró como un aspirante para la privanza bajo el futuro Felipe IV en la época marcada por una clara inestabilidad en el centro del poder. Aquí podríamos situar el famoso testimonio de Quevedo sobre la competencia por lucir el séquito más brillante durante una jornada de la boda real de 1615: «[el] Duque de Sessa, que vino con gran casa de caballeriza y recámara e hizo entrada de Zabuco en el pueblo, trujo consigo a Lope de Vega, cosa que el Conde de Olivares imitó de suerte que viniendo en el propio acompañamiento, trujo un par de Poetas sobre apuesta [...]. El Duque de Máqueda vino con mucha gente y muy lucido acompañando a su ex[celenci]a mas no trujo poeta cosa que se notó»[33]. Nuevamente vemos al duque don Luis apostando por una vía lúdica hacia el protagonismo político, al igual que su padre había apostado por la trayectoria más tradicional de un estadista. En cada caso, la apuesta concordaba con el ambiente de la corte, en la que el titular luchaba por salvar a una casa acribillada por las deudas.

Pero la apuesta lúdica del sexto duque de Sessa le ha dado una imagen decididamente negativa. Jean Vilar, por ejemplo, asevera que don Luis parece haber desaprovechado las lecciones acerca de las «mu-

[31] Cabrera de Córdoba, *Relaciones de las cosas sucedidas en la corte de España desde 1599 hasta 1614*, relación fechada a 2 de julio de 1611, p. 442.

[32] Elliott, 1986, p. 30.

[33] Quevedo, *Epistolario completo*, carta X, 21 de noviembre de 1615.

taciones» políticas que se encontraban en la rica biblioteca de su padre, mientras que Olivares, otro hijo de embajador romano, parece haber aprovechado plenamente los libros del suyo[34]. Las historias literarias han sido aún más duras, al contemplar a Sessa como un aristócrata frívolo, vano y, por ende, poco merecedor de la adulación y el servilismo de Lope. Aquí no viene al caso citar las imprecaciones dolidas de González de Amezúa. Pero hasta Melveena McKendrick, al esclarecer el enjundioso pensamiento político de Lope, lo presenta como un logro llevado a cabo a pesar de la relación con el duque de Sessa. Juzga al grande de la siguiente manera: «*not a person to inspire or warrant political confidences or intellectual discussion*» [una persona que no inspiraba o merecía confianzas políticas o discusiones intelectuales][35]. No será posible contrarrestar estas impresiones definitivamente en el caso de un grande que no ocupó un cargo oficial y, por tanto, no dejó un historial como embajador o virrey que se pudiese yuxtaponer con las comunicaciones privadas que se conservan en el epistolario de Lope.

Quizá la única manera de matizar los juicios negativos sobre el duque que se pueda justificar con la documentación existente, nos viene al servirnos del marco teórico de Maria Grazia Profeti, y su descripción de la «operación revolucionaria» tras la cual Lope retomó la posesión de sus textos teatrales[36]. Sessa como mecenas y coleccionista fue un colaborador clave en esta operación. En este sentido, matizaría los juicios severos de Vilar y McKendrick para señalar que Sessa no fue un noble que ignoró la ciencia de «mutaciones» que se recogía en la biblioteca romana de su padre, sino más bien se interesó por la consideración de estas teorías en un medio de comunicaciones más flexible, accesible y entretenido. Es más, a medida que el coleccionismo de Sessa llegó a abarcar las copias originales de las cartas amorosas escritas por Lope a Marta Nevares, anticipó el culto moderno al «genio» literario. Por tanto, este componente del coleccionismo que González de Amezúa reveló como una prueba de una sexualidad enfermiza, es, desde otra perspectiva, una de las primeras manifestaciones del coleccionismo sistemático basado en una noción moderna del autor.

[34] Vilar, 1968, p. 21.

[35] McKendrick, 2000, p. 33.

[36] Profeti, 1998, pp. 11-44; ver especialmente p. 11 y pp. 20-23.

Comparemos la pasión por textos teatrales de Sessa con la actitud hacia el teatro de un contemporáneo con quien los estudiosos actuales se han mostrado más comprensivos. En 1611, justo cuando Sessa profundizaba en su coleccionismo teatral, Sir Thomas Bodley le encargó a un sirviente la planificación de la colección que llegaría a ser la Biblioteca Bodleiana de Oxford. Clasifica las obras teatrales, junto con almanaques y pragmáticas, en la despreciada categoría de «libros de bagaje». De paso, clasifica a los dramaturgos y su público como *riff-raff*, o gente soez. Reconoce que quizá una obra teatral de cada cuarenta que se escribían en Inglaterra podría tener algún valor duradero, pero concluye que unos pocos textos dignos de salvarse no contrarrestarían el peligro que significarían los libros de teatro para la calidad de su biblioteca: «cuanto más contemplo esta posibilidad más me disgusta la idea de que a tales libros se les conceda un lugar en una biblioteca tan noble»[37]. Mientras que Bodley luchaba para desterrar al teatro popular de la república de Letras, Sessa juntaba vorazmente los originales de las piezas de Lope, y según su hermano menor, hasta colaboró en el título de una de ellas. O sea, desde la perspectiva de la evolución hacia el autor moderno, el grande juzgado como decadente y vano parece más bien un noble que manifestó una postura vanguardista en el campo de las Letras. Dicha actitud parece haber surgido tras el doble impulso de la tradición intergeneracional de apoyar innovaciones en el campo de las comunicaciones, por una parte, y una mermada hacienda que necesitaba la búsqueda de capital cultural, por otra.

A manera de conclusión, cabe señalar que, como diría un memorable personaje creado por el *riff-raff* de Stratford-upon-Avon, la propuesta aquí no es elogiar a Sessa, sino tan sólo proponer una reconsideración de su alianza con Lope en términos que le hubieran sido comprensibles a él y a sus coetáneos. Con este fin, cabe preguntarse qué resultados tuvo la pública colaboración de Sessa en esa «operación revolucionaria» de Lope. Ante esta pregunta, conviene volver a la cita epistolar del segundón de la familia de Sessa con la que partimos, para contemplar la pieza de teatro en cuyo nombramiento colaboró el duque[38].

[37] Citado en Bentley, 1971, p. 52. La traducción al castellano es mía.

[38] Cito de la primera versión conocida, conservada en la *Onzena parte de las comedias de Lope de Vega Carpio*, Madrid, 1618. Fechada entre 1613-1618 por

Obras son amores, al igual que otras comedias de privanza, fundamenta su comicidad en los tropiezos que produce la ambición cortesana al exigir sacrificios de la dignidad en la vida privada. Llama la atención en esta obra en concreto la erotización del clientelismo palaciego[39]. A pesar de que la obra se sitúa en la exótica y ficticia lejanía de la corte del rey Felisardo de Hungría, los enredos hubieran tenido una resonancia inmediata en cualquier espectador o lector que conociera la corte dominada por el duque de Lerma. La acción se inicia a finales de una fiesta cortesana de disfraces, en la que el rey Felisardo de Hungría se encapricha con una mujer desconocida que describe como un «monstruo de la naturaleza» (fol. 75r). Le pide a su privado Lucindo que busque a esa mujer. No tiene que buscar muy lejos, ya que ese monstruo resulta ser Laura, su amante. En consecuencia surge una dramática deliberación en cuanto a las dos opciones. Por un lado, puede proteger sus intereses privados al decirle al rey que la mujer «monstruo» no se localiza. Por otro, se presenta la posibilidad de prosperar como privado del rey, al entregar a su amante. Opta por la ambición, decisión que comenta con la rima de «oficio» y «sacrificio». Intenta, sin embargo, controlar la situación, al pedirle a su amada que reciba al rey de manera «descuidada» para que no le sea atractiva (fol. 76r). Pero este plan fracasa debido a que Laura y sus sirvientes también tienen ambiciones de medrar en la sombra del rey. Así, para gran consternación de Lucindo y genial efecto cómico, el día de la primera visita del rey, Laura, su salón y sus sirvientes lucen elegancia y pulcritud. Según la didascalia de la «Parte oncena» de la comedia, «*sale Laura con lechuguillas, y el mejor vestido que pueda*» (fol. 79r).

El resto de la comedia se basa en los enredos producidos por la competencia entre confidentes del rey en paralelo con las intrigas que ingenia Lucindo para que Laura le tenga celos y deje de recibir al rey en su casa. En una trama secundaria, Laura se convierte en una vía de acceso al rey para parientes ansiosos de recibir mercedes, como el caso de un primo que busca un premio por sus servicios militares en Italia.

Morley y Bruerton, 1968, p. 371. Las citas del texto se insertarán en paréntesis intratextuales con referencia al número del folio de la *Onzena parte*.

[39] Alison Weber, en un reciente estudio sobre las *Rimas sacras*, demuestra hasta qué punto la erotización del clientelismo marcó la poesía lírica del escritor. Ver Weber, 2005.

Y de estas aspiraciones familiares surge el título, puesto que Laura le reprehende al rey por no remunerar sus servicios con mercedes. Al protestar que en su casa no hay ni una flor que le haya dado el rey, Laura le dirige esta admonición:

> Se espantan los que lo saben
> de que no me hagais favor,
> que aunque me favoreceis
> con mostrarme tanto amor,
> Obras, señor, son amores,
> que buenas razones no... (fol. 94v).

A continuación, la comedia concluye cuando el rey se presenta finalmente con una caja grande que contiene el tan añorado y tardío premio por sus servicios. Dentro está Lucindo, dando lugar a un matrimonio, tan apropiado para el género cómico, como problemático para las aspiraciones materiales de Laura y su familia.

Al ver cómo surge el título de la obra a través de esta amonestación por la falta de generosidad y recompensa, podemos apreciar hasta qué punto acertó el hermano menor del duque de Sessa cuando invocó esta comedia[40]. Al tomar en cuenta los servicios de alcahuetería que Lope le prestaba a su mecenas, sería difícil encontrar una cita teatral más ferozmente apropiada. Sin embargo, no se puede descartar la posibilidad de que el mal pagado hermano menor del duque de Sessa citara la pieza debido al valor tópico del título. Por sí solo, «obras son amores» fue un aforismo que incitaba a la liberalidad en personas poderosas. Se recoge de esta manera en una obra cuya accidentada historia de censura y publicación marcó un punto de continuidad entre el mecenazgo del quinto duque de Sessa y el de su hijo, mecenas de Lope. *La doctrina política* del doctor Eugenio de Narbona glosa este dicho de la siguiente manera: «el vnico y mas cierto medio para vivir con seguridad los Principes, es hazer obras que merezcan el amor de sus vasallos, que Dios ampara y defiende al Rey que defiende y ampara sus gentes»[41]. En realidad, poco importa si el segundón de la casa

[40] Ver nota 2.

[41] Narbona, *Dotrina politica civil, escrita por aphorissmos sacados de la dotrina de los sabios, y exemplos de la experiencia*, fol. 85r. Sobre la historia de su publicación, ver Vilar, 1968, pp. 7-19.

de Sessa recurriera a la cita debido al valor aforístico y tópico del dicho «obras son amores», o la eligiera tras haber leído u oído la comedia. De cualquier forma, la cita teatral nos permite constatar que la alianza entre Lope y Sessa se llegó a contemplar con referencia a una comedia de privanza.

Tanto Lope entregando a Sessa sus cartas de amor, como el mismo duque haciendo «niñerías» para el futuro Felipe IV se podrían ver reflejados cómicamente en el «sacrificio» por «oficio» de Lucindo, el sufrido privado de *Obras son amores*. Ostentar una comedia de privanza como patrimonio ducal no iba a tener connotaciones tan fáciles de anticipar y controlar como lucir una carroza en las calles de Roma o patrocinar un libro de Botero dirigido a una minoría letrada. El sexto duque de Sessa, al haber practicado un mecenazgo innovador e incluso revolucionario para aumentar su perfil público, se expuso al peligro inherente en este medio de comunicaciones modernizante. Tal y como intuyó el descontento hermano menor, el grande que se glorificara con referencia a una comedia lopeveguesca podría también ser juzgado con referencia a la misma.

Bibliografía citada

Álvarez-Ossorio, Antonio, *Milán y el legado de Felipe II: Gobernadores y corte provincial en la Lombardía de los Austrias*, Madrid, Sociedad Estatal para la Conmemoración de los Centenarios de Felipe II y Carlos V, 2001.

Bentley, Gerald Eades, *The Profession of Dramatist in Shakespeare's Time, 1590-1642*, Princeton, Princeton University Press, 1971.

Bermúdez de Pedraza, Franscisco, *Antiguedad y excelencias de Granada*, Madrid, 1608.

Biagioli, Mario, *Galileo Courtier: The Practice of Science in the Age of Absolutism*, Chicago, University of Chicago Press, 1993.

Botero, Giovanni. *Aggivnte di... alla sua ragion di Stato,* Venezia, 1598.

Bouza, Fernando, *Del escribano a la biblioteca: la civilización escrita europea en la alta edad moderna (siglos xv-xvii)*, Madrid, Síntesis, 1992.

— *Imagen y propaganda. Capítulos de historia cultural del reinado de Felipe II*, Madrid, Akal, 1998.

— *Corre manuscrito. Una historia cultural del Siglo de Oro*, Madrid, Marcial Pons, 2001.

Cabrera de Córdoba, Luis, *Relaciones de las cosas sucedidas en la corte de España desde 1599 hasta 1614*, Madrid, 1857.

De Augusta et Catholica Regalium Corporum Translatione per Catholicum Phillipum, Granada, h. 1576, prólogo, s.n.

ELLIOTT, John H. *The Count-Duke of Olivares: The Statesman in an Age of Decline*, New Haven y London, Yale University Press, 1986 (ed. española: Barcelona, Crítica, 1990).

FEROS, Antonio, *Kingship and Favoritism in the Spain of Philip III, 1598-1621*, Cambridge, Cambridge University Press, 2000 (ed. española: Madrid, Marcial Pons, 2002).

GARCÍA GARCÍA, Bernardo José, «Honra, desengaño y condena de una privanza. La retirada de la corte del cardenal Duque de Lerma», en *Monarquía, imperio y pueblos en la España Moderna. Actas de la IV reunión científica de la Asociación Española de Historia Moderna (Alicante, 27-30 de mayo, 1996)*, pp. 679-695.

GIOVIO, Paulo, *La vita di Consalvo Ferrando di Cordova detto il Gran Capitano*, trad. Ludovico Domenichi, Firenze, 1550.

— *Communidades de España... escripto por el doctissimo Paulo Iouio Obispo de Nochera en la vida del Papa Adriano sexto, maestro del inuictissimo Emperador Don Carlos, cuya vida y costumbres se contienen en este libro*, trad. Gaspar de Baeza, Granada, 1563.

LIANG, Yuan-Gen, *Family and Power in Early Modern Europe: The Fernández de Córdoba Lineage, Service, and the Construction of the Spanish Empire*, Thesis (Ph. D.), Princeton University, 2005.

MCKENDRICK, Melveena, *Playing the King: Lope de Vega and the Limits of Conformity*, London, Tamesis, 2000.

MORLEY, S. Griswold y BRUERTON, Courtney, *Cronología de las comedias de Lope de Vega*, trad. M. R. Cartes, Madrid, Gredos, 1968.

NARBONA, Eugenio, *Dotrina politica civil, escrita por aphorissmos sacados de la dotrina de los sabios, y exemplos de la experiencia*, Madrid, 1621.

NORTON, F. J., *Printing in Spain, 1501-1520*, Cambridge, The University Press, 1966.

PROFETI, Maria Grazia, «Strategie redazionali ed editoriali di Lope de Vega», en *Nell'officina di Lope*, Firenze, Alinea, 1998, pp. 11-44.

QUEVEDO, Francisco de, *Epistolario completo*, ed. L. Astrana Marín, Madrid, Alianza, 1946.

SALAZAR, Ambrosio de, *Espejo general de Gramatica en dialogos para saber perfectamente lengua castellana*, Rouen, 1615.

SIEBER, Harry, «The Magnificent Fountain: Literary Patronage in the Court of Philip III», *Cervantes*, 18.2, 1998, pp. 85-116.

VEGA CARPIO, Lope de, *Onzena parte de las comedias de Lope de Vega Carpio*, Madrid, 1618.

— *Lope de Vega en sus cartas*, ed. A. González de Amezúa, Madrid, Real Academia, 1935.

VIALA, Alain, *Naissance de l'écrivain*, Paris, Editions de Minuit, 1985.

VILAR, Jean, «Intellectuels et Noblesse: Le *Doctor* Eugenio de Narbona», en A. Bensoussan y otros, *Études Ibériques*, 3, Rennes, Université de Rennes, 1968, pp. 7-28.

WEBER, Alison, «Lope de Vega's *Rimas sacras*: Conversion, Clientage, and the Performance of Masculinity», *PMLA*, 120.2, 2005, pp. 404-421.

WHIGHAM, Frank, *Ambition and Privilege: The Social Tropes of Elizabethan Courtesy Theory*. Berkeley, University of California Press, 1984.

LOPE, LERMA Y SU DUQUE A TRAVÉS DEL EPISTOLARIO Y VARIAS COMEDIAS

Felipe B. Pedraza Jiménez
(Universidad de Castilla-La Mancha)

Lope y la aristocracia

A lo largo de su dilatada vida, Lope mantuvo una compleja y, en cierta medida, paradójica relación con la nobleza y el poder. Podría afirmarse que existió entre el poeta y la aristocracia un juego de atracción y repulsión. Tenemos mil elogios de los magnates de su tiempo, dedicatorias, peticiones varias... Por sus versos aparecen, siempre tratados con reverencia y aun con aparente fervor, los duques de Alba, Béjar, Osuna, Lerma, Sessa..., el marqués de Santa Cruz, el conde de Lemos, el de Niebla... Las relaciones, excepto con el de Sessa, nunca tuvieron continuidad ni, al parecer, dieron al poeta los beneficios que esperaba.

Probablemente, la razón que subyace a estas fallidas búsquedas del mecenazgo la expresó el propio Lope en la epístola *A don Gregorio Angulo*:

> Mas tengo tan sujeto el albedrío
> a la necesidad o a las excusas
> de no sufrir ajeno señorío,
> que soy galán de las señoras musas...[1]

[1] Lope de Vega, *Obras poéticas*, pp. 758-759.

Nuestro poeta, a pesar del impostado servilismo de su epistolario al duque de Sessa, fue siempre un mal criado, incapaz de someterse a la disciplinada disponibilidad que exigía la aristocracia de la época. Pero, además —y esto me parece de mayor relieve—, podía prescindir de su directa protección porque, a pesar de no tener títulos académicos ni empleos remunerados, disponía de una fuente de ingresos, casi siempre saneada: el teatro. A diferencia del conjunto de los escritores de su tiempo, Lope podía vivir de las señoras musas.

Esa seguridad espoleaba un secreto orgullo, una enérgica voluntad de independencia, de la que el propio poeta no debía de ser enteramente consciente. Esa resistencia irreductible se combinaba, en viva paradoja, con el deseo de encontrar un mecenas al que servir.

En este contexto psicológico y sociológico hay que entender sus relaciones con la cúspide de esa aristocracia buscada y evitada a un tiempo, que en el período que aquí se trata estaba representada por el propio rey Felipe III y por su valido, el duque de Lerma.

Varios de quienes comparten conmigo estas páginas han analizado en densas monografías y brillantes artículos la carrera del ya famosísimo Lope de Vega en persecución del patronazgo del rey y su primer ministro[2].

Como más tarde ocurriría con Felipe IV y el conde-duque de Olivares, el contacto y las relaciones de Lope con el vértice del poder fueron constantes, aunque de ellas no se dedujeran los resultados a los que decía aspirar el poeta, en especial el nombramiento como cronista real al que alude en numerosas ocasiones.

Encuentros y desencuentros

Para explicar ese fracaso, Belén Atienza ha buceado en las secretas intenciones que alientan en los primeros textos que Lope escribe para el nuevo monarca, con ocasión de sus bodas. Entre ellos el más notable es *Fiestas de Denia*, en el que se remonta, como en otros lugares (la comedia *El último godo*, el poema *Jerusalén conquistada*), a los orígenes de la casa Sandoval en la figura mítica de Sando Cuervo, compa-

[2] Ver los trabajos de Wright, 2001a, 2001b y 2002; Ferrer, 1991; García García, 1998; Arata, 2004; Alviti, 1999-2000 y 2000, y Atienza, 2000.

ñero y consejero del restaurador de España: don Pelayo. Con estas referencias Lope venía a sumarse a la campaña propagandística del privado. Pero, en opinión de Atienza, «la manera en que endiosa a los monarcas no deja de ser una lección de humildad para el duque de Lerma, que necesariamente debe situarse en un plano muy inferior»[3]. A partir de aquí conjetura:

> las tibias alabanzas de Lope al duque de Lerma fueron la manera cautelosa en la que nuestro dramaturgo intentó navegar en las turbulentas aguas de la intriga cortesana sin ofender ni a los partidarios ni a los críticos del valido[4].

Es cierto que Lope quiso estar en muchas ocasiones *au dessus de la melée*. Wright nos ha explicado el juego de referencias al poder en la creación, representación y edición de *El premio de la hermosura*, comedia encargada por la reina Margarita, puesta en escena en los territorios del duque de Lerma y dedicada al conde-duque de Olivares[5]. Enlaza así grupos de poder que habían estado o estaban en abierta lucha[6].

Es posible que los elogios al duque de Lerma sean tibios, como quiere Atienza; pero va a ser difícil encontrar un poeta que haya dedicado tantos versos al valido y haya aludido tantas veces a sus glorias familiares y con tanto entusiasmo, quizá sólo aparente (más adelante veremos algunos puntazos críticos).

Con ocasión de una enfermedad del duque de Lerma en el verano de 1611, Lope lo elogia en carta privada al de Sessa, al parecer sinceramente, aunque haciendo constar su desinterés en la alabanza:

> ...lastimaría a toda España faltase tan cristiano príncipe y tan dichoso en su gobierno, pues desde que él está al lado del rey, nuestro señor, no ha tenido España cosa adversa, y esto bien se puede creer a mí, que no tengo de obispar de ninguna suerte[7].

[3] Atienza, 2000, p. 46.

[4] Atienza, 2000, p. 48.

[5] Wright, 2002, pp. 98-110 y 106-107.

[6] Ver, sobre las luchas en la corte de Felipe III, la monografía de Sánchez, 1998.

[7] Lope de Vega, *Epistolario*, tomo III, p. 52. Modernizo la ortografía, desarrollo las abreviaturas y deshago las contracciones hoy en desuso. Citaré en lo sucesivo con la inicial E y señalando tomo y página.

En cualquier caso, la decepción o la inquina (incluso los «recelos» o la «cierta rivalidad» de que habla Atienza)[8] de don Francisco de Sandoval con el poeta no debieron de ser muy consistentes o duraderos. A lo largo de su gobierno, se le llama reiteradamente a palacio, en especial para prestigiar las fiestas que se celebran en la ciudad de Lerma.

Algunos intentos de Lope de acercarse al entorno real y, en particular, al valido no dejaron de causarle conflictos en su relación con el duque de Sessa, su más firme aunque extravagante valedor.

El episodio más conocido de esas tensiones se produjo, como es bien sabido, con ocasión del proyectado viaje de los reyes a Portugal en 1611. Haciéndose eco de ese rumor, Lope, como al desgaire y sin duda con ánimo exploratorio, expone al de Sessa sus propósitos, en carta que Amezúa fecha entre el 1 y el 5 de julio:

> Dicen todavía que sus majestades van a Portugal y que en dos años no volverán aquí: terrible soledad sería, y si fuese, yo pienso dar una vuelta a Portugal, cuando entren en ella, con licencia y beneplácito de vuestra excelencia (*E*, III, p. 40).

No le gustó ni poco ni mucho al de Sessa, que estaba desterrado, este proyecto de Lope, cuya razón íntima se explica unos días después (en carta fechable entre el 13 y el 18 de julio de 1611), al tiempo que se renuncia a él para no disgustar al mecenas:

> El ánimo era obligar a los reyes en el viaje con las cosas que se ofreciesen, y al duque para volver a tratar de mi pretensión antigua de coronista; pero yo no quiero ni he menester otro señor que vuestra excelencia... (*E*, III, p. 45).[9]

Podía haberse ahorrado todas estas explicaciones ya que la muerte de la reina iba a dar al traste con el viaje a Portugal y con las esperanzas puestas en él.

[8] Atienza, 2000, p. 48.

[9] Parece evidente que, en boca de Lope, «las cosas que se ofreciesen» no pueden ser más que escritos poéticos o piezas teatrales de encargo.

LA DATACIÓN DE *EL PREMIO DE LA HERMOSURA*

Pero en julio de 1611 Lope tenía posiblemente motivos para pensar que la casa real se interesaba especialmente por sus servicios.

Como ya sabemos, al dedicar la edición de *El premio de la hermosura* (Parte XVI, 1621) al conde-duque de Olivares, Lope señala que «la reina, nuestra señora, que Dios tiene, me mandó escribir esta comedia». A partir de esta afirmación y considerando que el príncipe, nacido en 1605, representó el papel de Cupido, Morley y Bruerton deducen que la fecha *a quo* ha de ser 1609, ya que «no pudo haber representado su papel hasta tener por lo menos cuatro años». Como en una *Relación* del espectáculo se afirma que «teniéndola estudiada los cuatro serenísimos hermanos y algunas señoras damas, estuvo determinada para otras ocasiones»[10], interpretan que «se había representado en una fecha anterior»; pudo ofrecerse «antes de la muerte de la reina Margarita, ya que suponemos que Lope se apresuraría a acatar una orden de la reina, pero no tenemos prueba de ello» [11].

Yo también lo supongo y creo tener un indicio que quizá nos permita reconstruir algunas vicisitudes de esa representación.

En fecha indeterminada, que Amezúa fija interrogativamente en el verano de 1611, Lope empieza una carta al duque de Sessa con estas palabras: «Yo vengo ahora, señor excelentísimo, de dar la comedia que acabé para las Jerónimas de Burgos de palacio» (*E*, III, p. 39). Este texto ha sido muy citado[12] para demostrar la participación de Lope en la escena palaciega hacia 1611; pero creo que no se han extraído de él todas las consecuencias: obviamente, la comedia para las damas palaciegas metidas a actrices (las «Jerónimas de Burgos de palacio») no puede ser otra que *El premio de la hermosura*, una de las escasas obras de Lope escritas para que la interpretaran una cuadrilla de damas (repetirá la experiencia en 1622 con *El vellocino de oro*).

Si esta deducción no está equivocada, las piezas encajan sin problemas. La obra se empezó a ensayar en aquel verano de 1611, pero su representación no pudo realizarse de inmediato porque la reina estaba a punto de dar a luz. El propio epistolario de Lope, en carta de

[10] Editada por Ferrer Valls, 1993. La cita, en p. 245.

[11] Morley y Bruerton, 1968, pp. 269-270.

[12] Lo comenta, por ejemplo, García García, 2003. La cita, en p. 50, nota 38.

24 de septiembre al desterrado Sessa, refleja el acontecimiento y las distintas reacciones que provocó:

> Anoche hubo en Madrid luminarias por el parto de la reina, nuestra señora. Dicen que allá [¿en la corte?] no se huelgan de que sea infante; el pueblo celebró esta alegría; que siempre desea sucesión (*E*, III, p. 63).

Pero unos días después, el 30 de septiembre, se hace eco de «el arrebatado y improviso mal de su majestad de la reina» (*E*, III, p. 63) y en la carta siguiente, de 5 o 6 de octubre, comunica su muerte, con un pesar que parece muy hondo y sincero: «No sé cómo escriba a vuestra excelencia la muerte lastimosa de un ángel, que me falta ánimo verdaderamente para referirla» (*E*, III, p. 64). Y días más tarde, 9 de octubre, vuelve a expresarse de forma inequívoca:

> ...encarecen el sentimiento de su majestad; bien le puede tener, pues toda España le tiene, aunque él podrá hallar mujer, y España no tan grande, tan santa, ni tan humana y piadosa señora (*E*, III, p. 66).

La emoción que traslucen estas palabras no es óbice para que, en esas mismas cartas y en las sucesivas, Lope se chancee de las extravagancias en el luto y las ceremonias fúnebres. También alude a los actores, condenados al hambre por la suspensión de las representaciones, y a sus propias estrecheces al perder esta fuente de ingresos:

> Yo he despedido a las musas por falta de comedias: falta me han de hacer; que al fin socorrían tanta enfermedad como mi casilla padece (*E*, III, p. 65).

A la vista de estos datos, todo parece claro: Margarita de Austria encargó, en efecto, una comedia para ser representada por las damas de palacio (¿quizá para celebrar el nacimiento del nuevo hijo?) y Lope la entregó en el verano de 1611. *El premio de la hermosura* no pudo estrenarse de inmediato por la muerte de la reina y quedó en reserva hasta que sus hijos la retomaron para representarla en Lerma el 3 de noviembre de 1614 en honor de su padre.

Lope no asistió al estreno de *El premio de la hermosura*

A este estreno, presumiblemente, no asistió Lope. De nuevo, el epistolario nos permite dibujar este pormenor de su biografía. El poeta había dedicado la primera parte del año 1614 a preparar su ordenación como sacerdote en Toledo. El 24 de marzo escribe al de Sessa: «Yo quería concluir de una vez, señor excelentísimo, con mis órdenes, y pues ya tengo epístola, no dilatar las demás por no estar con este cuidado» (*E*, III, p. 143). En abril habla, en tono de disculpa y con aires de no pensar en cumplirlo, de que iría a saludar a su mecenas «si hubiera tiempo para ir y volver a Madrid a tiempo de las diligencias y examen del grado que he de tomar, siendo Dios servido» (*E*, III, p. 145). A mediados de mayo anuncia: «Aquí he negociado que me ordenen las Témporas de la Trinidad de misa. Vuestra excelencia se aperciba para oírmela decir el día del Corpus en mi oratorio» (*E*, III, pp. 153-154).

Casimiro Morcillo apunta la fecha del 24 de mayo de 1614 como la de la ordenación de Lope[13].

En el otoño de ese mismo año se estrena *El premio de la hermosura* en Lerma. El autor no alude a esa representación en su epistolario. Es verdad que da escasas noticias de sus piezas teatrales pues, como justifica en carta del 2 de julio de 1611 en referencia a *El mejor mozo de España*, «no le escribí de esto nada a vuestra excelencia porque comedias en mí es como paños en Segovia, color en Granada, guadamecíes en Córdoba y vocablos nuevos en don Lorenzo [Ramírez de Prado]» (*E*, III, p. 42).

La relación anónima que publicaron Ramírez de Arellano y Sancho Rayón y reprodujeron Menéndez Pelayo y Teresa Ferrer no señala la asistencia de Lope[14]; tampoco lo hace la relación manuscrita de Hurtado de Mendoza[15]; aunque ambas le atribuyen, entre grandes elogios, la obra representada. No deja de ser llamativo que la relación impresa limite las referencias al de Lerma a una leve alusión inicial: «con gran cuidado del duque de tener fiestas para ello»[16].

[13] Morcillo, 1934, p. 47.

[14] Puede leerse en Lope de Vega, 1970, pp. 406-413, y Ferrer Valls, pp. 245-256.

[15] Hurtado de Mendoza, *Relación de la comedia que en Lerma representaron la reina de Francia y sus hermanos*.

[16] Puede verse en Ferrer Valls, 1993; la referencia a Lope en p. 248; al duque de Lerma, en p. 245.

Lo que es indudable es que Lope no vio al duque de Lerma desde su ordenación sacerdotal, pues en febrero de 1615 (fecha hipotética establecida por Amezúa) le pide al de Sessa:

> Si le pareciere a vuestra excelencia decir al duque [de Lerma] que no le he podido dar cuenta de mi sacerdocio cuantas veces lo he procurado, será añadir *eses* a las que tengo en el rostro para todos y en el alma para solo vuestra excelencia... (*E*, III, p. 177).

Primera visita de Lope a Lerma

Un año antes, y tras la muerte de Juana de Guardo (13 de agosto de 1613), a cuyo entierro alude en carta de 12 de octubre, lo encontramos en Lerma, ocupado en cuestiones teatrales. Del epistolario se deduce que es la primera vez que visita la ciudad y, por ello, se ve obligado a describirla para don Luis, que tampoco debía de conocerla:

> Lerma lo es extremado [lugar], porque lo nuevo de él es excelente; los monasterios, de los mejores que he visto, y más bien servidos, y de notables ornamentos y plata, y alguno, con música que no tiene que envidiar a Constantinopla. El parque es mejor que el de Aranjuez, no hablando en los jardines; y la campaña, un paraíso, y está ahora tan verde, que los que estamos aquí habemos gozado este año de dos primaveras. El río es agradable y de buena pesca; el sustento es abundantísimo (*E*, III, p. 127).

En opinión de Lope, las reformas que ya habían dado sus frutos en edificios y jardines aún no habían calado en los hombres: «La gente es algo bárbara; pero también hay clérigos y hombres de buen entendimiento y gusto» (*E*, III, p. 127).

Sostiene que, durante las estancias reales, no se echaban en falta el ambiente y las diversiones madrileñas, con pequeñas diferencias, poco relevantes para el que estaba preparando su ordenación sacerdotal:

> ...a quien viene con el duque, bastante entretenimiento halla, pues es el mismo que tiene en la corte, de mujeres aparte, y estas se acabaron ya para los eclesiásticos (*E*, III, p. 127).

En esa correspondencia desde Lerma, Lope está ocupado en una función teatral, que se celebró el miércoles siguiente al 19 de octubre de 1613 en Ventosilla. De una carta de esa fecha parece deducirse que la representación no contaba con actores profesionales, ya que Lope habla de «la comedia de estos caballeros del duque» (*E*, III, p. 130), y que se trata de una pieza caballeresca o mitológica, por las tareas en que ha de ocuparse el poeta:

> Muy metidos andamos en hacer dragones y serpientes para este teatro; ahorrarse pudiera la costa con darnos algunas de estas señoras mondongas (*E*, III, p. 130).

McGaha aporta buenas razones para concluir que la pieza en cuestión debe de ser *La fábula de Perseo o La bella Andrómeda*. En ella el protagonista saca la cabeza de Medusa «llena de culebras», y el dragón «podría ser el monstruo al que tiene que matar Perseo para liberar a Andrómeda». En una edición suelta tardía (1650-1677, según McGaha) encontramos cuatro versos en boca del poeta Virgilio que revelan, o al menos sugieren «que la obra fue escrita por encargo del privado»[17]:

> De la casa Sandoval
> dijera grandezas tantas
> que más que la dulce *Eneida*
> me dieran gloriosa fama[18].

En los últimos versos de la primera jornada, aparece en boca de Cardenio la obsesiva pretensión que ya hemos visto en la carta de julio de 1611:

> Que una plaza me dé de coronista,
> estudio que conviene con mi ingenio[19].

Al pintar los preparativos de la representación, se dejan notar las reticencias del poeta; quizá para contentar o calmar al duque de Sessa, siempre suspicaz y necesitado de afecto. Sea por esta razón o porque, en efecto, temía que el espectáculo quedara deslucido por la amenaza de lluvia, Lope manifiesta su alivio ante la perspectiva de acabar sus labores de Lerma y volver a Madrid:

[17] McGaha, 1985. La citas entrecomillada, en p. 8.
[18] Lope de Vega, *La fábula de Perseo*, vv. 1809-1812.
[19] Lope de Vega, *La fábula de Perseo*, vv. 973-974.

> No sé cómo ha de salir; que ha entrado el agua, que en este tiempo no cesa fácilmente, y el jardín no es a propósito. Con temor estoy; pero consuélome con que, de cualquiera suerte que salga, tengo de irme (*E*, III, p. 130).

El posible origen de *La burgalesa de Lerma*

Además de asistir al estreno de *La fábula de Perseo*, es muy posible, quizás probable, que Lope acudiera a Lerma con el encargo de preparar una relación de las fiestas. Esa crónica no tendría el formato habitual (descripción en prosa o en romance o en octavas de los festejos), sino que se incluiría en una comedia escrita *ad hoc*: *La burgalesa de Lerma*.

En efecto, unos días después de la estancia en la ciudad ducal, redactó la pieza dramática, de la que se nos ha conservado una copia apógrafa en el Ms. 15.441 de la Biblioteca Nacional de España, fechada el 30 de noviembre de 1613[20]. Las primeras réplicas son un homenaje a la ciudad y su duque:

D. Félix — Esta es Lerma.
Carlos — Bien se ve
el buen dueño[21].

Enseguida se alude a «las grandes fiestas que había / en Lerma» (p. 32a) y a las personalidades que las presidían: el rey, el príncipe y la reina [de Francia], es decir, la infanta Ana (p. 32b): «la villa entonces era / ciudad, corte y huésped rico / de majestad y grandeza» (p. 41a). Se pintan las fiestas de toros, con el despeñadero por el que caían los animales hasta dar en el río (p. 41b), y los juegos de cañas, con pormenorizada enumeración de los aristócratas que en ellos participaron (pp. 41b-43a).

Como señaló Alviti, esta relación dramática, puesta casi toda ella en boca de Florelo pero con incisos e interrupciones de Leonarda e Inés, se nos ha conservado, trasformada en un romance narrativo, en

[20] Ver Alviti, 1999-2000 y 2000.

[21] Lope de Vega, *La burgalesa de Lerma*. La cita, en p. 30a. Citaré siempre por esta edición.

el Ms. 3.700 de la Biblioteca Nacional de España (fols. 38-40). La elaboración es posterior —en la época del conde-duque de Olivares», dice Alviti— y de ella han desaparecido alusiones a algunos «personajes que ya no era oportuno mencionar», bien por estar muertos, bien por haber caído en desgracia[22].

El procedimiento de insertar una relación festiva en una comedia o, por mejor decir, de escribir una comedia para insertar en ella una crónica de sociedad no era nuevo en Lope. *La tragedia del rey don Sebastián y Bautismo del príncipe de Marruecos* (posiblemente de 1593) parece tener como elemento germinal la descripción de la ceremonia del bautizo en el Escorial. Como en Lerma, Lope acude al monasterio por primera vez en su vida:

BELARDO Esta real
máquina del Escorial
no había visto. [...]
Nací
en Madrid, y confiado
en estar tan cerca, he estado
sin verla hasta ahora[23].

La diferencias entre una y otra obra tienen tanto relieve como las semejanzas. En *La tragedia...* se representan la historia de Muley Xeque y su familia, las guerras civiles de Marruecos y el exilio del príncipe, que culmina con su conversión y bautizo. Ya en otra ocasión señalé que *La tragedia del rey don Sebastián* es con toda seguridad una comedia de encargo, «de promoción personal y publicidad», para conseguir que «la sociedad cristiana aceptara a don Felipe de África», que fue promotor del drama, protagonista del mismo y espectador de su representación en los corrales madrileños, junto a los que vivía[24].

En *La burgalesa...* Lope ensaya otra fórmula: la combinación de una comedia de enredo, con personajes sin referentes en la historia, y una relación fidedigna (descontados los tópicos encomiásticos) de lo ocurrido en Lerma unos días antes de su redacción. El tiempo de la ac-

[22] Alviti, 2000, p. 15.

[23] Lope de Vega, *La tragedia del rey don Sebastián y Bautismo del príncipe de Marruecos*. La cita, en p. 513.

[24] Ver Felipe B. Pedraza Jiménez, 2001. Los textos entrecomillados, en p. 599.

ción, como la del último cuadro de *La tragedia del rey don Sebastián*, se sitúa en una turbadora cercanía[25].

La mezcla de los acontecimientos recientes y la ficción de comedia urbana y de enredo no deja de ser un curioso experimento, que crearía en los espectadores esa desasosegante impresión que causan en nosotros las películas que combinan imágenes fotográficas («reales») con dibujos animados.

La realidad inmediata, vivida en efecto por Lope, no estaba solo en la relación de las fiestas de Lerma. Los personajes se explayan en sus comentarios contrastantes sobre Burgos y Madrid:

> no hay casas tan bien labradas
> ni fuentes tan bien vertidas,
> aunque, por hacerle honor,
> estos días han echado
> unas ensanchas al Prado (p. 60a).

Obsérvese la fuerza del deíctico, *estos días* (¡tan de Lope!), para subrayar la estrecha conexión temporal entre la escritura, la representación y la realidad externa que los espectadores conocían.

La burgalesa... pinta un Madrid que no tiene los monumentos, la fama y los encantos de las ciudades de larga tradición: Toledo, Segovia, Sevilla, Granada, Lisboa, Valencia...,

> sino un apacible cielo
> que cubre fáciles casas,
> que hoy las comienza su dueño
> y mañana vive en ellas,
> a medio secar los techos (p. 52b).

Pero, al fin —dice Inés—, «aunque es Burgos gran ciudad, / pasábamos soledad».

Estamos ante una típica comedia madrileña, con la propaganda de las fiestas como trasfondo. A partir de estas consideraciones, sostiene Alviti:

[25] Técnica que Lope llevaría al extremo unos años más tarde en *La noche de San Juan*, cuyo argumento se desarrolla en los mismos instantes en que sus primeros espectadores estaban contemplándolo.

> Esta ambientación y la presencia de motivos encomiásticos hace pensar que la comedia se representó para el mismo ámbito en que había tenido origen, así como para los mismos personajes que en ella aparecen[26].

Posiblemente los magnates citados en la relación tendrían una curiosidad narcisista por oír sus nombres recitados en los teatros; pero no nos engañemos: la propaganda se hace para los demás: el NODO no se filmaba para que Franco y sus ministros se regodearan con él, sino para imbuir a la sociedad de la bondad y la incansable actividad del régimen. Lerma y sus cortesanos también trataban de aprovechar el tirón popular del teatro para comunicar al conjunto de los mortales la felicidad que había traído a España su gobierno. Por eso me parece discutible la conclusión de Alviti, según la cual Lope

> debió de ser consciente de que su *Burgalesa* tendría una existencia muy breve en el circuito de representaciones cortesanas, y pensó, en este mismo sentido, convertirla en una comedia también adecuada al gusto de los corrales[27].

Mi impresión es que no hubo que convertir nada. *La burgalesa...* estuvo pensada desde el primer momento para el público de los corrales, aunque la aristocracia no dejara de verla en representaciones particulares o en los teatros públicos.

1615: *Los ramilletes de Madrid*

La fórmula debió de resultar satisfactoria como propaganda y como drama, ya que la repitió dos años más tarde en *Los ramilletes de Madrid*, que se editó con el antetítulo de *Las dos estrellas trocadas*[28]. Incluso di-

[26] Alviti, 2000, p. 13.

[27] Alviti, 2000, p. 17.

[28] Además de ligarse a *La burgalesa de Lerma*, por su sentido y estructura, *Los ramilletes de Madrid* se vinculan a *El premio de la hermosura* por un detalle métrico que ha pasado —creo— inadvertido: en las dos comedias, en medio de un conjunto de décimas, nos encontramos con una inusual estrofa de doce versos: la que empieza «ya que el premio justamente...», en *El premio de la hermosura* (en *Obras*, 1970, p. 376a-b) y «Hay más lindos ramilletes...» en *Los ramilletes de Madrid* (en *Obras*, 1916-1930, p. 474a). La estructura (ABBAACCDDEED) se repite, lo que

ríamos que perfecciona la interrelación entre intriga cómica y materia noticiera. Tanto es así que Cotarelo afirma exageradamente:

> Esta comedia, aparte de algunos muy estimables rasgos de costumbres madrileñas, casi no tiene argumento que merezca tal nombre. Solo ha servido al autor para hacer una extensa descripción de la jornada regia a Irún para el intercambio de infantas...[29]

No es para tanto: el enredo cómico está bien trazado, aunque es evidente que el poeta ha puesto particular empeño en incardinarlo en el discurrir de la jornada palaciega por tierras burgalesas y vascongadas. No se trata sólo de una narración de la ceremonia, que la hay, y extensa, al final de la comedia (pp. 500b-503b)[30], sino de muchas ocasionales vicisitudes de la jornada, con constantes alusiones al itinerario y a los magnates que lo recorrieron.

Como en 1613, Lope acudió personalmente a informarse sobre los hechos que había de convertir en relación dramatizada. La primera noticia se encuentra en una carta interrogativamente datada por Amezúa a principios de setiembre de 1615:

> Íñigo me ha dicho que su majestad manda prevenir la jornada; dígame vuestra excelencia, señor, qué hay de esto... (*E*, III, p. 210).

En esa misiva se subraya lo mucho que Lope consideraba el inmenso poder del valido, «que, por este siglo, después de estar en gracia de Dios, no hay otra que los hombres soliciten» (*E*, III, p. 210).

Confirmado el viaje y que el poeta va a formar parte del séquito de su mecenas, aparecen las habituales pedigüeñerías en carta de primeros de octubre:

> ...advierta, vuestra excelencia, señor, que yo para mí no hubiera menester nada; pero todos saben ya que voy sirviendo de capellán a vuestra

indica que no se trata de un error o una deturpación. Además, en *Los ramilletes...* encontramos otra estrofa de más de catorce versos en torno al mismo esquema: ABBAACCDDEEFFE. Es la que empieza «Aldeana cortesana...» (p. 474a-b). Sin duda, Lope estaba ensayando variaciones sobre la décima, que llegaron a cuajar.

[29] En Lope de Vega, *Obras*, tomo XIII, p. xxvii.

[30] Citaré siempre por la edición de E. Cotarelo, Lope de Vega, *Los ramilletes de Madrid*, en *Obras*, tomo XIII.

excelencia [...]. Mas, por estar menos apercibido que otras veces, dejo a vuestra excelencia lo que fuese servido: sotanilla y herreruelo podrán ser de cualquier seda negra, aforrándolos la sotana en bayeta y el herreruelo en felpa, porque entiendan Lermas y etcéteras que me lleva vuestra excelencia, y pueda sin vergüenza parecer donde hubiere de ser preciso el hallarnos juntos (*E*, III, p. 212).

La general preocupación por la indumentaria que había de lucirse en tan notable acontecimiento la encontramos también en la relación burlesca que escribió Quevedo y se publicó con el título de *Don Perantón o las boda del príncipe, hoy el rey, nuestro señor*[31].

En esta ocasión, puesto que el de Sessa sin seso se incorpora a la comitiva, Lope puede lisonjear conjuntamente al valido y a su protector, con lo que desaparece uno de los íntimos conflictos de otros momentos.

En efecto, el protagonista, Marcelo, realiza en la ficción lo que el poeta hizo en la realidad:

MARCELO ...pienso
hacer a Irún mi jornada,
sirviendo al duque de Sesa,
que al gran príncipe acompaña
de Lerma y Denia... (p. 487a).

Las referencias a don Luis Fernández de Córdoba se repiten, en parte para compensar el desairado o nulo papel que tuvo en otros acontecimientos cortesanos:

FABIO ...El de Sesa, mi señor,
con ostentación que iguala
al valor de sus abuelos,
sale de Madrid mañana... (p. 488a).

MARCELO El de Sesa me ha mandado
irle a servir. (p. 488a).

[31] Quevedo, *Obras completas, I. Poesía original*, n.° 701. Los paralelismos con la obra de Lope fueron estudiados por Crosby, 1956.

Y aún más abundantes son las referencias al viaje y su itinerario:

LUCINDO Desde Briviesca a Aranda;
de ella a Vitoria, y de esta hasta Salinas,
cuatro jornadas andas. [...]
Esto llaman el Pasaje.
Desde aquí a Rentería... (p. 494a).

El gracioso, que se ve obligado a recorrer varias veces el camino entre Madrid y la comitiva real, se queja gráficamente de las molestias, mientras su amo evoca los paisajes y su simbolismo amoroso:

FABIO ¡Otra vez postas! ¡Bueno va el pandero!
MARCELO Montes de la Bureba, que la fría
Castilla dividís con hielo fiero. [...]
Creced, Ebro, que vais a Zaragoza,
con mi amoroso llanto; y vos, ¡oh sierra
de Guadarrama!, que otro cielo goza,
abrid el paso a mi amorosa guerra.
FABIO Dejame a mí pasar, pontes de Poza,
a los nabos del alta Somosierra (p. 498b).

Los ramilletes de Madrid es un singular ejercicio de virtuosismo. Lope consigue fundir, con sorprendente habilidad, una buena comedia de enredo urbano con una crónica de viajes, que da cuenta de enclaves, climas, paisajes y gentes.

Llama la atención el interés en reflejar las costumbres vascas: alude a las remeras de Pasajes, incluye una canción litánica de bienvenida, cuyo remate son cuatro versos en vascuence, elogia la «brava soldadesca» que salía de aquellas provincias para servir en Italia y Flandes al rey de España... (pp. 494a-495b).

No descuida Lope la dimensión política del encargo, con reiterados elogios a la persona del valido, a sus posesiones y, sobre todo, a sus decisiones como gobernante:

MARCELO Siempre en los grandes lugares
ha de haber grandes excesos.
Gracias al gobierno, Fabio,
que son los males los menos (p. 475b).

Naturalmente, el conjunto de la comedia y muchos de sus pasajes constituyen una apología de la política exterior y, en especial, de la voluntad de estrechar lazos con Francia por medio del intercambio de las infantas: «la ocasión más alta / que España y Francia han tenido» (p. 488a).

No falta una referencia a la otra gran determinación política del valido: la expulsión de los moriscos. Como en el capítulo 54 de la *Segunda parte* de *El Quijote*, que apareció a finales de noviembre de 1615, es decir, en el mismo momento en que Lope estaba rematando *Los ramilletes de Madrid*, la visión de la terrible medida es condescendiente. Los poetas prefieren recurrir al tópico de los tesoros escondidos por los expulsos y al indesmayable amor a la patria perdida y la esperanza de volver a ella:

ALFÉREZ Los moros de la expulsión
dicen que en España dejan
gran número de doblones,
porque no los corazones,
sino los cuerpos alejan,
y pensando que algún día
los podrán volver a ver,
más los quieren esconder
que perderlos (p. 489a-b).

El epistolario, en carta de primeros de diciembre, da cuenta, con falsa modestia, de la redacción de la comedia, de sus ensayos e inminente estreno:

> Yo he escrito una comedia de amores, en que hago una relación sucinta de la jornada; ya la estudian; no sé lo que será: todo lo temo (*E*, III, p. 215).

Obsérvese la definición genérica: una comedia de amores. En efecto lo es, y no mala, aunque Lope, sin perder la gracia del enredo, haya entreverado mucha, mucha propaganda política[32].

[32] Y no solo política. También hay autopromoción literaria al recordar unos versos suyos publicados en 1602: «Pienso que una vez leí / en las Rimillas de Lope / que el querer olvidar era / el principio de olvidar» (p. 471b).

Propaganda en la que el propio poeta cree y deja de creer al mismo tiempo. Probablemente, en estos versos es todo lo sincero que puede ser un escritor, y un ciudadano, al alabar a Lerma (ya hemos visto que también lo hizo en carta privada); pero no ignoraba que en el valido, como en cualquier político hábil, alentaba una doblez esencial. Así, en carta de la primavera de 1615, advierte a Sessa:

> Si estas del duque no fueran palabras amorosas con que hechiza los hombres, de que vuestra excelencia tiene experiencia, no había más que desear; pero creo que dice mucho para hacer poco; con todo eso, me he alegrado con el papel, aunque he visto otros tan encarecidos como vanos (*E*, III, p. 179).

Y al despedirse añade: «...que no soy duque de L..., y así, no miento» (*E*, III, p. 179).

El 12 de diciembre comunica a don Luis el estreno de *Los ramilletes de Madrid*, antes de la entrada en la capital de Isabel de Borbón, quizá para tenerla preparada de modo que pudiera verla al llegar. De las breves líneas parece deducirse que la representación se da en un teatro comercial, en el que se prevén varias funciones:

> La comedia se ha hecho y ha salido lucidísima: vuestra excelencia la verá; que hasta tener su voto no quiero estar contento (*E*, III, p. 217).

Decepción del poeta: propósito de no volver a las andadas

A pesar del éxito, no parece que Lope quedara muy satisfecho de sus relaciones con la corte. Al menos, eso parece deducirse del epistolario. Si bien hay que tener en cuenta que muchas de las expresiones allí consignadas tienen como objetivo disipar las suspicacias y celos del marginado duque de Sessa.

Sea como fuere, parece claro que Lope fue invitado para colaborar en las fiestas de Lerma de octubre de 1617 y rechazó la invitación:

> No pienso disponerme a esta jornada, si no me obligan censuras del pontífice, porque no es la burla para dos veces (*E*, III, p. 321).

Sin duda, se sintió defraudado por el pago («No quiero vanas esperanzas») y por el resultado artístico o los engorros de experiencias anteriores con las «Jerónimas de Burgos de palacio». En carta de primeros de agosto de 1617 abomina de este tipo de representaciones:

> ...la comedia de las damas ya sabía yo que había de ser la novia que compusieron muchos: que uno le quitaba lo que otro le ponía; y el mayor temor de esto es ir a servir a un linaje de mujeres exquisito, donde quieren amar, vestir y hablar fuera de los límites de la naturaleza... (*E*, III, p. 322).

Ignoro si se refiere a la experiencia de 1614 o a otra.

A pesar de estos pesares, Lope tendrá ocasión de elogiar de nuevo al duque de Lerma. Un encuentro fortuito con su hijo, el conde Saldaña, que reitera la invitación para colaborar en las celebraciones del otoño de 1617, da pie a desplegar el abanico de las alabanzas y a reafirmar la negativa del poeta, en un lisonjero guiño al duque de Sessa, que había vuelto a su habitual marginalidad en la corte española:

> Ayer hallé al conde de Saldaña en una calle, acaso; había días que no le vía; cierto que es un retrato de su padre, discreto, amoroso, cortés, dulce, afable y digno de particular consideración en esta edad; díjome de sus fiestas para Lerma, y me mandaba servirle; yo sirvo al duque de Sesa... (*E*, III, p. 341).

Las fiestas de Lerma de 1617, como es sabido, se celebraron, sin el concurso de Lope, con profusión de actos, entre los que figuran los estrenos de *El caballero del Sol* de Vélez de Guevara y de *La casa confusa* del conde de Lemos, y diversas mascaradas.

En la caída del todopoderoso

En el momento en que se anuncia la caída de Lerma, nuestro poeta sólo expresa su deseo de que sea de algún provecho a su señor: «en este río vuelto me holgaría que un amo que tengo pescase algo que restaurase el desprecio de tantos años» (*E*, IV, p. 23).

Cuando finalmente es defenestrado, Lope se muestra neutral en política y afectuoso en lo humano, a pesar del desengaño que respiraban sus cartas del otoño de 1617. Piadosamente, finge creer que la caída es una voluntaria decisión de don Francisco:

> Yo no soy de los unos ni de los otros: amo al cardenal, y no quisiera que nos faltara; mas si su excelencia se ha querido desocupar de la carga de este imperio y prevenir el fin, discreto, dichoso, santo predestinado (*E*, IV, p. 24).

Bibliografía citada

ALVITI, Roberta, *«La burgalesa de Lerma» de Lope de Vega: edizione crítica*, tesis de licenciatura inédita, Universidad «La Sapienza» de Roma, 1999-2000.

— «La fiesta cortesana y el corral: los diferentes receptores de *La burgalesa de Lerma*», *Anuario Lope de Vega*, VI, 2000, pp. 11-18.

ARATA, Stefano, «Proyección escenográfica de la huerta del duque de Lerma en Madrid», en *Siglos dorados. Homenaje a Agustin Redondo*, coord. P. Civil, Madrid, Castalia, 2004, tomo I, pp. 33-52.

ATIENZA, Belén, «La [re]conquista de un valido: Lope de Vega, el duque de Lerma y los godos», *Anuario Lope de Vega*, VI, 2000, pp. 39-49.

CROSBY, James O., «Quevedo, Lope and the royal Wedding of 1615», *Modern Language Quarterly*, XVII, 1956, pp. 104-110.

FERRER VALLS, Teresa, *La práctica escénica cortesana: de la época del emperador a la de Felipe III*, Londres, Tamesis, 1991.

— *Nobleza y espectáculo teatral (1535-1622). Estudio y documentos*, València, Universidad de Sevilla/Universitat de València, 1993.

GARCÍA GARCÍA, Bernardo J., «Política e imagen de un valido. El duque de Lerma (1598-1625)», en *Primeras jornadas de historia de la villa de Lerma y valle de Arlanza. Homenaje al Excmo. Sr. D. Luis Cervera Vera*, Burgos, Diputación de Burgos, 1998, pp. 63-103.

— «Las fiestas de corte en los espacios del valido: la privanza del duque de Lerma», en *La fiesta cortesana en la época de los Austrias*, eds. M.L. Lobato y B.J. García García, Valladolid, Junta de Castilla y León, 2003, pp. 35-77.

HURTADO DE MENDOZA, Antonio, *Relación de la comedia que en Lerma representaron la reina de Francia y sus hermanos*, manuscrito de la Biblioteca Nacional de España (Ms. 18.656, folleto 49).

LOPE DE VEGA, Félix, *Epistolario*, ed. A. G[onzález] de Amezúa, Madrid, Real Academia Española, 1935-1943 (4 vols.).

— *Obras* (nueva edición), Madrid, Real Academia Española, 1916-1930.

— *Obras, XXIX. Comedias novelescas*, ed. de M. Menéndez Pelayo, Biblioteca de autores españoles, tomo 234, Madrid, Atlas, 1970.

— *Obras poéticas,* ed. J.M. Blecua, Barcelona, Planeta, 1969.

— *La tragedia del rey don Sebastián y Bautismo del príncipe de Marruecos*, en *Comedias*, VIII, Biblioteca Castro, Madrid, Turner, 1994, pp. 419-517.

McGaha, Michael D., «Introducción» a Lope de Vega, *La fábula de Perseo o La bella Andrómeda*, Kassel, Reichenberger, 1985.

Morcillo, Casimiro, *Lope de Vega, sacerdote,* Madrid, Edito Ibérica, 1934.

Morley, S. Griswold y Bruerton, Courtney, *Cronología de las comedia de Lope de Vega*, Madrid, Gredos, 1968.

Pedraza Jiménez, Felipe B., «Ecos de Alcazarquivir en Lope de Vega: *La tragedia del rey don Sebastián* y la figura de Muley Xeque», en *El siglo XVII hispanomarroquí*, Mohamed Salhi, Rabat, Facultad de Letras de Rabat, 1997, pp. 133-146. Reeditado en *La teatralización de la historia en el Siglo de Oro español*, eds. R. Castilla Pérez y M. González Denigra, Granada, Universidad de Granada, 2001, pp. 591-605.

Quevedo, Francisco de, *Obras completas, I. Poesía original*, ed. J.M. Blecua, Barcelona, Planeta, 1971, 3.ª ed.

Sánchez, Magadalena, *The Empress, the Queen, and the Nun: Women and Power at the Court of Phillip III of Spain*, Baltimore, Johns Hopkins University Press, 1998.

Wright, Elizabeth R., *Pilgrimage to patronage. Lope de Vega and the court of Phillip III, 1598-1621*, Lewis (Pennsylvania), Bucknell University Press, 2001a.

— «Lope de Vega en el jardín de Lerma», en *La teatralización de la historia en el Siglo de Oro español*, eds. R. Castilla Pérez y M. González Dengra, Granada, Universidad de Granada, 2001b, pp. 517-526.

— «Recepción en el palacio y decepción en la imprenta: *El premio de la hermosura* de Lope de Vega», en *El teatro del Siglo de Oro ante los espacios de la crítica. Encuentros y revisiones*, ed. E. García Santo-Tomás, Madrid/Frankfurt am Main, Iberoamericana/Vervuert, 2002, pp. 97-114.

REYES Y VILLANOS EN EL TEATRO DE PRINCIPIOS DEL SIGLO XVII. UNA REVISIÓN DE LAS TEORÍAS INTERPRETATIVAS ACERCA DE *EL VILLANO EN SU RINCÓN*, DE LOPE DE VEGA

Juan Antonio Martínez Berbel
(Universidad de La Rioja)

El presente trabajo pretende ser una perspectiva amplia de las interpretaciones acerca de *El villano en su rincón*, haciendo hincapié en aquellas que inciden en su relación con el ambiente político de la época. He tratado de esta cuestión en diferentes lugares, entre ellos en mi edición de la obra (aunque muy someramente), de próxima publicación en Castalia y en un congreso recientemente celebrado en Pescara en memoria del desaparecido Stefano Arata[1]. Confieso que mis interpretaciones parciales han ido cambiando en el transcurso de estos trabajos y de otros en preparación. Y digo esto sólo para advertir de que, lejos de encontrarme en disposición de mostrar aquí conclusiones definitivas, pretendo solamente lanzar algunas hipótesis y opiniones que forman parte de un proceso de investigación en marcha. Si algunas de ellas fuesen erradas, atribuyan, por favor, la osadía de lanzarlas a la palestra a mi deseo de, por medio de la discusión, aprender un poco más de ese personaje fascinante que fue Lope de Vega.

1.- Dificultad de una sola interpretación

Ofrecer una visión de la monarquía a través de la obra lopesca es un asunto extremadamente espinoso y de difícil solución por varias

[1] Martínez Berbel, 2006.

razones. En primer lugar por la vasta producción del dramaturgo, pero fundamentalmente por su variedad y por la multiplicidad de intenciones que conformaron su obra. En segundo lugar, por las complicadas relaciones que el madrileño mantuvo a lo largo de toda su vida con la corte, en una especie de desencuentro permanente en el que nuestro autor nunca consiguió satisfacer sus aspiraciones. Y en tercer lugar por los «prejuicios» de décadas en las que cierta crítica se ha empeñado en ofrecer una imagen quizá excesivamente monolítica y simplificada de su obra, presentándolo como una suerte de «poeta del régimen» al servicio siempre de la propaganda estatal. Lope, por fortuna, fue mucho más complejo, y su obra también, para deleite, pero también confusión, de los que nos acercamos a ambos.

Que arte y poder conforman en los inicios del siglo XVII una fuerte alianza es algo de común aceptación. Precisamente estudios como el que nos ocupa no son, a mi entender, sino un intento de acercase al conocimiento de los resortes que, durante décadas, hicieron funcionar ambas instancias en recíproco beneficio o, al menos, en convivencia más o menos pacífica. Más particularmente el teatro, por sus especiales cualidades espectaculares, por su tremendo poder de convocatoria y por su dimensión universalizadora se situó desde muy pronto en un lugar privilegiado. Durante el siglo XX ha habido numerosos intentos de definir la actividad teatral barroca desde el prisma de su relación intrínseca con el poder.

En este sentido, los imprescindibles libros de Maravall[2] y Díez Borque[3], en los años 70, sentaron las bases para la consideración del teatro áureo como instrumento propagandístico de la elite aristocrática que gobernaba el estado barroco español. El teatro se convierte así en el imaginario de la crítica especializada en una extensión del poder real, de la autoridad (sin olvidar incluir aquí a la religiosa, por supuesto), en un cauce comunicativo de sorprendente utilidad por su alcance y por su capacidad para aunar las sensibilidades de la población, independientemente de su extracción social. Y Lope de Vega, representante máximo de ese teatro, se alía con la ideología dominante y participa de esa simbiosis en la que arte y estado se retroalimentan mutuamente y se soportan ideológicamente.

[2] Maravall, 1972 y 1975.
[3] Díez Borque, 1976 y 1978.

La teoría hasta aquí expuesta explica, ciertamente, gran parte de los problemas críticos que rodean al espectáculo teatral barroco y ayudan a explicarlo en su dimensión más social y socializadora. Como ocurre en tantas ocasiones, no es la generalidad sino las particularidades las que a menudo se niegan a dejarse encasillar en un sistema excesivamente categórico.

2.- Complejidad del tema

En la hipótesis apuntada en el anterior epígrafe, sin embargo, no es difícil encontrar ciertos elementos que podríamos denominar distorsionadores. El primero de ellos (resaltado por numerosos autores, entre ellos Melveena McKendrick en su trabajo *Playing the King. Lope de Vega and the limits of conformity*)[4] es el empeño recurrente del estado por deshacerse de tan útil instrumento de propaganda como supuestamente era el teatro. Porque ¿cómo entender si no los reiterados intentos por entorpecer y dificultar la actividad teatral? Hay que recordar que el Consejo de Castilla tuvo un prolongado interés por establecer leyes que limitaran las actividades teatrales, incluyendo el propio cierre de los teatros. Y por cierto, habría que recordar que en 1644, cuando el Consejo de Castilla recomendó cerrar los teatros con la excusa de la guerra contra Portugal, las obras de Lope se consideraron dentro de las que más habían perjudicado las buenas costumbres. Existía, sin duda, lo que hoy llamaríamos un importante *lobby* antiteatro que formaba parte de esa estructura jerárquica y aristocrática a la que supuestamente estaba dando soporte el teatro[5]. Cerrar los teatros perseguía imponer el orden público y las buenas costumbres, pero suponía acrecentar el sentimiento de hostilidad hacia los gobernantes. Cotarelo recoge en sus famosas *Controversias* el dictamen que el Consejo de Castilla hace en 1648 para que se continúe la representación de las comedias:

[4] McKendrick, 2000.

[5] Y cuando los teatros se reabrían, después de los infructuosos intentos de clausura definitiva, amén del malestar general, la razón de su reapertura solía ser económica y financiera, por la ayuda que suponía al sostenimiento de las diversas entidades de caridad municipales, y no tanto política o ideológica.

> En el reinado de D. Felipe III, nuestro señor, por el año de 1601, se discurrió con eficacia y advertencia en el perjuicio que podían ocasionar, y en los motivos que se consideraban para su oposición, y no solo se tuvieron por suficientes en la estimación de los hombres más doctos sino que con más frecuencia se representaron en Palacio [...] V.M. quando mandó se suspendiesen, fué solamente por entonces, como dejando puerta abierta para que los daños ó conveniencias de aquella deliberación los mostrase la experiencia. Ésta ha manifestado que los daños han sido muchos y las conveniencias ninguna [...]. No se han visto en muchos años tales conmociones y inquietudes de [*sic*] pueblo; horror a los ministros, que antes solían ser respetados, y temidos porque entienden que por su consejo se les prohibe un solo entretenimiento que hallaron introducido desde que nacieron, a que favorece la costumbre tan antigua[6].

Sin embargo, si el teatro era un peligro para la moral y las buenas costumbres ¿cómo podía considerarse al mismo tiempo voz indirecta del estado?

El teatro, en sus múltiples dimensiones, tiene sus propios imperativos, sujetos evidentemente a muchos vaivenes que tienen que ver con el entorno social, geográfico, temporal, con el autor, etc. Los imperativos del teatro áureo estaban impuestos por la época, el Barroco, y al igual que éste incluían numerosas contradicciones. Habría que empezar por plantearse si el propio concepto de propaganda elaborado en el siglo XX es aplicable, en toda su extensión a la sociedad, muy diferente de la contemporánea, del siglo XVII en España. Y por ende si el teatro, y un representante tan característico como Lope, con el pragmatismo de que siempre hizo gala en su actividad dramática, son una voz tan unívoca como para servir de instrumento fiel a esa propaganda. Porque, teniendo estas cuestiones en la mente, hay obras que, leídas a la luz de esta idea de un Lope permanentemente dispuesto a soportar ideológicamente el *statu quo* imperante, se resisten fieramente a ofrecernos su sentido último o, al menos, a conciliar éste con su supuesto fin propagandístico. Uno de estos casos es, sin duda, el de *El villano en su rincón*.

En este sentido, me parecen clarificadoras las palabras de Joan Oleza en la introducción a la edición del *Peribáñez* de Donald McGrady:

[6] Cotarelo y Mori, 1997, p. 166.

> A menudo, y paradójicamente, son los mismos historiadores de la literatura quienes tienden a inmovilizar la obra de un autor en una imagen fija, destilan «un Lope» esencial (o «un Galdós», o «un Valle-Inclán», o «un Lorca») en función de sus intereses estéticos o ideológicos —también de las necesidades didácticas, es obvio— e ignoran el que debería ser el primer mandato del historiador (Nietzsche diría que del filósofo): aceptar el incesante flujo de la vida y sus mutaciones, advertir cuánto se truecan las cosas. No hace todavía demasiados años Michel Foucault asentaba sobre esta exigencia [...] su propuesta de una nueva forma de trabajar la historia, que retornara a la persecución de lo histórico en su acontecer concreto, en sus ámbitos particulares e irreductibles, en su poder cambiante y transgresivo[7].

El rumor de las muchas diferencias del teatro lopesco, en palabras del propio Oleza, debería hacernos ver como menos extrañas interpretaciones no tradicionales.

Pese a que *El villano en su rincón* no es una de las obras más olvidadas de Lope, ya que, amén de las reelaboraciones de la época (como la de Matos Fragoso, *El sabio en su retiro*), ha gozado de varias e imprescindibles ediciones en el siglo XX, después de los años 70 (década de mayor interés crítico por la comedia), sí podemos afirmar que ha quedado un tanto relegada por los investigadores.

Cuestiones como la datación de la obra, la importancia de la lírica tradicional en la misma, su relación con la emblemática o la paremiología, las fuentes clásicas, etc., han sido temas todos ellos profusamente analizados por estudios clásicos y/o ediciones de Alonso Zamora Vicente[8], José Luis Aguirre[9], Joaquín de Entrambasaguas[10], Marcel Bataillon[11] o Noël Salomon[12], por citar algunos de los nombres más reconocidos[13], existiendo, con las disensiones propias de la crítica filológica, un cierto consenso a la hora de considerar e inter-

[7] Oleza, p. IX.

[8] Lope de Vega, *El villano en su rincón*, ed. A. Zamora Vicente, 1961.

[9] Lope de Vega, *El villano en su rincón*, ed. J.L. Aguirre, 1974.

[10] Lope de Vega, *El villano en su rincón*, ed. J. de Entramasaguas y Peña, 1930 y 1961.

[11] Bataillon, 1949, 1950 y 1967.

[12] Salomón, 1965, pp. 42-62.

[13] Para una revisión más pormenorizada de los acercamientos críticos a la comedia ver mi trabajo de 2006.

pretar estos aspectos de la comedia. La afirmación categórica de Marcel Bataillon en 1949: «El tema fundamental resiste»[14], sin embargo, ha quedado sin resolver completamente hasta nuestros días. Con esta insidiosa afirmación el crítico francés hacía referencia a la facilidad que nos ofrece esta comedia para ser, por decirlo así, desmembrada en temas más o menos relevantes, al tiempo que esconde, o al menos enmascara, el sentido último y profundo de la misma. Muchos han sido los intentos de conseguir tal fin. Desde la visión sutilmente satírica que ofrecía Everett Hesse, para el que la obra sería una reflexión sobre el poder, la obediencia real y, especialmente, el enfrentamiento corte-aldea, todo ello al servicio de la afirmación del poder real[15], éste ha sido, con pocas variaciones, el eje central de la mayor parte de las interpretaciones posteriores. En esta misma línea se situó, por ejemplo, Bruce Wardropper[16] al afirmar que ver al rey es una metáfora por «amar al rey». Sorprende comprobar en la comedia, sin embargo, que es el propio monarca el que propone todos los acercamientos al villano, y no viceversa, ya que Juan Labrador, en cierto modo, es «obligado» por el rey a amarle.

El amor del rey triunfa, como no puede ser de otra manera y el final feliz es la convivencia de ambos, como debe serlo la del rey con sus súbditos. Como la Diana de *El perro del hortelano*, Juan termina, a su pesar, por sucumbir. El rey enseña a Juan a amar, nada menos, y no debería extrañarnos la tenaz falta de correspondencia en el amor, por parte de Juan, si tenemos en cuenta que nuestro concepto moderno de amor, basado en la correspondencia data sólo del siglo XVIII.

De un modo u otro es la armonía, social o política, lo que terminaría por dar sentido a la comedia.

Esta explicación, que parece estar más centrada en las características genéricas de la comedia no ha satisfecho, sin embargo, a aquellos críticos que piensan, como Mary Loud[17], que las preguntas ¿qué importa que Juan Labrador vea al rey o no?, y ¿tan importante es la cuestión como para convertirla en el eje nuclear de la comedia?, son centrales al drama y han de ser respondidas con referencias al contexto

[14] Bataillon, 1967, p. 179.

[15] Hesse, 1970.

[16] Wardropper, 1971, pp. 765-772.

[17] Loud, 1975.

sociopolítico de la convulsa época en que se gestó *El villano*. La discusión no es ni mucho menos baladí y, en rigor, tampoco afecta exclusivamente a esta comedia. Es una vieja cuestión que enfrenta las teorías más «historicistas» con aquellas que pretenden evaluar la comedia *per se*, en función de las características más literarias, entendiendo por tanto que en Lope la intención artística es siempre más importante que los condicionantes históricos concretos y que un análisis excesivamente historicista se aleja en exceso del producto puramente literario. Si los primeros consideraban *El villano* a partir de la evolución genérica de la comedia, los segundos proponían analizar esta cuestión de «ver o no ver al rey» con encendidas discusiones políticas del reinado de Felipe III acerca de la presencia pública del monarca. En este sentido se suele aludir a la opinión de que el rey debía estar lejos, no relacionarse directamente, pues eso humanizaba en exceso su majestad y acrecentaba la posibilidad de crítica. Frases como «Lo que no se ve, se venera más», «Más se respeta lo que está más lejos» o «Dentro de los palacios son los príncipes como los demás hombres» eran frases frecuentes en la España de la época que escondían un intento de proteger la magnificencia del monarca de la mirada directa y desmitificadora de su pueblo. Y el teatro retrató en numerosas ocasiones la extrañeza comprensible de la visión directa del rey por parte de sus súbditos. En *Peribáñez* leemos:

CASILDA ¿Que son
los reyes de carne y hueso?
CONSTANZA Pues ¿de qué pensabas tú?
CASILDA De damasco o terciopelo.
CONSTANZA Sí que eres boba en verdad[18].

Y en *El villano en su rincón*:

SALVANO ¿Éste es el Rey?
FILETO Aquel mancebo rojo.
SALVANO ¡Válgame Dios! ¡Los reyes tienen barbas!
FILETO Pues, ¿cómo piensas tú que son los reyes?
SALVANO Yo he visto en un jardín pintado al César,
a Tito, a Vespasiano y a Trajano;

[18] *Peribáñez y el comendador de Ocaña*, 1997, vv. 986-990.

pero estaban rapados como frailes.
BRUNO Ésos eran coléricos, que apenas
sufrían sus bigotes, y de enfado
se dejaban rapar barba y cabeza (vv. 691-699)[19].

El rey es extraño a ojos de sus súbditos por excesivamente normal y corriente, aunque resulte paradójico, y así debería seguir siendo, para no caer en la tentación de pensar que es igual al común de los mortales. La cuestión de ver o no al rey se convierte en central en *El villano.* Precisamente porque es ésta una obra en la que el rey comete el «error» de mostrarse muy frecuentemente, de mezclarse con la plebe y de llevarse la plebe a palacio. Saliendo un poco del teatro hacia el metateatro, no es difícil poner esto en relación con la negativa tradicional de los reyes a aparecer en los tablados. Podía ser, ciertamente, una deferencia hacia sus súbditos, pero a costa de disminuir su grandeza. Felipe II, amén de su conocida oposición a aparecer en comedias, prohibió durante toda su vida la aparición de retratos suyos en los tablados. ¿Cuál es la intención, por tanto, de Lope al sacar al rey de la magnificencia de su «desaparición» pública? Críticos como Melveena McKendrick, en la obra citada, relacionan esto con un intento precisamente de criticar la suplantación que previsiblemente estaba sufriendo Felipe III por parte de su valido. Mi buena amiga Elisabeth Wright hace referencia a esta cuestión en su magnífico estudio *Pilgrimage to Patronage* al afirmar que «*The essential trait of the Habsburg court as organized through Burgundian protocol was the inaccessibility and invisibility of the monarchs*»[20]. La propia McKendrick incide precisamente en cómo esta política va a ser sensiblemente variada en el siguiente reinado cuando Olivares, consciente de lo pernicioso del excesivo protagonismo de Lerma respecto de Felipe III, se esfuerce notablemente en reforzar la imagen pública de Felipe IV. En honor a la verdad hay que decir que las cosas, sin embargo, no fueron tan diametralmente distintas entre los dos reinados. Hay que recordar, por ejemplo, que Lerma pudo suplantar, según muchos, la propia función ejecutiva del rey, pero también intentó durante su gobierno, sobre todo en la década del diez, iniciado ya su largo *descensus ad inferos*, «mos-

[19] Cito por mi edición, en prensa en editorial Castalia.
[20] McKendrick, 2001, p. 111.

trar» la felicidad del rey en público, haciéndolo visible en fiestas, reuniones en las que se vanagloriaba de agasajar a su invitado con las celebraciones más fastuosas. Prueba de ello, por ejemplo, son las fiestas de Lerma, de las que se encuentran otras referencias en este mismo volumen. Aunque también es cierto que estas apariciones estelares del monarca se hacían en lo que podríamos llamar un «entorno controlado».

Pero volvamos de nuevo a la obra, de la que nos hemos alejado momentáneamente. Este rey extraño, por presente, tiene como «contrincante» en la obra a un ser, si cabe más extraño aún. Es villano rico, honrado, honesto y fiel a su rey. El único problema es que no quiere verlo, aunque es evidente la lealtad inquebrantable que le muestra, entregándole hacienda e hijos. Por eso, en palabras de Bataillon, «resulta un poco sorprendente que el favor real ejerza tal violencia sobre la inclinación de un sabio»[21], pues el rey, que se asombra y admira la filosofía y modo de vida de Juan hace al final de la obra mayordomo real al que antes era villano. Un villano leal cuyo único pecado es pretender no ver al rey, pero que le sirve de forma ciega. ¿Cuántos villanos habrá en los pueblos españoles (o franceses) del XVII que mueran sin ver al rey? Y un premio ejemplar que no es sino un castigo que anula todas las pretensiones vitales del villano. Quizás era momento de empezar a buscar en la otra dirección. Si partimos de la premisa de que hacer mayordomo a Juan no es un premio sin un castigo, los favores hechos al rey no pueden ser la causa de este castigo. ¿Qué hizo, pues, de malo Juan Labrador?

Juan Labrador es un personaje rico e influyente en su mínimo ámbito de poder, que se permite el lujo de vivir de espaldas al rey, es más, se nombra a sí mismo rey en su rincón, rey en sus pajas, en varios lugares de la comedia y presume de ello. Y eso se muestra perfectamente en su epitafio donde a Juan, en palabras de Sánchez Romeralo, «le ha faltado la prudencia y el buen sentido que en otras cosas va a saber mostrar. Y, o es mucha su ingenuidad, o hay que ver en el epitafio su buena punta de orgullo»[22]. Y lo que es más, Juan comete la osadía de enseñar al rey en su casa algunas lecciones sobre la dignidad de los villanos y la vida campesina, obligándolo de paso a

[21] Bataillon, 1967, p. 151.

[22] Sánchez Romeralo, 1988-1994, vol. 3-1, p. 328.

ejercer su autoridad de modo explícito, cuando ésta debería ser asumida implícitamente por todos sus súbditos. El castigo, sin embargo, va disfrazado convenientemente de premio, pues de otro modo hubiese quedado aún más patente la fortaleza del díscolo siervo.

Sin llegar a plantearse la debilidad de un rey ante su siervo, Sánchez Romeralo continúa su lectura de la obra desde una perspectiva política, haciendo hincapié en el contexto histórico y social en el que se gesta la comedia, «una obra escrita en un clima de preocupación e interés por el tema de la institución real y de las relaciones entre el Rey y los súbditos, tema muy del tiempo, como muestra la literatura política de la época, y actualizado por los sucesos de la nación vecina»[23]. Se refiere este autor al asesinato de Enrique IV de Francia, del cual fue considerado «autor intelectual» Juan de Mariana[24].

Sólo Halkhoree se había acercado, en los años 70, a una interpretación de la comedia desde un punto de vista que descubría en la misma críticas solapadas de ciertos aspectos de la carrera política de Rodrigo Calderón, una hechura de Lerma de trágico fin[25], en un contexto (la década del diez) en el que la contestación contra el valido de Felipe III comienza a tener notable insistencia. Asimismo la interesante discusión entre los partidarios de una visión contractualista de la monarquía y los partidarios de la razón de estado formaba parte de un contexto ideológico del que era muy difícil que un personaje como Lope (y por ende su obra) se mantuviera ajeno. Lo cual no significa, sin embargo, que haya que asumir sin más cierta imagen de un «Lope contestatario y rebelde», seguidor fiel de Mariana y compañía, por más que seduzca la idea, aunque sólo sea por llevar la contraria a la imagen tradicional del escritor. En realidad pienso que tanto este Lope como el Lope acomodaticio y «poeta del régimen» son construcciones hechas desde nuestra perspectiva, y que en rigor ninguno se corresponde con la supuesta figura real de Lope que es, como su obra, variada, multiforme y, sobre todo, dialógica más que unívoca. Sobre esta cuestión, la de las imágenes de Lope, habla Felipe Pedraza en un magnífico artículo sobre la recuperación de la figura del dramaturgo

[23] Sánchez Romeralo, 1988-1994, vol. 3-1, p. 325.

[24] Sobre esta cuestión, así como sobre las disputas ideológicas en torno a la figura y el papel real, ver mi artículo citado.

[25] Halkhoree, 1972, pp. 141-145.

en las distintas etapas históricas y regímenes por las que ha deambulado este país[26].

Si la España de la época daba razones para el descontento, también parecía darlas la situación personal de nuestro dramaturgo. La hipótesis de un Lope enojado con su mala fortuna en el ascenso social podría tomar forma si atendemos a su nunca alcanzada pretensión de ser cronista real. Mucho se ha escrito sobre ello.

En varios lugares muestra su descontento y reivindica una plaza de cronista real que, efectivamente, le fue negada siempre, pese a entender Lope no sólo que estaba preparado para ocuparla, sino que muchos otros menos preparados habían tenido dicho honor[27].

3.- NUEVAS PERSPECTIVAS DE INTERPRETACIÓN

Todo este elenco formado por frustraciones personales y situaciones políticas conflictivas bien pudieron conformar un caldo de cultivo apropiado para ver al conformista Lope desde otra óptica. Pero ¿podrían ayudarnos estos indicios a interpretar la difícilmente interpretable *El villano en su rincón* como una obra de crítica directa? Aunque la perspectiva de tal interpretación pueda resultar sugerente, existen varias razones para matizarla.

La primera es el carácter del propio autor. A partir de su vida y de su obra no es difícil acordar que el pragmatismo está siempre en la óptica del madrileño. Elaboró comedias de circunstancias cada vez que la situación así lo requirió. Expresó, sin duda alguna, muchas de sus frustraciones y anhelos no satisfechos a través de sus comedias, pero si algo le mantuvo siempre en la esperanza de medrar, fue su teatro. Y éste lo escribía, nos lo ha dicho en muchas ocasiones, en función de su público, fuese éste plebeyo o cortesano. En cualquier caso nunca hay que perder de vista que los vínculos históricos o políticos, a no ser que aparezcan directamente expresados en la obra, son siempre muy débiles y

[26] Pedraza, 2001, pp. 211-231.

[27] En *El caballero del Sacramento*, en *La Felisarda*, en *La fábula de Perseo,* en *El galán Castrucho*, en *Las grandezas de Alejandro*, en *La mayor victoria de Alemania*, en *El triunfo de la humildad,* en *El premio de la hermosura* o en *La mocedad de Roldán*, todas ellas obras posiblemente escritas en la década de 1610, se queja el autor y pide insistentemente una ansiada plaza de cronista real que nunca conseguirá.

nos pueden llevar a ver en una obra aquello que queremos ver. Por otro lado, y en este aspecto Lope guarda no pocos paralelismos con su personaje Juan, no hay que olvidar que el dramaturgo mantuvo a lo largo de toda su vida una armoniosa equidistancia con el poder, equidistancia a la que ayudó posiblemente el que nunca fuese nombrado cronista real, pero que al mismo tiempo lo dotó (a él y a su obra) de una independencia difícilmente alcanzable desde una posición más cercana a la corte. Aun cuando Lope lo pida, nunca necesitó realmente para subsistir, de la ayuda o la cercanía de la corte.

Si la visión romántica de una obra literaria que existe y se explica sólo en función de sí misma es descartar todo el caudal vital, social y político que sin duda influyen en dicha obra literaria, hacer de este mismo contexto político el único argumento de análisis resulta igualmente parcial. Ambas tendencias nos darán una visión sesgada en nuestro análisis.

Con todo lo anterior, sin embargo, no hemos hecho más que recoger diversas teorías acerca de la interpretación de la obra, pero seguimos, sin embargo, sin desentrañar ese sentido último que parece escapársele siempre al lector.

Con el único anhelo de añadir más elementos a una discusión ya de por sí complicada me atrevería aquí a sumarme a una tercera vía interpretativa (lo cual, hablando en términos políticos, nos sitúa en la más patente actualidad), apuntada, bien es cierto, por críticos como Halkhoree respecto a esta obra, pero a mi entender no suficientemente explotada. Entre la actitud casi servil que se le atribuyó durante mucho tiempo y este nuevo *attegiamento* casi revolucionario proveniente de las teorías más historicistas hay un punto medio que casa mucho mejor tanto con el carácter del madrileño como con la particular situación política y personal que rodea su producción en esta década. Me estoy refiriendo a la concepción de *El villano* como una suerte de fábula moralizante.

Para profundizar en esta interpretación es imprescindible referirse a varias cuestiones fundamentales. Aparte de la traída y llevada discusión acerca del significado de ver o no ver al rey, me parece de una importancia capital el final de la obra, la resolución del conflicto: el nombramiento de Juan Labrador como mayordomo real, negándole por completo la vida de que disfrutaba hasta entonces. ¿Es un premio o un castigo? Con este final Lope coloca encima de la mesa (por decirlo de algún modo) varios temas no resueltos en la sociedad de principios del XVII, preocupada por las teorías del estado y la naturaleza de la figura del rey[28]. ¿Qué es el rey en la sociedad de la época? ¿Cuál es su papel y su límite de responsabilidades? Es evidente que en los inicios de siglo éste es un problema que se está planteando y está dando lugar a encendidas discusiones políticas, ya hemos aludido a ellas. Aquellos que, casi siempre desde el ámbito histórico, han intentado «rescatar» de algún modo la figura del valido de Felipe III han hecho hincapié en el papel activo del duque de Lerma en intentar modernizar la monarquía española, resaltando incluso sus avances en este sentido. El ideal de monarquía fuerte, personificada en el rey, se estaba diluyendo y a Felipe III le cupo el difícil honor de representar la transición. La pregunta obligatoriamente entraña, como si de un efecto dominó se tratase, otras cuestiones encadenadas: ¿cuál es la función de un cortesano en la sociedad?, ¿y la de un villano?, ¿hasta dónde puede ascender un villano y cuál debe ser el modo de hacerlo?

Surge aquí de modo inmediato, y en relación con las conocidas disputas acerca de la función real la famosa cuestión de la educación de príncipes. Rivadeneira, el padre Mariana y muchos otros escribieron sus obras pensando en el futuro rey. Mariana, recordémoslo, salió en defensa de Lope cuando éste fue atacado por sus críticos (como resultado fue atacado asimismo en el famoso *Spongia* de Torres Rámila). A este jesuita, pidió Lope consejo en alguna ocasión y le dedicó *El triunfo de la fe en los reinos de Japón*, comedia de 1618.

Si el escritor político podía hacer ese tipo de manifestaciones, ¿qué no podría hacer el artista, con la ayuda inestimable de la metáfora, hija de la censura, como decía Borges? El teatro, además, proporcionaba un entorno privilegiado para ello. Ver al rey sobre la escena podía reforzar la figura del rey como papel, como rol y no como dignidad intrínseca y de ascendencia divina, es cierto. Pero también hay que recordar que los defensores del teatro durante todo el siglo XVII coincidían con los arbitristas y argumentaban las posibilidades del teatro como ejemplo de príncipes.

Cotarelo, nuevamente en sus *Controversias*, afirmaba lo siguiente:

> pues el Príncipe, viendo representar acciones heroycas de otro, templa las que más le apassionan y halla quien sin nota le acusa de error ú

[28] Me gustaría agradecer las interesantes apreciaciones al respecto de esta cuestión realizadas por el profesor Bernardo José García García.

descuydo, y toma modelo para adelante. El señor mira como en vn espejo lo imperfecto de su proceder, y como buen pintor borra el defeto y fealdad para quedar sin la mancha que le desdora[29].

De la idea tradicional del príncipe como espejo de virtudes para sus súbditos se había de llegar a una situación en la que eran los súbditos los que tenían que encontrar la fórmula para proveer al rey de ejemplos provechosos para el buen gobierno, y el teatro se había de convertir en uno de los más importantes foros de expresión de las preocupaciones acerca del rey.

¿Pudo Lope sumarse a este empeño? No sería descabellado pensar que el consejo moral que subyace a esta obra es el de que el rey se muestre más, o simplemente de que valore más a sus súbditos bajos, sobre todo cuando éstos demuestran honestidad y fidelidad, como hace Juan incluso en su obcecación por no ver al rey.

La obra no sería tanto una crítica como un intento de moralizar. Lope no podría criticar frontalmente, por sus aspiraciones, pero sí se entiende que, en cierto modo, intente dar al rey un consejo. Más aún en el contexto de una situación de contestación generalizada contra el privado. Se le ofrece otra posibilidad, una nueva corte formada por gentes fuera de toda sospecha, cristianos viejos y suficientemente ricos para no ser tentados por el esplendor y riquezas de la corte. Otros personajes de extracción no aristocrática están llegando a las altas esferas de la administración con desastrosas consecuencias, recordemos los casos de Pedro Franqueza y Rodrigo Calderón.

El rey de *El villano* hace mayordomo a un hombre que no es noble. Desdeña, por tanto, a los que naturalmente estarían llamados a realizar dicha función, demostrando que no son aptos para el gobierno y (me atrevería a decir) dejándolos en ridículo.

¿Es castigo o premio lo que recibe Juan Labrador?

Juan es castigado. Se debe obedecer al rey, admirarlo y tenerlo en cuenta. La actitud del desafiante es censurada y se le priva de aquello que siempre ha disfrutado y anhelado: una vida tranquila y relajada sin tratos con la corte y sin ver al rey. El monarca ha ejercido su poder y ha censurado el intento de un súbdito por ignorarlo. Aunque con dificultades desde el punto de vista teórico, la jerarquía del rey se ha impuesto y su autoridad ha quedado patente.

[29] Cotarelo y Mori, 1997, p. 97.

Pero Juan también es premiado. Es leal, cristiano viejo y rico merced a su esfuerzo. No es ambicioso. Sus cualidades son premiadas con la presencia real y el noble casamiento de sus hijos. Sus cualidades pueden ayudar al rey.

Aunque pueda parecer una paradoja no lo es, es una enseñanza moral en la que cada cual podía hacer su lectura. Dos enseñanzas morales para dos tipos de espectador. Unos podían leer que el poder real llega a todos y a todos debe llegar. El rey está ahí (especialmente en un momento histórico donde lo que preocupaba precisamente era que el rey no estuviese allí). Otros podían leer la conveniencia de acercar a la corte a este tipo de personas: leales, honestas, incluso ricas, cristianos viejos. Gente que, como en la república de Roma, al llegar al poder no ambicionaran riquezas, pues ya las tenían y habían vivido entre ellas. Lope vuelve a ponerse al servicio de su público, de todos sus públicos. En cualquier caso, el final de la obra (lugar desde el cual, como en tantas ocasiones, hay que leerla para tratar de comprenderla) contiene la anhelada armonía que persigue Lope en su vida y obra, la armonía social y política que da sentido a *El villano en su rincón.*

El mecenazgo público (en toda Europa) sirvió para que el arte en general sirviese como vehículo inestimable de propaganda, al tiempo que significaba la posibilidad de ascenso social para los artistas. Lope, sin embargo, se quedó a medio camino, pues nunca llegó a entrar de lleno en ese sistema de mecenazgo, sino que se mantuvo en los márgenes. Los mismos márgenes que le permitían, posiblemente, seguir pidiendo y dando consejo, al mismo tiempo. De esa especie de diálogo medieval que es *El villano en su rincón* saldría, como de las buenas discusiones, una verdad quizás no evidente, pero verdad al fin y al cabo.

Bibliografía citada

Bataillon, Marcel, «*El villano en su rincón*», en *El teatro de Lope de Vega: artículos y estudios*, ed. J.F. Gatti, Buenos Aires, Eudeba, 1967, pp. 148-192. (Traducido de *Bulletin Hispanique*, 1949, LI, pp. 5-38 y 1950, LII, p. 397).

Cotarelo y Mori, Emilio, *Bibliografía de las controversias sobre la licitud del teatro en España,* edición facsímil, estudio preliminar e índices de J.L. Suárez García, Granada, Universidad, 1997.

Díez Borque, José María, *Sociología de la comedia española del siglo XVII*, Madrid, Cátedra, 1976.

— *Sociedad y teatro en la España de Lope de Vega*, Barcelona, Bosch, 1978.

HALKHOREE, Premrai, «Lope de Vega's *El villano en su rincón*: An Emblematic Play», *Romance Notes*, 14, 1972, pp. 141-145.

HESSE, Everett Wesley, *Análisis e interpretación de la comedia*, Madrid, Castalia, 1970, 3.ª ed.

LOUD, Mary, «Pride and prejuice: Some thoughts on Lope de Vega's *El villano en su rincón*», *Hispania*, 58, 1975, pp. 843-850.

MCKENDRICK, Melveena, *Playing the King. Lope de Vega and the limits of conformity*, London, Tamesis, 2000.

— *Pilgrimage to Patronage: Lope de Vega and the Court of Philip III, 1598-1621*, Lewisburg, Bucknell University Press, 2001.

MARTÍNEZ BERBEL, Juan Antonio, «Acerca de *El villano en su rincón*: una hipótesis de interpretación», en *Texto, códice, contexto, recepción. Jornadas de estudio sobre el teatro de Lope de Vega (en memoria de Stefano Arata)*, ed. M. Trambaioli, Pescara, Libreria dell' Università Editrice, 2006, pp. 109-120.

MARAVALL, José Antonio, *Teatro y literatura en la sociedad barroca*, Madrid, Seminarios y Ediciones, 1972.

— *La cultura del barroco*, Madrid, Ariel, 1975.

OLEZA, Juan, «Del primer Lope al Lope del "*Arte nuevo*"», en Lope de Vega, *Peribáñez y el Comendador de Ocaña*, edición, prólogo y notas de D. McGrady, estudio preliminar de J. Oleza, Barcelona, Critica, 1997.

PEDRAZA JIMÉNEZ, Felipe B., «Imágenes sucesivas de Lope», en *En torno al teatro del Siglo de Oro. XV Jornadas de teatro del Siglo de Oro,* eds. I. Pardo Molina y A. Serrano, Almería, Instituto de Estudios Almerienses-Diputación de Almería, 2001, pp. 211-231.

SALOMÓN, Noël, «A propos de la date de *El villano en su rincón*, "comedia" de Lope de Vega», *Bulletin Hispanique*, 67, 1965, pp. 42-62.

SÁNCHEZ ROMERALO, Antonio, «*El villano en su rincón*, lección política», en *Homenaje a Alonso Zamora Vicente*, Madrid, Castalia, 1988-1994, vol. 3-1, pp. 323-338.

VEGA, Lope de, *El villano en su rincón*, edición, prólogo y notas de J. de Entrambasaguas y Peña, Madrid, CIAP, 1930; Barcelona, Teide, 1961.

— *El villano en su rincón*, edición, estudio preliminar y notas de A. Zamora Vicente, Madrid, Gredos, 1961.

— *El villano en su rincón*, edición, estudio preliminar y notas de J.L. Aguirre, San Antonio de Galonge (Gerona), Bosch, 1974.

WARDROPPER, Bruce W., «La venganza de Maquiavelo: *El villano en su rincón*», en *Homenaje a William L. Fichter*, eds. A.D. Kossoff y J. Amor y Vázquez, Madrid, Castalia, 1971, pp. 765-772.

LOS SERVICIOS TEATRALES DEL PRIMER VÉLEZ DE GUEVARA[1]

Germán Vega García-Luengos
(Universidad de Valladolid)

Buena parte de la literatura dramática y de la vida de Luis Vélez de Guevara discurrieron al abrigo de los poderosos. Los primeros pasos conocidos de su currículo de alrededor de cincuenta años los dio al lado de don Rodrigo de Castro, arzobispo de Sevilla. Tras un lapso viajero y militar, no bien conocido, entraría al servicio de don Diego Gómez de Sandoval, conde de Saldaña, segundo hijo del duque de Lerma, en el que permanecería hasta 1618, y que constituye, por tanto, la etapa que más interesa para los objetivos que aquí se proponen en relación con el tiempo de *El Quijote*. Se incorporó después a la casa de don Juan Téllez de Girón, marqués de Peñafiel y futuro duque de Osuna. Al fin, gracias posiblemente al favor del conde-duque de Olivares[2], entró en la corte de Felipe IV, donde culminaría como ujier de cámara un dilatado desempeño de diferentes cargos[3]. De su adaptación a estos entornos hay distintos testimonios, entre los que destaca el bien conocido del *Viaje del Parnaso*, donde Cervantes se refiere a él como «lustre y alegría / y discreción del trato cortesano». Los poemas, las relaciones de acontecimientos y, sobre todo, las co-

[1] Este trabajo forma parte del proyecto del Plan Nacional I+D *Géneros dramáticos en la comedia española: Luis Vélez de Guevara* (BFF2002-04092-C04-02), financiado por el Ministerio de Educación y Ciencia y los Fondos Feder.

[2] Ver Elliott, 1998, p. 209.

[3] Para la biografía del escritor aún sigue siendo imprescindible el trabajo de Cotarelo, 1916 y 1917.

medias fueron las principales contraprestaciones a la acogida que sus señores le deparaban.

A pesar de los avances en la recuperación bibliográfica y textual que se han producido en los últimos años, aún existen problemas para el control de su repertorio. Son bastantes las obras que permanecen en manuscritos e impresos antiguos, y pocas las que se ofrecen en condiciones textuales aceptables. También es mucho lo que queda por indagar en su obra desde la crítica y la historia[4].

No son menores los obstáculos en la fijación cronológica de sus piezas, que dificultan precisar qué parte de las conservadas corresponde a esos primeros servicios cumplidos en el tiempo de gestación y publicación de *El Quijote*, cuyo límite final en el caso de Vélez podría establecerse en 1618, año en que abandonó el entorno del conde de Saldaña, donde había permanecido desde los tiempos vallisoletanos de la corte de Felipe III[5]. Quizá ningún otro dramaturgo entre los más renombrados plantea hoy al investigador tantos problemas de datación. Y es que sus comedias además de compartir con las de los demás la falta de referencias cronológicas intra o extratextuales, aún no cuenta con las herramientas paliativas de que otros disponen. La que mayor rentabilidad ha obtenido hasta la fecha es la del estudio estrófico. Tras los trabajos fundamentales de S. G. Morley y C. Bruerton, sus resultados se han constituido en uno de los criterios principales para datar, incluso atribuir, la enorme nómina de piezas del teatro antiguo que adolecen de imprecisión en la coordenada temporal de su escritura. Sin embargo, ninguno de los dramaturgos principales ha suscitado tan escasas incursiones en este terreno como Vélez; aunque, también es cierto, que el único trabajo de este tipo que le han dedicado, brevísimo por otra parte, favorece nuestro intento: se trata del que realizara Courtney Bruerton so-

[4] El principal intento para su recuperación lo constituye el proyecto de William R. Manson y C. George Peale, que ha sacado a la luz una docena de ediciones críticas de comedias del escritor, publicadas por Cal State Fullerton Press y por Juan de la Cuesta, Newark, Delaware, donde continuarán apareciendo nuevos textos. Como estudios fundamentales deben considerarse los de Cotarelo, 1916 y 1917; Spencer y Schevill, 1937; Profeti, 1965; Peale, 1983; Bolaños Donoso y Martín Ojeda, 1996; Peale y Urzáiz, 2003, y Peale, 2004.

[5] Del verano de ese año constan distintos documentos de liquidación, que fueron dados a conocer por Pérez Pastor, 1907, pp. 502-503 y extractados por Cotarelo, 1917, IV, pp. 138-139.

bre ocho comedias tempranas[6]: *El Capitán prodigioso, príncipe de Transilvania* (¿1597?-1602), *La hermosura de Raquel, primera parte* (1602-1605), *La hermosura de Raquel, segunda parte* (1602-1608), *La devoción de la misa* (1604-1610), *El rey don Sebastián* (1604-1608), *La obligación a las mujeres y Duquesa de Sajonia* (1606-1610), *El espejo del mundo* (1606-1610), *Los fijos de la Barbuda* (1608-1610).

A ellas pueden añadirse otras ocho que presentan pruebas documentales o indicios suficientemente sólidos para su datación en esos años: *El jenízaro de Albania* (1605-1606), *Don Pedro Miago* (1613), *La montañesa de Asturias* (1613), *La serrana de la Vera* (1613), *El marqués del Basto* (1614-1615), *El conde don Pero Vélez y don Sancho el Deseado* (1615), *El conde don Sancho Niño* (1615-1617) y *El caballero del sol* (1617)[7].

Dieciséis comedias en total, de cuya consideración en seguida destaca la importancia que tiene la historia, como materia dramatizada o como mero marco. Es ésta una característica del teatro de Vélez que no se reduce a esta primera fase sino que se mantiene a lo largo de toda su trayectoria[8] y que guarda relación con su sostenida dedicación cortesana. Por autocomplacencia y, sobre todo, por ofrecer una imagen positiva de su pasado y de sus pretensiones presentes, a los señores a cuyo servicio dedicaba su arte les interesaban los temas históricos. Descubrir cuáles fueron las intenciones a la hora de elegir personajes y episodios, y de manipularlos, es uno de los objetivos fundamentales de los estudiosos que se enfrentan a estas obras.

Son tres las piezas en las que nos fijaremos: *El caballero del sol*, *El conde don Pero Vélez* y *El jenízaro de Albania*. Sus temas son variados: de historia inventada la primera, de historia de España la segunda y de historia extranjera la tercera.

Las dos últimas ostentan además uno de los aspectos mejor considerados de la dramaturgia de Vélez como es la utilización de romances (tradicional, una; y artificioso, otra). Ya Menéndez Pidal trazó un panorama del aprovechamiento de estos poemas octosilábicos por la *comedia nueva*[9], del que destaca Lope de Vega por su respaldo teórico

[6] Bruerton, 1953.

[7] Otras dos obras datadas en esos años por diferentes estudiosos plantean dudas de que pertenezcan inequívocamente al período: *El cerco de Roma por el rey Desiderio* y *Amor en vizcaíno, los celos en francés y torneos de Navarra*.

[8] Ver Vega, 2005.

[9] Ver Menéndez Pidal, 1945, pp. 175-207, y 1953, II, pp. 169-202.

y su fuerza difusora. En él también Vélez de Guevara ocuparía un lugar sobresaliente por el número y por la calidad artística de algunos de sus testimonios.

Por otra parte, dos de esas comedias tienen constatado un consumo cortesano cierto y la tercera, *El jenízaro de Albania*, lo apunta, aunque no esté documentado. Éste ha sido un factor importante para la selección de estas tres piezas: que hayan sido escritas pensando en unos espectadores nobles o regios, incluso, aunque luego, como es normal en la práctica que conocemos, hubieran seguido un camino en los teatros comerciales con o sin los retoques oportunos. Lo que está claro es que sus obras, escritas o no para los cortesanos prioritariamente, llegaron a los corrales en esos años. En 1606 Juan de Morales Medrano representó en el corral de comedias de Salamanca *El jenízaro de Albania*[10]. En 1614 Pedro de Valdés acuerda con la Casa de Comedias de Toledo una serie de obras nuevas entre las que están *Don Pedro Miago* y *La montañesa de Asturias*[11]. En junio del año siguiente el mismo Valdés contrata también en Toledo *El marqués del Basto*[12]. Hay una carta de Lope al duque de Sessa donde explica cómo el autor de comedias Jerónimo Sánchez se pertrecha de obras de poetas de Andalucía, de los que únicamente cita a Luis Vélez[13].

De todos los textos del escritor de los que hay constancia de su gestación y consumo como parte de fiestas cortesanas destaca, sin duda, *El caballero del sol*, representado en Lerma en 1617 dentro de los festejos que con presencia de Felipe III celebraron la inauguración de la iglesia colegial. Es un testimonio extraordinario del quehacer de este primer Vélez en los últimos momentos de su servicio al conde de Saldaña, que nos habíamos marcado como límite temporal. Su excepcionalidad para los interesados en este tipo de manifestaciones se la confiere la confluencia de factores ventajosos que no tienen otros casos: la conservación del texto —aunque sea en una suelta sevillana de alrededor de un siglo después—, la existencia de tres relaciones que refieren la espectacular puesta en escena en el parque ducal y, por qué no, el contar desde hace unos años con el estudio riguroso de Teresa Ferrer[14], que, de

[10] García Martín, 2006, p. 149.
[11] San Román, 1935, pp. 196-197.
[12] San Román, 1935, pp. 209-210.
[13] Cotarelo, 1916, III, p. 646.
[14] Ferrer, 1991, pp. 178-196.

algún modo, nos permite entender este montaje como culminación de la trayectoria que ha experimentado la práctica escénica cortesana desde mucho tiempo atrás. Destaca la estudiosa presencia en ella de elementos que han caracterizado a estas exhibiciones desde la Edad Media incluso, junto con novedades propias de los espectáculos barrocos, cuyo desarrollo irá consolidándose con los dos Austrias finales, pero que ya se encuentran con plena vigencia en éste.

Por lo que se refiere al componente tradicional de los fastos cortesanos, debe figurar en lugar destacado el tema caballeresco, que junto con el mitológico y el pastoril, cuentan entre las preferencias de los aristócratas. Así concreta Ferrer esos elementos antiguos en el análisis que junto a *Las armas de la hermosura* de Lope le dedica:

> El desfile de los príncipes en *El caballero* recuerda los desfiles en momos y piezas cortesanas primitivas [...]. El tema caballeresco, asumido en ambas, muestra su conexión con el mundo del fasto y de los torneos, y hay motivos directamente extraídos de este ámbito: el bando de torneo [...], el desfile de los príncipes provistos de remos con empresas y motes y la explicación de cada uno [...]. La utilización misma de la música y el canto acompañando en general la representación, y en especial los momentos de mayor espectacularidad, es tradicional en fastos y máscaras (desde las de Isabel de Valois en 1564 a las de Lerma de 1617) [...]. Personajes y escenas de probada fortuna en los fastos primitivos aparecen en nuestras obras: salvajes, hechiceras y magos [...]. De gusto esencialmente cortesano son los debates sobre las causas y consecuencias del amor, [...] los juegos cortesanos de ingenio [...], la inclusión de composiciones poéticas, que para nada afectan a la intriga pero sí contribuyen a un clímax lírico o erudito [...], las reiteradas alusiones mitológicas [...]. Todo un bagaje, en fin, de temas, motivos, personajes y situaciones, extraídos de la cantera tradicional del espectáculo cortesano que se proyectan sobre el teatro cortesano barroco[15].

Como novedades principales de la obra de Vélez dentro de la tradición cortesana, y con continuidad a partir de entonces, estarían el cambio global de escenario y la disposición del público.

A pesar de la dedicación cortesana del escritor, *El caballero del sol* es la única comedia que puede calificarse como caballeresca de las

[15] Ferrer, 1991, pp. 193-194.

conservadas, un subgénero cuyos anclajes en la tradición de fastos aristocráticos se acaba de comentar y que tuvo un apreciable desarrollo a lo largo del XVII, contra lo que normalmente se ha asumido sobre el agotamiento de las caballerías y su sepultura por *El Quijote*.

A este género se han dedicado recientemente las Jornadas de Teatro Clásico de Almagro, con sus actas correspondientes[16], y el libro de Claudia Demattè[17]. Sin la pretensión de haber agotado el campo, esta autora cataloga treinta y una obras correspondientes tanto a dramaturgos renombrados (Lope, Calderón, Mira, etc.) como a modestos. Lo cual pone en evidencia que «el público continúa apreciando las aventuras de los caballeros errantes también en el siglo XVII». Y concluye:

> La simpatía del público por las aventuras caballerescas no podía irse de repente, sino que debía necesariamente envolverse para sobrevivir en el siglo XVII. La peculiaridad compositiva de la narrativa caballeresca española que determina una tendencia a la reutilización bajo otros códigos literarios, permite el paso al nuevo siglo y a un nuevo género, el teatro, que suplanta a la novela en el gusto del público secentista.

Aunque induzca a pensarlo el título, la comedia no está hecha a partir de la novela *El caballero del Febo o Espejo de príncipes y caballeros*, sino que se trataría de una creación libre del escritor con elementos que remiten a un universo genérico caballeresco[18]. Debe destacarse la presencia del elemento burlesco, que, si no es nuevo en la literatura caballeresca, sí que debe hacernos pensar en la influencia que sobre él pudo ejercer *El Quijote*, cuya segunda parte se había publicado dos años antes. Esta comedia y las de otros autores dan pie para sostener la reactivación de lo caballeresco ejercida por la novela cervantina, en cuya superficie es tan relevante el factor burlesco. En este sentido, T. Ferrer ya señalaba las «reminiscencias quijotescas» de don Roque, ese caballero andante español en cuyos delirios se centra la acción del segundo cuadro de la jornada primera[19].

Otra de las comedias que según todos los indicios se representó en el ámbito de la corte de Lerma es *El conde don Pero Vélez*, conserva-

[16] Pedraza, González Cañal y Marcello, 2006.

[17] Demattè, 2005.

[18] Demattè, 2005, pp. 130-131.

[19] Ferrer, 1991, p. 184.

da autógrafa en la Biblioteca Nacional de Madrid. Parece convincente la lectura de indicios cronológicos y espaciales que hacen R. H. Olmsted y C. G. Peale para afirmar que fue exhibida en la Huerta del Duque en la noche de San Juan de 1615 por la compañía de Cristóbal de Avendaño[20]. Su teoría no sólo apunta que se exhibió en la Huerta, sino que fue concebida para representarse en ese espacio, en ese tiempo y ante unos espectadores de excepción. La obra habría sido encargada por el conde de Saldaña para una diversión de sobremesa en los jardines de su padre. El escritor basó su trama en un romance tradicional y «sacó partido ingeniosamente del lugar y del momento de la representación, utilizando la servidumbre del palacio, el entorno arquitectónico de los jardines, así como el flamante pabellón de recepción, la mesa del duque y los cubiertos de plata. Pudo aprovechar, incluso, el especial claro de luna de esa noche»[21].

La obra es muy interesante para apreciar el arte de este poeta cortesano. Sus defectos son evidentes, en parte achacables a las prisas con que debió de escribirla. Estructuralmente es floja. La acción va y viene sin ritmo y sin objetivo claro. Los personajes adolecen de cierta inconsistencia en su comportamiento; algo que se aprecia en otras piezas del escritor, en las que no son infrecuentes los cambios inmotivados de opinión y postura. En la columna del haber, de los méritos, está el lirismo de algunos momentos. También la habilidad con que explota unas fuentes escuetas de carácter romanceril, con las que acierta a implicar a los encumbrados espectadores principales. Los romances nos remiten a un entorno vallisoletano, a un marco geográfico y cultural familiar a los Lerma, consumidores prioritarios de este producto: el castillo de Urueña, Peransules... Dos años antes, y pensando también en la satisfacción de esos mismos señores, Vélez había escrito *Don Pedro Miago*, una de las comedias más vallisoletanas del teatro áureo. *El conde don Pero Vélez*, como otras comedias del autor, daría pie para un estudio desde los postulados de la crítica genética que considerase cómo va desarrollándose todo a partir de una chispa originaria.

También merece notarse el juego de atrevimiento y contención en sus alusiones a ese supuesto público distinguido: cómo permite que

[20] Manson y Peale, 2002, pp. 39 y ss.
[21] Peale y Urzáiz, 2003, I, p. 935.

sus componentes puedan reconocerse y extrañarse; y cómo desliza su apreciación crítica de los males de la corte, con la envidia y la maledicencia en los primeros lugares. La sensación que transmite esta obra, y que concuerda con otras del autor, es que supo conducirse con cierta libertad, a pesar del pie forzado que suponía servir a un joven aristócrata inestable y antojadizo como don Diego Gómez. De hecho, no faltaron problemas. Hay constancia de la mediación de Lope de Vega en una de las crisis entre criado y amo con diversas actuaciones, como la carta de avenencia dirigida al conde en noviembre de 1608[22].

A este primer Vélez pertenece también la comedia titulada *El jenízaro de Albania*, cuya inserción en las celebraciones del conde de Saldaña o de sus allegados parece verosímil, aunque no está comprobada documentalmente.

En ella se dramatizan las hazañas balcánicas que en el siglo XV protagonizara Jorge Castrioto, conocido como Escanderbey o Escanderbech, quien fuera el libertador de Albania del dominio de los turcos. En el primer acercamiento a la obra, tras la localización de la única copia conservada en la Biblioteca Nacional de Madrid, proponía una franja de escritura entre 1608 y 1610[23], que debe adelantarse ante la noticia, obtenida con posterioridad, de su representación en Salamanca entre el 28 de septiembre y el 2 de noviembre de 1606, a cargo de la compañía de Juan de Morales Medrano, tal como consta en el *Diario* del estudiante italiano Girolamo da Sommaia[24]. En el trabajo aludido apuntaba las relaciones intertextuales que mantiene con otras piezas del escritor de más de veinte años después sobre el mismo personaje y acontecimientos. La comedia recuperada constituye una evidencia más de la obsesión que por el personaje tuvo el autor, del que ya eran conocidas otras dos, que no pasaron desapercibidas entre sus contemporáneos, como prueban las alusiones de Montalbán o Lope. Pero no se trata sólo de menciones, su repercusión es aún más patente en la influencia que algunos de sus personajes y de sus

[22] Ver Cotarelo, 1916, III, pp. 644-645.

[23] Vega, 1996, pp. 121-125.

[24] Ha sido publicado por G. Haley (Salamanca, Universidad, 1977) y tenido en cuenta para la elaboración de diferentes trabajos sobre la vida teatral salmantina. La información sobre la comedia que ahora interesa la he obtenido en García Martín, 2006, p. 149.

episodios tuvieron sobre comedias, autos y piezas breves a lo largo del siglo XVII, desde el susodicho Montalbán a Calderón[25].

Las comedias que ya conocíamos son las dos partes de *El príncipe esclavo*, y debieron de escribirse y estrenarse en 1628 casi con toda seguridad. En la primera de ellas —que es la que aquí interesa— se dramatiza la etapa de la historia de Jorge Castrioto en la que, tras descubrir que era hijo del rey de Albania que los turcos habían derrocado y matado, pasaba de ser un jenízaro victorioso a las órdenes de Amurates a liberar su verdadera patria. Esta obra habría tenido distintas revisiones textuales que generaron una enrevesadísima confusión bibliográfica. Precisamente, ayuda a desenredarla la consideración de la última comedia en aparecer, *El jenízaro de Albania*, que es sin duda su fuente principal.

Para su fábula teatral, la imaginación del poeta manejó con libertad los materiales proporcionados por dos vetas fundamentalmente: La *Corónica del esforçado príncipe y Capitán Jorge Castrioto, rey de Epiro o Albania* de Juan Ochoa de la Salde (1597); y el romance de Góngora que comienza «Criábase el Albanés / en las cortes de Amurates», publicado por primera vez en el *Ramillete de flores. Quinta parte de Flor de Romances recopilados por Pedro de Flores* (Lisboa, 1593). De nuevo, vemos a Vélez sacando buen provecho de estos poemas octosilábicos preexistentes, tan en boga en la época; aunque, en este caso, no se trata de un romance tradicional sino nuevo. Lo explotará a conciencia en lo que se refiere al diseño de la acción, al número y perfil de los personajes, o a los versos que éstos pronuncian, desde el momento en que una porción de los del romance son puestos en boca de uno de ellos.

Aparte de las dos obras que años después se dedicarán al héroe, *El jenízaro de Albania* tiene otros congéneres en el teatro de Vélez. No son raras en él las piezas de asunto español o extranjero que plantean conflictos de musulmanes y cristianos. Entre las extranjeras estarían *El mejor rey en rehenes* o *El Renegado de Jerusalén*; y más específicamente en Turquía y los Balcanes se enmarcan *La nueva ira de Dios y Gran Tamorlán de Persia,* y *Virtudes vencen señales*; todas ellas pertenecientes a una segunda etapa. A la primera correspondería precisamente la que está considerada por A. Cionarescu, C. Bruerton y otros como la primera comedia conservada del autor: *El capitán pro-*

[25] Vega, 1997, pp. 343-371.

digioso, príncipe de Transilvania[26], transmitida en un manuscrito de la Biblioteca del Palacio Real de Madrid, atribuido a Lope, y en una copia impresa, a nombre de Vélez, dentro del conocido como *Tomo antiguo* de Schaeffer que se custodia en la Universidad de Friburgo[27]. La autoría de la pieza debe considerarse como problemática, si bien favorecen a Vélez la opinión de Morley y Bruerton, que, basándose en su estructura métrica y en aspectos estilísticos, no la consideran de Lope[28], y los paralelismos con *El jenízaro de Albania* en su asunto central y en distintos motivos recurrentes. La comedia, que E. Cionarescu fecha entre 1597 y 1598[29], dramatiza hechos acaecidos muy poco antes, en 1595. El príncipe de Transilvania es Sigismund Báthory (1572-1613), quien siguiendo el consejo de su tutor, el español Alfonso Carillo, en 1588 juntó las tropas cristianas contra el turco y sofocó con la muerte los elementos discordantes. Ese mismo año se apoderó de Valaquia y derrotó en Giurgevo a Sinan Pasha (a quien el dramaturgo convierte en Mahometo).

En la biografía de Vélez se perfilan razones para la predilección por los temas turcos. En su memorial en verso dirigido al rey hacia 1625, cuyos datos son glosados y amplificados en la carta que su hijo Juan envió a Pellicer en octubre de 1645, se apunta su participación en una campaña antiturca en sus años de soldado. Se lee en este último testimonio:

> Sirvió a Su Majestad en diversas ocasiones con el Conde de Fuentes, en el estado de Milán, en socorro de Saboya. Con Andrea Doria embarcado en la jornada de Argel. Con don Pedro de Toledo, en las galeras de Nápoles, fue a buscar la caravana del turco, que es la flota que le traen cada año de Oriente, y pasó todo el mar de Levante, más allá de las cruceras de Alejandría. En esto gastó seis años[30].

[26] Cionarescu, 1954, pp. 91-113; Bruerton, 1953.

[27] La comedia ha sido confundida con la titulada *El príncipe prodigioso*, de la que se conservan un número notable de impresos, en cuyos encabezamientos figuran distintas atribuciones con insistencia en Pérez Montalbán. Un riguroso planteamiento de los problemas bibliográficos que embargan a ambas piezas puede verse en Profeti, 1976, pp. 498-499.

[28] Morley y Bruerton, 1968, pp. 540-541.

[29] Bruerton, 1953, propone una franja entre 1597 y 1602.

[30] En Cotarelo, 1916, III, p. 630.

No parece que fueran seis años, ni siquiera la mitad, pero nada impide creer que estuviera embarcado en las galeras comandadas por don Pedro de Toledo y que volviera con él a Valencia el 5 de junio de 1602. Este miembro de la casa de Alba era V Marqués de Villafranca del Bierzo. Hombre de carácter fuerte, a cuyo cargo estaban las galeras de Nápoles, aparece con frecuencia en las *Relaciones* de Cabrera de Córdoba, y siempre con la misma coletilla: que desea que el rey le haga grande y le mande cubrirse[31]. En esas pretensiones contaba con el apoyo de amigos como el conde de Saldaña, quien con otros allegados habría tenido que templar el ánimo desesperanzado de don Pedro en alguna ocasión ante la grandeza que no llegaba. Ésta corresponde a octubre de 1603:

> Hase mandado a don Pedro de Toledo que vaya a servir el cargo de gobernador de Milán que se le ha dado, o que haga dejación de él para que S. M. le provea en quien le vaya a servir, porque no estaba determinado por agora hacer ningún grande, y que así no tenía que esperar esto; sobre lo cual ha estado algunos días perplejo para no salir de aquí si no le hacían la merced de grande, y el duque del Infantado y sus amigos le han persuadido tanto, que ha habido de contentarse con que puesto allá se le hará tratamiento de grande, y que vuelto a España todos se encargan de suplicar a S. M. le haga esta merced...[32]

Al fin, el momento deseado llegaría en mayo de 1608:

> Ha sido llamado don Pedro de Toledo, que estaba en Valladolid a negocios suyos, y vino la semana pasada y se vio con el Duque, y le dio orden que se partiese a Aranjuez dos días después de él, como lo hizo; y el lunes 5 de éste, entró a hablar a S. M., y estuvo cerca de una hora, en que se le dijo para lo que había sido llamado, y habiéndose acabado la plática se apartó con los demás señores que allí estaban, y se acercó el de Lerma y estuvo hablando un poco con el Rey, y desviándose volvió S. M. el rostro para don Pedro y le dijo: «cubríos, marqués de Villafranca»; el cual hizo una grande reverencia, y le volvió a decir: «cubríos, Marqués», y tercera vez le hizo señas con la mano, y entonces se cubrió y se arro-

[31] Cabrera de Córdoba, *Relaciones de las cosas sucedidas en la Corte de España desde 1599 hasta 1614*, pp. 168, 171 y 191.

[32] Cabrera de Córdoba, *Relaciones de las cosas sucedidas en la Corte de España desde 1599 hasta 1614*, p. 191.

> dilló; y pidiendo la mano a S. M. se la besó, y tras él los señores que había allí, desde el duque de Lerma, Alba, Velada y otros, por la merced que había hecho a don Pedro; y aquella tarde se corrieron toros a los Reyes. Ha quedado tan contento, como se puede considerar de quien con tantas veras y tanto tiempo lo ha deseado y procurado con muchos medios...[33]

La simpatía de Vélez por la causa de su otrora superior en la campaña antiturca, y el servicio al de Saldaña bien podrían haber impulsado la gestación de esta comedia. Una situación propicia para ello pudo proporcionarla el reavivamiento de la conciencia del problema turco en el Oriente europeo que atizaron las noticias llegadas a la corte de Valladolid un año antes de la fecha de la única representación de la obra que se conoce, en otoño de 1606. En noviembre de 1605, se conoció la pérdida de la ciudad de Estrigonia a manos de los turcos, con el peligro que se cernía sobre otros enclaves, «si —como anhela Cabrera de Córdoba— Dios no vuelve por su causa»[34].

En apoyo de esta hipótesis —insuficientemente apuntalada de momento, pero seductora— debe invocarse la tradición literaria que desde décadas atrás ha explotado las distintas derivaciones del topónimo Albania para aludir literariamente a miembros de la casa de Alba. De ello da testimonio fidedigno precisamente el romance de Góngora que se acaba de apuntar como fuente principal de episodios, personajes y versos de la comedia de Vélez. Pues bien, a todo esto podría añadirse el haber servido de estímulo y modelo para utilizar el gentilicio «albanés» en referencia a otro miembro de esa estirpe. Es un juego de homonimia que cuenta con una rancia tradición: piénsese en el pastor Albano de la *Égloga Segunda* de Garcilaso.

Un apunte sobre el posible referente del Albanés gongorino lo encontramos en el manuscrito Chacón, donde dice: «el Duque de Alba, cuia persona disimula con la de Jorge Castrioto». Aunque ha habido dudas sobre la identidad del miembro de la casa de Alba, hoy los estudiosos parecen convenir con R. Menéndez Pidal en que se trataría de don Fadrique, hijo del gran duque, quien hasta el año antes de os-

[33] Cabrera de Córdoba, *Relaciones de las cosas sucedidas en la Corte de España desde 1599 hasta 1614*, p. 337.

[34] Cabrera de Córdoba, *Relaciones de las cosas sucedidas en la Corte de España desde 1599 hasta 1614*, p. 266.

tentar el título (entre 1582 y 1585) había sufrido prisión por bigamia[35]. Es decir, Jorge Castrioto y Fadrique de Toledo habrían sido hermanados poéticamente por la homonimia de sus gentilicios y por su condición de militares (el de Alba había participado en la guerra de Flandes). Los problemas amorosos le conciernen en exclusiva al noble español. Estaríamos, pues, ante una muestra más del carácter alusivo a personas y hechos reales que poseen como rasgo esencial muchos de los romances artificiosos.

Pero la capacidad de referirse a historias recientes que la hipótesis formulada concede a la historia de Escanderbey no acabaría en ese episodio de hacia 1605. Más de veinte años después, cuando ya hacía bastante que Vélez de Guevara había dejado el servicio del conde de Saldaña para ocuparse de los asuntos del conde-duque y del rey, se habría de acordar otra vez de ella para escribir las dos partes de *El príncipe esclavo*. En especial, la relación se establece con la primera de ellas; hasta el punto de que puede considerarse *El jenízaro de Albania* como su fuente principal, sometida, eso sí, a una drástica transformación en aras del nuevo contexto político y de los objetivos que le plantean sus señores actuales.

El cambio más relevante concierne a los personajes. Entre los varios que se han añadido sobresale el de Cristerna María, cuyas características parecen decisivas para entender las razones por las que Vélez volvió sobre ese punto de la historia de Occidente y lo acomodó así. Es muy significativo que comparezca desde el principio como dama guerrera, en una secuencia que tendrá larga fortuna en el teatro del siglo XVII. Su función amorosa, como pareja del protagonista, se complementa con la de ser su aliada militar fundamental para la liberación de Albania. Todo apunta a que esta Cristerna María, que en la comedia pasa por ser reina de Hungría y prima de Jorge Castrioto, ha sido introducida para emular en la ficción a una dama de carne y hueso: la infanta María (cuyo nombre se ha añadido, en rara combinación, a uno de raigambre literaria como es el de Cristerna). La hermana de Felipe IV estaba destinada a convertirse en reina de Hungría tras contraer matrimonio con Fernando III, el heredero del imperio austriaco y primo suyo.

[35] Ver Menéndez Pidal, 1945, II, p. 141. Para una bibliografía complementaria, ver Góngora, *Romances*, ed. Carreño, 1982, p. 164.

Cada vez se conoce mejor la orientación decididamente política de las manifestaciones artísticas promovidas por el conde-duque de Olivares en los espacios por los que se movían personajes regios, cortesanos y visitantes foráneos: desde la construcción del palacio de Buen Retiro o su decoración con pinturas alusivas a la promoción de academias poéticas o la programación de espectáculos. Vélez de Guevara, acostumbrado a los servicios de letras a sus señores desde los comienzos como escritor, no habría tenido ningún inconveniente para hacerse eco de las pretensiones comunicadas más o menos explícitamente de que, a través de una fábula dramática, tratase de predisponer a sus espectadores en favor de la unión matrimonial entre Fernando y María. Una unión que se consideraba fundamental para fortalecer aún más los lazos políticos entre España y el Imperio. Era un objetivo prioritario para la política exterior de Olivares[36], que en lo inmediato debía propiciar que el emperador se enfrentara a Francia en Italia. Tras años de intentos, el matrimonio al fin pudo celebrarse en abril de 1629. Las dos comedias de *El príncipe esclavo* bien pudieron formar parte de la campaña de promoción de dicho enlace.

También podría leerse desde claves políticas el aumento del peso del factor religioso que ha experimentado la nueva dramatización de la historia de Castrioto como respuesta a los afanes de regeneración religiosa y moral que pretendieron el monarca y su valido[37]. Esta explotación habría allanado su transformación en el auto sacramental de *El príncipe esclavo Escanderbech* de Pérez de Montalbán, tal como éste explica en los preliminares de su edición en el *Para todos* (1632).

Bibliografía citada

Bolaños Donoso, Piedad y Martín Ojeda, Marina, eds., *Luis Vélez de Guevara y su época. IV Congreso de Historia de Écija (Écija, 20-23 de octubre de 1994)*, Sevilla, Ayuntamiento de Écija-Fundación El Monte, 1996.

Bruerton, Courtney, «Eight plays by Vélez de Guevara», *Romance Philology*, VI, 1953, pp. 248-253.

Cabrera de Córdoba, Luis, *Relaciones de las cosas sucedidas en la Corte de España desde 1599 hasta 1614*, Madrid, Imprenta de J. Martín Alegría, 1857.

[36] Elliott, 1998., pp. 254 y ss.
[37] Elliott, 1998., pp. 438 y ss.

CIONARESCU, Alejandro, «El autor del *Príncipe transilvano*», en *Estudios de literatura española y comparada*, La Laguna, Universidad de La Laguna, 1954.

COTARELO Y MORI, Emilio, «Luis Vélez de Guevara y sus obras dramáticas», *Boletín de la Real Academia Española*, III, 1916, pp. 621-652; IV, 1917, pp. 137-171, 269-308 y 414-444.

DEMATTÈ, Claudia, *Repertorio bibliografico e studio interpretativo del teatro cavalleresco spagnolo del sec. XVII*, Trento, Università, 2005.

ELLIOTT, John H., *El conde-duque de Olivares. El político de una época de decadencia*, Barcelona, Grijalbo-Mondadori, 1998.

FERRER, Teresa, *La práctica escénica cortesana: De la época del emperador a la de Felipe III*, London, Tamesis Book, 1991.

GARCÍA MARTÍN, Manuel, «Compañías y repertorios teatrales en la Salamanca áurea», en *Praestans labore Victor. Homenaje al profesor Víctor García de la Concha*, coord. J. San José Lera, Salamanca, Ediciones Universidad de Salamanca, 2006, pp. 141-161.

GÓNGORA, Luis de, *Romances*, ed. Antonio Carreño, Madrid, Cátedra, 1982.

MENÉNDEZ PIDAL, Ramón, *La epopeya castellana a través de la literatura española*, Buenos Aires, Espasa-Calpe, 1945.

— *Romancero hispánico (Hispano-portugués, americano y sefardí). Teoría e historia*, Madrid, Espasa-Calpe, 1953.

MORLEY, S. Griswold y BRUERTON, Courtney, *Cronología de las comedias de Lope de Vega*, versión española de M.R. Cartes, Madrid, Gredos, 1968.

PEALE, C. George, ed., *Antigüedad y actualidad de Luis Vélez de Guevara: Estudios críticos*, Amsterdam-Philadelphia, John Benjamins Publishing Company, 1983.

PEALE, C. George, «Luis Vélez de Guevara, casos de cortesanía histórica y de ingenio efímero», en *Paraninfos, segundones y epígonos de la comedia del Siglo de Oro*, coord. Ignacio Arellano, Barcelona, Anthropos Editorial, 2004, pp. 77-87.

PEALE, C. George y URZÁIZ, Héctor, «Luis Vélez de Guevara», en *Historia del teatro español*, dir. J. Huerta Calvo, Madrid, Gredos, 2003, I, pp. 929-959.

PÉREZ PASTOR, Cristóbal, *Bibliografía madrileña o descripción de las obras impresas en Madrid... Parte tercera (1621 al 1625)*, Madrid, Tipografía de la *Revista de Archivos, Bibliotecas y Museos*, 1907.

PEDRAZA JIMÉNEZ, Felipe B., GONZÁLEZ CAÑAL, Rafael y MARCELLO, Elena, eds., *La comedia de caballerías. Actas de las XXVIII Jornadas de Teatro Clásico. Almagro, 12, 13 y 14 de julio*, Almagro, Festival de Almagro-Universidad de Castilla-La Mancha, 2006.

PROFETI, Maria Grazia, «Note critiche sull'opera di Vélez de Guevara», *Miscellanea di Studi Ispanici*, 10, Pisa, Università di Pisa, 1965, pp. 47-174.

— *Per una bibliografia di Juan Pérez de Montalbán*, Verona, Univ. degli Studi di Padova, 1976.

San Román, Francisco de Borja, *Lope de Vega, los cómicos toledanos y el poeta sastre*, Madrid, Cuerpo Facultativo de Archiveros, Bibliotecarios y Arqueólogos, 1935.

Spencer, Forrest E. y Schevill, Rudolph, *The Dramatic Works of Luis Vélez de Guevara. Their Plots, Sources and Bibliography*, Berkeley, University of California Press, 1937.

Vega, Germán, «Luis Vélez de Guevara: historia y teatro», en *Écija, ciudad barroca*, ed. Marina Martín Ojeda, Écija, Ayuntamiento de Écija, 2005, pp. 49-70.

— «Nuevas comedias famosas para rescatar a Luis Vélez de Guevara», en *Luis Vélez de Guevara y su época. IV Congreso de Historia de Écija (Écija, 20-23 de octubre de 1994)*, eds. Piedad Bolaños Donoso y Marina Martín Ojeda, Sevilla, Ayuntamiento de Écija-Fundación El Monte, 1996, pp. 111-128.

— «Luis Vélez de Guevara en la maraña de comedias escanderbecas», en *Hispanic Essays in Honor of Frank P. Casa*, eds. A. Robert Lauer y Henry W. Sullivan, New York, Peter Lang, 1997, pp. 343-371.

Vélez de Guevara, Luis, *El conde don Pero Vélez*, eds. William R. Manson y George C. Peale, estudio introductorio de Thomas E. Case, Newark. Delaware, Juan de la Cuesta, 2002.

4.

HISTORIAS Y NOVELAS CABALLERESCAS EN LA ESCENA TEATRAL Y FESTIVA

LA ESCENOGRAFÍA DEL TEATRO CORTESANO A PRINCIPIOS DEL SEISCIENTOS: NÁPOLES, LERMA Y ARANJUEZ

María Teresa Chaves Montoya

Aunque durante mucho tiempo los estudios sobre la fiesta cortesana y, en general, el espectáculo barroco español han afirmado comúnmente que había que considerar como primer ejemplo de teatro, aparato y espectáculo concebidos «a la italiana» en España, la gran fiesta celebrada en honor del decimoséptimo cumpleaños de Felipe IV y primero como rey, tal afirmación debe aceptarse con bastantes reservas como veremos a continuación. Y asimismo, aunque *La Gloria de Niquea* —que así se llamaba la comedia o, mejor dicho, «invención»— inauguró la actividad teatral cortesana del reinado de Felipe IV, debe ser considerada el último ejemplo de su género. Supuso el cierre de un período definido desde el punto de vista teatral por la convivencia de la comedia cultivada en los teatros públicos o corrales por compañías de actores profesionales, en los que la palabra dominaba sobre los efectos visuales y sonoros, y el espectáculo de corte, ya fueran sólo comedias (también las hubo de repertorio representadas por profesionales, pero no con la frecuencia con que se harían en época posterior) o ese otro tipo híbrido entre torneo, máscara y representación dramática, con una compleja escenografía y organizado por los propios miembros de la corte en los que eran ellos los únicos participantes, fuera y dentro del escenario, y siempre ligadas a alguna circunstancia celebrativa, ya fuera cíclica o extraordinaria. A partir de ahora seguirán dándose los dos casos mencionados, el de las representaciones de los teatros comerciales y los espectáculos en el ámbito cortesano, pero el segundo presentará unas características bien diversas, como será la plena aplicación de los modelos escenográficos italianos (uso de la perspectiva ilusionista en dos dimensiones —bastidores laterales pintados y único punto de fuga central—, arco de proscenio, mutaciones escénicas en las que se repetían los convencionales ambientes de marina, bosque, jardín, palacio, templo, cielo, infierno), proliferación de los efectos espectaculares producidos por elaboradas tramoyas, prevalencia de una estructura dramática rica en textos de los que fueron autores las más insignes plumas del Siglo de Oro español, e interpretación a cargo de actores profesionales, procedentes de las compañías que habitualmente actuaban en los teatros públicos. Todos estos ingredientes, junto a la creación de un exclusivo espacio arquitectónico bien equipado, destinado a la representación de las grandes comedias de aparato, configurarán la fisonomía del teatro barroco cortesano en España.

La representación de *La gloria de Niquea* tuvo lugar la noche del 15 de mayo de 1622, en el jardín de la Isla de Aranjuez. De la creación del texto se ocupó el noble y poeta correo mayor del reino, Juan de Tassis y Peralta, conde de Villamediana, y de su puesta en escena y de la dirección de la construcción del efímero teatro de madera, el ingeniero y arquitecto napolitano Giulio Cesare Fontana, que se encontraba en España desde 1616, fecha del retorno a España del conde de Lemos al finalizar su virreinato en Nápoles, que se trajo consigo al napolitano para trabajar como ingeniero mayor en las obras de fortificación del muelle de Gibraltar[1]. Su presencia en la corte había sido requerida, a petición del propio Villamediana, por la reina Isabel de Borbón, promotora de la idea de organizar una fiesta en honor de su regio esposo. *La gloria de Niquea* fue llamada por el cronista de la fiesta, Antonio Hurtado de Mendoza, comedia de «invención» pues en ella se combinaban elementos propios —una trama desarrollada, en este caso por actrices no profesionales (damas de la corte, la reina Isabel, la infanta María)[2], sobre un escenario— y ajenos al género dramático, con distintas procedencias —desfile de carros triunfales, máscaras y danzas de los miembros de la familia real y de la corte—.

[1] Strazzullo, 1969, pp. 335-336.

[2] Sobre esta práctica, habitual en la fiesta cortesana de los primeros años del s. XVII, de las representaciones a cargo de las damas de la corte, ver el artículo de Profeti, 2000, pp. 79-90, y su introducción a Herrera y Sotomayor, 2001, pp. 17-35.

Dominaban los componentes paraverbales, es decir, plásticos y sonoros —música, vestuario, escenografía, danza, efectos visuales producidos por complejas tramoyas, etc.— sobre el texto, lo que sería una primera aproximación a un espectáculo integrador de las artes —no consciente por parte de sus autores, que sólo querían ofrecer al público cortesano una diversión de gusto «internacional»—, y que se contraponía al género reinante en los teatros públicos o corrales, en donde la palabra era la principal protagonista. E incluso el relator de la fiesta, el ya citado Hurtado de Mendoza, se encarga de aclarar al lector la verdadera naturaleza de esta representación:

> Ya advertí al principio que esto que estrañará el pueblo por comedia, y se llama en Palacio invención, no se mide a los preceptos comunes de las farsas, que es una fábula unida, ésta se fabrica de variedad desatada, en que la vista lleva mejor parte que el oído, y la ostentación consiste más en lo que se ve, que en lo que se oye[3].

Para Villamediana, más que notable poeta satírico, no fue ésta la primera vez que probaba fortuna como autor y organizador de una diversión cortesana. Cuando estaba en Nápoles, en donde residió la mayor parte de su estancia en Italia de 1611 a 1615, colaboró con el arquitecto regio e ingeniero mayor del Reino de Nápoles, el capitán Giulio Cesare Fontana, en el torneo celebrado para festejar el compromiso del futuro rey español, entonces príncipe Felipe, con la princesa Isabel de Francia, el 13 de mayo de 1612. Fontana levantó un teatro que aún conservaba los rasgos del salón de torneo de herencia renacentista[4] ante el Palacio Real, fábrica que su padre, Domenico, proyectó bajo el patrocinio del VI conde de Lemos, virrey desde 1599. Su hijo, Pedro Fernández de Castro, llegó a Procida en 1610 para sucederle en el cargo de gobernador de la antigua Parténope. Aquí se rodeó de un grupo de amigos escritores que le acompañaron desde España hasta Nápoles, donde pasaron a formar parte de varias academias literarias, entre ellas la famosa de los Ociosos a la que pertenecían Lupercio Leonardo de Argensola, Antonio Mira de Amescua,

[3] Hurtado de Mendoza, 1947, vol. I, pp. 23-24.

[4] «*Giulio Cesare Fontana Architetto di tanta fama, ingegniero maggior, & sopraintendente generale di tutte le fabriche, e fortificationi di Sua Maestà in questo Regno*» comenzó la construcción del magnífico salón el 17 de abril; ver Valentini, 1612, p. 9.

Francisco de Ortigosa, Gabriel Barrionuevo y, a partir de 1611, el propio conde de Villamediana. Cervantes, que había sido excluido por los Argensola del grupo de escritores que acompañó al conde de Lemos en 1610 a Nápoles, recuerda esta festiva ocasión en su *Viaje del Parnaso*, publicado tres años después[5] y menciona una relación impresa detallada de la misma escrita por el tesorero del virrey, don Juan de Oquina, incluida por Alenda y Mira en sus *Relaciones de solemnidades y fiestas públicas*[6]. He manejado la crónica oficial del suceso, publicada en Nápoles ese mismo año, que su autor, Francesco Valentini, dedicó a doña Catalina de Sandoval, condesa de Lemos. En su relación Valentini describe el gran teatro o salón en cuyos cuatro extremos se abrían cuatro puertas a modo de arcos triunfales por los que hicieron su ingreso los caballeros participantes en la justa con sus carros de invenciones para desfilar por las dos calles que recorrían el recinto longitudinalmente, limitadas en sus extremos por las puertas, dejando en el centro un amplio espacio que serviría de pista o campo para el combate final. Tras los palcos Fontana dispuso veinticinco mástiles en los que se ató un lienzo que cubría el teatro y se extendía hasta las ventanas del segundo orden del palacio, una solución que repetirá en el teatro de Aranjuez diez años después. Los dos palacios o pabellones fronteros, circundados por balaustres, a uno y otro lado del teatro, hacían las veces de «vestuarios» de los dos equipos contendientes. El palacio perteneciente a los caballeros Mantenedores, antes de que iniciase el cortejo de invenciones y la justa propiamente dicha, se desplomó y dejó ver en su lugar una enorme montaña en cuya cima se alzaba un castillo, hecho, escribía Valentini,

> con la misma forma y la misma hechura descritas por Ariosto en su *(Orlando) furioso*, en el que se veían selvas, y cavernas de inmenso tamaño[7].

[5] Cervantes Saavedra, 1983, pp. 307-308.

[6] «*Relación de las fiestas*», cit. en *Relaciones de solemnidades*, 1903, pp. 163-164.

[7] «... *Nell'istessa forma, e dell'istessa fattura, che l'Ariosto lo descrive, nel suo furioso, nel quale si vedevano Selve, e Caverne d'immensa grandezza*», en Valentini, *Descrittione del sontuoso Torneo fatto nella fidelissima città di Napoli l'anno MDCXII. Con la relatione di molt'altre feste per allegrezza delli Regij accasamenti seguiti fra le Potentissime Corone Spagna e Francia*, pp. 7-13.

Es decir, reproducía en imágenes el aspecto de la fortaleza inexpugnable, toda de acero pulido, que construyó Atlante en su jardín de Carena para proteger a Rugero de una futura traición[8] . El castillo entonces se abría y por el puente levadizo salían diferentes personajes fantásticos y reales que descendían bailando por la montaña, prisioneros liberados del mago protector de Rugero, y con su desfile a lo largo del teatro abrían la procesión de los caballeros Mantenedores, encabezados por el conde de Lemos. Posteriormente los caballeros Aventureros o Invitados presentaron sus «invenciones» en un desfile de magníficos carros triunfales: el primero llevaba a Urganda la Desconocida y Alquife, personajes pertenecientes a la saga del Amadís, y cerraba el cortejo el carro del duque de Matalone, que hacía el número nueve. El torneo se resolvía con el combate cuerpo a cuerpo de los caballeros participantes, que se enfrentaron de dos en dos para demostrar su habilidad más que la fuerza física en lo que podría denominarse un «juego deportivo».

El autor del programa iconográfico, que Villamediana y Fontana elaboraron y materializaron en las distintas imágenes que adornaban el teatro y los carros de los caballeros que por el mismo desfilaron, fue, según Valentini, el propio virrey, el conde de Lemos, costumbre repetida por sus sucesores que de esta forma se alzaban en protagonistas absolutos de los acontecimientos festivos, no sólo como participantes activos, es decir, como caballeros contendientes, además de promotores, sino también como sus creadores, ideólogos y poetas. El cartel convocando el torneo de Nápoles, en el que los caballeros Mantenedores retaban a los Invitados o Aventureros a luchar por la dama más hermosa, fue redactado por Villamediana, que expresaba de esta forma la intención nostálgica de un género de evocaciones medievales y caballerescas que exaltaban el amor y el valor cortesanos (en efecto, como recodaremos, la defensa de la superior belleza de sus damas era un motivo frecuente en las aventuras caballerescas del ciclo artúrico) e imponía a los caballeros seis condiciones, invitándoles asimismo a que presentaran una «invención», que compondría el momento más espectacular de todo el torneo. Como fuente iconográfica principal ya hemos citado el *Orlando furioso*, con frecuentes referencias directas a sus personajes, aventuras y lugares de acción, pero

[8] Canto III, estrofas 4-45, Ariosto, 1988, pp. 35-42.

otros temas recreados en las «invenciones» presentadas también procedían de las fábulas mitológicas y de las novelas de caballerías, de los ciclos bretón y carolingio, la saga de los Amadises, etc.

Esta fiesta fue significativa de la fuerte impronta tradicional y conservadora en la dramaturgia festiva y en los espectáculos cortesanos del período de Felipe III, en España y en el Virreinato de Nápoles. Los torneos y teatros de recuerdo renacentista y los temas caballerescos gozaron de gran preferencia en el ámbito cortesano español y virreinal. En concreto, en Nápoles durante mucho tiempo, hasta mediados del siglo XVII, pervivirá el uso de los torneos o combates fingidos de caballeros como conclusión de los espectáculos ofrecidos por la corte, no sólo al aire libre, sino también aquellos que se desarrollaban en el interior de la «*Sala Regia*» o «*Sala Reale*», del Palacio Real. Para celebrar la recuperación de una grave enfermedad de Felipe III y coincidiendo con el Carnaval, el duque de Osuna, cuyo virreinato iniciado en 1616 se caracterizó por la riqueza y esplendor de sus fiestas, ordenó una «*festa a ballo*» titulada *Delizie di Posilipo Boscarecce e Maritime*[9], ofrecida el 1 de marzo de 1620 en el Salón Real. En un escenario provisional a un extremo de la sala se preparó un complejo aparato, pues no se puede hablar de escena propiamente dicha, que correspondía al carácter marcadamente conservador del espectáculo. Los elementos escenográficos, de bulto, se ordenaban en un sistema escénico tradicional y aparentemente simétrico. Una montaña (*il monte di Posilipo*) sostenía en su mitad, según se desprende de la descripción del aparato, el palacio «*detto della Goletta*», flanqueado por cavernas, jardines y rocas en el que se abría una marina móvil. De las grutas y escollos, que definían la fisonomía de Posilipo, salían para ejecutar las danzas e interpretar los cantos, pastores, ninfas y el dios Pan acompañado de silvanos, personajes a los que se añadieron simios y salvajes, que aportaban el ingrediente cómico al espectáculo con sus estrafalarias danzas. Del mar surgía Venus en su concha, con Cupido y ocho cisnes que, a su vez, ofrecían el contrapunto refinado a los habitantes de las selvas y grutas. La fiesta se concluía con la intervención de veinticuatro caballeros, que desde el palacio bajaban por la montaña directamente hasta la sala en donde interpretaron la danza final. Los tex-

[9] *Breve racconto*, 1620; Ciapparelli, 1992, pp. 365-377, y Cafiero y Turano, 1992, pp. 515-520.

tos cantados obedecían a un propósito claramente adulatorio que dominará un espectáculo destinado en su totalidad a mostrar las «delicias silvestres y marítimas» de la Arcadia napolitana de las que eran beneficiarios sus moradores, y este homenaje al duque de Osuna se produjo en un momento en el que su posición no gozaba precisamente del apoyo de la corte metropolitana, debido a su controvertida actuación y su peligrosa tendencia a tomar decisiones por cuenta propia en el gobierno del virreinato. En efecto, sólo tres meses después, el 14 de junio, saldría de Nápoles para ser sustituido por el cardenal Borja. Mientras vivió Felipe III, don Pedro Téllez Girón no fue molestado, pero cuando subió al trono Felipe IV, fue hecho prisionero, muriendo en la cárcel pocos años después, en 1624[10].

En las fiestas de este período seguirán combinándose aún durante bastantes años elementos pertenecientes al torneo dramático o a la fiesta renacentista o del primer barroco, y componentes más modernos o característicos de la escena barroca, como ocurrió en la máscara del *Monte Parnaso* que el duque de Alcalá ofreció en octubre de 1630 a la reina María de Hungría, a su paso por Nápoles camino del Imperio. Se trató de un espectáculo que, aun recordando la ópera-torneo del primer *Seicento*, con las características danzas de caballeros, se desarrolló en un escenario con un fondo de decorado en perspectiva y mutaciones escénicas (templo, Monte Parnaso, jardines, cuevas, los Campos Elíseos). Sin embargo, en la máscara que la mujer del duque de Medina de las Torres, la virreina doña Anna Carafa, organizó en 1639 para celebrar el nacimiento de la infanta María Teresa, hay que hablar de nuevo de aparato de bulto y no de escena en perspectiva: un gran globo que representaba el *Mondo Nuovo* se alzaba en medio de la sala y, cuando se abría, de su interior salían la virreina con varias de sus damas dispuestas a interpretar una danza en el salón[11], y en otro de los actos realizados con el mismo motivo se ofreció una danza de treinta y seis caballeros que descendían bailando desde lo alto de un monte.

Parece que la evolución de la escenotecnia napolitana y las influencias en la misma de los modelos establecidos por Torelli en la

[10] Coniglio, 1967, pp. 196-206.

[11] Las descripciones de estos dos espectáculos se encuentran en sus relaciones oficiales: *Monte Parnaso*, 1630, y *Relatione delle feste*, 1639; ver Ciapparelli, 1992, pp. 367-369.

Venecia de los años 40 —pero ya ensayados y ampliamente practicados desde finales del siglo XVI en las cortes de Florencia, Ferrara o Parma, por artistas como Buontalenti, los Parigi o Francesco Guitti— está más ligada a la historia de la ópera partenopea, que en este campo también será receptora de los modelos venecianos, a partir de mediados del siglo. No hay duda de que este cambio de gusto de las manifestaciones festivas en el ámbito de la corte virreinal está influida asimismo por las preferencias que la presencia de cada virrey imponía: así, el conde de Oñate, en Nápoles desde 1648, ordenó en 1650-1652 las reformas del palacio proyectado por Domenico Fontana, que incluían las efectuadas en el Salón Real que, aunque no sufrió cambios sustanciales, dispuso a partir de entonces de un escenario perfectamente definido respecto al resto de la sala para que en este marco se ofrecieran representaciones teatrales con música o «*commedie in musica*» de la que era gran aficionado el nuevo virrey[12].

No podemos afirmar que la fábrica de madera levantada en 1622 en el jardín de la Isla de Aranjuez fuera idéntica a la que se hizo en Nápoles en 1612, ya que los dos espectáculos ofrecían características diferentes, pero sí que debió de inspirarse bastante en el modelo precedente. De hecho, un aviso enviado a Roma en aquellos años pone en directa relación las dos fiestas, pues dice que los reyes «ally (en Aranjuez) an gozado estos dias passados de las fiestas que el conde de Villamediana hizo en Napoles..., y todo esto fue la Historia de la Gloria de Niquea»[13]. La historia que cuenta Villamediana es la de Amadís de Grecia, nieto —según el autor; bisnieto en el original— del de Gaula y la liberación de Niquea por parte del caballero de la prisión y hechizo a los que la tenía sometida su hermano Anaxtárax. Aparecen personajes y elementos sacados del género caballeresco (dama que ha de ser salvada, caballero galante que la salva, escudero, dragón, gigantes, encantamientos y carteles que deben ser descifrados) combinados con otros procedentes de las fábulas pastoriles (ninfas y pastores en el ambiente de selva).

[12] Ciapparelli, 1992, p. 370, y Carandini, 1999, p. 109. Un excelente cuadro general sobre la dramaturgia festiva y el mecenazgo de los virreyes en Nápoles durante el siglo XVII lo aporta Hernando Sánchez, 2001, pp. 591-674.

[13] Aviso del 30 de mayo de 1622, *Avvisi spagnoli dall'anno 1611 fino all'anno 1629*, Biblioteca Apostólica Vaticana, mss. Urb. Lat. 1.117, P. II, fol. 772r.

La aventura se inspiraba libremente en algunos episodios de dos novelas de Feliciano de Silva: *Amadís de Grecia*, publicada por primera vez en 1530 en Cuenca, y que se correspondería con la primera parte de la comedia de Villamediana; y la *Crónica de Florisel de Niquea*, obra sucesiva a aquélla y cuyas primeras ediciones también se remontan a los años treinta del siglo XVI, y en la que se basaría el segundo acto de *La Gloria de Niquea*. Ambas eran continuaciones del *Amadís de Gaula* (libros noveno, décimo y undécimo de la serie). También se ha sugerido como posible fuente el *Amadís y Niquea* de Leyva Ramírez de Arellano[14].

En la introducción a la edición de 1629 de *La Gloria de Niquea*, Villamediana hace referencia a la magnificencia y grandiosidad del teatro levantado «a imitación de los Romanos Coliseos» y a su naturaleza efímera, pues fue realizado en «materias débiles» (madera y lienzo) en lugar de «pórfidos y jaspes», sin detenerse en su descripción. Céspedes y Meneses también recordaba las dos comedias cuyos «magníficos teatros casi pudieran competir con los famosos que celebra la venerable antigüedad»[15]. Pero de hacer la descripción de la fábrica y aparato se encargó el ayuda de cámara del rey, del que pasaría a ser su secretario, antes protegido del duque de Lerma y ahora del aún conde de Olivares, el poeta Antonio Hurtado de Mendoza, quien nos pone al corriente de su traza y ornamento en la relación oficial de la fiesta, en una descripción avalada por los datos ofrecidos en las cuentas que el capitán Fontana elaboró con los gastos de la fiesta, con muy ligeras variantes: un salón de setenta y ocho pies de ancho por ciento quince de largo con varios arcos a cada lado, coronado por un entablamento de orden dórico, como las columnas, y por una balaustrada y unos términos que sostenían un toldo que figuraba un cielo azul y estrellado cuyos extremos estaban tensados por unas guindaletas de cáñamo que fueron atadas a la copa de los árboles levantados detrás y en torno a la fábrica —a la que sirvieron además de soporte—, repitiendo así el sistema usado en Nápoles diez años antes, y un tablado flanqueado por dos grandes estatuas de Marte y Mercurio, que de esta forma cerraban o delimitaban el escenario a

[14] Thomas, 1952, pp. 57-61, y Chaves Montoya, 1991, pp. 81-82.

[15] Tassis y Peralta, *Obras*, p. 4, y Céspedes y Meneses, *Historia de Don Felipe IV*, fol. 101r.

modo de arco de proscenio; el público se acomodó en las gradas levantadas en torno al salón, y en medio, en una posición privilegiada para su perfecta visión del conjunto del aparato, se puso el trono para el rey y sus hermanos los infantes don Carlos y don Fernando, en un pabellón coronado por una imagen de la Fama[16].

La fiesta se abría con una máscara a la que seguía un desfile de carros triunfales, uno de la Corriente del río Tajo a su paso por Aranjuez y otro del Mes de Abril en el que nació Felipe IV. Después descendía al tablado la Edad de Oro sobre un águila dorada, un autómata que batía las alas, sujeta en una gruesa maroma que pendía de una barra de hierro, accionada por una tramoya bastante rudimentaria que recordaba las «glorias» de los misterios medievales en el interior de las iglesias. La Edad de Oro, vaticinada por Virgilio al imperio de Augusto, predecía la vuelta de Astrea, la Justicia Divina, bajo el imperio del joven Felipe, que debía continuar las grandes hazañas de sus antepasados de la Casa de Austria en España, una edad dorada que, en el sentir general, no había estado precisamente representada por el gobierno de los últimos años de la monarquía de Felipe III.

Después «subió el Águila sobre toda la fábrica del teatro, con tan disimulado artificio, que se logró el vuelo y no se percibió el modo» y, una vez «desaparecida en lo alto de la fábrica»[17], se dio paso a la Loa, con unos versos recitados y cantados por cuatro damas dentro de otros tantos árboles, en esta misma escena de selva, que no cambiará a lo largo de la representación, efectuándose sólo mutaciones en lo que en el lenguaje convencional teatral llamaríamos foro o fondo del escenario (o, como también se denominará repetidamente en el período que nos ocupa, «fachada del vestuario»). En el escenario se colocaron objetos escénicos de bulto, como árboles y peñascos, pero también hay constancia de cuatro lienzos grandes, cuatros paisajes tal vez en perspectiva, cuya disposición no está especificada, por lo que sería un poco aventurado proponer un temprano uso como bastidores laterales planos. No me detendré en la trama y sólo recordaré algunos de los efectos escenotécnicos más asombrosos de la puesta en escena de esta comedia de invención, como el descenso en una nube

[16] Hurtado de Mendoza, 1947, vol. I, pp. 8 y 9, y Chaves Montoya, 1991, pp. 55-59.

[17] Hurtado de Mendoza, 1947, vol. I, pp. 12-13.

de la Aurora esparciendo una lluvia de oro o la apertura de la montaña que ocupaba gran parte del escenario con el mecanismo que la dividía accionado desde el foso, debajo del tablado, con un sistema similar o idéntico al que expuso Leonardo da Vinci en los dibujos del *Codex Arundel* (fols. 231v y 224r), realizados en 1490 durante su período al servicio del gobernador francés en Milán, y pertenecientes a la representación del *Orfeo* de Poliziano en la corte de Mantua. En ellos nos muestra cómo una montaña de inmensas proporciones podía abrirse con un movimiento giratorio producido por dos ejes que atravesaban verticalmente el tablado y que pivotaban en direcciones opuestas, abriendo y cerrando la montaña, activados por dos contrapesos, y aunque este sistema no requería de ayuda humana alguna, puede dar una idea aproximada del utilizado en el aparato de Aranjuez[18]. Lo que descubría la montaña era la fachada de un palacio con cuatro columnas dóricas que se hundían antes de que sus puertas se abrieran. Dentro se hallaba la «Gloria de Niquea», un pabellón revestido de oro e infinidad de espejos de todos los tamaños y estrellas de cristal que, al reflejarse en ellos las luces de hachas y candiles repartidos en la sala y el escenario, producían un rutilante efecto deslumbrador. En lo alto de las gradas se alzaba el trono de la Diosa de la Hermosura, papel mudo representado por la reina Isabel. El papel de la Encantada Niquea se adjudicó a la infanta María, que se sentaba en la grada superior. Con la liberación de su hechizo a manos de Amadís se concluía la primera escena.

La segunda parte se inicia en un ambiente bucólico, y el foro se muda, siempre en el marco de la montaña abierta, de palacio en un infierno que se abría arrojando llamas y volvía a cerrarse mientras sobre un dragón de cartón que medía algo más de un metro pero que tenía una cola de casi seis, también sujeto por un pescante como el águila de la loa, bajaba una ninfa para volver a salir por lo alto del escenario.

Al concluir la comedia, la montaña se cerraba y de nuevo se abría para presentar un juego: en el escenario, que ahora figuraba un jardín con fuentes y macetas con flores, se sentaban la reina, la infanta y las damas en las gradas como en la «Gloria» de la primera escena, sujetando entrelazadas en su brazos cintas rojas, y doña Leonor Pimentel

[18] Pedretti, 1986, pp. 25-34.

tenía que adivinar cuál de entre todas ellas pendía de la reina[19]. Se trataba de un juego con el que se divertían habitualmente las reinas españolas con sus damas, como aquel que la reina Isabel de Valois y su cuñada, la princesa doña Juana, organizaron la noche de Reyes de 1564 en el salón dedicado a saraos, máscaras, comedias, banquetes y otras diversiones en el Alcázar de Madrid. En esta ocasión se celebró una magnífica máscara, de gran riqueza escenográfica[20] y de vestuario, en la que la reina presentó cinco «invenciones», de las cuales la última se desarrollaba en el «Paraíso de Niquea», un teatro al que se subía por siete gradas, con columnas de oro, brocados y candelabros también dorados, y en un trono en alto una dama representaba el papel de Niquea. Tenemos, pues, una escena que en cierto modo podría ser considerada un antecedente algo lejano en el tiempo, pero muy próximo iconográficamente, a una de las variadísimas partes que compusieron el conjunto del espectáculo de Aranjuez, que se concluyó con una danza final de las regias protagonistas y cuatro damas.

La Gloria de Niquea puede ser encuadrada dentro del género de espectáculo consecuencia de la evolución del torneo dramático hacia la comedia de aparato cortesana y de tema caballeresco (y ambiente pastoril en la mayoría de los casos), que la relaciona asimismo con los espectáculos con los que se entretenían en las cortes europeas, y que sus autores y promotores conocerían bien, como las *masques* inglesas y los *ballet de cour* franceses. Las *masques* no tenían una trama dramática definida: consistían en desfiles de danzantes y músicos invitando a participar en sus danzas a los asistentes. El *ballet de cour* presentaba una estructura similar a la de las comedias cortesanas españolas, con una presentación del argumento (loa), desarrollo del mismo con partes recitadas y cantadas, y danza final (los temas y ambientes preferidos eran también los caballerescos y pastoriles). Recordemos, además, que los años culminantes del *ballet de cour* coincidieron con los de la infancia de la reina Isabel de Borbón en París[21].

[19] Sobre la fábrica del teatro y la puesta en escena de *La Gloria de Niquea*, ver Chaves Montoya, 1991, pp. 50-73.

[20] González de Amezúa y Mayo, 1949, vol. III, pp. 468-472. También sobre estas máscaras ver Ferrer Valls, 1991, pp. 35-38 y 41-43, y Ferrer Valls, 1993, pp. 183-189.

[21] Chaves Montoya, 1991, pp. 74-76.

Son numerosos los ejemplos —de los que por falta de espacio no voy a ocuparme— que sirvieron de antecedentes de las fiestas de 1622 o que contenían muchos de los componentes que aún seguirían recordándose, más que como fuentes de inspiración, como esquemas convencionales y comunes a la fiesta cortesana. En cuanto a los dos casos más relevantes de espectáculos teatrales en el ámbito de la corte española inmediatamente anteriores al de Aranjuez, recordaré que ya Teresa Ferrer Valls estudió en *La práctica escénica cortesana: De la época del emperador a la de Felipe III* (1991), trabajo posteriormente ampliado y completado en *Nobleza y espectáculo teatral. Estudio y documentos (1535-1622)* (1993) el momento inmediatamente anterior al de la llegada de los escenógrafos toscanos (Cosimo Lotti y Baccio del Bianco) a España, ilustrando con diversos ejemplos los más significativos y mejor documentados precedentes del espectáculo barroco cortesano en España con las primeras, y aún tímidas, influencias de la escenotecnia italiana (cuyos logros en cualquier caso tampoco estaban plenamente desarrollados, experimentados y aplicados en los propios escenarios italianos), dedicándole un amplio espacio al estudio de las fiestas de Lerma de 1614 y 1617, en concreto a las puestas en escena de *El premio de la hermosura* de Lope de Vega y de *El caballero del sol* de Vélez de Guevara. Por ello considero que sería superfluo y redundante por mi parte repetir sus exhaustivos análisis de ambas escenografías, a partir de las escasas relaciones y descripciones conservadas, así que me detendré sólo en aquellos aspectos que de alguna forma pudieran tomarse como modelos de referencia, en todas o en algunas de sus partes.

Para *El premio de la hermosura*, de Lope de Vega[22], representada en el parque de Lerma el 3 de noviembre de 1614, en un espacio en la bajada entre el palacio y uno de los brazos del río Arlanza, se levantó un teatro efímero con un amplio tablado a ras de suelo, de ciento cincuenta pies de largo por ochenta de ancho, sin que hubiera una diferencia de altura entre la zona de representación y aquella en la que se situaban los espectadores, separados sólo por unas vallas. La parte destinada a la representación, no obstante, estaba también en esta

[22] Fue publicada en la *Parte XVI* de las comedias de Lope de Vega (1621). Cito de Vega Carpio, 1970, pp. 367-403. Para un análisis del contexto político de la representación de *El premio de la hermosura* y de las relaciones de Lope de Vega con el poder, ver Wright, 2001, pp. 117-124.

ocasión delimitada en tres de sus lados para encerrar una escenografía más elaborada y más rica que las ofrecidas en los corrales en donde el público podía acomodarse también en asientos a ambos lados del tablado. Este cierre, así como el hecho de que se cubriera el teatro con un toldo indica, además, que existían las llamadas áreas técnicas donde se escondían las tramoyas; y los dos montes que flanqueaban la escena, como si se tratara de un primer par de bastidores, servía también para enmarcarla aunque aún no se pueda hablar propiamente de un arco de proscenio. El foro, o «fachada del vestuario», tenía forma de media luna, lo que permitía una mayor amplitud espacial para que se distribuyeran los elementos escénicos en un sistema que favorecía su visión a los espectadores: los dos montes, el que daba hacia el norte, en el lado del río, era el monte Imán, con un peñasco a los pies que sobresalía del escenario integrándose en el paisaje natural y contra el que chocaría durante la representación una embarcación que llegaba navegando por las aguas. Para este y otros efectos escenotécnicos, se dispuso un tablado en el río, oculto por unas cortinas que se descorrían para mostrar algunos momentos de la comedia que se desarrollaban en el escenario natural del río, y detrás de esta tramoya (en realidad se trataba de una tabla sobre un torno que accionaba su movimiento por el agua) estaba atracada una nave en la que cabían hasta treinta personas. Entre los dos montes se repartían un templo de Diana decorado con motivos ornamentales renacentistas como eran los grutescos, provisto de un mecanismo que permitía su desplazamiento del extremo del escenario hasta el centro para los determinados momentos en que la acción lo requería; el palacio de la emperatriz Aurora, papel interpretado por la ya entonces reina de Francia, doña Ana, un edificio de fisonomía afín a la de la arquitectura circundante de la Villa de Lerma, de estilo herreriano con los característicos chapiteles y balcones enrejados, y a sus pies un jardín con una fuente que echaba agua; el castillo del sabio Ardano, coronado de torres y almenas, al que se accedía por unas gradas cubiertas por un lienzo pintado de rocas y vegetación y que, al descorrerse, mostraba la cueva del sabio; y en el extremo, correspondiéndose con el monte Imán del lado norte, una gran peña con una cueva. En el centro se alzaba el templo de Cupido, precedido de una selva, y tras ésta las puertas del edificio que, al abrirse, descubrían el interior decorado con estrellas, espejos y florones de oro que reflejaban las luces distribuidas en todo el aparato, produciendo un deslumbrador efecto lumínico espectacular como aquel que se repetiría años después en la esfera de Niquea. Una estatua de Cupido presidía el altar, y cuando se abría el templo, dos nubes suspendidas en lo alto descendían sostenidas por una más grande, transportando en su interior una de ellas a Cupido, papel representado por el príncipe Felipe, flanqueado por el Agradecimiento (el infante don Carlos) y la Correspondencia (la infanta María), sus hermanos, y la otra a la Aurora, doña Ana, a quien Cupido entregará la corona como «premio de la hermosura» que daba título a la comedia, escena desarrollada durante el primer acto de la misma[23].

La trama dramática se inspiraba en otra obra de Lope de Vega, el poema aparecido en 1602 *La hermosura de Angélica*. En realidad se trata de una adaptación dramática de su base argumental que el poeta elaboró reduciendo el número de personajes y sintetizando o comprimiendo los acontecimientos[24]. Mantiene el espíritu del tema caballeresco, que tan bien conectaba con el gusto del público cortesano, el cual se sentía identificado con las gestas y los elevados sentimientos de los caballeros, con el amor galante, los juegos y torneos que formaban parte de la tradición festiva de la corte. Y así, respondiendo a una coherencia argumental, los decorados reproducían los escenarios o marcos clásicos de las novelas de caballerías, como explicaba el anónimo cronista de la fiesta: «los castillos encantados, los palacios grandiosos, los espaciosísimos salones, y los tronos más encarecidos y alabados en los imaginarios libros de caballerías»[25]. El escenario tenía que poseer unas dimensiones verdaderamente considerables, para permitir la disposición de todos estos objetos escénicos, de bulto la mayor parte de ellos, objetos que, además, permitían que en su interior

[23] «*Relación de la famosa comedia del Premio de la hermosura y Amor enamorado, que el Príncipe, Nuestro señor, la cristianísima Reina de Francia, y Serenísimos Infantes don Carlos y doña María, sus hermanos, y algunas de las señora damas representaron en el Parque Lerma, lunes 3 de noviembre de 1614 años*», en Vega Carpio, 1970, pp. 405-413. Sobre la puesta en escena de *El premio de la hermosura*, ver los estudios ya citados de Ferrer Valls, 1991, pp. 178-196, y Ferrer Valls, 1993, pp. 245-255, además de los más recientes, también de Ferrer Valls, 1995a, pp. 213-232, y Ferrer Valls, 1995b, pp. 355-371.

[24] Menéndez Pelayo, 1949, vol. VI, p. 388, y Trambaioli, 2003, pp. 155-176.

[25] «*Relación de la famosa comedia del Premio de la hermosura y Amor enamorado…*», en Vega Carpio, 1970, p. 407.

cupiesen una o varias personas; también había galerías y entradas que comunicaban las cuevas y peñascos; sin olvidar que el templo de Diana, que se desplazaba por el tablado movido por una rueda sujeta por un perno en un extremo de la escena. La forma curva del foro facilitaba esta distribución, dejando además en el centro un espacio suficientemente amplio para el movimiento escénico y las danzas de los intermedios, la primera del príncipe Felipe, la segunda de la reina doña Ana, y la máscara final, para la cual los oficiales desmontaron en un instante el templo de Cupido dejando sólo las puertas que ocultaban la fachada del vestuario, y en la selva que lo precedía ejecutaron sus danzas varias cuadrillas, una de ellas presididas siempre por la joven reina. Las mutaciones fueron parciales, es decir, de cada uno de los elementos escénicos en los distintos momentos de la representación, pero nunca del conjunto del decorado, y el sistema más empleado parece que fue el de la cortina de apariencias que se descorría para mostrar el interior de montañas y edificios. Éstos se repartían a un lado y otro del escenario, cuya parte central estaba ocupada por el gran templo de Cupido, hacia el que convergían los demás elementos escénicos. Así pues, aún no puede hablarse de un decorado en perspectiva, con *periaktoi* o bastidores en ángulo dispuestos en los laterales, sino de elementos escénicos tridimensionales y practicables según un sistema escénico aún muy tradicional.

El duque de Pastrana, quien traería años después a Madrid al ingeniero florentino Cosimo Lotti, se mostró entusiasmado con la puesta en escena de *El premio de la hermosura*[26] y años después también participaría en los festejos de octubre de 1617 con ocasión del traslado del Santísimo Sacramento a la iglesia colegial de San Pedro de Lerma, financiando ocho danzas. Las máscaras y comedias que formaban parte de estas celebraciones en el marco de la villa feudo del duque de Lerma tuvieron, entre otros, como patrocinador al conde de Lemos, el mismo del torneo de 1612 en Nápoles, y su organización le fue encomendada a uno de aquellos miembros de la napolitana Academia de los Ociosos, el poeta dramático Antonio Mira de Amescua, autor también de la comedia *La casa confusa*, comisionada por Lemos. El res-

[26] Así lo expresaba Lope de Vega en la dedicatoria a don Rodrigo de Silva de su comedia *Adonis y Venus*, publicada en la *Parte XVI* (1621), fols. 21v-22r, ver Profeti, 2001, p. 22.

ponsable de la comedia que completó el conjunto de estas celebraciones fue el conde de Saldaña, segundo hijo del duque de Lerma, que primero pensó en Lope de Vega, pero ante el rechazo de éste a contribuir de nuevo con su arte a las diversiones cortesanas (como explicó más tarde en una carta al duque de Sessa), decidió encargársela a Luis Vélez de Guevara[27].

En la puesta en escena de su comedia, *El caballero del Sol*, representada el 10 de octubre de 1617, uno de sus cronistas, Francisco Fernández Caso, ya habla de un decorado con «perspectivas de cuevas, bosques y peñascos variados» en el tablado, de los dos que se montaron en las orillas del río, destinado a la representación. Enfrente, al otro lado del Arlanza, se dispuso otro tablado con el palco real. El espacio real se fundía con el ficticio, al prolongarse éste por el mismo río en donde barcas hacían también de escenario pues en ellas se desarrollaba parte de la acción. Hubo, por ejemplo, una mutación escénica global, que describe otro relator de las fiestas, Pedro de Herrera, en la que cambiaba el decorado de torres y castillos en uno de selva, con montañas, cuevas, riscos y fuentes, completando el efecto espectacular de esta mutación las nubes que descargaban lluvia y granizo, el hundimiento de uno de los personajes tragado por la tierra (lo que indica que el tablado, a diferencia del de *El premio de la hermosura*, disponía de un amplio foso debajo, útil también para ocultar algunas de las tramoyas), otro personaje fue arrebatado por lo alto (así que también había amplios espacios para pescantes en los laterales y la parte trasera del escenario), se abrían y cerraban grutas, etc.[28]

Pero si esta habilidad en el espectacular y simultáneo cambio de decorado y los efectos conseguidos mecánicamente indican una cierta recepción de los modelos escenotécnicos italianos por parte de los autores de su montaje —que bien pudieron ser de origen transalpino—, tampoco habría que negar un indudable perfeccionamiento del uso de

[27] Asensio, 1981, p. 260; Ferrer Valls, 1991, pp. 131-142, y Ferrer Valls, 1993, pp. 257-282.

[28] Las descripciones oficiales de las fiestas de 1617 en Lerma, que incluyen las del marco de la representación de *El caballero del sol* y de su puesta en escena se deben a Fernández Caso, s.a., y Herrera, *Translacion del Santisimo Sacramento a la Iglesia Colegial de San Pedro de la Villa de Lerma, con la solemnidad y fiestas que tuvo para celebrarla el excel^{mo} Sr. D. Fran^{co} de Sandoval y Rojas*; ver Ferrer Valls, 1991, pp. 178-196 y Ferrer Valls, 1993, pp. 265-269.

las tramoyas ya conocidas y empleadas desde mucho tiempo antes en los escenarios cortesanos españoles, y no sólo por influencias italianas. No queremos con esto discutir en absoluto la existencia de experimentaciones de influencia italiana en el campo de la escenotecnia cortesana, pero si ya fue difícil conseguir una asimilación por parte de los artistas y tramoyistas españoles de los modelos italianos y su continuidad en ausencia de los artistas toscanos que los aplicaron en los escenarios palaciegos durante los años de intensa actividad dramático-festiva del reinado de Felipe IV (a pesar de los años que residieron en la corte y del fundamental papel que desempeñaron), mucho más tuvo que serlo en los casos en los que la participación de los artistas italianos en las producciones escénicas de la corte española desde la segunda mitad del siglo XVI y primeros años del XVII, fue bastante ocasional o extraordinaria[29]. Estos artistas eran normalmente pintores, cuyo dominio de la perspectiva les dotaba de una evidente maestría para aplicarla en los decorados teatrales, pero en cualquier caso no procedían del campo de la escenotecnia, y no poseían por tanto una amplia experiencia anterior en sus lugares de origen, como ocurriría con Cosimo Lotti o Baccio del Bianco, cuya presencia en la corte de Felipe IV cambió el concepto del espectáculo teatral, al menos en el ámbito de la corte, condicionando las puestas en escena de los dramas y comedias de aparato en los regios teatros con la nueva forma de colaboración entre estos escenógrafos y los dramaturgos españoles, con determinantes consecuencias sobre la percepción y aceptación de lo que era una representación teatral por parte del público cortesano.

Para concluir, sólo querría recordar el papel ejercido por los nobles con un relevante cargo en el gobierno de la corona como comitentes de los actos festivos durante los primeros años del siglo. El resultado, por lo que hemos podido ver hasta ahora, reflejaba un cierto espíritu conservador, con una preferencia por los espectáculos de

[29] Uno de los casos más citados es el de la máscara y comedia que las damas de Isabel de Valois representaron en 1565 en el Alcázar, cuyos documentos aportó González de Amezúa, si bien atribuyéndolos a la máscara que las damas de la reina y de la princesa doña Juana hicieron el día de Reyes de 1564. El aparato fue obra de los escultores italianos Juan Bautista Bonamone y Juan Antonio Sormano y del pintor flamenco Antoon van den Wyngaerde (Antonio de las Viñas). Ver González de Amezúa, 1949, vol. I, pp. 234 y 235 y vol. III, p. 520, y Ferrer Valls, 1991, pp. 71-74.

herencia renacentista como los torneos dramáticos y los temas y personajes inspirados o sacados de las novelas de caballerías y de ambiente pastoril, que además correspondían a unos ideales, gustos y un estilo de vida propios del mundo cortesano. Tanto en las fiestas que organizaban como representantes del gobierno de la monarquía hispana en sus reinos, como en el caso de los virreyes de Nápoles, o si se trataba de fiestas ofrecidas a la familia real o en un ámbito privado en el marco de sus feudos, como en los casos de Lerma y sus parientes más próximos como Lemos o Saldaña en las fiestas de 1617, actuaron a veces no sólo como promotores y patrocinadores, sino que en ocasiones, como hemos visto en los casos de Nápoles, sobre todo con el conde de Lemos, o Villamediana también en Nápoles y en Aranjuez, también lo hicieron como ideadores del programa iconográfico e incluso mostraron su habilidad como poetas; y además estaban inaugurando o, en cierto modo, preludiando ese otro papel desempeñado por los próximos validos o por los responsables de los festejos reales, como serán los alcaides y superintendentes del conjunto del Buen Retiro. Para poder entender el éxito de los futuros proyectos escénicos en el ámbito de la corte madrileña, traducidos en las grandes comedias de aparato con que se celebraban las fiestas cíclicas del calendario o los acontecimientos extraordinarios de carácter político y dinástico, hay que tener presente la infraestructura material y económica aportada por personajes como el conde-duque de Olivares, el marqués de Heliche y el duque de Medina de las Torres, quienes se sucedieron en el cargo de alcaides y superintendentes del Buen Retiro y, por tanto, eran los responsables de las producciones escénicas de su Coliseo y de todos los actos festivos que se llevaban a cabo dentro de las puertas del Real Sitio. Como si se tratara de modernos empresarios teatrales, concedían una gran libertad creativa a los verdaderos autores —dramaturgos y escenógrafos—, limitándose a indicar las pautas o instrucciones sobre el tipo de espectáculo que debían elaborar; se ocupaban de contratar a las compañías de actores profesionales, reorganizándolas a veces para hacer una selección de los cómicos más idóneos para la representación y pagando las ayudas de costa y salarios por el tiempo que transcurrían en la corte ocupados con los ensayos; e incluso llegaron a abrir en numerosas ocasiones las puertas de los jardines y del teatro a un público exterior, convirtiendo en usual un fenómeno extraordinario en las demás cortes europeas.

Bibliografía citada

Ariosto, Ludovico, *Orlando furioso*, Madrid, Planeta, 1988.

Asensio, Eugenio, «Tramoya contra poesía. Lope atacado y triunfante (1617-1622)», en *Teoría y realidad en el teatro español del siglo XVII. La influencia italiana*, Roma, 1981, p. 260.

Breve racconto della Festa a ballo, fattasi in Napoli per l'allegrezza della salute acquistata dalla Maestà Cattolica di Filippo III d'Austria. Rè delle Spagne, alla presenza dell'Illustriss. et Eccellentiss. Sig. Duca d'Ossuna Viceré del Regno, nella Real Sala di Palazzo al I Marzo 1620, Napoli, 1620.

Cafiero, Rosa y Turano, Francesca, «Ancora sugli "spassi" di Posillipo nella prima metà del Seicento», *Barocco napoletano*, Roma, Istituto poligrafico e Zecca dello Stato, Libreria dello Stato, 1992, pp. 515-520.

Carandini, Silvia, *Teatro e spettacolo nel Seicento*, Bari, Laterza, 1999.

Cervantes Saavedra, Miguel de, *Viaje del Parnaso*, Madrid, CSIC, 1983.

Céspedes y Meneses, Gonzalo, *Historia de Don Felipe IV*, Lisboa, 1631.

Chaves Montoya, María Teresa, *La Gloria de Niquea. Una* invención *en la corte de Felipe IV*, Aranjuez, Doce Calles, 1991.

Ciapparelli, Pier Luigi, «Apparati e scenografia nella Sala Regia», *Barocco napoletano*, Roma, Istituto poligrafico e Zecca dello Stato, Libreria dello Stato, 1992, pp. 365-377.

Coniglio, C., *I viceré spagnoli di Napoli*, Napoli, 1967.

Fernández Caso, Francisco, *Discurso en que se refieren las solemnidades y fiestas con que el excelentisimo duque celebro en su villa de Lerma, la dedicacion de la Iglesia Colegial y translaciones de los conventos que ha edificado alli*, s.l., s.a.

Ferrer Valls, Teresa, *La práctica escénica cortesana: De la época del Emperador a la de Felipe II*, London, Tamesis Books Ltd., 1991.

— *Nobleza y espectáculo teatral. Estudio y documentos (1535-1622)*, Valencia, Universitat de València-UNED-Universidad de Sevilla, 1993.

— «Teatros y representación cortesana. *La Arcadia* de Lope de Vega: una hipótesis de puesta en escena», en *La puesta en escena del teatro clásico*, ed. L. García Lorenzo, Cuadernos de Teatro Clásico 8, Madrid, Compañía Nacional de Teatro Clásico, 1995a, pp. 213-232.

— «Teatros cortesanos anteriores a la construcción del Coliseo del Buen Retiro», en *Homenatge a Amelia García-Valdecasas Jiménez*, ed. F. Carbó y otros, Valencia, Universitat de València, 1995b, vol. I, pp. 355-371.

González de Amezúa y Mayo, Agustín, *Isabel de Valois. Reina de España (1546-1568)*, Madrid, 1949, 3 vols.

Hernando Sánchez, Carlos José, «Teatro del honor y ceremonial de la ausencia. La corte virreinal de Nápoles en el siglo XVII», en *Calderón de la Barca y la España del Barroco*, coords. J. Alcalá-Zamora y E. Belenguer, Madrid, 2001, pp. 591-674.

HERRERA, Pedro de, *Translacion del Santisimo Sacramento a la Iglesia Colegial de San Pedro de la Villa de Lerma, con la solemnidad y fiestas que tuvo para celebrarla el excel*[mo] *Sr. D. Fran*[co] *de Sandoval y Rojas*, Madrid, 1618.
HERRERA Y SOTOMAYOR, Jacinto de, *La reina de las flores*, ed. M. G. Profeti, Viareggio-Lucca, 2001, pp. 17-35.
HURTADO DE MENDOZA, Antonio, *Obras poéticas*, Madrid, 1947.
MENÉNDEZ Y PELAYO, Marcelino, *Estudios sobre el teatro de Lope de Vega*, Madrid, CSIC, 1949.
Monte Parnaso. Mascarata di Cavalieri Napoletani All. M. Serenissima di D. Maria d'Austria Reina D'Ungaria Rappresentata in Napoli, Napoli, 1630.
PEDRETTI, Carlo, «Dessins d'une scène, exécutés par Léonard de Vinci pour Charles D'Amboise», en *Le Lieu Théâtral à la Renaissance*, ed. Jean Jacquot, Paris, CNRS, 1986, pp. 25-34.
PROFETI, Maria Grazia, «Fiestas de damas», *Salina*, 14, 2000, pp. 79-90.
«*Relacion de las fiestas que el Excl.*[mo] *Señor Conde de Lemos Virrey, y Capitan general del Reyno de Napoles ordeno se hiziessen a los felices casamientos de los serenissimos Principes de España, con el Rey e Infanta de Francia, en treze de Mayo de mil y seiscientos y doze años. En las quales ayudo a mantener su Excelencia al Conde de Villamediana, como adelante se dira*, Madrid, 1612», en *Relaciones de solemnidades y fiestas públicas*, ed. J. Alenda y Mira, Madrid, Sucesores de Rivadeneyra, 1903, pp. 163-164.
Relaciones de solemnidades y fiestas públicas, ed. J. Alenda y Mira, Madrid, Sucesores de Rivadeneyra, 1903.
Relatione delle feste fatte in Napoli dall'Ecc.mo Signor Duca di Medina Las Torres viceré del regno per la nascita della Serenissima Infante di Spagna, Napoli, 1639.
STRAZZULLO, Franco, *Architetti e ingegneri napoletani dal '500 al '700*, Napoli, Benincasa, 1969.
TASSIS Y PERALTA, Juan de (conde de Villamediana), *Obras*, Zaragoza, 1629.
THOMAS, Henry, «Las novelas de caballerías españolas y portuguesas», *Anejos de Revista de Literatura*, 10, Madrid, 1952, pp. 57-61.
TRAMBAIOLI, Marcella, «De las octavas reales al tablado real: la figura del indio salvaje en *La hermosura del Angélica* y *El premio de la hermosura* de Lope de Vega», *Annali dell'Università degli Studi di Napoli «L'Orientale»*, XLV, 2003, pp. 155-176.
VALENTINI, Francesco, *Descrittione del sontuoso Torneo fatto nella fidelissima città di Napoli l'anno MDCXII. Con la relatione di molt'altre feste per allegrezza delli Regij accasamenti seguiti fra le Potentissime Corone Spagna e Francia*, Napoli, 1612.
VEGA CARPIO, Lope de, *Obras*, XXIX: *Comedias novelescas* (BAE 234), Madrid, Atlas, 1970.
WRIGHT, Elizabeth R., *Pilgrimage to patronage: Lope de Vega and the court of Philip III, 1598-1621*, Lewisburg y London, 2001.

LIBROS DE CABALLERÍAS Y FIESTAS CORTESANAS PARA EL RECIÉN CORONADO FELIPE IV

Esther Borrego Gutiérrez
(Universidad Complutense de Madrid)

Con las primeras luces de 1605 la imprenta madrileña de Juan de la Cuesta lanza la primera edición de *El ingenioso hidalgo Don Quijote de la Mancha*. El 8 de abril de ese mismo año, y en pleno apogeo del libro de las aventuras del caballero manchego, nace en Valladolid, precisamente donde vivía Cervantes[1] por entonces, el ansiado príncipe heredero, futuro Felipe IV, hijo del tercer Felipe. En el otoño de 1615 sale a la luz, de las mismas máquinas, la *Segunda Parte* de la memorable obra, y como si de nuevo la casualidad se colara en las efemérides regias, prácticamente a la vez, el 18 de octubre, con apenas diez años, el joven príncipe contrae matrimonio con Isabel de Borbón, que aún no había cumplido los doce. Un año después moría Miguel de Cervantes, habiendo gozado del éxito de su obra, cuyas reimpresiones se sucedían a escasa distancia unas de otras, difundiéndose en todos los ámbitos sociales, incluido, por supuesto, el mundo cortesano. Los años inmediatamente posteriores, que coinciden con la adolescencia y primera juventud del joven Felipe, también fueron fructíferos en cuanto a ventas y ediciones de la obra.

La muerte prematura del monarca reinante hace que Felipe IV sea coronado con 15 años, en marzo de 1621. Después de un año de riguroso luto, la corte se dispone a celebrar por todo lo alto el decimo-

[1] El 12 de abril, en Valladolid, Cervantes otorga poder al librero Francisco de Robles para imprimir y vender *El Quijote* en los reinos de Portugal, Aragón, Valencia y Cataluña.

séptimo cumpleaños del estrenado rey, para lo que se despliegan en mayo de 1622 en el Sitio Real de Aranjuez los más brillantes fastos, organizados por don Juan de Tassis y Peralta, conde de Villamediana. Como es sabido, entre los múltiples festejos destacó la representación de *La gloria de Niquea*, del propio conde, panegírico al joven rey, de inspiración mitológica, pastoril y caballeresca; baste aquí —pues no la trataré— nombrar la otra comedia que integraba la celebración, que tuvo que ser suspendida apenas empezada por un incendio que algunos vieron más que sospechoso: *El vellocino de oro*, de Lope. Después del éxito de la fiesta, en agosto de ese mismo año, es asesinado Villamediana en Madrid, en extrañas circunstancias y, si no con la complicidad de la corte, que jamás pudo ser demostrada a pesar de las habladurías[2], con la impasibilidad de la autoridad ante el crimen. La corte, tan sólo unos meses después de las fiestas primaverales de Aranjuez, decide celebrar el cumpleaños de la reina, el 22 de noviembre de ese mismo año, al parecer en el mismo escenario[3] en que se disfrutaron las comedias de mayo. Esta vez, la comedia representada, *Querer por solo*

[2] Los rumores populares apuntaban a los devaneos del conde con la joven reina: había llegado a circular incluso que cuando sobrevino el citado incendio fue Villamediana quien sacó del recinto a Isabel de Borbón en sus brazos, y que él mismo fue el causante de las llamas, extremos más que improbables. Dejando a un lado hablillas con o sin fundamento, no faltaban motivos de otra índole para que algunos quisieran apartar al conde de la vida política, por rencor, odio o por cuestiones de mera rivalidad: indudablemente, la influencia de Tassis en el monarca era poderosa y su carrera política, en ese momento en pleno apogeo, era prometedora. En todo caso, ninguna conjetura ha sido probada.

[3] El lugar y la fecha exacta de representación de esta comedia siguen siendo asuntos controvertidos. La crítica es prácticamente unánime en el año: 1622; en cuanto al mes, surgen más dudas, aunque es seguro que tuvo que ser después del 15 de mayo, fecha exacta de representación de *La gloria de Niquea*, y antes de octubre, mes en que falleció don Baltasar de Zúñiga, tío de Olivares, citado expresamente en la obra como actual «ministro sabio». Shergold (1967, p. 270) defiende que fue representada el 9 de julio de 1622, según él día del cumpleaños de la reina, y en Aranjuez. Davies (1971a) se inclina más por una representación primaveral en Aranjuez, no tan tardía, aunque admite que quizá fue «pensada» para abril o mayo, los dos meses en que la corte solía frecuentar los palacios ribereños, y se representó después. Shergold argumenta a favor de su representación en Aranjuez que los artefactos escénicos empleados en *GN* (*La gloria de Niquea*) fueron aprovechados para *QQ* (*Querer por solo querer*); en un estudio que dedico a las circunstancias de esta comedia, sigo la hipótesis de Shergold y uso citas del propio texto para demostrarlo, aunque según mis datos el cumpleaños de la reina era

querer, que tomó como fuente inmediata de inspiración *La gloria de Niquea*, corrió a cargo de don Antonio Hurtado de Mendoza, conocido como el «discreto de Palacio» —antítesis del conde— y fue auspiciada, más o menos en la sombra, por el ya influyente y todopoderoso Gaspar de Guzmán, gentilhombre del príncipe desde 1615 y por ahora sólo «conde» de Olivares[4]. Mendoza, además, cronista oficial de la corte, en su relación de las fiestas de mayo[5], había silenciado de intento el nombre del gran impulsor de los espectáculos y autor de la más aplaudida comedia, lo que añade aún más misterio al que envolvió su muerte. Parecía necesario borrar del todo la sombra de Villamediana, y quizá el hecho de celebrar allí mismo el cumpleaños real fuera un modo de «olvidar» los tristes acontecimientos y de mar-

el 22 de noviembre, por lo que me inclino por una representación otoñal, más bien anticipada (cfr. Shergold, 1967, p. 271, y Borrego Gutiérrez, 2004). Según los datos que obtiene Davies de las relaciones de las fiestas de mayo, parece que la representación de QQ se repitió al menos una vez, lo que ha planteado problemas a la hora de asegurar cuál fue la primera. Es el caso de un dato del Archivo de Palacio recogido por Shergold y Varey, que apunta que Juan de Morales y su compañía representaron QQ el 11 de mayo de 1623 y, por la cantidad recibida, 200 reales (pues si la obra se representaba en sitios reales distantes los honorarios eran 300), seguramente en palacio (cfr. Shergold y Varey, 1963). Davies plantea varios asuntos: si esta obra sería la misma que se cita en *Papeles variados de Jesuitas*, vol. 129, n.º 70 («Relaciones de 1623») con el título *Triunfo de la hermosura*, atribuida a Hurtado de Mendoza y cuyo protagonismo correspondió también a la hija de Olivares; si no sería la relación de la representación de 1622; si Morales no «co-operaría» en la representación y ésta, la de mayo de 1623, sería también en Aranjuez, lo que explicaría el descuento en el pago. Para todo esto, cfr. Davies, 1971a, pp. 102-103. Otro dato que apoyaría su representación en Aranjuez (al menos una vez) es que así se explicita en el título de la obra que da Sir Richard Fanshawe, traductor de la obra al inglés: *Querer por solo querer: To Love only for Love Sake: A Dramatick Romance. Represented at Aranjuez befote the King and Queen of Spain (...) by the Meninas* (London, 1671).

[4] El poeta, en la dedicatoria a la reina, hace notar que escribió QQ a instancias de doña María de Guzmán, hija del conde y protagonista de la comedia. Como hace notar Davies con agudeza: «*The play, which made pleasing remarks about the royal patrons and the King's favourite, may by its sucess have helped the poet's appointment to a royal secretaryship in March 1623. The extent to which he now identified himself as Olivare's creature is suggested in the dedication of the printed version of QQ in 1623*» (Davies, 1971b, p. 29).

[5] Hurtado de Mendoza, Antonio, *Fiesta que se hizo en Aranjuez a los años del rey nuestro señor don Felipe IIII*, Madrid, Juan de la Cuesta, 1623. Para su edición moderna, cfr. bibliografía. Citaré esta obra como *Relación*.

car un punto de inflexión en las complejas intrigas cortesanas. Lo cierto es que la niña protagonista de esta obra fue ni más ni menos que la propia hija de Olivares y que éste, ya sin nadie que se perfilara como rival, se constituía como el favorito del recién coronado monarca, cuya privanza pasó de hecho a ser la más famosa de la historia de la España moderna.

No voy a detenerme en aspectos relacionados con la escenografía, ya profusamente comentados en el caso de *La gloria de Niquea* por afamados especialistas[6], ni con aspectos específicos y detallados de las circunstancias de la representación, a lo que he dedicado recientemente un estudio completo[7], sino a la pervivencia de motivos caballerescos —seguramente frescos en la mente de los espectadores por el pertinaz éxito de *El Quijote*— en dos comedias que supusieron un hito en las fiestas de la corte de aquel decisivo año, aunque es obvio que el tono y el tratamiento de estos motivos están determinados en cierto modo por las propias circunstancias y que la compleja escenografía tiene también que ver con el tipo de representación. Y es que las comedias cortesanas de tema caballeresco, herederas de una tradición medieval que se extendió hasta el siglo XVI, recogían argumentos, motivos y personajes reiterados en las celebraciones regias, en las que no faltaba una copiosa y variada decoración. Estas celebraciones, con ocasión de coronaciones, nupcias, nacimientos de príncipes e infantes, etc., ofrecían curiosas variantes: desde desfiles por las calles, patios y salas de palacio, hasta torneos, mascaradas y comedias. Podemos considerar precedentes de estas comedias algunas fiestas cortesanas de tema caballeresco en honor a los Austrias: es el caso de las fiestas de Salamanca de 1543 para celebrar la entrada de María de Portugal, primera esposa de Felipe II[8], con ficciones parateatrales en los arcos triunfales y torneos; de las de Binche (Países Bajos) en 1549, ofrecidas por la reina María de Hungría al emperador Carlos V y a su hijo Felipe, en las

[6] Chaves Montoya, 1991. La investigadora ofrece con sumo rigor un estudio completo sobre la escenografía de *GN*, cuya organización y montaje corrió a cargo del arquitecto napolitano y capitán Julio César Fontana, que había coincidido entre 1611 y 1615 en Nápoles con el conde de Villamediana.

[7] Borrego Gutiérrez, 2004. Es inevitable que al tratarse de las mismas fiestas algunas ideas se repitan en este trabajo, cuyo asunto es en esencia distinto de aquél.

[8] Ver Ferrer Valls, 1993, pp. 135-142. Para las fiestas organizadas en torno a las bodas de Felipe II, ver Borrego Gutiérrez, 2003.

que hubo torneo y máscaras[9]; del torneo que se ofreció en Benavente en 1554 al príncipe Felipe a su paso hacia Inglaterra[10] para casarse con María Tudor; de las máscaras organizadas por la princesa Juana y la reina Isabel de Valois en 1564 en el Alcázar[11]; y de las de Burgos en 1570 con motivo de la entrada de la reina Ana de Austria, en la que se representó un *Amadís*[12]. Más cercanas en el tiempo son las de Valencia de 1599 con motivo de las bodas de Felipe III con Margarita de Austria[13] y las fiestas de la villa de Lerma en 1614 y en 1617, donde, entre torneos, máscaras y demás, se representaron ya directamente sendas comedias de tema caballeresco, *El premio de la hermosura* de Lope de Vega y *El caballero del sol* de Vélez de Guevara. Como se puede comprobar, el tema se va transformando hasta incorporarse a la comedia nueva; con palabras de Ferrer, «el interés por incorporar los temas, los motivos, los personajes inspirados en los libros de caballerías al espectáculo teatral es un fenómeno que se hace patente a lo largo de todo el siglo. Los temas caballerescos invaden el fasto [...]»[14]. Estas comedias, estructuradas a modo de cuadros sueltos, encuentran a su vez un precedente en obras como *Amadís* y *Don Duardos* de Gil Vicente; *Amadís* y *Los encantos de Merlín* de Rey de Artieda, ambas perdidas; *Amadís y Niquea* de Leyva Ramírez de Arellano y *La casa de los celos* de Cervantes. La materia caballeresca integrada en la comedia barroca dio lugar a prácticamente un género que hizo las delicias de la escena cortesana; *GN* y *QQ* son ejemplo cuajado de este tipo de representaciones.

A primera vista tienen las dos obras mucho en común: ambas son comedias de propaganda, cuya primera intención era la alabanza a la persona del rey, extensible a su familia —en este caso a su esposa Isabel y a sus hermanos, la infanta María y los infantes Carlos y Fernando—; en ambas buscaron los autores la promoción personal en los círculos cortesanos, aunque la fortuna les respondió con desigual sentencia[15]; las dos

[9] Ver Ferrer Valls, 1993, pp. 149-176.

[10] Ver Ferrer Valls, 1993, pp. 177-180 y Borrego Gutiérrez, 2003, pp. 77-79.

[11] Ver Ferrer Valls, 1993, pp. 183-190.

[12] Ver Borrego Gutiérrez, 2003, pp.81-86.

[13] Ver Ferrer Valls, 1993, pp. 207 y ss.

[14] Ferrer Valls, 1993, p. 35.

[15] Antonio Hurtado de Mendoza fue nombrado el 12 de marzo de 1623 secretario y ayuda de cámara del rey y en agosto de ese mismo año recibió el há-

comedias tuvieron como actrices de excepción a las meninas y damas de palacio —e incluso a la propia reina y a la infanta en *GN*—; y, finalmente, y es lo que me interesa, las dos siguen los argumentos, personajes, temas y tópicos de los libros de caballerías.

Efectivamente, se destaca en ambas el espíritu caballeresco, identificado con la misión de la monarquía de los Austrias y, por supuesto, del esperanzador reinado recién comenzado: la restauración del ideal de justicia y paz y el empeño por lograr la felicidad y el bienestar del pueblo, ideas tan extendidas en los citados libros. *GN* va más allá, pues concreta tal identificación: el joven rey Felipe es Amadís de Grecia, en la comedia nieto del de Gaula: éste, su abuelo Felipe II. El avispado Villamediana aprovecha el éxito y la difusión de los libros de Feliciano de Silva —basados en el amparo del primer Amadís— para llevar a la escena aventuras de los descendientes del famoso caballero y, por cierto, haciendo caso omiso de la sentencia condenatoria de aquella interminable saga de caballeros en el escrutinio llevado a cabo por el cura y el barbero en la biblioteca de Alonso Quijano[16]. *GN* se inspira en dos obras de Feliciano de Silva: *Amadís de Grecia* (Cuenca, Cristóbal Francés, 1530)[17]

bito de Calatrava de manos del propio monarca. Villamediana, que había sido nombrado en 1621 gentilhombre de la Casa de la Reina, cayó como un cometa, desde lo más alto.

[16] Don Quijote perdona a *Amadís de Gaula*, porque «este libro fue el primero de caballerías que se imprimió en España, y todos los demás han tomado principio y origen deste [...]»; el cura lo quiere quemar como «dogmatizador de una secta tan mala», pero el barbero lo perdona por ser «el mejor de todos los libros que de este género se han compuesto; y así, como a único en su arte, se debe perdonar». Sin embargo, del *Amadís de Grecia* y todos los que «son del mesmo linaje de Amadís», dice el cura que «vayan todos al corral, que a trueco de quemar a la reina Pintiquiniestra, y al pastor Darinel, y a sus églogas, y a las endiabladas y revueltas razones de su autor, quemaré con ellos al padre que me engendró, si anduviera en figura de caballero andante» (*Don Quijote*, p. 85). A pesar de la sentencia, Amadís de Grecia es uno de los ídolos de don Quijote: «[...] y aun podría ser que me deparase la ventura de Amadís, cuando se llamaba el Caballero de la Ardiente Espada, que fue una de las mejores espadas que tuvo caballero en el mundo, porque, fuera que tenía la virtud dicha, cortaba como una navaja y no había armadura, por fuerte y encantada que fuese, que se le parase delante» (*Don Quijote*, pp. 204-205). Para la gran novela cervantina, que abrevio como *Don Quijote,* sigo la edición del Instituto Cervantes elaborada con motivo del reciente centenario (1605-2005), dirigida por Francisco Rico (2005).

[17] A partir de ahora citaré la obra como *Amadís de Grecia*, y seguiré la edición moderna citada en la bibliografía.

y *Florisel de Niquea* (Valladolid, Nicolás Tierri, 1532)[18]. En *QQ* el protagonista también es un caballero, rey de Persia, llamado Felisbravo[19], pero no se identifica con ningún héroe concreto ni el autor sigue la trama de un libro determinado.

A su vez, los motivos caballerescos pertenecientes a ese mundo maravilloso que sedujo a los lectores durante cuatro siglos son reiterados en ambas obras: en la primera, en la línea de la exaltación; en la segunda, cumpliendo la función de mantener la trama, aunque en varias ocasiones sufren un curioso tratamiento bufo o paródico, como se verá. Los dos temas fundamentales de los libros de caballerías, el amor y la aventura, también lo son en estas comedias, así como el *leitmotiv* del viaje a lo largo de un arduo camino para buscar a la amada —casi siempre esquiva— o para rescatarla de un encanto; por supuesto, el camino es enigmático, lo que hace que el lector disfrute de la sorpresa y el reconocimiento, del temor y la seguridad. Las aventuras, siempre pruebas de la virtud, son propuestas en episodios acumulativos, como ocurría en esos libros, enlazados simplemente por la presencia del personaje protagonista o por su relación más o menos estrecha con el mismo. Estas hazañas solían situarse en escenarios alejados, con frecuencia exóticos: así, *QQ* se desarrolla entre Persia, Tartaria y Arabia, zonas familiares para los lectores de libros de caballerías; sin embargo, en *GN* por medio de un encanto, los personajes literarios han sido trasladados del Indo a Aranjuez[20] por el mago Alquife. En la línea de estos libros, el bien triunfa sobre el mal, la virtud se ve recompensada y la maldad castigada sin piedad, en un pintoresco maniqueísmo; las hazañas conducen al logro del amor, a la gloria terrena o sobrenatural, o a la restauración de la honra personal o familiar. Coinciden plenamente ambas comedias en la carencia de pre-

[18] Esta edición comprende las partes I y II. La parte III se editó en la imprenta sevillana de Juan Cromberger en 1546. Sigo la edición moderna citada en la bibliografía y la citaré como *Florisel de Niquea*.

[19] Su nombre puede recordar a Felixmarte (de Hircania), protagonista de la *Primera parte de la grande historia del muy animado y esforzado príncipe Felixmarte de Hircania y de su estraño nacimiento*, célebre libro de caballerías escrito en 1556 por Melchor Ortega.

[20] «El caballero de la ardiente espada, / Amadís, que del Indo al Tajo viene, / en tus plantas previene / debida aceptación a su jornada, / cuando busca la gloria de Niquea, / que el fiero Anastarax tiene encantada» (Tassis, *Obras*, fol. 15).

tensiones de verosimilitud, dándose por ende en ellas disonantes anacronismos y todo tipo de maravillas y fantasías: milagrerías y encantamientos, talismanes, conjuros, sueños, hechizos y poderes mágicos, apariciones de enanos y gigantes y de seres maravillosos como dragones voladores y sierpes exhalando fuego por la boca. El castillo encantado —con princesa dentro— custodiado por gigantes, palacio de oro y cristal construido por arte de magia que emerge de repente, constituye el eje de ambas obras, como veremos, lo que favorece la presencia de continuos prodigios escénicos. Finalmente, la trama complicada, la acción abundante y enmarañada propia del género[21] sólo se da en *QQ*, pues el argumento de *GN* es más bien sencillo, a lo que contribuye también que su duración es más «razonable»[22].

GN fue un espectáculo cortesano, mixtura de comedia e invención[23], en el que los elementos musicales, visuales y sonoros se impusieron al texto, debilitando la trama argumental, tan sólo un pretexto para el despliegue de una escenografía fastuosa y para el lucimiento de las actrices, todas damas nobles y señoras de palacio[24]. La obra se dividió en dos actos, estructura típica de las comedias cortesanas, iba precedida de una máscara con danza y del desfile de dos carros triunfales con figuras mitológicas y alegóricas que representaban al rey, al propio

[21] Para los rasgos genéricos de los libros de caballerías, cfr. Viña Liste, 1993, pp. 13-58.

[22] *QQ* tiene más de 5.000 versos.

[23] Término con que se designaban algunas diversiones cortesanas en el Renacimiento, tales como torneos y mascaradas; los participantes mostraban, con acompañamiento musical y sonoro, sus propias creaciones visuales. Por supuesto, la acción dramática se reducía a lo indispensable para permitir la exhibición de tales efectos visuales y sonoros. Hurtado de Mendoza, en su *Relación*, califica *GN* de «invención». Chaves hace notar las raíces de este tipo de espectáculo y apunta los «*intermezzi*» florentinos, las «*masques*» inglesas y los «*ballet de tour*» franceses (cfr. Chaves, 1991, p. 88).

[24] En *El premio de la hermosura*, comedia del Fénix también de tema caballeresco, representada en Lerma en 1614, los actores fueron el príncipe Felipe, el infante don Carlos y varias damas de Palacio (cfr. Ferrer Valls, 1993, p. 248). Esta vez actuaron, entre otras, la ya citada hija del conde de Olivares María de Guzmán, Leonor de Guzmán, hermana del valido; las hermanas Margarita y Francisca de Tabora; Margarita Zapata, muy probablemente familia del poderoso cardenal Zapata; la infanta María era Niquea, protagonista de la obra, y la reina, la diosa de la Hermosura. También actuaron dueñas de palacio, el grotesco enano «Soplillo» y una criada negra portuguesa que salía a escena danzando.

Villamediana, al Tajo, a la Edad; ésta preconiza una vuelta a la Edad de Oro, a la Justicia Divina bajo el reinado de Felipe IV, motivo reiterado en los libros de caballerías: recordemos el discurso de don Quijote a los cabreros[25], inspirado en Virgilio y Ovidio y recreado por la literatura pastoril del Renacimiento. La loa ensalza a Felipe IV como «Cuarto Planeta», es decir, el Sol, imagen que Olivares se empeñó en transmitir, comparando a Felipe con el propio Augusto, y que repetirán los poetas de la época con cierta frecuencia. La comedia se articula en un constante juego realidad-ficción, pues la «historia» no es otra que las aventuras del «Caballero de la Ardiente Espada», es decir, Amadís de Grecia[26], que ha sido trasladado por medio de un sueño a Aranjuez con motivo del cumpleaños del rey por su tío el mago Alquife, con quien se identifica Villamediana, que, como creador de la obra es capaz de mezclar épocas y realidades con ilusiones[27]. El argumento es en

[25] Recordemos que para el hidalgo manchego la caballería andante nació cuando se introdujo la malicia en esa visión utópica del mundo; cfr. *Don Quijote*, pp. 133-135.

[26] Parece que el famoso caballero Amadís fue protagonista de celebraciones relacionadas con la realeza. En el recibimiento en Burgos (1570) a Ana de Austria, última esposa de Felipe II, como he señalado *supra*, se representó en la calle un espectáculo inspirado en el *Amadís*, amalgama de torneo, mascarada y comedia. Ver Borrego Gutiérrez, 2003, pp. 83-84.

[27] Darinel se encuentra en el Tajo y viene «de un profundo sueño»; a su vez, Alquife ha trasladado a Amadís a Aranjuez. «*Danteo* Hablas, amigo, soñando; / deliras, hombre sin juicio. / ¿Tú de Amadís escudero / con facultades de vivo? / *Darinel* Yo escudero de Amadís. / *Danteo* Sueño quiere ser, amigo, / de Feliciano de Silva / y fábulas de su libro. / *Darinel* Vaquero, escúchame un rato, / que bien sé que no deliro, / si bien aún no he recordado / de lo mucho que he dormido. / En los reinos de la Aurora / de velados infinitos / gigantes desmesurados / y formidables vestigios, / por la espada de mi dueño / aun más ardiente de filos / en su mano, que en su pecho / resplandecientes prodigios, / un día que ardiente iba / de un enano conducido / a enmendar un tuerto fecho / a la dueña de un castillo, / Alquife, que a Zorotastro/ y al rey, que hoy es Monlivio / excede en la magia y es / de Amadís tutela y tío, / no sé cómo ni sé dónde / rapto haciendo de improviso / de nuestras personas solas / durmiendo nos ha tenido, / hasta que hoy a mediodía / entre chopos y entre alisos / nos restituyó a la luz / y segunda vez nacimos. / Besándole yo los pies / los brazos dio a su sobrino / y con alegre semblante / a mi nuevo Amadís dijo: / "Formado segunda vez / pisas este paraíso,/ imperio de Flora bello, / imperio de flores rico. / Sitial fragante es agora / del soberano Filipo, / a quien nuevo tercer mundo / guarda el tiempo en sus abismos [...]. Una gloria y un infierno / te esperan a un tiem-

esencia una transposición de las aventuras de Amadís de Grecia, narradas en el noveno libro dedicado a las gestas del de Gaula y sus descendientes, y en el décimo y undécimo de la serie, *Crónica de Florisel de Niquea*[28]. Sin embargo, la «adaptación» es totalmente libre: en la novela de Silva, es Niquea la que declara su amor a Amadís, la que envía un enano con un recado a tal efecto, la que se enamora súbitamente de él al ver un pergamino donde se pintaba lo ocurrido en el Castillo de las Siete Torres («sintió en su corazón ser rasgado de la dulce flecha del amor»[29]), mientras que en *GN* —como no podía ser de otra manera— es la doncella encantada la que se resiste al amor del caballero, que la pretende larga y tenazmente. Por otra parte, Villamediana hace a Amadís de Grecia nieto del de Gaula, cuando en realidad era bisnieto: hijo de Lisuarte, éste hijo de Esplandián, Esplandián de Amadís. Además, quien da fin al encantamiento de Niquea es Amadís de Gaula, no el de Grecia; y Darinel[30], personaje de *Florisel de Niquea*, figura como «escudero andante» de Amadís de Grecia, cuando en realidad fue un pastor rechazado por Silvia y fiel compañero de Florisel. La ninfa Albida de *GN* no es otra que la Silvia del libro. La misión de Amadís encomendada por Alquife será rescatar a la encantada Niquea de la lascivia de su hermano Anastarax, trama muy simplificada en la comedia. Según *Amadís de Grecia*, Niquea estaba encerrada desde niña en una torre para que su extremada belleza no causara la muerte de los inocentes caballeros, por lo que su vista había sido vedada a todos, incluso a su gemelo Anaxtarax, que sentía deseos irrefrenables hacia su hermana, asuntos éstos extremadamente intrincados en las novelas y aquí muy reducidos, como es lógico, en función de su potencialidad dramática. El recorrido de nuestro héroe se verá plagado de los elementos típicos de las novelas caballerescas. Para empezar, comienza su viaje acompañado de un ENANO[31] que lleva un escudo en-

po mismo, / ella de una casta hermana, / él de un hermano lascivo. / Redimirás a los dos [...]"» (Tassis, *Obras*, fols. 20-21).

[28] Ver notas 17 y 18.

[29] *Amadís de Grecia*, p. 37.

[30] De Darinel dice don Quijote: «[...] de las discreciones del pastor Darinel y de aquellos admirables versos de sus bucólicas, cantadas y representadas por él con todo donaire, discreción y desenvoltura» (*Don Quijote*, p. 293).

[31] Fue el enano Soplillo, famoso en la corte, al que podemos conocer físicamente por el cuadro de Villandrando conservado en el Museo del Prado: *Felipe*

cantado[32]; pronto aparecerán los CARTELES QUE VAN GUIANDO AL CABALLERO en su misión[33], inscripciones repartidas por todo el bosque, a modo de guía laberíntica, que le ponen en confusión y le dan sueño. Es éste un motivo reiterado, pues así como el planteamiento de la obra arranca del hechizo de un sueño, ahora será el SUEÑO DEL CABALLERO —otro motivo típico inmortalizado en el cuadro de Rafael[34]— el escenario donde se establece una lucha interna acerca de afrontar o no la aventura del castillo: los dilemas Noche-Aurora, Ocio-Diligencia, Miedo-Valor, Voluptas-Virtus, también son típicos del maniqueísmo del género. La resistencia del caballero al sueño también es una constante, pero el hechizo hace que, muy a su pesar, se quede dormido:

> Sueño de letargo tanto,
> de mi sentido opresión,
> pienso que le da ocasión
> la fuerza de algún encanto.
> Porque en tan nuevo accidente
> conozco, que mis sentidos
> más presos, ya que dormidos
> están misteriosamente.
> Cedo al sueño, pues ya el blando
> aliento del Austro bebo;
> volveré a probar de nuevo
> la ventura en despertando.

IV y el enano Soplillo. Los enanos, el otro extremo de la deformidad física (gigantes) —según Lucía Megías—, superan la villanía de los textos artúricos convirtiéndose en protagonistas de las fiestas cortesanas, a modo de «gentes de placer», cuya primordial función era provocar la risa (cfr. Lucía Megías, 2004); para lo referido a los enanos, cfr. p. 238 de este excelente trabajo.

[32] Quizá se trate de un guiño al enano Busendo, acompañante de Niquea (cfr. *Amadís de Grecia*, p. 68). Respecto a los enanos, se les nombra como habitantes de los castillos o como mensajeros. «Porque es usada y antigua costumbre entre los caballeros y damas andantes dar a los escuderos, doncellas o enanos que les lleven nuevas, de sus damas a ellos, a ellas de sus andantes, alguna rica joya en albricias, en agradecimiento de su recado» (*Don Quijote*, p. 394).

[33] Ante la puerta dorada de Niquea: «Esta misteriosa puerta / que el cielo tiene cerrada / sólo la merece abierta / del mundo la fe más cierta / y la más famosa espada» (Tassis, *Obras*, fol. 31). Y antes de entrar al infierno de Anastarax se lee la siguiente: «El rigor no será eterno, / osa, que tendrás vitoria, / deberásete la gloria / de haber pisado el infierno» (Tassis, *Obras*, fol. 45).

[34] Rafael: *El sueño del caballero*, Londres, National Gallery.

> *Recostose Amadís sobre un peñasco, que lo tuviera por hermoso trono la blanca Cytherea y apenas entregó los sentidos al sueño cuando salió la imagen de la noche más negra que su original* [...][35]

Este episodio, que alcanzará tintes paródicos en QQ, recuerda las burlas cervantinas acerca de las vigilias de los caballeros enamorados en los diálogos entre don Quijote y Sancho; recordemos aquel dormir a pierna suelta de Sancho frente al empeño de don Quijote por pasar las noches en vela y su reproche a los caballeros de ahora:

> Los más de los caballeros que agora se usan, antes les crujen los damascos, los brocados y otras ricas telas de que se visten, que la malla con que se arman; ya no hay caballero que duerma en los campos, sujeto al rigor del cielo, armado de todas armas desde los pies a la cabeza[36].

El buen caballero lucha contra los vicios, y así:

> Hemos de matar [...] a la gula y al sueño, en el poco comer que comemos y en el mucho velar que velamos[37].

Don Quijote suplica a un somnoliento Sancho que se azote y que sufra, como ejemplar caballero:

> Cumplió don Quijote con la naturaleza durmiendo el primer sueño, sin dar lugar al segundo, bien al revés que Sancho, que nunca tuvo segundo, porque le duraba el sueño desde la noche hasta la mañana, en que mostraba su buena complexión y pocos cuidados [...]. Yo velo cuando tú duermes, yo lloro cuando tú cantas, yo desmayo de ayuno cuando tú estás perezoso y desalentado de puro harto.

A lo que Sancho responde:

> No soy yo religioso para que desde la mitad de mi sueño me levante y me discipline [...] sólo entiendo que en tanto que duermo ni tengo temor ni esperanza, ni trabajo ni gloria; y bien haya el que inventó el sueño, capa

[35] Tassis, *Obras*, fol. 25. La noche la representaba una criada negra portuguesa, que salía a escena danzando.

[36] *Don Quijote*, p. 690.

[37] *Don Quijote*, p. 754.

que cubre todos los humanos pensamientos, manjar que quita el hambre, agua que ahuyenta la sed, fuego que calienta el frío, frío que templa el ardor y, finalmente, moneda general con que todas las cosas se compran, balanza y peso que iguala al pastor con el rey y al simple con el discreto[38].

Este contraste de pareceres se refleja a la letra en la comedia de Mendoza, en el diálogo entre el caballero Felisbravo y su criado Risaloro; mientras el caballero lucha con empeño contra el sueño, pues lo considera menoscabo del amor, el gracioso proclama las ventajas del buen dormir:

RISALORO Desta arboleda
soñoliento huésped soy.
¿No duermes?
FELISBRAVO Mal entendida
costumbre el dormir y humana,
flaca ociosidad tirana
del amor y de la vida.
RISALORO ¿Hay cosa más descansada
que el dormir? ¡Oh necedad!
De suma comodidad
es no estar pensando en nada.
Mas a ser príncipe, aquí
jamás admitiera el sueño,
por no dejar de ser dueño
ni un solo instante de mí.
FELISBRAVO Si llega el sueño violento
a sufrillo me apercibo,
quitarme de lo que vivo
pero no de lo que siento.
Pena que a dormir se atreve,
qué mucho se está infamando,
y quien dormir puede amando,
qué poco el alma le debe.

Saca el retrato.

Salid vos, lisonja muda,
silencio elocuente, donde
de ángel y mujer esconde

[38] *Don Quijote*, pp. 1288-1289.

el cielo una hermosa duda.
Bellísimo hermoso dueño,
noche del sol, gloria mía,
¿cómo cabe tanto día
en círculo tan pequeño?
¡Oh lo que el sueño porfía!
Ya me vence, mas espere
que la parte que venciere
no confesaré que es mía.
Tormenta quiero y no calma,
que si sale vencedor
rendirá sólo en mi amor
lo que deja de ser alma.
Si durmiere un solo instante,
porque es morir lo dormido,
lo quiero y quede vencido
por hombre y no por amante.

Duérmese con el retrato en la mano.

RISALORO ¿Ya se ha quedado dormido
tan presto? ¡Qué necedad!
Más parece habilidad
que de galán de marido.
Si duerme un enamorado,
¿qué haré yo, donde no están
ni desvelos de galán
ni pesadumbres de honrado...?[39]

El despertar del sueño suele ser confuso, pues el caballero no distingue las fronteras del sueño y la vigilia; así, Amadís dice: «Convalecido del *cierto / o dudoso* sueño [...]»[40], y don Quijote, al regreso del descenso a la cueva de Montesinos —por cierto, profundamente dormido—, no deja claro si fue o no sueño:

> [...] de repente y sin procurarlo, me salteó un sueño profundísimo, y cuando menos lo pensaba, sin saber cómo ni cómo no, desperté dél y me hallé

[39] QQ, fol. 7v. Sigo la primera edición de la obra: *Querer por solo querer. Comedia que representaron las señoras meninas a los años de la reina nuestra señora*, Madrid, Juan de la Cuesta, 1623.

[40] Tassis, *Obras*, fol. 27.

> en la mitad del más bello, ameno y deleitoso prado que puede criar la naturaleza, ni imaginar la más discreta imaginación humana. Despabilé los ojos, limpiémelos, y vi que no dormía, sino que realmente estaba despierto[41].

Y no olvidemos que el mismo Amadís, según el planteamiento de la obra, está en un sueño que le ha trasladado a otra época, en este caso futura, al contrario que don Quijote, que se trasladó a los pretéritos tiempos de la caballería. Cervantes se burla de los tópicos de los sueños parodiando los colores proféticos y sobrenaturales, burla que culmina en la tibia respuesta que da la cabeza encantada al hidalgo, que no las tiene todas consigo en su viaje a la cueva de Montesinos, a su pregunta:

> Dime tú, el que respondes: ¿fue verdad o sueño lo que yo cuento que me pasó en la cueva de Montesinos? [...] A lo de la cueva —respondieron— hay mucho que decir: de todo tiene[42].

Hurtado de Mendoza introduce también la parodia en su comedia: el protagonista, ante los múltiples disfraces de su amada, duda continuamente si ha sido o no sueño:

CELIDAURA ¿Qué miráis?
FELISBRAVO Si no es que duermo
siempre, si no es todo encanto.

Mírala suspenso.

Yo he visto esta misma cara
otra vez y aun otras veces:
cuando a tantas te pareces,
¿cómo en el mundo es tan rara,
Celidaura, tu belleza?
[...]
CELIDAURA Él revuelve
nuevas máquinas y vuelve
a las enigmas del sueño[43].

FELISBRAVO Esta celestial pintura
es tu original, ya el sueño

41 *Don Quijote*, p. 893
42 *Don Quijote*, p. 1245.
43 QQ, fol. 32v.

no engaña, que solo un dueño
puede haber de tu hermosura[44].

Antes de llegar a cumplir su misión, el caballero de *GN* lucha contra todo tipo de seres maravillosos, entre los que no podían faltar los consabidos GIGANTES; como afirma don Quijote, todo caballero que se precie ha debido matar algún gigante y él mismo ha matado a muchos, claro está, en su imaginación[45]. Los cuatro que encuentra nuestro Amadís flanqueando las puertas del palacio encantado[46] se describen muy sucintamente, pero cumplen a la letra los rasgos de estos seres desmesurados y perversos: son descomunales, soberbios[47], injustos y amenazantes[48]. Sus nombres: Furión[49], Tisafer, Bradamante[50] y Eritreo:

> [...] cuando las columnas derribadas, de su mismo peso brotaron cuatro gigantes armados, que si fueran como ellos los que acumularon montes sobre el Olimpo, pienso que se dejaran vencer los dioses de su vistosa presencia, mas como en ellos es natural la soberbia, pensaron turbar el ánimo del valiente griego con estas amenazas[51] [...] quitó el velo Amadís al ardiente escudo y, apenas sintieron la fuerza de sus rayos, cuando desvanecidos cayeron en tierra los gigantes[52].

[44] *QQ*, fol. 34r.

[45] «o por mi buena suerte me encuentro por ahí con algún gigante, como de ordinario les acontece a los caballeros andantes» (*Don Quijote*, pp. 46-47).

[46] El gigante, figura típica en la decoración urbana festiva (cfr. Borrego Gutiérrez, 2003, p. 85), también está aquí presente de un modo peculiar: los gigantes fantásticos son Mercurio, que representa a Villamediana, y Marte, a Felipe IV.

[47] «[...] aquella generación gigantea, que todos son soberbios y descomedidos» (*Don Quijote*, p. 43).

[48] Otros rasgos típicos del género, como la idolatría, la lascivia y los amores incestuosos, no figuran.

[49] Furión era un gigante deformado al servicio de su tío, el maligno Archalaus. Esplandián, el hijo de Amadís de Gaula, lo mata para liberar a su abuelo Lisuarte de Gran Bretaña de su prisión. Lo mata con la espada mágica que le había dado Urganda, que atravesaba la malla del gigante.

[50] Nombre de uno de los gigantes del *Coloquio de Bradamante y Bellón*, breve representación incluida en los festejos ofrecidos en Salamanca a la primera esposa de Felipe II, María de Portugal, con motivo de sus bodas en 1543. Cfr. Borrego Gutiérrez, 2003, pp. 72-73.

[51] Tassis, *Obras*, fol. 28.

[52] Tassis, *Obras*, fol. 30.

Estas últimas líneas aluden a otro tópico de la literatura caballeresca: sólo los caballeros con su virtud pueden vencer seres de esa horrenda catadura[53], victoria siempre contundente, pues los jayanes caen de golpe, como una torre que se desploma[54]. Mendoza, en su *Relación*, apunta a los libros de caballerías y hace una leve alusión a lo cansado del tópico:

> Y Amadís, cumpliendo con el nombre de su espada, a los primeros movimientos della, y mostrándoles el escudo, los ponía en cobarde fuga como lo mandan los libros. Representábanlos [...], sin cumplir con la ley de gigantes en ser cansados, que a todos parecieron apacibles[55].

Pero aquí no acaban los obstáculos: Amadís vence a dos encantadas ninfas y a dos fieros leones[56]. De nuevo, un tópico: el CABALLERO ENFRENTADO CON EL LEÓN o con cualquier otro animal que encarne las fuerzas del mal; recordemos que el bestiario fantástico de estos libros se componía de dragones, serpientes, sagitarios, canes, basiliscos, etc. En esta línea, el héroe «corrió los velos a los cristales del escudo y, ciegos a su resplandor, [los leones] cayeron en tierra adormecidos»[57].

[53] Recordemos la historia de Dorotea-Micomicona: sólo un caballero podía vencer al gigante.

[54] Cfr. Lucía Megías, 2004, p. 245.

[55] *Relación*, fols. 10r-10v. Parece que con el tiempo los combates contra los gigantes eran cosa fácil, llegando a extremos completamente inverosímiles; comenta Lucía Megías que en un texto manuscrito conservado en la Biblioteca Nacional de España se cuenta que un caballero llamado Claridoro mató a numerosos gigantes, a los que de repente «destroza como si fuesen moscas» (cfr. Lucía Megías, 2004, p. 250). Recordemos que era precisamente la hipérbole lo que condenaba de estos libros el canónigo manchego en su conversación con don Quijote.

[56] «Apenas huyeron las encantadas sombras, cuando por la misma puerta salieron dos leones, que en grandeza y ferocidad merecían obediencia entre los de Masilia. No perdió Amadís el generoso ánimo, aunque le acometieron juntos, procurando con temerosos bramidos impedirle el paso» (Tassis, *Obras*, fol. 31).

[57] Tassis, *Obras*, fol. 31. Aunque en otro género, no olvidemos la bravura del Cid cuando ordenó al león volver a la jaula. Palmerín de Oliva se enfrenta a leones hambrientos y cómo olvidar al pobre don Quijote cuando encuentra en su camino dos bravos leones africanos enjaulados destinados como regalo al rey, y para demostrar su valentía al Caballero del Verde Gabán pide al que los lleva que abra las jaulas. Como es sabido, después de mostrar el león su fiereza y de abrir la puerta el leonero, «el generoso león, más comedido que arrogante, no haciendo caso de

La visión repentina del castillo encantado que encierra una doncella cautiva y asimismo encantada es también un lugar común en estas obras[58], cuyo entorno no es otro que un *locus amoenus*. En *GN*, el caballero, en medio de la floresta en la que se encuentra[59], ve una montaña mágica que, al abrirse, descubre un palacio[60] donde se muestran Niquea y sus ninfas en unas gradas[61], recubiertos el techo y las paredes de espejos; en lo alto, encerrada a su vez en una esfera de cristal y oro[62], la diosa de la Hermosura (la reina). En la grada inferior se halla el «infierno de amor» donde está el malvado Anastarax, que despide llamas[63] y se abre y se cierra. Nótese cómo el cronista insiste en la

niñerías ni de bravatas, después de haber mirado a una y otra parte, como se ha dicho, volvió las espaldas y enseñó sus traseras partes a don Quijote, y con gran flema y remanso, se volvió a echar en la jaula» (*Don Quijote*, p. 836). Aunque él insiste al leonero para que le irrite a palos, éste se niega, pues lo que ha hecho ya le confirma en valentía: «El león tiene abierta la puerta: en su mano está salir o no salir; pero pues no ha salido hasta ahora, no saldrá en todo el día. La grandeza del corazón de vuesa merced ya está bien declarada [...]» (*Don Quijote*, p. 836). Episodio realista y memorable, sin dejar de ser paródico por la indiferencia de las fieras.

[58] Cfr. nota 50. En el festejo ahí citado, también el gigante Bradamante custodia a la princesa María.

[59] Son continuas las alusiones al *locus amoenus* de Aranjuez, en el que se desarrolla la obra: «Qué novedad, qué desvelo / del arte, en cuya belleza / se atrevió naturaleza / a poner límite al cielo. / Qué peregrinos jardines, / en quien lo menos parece, / que flor llamar se merece / los claveles y jazmines. / Qué atenta hermosa espesura / y confusa amenidad, / adonde es la variedad / lo menos de la hermosura. / [...] Nada al sublime esplendor / de aquesta selva se iguala, / fragancia animada exhala / de vivas flores amor» (Tassis, *Obras*, fol. 42).

[60] Alusión a otro conocido tópico, el de la ciudad oculta.

[61] El recurso de las gradas ya se había utilizado en una fiesta de Isabel de Valois, en 1565 en el Alcázar (Cfr. Chaves Montoya, 1991, p. 92).

[62] En *Amadís de Grecia*, Niquea se enamora ardientemente del caballero y le manda recado con un enano, sin embargo, éste le contesta que tiene otro amor. Pero ella persevera, mientras su hermano Anastarax le asalta. La gloria que experimenta al ver la imagen del Caballero de la Ardiente Espada da nombre al encantamiento de Zirfea para salvarla del incesto; efectivamente, al ver el retrato, unas imágenes de alabastro cobran vida y comienzan a tañer sus instrumentos, el suelo se cubre de flores, los pájaros cantan y las paredes de la habitación se convierten en cristal, a modo de esfera (cfr. *Amadís de Grecia*, pp. 312-315). Anastarax, en la grada inferior, cae en el infierno.

[63] El fuego era otro elemento típico en estas celebraciones. Cfr. Borrego Gutiérrez, 2003; para el fuego como componente esencial de la fiesta, cfr. Borrego Gutiérrez, 2003, pp. 94-95.

supremacía del espectáculo sobre los hechos de la «historia», ya de por sí complicada e hiperbólica:

> Condenábale Amadís a la pena de sus celos y sacaba a Niquea del palacio encantado. Y como las figuras desta representación excedían a la grandeza de lo figurado, no atendían los versos a lo prometido de la historia, sino al respeto de los personajes, y Amadís, en corteses rendimientos, intentaba que agradeciese Niquea más sus cuidados [...][64].

Finalmente, y en medio de gran aparato,

> [...] descubríase esta apariencia con grande armonía, y de entre las llamas que se formaban de varios resplandores, que no hacían horror sino agrado, sacaba Albida a Anastarax, a quien Aretusa daba las gracias de su valor y Anastarax de su remedio. Y conformándose los diferentes coros de música, salían la diosa de la hermosura y Niquea, Amadís y todas las ninfas, y pedía perdón Anastarax a Niquea de su amor atrevido y ella le perdonaba. La diosa de la hermosura daba nombre a Amadís del más fino y valiente caballero del mundo, amando sin interés, venciendo sin premio, y Amadís con el de ser tan atinado amante quedaba satisfecho[65].

Fue éste un espectáculo de ocasión, en el que los cortesanos pudieron disfrutar de una ostentosa escenografía y de la visión idealizada de la fusión del amor y la guerra, el honor y la patria, las armas y la cortesía, eso sí, mientras descifraban las claves de un elevado estilo literario, mezcla de gongorino y petrarquista. El argumento fue «pretexto», como bien hizo notar Antonio Hurtado de Mendoza:

> Ya advertí al principio que esto que estrañara el pueblo por comedia y se llama en palacio invención, no se mide a los preceptos comunes de las farsas, que es fábula unida. Ésta se fabrica de variedad desatada, en que la vista lleva mejor parte que el oído, y la ostentación consiste más en lo que se ve que en lo que se oye[66].

Y aquí radica la diferencia de *GN* con la comedia de Mendoza: con similar inspiración caballeresca, *QQ* es *fábula unida*, *farsa*, y, por

[64] *Relación*, fol. 12v.
[65] *Relación*, fols. 14v-15r.
[66] *Relación*, fols. 13r-13v.

tanto, con palabras de su autor sigue los *preceptos comunes de las farsas*. Efectivamente, QQ se divide en tres actos, al uso de la comedia nueva; mantiene la intriga mediante un complicado enredo que afecta a casi todos los personajes; el argumento amoroso ofrece todos los ingredientes de la mejor comedia del género: disfraces, equívocos, falsas identidades que mantienen la tensión, amores no correspondidos; introduce la figura esencial del gracioso, aquí de onomástica burlesca, Risaloro; y, lo que es más importante, sigue al pie aquello de «lo trágico y lo cómico mezclado», consciente de que «aquesta variedad deleita mucho»[67]. Y es que el asunto, que nada tiene de cómico, es similar al de la comedia anterior —el camino de un caballero en busca de su amada y los múltiples obstáculos que han de superar, entre ellos el desencantamiento de castillos y doncellas y la lucha contra seres malvados—[68], pero Mendoza introduce el humor, la parodia, y me atrevo a decir, como he anticipado, que en ocasiones lo hace en la línea del texto cervantino. Esto no obsta a que el espectáculo siga prevaleciendo y a que en esencia la obra sea, como la define La Barrera, un «inmenso poema caballeresco»[69].

Las escenas paródicas corren sobre todo a cargo del gracioso, como ya he apuntado al tratar el motivo del sueño del caballero, y giran en torno a los tópicos citados. Vale la pena mostrar algunos pasajes más, como es el caso del encuentro del escudero-gracioso con los gigantes. Felisbravo y Risaloro van en busca de la bella Celidaura, reina de Tartaria, pero a mitad de camino se topan con un castillo encantado donde permanece hace años encantada la princesa de Arabia Claridiana[70]. El en-

[67] Lope de Vega, *Arte nuevo de hacer comedias*, 1609.

[68] Un breve resumen del argumento sería: Felisbravo, príncipe de Persia, oye a un cautivo relatar sus amores desdichados por la bellísima Celidaura, reina de Tartaria, mujer independiente y desdeñosa de los hombres, relato que produce en él un súbito enamoramiento. Felisbravo, con el retrato de la hermosa en mano, emprende un largo viaje con su criado Risaloro para conquistarla. Uno de los muchos obstáculos que encuentra es la visión de un castillo encantado donde la hermosa Claridiana, reina de Arabia custodiada por Floranteo, quien está enamorado de ella, espera a que un caballero la libre de un encanto. A partir de aquí sería gravoso continuar: se suceden una serie de avatares y equívocos a los que haré alusión en las siguientes páginas.

[69] Barrera y Leirado, *Catálogo biográfico y bibliográfico del teatro antiguo español*, p. 247.

[70] El nombre de Claridiana tiene resonancias caballerescas: por su amor, el Caballero del Febo (personaje principal del *Espejo de príncipes y caballeros* de Diego

cuentro no puede ser más gracioso: se trata de una clara burla a la figura del gigante, como hemos comentado, cansada por lo repetitiva, y de una parodia de los ya citados rasgos proverbiales, entre ellos el desmesurado tamaño[71], así como su condición de custodio de torres y castillos (distinguiré en cursiva las expresiones paródicas):

Asómase otro gigante diferente, que se llamará el segundo, y quítese el sombrero.

RISALORO ¡Ya se asoman!
GIGANTE 2 Caballero,
¿qué manda? Llegue quien es.
RISALORO ¡Pese a tal, jayán cortés
y prodigio de sombrero!
¿Hay tal novedad...? ¡Oh leve
gigantón!, sin duda, en cama
reposas y tienes dama
y sabes beber con nieve...
¡Jayán nuevamente impreso!
GIGANTE 2 ¿Qué mandan vuestras mercedes?
RISALORO ¿Merced y esto más...? Si puedes,
dinos, *montaña de hueso*,
¿este castillo qué encierra?,
¿prodigio en fábrica humana?
GIGANTE 2 A la hermosa Claridiana,
reina y deidad de esta tierra,
por tan nueva causa y modo,
encantada en el palacio
que veis, que si estáis despacio
os informaré de todo.

Ortúñez de Calahorra [Zaragoza, 1555]) renunció a la mano de Lindabrides y al imperio de Tartaria. En uno de los sonetos burlescos preliminares de *Don Quijote* el caballero del Febo compara su amor por Claridiana con el de don Quijote por Dulcinea («por Dulcinea sois al mundo eterno»).

[71] Ya Cervantes se burló del tópico del tamaño: «En esto de gigantes hay diferentes opiniones, si los ha habido o no en el mundo, pero la Santa Escritura, que no puede faltar un átomo en la verdad, nos muestra que los hubo, contándonos la historia de aquel filisteazo de Golías, que tenía siete codos y medio de altura, que es una desmesurada grandeza. También en la isla de Sicilia se han hallado canillas y espaldas tan grandes, que su grandeza manifiesta que fueron gigantes sus dueños, y tan grandes como grandes torres [...]» (*Don Quijote*, pp. 693-694).

Asómase el primer gigante muy enfadado y vase el segundo.

GIGANTE 2 Prosigue pues.
GIGANTE 1 Yo no quiero.
¡Vete!
GIGANTE 2 Si haré.
RISALORO ¡Qué paciencia
de jayán y qué obediencia!
GIGANTE 1 ¿Quién pregunta?
RISALORO Un escudero[72].
GIGANTE 1 Los escuderos no es gente
de historia; pase.
RISALORO ¡Oh pícaro,
soberbio jayán de antaño,
más cansado que valiente!
GIGANTE 1 Escudero, gran trabajo.
RISALORO Merecí lo que escuché,
pues que yo me levanté
un testimonio tan bajo.
¡Ah, tronco, ah monte, ah diluvio
de carne! Yo, os vive Dios,
que me he vengar de vos,
cual que andante boquirrubio,
que os partirá con un rayo
por detrás y por delante,
que para ningún gigante
permite Dios el soslayo.
GIGANTE 1 ¡Ah vil criatura!
GENERAL *Portero*
o jayán, que todo es uno,
decid.
GIGANTE 1 No sea importuno;
si es armado caballero
responderé, que si no,
bajaré y con esta maza
les haré dejar la plaza.

[72] Figura proverbial de los libros de caballerías, genialmente parodiada y superada por el Sancho cervantino.

FELISBRAVO ¿Que esto escuche y sufra yo...?
¡Responde con menos fieros[73],
loco, soberbio, arrogante!
[GIGANTE 1] ¿Qué cosa para un gigante
hacer caso de escuderos?[74]

Se insiste especialmente en la parodia del gigante; es el caso de una escena de la segunda jornada, que posiblemente evoque las desventuras del pobre escudero de don Quijote, experto en llevarse los golpes y los manteos. Así, se dice en la acotación que abre el discurso: «*Salga Risaloro, tullido entre gigantes*», y se aprovecha para defender a los escuderos «metidos a caballeros» y para hacer burla directa de personajes heroicos de la caballería:

RISALORO Gigantes caritativos,
dulces, amables, discretos,
a pesar de libros tantos,
que os han pintado tan necios,
don Florisel de Niquea
os pague lo que habéis hecho
y muráis de unas tercianas
con todos los sacramentos.
No haya caballero andante
tan forzudo y majadero
que os parta de arriba abajo
a pesar de los coletos.
Escuderos desdichados,
que os metéis a caballeros,
notad bien la historia mía
y sírvaos yo de escarmiento.
Queden las caballerías
para un galante mancebo,
que nunca sale a la plaza
y un mes antes habla en ello.
Y quede para quien sale
y no le toca el hacerlo,
cascabel de la jineta,

[73] Fiero: «m.p.us. Bravata y amenaza con que alguien intenta aterrar a otra persona. U.m. en plural» (*DRAE*).

[74] QQ, fol.7r.

	risa del toro y del pueblo.
	Queden.
GIGANTE 1	No murmures.
RISALORO	¿Cómo
	si no murmuro ser puedo
	donairoso, entretenido,
	solenizado y discreto?
	Sin murmurar, ser gracioso
	solamente en nuestros tiempos
	al calvísimo Daroqui
	se lo ha concedido el cielo.
GIGANTE 1	¡Ea, cobarde ten brío!
GIGANTE 2	Que no le ofendas te ruego.
RISALORO	¡Oh gigante de mi guarda,
	en tus manos me encomiendo!
GIGANTE 2	¡No tengas miedo, persiano!
RISALORO	Él se está que no le tengo.
GIGANTE 2	¿Quieres que te sane al punto
	por arte de encantamiento?
RISALORO	¿Eso dices?
GIGANTE 2	Ya estás sano.
RISALORO	¡Oh *bendito Beltenebros*!
	Sané: ¡milagro, milagro!
	Corro, salto, brinco y vuelo:
	no lo sepan los doctores,
	que tienen por sacrilegio
	que nadie sin ellos sane:
	pero, ¿quién sana con ellos...?[75]

Esta parodia directa de los héroes es una constante en la comedia, pues se insertan en varios pasajes nombres de personajes legendarios en fórmulas orales de tipo folklórico o popular, insistencia que nos da idea del grado de comicidad que producía este tipo de burlas. Estas expresiones aparecen casi siempre en medio de los episodios con los gigantes:

O se vuelve Risaloro o se le trague alguna boca o le arrebate algún jayán cuando embiste al castillo, y salga el gigante desabrido.

[75] QQ, fols.21r y v.

GIGANTE 1	¿No le dije que no es gente de historia el escuderaje? ¡Ea, por los aires vuele!
RISALORO	¡Ay triste, *san Belianís*[76], que me ha mordido una sierpe!
CELIDAURA	No te espantes, que en palacio toda sabandija muerde[77]. [...]
FELISBRAVO	Llama mil veces que estoy...
RISALORO	¡Ay furias *arroldanadas*![78]

A medida que avanza la comedia sorprende por lo reiterada la burla de los gigantes. Uno de los rasgos más caricaturizados en la obra es su característica fanfarronería, pues aquí no sólo terminan sin poder luchar, sino que paradójicamente destacan ni más ni menos que por su bondad, serenidad, santidad y cordura:

GENERAL	¡Gigantes quieren matarle! Tened, cobardes, ¿qué es esto?
GIGANTE 1	¿A quién te atreves, villano?
RISALORO	Tente, tardador santelmo, que son gigantes de paz.
GIGANTE 2	Animoso caballero, mirad...
GIGANTE 1	Con soberbios nunca de ser humano me precio. Deja que le mate.
GENERAL	Llega, arrogante, que no temo los gigantes, cuyos montes fueron escalas del cielo.
RISALORO	General, que me destruyes, y a estos señores les debo lo que pudiera a mi abuela.

[76] Belianís es el protagonista del libro de caballerías de Jerónimo Fernández titulado *Belianís de Grecia* (1547), que hizo las delicias del emperador Carlos V y por quien el autor añadió más partes. Fue uno de los pocos que se salvó de la quema en *El Quijote* (cfr. *Don Quijote*, pp. 89-90).

[77] QQ, fol.10v.

[78] QQ, fol.7r.

Vuestras mercedes me han hecho
mil honras: detén la espada,
mira que no siempre es cierto
rebanar a los jayanes.

GIGANTE 2 Pues ya el encanto es deshecho:
advierte que los gigantes
hacer armas no podemos.

RISALORO ¡Oh gigante de buen alma,
resposado, santo y cuerdo!
Dice bien, que esto nos consta
de los libros gran consuelo
ser para excusar batallas
mañosísimo escudero[79].

Por otra parte, y dejando ya el asunto de las burlas, también está presente el tópico del caballero que vence sin apenas dificultad a los gigantes, en medio de fuegos y otros efectos:

Retírase Claridoro y embiste Felisbravo a las puertas cerradas y se abren en dos partes y aparecen los gigantes a detenelle el paso.

[...] los cielos que se restaure
lo ingenioso con lo fuerte,
hoy se verá. Monstruos viles,
fieras cobardes, temedme,
que soy de honor y de agravio,
ira nueva y rayo ardiente.

Echan fuego y vanse retirando y cayendo abajo, y lleguen los gigantes con las mazas y haya mucho aparato y demostraciones de guerra y peligro.

GENERAL ¡Que esto mi valor consienta,
que el lado animoso deje
del príncipe! ¡Oh fiero encanto,
ni a su ley fuera obediente
ni a su gusto, a no saber
que su espada sola puede
dalle mayores victorias!

Trompetas y cajas poco.

[79] QQ, fols.21v-22r.

CELIDAURA ¡Oh qué gusto, ya le temen,
dejar no quiso el desprecio
nada al brazo que venciese!

Bajen huyendo los gigantes y las fieras.

FELISBRAVO Fabuloso y vil asombro,
temida conquista leve,
¿Hay más sangrientos encantos,
que me van sobrando muertes...?[80]

El castillo encantado, que se va apareciendo sucesivamente a los personajes, es tópico repetido en *QQ*. Como he comentado en otro lugar[81], lo más probable es que se aprovechara el artificio de *GN*, lo que apoyaría, por tanto, la hipótesis de que al menos una vez la representación fuera en el mismo lugar —el teatro construido en el Jardín de la Isla—, pues es relevante la alusión a la «esfera» y, en otra ocasión, a las puertas de cristal[82]:

CLARIDORO Ya el *castillo* se descubre.
CELIDAURA Bella *fábrica*.
CLARIDORO ¡Excelente!
CELIDAURA Si es la *nube* tan luciente,
¿cuál será la luz que encubre?
CLARIDORO Parece el vario *artificio*
de uno y otro hermoso espacio
más *esfera* que Palacio,
más milagro que edificio[83].

Baje el castillo con mucha música y váyanse abriendo puertas con vidrieras de cristal y mucho resplandor, que sea cosa muy admirable, y en un trono sentada la princesa Claridiana [...][84]

[80] QQ, fol.11r.
[81] Cfr. Borrego Gutiérrez, 2004, pp. 344-345.
[82] Niquea estaba encerrada en una esfera transparente: «Quien intenta la vitoria / de penetrar esta esfera, / donde el cielo reverbera / con relámpagos de gloria, / recelo nuevo cuidado, / nuevo mal el alma siente, / que aun esta gloria aparente / pierde quien es desdichado» (Tassis, *Obras*, fol. 34). Todo apunta a que el artificio usado en *GN* fue el mismo al de *QQ*.
[83] QQ, fols.5r y v.
[84] QQ, fol.11v.

La aparición del castillo era típica en el entorno de un paraje hermoso, aquel *locus amoenus* que embriagaba los sentidos y que he comentado en el caso de *GN*. Todos recordamos también el encendido elogio de los tópicos de los libros de caballerías que hace don Quijote replicando al canónigo; no es difícil adivinar la parodia que subyace en las palabras del perturbado hidalgo, en este caso, comentando el entorno paradisíaco de las apariciones repentinas de castillos:

> Ofrécesele a los ojos una apacible floresta de tan verdes y frondosos árboles compuesta, que alegra a la vista su verdura, y entretiene los oídos el dulce y no aprendido canto de los pequeños, infinitos y pintados pajarillos que por los intrincados ramos van cruzando. Aquí se descubre un arroyuelo, cuyas frescas aguas, que líquidos cristales parecen, corren sobre menudas arenas y blancas pedrezuelas, que oro cernido y puras perlas semejan; acullá ve una artificiosa fuente de jaspe variado [...]. Acullá *de improviso se le descubre un fuerte castillo* o vistoso alcázar, cuyas murallas son de macizo oro, las almenas de diamantes, las puertas de jacintos: finalmente, él es de tan admirable compostura, que, con ser la materia de que está formado no menos que de diamantes, de carbuncos, de rubíes, de perlas, de oro y de esmeraldas, es de más estimación su hechura[85].

En QQ, la parodia de tales paradisíacos parajes corre a cargo del criado en su función de gracioso, pues en medio de los halagos del oído y de la vista, Risaloro pone el contrapunto cómico a la música, a la visión de las variedades y a los clásicos carteles enigmáticos que servían de guía al caballero:

Suene dentro un clarín.

FELISBRAVO ¿Qué es esto?
RISALORO ¿Trompeta agora?
FELISBRAVO Suspéndeme los sentidos,
que es para nobles oídos
la música más sonora.
Entre estos árboles veo
un edificio famoso,
bella paz, término hermoso
de la vista y del deseo.

[85] *Don Quijote*, pp. 623-624.

[...]
GENERAL Toma aliento, goza desta
tregua del sol de abril,
florido huésped gentil,
verde apacible florella.
RISALORO Por lo bien que la ha pintado,
goza esta selva florida,
cumple agora con la vida
y después con el cuidado.
GENERAL Siéntate al pie desta fuente,
quejosa y murmuradora.
[...]
GENERAL Mira extrañas inscripciones
y confusas variedades
donde están las novedades
llamando las suspensiones.
FELISBRAVO Aquí dice desta suerte:
«O soy premio o soy agravio,
estoy para el fuerte y sabio,
no basta el sabio ni el fuerte».
Y dice allí: «La hermosura
se ha negado la elección,
que no quiere la razón
fiarse de la ventura».
Todo lo entiendo y no atino
la causa...
RISALORO Yo caigo en ello.
GENERAL ¿Y es...?
RISALORO Que el tratar de entenderlo
es muy grande desatino[86].

Como en *GN*, el castillo encierra un encanto, motivo reiterado en, por poner un ejemplo, *Florisel de Niquea*: el Castillo de Mirabela, donde permanece esa princesa encantada; el Castillo del Espejo del Amor, donde está la prueba del espejo del amor; el Castillo del Lago de las Rocas, gobernado por los jayanes Bradanel y Bradarán, donde los prisioneros son sacrificados para romper el encantamiento de Zirfea a dos doncellas; el Castillo de las Maravillas de Amor, encantado por el sa-

[86] QQ, fol. 6v.

bio Ardarán, etc. La primera noticia que tienen de éste es la «ley del encantamiento», que la da el gigante negro Brocadán:

FLORANTEO Esperen.
Dales, Brocadán, la ley
que se guarda y que se teme.
GIGANTE 1 Es ley deste encantamiento
que el que a ver llegare el fuerte
castillo y de su aventura
se excusare, que confiese
que es necio y cobarde, y luego
que en la batalla le empeñen
deste encanto los gigantes
y fieras que le obedecen.
FLORANTEO Y si la emprende y no acaba
que a referillo se quede,
como yo, que tuve en ella
el valor y no la suerte.
FELISBRAVO ¿Tal bajeza les proponen
los bárbaros de esas leyes
a los caballeros nobles?
¿Por obligación valientes?
Yo acabaré la aventura
porque tenga que desprecie
otra más hermosa mano[87].

Como Niquea, Claridiana es cautiva de ese castillo[88] por un encantamiento que hizo su propio padre, referido por Floranteo:

Para honor destas provincias,
sabio, ingenioso y valiente,
Laomedonte fue en Arabia
el postrero de sus reyes [...]

[87] QQ, fols. 10r y v.

[88] En el mismo discurso en que don Quijote trata de convencer al canónigo de las maravillas de la caballería, se cita la constante de la doncella encantada: «[...] entrar a deshora por la puerta de la sala otra mucho más hermosa doncella que ninguna de las primeras, y sentarse al lado del caballero y comenzar a darle cuenta de qué castillo es aquél y de cómo ella está encantada en él, con otras cosas que suspenden al caballero [...]» (*Don Quijote,* p. 625).

Del cielo crédito hermoso
tuvo una hija que ofrece,
logrado en todas sus partes,
cuanto las lisonjas mienten,
[...]
Siendo en su edad coronada
de jazmines y claveles
doce bellísimos años,
lo menos florido y verde
de su reino y de su fama
la gloriosa descendiente,
única heredera y tanto
que lo pareció del Fénix,
no fiando a la belleza
su elección, en quien sucede
a las hermosuras tanto
en que lloren y escarmienten,
llamó a los nobles del reino,
su hija hermosa presente,
y así dijo, ya pisando
los umbrales de la muerte:
«A mi hija y a mi reino,
de cuanto al sol luces debe,
el amor y la codicia
traerán varios pretendientes.
No quiero que peligrando
en las sirenas crueles
de adulación, que saltean
los oídos más prudentes,
que la falsedad la engañe,
la ternura le aconseje,
desluciendo su desdicha
lo que su beldad merece,
y en vez de elegir un sabio,
fuerte varón, si apetece
un lindo y necio, en Arabia
príncipe ignorante reine»,
dijo, y un fiero conjuro
prosiguiendo, se estremece
la tierra, dando a los aires
este edificio luciente
donde su heredera hermosa

encerrando fácilmente
defendida de imposibles,
un encanto en otro tiene.
Hay, para que la aventura
méritos grandes la intenten,
mucho que el ingenio entienda,
mucho que el valor sujete.
Porque siendo el premio della
la princesa, Arabia quede
defendida y gobernada
de lo sabio y de lo fuerte,
que obligando a sus vasallos,
quiso que su reino hereden
estas dos partes, que forman
los príncipes excelentes.
Seguid la empresa, mancebos,
que el intentalla promete
un Imperio a quien la gana
y una gloria a quien la pierde[89].

¿Cómo no recordar, al hilo de estos versos, la falsa historia de la falsa princesa Micomicona, también huérfana y también encantada, no por su padre, sino por un grotesco gigante que la amenazaba con destruir su reino si no se casaba con él, y cuyo encanto sólo puede ser vencido por un caballero, como aquí?[90] El caso es que los peculiares

[89] QQ, fols. 9v-10r.

[90] «El rey mi padre, que se llamaba Tinacrio el Sabidor, fue muy docto en esto que llaman el arte mágica y alcanzó por su ciencia que mi madre, que se llamaba la reina Jaramilla, había de morir primero que él y que de allí a poco tiempo él también había de pasar desta vida y yo había de quedar huérfana de padre y madre. Pero decía él que no le fatigaba tanto esto cuanto le ponía en confusión saber por cosa muy cierta que un descomunal gigante, señor de una grande ínsula que casi alinda con nuestro reino, llamado Pandafilando de la Fosca Vista, porque es cosa averiguada que, aunque tiene los ojos en su lugar y derechos, siempre mira al revés como si fuese bizco, y esto lo hace él de maligno y por poner miedo y espanto a los que mira, digo que ese gigante, en sabiendo mi orfandad, había de pasar con gran poderío sobre mi reino y me lo había de quitar todo, sin dejarme una pequeña aldea donde me recogiese, pero que podía escusar toda esta ruina y desgracia si yo me quisiese casar con él, mas, a lo que él entendía, jamás pensaba que me vendría a mí en voluntad de hacer tan desigual casamiento; y dijo en esto la pura verdad, porque jamás me ha pasado por el pensamien-

gigantes de Hurtado de Mendoza —«caritativos, / dulces, amables, discretos [...]»[91]—, custodios de la princesa, sólo mueven a risa, del mismo modo que el gigante cervantino que ha hechizado a la princesa, Pandafilando de la Fosca Vista. Es claro que la parodia de los gigantes que agravian doncellas llega en *El Quijote* a su punto más alto en este episodio, pues el rasgo más terrorífico del gigante es que es bizco. En *QQ* se vence con facilidad a estos seres grotescos que tienen poco de malvados, pues recordemos que son «gigantes de paz», «reposados, santos, cuerdos»[92], entre otras lindezas.

La embrollada y extensísima comedia incluye entre sus versos alusiones a la realidad de la época, al propio monarca y el oficio de reinar, aunque no de una manera tan directa como en *GN*. En los versos siguientes adivinamos la mano del omnipresente Olivares:

GENERAL
Aunque no hay preceto y ley
que a la República ordene,
ni que más el mundo enfrene
que los ojos de su rey,
dejas dos ministros sabios[93]
en el gobierno, tan buenos
que es de su gloria lo menos
tener mudos los agravios,

to casarme con aquel gigante, pero ni con otro alguno por grande y desaforado que fuese. Dijo también mi padre que después que él fuese muerto y viese yo que Pandafilando comenzaba a pasar sobre mi reino, que no aguardase a ponerme en defensa, porque sería destruirme, sino que libremente le dejase desembarazado el reino, si quería escusar la muerte y total destrucción de mis buenos y leales vasallos, porque no había de ser posible defenderme de la endiablada fuerza del gigante; sino que luego, con algunos de los míos, me pusiese camino de las Españas, donde hallaría el remedio de mis males hallando a un caballero andante cuya fama en este tiempo se estendería por todo este reino, el cual se había de llamar, si mal no me acuerdo, don Azote o don Gigote». (*Don Quijote*, pp. 380-382). La historia ocupa varios capítulos y termina con el acuchillamiento de los cueros de vino, que don Quijote confunde con el gigante que ha encantado a Micomicona.

91 QQ, fol.21v.

92 QQ, fols. 21v y 22r.

93 Alusión al de Olivares y a su tío Baltasar de Zúñiga, quien murió en octubre de 1622, dato que a Varey le hace suponer que la obra tuvo que escribirse y representarse antes (cfr. nota 3). No es incompatible con mi hipótesis de una representación otoñal (cfr. nota 3).

que siendo buenos por sí
con tantos varios extremos
es honra tuya, pues vemos
que son mejores por ti.

FELISBRAVO Su celo y valor prudente
me asegura que no haré
falta, pues yo estaré
apartado mas no ausente.
Es mi cuidado un registro
que de nada vive ajeno,
que siendo el príncipe bueno
no puede haber mal ministro.
Que el oficio del reinar
es hablar, oír y ver,
aprender para saber
y saber para enseñar[94].

No debió de ser fácil para Mendoza terminar la comedia: después de multitud de avatares, luchas heroicas y grotescas, pruebas, amores no correspondidos y, sobre todo, equívocos producidos por los disfraces y la ocultación de identidades, decide —para mayor ironía— que la obra se finalice sin los consabidos matrimonios. En plena batalla aparece «*Marte en un carro de leones con una lanza de fuego*»[95], quien soluciona todos los conflictos según su particular justicia: concede el reinado de Arabia a Floranteo, el de Tartaria a Claridoro, y restaura a Felisbravo como príncipe de Persia. Y a las bravas damas les dice:

Dejad, princesas, las armas,
que basta para las fieras
del arco pendiente al hombro
volante escuadrón de flechas[96].

[94] QQ, fols. 6r-6v.

[95] QQ, fol.41r. A diferencia de *GN*, las alusiones mitológicas son aquí más comedidas y se reducen a las apariciones de Cupido y Marte. El dios del amor también aparecía en *Amadís de Grecia*: allí para herir de amor mortal a Zair, a quien condena a morir por amor a Onoloria; aquí para sacar de sus dudas de amor a Claridiana: el caballero que haga reverdecer las flores secas de la mano de Cupido será el que más la quiera.

[96] QQ, fol. 41r.

La resolución del problema no puede ser más atípica, pues lo lógico sería, tras la cadena interminable de aventuras y equívocos, que la comedia se cerrara con uno o varios matrimonios. No deja de ser curiosa la letra que canta el coro mientras se abre el templo y suenan las chirimías:

> Vivan las hermosas para sí mesmas
> y a los hombres les baste morir por ellas[97].

El criado Risaloro parodia con su frase final el desconcertante desenlace y la dilatada extensión de la comedia:

> Señor, no digo Senado,
> aquí acaba la comedia
> de los siglos de los siglos,
> que aunque es pesada y eterna,
> sin parar en casamiento
> tanto puede el ser tan necia[98].

Y es que las damas protagonistas, Celidaura y Claridiana, son prototipo de la mujer altiva, bella y desdeñosa de los hombres y, como la Marcela cervantina, no se quieren casar[99]. Claridiana se escuda en que ninguno de sus dos pretendientes ha superado las dos pruebas (ingenio y valor) a la vez, a lo que añade su alegato en contra del proceder de su padre, que pudo encantar a la persona, pero no su entendimiento, y manifiesta que ella tiene libertad, a la vez que maldice, no sin ironía, los encantos y que su padre fiara su felicidad a éstos:

> Que no advirtiese me espanto
> que el yerno que apetecía
> mejor le examinaría
> una hija que un encanto.
> ¿Eso ser sabio se llama...?
> ¿Que entre de amor en consejo

[97] QQ, fol. 41v.
[98] QQ, fol. 41v.
[99] Claridiana emite un curioso discurso contra los hombres (ver QQ, fols. 28v-29r).

el vano antojo de un viejo
y no el gusto de una dama?[100]

Comedia de espectáculo con ingredientes de enredo amoroso al uso de la comedia nueva. Burlas de la caballería, de sus héroes y sus motivos. Ingredientes concentrados en una obra cuyo argumento fue similar al de aquella *GN* representada hacía muy poco tiempo quizá en el mismo lugar, con los mismos espectadores y casi con los mismos intérpretes. En mayo, el argumento caballeresco quedó exaltado, ahora parodiado. En mayo, las aventuras del héroe constituyeron el eje de la obra, ahora son sólo un pretexto para entretener al público regio y cortesano. ¿Sería el humor otro modo de «borrar», de olvidar aquellos fastos...? Algo de esto podemos adivinar en los versos que recitan dos meninas de la reina en la loa inicial. Las consideraciones finales las dejamos al buen discurrir del curioso y perspicaz lector:

Dos Isabeles, Isabel divina,
te ofrecemos (si amor tanto permite)
otra fiesta que en grande, en peregrina,
tanta experiencia de escarmientos quite[101].

Bibliografía citada

Barrera y Leirado, Cayetano Alberto de la, *Catálogo biográfico y bibliográfico del teatro antiguo español*, Madrid, Rivadeneyra, 1860.

Borrego Gutiérrez, Esther, «Motivos y lugares maravillosos en las cuatro bodas de Felipe II», en *Loca ficta. Los espacios de la maravilla en la Edad Media y Siglo de Oro. Actas del Coloquio Internacional (Pamplona, Universidad de Navarra, abril 2002)*, ed. I. Arellano, Madrid-Frankfurt-Pamplona, Iberoamericana-Vervuert, Universidad de Navarra, 2003, pp. 69-90.

— «Poetas para la Corte: una fiesta teatral en el Sitio Real de Aranjuez (1622)», en *Memoria de la palabra. Actas del VI Congreso de la Asociación Internacional Siglo de Oro (Burgos-La Rioja, 15-19 de julio de 2002)*, eds. M.L. Lobato y F. Domínguez Matito, Madrid-Frankfurt, Iberoamericana-Vervuert, 2004, pp. 337-352.

[100] *QQ*, fol.13v.

[101] Versos de la loa, recitados por Isabel Velasco. La otra menina con la que dialoga es Isabel de Guzmán.

CERVANTES, Miguel de, *Don Quijote de la Mancha*, ed. Francisco Rico, Barcelona, Galaxia Gutenberg-Círculo de Lectores-Centro para la Edición de los Clásicos Españoles, 2005.

CHAVES MONTOYA, M.ª Teresa, *La gloria de Niquea. Una invención en la Corte de Felipe IV*, Aranjuez, Ediciones Doce Calles, 1991.

DAVIES, Gareth A., «A chronology of Antonio de Mendoza's plays», *Bulletin of Hispanic Studies*, 48, 1971a, pp. 97-110.

— *A poet at court: Antonio Hurtado e Mendoza*, Oxford, The Dolphin Book co. Ltd., 1971b.

FERRER VALLS, Teresa, *Nobleza y espectáculo teatral (1535-1622). Estudio y Documentos*, Valencia, UNED-Universidad de Sevilla-Universidad de Valencia, 1993.

HURTADO DE MENDOZA, Antonio, *Fiesta que se hizo en Aranjuez a los años del rey nuestro señor don Felipe IIII*, Madrid, Juan de la Cuesta, 1623, ed. R. Benítez Claros en *Obras de Antonio Hurtado de Mendoza*, Madrid, RAE, 1947, t. I, pp. 1-41.

LUCÍA MEGÍAS, José Manuel, «Sobre torres levantadas, palacios destruidos, ínsulas encantadas y doncellas seducidas: de los gigantes de los libros de caballerías al *Quijote*», en *Fantasía y literatura en la Edad Media y los Siglos de Oro*, eds. N. Salvador Miguel, S. López-Ríos y E. Borrego Gutiérrez, Madrid-Frankfurt, Iberoamericana-Vervuert, 2004, pp. 235-258.

SHERGOLD, Norman D., *History of the Spanish Stage*, Oxford, Clarendon Press, 1967.

— y VAREY, John E., «Some palace performances of seventeenth-century plays», *Bulletin of Hispanic Studies*, 40, 1963, pp. 212-244.

SILVA, Feliciano de, *Amadís de Grecia*, eds. A.C. Bueno Serrano y C. Laspuertas Sarvisé, Alcalá de Henares, Centro de Estudios Cervantinos, 2004.

— *Florisel de Niquea*, ed. J. Martín Lalanda, Alcalá de Henares, Centro de Estudios Cervantinos, 1999.

VIÑA LISTE, José M.ª, *Textos medievales de caballerías*, Madrid, Cátedra, 1993.

TASSIS, Juan de, *Obras*, Zaragoza, Juan de Lanaja, 1629, ed. facsímil de T. Chaves en Chaves Montoya, M.ª Teresa, *La gloria de Niquea. Una invención en la Corte de Felipe IV*, Aranjuez, Ediciones Doce Calles, 1991.

LA PRESENCIA FESTIVA DE *EL QUIJOTE* EN LOS VIRREINATOS AMERICANOS

Judith Farré Vidal
(Tecnológico de Monterrey)

Las disposiciones legales de 1531 y 1534 prohibieron imprimir en América[1] «libros de romance de historias vanas o de profanidad», aunque ello no impidió la difusión de *El Quijote* y otras obras de Cervantes, que figuran en las listas de envío de libros hacia América. El auge de prohibiciones que pretendía regular el trasvase de este tipo de libros de ficción «como son de Amadís e otros de esta calidad, porque este es mal ejercicio para los Indios, e cosa en que no es bien que se ocupen ni lean», demuestra que, efectivamente, no se cumplían, por lo que su circulación era fluida. Prueba de ello es que

> Numerosos libros pudieron pasar a América sin trabas ni impedimentos inquisitoriales, incluso muchas obras que *a posteriori* fueron mandadas a recoger o expurgar en los índices inquisitoriales españoles de 1583-1584, 1612 (con los correspondientes apéndices de 1614 y 1628), 1632 o 1640. El tiempo que iba de la delación de la obra y el «proceso» a que era sometida por el tribunal, con las calificaciones de los consultores, y la deci-

[1] «El uso de la imprenta se extendió muy pronto a la Nueva España, pero durante dos siglos permaneció bajo el control estricto de la Corona y la Iglesia. Todavía a fines del siglo XVII sólo había imprentas en la ciudad de México y en Lima, y su producción era casi exclusivamente eclesiástica», Anderson, 1993, p. 96. Cabe señalar que la primera edición de *El Quijote* en tierras americanas fue hecha en México en 1833 (cf. Carilla, 1951, p. 16). Leonard, 1953, p. 236, afirma que «era tan provechoso el negocio de libros que, como en el caso del *Quijote*, muchas veces se sacaban de las prensas para llevarlos precipitadamente a Sevilla a fin de que no perdiesen la salida de las flotas anuales».

sión de mandarla recoger podía ser de varios años desde su publicación. Esto permitió que bastantes obras atravesaran el Atlántico como parte de los envíos habituales de libreros y mercaderes sin trabas de ningún tipo[2].

Rodríguez Marín calcula, teniendo en cuenta que faltan parte de los registros de ida de varias naves en 1605, que el mismo año de publicación de la *Primera parte* pasaron a América, como mínimo, unos mil quinientos ejemplares de *El Quijote*[3]. Varios impresores y libreros españoles del siglo XVII[4] reconocieron las posibilidades del mercado americano, por lo que la circulación del libro, a pesar de las prohibiciones y de los férreos mecanismos de control instaurados en las prensas virreinales, permitió que su difusión en la Nueva España se erigiera en uno de los rasgos configuradores de la comunidad, al permitir que ésta se apropiara de los modelos vigentes en la cultura libresca. Se trata de una forma de apropiación que trasciende el mismo acto de lectura, incluso de la lectura pública, y que se funda en los valores de recepción añadidos al texto, mediante los que éste alcanza todos los niveles de la estructura social. Dentro de lo que podríamos denominar, siguiendo a Francisco López Estrada, como «filones literarios que penetran en el conjunto de las Fiestas»[5], figuran algunos de los motivos, personajes y ambientaciones propios de las materias de ficción más importantes que servirán de antesala a la novela: los libros de caballerías y la literatura morisca, e incluyendo, además, «otros muchos episodios [que] resultan relacionables con los libros de caballerías y con los de otras especies de ficción en que aparecen animales monstruosos, enanos, gigantes, etc.»[6]. Así pues, además de los torneos y justas caballerescas que remiten de forma genérica a la tradición cortés medieval, existen otros componentes literarios para trazar los argumentos y el aparato espectacular de la fiesta y que, de forma específica, remiten, por ejemplo, al Cid o al Amadís de Gaula[7]. Sobre esta relación que se ci-

[2] Rueda, 2003, p. 140.

[3] Icaza, 1918, p. 112.

[4] Leonard trata en extenso el caso del conde de Sarriá (1953, pp. 223-232) en su novelesca distribución de los primeros ejemplares de *El Quijote* en el Virreinato del Perú.

[5] López Estrada, 1982, p. 294.

[6] López Estrada, 1982, p. 296.

[7] Ver los ejemplos que propone López Estrada, 1982, p. 294, n. 7; p. 295, n. 8 y n. 10, y p. 297, n. 16. Como comenta el autor, este tipo de fiestas se caracteri-

mienta entre los imaginarios de la literatura caballeresca y los de la fiesta, y que se constituye en la tradición que posteriormente enmarcará la presencia festiva de *El Quijote*, cabe decir que

> [...] los libros de caballerías contenían episodios en que aparecían sucesos que tenían el mismo aire que las Fiestas. Y así se establecía un circuito que, por una parte, corría a través de los libros de caballerías (ficción del relato que sólo podía realizarse en la imaginación del oyente o lector de la obra) y, por otra, iba por entre las Fiestas que podían vivirse en la ciudad (realidad del espectáculo que estimulaba el recuerdo y la emoción de la ficción oída o leída).
>
> Lo mismo pudo haberse dicho de la espectacularidad de otras muchas Fiestas; los espectadores gozaban con estas demostraciones porque reconocían en ellas esta relación con la fábula imaginada que así se convertía en una realidad vivida en la tensión regocijada de la Fiesta. Las raíces de la *fábula* mencionada proceden de un imaginativo medieval[8].

Así pues, el trasvase de la materia caballeresca al espacio festivo se producirá, inicialmente, por medio de estas celebraciones de corte aristocrático que implican una transposición de los valores del código caballeresco hacia el espacio cortesano y que permiten que la clase nobiliaria se defina de forma especular a través de estos pasatiempos[9]. De

zaban por una serie de rasgos comunes en los que «los nobles interpretaban los papeles caballerescos en las Fiestas y que en su tratamiento hubo un aire deportivo, un "hacer por hacer" que podía ser una manifestación de la "nostalgia de la libre aventura" a que se refiere M. Chevalier, interpretando que los libros de caballerías fueron propios de las clases nobles, con el rey a la cabeza» (López Estrada, 1982, p. 298).

[8] López Estrada, 1982, p. 297.

[9] Para el caso novohispano, resulta sumamente interesante observar cómo *El Quijote* aparece incluso como motivo decorativo, principalmente en el mobiliario. Era frecuente adornar el frente de los bufetes y cajoneras con placas de marfil o hueso que reproducían dibujados en negro los principales personajes de la novela cervantina. Tal es el caso del biombo que reproducimos al final del artículo gracias a las gestiones del Patrimonio Artístico de Banamex, en el que aparecen plasmadas catorce escenas inspiradas en la obra. Los epígrafes titulan así dichos episodios: «salida de don Quijote de la Mancha; donde le dieron el vino con un cañuto; donde veló las armas; donde lo armaron de caballería; la aventura de los leones; cuando corrió tras de los frailes benitos; la aventura del francés y las mujeres; la penitencia que hizo en Sierra Morena; los molinos de viento; donde venció al caballero de los espejos; cuando mantearon a Sancho; la aventura del puerco jabalí; cuando lo pusieron en el

forma gradual, podrá observarse cómo estos festejos aristocráticos irán desplazándose hacia la órbita de lo popular y la ensoñación caballeresca pasará a dramatizarse bajo la forma de la mascarada burlesca. La apropiación de los modelos procedentes de los libros de caballería más allá de las clases nobles dirigentes coincide, *grosso modo*, con la aparición de *El Quijote*. La parodia de Cervantes supone crear un cambio en el horizonte de expectativas del público receptor, pues la inversión que supone el personaje del Quijote permite que, como argumento festivo, las clases populares puedan reírse con y del personaje. La risa como fenómeno social por antonomasia nos sitúa frente a la presencia de don Quijote y Sancho en varias fiestas populares que tuvieron lugar en España a partir del mismo año de 1605[10]: como informa Pinheiro da Veiga en sus *Memorias de Valladolid* (1605), dos personajes que, por su aspecto recordaban a los protagonistas cervantinos, intervinieron en una fiesta de toros y cañas con motivo del nacimiento del príncipe Felipe Domingo[11]; en las fiestas de beatificación de santa Teresa de Jesús en Zaragoza (1614)[12], don Quijote formaba parte de la mascarada que organizaron los estudiantes, así como también en las fiestas que al mismo asunto se solemnizaron en Córdoba (1615); don Quijote también formó parte de los festejos conmemorativos por la solemne publicación que el colegio mayor de Santa María de Jesús hizo en Sevilla del estatuto de la concepción sin mancha de la Virgen María en enero de 1617; en la defensa del mismo misterio, la

caballo clavijo y donde encontró don Quijote a la princesa Micomicona». Para más detalles, ver Rojas Garcidueñas, 1965, pp. 15-65.

[10] El estudio de Lobato, 1994, pp. 577-604, resulta fundamental pues ofrece una detallada y minuciosa visión de conjunto al respecto. Otro de los estudios imprescindibles para el tema es el ya citado de López Estrada, 1982, pp. 291-327. En ambos casos, se encontrará bibliografía al respecto sobre cada uno de los festejos en cuestión, por lo que remitimos a ellos, destacando tan sólo puntualmente aquellos de los que extraemos alguna información adicional o introduciendo aquellos otros que incorporan nuevas noticias sobre alguna de las representaciones.

[11] Los detalles precisos sobre este primer festejo vallisoletano se los debo a los comentarios de Germán Vega García-Luengos, quien me facilita las citas exactas de la *Fastiginia*, 1973, pp. 124 y 194, en las que queda claro que no se trata de una aparición de los personajes disfrazados como tales, sino que son dos personas que, por su facha, Pinheiro relaciona con los dos protagonistas de la novela.

[12] Cfr. Egido, 1983, pp. 9-78.

Universidad de Baeza, la de Salamanca y en Utrera también involucraron a los personajes cervantinos (1618)[13]. Más allá de la península, un personaje vestido como don Quijote también participó en el desfile con que se recibió en Heidelberg a Federico V, elector del Palatinado, y a su esposa Isabel Estuardo, hija de Jacobo I de Inglaterra (1613)[14]. Otras fiestas tuvieron lugar en Salamanca (1610), París (1618), Barcelona (1633), Burgos (1737), Medina-Sidonia (1740), Barcelona (1759) y Madrid (1863). Por lo que respecta a los virreinatos americanos, hasta la fecha existe constancia de festejos en el de México (1621) y Perú (1607, 1630 y 1656)[15].

Las circunstancias que motivaron este tipo de celebraciones se hallan ligadas, en algunos casos, a la conmemoración de aniversarios reales y, en mayor grado, a celebraciones de orden religioso, fundamentalmente beatificaciones y festejos a raíz de la publicación del dogma de la Purísima Concepción. En este último caso, la dilogía del caballero «sin mancha» es el motivo que explica la presencia del Quijote en este tipo de pasatiempos festivos. James Iffland, de acuerdo con López Estrada, relaciona estas primeras muestras de recepción de *El Quijote* y su inmediata incorporación a la cultura festiva al hecho de que «ya estaban ahí presentes de antemano»[16]. María Luisa Lobato aporta, además, el sustrato procedente de la *commedia dell'arte*, como «otra de las tradiciones que podrían estar en su origen», pudiendo llegar a pensar que existirían puntos de contacto entre Sancho Panza y el prototipo de criado (*Zan Panza di Pegora*), por un lado, y del Quijote con la figura del *dottore*, «uno de los cuatro personajes principales de ese tipo de obras, [que] tenía la mente tan cargada de saber libresco —principalmente mitología clásica, máximas latinas y sentencias legales—, que le resultaba imposible pensar o hablar de una forma senci-

[13] Extraemos los datos de Rodríguez Marín, 1911, pp. 50-68.

[14] Leonard, 1953, p. 244.

[15] Más adelante podremos observar cómo también pueden incluirse en este apartado otro tipo de festejos asociados al ámbito universitario y que, para el caso americano, tienen que ver con la obtención del grado de doctor y la celebración de gallos y vejámenes.

[16] Iffland, 1999, p. 55. Del mismo modo, Augustin Redondo también se hace eco de esa «dimensión lúdica» que «han captado inmediatamente los receptores del siglo XVII. En efecto, don Quijote y Sancho, y a veces sus cabalgaduras, aparecen de manera burlesca en numerosas entradas y mascaradas, en bailes y en humildes pliegos sueltos», en Redondo, 2004, p. 53.

lla y lógica»[17]. En todo caso, como concluye Lobato, lo que parece cierto es que son varias las tradiciones que confluyen en la oposición amo-criado, pues es característica de la cultura occidental la visión dual de la realidad y, para el caso específico «de las mascaradas, los protagonistas solían ser parejas que representaban algún tipo de oposición, presente también en los motes que las acompañaban»[18].

En este sentido, resulta interesante anotar que el trasvase de fondo que permite la inmediata incorporación de los personajes literarios al espacio festivo virreinal, se confirma en el momento previo de lectura, cuando al examinar las listas de los libros embarcados hacia América «los libreros y lectores del Quijote solían enmendar la plana a Cervantes, al par que el título a su obra llamándola *Don Quijote y Sancho Panza*»[19]. De este modo, podría confirmarse que dichos tipos ya existían de antemano en la cultura festiva popular[20] y resultarían plenamente identificables, según la «relación agonal entre una figura asociada con los desenfrenados excesos de Carnaval y otra representante del ascetismo, siendo el arquetipo, tal vez, la lucha entre don Carnal y doña Cuaresma»[21].

Tras estas consideraciones generales que apuntan a la inmediata presencia de figuras cervantinas en múltiples festejos populares a partir de 1605 en Europa, cabe señalar algunas peculiaridades para el caso de América, donde rige la distinción entre las mascaradas «serias» y las «facetas» o «a lo ridículo», la cual descubre, de entrada, la diferencia-

[17] Lobato, 1994, pp. 580-581.

[18] Lobato, 1994, p. 581.

[19] Rodríguez Marín, 1911, pp. 34-35.

[20] López Estrada, 1982, pp. 317-318: «Resulta como si las criaturas de Cervantes hubiesen tenido una preexistencia en la vida de la época y que su presentación literaria fuese un reconocimiento. Así fue cómo la fama de don Quijote se vio extendida por esta concurrencia entre el libro de Cervantes (y subsidiariamente el de Avellaneda) y las Fiestas. Es evidente que el caballero, Sancho y Dulcinea aparecen en las Fiestas por el éxito del libro, pero esta aparición se vio favorecida por la peculiar condición de estos personajes, que fueron muy pronto asimilados por la vorágine lúdica que desencadenan las Fiestas. Pudiera ser también que la condición de loco que Cervantes atribuye al mismo comienzo del libro a su personaje cuando se refiere a que vino a perder el juicio (I, 1) favoreciese el que pronto fuese a parar su figura a las mascaradas, junto a los otros locos de turno, y que con él arrastrase a Sancho y a Dulcinea».

[21] Iffland, 1999, p 76.

ción entre un circuito aristocrático y otro de carácter más popular. Según Romero de Terreros[22], la mascarada fue introducida en la Nueva España por Martín Cortés, marqués del Valle (1532-1589). Las *Noticias históricas de la Nueva España* de Suárez de Peralta precisan sus formas originales:

> Dieron también en hacer máscaras, que para salir a ellas no era menester más de concertallo en la mesa y decir: «esta tarde tengamos máscara» y luego se ponía por obra y salían disfrazados cien hombres de a caballo y andaban de ventana en ventana hablando con mujeres y apeábanse algunos y entraban en las casas de los caballeros y mercaderes ricos, que tenían hijas o mujeres hermosas, a parlar. Vino el negocio a tanto que ya andaban muchos tomados del diablo, y aun los predicadores lo reprehendían en los púlpitos; y en habiendo máscara de disfrazados se ponían algunos a las ventanas con sus mujeres y las madres con sus hijas para que no las hablasen libertades; y visto que no podían hablarles, dieron en hacer unas cerbatanas largas, que alcanzaban con ellas a las ventanas y poníanles en las puntas unas florecitas y llevábanlas en las manos y por ellas hablaban lo que querían[23].

Leonard puntualiza que las máscaras a lo serio y a lo faceto solían combinarse y que, tratándose del espectáculo público más común, la mascarada consistía en «un desfile de personas disfrazadas con diversas indumentarias, y que, llevando máscaras peculiares, desfilaban por las calles de día o de noche, a pie o montadas en caballos y otros animales. Después del anochecer encendían antorchas, prestando así a la ciudad insólita iluminación. Representaban personajes históricos, mitológicos o bíblicos, los dioses de religiones primitivas, planetas astrológicos, las alegorías de las virtudes, de los vicios, o de otras abstracciones; y casi cualquier criatura fantástica, real o imaginaria, era novedad bien recibida. Las personificaciones representaban hombres, ideas o cosas que

[22] Romero de Terreros, 1918, p. 7.

[23] Suárez de Peralta, 1878, pp. 193-195. En el mismo capítulo, el autor también atribuye al marqués la costumbre de introducir el brindis y el juego en la Nueva España, fijando las reuniones en casa del virrey como el lugar donde se acordaba la celebración de mascaradas: «El marqués hacía plato a todos los caballeros y en su casa se jugaba, y aun se dio en brindar, que esto no se usaba en la tierra ni sabían qué cosa era, y admitióse este vicio con tanta desorden como diré» (p. 194).

variaban desde lo sublime hasta lo ridículo, desde lo exquisito hasta lo grotesco, con formas que iban desde lo más venerable hasta lo más satírico. Para el público iletrado la mascarada era como una revista viva que presentaba ante sus ojos una semejanza de las cosas reales o imaginarias; que instruía, divertía, entretenía y, a menudo daba expresión a sus estados de ánimo, a su reverencia y a su resentimiento»[24].

Dicha mezcla entre lo serio y lo faceto que se apunta para las mascaradas virreinales, es algo inmanente al mismo género[25] pues la fiesta barroca, en general, se define por su carácter envolvente, a partir del cual la ocupación del espacio público gracias a una circunstancia extraordinaria permite la participación activa de todos los estratos sociales, ya sea como espectadores que miran (clases populares) o como participantes mirados (clases dirigentes). A tal efecto resultan ilustrativas las palabras del relator de la mascarada quijotesca celebrada en Barcelona en 1633: «estylo es desta tierra tomar estos assuntos o otros semejantes con que, unido lo ridículo y lo grave, lo verdadero y lo apócrifo, forman una fiesta entretenida, alegre y grandiosa»[26]. La fiesta barroca debe unir, pues, lo *ridículo* y lo *grave* ya que sólo así podrá ser *entretenida, alegre y grandiosa*, es decir, de este modo ejercerá su función propagandística al involucrar a todos los estamentos participantes mediante el entretenimiento festivo. Aunque como toda forma lúdica, la fiesta barroca se halla regulada por una serie de mecanismos. Como afirma Johan Huizinga:

> El juego se aparta de la vida corriente por su lugar y por su duración [...]. Se juega dentro de determinados límites de tiempo y de espacio. Agota

[24] Leonard, 1976, p. 177.

[25] Buezo, 1993, propone un sugerente esquema para definir a la mojiganga como una máscara en la que se mezcla lo ridículo y lo grotesco de forma gradual: 1. Máscara seria→ 2. Introducción de elementos bufos→ 3. Máscara mixta→ 4. Máscara ridícula (p. 31). Si pensamos en la evolución de las fiestas de asunto quijotesco bajo estos términos, podemos observar que se cumple en la evolución que los convierte de divertimentos cortesanos —a los que Irving se refiere para la Nueva España como máscaras a lo serio— en mascaradas burlescas —definidas por Leonard como a lo faceto—, coincidiendo con la publicación de *El Quijote* y, sobre todo, a raíz de la aparición de la segunda parte en 1615.

[26] La relación fue inicialmente publicada por Givanel Mas, 1915. Citamos a partir de López Estrada, 1982, p. 305.

> su curso y su sentido dentro de sí mismo [...]. Dentro del campo de juego existe un orden propio y absoluto. He aquí otro rasgo positivo del juego: crea orden, es orden. Lleva al mundo imperfecto y a la vida confusa una perfección provisional y limitada. El juego exige un orden absoluto[27].

Por ello, la fiesta como una manifestación colectiva que introduce una cesura en la vida cotidiana permanece sometida a las directrices que dicta el poder establecido y, precisamente, el orden en la etiqueta condiciona su eficacia como pasatiempo. La fiesta barroca se convierte en un espacio privilegiado en el que por medio de la invitación a la risa y bajo el pretexto de consolidar el orden sociopolítico vigente se consigue crear una representación espectacular del ideal de poder. Fernando Rodríguez de la Flor se refiere a esta representación exhibitoria del poder mediante la fórmula de «Efímero de Estado». La expresión supone identificar «al poder de la sociedad cortesana con la praxis del espectáculo, con la decisión de organizar una representación que es ante todo *pública*, que se celebra *ad oculos*»[28]. La consideración de la fiesta como espectáculo dióptrico (es decir, ofrecido a los ojos e ideado desde la perspectiva de los espectadores) presupone que el poder es ante todo simbólico y que, inherente a la pompa, su aparato representacional encuentra en la fiesta el único lugar posible donde puede realizarse[29].

Así pues, considerando la necesaria mezcla entre lo serio y lo faceto, y asentadas las bases que definen un código establecido para cada uno de los participantes en la fiesta pública, podemos distinguir una diferencia esencial en la puesta en escena entre la máscara o mascarada y la mojiganga, a pesar de que se trata de voces que en muchos casos se encuentran cruzadas —y más en el caso de algunas de las apariciones festivas de personajes de *El Quijote*—: mientras la primera se define por ser un «lento, armonioso y opulento despliegue de vestidos y joyas a caballo», la segunda se entiende como una «procesión», también a caballo, sin «orden» y llena, por tanto de «confusión» con trajes «muy peregrinos»[30]. A pesar de la distinción en el orden y el

[27] Huizinga, 1999, pp. 22-23.

[28] Rodríguez de la Flor, 2002, p. 162.

[29] Sobre la reflexión en torno a la realización simbólica del poder, ver Bordieu, 1987 y Subirats, 1999.

[30] Buezo, 1993, p. 38.

vestuario de su puesta en escena, nos interesa partir de las variantes de mojiganga callejera, entendida como procesión festiva, para establecer los rasgos que definen las mascaradas con presencia de personajes quijotescos[31]. Según dichos parámetros, podremos encuadrar las mascaradas americanas en torno a *El Quijote* bajo tres espacios festivos: el cortesano, el urbanístico-popular y el estudiantil.

En el apartado cortesano, incluimos las dedicadas a los reyes por las autoridades y la nobleza virreinal que pueden desarrollarse en los espacios públicos habituales para la fiesta. En este epígrafe se sitúan los festejos que don Pedro de Salamanca organizó en el campo minero de Pausa para conmemorar el nombramiento del marqués de Montesclaros como nuevo virrey de Perú (1607), que constaban de una mascarada en la que don Luis de Gálvez representaba el papel de don Quijote[32]. El siguiente fragmento describe el torneo entre don Quijote y Baco, que este último terminará ganando para ofrecer el premio a una criada vieja:

> A esta ora asomó por la plaça el Cauallero de la Triste Figura don Quixotte de la Mancha, tan al natural y propio de cómo le pintan en su libro, que dio grandissimo gusto berle. Benia cauallero en vn cauallo flaco muy pareçido a su rrozinante, con vnas calçitas del año de vno, y vna cota muy mohoza, morrion con mucha plumeria de gallos, cuello del dozabo, y la mascara muy al proposito de lo que rrepresentaba. Aconpañabanle el cura y el barbero con los trajes propios de escudero e ynfanta Micomicona que su corónica quenta, y su leal escudero Sancho Panza, graçiossamente bestido, cauallero en su asno albardado y con sus alforjas bien proueydas y el yelmo de Manbrino, lleuáuale la lança, y tanbien siruió de padrino a su amo, [...] y presentandosse en la tela con estraña risa de los que miraban, dio su letra, que dezia:
>
> Soy el avdaz don Quixo-,
> Y maguer que desgraçia-,
> Fuerte, brabo y arrisca-.

[31] Son cinco las variantes del género, según la tipología propuesta por Catalina Buezo: mascarada de autoridades, nobles, caballeros y miembros de la realeza; mascarada gremial; mascarada eclesiástica; mascarada estudiantil y mascarada del vulgo (1993, p. 33), que asimismo surgen de la consideración de cinco espacios de representación: cortesano, urbanístico-popular, estudiantil, eclesiástico y taurino (1993, p. 35).

[32] Cfr. Rodríguez Marín, 1911, pp. 74-94, quien en el apéndice reproduce íntegra la *Relación* de las fiestas (pp. 97-118).

> Su escudero, que era vn hombre muy graçiosso, pidió licençia á los jueçes para que corriesse su amo y pusso por preçio vna dozena de çintas de gamussa, y por benir en mal cauallo y azerlo adrede fueron las lanças que corrió malísimas, y le ganó el premio el dios Baco, el qual lo presentó [a] vna vieja, criada de vna de las damas. Sancho echó algunas coplas de primor, que por tocar en berdes no se rrefieren[33].

Es interesante notar cómo el prototipo de este tipo de festejos nobles sigue las formas del espacio cortesano, aunque al mismo tiempo incorpora elementos característicos del medio popular. Es decir, a la representación caballeresca de correr la lanza[34] se une el énfasis en su puesta en escena ridícula: desde el vestuario hasta el contraste entre las parejas Quijote/Sancho, princesa Micomicona/criada vieja y Quijote/Baco. En este apartado constan también los festejos que se organizaron en Lima para la conmemoración del nacimiento del príncipe Baltasar Carlos (1630)[35].

El segundo espacio festivo en el que transcurren las mascaradas quijotescas en los virreinatos americanos es el urbanístico-popular, donde se suceden las festividades organizadas por los gremios de la ciudad, dedicadas a los reyes o a algún santo patrón. Para hacernos una idea de cómo eran este tipo de festividades en América, podemos partir de los gastos invertidos y de cómo se manejaba la participación gremial en las celebraciones. Pilar Gonzalbo Aizpuru reproduce algunos datos acerca del reparto presupuestario y de las multas impuestas a quienes no cumplían con lo establecido:

> En cada ocasión, el Ayuntamiento desembolsaba cantidades proporcionales al número y calidad de las actividades programadas; la brillantez del jolgorio dependía en gran parte de la disposición de los regidores y de la situación de las arcas de la ciudad o de la colaboración económica del propio virrey. La ciudad costeaba pólvora, cera, salarios y vestidos de

[33] Rodríguez Marín, 1911, pp. 110-112.

[34] Cfr. Coello Ugalde, 1987.

[35] Cfr. López Estrada, 1982, p. 294, n. 6; Lasso de la Vega, 1942, p. 362 y Suardo, 1936, pp. 143-144: «delante del carro [de Marte] yba la victoria muy bien aderezada en un cavallo blanco y la acompañaron todos los más famossos capitanes del mundo, antiguos y modernos, tambien le acompañaron, a lo graciosso, los doce Pares de Francia y los cavalleros aventureros de Amadis de Gaula y otros y entre ellos don Quixote y Sancho Panza».

> los músicos. Las varas, puyas y arandelas y los gozetes destinados a los juegos de toros y cañas, se conservaban como propiedad del cabildo, que así evitaba repetir los mismos gastos anualmente. Los gigantes y cabezudos requerían de renovación de vestuario cada cierto tiempo; y los premios de certámenes y concursos eran a veces donativo de instituciones. [...]
>
> Aunque los gastos se cargaban a las rentas que como propios disfrutaba la ciudad, también se recurría a la imposición de multas contra quienes negaban su participación. [...] Las cofradías que no participaban en los desfiles y procesiones que exigían su presencia debían de pagar treinta pesos de oro de minas; y la recaudación podía ser más sustanciosa cuando la cofradía se presentaba pero faltaban algunos de sus miembros; en tales casos, cada artesano faltante pagaba diez pesos individualmente[36].

En este ámbito festivo, situamos la máscara que el gremio de la platería de México, compuesta por Juan Rodríguez Abril, hizo en honor de la beatificación de san Isidro (1621)[37]. Si tenemos en cuenta las obligaciones impuestas a los distintos gremios novohispanos y que concretamente el de plateros era uno de los más prestigiosos de la ciudad de México[38], podremos intentar una reconstrucción de dicha máscara. De la descripción del cortejo en el que participó don Quijote, entresacamos el siguiente fragmento:

> Delante de sí, por grandeza y ornato, todos los caballeros andantes autores de los libros de caballerías, Don Belianís de Grecia, Palmerín de Oliva, el caballero del Febo, etc., yendo el último, como más moderno, Don Quijote de la Mancha, todos de justillo colorado, con lanzas, rodelas y cascos, en caballos famosos; y en dos camellos Mélia la Encantadora y Urganda la desconocida, y en dos avestruces los Enanos Encantados, Ardian y Bucendo, y últimamente a Sancho Panza, y doña Dulcinea del

[36] Gonzalbo Aizpuru, 1993, p. 30.

[37] Cfr. González Obregón, 1999, pp. 270-271 y Leonard, 1976, pp. 177-179.

[38] Según Gonzalbo Aizpuru, 1993, p. 35, el gremio de plateros tenía el lugar preferente, junto al palio donde se exhibía la custodia, en la fiesta del Corpus y, además, era el encargado de portar la imagen de san Hipólito, patrón de la ciudad, en la misma procesión. Además, este gremio se distinguió por ser uno de los más férreos defensores del dogma puesto que sus patronos principales eran san Eloy y la Purísima Concepción, lo que hizo que en todas las fiestas concepcionistas participaran con lujosas donaciones. Zurián, 1995, describe, como ejemplo, las fiestas que el gremio de plateros organizó el 8 de diciembre de 1648 con motivo de la apertura de la capilla de los Plateros, pp. 82-83.

> Toboso, que a rostros descubiertos, los representaban dos hombres graciosos, de los más fieros rostros y ridículos trajes que se han visto: llevaba por todos cuarenta hombres[39].

En este tipo de celebraciones destaca el efecto grotesco de la puesta en escena, al señalar que tanto Sancho Panza como Dulcinea son representados por dos *hombres graciosos, de los más fieros rostros y ridículos trajes*. El travestismo es en este marco festivo uno de los elementos cómicos preferidos por el público. Muestra de todo ello son las prácticas que surgen alrededor del carnaval, puesto que

> Sólo esporádicas disposiciones represivas, de fecha tardía, nos hablan de ocasionales desórdenes en la ciudad de México; a todos los grupos populares, indistintamente españoles y castas, se atribuía el uso de ropas propias del otro sexo y de trajes talares de religiosos durante los tres días de Carnestolendas[40].

Finalmente, el tercer espacio festivo, el ámbito estudiantil, incluye las mascaradas organizadas por colegios y universidades; aunque deben contemplarse, dentro del calendario festivo ordinario, las organizadas para la defensa del dogma de la Purísima Concepción y las surgidas a raíz de la obtención del grado de doctor que acompañaban a la celebración de gallos y vejámenes. Sobre este tipo de paseos ridículos y vítores, sabemos que también se realizaban, además de en el momento de obtención del grado de doctor, en el examen de oposición a cátedra:

> En las universidades de México y Guatemala al opositor triunfante le estaba prohibido salir en paseo «ridículo» de vítor, bajo pena de multa.

[39] Entresacamos el fragmento de la *Relación* que reproduce como apéndice Romero de Terreros, 1918, pp. 30-39.

[40] Gonzalbo, 1993, p. 32. Aunque de hecho no se trata de una práctica que se limite al Carnaval, ya que este tipo de travestismo festivo era frecuente, tal y como se demuestra con las celebraciones del último de los aniversarios de Carlos II en 1700 en la ciudad de México. Robles, 1946, vol. 3, p. 129, anota que: «Salió otra máscara con representación del mundo al revés, los hombres vestidos de mujeres y las mujeres de hombres; ellos con abanicos y ellas con pistolas; ellos con ruecas y ellas con espadas: el carro vestido gallardamente con un retrato de san Juan de Dios, y un garzón ricamente adornado que recitaba una elegante loa».

> Pasados ocho días de haber obtenido la cátedra, sí podían salir en paseo grave y decente, y en caso de no haber tomado posesión de la misma, tenía que ir a la universidad, donde el rector le daba posesión ante el secretario[41].

Para el caso de la Universidad de San Marcos en Lima, nombre que tomó a partir de 1571, Diego de León Pinelo publicó las *Semblanzas de la Universidad de San Marcos*, traducidas del latín por Luis Antonio Eguiguren, *Alegato apologético en defensa de la Universidad limense* (Lima, 1648), de la que extraemos las siguientes noticias sobre las celebraciones en la obtención del grado de doctor:

> Vencido ya el rigor de los argumentos, hechas las primeras solemnidades, seguro de la licenciatura, el laureando asciende al caballo para el triunfo y la pompa literal. Los trompeteros dan señales con las trompetas, no para que amenazador sonido hiera los oídos, sino con clamor suave y festivo. Precede la bandera universitaria puesta en hasta. Los Doctores y Maestros marchan a caballo adornados con las insignias de los sabios [...]. Adornados con fieros arreos (solamente el caballo entre todos los animales, según dice Plutarco, 2 *simpos*, es parte en la lucha y en la victoria y es animal digno de un hombre libre) se dirigen a la casa del rector, quien con los senadores de la Cancillería y los principales miembros de la Academia esperan la agradable visita. Y así el místico cuerpo de los sabios y de las ciencias, como prado risueño florido de varios colores, con el acompañamiento de buena parte de los ciudadanos discurre por las calles de la ciudad, por la plaza real, anunciando fuera de la Academia la fiesta. Finalmente, restituido el Rector a su propia casa, los demás doctores en forma solemne acompañan al laureado y dispersándose se van. Todo esto se hace la víspera. Rayando el día, después que aparece el sol. [...] Tomadas las insignias del caballo [...] desciende, hiriendo la tierra con las espuelas de oro, es hecho noble con un título civil, con no menor título que el de la familia y la prosapia se enriquece. El laureando sube al teatro, como un soldado el muro, para tomar el birrete, que es a manera de corona, [...].
>
> Sigue la honrosa y pública alegría del doctorado en la Catedral Metropolitana, en el Altar y Capilla de N. S. La Antigua, alumbrada continuamente con la luz de una gran lámpara de plata [...]. Este día es deseadísimo por todas las gentes, como en otro tiempo por los siervos de las saturnales. [...] Un doctor o maestro con sus chistes, ni venenosos ni

[41] Rodríguez Cruz, 1992, pp. 58-59.

procaces, hace florida y grata la fiesta; porque el fin no es otro sino la alegría y la hilaridad: «la laurea apetece la fiesta y el llanto del Doctor». Esta antigua costumbre, a la cual aquel Luciano, apellidado siempre el blasfemo, dice cara cómica en vez de jocosa, alegre y límpia; Rodigin la encuentra usada entre los atenienses en el tiempo de las vendimias, *lect. Antiq.* lb. 6 c. 17, entre los nobles y Ateneo testifica lb. 2 c. 1 que ocurría en las escenas de los sabios[42].

Por lo que respecta a la Universidad de México, ésta tuvo como patronos originales a san Pablo y a santa Catalina mártir, aunque más tarde pasó a ser la Inmaculada, para cuya celebración se acordaron lucidos festejos públicos. El cabildo de la ciudad organizó por primera vez la celebración de la Inmaculada en 1618. El claustro universitario determinó exigir a todos sus catedráticos el juramento de fidelidad al dogma, a pesar de que los dominicos, amparándose en la doctrina de santo Tomás, se resistieron[43]. Ante la respuesta favorable del papa a la solicitud de celebrar la fiesta

> respondió el cabildo con la organización de juegos de cañas y corridas de toros, con un gasto de 6000 pesos que se tomarían del sobrante de las alcabalas. En esta primera vez los festejos tuvieron lugar los días 17, 19 y 20 de diciembre. A partir de 1653, la universidad decidió celebrar anualmente a la Inmaculada, a imitación de las universidades españolas. Eligió para ello el 19 de enero, aunque circunstancialmente podía trasladarse a otra fecha próxima. Con motivo de la celebración se convocaban certámenes literarios, se ponían colgaduras, había misas cantadas y predicación de sermones alusivos y se prendían «grandes y costosos fuegos»[44].

Desde el siglo XVI, gracias a la vinculación entre las universidades de Salamanca y Lima, fueron comunes los traspasos de hábitos estu-

[42] León Pinelo, 1949, pp. 71-77. Los fragmentos proceden del capítulo XII: «Pompa triunfal del doctorado».

[43] Cfr. Gonzalbo Aizpuru, 1993, p. 36.

[44] Gonzalbo Aizpuru, 1993, pp. 36-37. También Rodríguez Cruz, 1992, comenta lo siguiente: «En los libros de claustros encontramos muchos ecos de la celebración de estas fiestas, principalmente de la Inmaculada, misterio del que la universidad fue devotísima, como las demás hispánicas, a imitación de Salamanca, y sobre todo después de que se impuso, en la primera mitad del siglo XVII, de un modo rigurosamente obligatorio y constitucional el juramento de defenderlo, del que no podían excusarse catedráticos y graduados, y no podía faltar tampoco en

diantiles entre los centros de España y América. De ahí se extendieron a la de México y Santo Domingo y, más adelante, a las de Charcas, Quito y Guatemala[45]. Sobre el nacimiento de la Universidad de México, cabe decir que Felipe II expidió la Real Cédula Fundatoria el 21 de septiembre de 1551, a instancias de los ruegos del obispo de la ciudad de México y del virrey, don Antonio de Mendoza, para que «los naturales e hijos de los españoles fuesen instruídos en las cosas de la santa fe católica y otras facultades». Esta Real Cédula ordena la fundación de la universidad, concediéndole «los privilegios, franquicias y libertades que tenía la Universidad de Salamanca»[46]. Por lo que respecta al Virreinato del Perú, la cédula fundatoria de la Universidad de Los Reyes fue expedida en Valladolid el 12 de mayo de 1551 y «la establece con los mismos privilegios de la Universidad de Salamanca, pero al igual que en el caso de la Universidad Mexicana, y de todas las demás universidades hispanoamericanas fundadas en la época, se fijan limitaciones, una de las cuales fue no gozar de jurisdicción privativa»[47]. Parece que la universidad inició sus clases en 1553, según una tarja que pendía de una de las paredes del Aula Magna[48]. La Real Cédula, consignada por Felipe II, que le concedía los mismos privilegios que la universidad salmantina data del 31 de diciembre de 1531[49]. Entre las reformas a las constituciones universitarias del virrey Juan de Mendoza y Luna, marqués de Montesclaros, impresas en Madrid en 1624, destacan las que propugnan que los catedráticos perderían sus permisos si no defendían el dogma de la Inmaculada Concepción, así como que el vejamen en los grados de doctor lo ha-

la toma de posesión de los cargos. Sabemos que Salamanca fue la primera en establecerlo y como la monarquía la apoyó y le dio las gracias por ello, y más tarde al hacerse extensivo a las universidades hispanoamericanas fue recogido en la Recopilación de Indias» (p. 164). Ver también Carreño, 1963, vol. 1, pp. 130-131.

[45] Lobato, 1994, p. 594. Para una visión de conjunto, ver las conclusiones finales sobre México, Santo Domingo y Lima en Méndez Arceo, 1952, pp. 101-104, así como Rodríguez Cruz, 1992, en especial las pp. 17-33.

[46] Madrazo, 1980, p. 32. Los cursos se inauguraron solemnemente el 25 de enero de 1553, y se iniciaron el 3 de junio del mismo año. La Real Universidad de México obtuvo el título de Pontificia a partir de una bula del papa Clemente VII, expedida el 7 de octubre de 1597 (p. 33).

[47] Madrazo, 1980, p. 39.

[48] Rodríguez Cruz, 1992, p. 115.

[49] Rodríguez Cruz, 1992, p. 125.

ría el doctor más moderno de la facultad[50]. Francisco de Borja y Aragón, príncipe de Esquilache, «añadió el juramento de creer y enseñar el misterio de la Inmaculada Concepción que debían hacer los graduados, lo mismo que el juramento o profesión de fe, de acuerdo con el concilio de Trento y la bula de Pío IV»[51].

Las fiestas organizadas en defensa del dogma de la Virgen fueron sucediéndose en las universidades americanas, tal y como sucedía en las de la metrópoli y, como hemos visto, por influencia directa de la Universidad de Salamanca. Tal es el caso de la Universidad de Lima, que en 1656 «divulgó en carteles con dos días de anticipación sobre los actos y pregonó la víspera del jueves 14 de diciembre de 1656, que habría una Máscara ofrecida al Patronazgo fundado en el Misterio de la Purísima Concepción de la Virgen María»[52].

Por lo que respecta a las ceremonias celebradas por la obtención del grado de doctor, nos centraremos en el vejamen de don Félix de Luna (México, siglo XVIII)[53] y en el dedicado al Dr. Antonio Coronel (Cuzco, 1685)[54], en el que tan sólo aparecen tres menciones aisladas a

[50] Rodríguez Cruz, 1992, p. 126.

[51] Rodríguez Cruz, 1992, pp. 126-127. Zurián, 1995, pp. 71-72, lo resume de la siguiente forma: «Ya en el III Concilio Provincial de Lima, convocado en el año de 1582 por Toribio de Mogrovejo, se señaló como fiesta de precepto para los españoles el día de la Inmaculada Concepción. Lo mismo se prescribía en la Consueta o Costumbrero de la Iglesia de Lima. El III Concilio Provincial de México, celebrado en 1585, al hablar de los días festivos, hacía hincapié en que todos los fieles de esos reinos, exceptuando los indios, tenían obligación, bajo pena de pecado mortal, celebrar como festivo el día de la Concepción sin mancha de María».

[52] Lobato, 1994, p. 578. Cfr. el fragmento de dicha relación reproducido en las pp. 598-599, donde se aprecia una detallada descripción de don Quijote, Sancho y Dulcinea, así como de su vestuario.

[53] *Vejamen por don Félix Luna,* Colección Gómez de Orozco, n.° 112 en el Archivo de la Biblioteca Nacional de Antropología e Historia. No podemos precisar la fecha, aunque seguramente puede localizarse a mediados del siglo XVIII. Cfr. Mendoza, 1951, p. 40.

[54] *Vexamen que dio el Dor. Dn. Jacinto de Hevia Bustos, cura y vicario de la doctrina de Acobamba en el obispado de Huamanga, al Dr. Dn. Antonio Coronel, cura y vicario de Moquegua en el obispado de Arequipa, Cuzco. Año de 1685*. Se halla depositado en la Biblioteca Nacional de Lima, bajo el rubro de *Papeles varios* y signatura número 165, fol. 243. Nos ha sido imposible consultar dicho documento, por lo que trabajamos a partir de la edición de Eguiguren, 1949, pp. 19-58.

El Quijote. La primera alusión que aparece en el vejamen limeño ejerce una inicial función caracterizadora, cuyo propósito es delimitar el marco sobre el que trazar la descripción del personaje vejado. La referencia quijotesca sirve para connotar metonímicamente su origen noble, resaltar su formación académica y, por tanto, su inclinación a la lectura:

> Ya se sabe que nuestro doctorando nació en la ciudad ilustre de Arequipa, con que se sabe también que se trae de suelo entre sus gracias el don de la caballería. Precia tanto de noble que viniendo en la ocasión presente a graduarse, donde quiera que hacía noche introducía *hospite insalutato* el grado de parentesco que tiene con el señor Marqués su primo, y con esta veleta caminaba viento en popa su rumbo. Venía en litera muy a lo título y presumiendo (con algún fundamento) un mozo de corbata, que tan extraña idea, sería alguna fechoría o aventura de don Quijote, se le hizo [en]contradizo, con pretexto de saber cuyo era tan loco carruaje[55].

La segunda mención amplía los rasgos apuntados en la primera descripción de don Diego Coronel y le presenta llevando en la mano un ejemplar del libro de Cervantes, junto a otros atributos que confirman la fisonomía de su primera aparición, el escudo para designar su nobleza y la borla de doctor alusiva a su formación académica: «Un escudo o pavez en la una mano, y en la otra un libro de don Quijote y sobre éste la borla de doctor» (p. 41). La última de las menciones de *El Quijote* ya no sirve para caracterizar al personaje, sino que alude a una situación en la que se ve envuelto el graduando. En esta ocasión, el adjetivo *quijotesca* aparece como sinónimo de mojiganga:

> Al volver del colegio en su Arequipa encontró en una calle a unos muchachos que iban sosteniendo (como lo han costumbre) una manga de Pavellón, a cuyo abrigo salían a oír misa unas mujeres descalzas (sin ser recoletas), así que nuestro graduando vio aquella mojiganga, que juzgó aventura de don Quijote, y dando a los muchachos de coces y puñadas desparpajó a la gente, y el campo ya por suyo condujo a las mujeres en la manga y prorrumpió diciendo:

[55] Tomamos la ya citada edición de Eguiguren, 1949, de la que hemos modernizado la ortografía y la sintaxis, p. 34. A partir de ahora indicaremos entre paréntesis la página.

«En aquesta mojiganga
que va en forma de cuartel
sólo toca a un coronel
el poder de llevar la manga» (p. 44).

Por lo que respecta al vejamen de don Félix Luna, a partir de la inicial idea de que todo el curso académico ha sido un sueño, las burlescas alusiones a *El Quijote* sirven para ejercer una invectiva en contra de otros universitarios presentes: José Antonio Rodríguez, José Manuel Mauriño, José María Bocarando y José Athanacio Aedo. El objetivo del vejamen, como apunta Abraham Madroñal, consiste en «ponderar los defectos del graduando con la finalidad de contrarrestar la soberbia que en un día como ése se apoderaba de él. No era la finalidad del vejador decir los posibles defectos reales del graduando, sí exagerar aquellas lacras, tanto físicas como morales, que a sus ojos se le ocurrían. Para equilibrarlo, después de esta sarta de alusiones, algunas más que subidas de tono, otro concursante ofrecía un poema (a veces también un texto en prosa), éste en serio, según se solía advertir, donde se ponían de manifiesto las virtudes del graduando»[56].

El fragmento que reproducimos a continuación en el apéndice contiene los procedimientos humorísticos y de burla, característicos del género. José Antonio Rodríguez ejerce de Quijote, José Manuel Mauriño de Sancho Panza, Athanacio Aedo de Dulcinea y José María Bocarando de dueña Dolorida. Además del travestismo habitual que insiste en la fealdad del hombre que se viste de mujer, aparecen varios chistes a partir de la inversión paródica de ciertas referencias a la novela. Tal es el caso, por ejemplo, del fragmento en el que Rodríguez, como Quijote, ridiculiza a Mauriño en su papel de Sancho, por bobo, rústico y sin capacidad para hablar en público. La burla se construye a partir del apelativo de Bato que Rodríguez le dedica a Mauriño. Además de la burla por la supuesta tartamudez que conlleva la misma alusión y, por tanto, a la incapacidad oratoria que Rodríguez le achaca a Mauriño, la referencia contiene, con toda seguridad, alguna alusión al contexto universitario del momento y a la representación de pastorelas navideñas. Son habituales también en el fragmento la yuxtaposición desmesurada de refranes, y, en definitiva, estrategias para

[56] Madroñal, 1994, p. 207. Ver también Egido, 1984, pp. 609-648.

caricaturizar a los personajes cervantinos. Todo ello en un ambiente de chanzas y burlas en el que se superponen diálogos dramáticos, música y baile.

La presencia de los personajes cervantinos en este tipo de mascaradas universitarias celebradas en los vejámenes de grado permite pensar en una lectura estudiantil, también en los virreinatos americanos, de *El Quijote* como novela de burlas. El contexto vejatorio de la ceremonia de graduación concuerda con el horizonte de expectativas de la novela entre los universitarios, por lo que, más allá de fiestas extraordinarias y celebraciones puntuales, *El Quijote* encaja en los propósitos burlescos del vejamen de grado, al mismo tiempo que permite que, tanto mirantes como mirados, puedan acceder a la chanza, pues se trata de referentes que fueron muy pronto asimilados, en palabras de López Estrada, por la vorágine lúdica —ya sea porque existían de antemano o se tratara de un reconocimiento a la creación literaria de Cervantes.

APÉNDICE

«MÁSCARA DE MOJIGANGA SOBRE EL *QUIJOTE* EN EL VEJAMEN DE DON FÉLIX LUNA», BIBLIOTECA NACIONAL DE ANTROPOLOGÍA E HISTORIA, COLECCIÓN GÓMEZ DE OROZCO 112, PP. 17V-21R[57].

Cayó el telón, cubrióse el teatro y desde luego se me figuró una máscara o mojiganga que componían don José Antonio Rodríguez, don José Manuel Mauriño, don José María Bocarando y don Athanasio Aedo. Traían su danza que formaban don Lorenzo Pérez, don Francisco Mendivil, don Miguel Arenal, don José Manuel Villarelo y don José María Aguilar, y al compás de un órgano y un violín que tocaban don Martín Mauleon y don Mariano Gallegos. Unos daban pasos concertados y otros estaban concertados en no dar paso.

Venía don José Antonio Rodríguez a caballo en la misma figura que pinta el famoso Miguel de Cervantes al Ingenioso Hidalgo don Quijote de la Mancha, bien que el mismo Rodríguez aunque no tenía lo ingenioso de este héroe, tenía lo Quijote. Como digo, pues, en mi sueño traía su lanza y escudo, con la celada cubierto el rostro y la cabalgadura, cuyos lomos oprimía tan flaca, que más de cuatro zopilotes[58] la miraban con ojos tiernos, creyendo que a cada paso caería muerta, pues tan al vivo representaba un esqueleto. Don José Manuel Mauriño montaba un jumento que me figuró al rucio de Sancho Panza imitando en todo a este leal escudero, pues aun la máscara con que cubría la cara era muy semejante a la que se nos pinta en la historia y, aunque no es tonto, en las producciones geniales que tiene, puede apostarlas al mismo Sancho Panza. En una ocasión se le propuso este enigma para que lo desatara:

> ¿Quién es el león coronado,
> vario el color del vestido,

[57] El manuscrito se conserva en general en buen estado, aunque algunos agujeros dificultan la lectura. Para esos casos y en otros en los que dudamos en la transcripción, hemos utilizado los corchetes.

[58] «Del nahua *tzopílotl*. Am. Cen. y Méx. Ave rapaz diurna que se alimenta de carroña, de 60 cm de longitud y 145 cm de envergadura, de plumaje negro irisado, cabeza y cuello desprovistos de plumas, de color gris pizarra, cola corta y redondeada y patas grises. Vive desde el este y sur de los Estados Unidos hasta el centro de Chile y la Argentina» (*DRAE*).

que en el seno de su madre
se comió a su padre vivo?

Inmediatamente respondió Mauriño: «El ratón» y, apurándole para que aplicase a este animal lo que se expresa en el enigma, dijo: «Yo no me calentaré la cabeza en andar combinando propiedades. Lo cierto es que en eso de comer a su padre vivo, el ratón es capaz de comer a su padre, a su madre y a toda su generación, pues no he conocido semejante heliogábalo»[59]. En otra ocasión se trataba de que desatase el siguiente:

¿Cuál es el animal,
hijo adoptivo del viento,
que dejando su elemento
vive en la duda inmortal?
Ciego al bien y lince al mal
obra unos mismos efectos,
mas con distintos conceptos
que aunque en él todos se implican,
si son necios lo publican,
lo callan si son discretos.

Propuesto que fue el enigma, respondió Mauriño sin detenerse: «Eh, ya sé lo qué es: el mayate[60], porque andando este animal tropezando con las paredes puede decirse que es ciego, al bien por que no ve por donde anda, y lince al mal porque sólo advierte en andar dando calabazadas».

Este caballero, pues, hacía a Sancho Panza, pero para que no faltase la gran Dulcinea del Toboso, don Athanasio Aedo hacía este papel vestido del mismo traje que traía aquella labradora, en quien transformaron los encantadores la bella dama de don Quijote, según lo persuadió al amo el bellaco del escudero. En la mano traía un pendón con los versos que a su tiempo se dirán. Sentado pues a la mujeriega

[59] «Persona dominada por la gula» (*DRAE*).

[60] «Del nahua *mayatl*. 1. m. Hond. y Méx. Escarabajo de distintos colores y de vuelo regular. 2. m. coloq. Méx. Hombre homosexual» (*DRAE*). El doble sentido permite crear una polisemia de sentido a propósito de la sexualidad de Mauriño.

en una haca[61] o bestia de albarda[62], acompañaba a don José María Bocarando, que venía al pie del caballo de don Rodríguez imitando a la dueña Dolorida, con sus tocas muy reverendas y con los ojos llorosos, a guisa de suplicante, para que se le deshiciera el entuerto, que le traía de tan mal talante, a cuya demanda con el rostro mesurado, contestaba así el mismo don Rodríguez:

—La tengo dicho a vuestra merced que el cielo me echó a luz para socorro de los menesterosos y con ayuda de Dios, y de aquella dulce enemiga mía, —decía esto volviendo el rostro a don Athanasio Aedo—, que aunque los encantadores y malandrines que me persiguen hayan trocado su color volviéndolo moreno y disfrazado su hermosura bajo el tosco velo de una soez aldeana, jamás podrán contrastar el valor de este esforzado brazo, que ha de ser todo el remedo de su cuita, dando felice cima a ese desafuero y desaguisado que la aflige.

Y más cuando la señora doña Dolorida, o como se llamase —añadió Mauriño—, es merecedora por su buen término, de que mi señor don Quijote o don Rodríguez, que todo es uno, eche el resto a su inacabable valentía en su defensa, porque he oído [...] que donde las dan las toman, y que no hace la [...] en un año, cuanto paga en una hora; pero a mí tanto se me da de lo que va como de lo que viene, y eso [deparan] los azotes al verdugo, no me acomoda, pues ojos que no ven corazón que no siente.

—Calla —le dijo enfadado don Rodríguez—, que ignoro a qué vienen tantos refranes como has ensartado en un momento, más a propósito eres para una noche buena que para escudero de un caballero andante.

—Entiendo bien la sátira —replicó Mauriño—, y conozco que me ha dicho vuesa merced, en términos disfrazados, que para hacer el papel de Bato[63] en algún coloquio pastoril de navidad tengo bastante suficiencia. Es cierto que soy sencillo por naturaleza, pero con algunos ribetes de malicioso. Pero ojo al tres, que si yo soy a propósito para pastor, otros son para nada.

[61] Ya en desuso, es lo mismo que jaca.

[62] Una bestia de albarda es un asno y «era usado como fórmula en las sentencias de causas criminales cuando se condenaba al reo a un castigo afrentoso» (*DRAE*).

[63] Bato, personaje de la mitología griega asociado a la tartamudez.

Las siguientes boleras[64] que cantará la música, explicarán lo que dice el mal andante caballero:

Otro papel no he hallado
que le acomode,
mi señor don Rodríguez
que el de Quijote;
de mal talante
parece que le he visto,
pero adelante.
Es su rocín muy flaco,
largo de cuerpo,
amarillo su rostro,
muy quijotesco.
Y aunque es muy cierto
que esto pasa por dicho,
es dicho de hecho.
Luego que te vi, dije,
del caballero
de la triste figura
eres remedos,
y es caso llano
que desfacer entuertos
es vertú [ca...]
Las aventuras quiere
el que las busca,
pero salir bien de ellas
es por ventura.
Tendrás presente
cuanto muelen los palos
de los yanqueses.
Después de una contienda,
ya te lo aviso,
saldrás escarmentado
y a saz ferido,
pero no te hace

[64] «Aire musical popular español, cantable y bailable en compás ternario y de movimiento majestuoso y Canción de ritmo lento, bailable, originaria de Cuba, muy popular en el Caribe, de compás de dos por cuatro y letras melancólicas» (*DRAE*).

si eres la flor y espuma
de los andantes.
Encontrarás castillos,
y no lo dudes
en que te burlen tanto
como el del duque.
Altisidora,
la Trifaldi y la Dueña
te han de hacer mofa

Tenlo presente, que después dije a don José Manuel Mauriño:

Tienes mucha semejanza,
no sólo en las producciones,
sino aun en muchas acciones
con el grande Sancho Panza.
Esto sólo es una chanza,
pero, desde luego,
que pues no bastó mi ruego
y que estudiar no quisiste,
si con los bobos dormiste,
entre bobos anda el juego.
Que se ahoga a tu parecer
el vejamen no lo digas,
porque sin tu ajo las migas
muy bien se sabrán hacer.
Contribuir no es menester
ni que asistas se requiere
y, si alguno presumiere
que no sé hablar cara a cara,
como si aquí te mirara,
he de hablar de donde diere.
Continuamente mostrabas
lo sencillo en discurrir;
por Bato habías de salir
con la batea de las babas.
Siempre de Belén tratabas
y no te sonaba mal
del Dios nacido el portal,
que teniendo oficio en él
te llevaba a hacer papel

la inclinación natural.
Cuando así adivinar quieres
Bato te calificas,
pues que nunca especificas
tus cándidos pareceres;
dispara como quisieres
y porfía sin fundamento,
que yo decir sólo intento
que a muchos inficionaste
y lo bobo les pegaste,
que un bobo sólo hace ciento.

Así hablaba a este caballero, cuando reflexionando en la figura rara de don Athanasio Aedo del Toboso, digo de doña Dulcinea del Toboso, no puede contener mi musa, que desde luego se desató en los versos siguientes:

Eres la gran Dulciné-,
querida del gran Quijo-,
por quien los encantado-
disfrazaron tu belle-.
Esto es lo que trae inquie-
y hace la vida insufri-
de tu dueño don Rodri-.
¡Oh Quijote, que es todo u-,
pues de tu ausencia la pu-
lo tiene [avas] mal feri-

Y pues es tiempo que se sepa el contenido de aquellos versos que venían escritos en el pendón, silencio y al caso:

1
En este traje mudada,
que es muy proprio de la aldea,
se queja desfigurada
y en labradora trocada
la agraciada Dulcinea
del Toboso.

2
Es la envidia maliciosa
la que la ha puesto tan fea
y, aunque era princesa hermosa,
es la suerte lastimosa
de la sin par Dulcinea
del Toboso

3
Es muy rara su mudanza
porque su caída se vea;
y el bellaco Sancho Panza
dice que no es semejanza
de la que era Dulcinea
del Toboso.

4
La que excedía en hermosura
a la bella Casildea,
ahora no es ni su figura.
Tanta así es la desventura
de la sin par Dulcinea
del Toboso.

5
A Sancho le ha de costar,
que es de muy baja ralea,
de azotes más de un millar
el poder desencantar
a la hermosa Dulcinea
del Toboso.

Oídos, que tales orejas respondió Mauriño: «Que no me daré yo un azote, aunque se quedasen encantadas todas las Dulcineas del mundo. ¿Qué tienen que ver mis carnes con su encantamiento? Y más cuando yo no he parido a esa señora imaginaria del Toboso, que se le ha venido a las mientes a mi señor don Rodríguez, que tal sea mi salud; como yo creo que es una locura antojadiza, pero suponiendo que yo no me he de dar ni un azote ni medio, por que esto es pedir peras al olmo, sería bueno que a esta doña Dolorida...». «Dueña, querrás decir, que no doña, Sancho —le interrumpió don Rodríguez». «Doña o dueña —replicó Mauriño—. Todo sale allá, decía, pues que sería muy razonable dar a esta señora que viene aquí no más gimiqueando un pasa lomo para que enjugase sus lágrimas, que cierto que tengo el corazón muy doloroso de verla tan [plavu]rienta». «Eso haré de buena gana —le respondí—, aunque digan que...»

Musica in luctu, intempestiva narratio

1
La dueña Dolorida
que representas
es para con tu llanto
niña [veteta].
Tan llorona eres,
que una vieja a tu lado
moza parece.

2
Si de todo te apuras
y compadeces,

padeces tantos males
cuantos adviertes.
No son bastantes
a dar agua a tus ojos
todos los mares.

3
Ese desaguisado
que te atormenta,
tormenta ha levantado
de muchas penas.
No poca parte
le cabe a don Rodríguez
de tus pesares.

4
Si llora[s] de tu cuita
en el empeño,
empeño es, y no hay duda,
pero muy tierno.
Ten por sabido
que el sueño a aquel que llora
siempre se le ha ido.

5
Menos que tú por su asno
Sancho suspira,
[pira] es de compasión
la dolorida,
y no de fuego,
que tanta agua apagara
cualquiera incendio.

6
Déjate pues de ruegos,
no estés hablando.
Blando es, y mucho, el pecho
de nuestro hidalgo.
Y en el consuelo
que [inauditas] hazañas
hará su esfuerzo.

BIBLIOGRAFÍA CITADA

ANDERSON, Benedict, *Comunidades imaginadas. Reflexiones sobre el origen y la difusión del nacionalismo* [1983], trad. E.L. Suárez, México D.F., FCE, 1993.

BORDIEU, Pierre, «Espacio social y poder simbólico», en *Cosas dichas*, Barcelona, Gedisa, 1987, pp. 127-142.

BUEZO, Catalina, *La mojiganga dramática. De la fiesta al teatro*, Kassel, Reichenberger, 1993.

CARILLA, Emilio, *Cervantes y América*, Buenos Aires, Universidad, 1951.

CARREÑO, Alberto María, *Efemérides de la Real y Pontificia Universidad de México según sus libros de claustros*, México, UNAM, 1963, vol. 1.

COELLO UGALDE, Francisco José, «Relación de juegos de cañas, que fueron cosas muy de ver. Aquí se consignan los más curiosos e importantes habidos desde 1517 hasta 1815 en Nueva España», *Boletín del Instituto de Investigaciones Bibliográficas*, 1, 1987, pp. 252-307.

EGIDO, Aurora, «Certámenes poéticos y arte efímero en la Universidad de Zaragoza (siglos XVI y XVII)», en *Cinco estudios humanísticos para la Universidad de Zaragoza en su centenario IV*, Zaragoza, Caja de Ahorros de la Inmaculada, 1983, pp. 9-78.

— «*De ludo vitando*. Gallos áulicos en la Universidad de Salamanca», *El Crotalón. Anuario de Filología Española*, 1, 1984, pp. 609-648.

EGUIGUREN, Luis Antonio, *El paseo triunfal y el vejamen del graduado*, Lima, T. Scheuch, 1949.

GIVANEL MAS, Juan, «Una mascarada quixotesca celebrada a Barcelona», *Butlletí de l'Ateneu Barcelonès*, Barcelona, L'Avenç, 3, 1915, pp. 127-151.

GONZALBO AIZPURU, Pilar, «Las fiestas novohispanas: espectáculo y ejemplo», *Mexican Studies*, 9, 1, 1993, pp. 19-45.

GONZÁLEZ Obregón, Luis, *México viejo*, Madrid, Alianza, 1999.

HUIZINGA, Johan, *Homo ludens*, Madrid, Alianza, 1999.

ICAZA, Francisco A. de, *El Quijote durante tres siglos*, Madrid, Imprenta de Fontanet, 1918.

IFFLAND, James, *De fiestas y aguafiestas: risa, locura e ideología en Cervantes y Avellaneda*, Madrid, Universidad de Navarra-Iberoamericana-Vervuert, 1999.

LASSO DE LA VEGA, Miguel, «Apuntes sobre la Lima del siglo XVIII», *Mercurio peruano*, 24, 184, 1942, p. 362.

LEÓN PINELO, Diego, *Semblanzas de la Universidad de San Marcos*, traducción del latín de Luis Antonio Eguiguren, Lima, T. Scheuch, 1949, pp. 71-77.

LEONARD, Irving A., *Los libros del conquistador*, México D.F., FCE, 1953.

— *La época barroca en el México colonial*, México D.F., FCE, 1976.

LOBATO, María Luisa, «El Quijote en las mascaradas populares del siglo XVII», en *Cervantes. Estudios en la víspera de su centenario*, Kassel, Reichenberger, 1994, vol. II, pp. 577-604.

LÓPEZ ESTRADA, Francisco, «Fiestas y literatura en los Siglos de Oro: la Edad Media como asunto festivo», *Bulletin Hispanique*, 84, 1982, pp. 291-327.

MADRAZO, Jorge, *El sistema disciplinario de la Universidad Nacional de México*, México D.F., UNAM, 1980.

MADROÑAL, Abraham, «Sobre el vejamen de grado en el Siglo de Oro. La Universidad de Toledo», *Epos*, X, 1994, pp. 203-231.

MÉNDEZ ARCEO, Sergio, *La Real y Pontificia Universidad de México. Antecedentes, tramitación y despacho de las Reales Cédulas de erección*, México D.F., UNAM, 1952.

MENDOZA, Vicente T., *Vida y costumbres de la Universidad de México*, México D.F., Instituto de Investigaciones Históricas, 1951.

PINHEIRO DA VEIGA, Tomé, *Fastiginia o Fastos Geniales*, trad. y notas de N. Alonso Cortés, Valladolid, Servicio de Publicaciones del Excmo. Ayuntamiento, 1973.

REDONDO, Agustin, «En busca del *Quijote*. El problema de los afectos», en *Cuatrocientos años del ingenioso hidalgo. Colección de Quijotes de la Biblioteca Cervantina. Siglos XVII y XVIII y Cuatro estudios sobre El Quijote*, eds. B. López de Mariscal y J. Farré, México D.F., FCE -ITESM, 2004, pp. 51-65.

ROBLES, Antonio de, *Diario de sucesos notables (1665-1703)*, México D.F., Porrúa, 1946, vol. 3.

RODRÍGUEZ CRUZ, Águeda María, *La universidad en la América hispánica*, Madrid, Editorial Mapfre, 1992.

RODRÍGUEZ DE LA FLOR, Fernando, *Barroco. Representación e ideología en el mundo hispánico (1580-1680)*, Madrid, Cátedra, 2002.

RODRÍGUEZ MARÍN, Francisco, *El Quijote y don Quijote en América*, Madrid, Librería de los sucesores de Hernando, 1911.

ROJAS GARCIDUEÑAS, José, *Presencias de don Quijote en las artes de México*, Monterrey, Tecnológico de Monterrey, 1965.

ROMERO DE TERREROS, Manuel, *Torneos, mascaradas y fiestas reales en la Nueva España*, México D.F., Cultura, 1918.

RUEDA, Pedro J., «La vigilancia inquisitorial del libro con destino a América en el siglo XVII», en *Grafías del imaginario. Representaciones culturales en España y América (siglos XVI-XVIII)*, comp. C. Alberto González y E. Vila, México D.F., FCE, 2003, pp. 140-154.

SUARDO, Juan Antonio, *Diario de Lima 1629-1639*, ed. Rubén Vargas Ugarte, Lima, Universidad Católica del Perú-Instituto de investigaciones históricas, 1936.

SUÁREZ DE PERALTA, Juan, *Noticias históricas de la Nueva España*, Madrid, Imprenta de Manuel G. Hernández, 1878.

SUBIRATS, Eduardo, «Theatrum Mundi», *Astrágalo. Cultura de la arquitectura y la ciudad*, 11, 1999, pp. 9-24.

ZURIÁN, Carla Isadora, *Fiesta barroca mexicana y celebraciones públicas en el siglo XVII: la Inmaculada Concepción de Nuestra Señora*, tesis de licenciatura, México, UNAM, 1995, depositada en el Archivo de la Biblioteca Nacional de Antropología e Historia con la signatura TSUN Z5055 UNH 5 65.

Anónimo. *Biombo historia de Don Quijote.* Contiene catorce escenas que se describen así:
Óleo sobre tela 211 x 560 cm., Siglo XVIII, Colección Banco Nacional de México. «Salida de don Quijote de la Mancha; donde le dieron el vino con un cañuto; donde veló las armas; donde lo armaron de caballería; la aventura de los leones; cuando corrió tras de los frailes benitos; la aventura del francés y las mujeres; la penitencia que hizo en Sierra Morena; los molinos de viento; donde venció al caballero de los espejos; cuando mantearon a Sancho; la aventura del puerco jabalí; cuando lo pusieron en el caballo clavijo y donde encontró don Quijote a la princesa Micomicona».